달밤의 약속, 완월회맹연 읽기

玩 月 會 盟 宴

여성이 쓴 조선
최장(最長)의 대하소설

달밤의 약속, 완월회맹연 읽기

玩月會盟宴

지은이
조혜란 한정미 구선정 탁원정 박혜인 최수현 김수연 김경미 김유미

책과함께

차
례

책을 시작하며: 해어진 기억을 찾아서 · 9

제1부 총론

제1장 조선시대 한글과 여성 교양 ──────────── 17
    1. 조선시대 여성과 글쓰기
    2. 18~19세기 여성들의 저술과 글쓰기의 성격

제2장 《완월회맹연》의 등장과 여성 작가 ──────── 35
    1. 한글소설과 여성
    2. 작가 전주 이씨와 국문장편소설 《완월회맹연》

제2부 작품론

제3장 《완월회맹연》의 인물: 인간 이해의 보고서 ───── 55
    1. 다채로운 인물들의 향연
    2. 규범 충실형
    3. 규범과 욕망의 절충형
    4. 규범과 욕망의 충돌형
    5. 욕망 종속형
    6. 선악 구도를 벗어난 인간에 대한 다양한 이해

제4장　《완월회맹연》의 사건: 세상의 모든 갈등 ——————— 105

　1. 갈등의 3대 축

　2. 가문 내 갈등, 후계 구도를 둘러싼 사건

　3. 가문 간 갈등, 탐욕이 부른 사건

　4. 가문과 황실의 갈등, 정치적 부침에 따른 사건

　5. 갈등 해소와 화합의 조건

제5장　《완월회맹연》의 공간: 인간사의 공간적 총체 ——————— 133

　1. '완월대'라는 정점 공간

　2. 일상과 비일상 공간, 그 교차와 교직

　3. '상처 내기'와 '치유하기', 자생적 봉합의 가족 공간

　4. 주변과 하위 공간에 대한 관심

　5. 인간사의 공간적 총체

제6장　《완월회맹연》의 언어 표현:
농밀한 언어가 구현하는 삶의 현장 ——————— 173

　1. 문체의 다방향적 경향성

　2. 일상의 비속어에서 상층의 격식어까지

　3. 핍진한 서술과 관용적 표현

　4. 다색의 언어로 구현하는 현장성

제3부 문화론

제7장　《완월회맹연》의 생활문화: 의례와 놀이와 치병 ———— 217

　　1. 일상의 한 모습, 의례-놀이-치병

　　2. 일과와 일생, 혼정신성과 관혼상제

　　3. 기쁨의 절정으로서의 연회와 일상의 놀이

　　4. 아픔, 치료와 간호

　　5. 소소한 일상의 포착과 인간 삶의 이해

제8장　《완월회맹연》의 종교 사상:
　　　　도덕적 가문 절대주의로 수렴되는 유불도 ————— 247

　　1. 성리학의 비조 정명도 후손의 이야기

　　2. 정씨 가문의 신이성을 구현하는 도교적 화소들

　　3. 가문의 도덕성을 부각하는 불교적 화소들

　　4. 유교적 도덕성의 세속적 절대화

제9장　《완월회맹연》의 지식: 역사 지식과 유가 지식의 결합 —— 281

　　1. 소설과 지식

　　2. 역사와 유교 경전의 문헌 박람

　　3. 지식의 성격

　　4. 지식의 수준과 전개

제4부 비교론

제10장　《완월회맹연》의 동아시아적 위상 ──────── 309
　　　　1. 《홍루몽》, 《겐지모노가타리》와 《완월회맹연》
　　　　2. 동아시아 맥락에서 본 《완월회맹연》의 특징과 지향

제11장　《완월회맹연》의 활용 제언 ──────── 331
　　　　1. 독자층 확대를 위한 번역
　　　　2. 대중문화 콘텐츠로서의 활용

참고문헌 · 345

부록
1. 줄거리 · 354
2. 주요 가계도 · 370
3. 《완월회맹연》 연구 목록 · 373

찾아보기 · 383
책을 마치며 · 389
집필진 소개 · 392

이 책은 180권이나 되는 18세기 조선의 창작소설, 한글로 쓰인 장편 대하소설 《완월회맹연(玩月會盟宴)》의 작품 세계를 부채 펴듯 펼쳐놓아 여러분과 그 이야기를 공유하고, 그 서사의 결에 대해 공감하고 싶어서 시작되었다.

사람들은 이야기를 좋아했고, 여전히 좋아한다. 오늘날에도 여기저기에서 눈에 띄곤 하는 《일리아드》나 《오디세이아》, 《베어울프》, 《동명왕편》 등은 긴 시 형태로 되어 있는 영웅들의 이야기다. 고대의 이야기가 서사시로 낭송되었다면 근대 이후 이야기는 문자 중심의 소설로 읽히다가, 매체의 발달과 더불어 다양한 형태로 펼쳐지고 있다. 지금, 사람들은 여전히 이야기를 즐긴다. 소설을 읽고, 영화를 보고, 만화책이나 혹은 그래픽 노블을 즐기고, 날마다 새로운 드라마에 빠져든다. 심지어 게임을 하거나 광고를 보면서도 스토리를 찾는다. 서사에 대한 탐닉인 걸까?

서사에 대한 탐닉, 서사에 대한 욕망은 조선시대 사람들도 가지고 있었다. 아니, 대단했다고 해야 마땅하다.[1] 이야기에 대한 그들의 욕망은 긴 호흡을 가진 소설들을 탄생시키는 데 기여했다. 단편소설이 삶의 단면을 제시하여 일상으로 무뎌진 감각을 찰나적으로 일깨운다면, 장편소설은 긴 호흡으로 삶의 총체성을 구축하고, 그 안에서 개인의 문제와 운명 등에 대해 답해보고자 한다. 우리나라의 대표적인 장편소설, 대하소설을 꼽으라고 한다면 아마 박경리의 《토지》를 떠올리는 사람이 많을 것 같다. 그렇다면 우리나라에서 이렇게 긴 장편 대하소설이 처음 나온 건 언제이며, 누가 쓴 작품일까? 아니, 그런 작품이 있기나 한 걸까?

1975년 당시에 안동, 상주 등 경상북도 북부 지방에 사는 60세 이상 할머니들을 대상으로 고전소설 독자 연구를 진행한 논문[2]이 있다. 그때 그 할머니들은 일흔 후반에서 여든 살 정도인 분들이 많았는데, 할머니들의 대답이 낯설었다. "나는 전(傳) 계열은 안 읽어. 록(錄) 계열을 읽지." 이 말은 전 계열 작품은 통속적이고, 록 계열 작품은 교양 있고 고상하다는 의미였다. 그런데 이때 전 계열은 소위 《홍길동전》, 《춘향전》, 《조웅전》 같은 작품들이고, 록 계열은 《유씨삼대록》, 《소현성록》, 《유효공선행록》 같은 작품들이다. 오늘날 우리에게는 전 계열 작품이야말로 고전소설의 대표적인 작품들이고, 록 계열 작품은 이름조차 생소하다. 1900년 무렵, 그러니까 대한제국 때 태어났을 할머니들은 오늘날 우리에게는 저런 고전소설도 있었나 싶은 작품들을 열거하고 그 작품들이 상스럽지 않고 문체도 우아하고 고상하며 읽을 만한 것이라고 대답했다.

소위 록 계열 작품들에 대해 본격적인 연구가 축적되기 시작한 것은 1990년

••

1   문학의 본류가 한시였던 조선시대에 한글소설은 하위문화에 해당한다. 매력적인 하위문화, 소설. 조선 후기 소설에 대한 열렬한 향유는 뒤에서 상세하게 다룰 것이므로 여기에서는 생략한다.

2   이원주, 〈고전소설 독자의 성향〉, 《한국학논집》 3, 계명대학교 한국학연구원, 1980.

대의 일이다. '낙선재본 소설'이라고 불리는 고전소설 작품들이 발견된 것이 연구의 계기가 되었다. 1976년 창덕궁 낙선재(樂善齋)에 소장되어 있던 다수의 소설들이 발견되었는데, 그중에는 이름조차 낯선 국문장편소설들이 대거 들어 있었다. 《완월회맹연》, 《명주보월빙》, 《화문록》, 《보은기우록》 등등. 그리고 그중 제일 긴 작품이 180권 180책의 《완월회맹연》이었다. 낙선재본 문고가 목록화되고 해제되었지만 본격적인 연구가 시작되기까지 시간이 걸린 것은 연구자들이 분량도, 제목도 매우 낯선 이 작품들의 국적 문제를 고민했기 때문이다. 그때까지 익숙하게 알아왔던 조선시대 소설들은 이에 비하면 상대적으로 훨씬 길이가 짧은, 할머니들의 표현에 따르면 전 계열 작품이기 때문이다. 게다가 낙선재본 소설들 중에는 중국 장편소설의 번역들도 다수 들어 있었다. 낙선재에 소장되어 있던 그 긴 한글소설들이 조선의 창작 소설이라는 것을 밝혀내기까지는 시간이 필요했다.

그런데 가람 이병기는 1940년에 나온 《문장》 40호에서 《완월회맹연》을 설명하면서 '인생 행락의 총서'라는 표현으로 그 내용을 집약하고 있고, 그런가 하면 정인보(1893~1950)는 그 주위 사람들과 이 작품의 등장인물들을 일상 대화에 올렸고, 고전문학 전공자인 딸에게도 이 소설 연구를 권했다고 한다.[3] 이 일화들을 보면, 1940년대 정도만 해도 이들 지식인들은 《완월회맹연》이라는 소설의 줄거리를 잘 알고 있었고, 오늘날 우리가 드라마의 등장인물을 언급하듯 친숙하게 이 소설 속 인물들을 인용하고 있었음을 알 수 있다. 또 딸에게 이 소설 연구를 권한 것은 그만큼 이 작품의 가치를 인정했다는 뜻일 게다. 그런데 이후 몇 십 년 만에 《완월회맹연》은 사람들의 기억에서 사라져 갔다. 우리나라가 근대로 접어들면서 조선을 잊어가듯, 우리의 역사가 희미해졌듯 그렇게 말이다. 우리는 이 책의 집필을 통해 그 성긴, 해져 구멍으로 남은 이야기의 세계를 다시 직조해 보이려는 것

••

3   김진세, 〈완월회맹연〉, 579쪽(정병설, 《《완월회맹연》 연구》, 태학사, 1998, 11쪽에서 재인용).

이다.

앞에서 우리나라 최초의 대하소설은 무엇일까 묻고 답은 하지 않았다. 완판 《춘향전》이나 《구운몽》 등도 단편소설은 아니다. 그러나 이들 작품들은 방대한 서사 세계를 펼쳐가는 대하소설 역시 아니다. 조선에서 이같이 긴 국문장편소설이 창작되고 읽히기 시작한 것은 17세기 중후반 무렵[4]으로, 그 효시가 되는 작품은 《소현성록》 연작이다. 아쉽게도 작가는 미상이다. 그러나 《홍길동전》이 나오고, 《사씨남정기》와 《구운몽》이 나오고, 장편 대하소설 《소현성록》 연작이 나오면서 17세기 조선은 본격적인 소설 시대를 맞았다.

《소현성록》 연작은 송나라를 배경으로 하고 있지만, 이 서사를 통해 우리는 17세기 조선 사람들이 무엇에 열중하고 있었는지를 엿볼 수 있다. 소설에서 본격적으로 가문의식을 논하는 것도 이 작품부터다. 이후 18세기, 19세기에 이르기까지 주인공 가문을 비롯한 두세 가문의 혼사가 얽히고, 조정과 가문의 운명이 얽히며, 삼대의 서사가 온전히 전개되는 국문장편소설이 꾸준히 창작, 유통되었고, 훗날 연구자들은 가문을 내세우는 이런 소설들을 가리켜 가문소설이라 부르기도 한다. 그리고 이 작품들은 송나라나 명나라의 역사적 사건들을 배경으로 하면서 허구를 만들어가는데, 중국을 배경으로 하고 있지만 조선의 창작 소설들이다. 현대 한국 소설들이 한국전쟁이나 5 ·18민주화운동을 배경으로 삼기도 하고, IMF 시대를 배경으로 삼기도 하면서 주인공들의 허구를 만들어가는 것과 어슷비슷한 서사 전개 방식이다. 《햄릿》이 덴마크를, 《로미오와 줄리엣》이 이탈리아를 배경으로 하고 있어도 영국 작가의 희곡인 것처럼, 조선시대의 대하소설들

• •

[4]　박영희가 국문장편소설의 효시인 《소현성록》이 17세기 조선 창작 작품이라는 것을 밝혔고, 그 후 논의의 보강을 통해 이 작품의 창작 연대는 17세기 중후반일 것으로 추정하고 있다. 박영희, 《소현성록》 연작 연구〉, 이화여자대학교 박사학위 논문, 1994 참조.

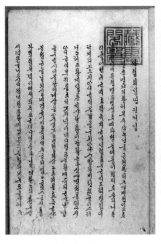

장서각본 《완월회맹연》 권1 첫 장　　　　장서각본 《완월회맹연》 권1 표지

도 배경으로 중국을 빌려왔을 뿐 그 서사에서 펼쳐지는 사건들은 결국 당대 조선 사람들의 관심사였다.

　이 책에서 우리가 함께 공유하고 싶은 작품은 조선의 대하소설 중에서도 《완월회맹연》이다. 오늘날 우리에게는 낯선 이 작품 역시 명나라를 배경으로 한 18세기 조선의 창작 소설이며, 최장편소설인 동시에 작가에 대한 기록이 있는 작품이다. 작품성 역시 인정받은 소설인데, 이 작품의 작가로 거론되는 이는 전주 이씨라는 양반 여성이다. 조선시대 소설에 대해 낯선 독자들이 이 이야기를 들으면 어쩌면 이렇게 생각할지도 모르겠다. '조선시대에 창작된 가장 긴 소설의 작가가 여성이라고? 조선시대 여성들은 제대로 교육받지도 못했다는데, 여성이 어떻게 이런 소설을 쓸 수 있었다는 거지?' 하고 말이다. 이 같은 궁금증을 해소하기 위해서는 《완월회맹연》의 세계에 발을 들여놓기 전에 먼저 조선시대 여성들의 지적인 면모, 독서와 글쓰기 정황 등에 대해 알아볼 필요가 있겠다. 조선시대 여성들의 교양, 교육, 어문생활 등에 대해서 말이다.

제1부

총 론

1. 조선시대 여성과 글쓰기

분량이 180권에 이르는 18세기 한글소설 《완월회맹연》의 작가는 안겸제(安
兼濟, 1724~?)의 모친 전주 이씨(1694~1743)로 알려져 있다.[1] 조선시대에 이같이
방대한 분량의 소설이 있었다는 것도 흥미로운데, 작가가 여성이라니 더욱 흥미
롭지 않을 수 없다. 그런데 그 이전까지 여성이 작가로 거론된 작품은 보이지 않
던 상황에서 최장편소설의 작가가 여성이라고 하는 기록[2]은 돌출적으로 보이기
까지 한다.

• •

1   《완월회맹연》의 연구사 검토는 제2장 '2. 작가 전주 이씨와 국문장편소설 《완월회맹연》'에서 다
루기로 한다.

한글은 1443년 창제 당시부터 '어리석은 백성'을 위한 문자로 일컬어졌으며, 조선시대 내내 '암글'로, 여성의 문자로, 비공식적 표기문자로 인식되었다. 따라서 한글소설의 작가가 여성이라는 것은 개연성이 있어 보인다. 그러나 한편으로는《완월회맹연》처럼 조선시대 가장 방대한 규모의 소설을 쓴 작가가 여성이라는 기록을 선뜻 받아들여도 될까 싶기도 하다.《완월회맹연》은 인물 간 갈등, 복잡다기한 사건의 선들, 당대의 문화적 요소들, 감정에 대한 섬세한 통찰, 중세 한문 교양에 바탕을 둔 인용, 역사적 지식에 대한 이해[3] 등 서사를 만들어가는 풍부한 요소들을 갖추고 있어, 이 작품의 작가는 단지 이야기꾼이 아니라 일정한 수준 이상의 교양을 지녔던 인물일 것으로 보이기 때문이다.

그러나 이런 망설임이 이 작품의 작가가 여성이기 어렵지 않느냐는 질문에 대한 동의는 결코 아니다. 이 절에서는《완월회맹연》의 작가가 여성일 수 있는 배경을 설명하기 위해 조선시대 어문생활의 젠더적 정황을 검토해보려 한다. 15세기 이후 여성의 문자생활은 대개 한글을 매개로 한 것이었으며, 조선조 소설을 키운 것은 조금 과장해서 8할이 부녀(婦女), 즉 여성의 소설 향유라고 해도 과언이 아니다.[4] 물론 이때의 기여는 주로 독자, 수용자로서의 참여다. 작가로서의 입지가 확실한 장르도 있는데, 조선시대 여성과 한글은 한글 편지, 수필, 기녀 시조,[5] 규방가사 등 문학과 관련한 접근이 주를 이루고 있다. 그 결과 조선시대 여

• •

2   《완월회맹연》의 작가에 대한 언급은 1988년 임형택이 조재삼의《송남잡지》'남정기조' 자료를 소개하면서 본격적인 연구 대상으로 거론되기 시작했다. 정창권, 〈대하소설《완월회맹연》을 이용한 문화 콘텐츠 개발〉,《어문논집》59, 민족어문학회, 2009, 89쪽.

3   일례로 작품에 등장하는 중국 역사에 대한 정보 역시 상세하다.

4   조선 여성의 소설 향유는 이덕무, 채제공을 비롯하여 다수의 조선시대 기록에서 발견된다. 이에 대해서는 제2장 '1. 한글소설과 여성'에서 본격적으로 거론한다.

5   여기에서 굳이 기녀시조라고 한정한 까닭은 현재 전해지는 여성 작가의 시조 작품이 주로 기녀가 쓴 것들이기 때문이다.

성과 한글은 생활의 의사소통을 위한 도구 및 수필, 시조, 가사 등에 국한된 몇 몇 장르 안에서 이해되곤 한다. 이런 접근은 과연 실상에 부합하는 것일까?

조선시대 여성이 한글로 구축해놓은 세계는 단지 시조, 가사, 수필 등의 문학 영역만이 아니라《음식디미방》[6] 같은 조리서 및《규합총서(閨閤叢書)》 같은 백과전서적 지식의 저술,《태교신기(胎敎新記)》처럼 임신·출산과 관련한 지식의 저술 등 당대의 지적 경향과 연동해가는 지식[7]에 대한 탐구 역시 포함된다. 조선 여성들은 문학 창작은 물론 이처럼 지식을 체계화하는 작업을 시도했을 뿐만 아니라《규합총서》 같은 경우는 관심 영역 및 저술의 분량 또한 방대하다.

조선시대 여성의 지식 체계는 한글 표기와 매우 밀접한 관계[8]를 맺고 있다. 그렇다고 해서 조선시대 여성의 교양이 한글 표기로만 한정되었던 것은 아니다.《완월회맹연》의 문체에 배어 있는 교양의 분위기는 고사(故事), 전고(典故), 사서(四書) 등 한문 교양에서 유래하는 요소가 많으며, 조선시대 여성의 독서나 교양, 저술 등이 한문으로 영위된 부분들도 있다. 그런데 조선시대 여성과 독서, 교양 등에 대한 기존 논의는 주로 한문으로 영위된 영역에 집중되어 있다. 이는 그나마 조선시대 여성들의 독서나 교양, 교육 정도를 언급하는 1차 자료들이 주로 남성 문사들의 문집에서 추출 가능하다는 자료상 문제와 더불어 연구자들 역시 조선

• •

6 안동 장씨(1598~1680)가 쓴 요리책《음식디미방》은 '규곤시의방(閨壼是議方)'이라는 제목으로 불리기도 한다.

7 당시 조선은 백과전서적 경향을 보이는 저술 및 탐구가 하나의 학문적 흐름을 이루고 있었다. 《태교신기》는 임신과 출산에 관한 지침을 총망라한 책으로, 이사주당은 처음에 한문으로 썼으나 부녀자들 사이에서의 유통은 합철된 한글 언해가 더 중요한 역할을 했을 것으로 보인다.

8 《태교신기》는 조선시대 표기문자 선택과 성별 구도에 있어서 흥미로운 예를 제공한다. 이사주당은 한문으로 저술하고, 곧이어 아들 유희가 어머니의 글을 언해하여 붙였기 때문이다.《태교신기》가 가문 내 독자들을 대상으로 한 것이라 해도, 이사주당의 한문 저술과 아들 유희의 언해본이 합철본으로 유통된 정황은 18세기 성별과 공식적 표기문자 관계의 변화 및 역동을 가늠하게 하는 예라 하겠다.

시대 교양이나 지식이라면 한문으로 표기된 것이 중심이라는 인식을 가지고 있는 데서 비롯하는 것으로 보인다. 물론 조선 여성들도 한문 교양을 습득한 경우가 많았으며, 한시문집을 남긴 여성도 다수 있다.

그래도 여전히 조선시대 여성의 공식 표기문자는 한글이었다는 점, 조선시대 여성과 한글 글쓰기가 단지 문학에 국한되어 있지 않았다는 점, 오히려 여성들이 자신의 지식을 체계화한 문자는 한글이었다는 점 등을 고려할 때 장편 거질《완월회맹연》의 저자가 18세기 조선 여성이라는 언급은 자연스럽게 다가온다. 그러므로《완월회맹연》의 작가 정보에 대해 본격적으로 논하기 전에 우선 조선시대 여성의 한글 글쓰기, 조선시대 표기 수단과 젠더 정치의 관계에 대해 먼저 살펴보기로 한다.

중세에는 동서양을 막론하고 문자는 지배층의 전유물이었다. 조선에서도 공용문자는 한자였으며, 공식적 글쓰기는 한시문 구사 능력을 통해 이루어졌다. 그리고 이는 남성 양반들의 표현 도구였다. 조선 여성들도 한문 교양을 익히고 한시문을 구사한 경우가 있으나 기본적으로 한문 교육은 남성들을 위한 것이었다. 여성들의 공식적인 표기문자는 한글이었으며, 조선시대 여성들의 지적 세계, 지식 구축의 중요한 표기 수단 역시 한글이었다.

이옥(李鈺, 1760~1815)의《이언(俚諺)》에는 "갓 시집온 며느리가 한글 'ㅇ'을 잘 쓰는 것을 보고 우리 집에 여학사가 시집왔노라"고 기뻐하는 시댁 어른들의 모습이 나오는 한시가 있다. 이 예에서도 알 수 있듯 조선 여성들의 경우는 한글 편지를 보내고 집안일을 하는 데 필요한 정도의 문식력만 있어도 교양을 갖췄다는 평가를 받을 수 있었다. 조선시대에 한자는 남성의 문자로, 언문, 즉 한글은 여성의 문자로 간주되었다. 그러나 한글의 경우도 당대 여성들에게 반드시 갖추도록 요구되는 항목은 아니었다. 이는 단지 여성만이 아니라 평민 이하 남성들 역시 비슷한 사정에 놓여 있었다.[9]

한문 교양의 경우는 오히려 부덕(婦德)에 합당한 것이 아니었다. 유교적 여성교육의 기준에 비춰볼 때, '봉제사접빈객(奉祭祀接賓客)'이나 주식(酒食)' 혹은 '여공(女功)'을 벗어난 영역은 여성이 갖춰야 할 교양에 속하지 않았다. 특히 한시와 같은 장르는 더욱 그러했다. 시집가기 전에는 친정 식구들과 주령(酒令)을 즐길 정도의 한시 구사 능력이 있었지만 시집 식구들은 자기네 며느리가 한자를 읽을 줄 안다는 사실조차 몰랐다고 말하는 일도 있었다.[10] 그러나 이것은 공식적 입장이었고, 가문 내부로 들어가면 한문 교양을 습득한 여성이 적지 않았다. 물론 한문을 구사하는 일은—일부 기녀를 제외한다면—주로 양반 여성에게나 가능한 것이었다.

조선시대에는 양반들도 사서삼경이나 역사서, 한시문 등의 교육은 아들만을 대상으로 했고 딸들은 부덕을 함양하는 방향으로 교육하는 것이 마땅하다고 생각했다. 그러나 문집을 보면 딸들 중에도 공부에 취미가 있는 경우는 남자 형제들이 공부할 때 어깨너머로 배우거나 혹은 아버지가 비공식적으로 가르치는 일도 있었다. 여성 교육에 대한 공식적 상황은 부도(婦道) 중심이었으나, 문집을 통해 확인되는 것은 이같이 지적인 집안 여성들을 자랑스러워하는 집안 남성들도 꽤 많았다는 것이다. 문집을 보면, 양반 여성들은 주로 《소학》, 《내훈》, 《열녀전》, 《여사서》 등 규훈서에 해당하는 책들을 읽었으며, 더 나아가 사서삼경이나 역사서까지 섭렵한 여성들도 있었다. 제문이나 묘지명에 나타나는 '여사(女士)'라는 호칭은 해당 여성의 지적 면모에 대한 최대의 표현이었다.

여기에서 잠깐 조선시대 여성들의 독서 목록, 한문 교양, 지적 수준 등을 엿

9 조선시대에는 한문은 물론이고 한글 역시 문맹률이 매우 높았다.

10 김창협(金昌協, 1651~1708)의 딸 김운(金雲) 역시 아버지가 의견을 구하고 토론 상대로 여길 만한 한문 교양을 갖춘 여성이었지만 시집에서는 김운이 죽은 뒤에야 이 사실을 알았다고 한다.

볼 수 있는 몇 가지 예문을 들어보기로 한다.

㉠ 그때 딸의 나이가 열한 살이었다. 처음에 동생 숭겸(崇謙)과 함께 십수 장 글을 배우더니 문리를 곧장 통달하여 혼자서《주자강목(朱子綱目)》을 막힘없이 읽어냈다. 매일 문을 닫고 책을 펼쳐들고 꼼짝도 않은 채 침잠해 익히니, 밥 먹고 자는 것조차 돌보지 않을 정도였다. 거사가 이를 어여쁘고 기특하게 여겨 막지 않고서, "이 아이의 성정이 고요하고 순박하니 비록 글을 안다 해도 해가 없을 것이야" 하였다. 그리하여 대략《논어(論語)》와《상서(尙書)》를 가르치되 또한 끝까지 가르치지 않았는데도 딸의 이해가 명철하여, 육경(六經)의 경전조차 모두 읽는 것을 막을 수가 없었다. 거사가 이미 궁벽한 곳에 거처하였고 숭겸이 아직 어리니, 아침저녁으로 곁에서 조용히 고금의 치란(治亂)과 성현의 언행을 논하며 집안의 즐거움으로 삼는 것이 오직 이 딸일 뿐이었다.

— 김창협, 〈망녀오씨부묘지명(亡女吳氏婦墓誌銘)〉

㉡ 선생에게는 오직 딸 하나뿐이라서 특별히 사랑하였다.《소학》과《십구사(十九史)》를 가르쳤는데 힘들이지 않고 글의 의미를 알았다. 경당 선생이 언젠가 문인들과 원회운세(元會運世)의 수에 대해 말하였는데 분명하게 아는 사람이 아무도 없었다. 말씀을 마치고 집에 돌아와서 부인을 불러 물으니, 부인이 겨우 10여 세 정도의 나이였는데 묵묵히 앉아 있다가 얼마 안 있어 숫자를 꼽으며 대답하였다. 선생이 매우 기특하게 여겨…

— 이현일, 〈선비증정부인장씨행실기(先妣贈貞夫人張氏行實記)〉

㉢ 이부인께서는 총명하고 영특하셨으며 경서와 역사서를 잘 아시고 도리에 대해 통달하셨는데, 할머니를 깊이 사랑하셨지만 일일이 가르쳐 깨닫게 하셨고,

《소미통감(小微通鑑)》,《소학》 등의 책을 가져다 날마다 과제를 정해 읽히고 밤에는 읽은 글을 외우도록 했다. 또 하늘의 천문을 가리켜 별자리를 알게 해주었다. (…) 할아버지께서 만경의 군산도로 유배를 가게 되자 할머니께서 따라가 6년 동안 귀양지에서 사셨다. (…)《소학》과《당시절구(唐詩絶句)》한 권을 가져가서는 몰래 재미삼아 보시면서 하루하루를 보내셨다.

— 이덕수,《선비행록(先妣行錄)》

㉠은 김창협이 아이를 낳다 죽은 딸을 위해 쓴 묘지명으로, 그 딸이 각주 10번에서 언급한 김운이다. 이 글을 보면 김운은 11세 때 이미 한문 문리를 통달했고《주자강목》을 읽었으며 밤낮으로 책에 침잠했다고 한다. 아버지 김창협 역시 딸에게《논어》,《상서》등을 가르쳤고, 딸과 더불어 고금의 치란, 성현의 언행에 대해 토론하는 즐거움을 토로하고 있다.

㉡은 이현일(1627~1704)이 어머니 안동 장씨에 대해 회상하는 글이다. 이 글을 보면 안동 장씨 역시 아버지에게 교육을 받았는데 아버지는 딸에게《소학》,《십구사》를 가르쳤고, 별자리 등도 가르쳤다. 이 아버지 역시 똑똑한 딸을 매우 기특하게 여겼음을 알 수 있다.

㉢은 이덕수(1673~1744)의 어머니 청송 심씨에 대한 글이다. 저자는 이덕수가 아니라 그의 아들 이산해다. 즉 손자가 아버지를 대신해서 할머니 행록을 쓴 것이다. 이 글에서 손자는 할머니가 어렸을 때 친정어머니에게 교육을 받았으며, 총명하셨고,《통감절요》와《소학》등 역사서와 경서를 잘 안다고 했다. 게다가 남편 유배지에 따라가서는《소학》과《당시절구》를 재미삼아 읽었다고 기록하고 있다.

물론 전체 양반 여성 숫자를 생각하면 소수에 불과하겠지만, 문집에는 이같이 집안에서 여사(女士) 칭호를 들었을 법한 여성들에 대한 기록이 있다. 이 글들을 보면 그녀들의 독서[11] 목록, 학문적 자질, 지적 소양 등을 가늠해볼 수 있다. 그녀들은 단지 부덕에 합당한 내용을 지닌 한문 텍스트나 기본 경전들을 배운 데서 그치는 정도가 아니라, 더 심도 있는 경전이나 역사서, 한시 등에 이르기까지 전문적인 독서를 즐겨 했다. 또 단순 암기가 아니라 흥망성쇠에 대해 아버지와 토론하면서 자기 의견을 개진할 정도로 깊이도 확보했고, 당시(唐詩)를 재미로 읽을 만큼 한시에도 익숙했음을 알 수 있다. 이 때문에 집안 어른들은 그런 딸이 아들로 태어나지 않은 것을 못내 아쉬워했다는 언급도 자주 보인다. 예문으로 인용하지는 않았지만 임윤지당의 경우는 집안 젊은이들이 책을 읽다가 모르는 내용이 있으면 그녀에게 물었다고 하며, 강정일당의 남편 윤광연은 부인이 죽자 자기 부인을 가리켜 '나의 스승'이라고 했다. 이 역시 그녀들의 학문적 깊이를 보여주는 예라 하겠다.

이렇듯 가문 내에서는 자기네 집안 여성들의 한문 교양, 지적 능력 등을 높이 기려주었지만 이는 어디까지나 가문 내에서의 일이었다. 조선시대의 주류적 분위기는 여성의 글이, 여성의 이름이 담장 밖을 넘어가는 것을 수치스러운 일로 간주했다. 시대를 앞서는 안목을 지녔다고 여겨지는 박지원(朴趾源, 1737~1805) 역시 이 같은 맥락에서 허난설헌(許蘭雪軒, 1563~1589)을 비판하는 입장이었다. 이렇듯 한편에서는 여전히 여성 글쓰기에 대한 기휘가 강력하게 작동하면서도, 다른 한편에서는 가문 구성원이 스스로 집안 여성의 글을 문집으로 간행하여 외부인에게 내보이게 된 것 역시 18세기에 이르러서다. 이는 당시 중국 강남의 문화 향유 방식의 유입과 밀접한 연관[12]이 있다. 즉 조선이 청나라 강남의 출판문화,

● ●

11   조선시대 여성들의 독서에 대해서는 조혜란, 〈조선시대 여성 독서의 지형도〉, 《한국문화연구》 8, 이화여자대학교 한국문화연구원, 2005 참고.

12   서영수합(徐令壽閤, 1853~1823)의 경우는 아들 홍석주(洪奭周, 1774~1842)가 어머니 살아생전에 문집을 간행하고 청나라 문인들에게 자기 가문의 문집으로 선보였다. 서영수합의 문집에 대한 논

지식인 문화에 노출되면서 집안 여성들의 글쓰기에 대해 조금 다른 입장을 지니게 된 것이다. 양반 부녀자들의 한문 교양 능력은 공식적인 교육 내용으로 언표되지는 않았지만 집안 여성들의 한문 교양은 은근히 자부심을 가질 만한 것이었음을 알 수 있다. 물론 이 역시 그 여성이 유교적 여성 덕목에 합당한 경우에 그런 것이다.

암묵적으로 양반 여성들의 한문 교양이 인정되었다고 해서 여성들이 한문으로 문자생활을 하는 것이 공적으로 받아들여진 것은 아니다. 내외법(內外法)이 강력하게 적용되던 조선시대였던 만큼 문자에도 역시 내외법이 적용되어, 공적 영역에서 남성들의 공식 표기 수단은 한자이고, 여성들의 공적 표기 수단은 한글이었다. 예컨대 인수대비는 한문 구사 능력을 갖추고 있었지만, 조정 신하들과 유불(儒佛)에 대한 논쟁을 벌일 때에는 한글로 글을 써서 전달했다. 임금에게 올리는 상소 역시 한글로 썼다. 여성의 경우 한문을 알아도 공적 영역의 글쓰기에서는 한글을 구사하는 것이 내외법에 합당했기 때문일 것[13]이다.

표기 수단의 선택 문제와 달리 장르의 성격상 성별이 다른 기준으로 적용되는 경우도 있다. 같은 한글 장르라 해도 양반 여성들은 가사(歌辭)문학은 향유했지만 시조(時調) 작가로 등장하는 예는 찾아보기 어렵다. 창(唱)을 수반하는 시조는 기생과의 연회 장면에 등장하거나 아니면 강호가도류(江湖歌道類)와 같이 도(道)의 구현체로서의 자연물을 노래하는 문학 장르였다. 유흥의 장이나 유가(儒家)의 도, 이 둘은 모두 양반 여성의 덕목에 부합하지 않으며 더군다나 창, 즉 노래로 불리는 시조의 연행 방식 역시 그러했기 때문이다. 양반 여성들이 시조창을

● ●

의는 박무영, 〈조선 후기 한·중 교유와 젠더 담론의 변화〉, 《고전문학연구》 45, 한국고전문학회, 2014 참조.

13　　인수대비의 표기 수단 선택과 관련해서는 이경하, 〈15세기 최고의 여성 지식인, 인수대비〉, 《한국고전여성문학연구》 12, 한국고전여성문학회, 2006, 159~172쪽.

하면서 시조를 즐겼다는 기록은 찾기 어렵다. 그러므로 한글로 향유되는 장르라 해도 가사는 양반 여성들도 향유했던 장르였던 반면, 시조는 양반 남성들의 전유물이거나 아니면 기녀들의 장르였다. 노래하기, 자신의 감정을 드러내어 표현하기 등은 감정을 억누르고 통제해야 하는 유교적 여성 교육의 내용과 부합하지 않는 것이었다. 양반 여성들은 자신이 쓴 한시(漢詩)를 지워버리기도 했는데, 이 역시 자기검열의 결과라 하겠다.

2. 18~19세기 여성들의 저술과 글쓰기의 성격

여성의 글쓰기는 여성적 글쓰기를 환기하고, 여성적 글쓰기는 프랑스 페미니즘에서 비롯한 몸의 글쓰기와 같은 내용들을 떠올리게 한다. 그런데 막상 무엇이 여성적 글쓰기인지 묻는다면 '여성적'이라는 단어의 함의에 대한 문제를 해결하느라 논의가 다시 원점으로 돌아가는 듯하기도 하다. 조선시대 여성들의 글쓰기에 대해 여성적 글쓰기, 당대 여성들의 자기서사 등[14] 여성적 글쓰기에 대한 고민으로 접근한 기존 논의들이 있다. 기존 논의의 결과들을 정리하면 조선시대 여성들의 글쓰기는 타자의 글쓰기, 정치적 글쓰기, 당대 여성들의 생활감정을 토대로 한 글쓰기 등으로 요약할 수 있을 것이다.

이 장에서는《완월회맹연》이 창작 향유되던 시기인 18~19세기 여성들의 저

••

14   조선시대 여성들의 글쓰기에 대한 논의로는 조혜란,〈고전 여성 산문의 서술방식―《규한록》을 중심으로〉,《이화어문연구》17, 이화어문학회, 1999; 박혜숙·최병희·박희병,〈한국 여성의 자기서사 (1)〉,《여성문학연구》7, 한국여성문학학회, 2002; 박혜숙·최병희·박희병,〈한국 여성의 자기서사 (2)〉,《여성문학연구》8, 2002; 조세형,〈가사를 통해 본 여성적 글쓰기, 그 반성과 전망〉,《한국고전여성문학연구》12, 한국고전여성문학회, 2006; 김수경,〈'여행'에 대한 여성적 글쓰기 방식의 탐색〉,《한국고전여성문학연구》17, 한국고전여성문학회, 2008 등이 있다.

술에 대해 훑어보고자 한다. 넓게 보면 18세기 여성들이 남긴 글에는 편지, 상언,[15] 가사 등 다양한 단편 작품들도 있지만, 이 글에서는 한 권의 저서에 달하는 저작들을 살펴보기로 한다.

안겸제의 모친 전주 이씨(1694~1743): 《완월회맹연》

청취당 오씨(淸翠堂 吳氏, 1704~1732): 《청취당집》

윤지당 임씨(允摯堂 李氏, 1721~1793): 《윤지당유고》

의유당 남씨(意幽堂 南氏, 1727~1823): 《의유당관북유람일기》, 《의유당유고》

부용당 권씨(芙蓉堂 權氏, 1732~1791): 《부용시선》

혜경궁 홍씨(惠慶宮 洪氏, 1735~1815): 《한중록》

사주당 이씨(師朱堂 李氏, 1739~1821): 《태교신기》[16]

영수합 서씨(令壽閤 徐氏, 1753~1823): 《영수합고》

빙허각 이씨(憑虛閣 李氏, 1759~1824): 《규합총서》, 《청규박물지》

유한당 권씨(柳閑堂 權氏, 1754~?): 《언행실록》

삼의당 김씨(三宜堂 金氏, 1769~?): 《삼의당고》

• •

15   조선시대 여성의 글쓰기 중 상언(上言)은 조금 특별한 위치를 차지한다. 왜냐하면 상언은 공적 영역이 허락되지 않았던 조선시대 여성들이 참여했던 본격적인 공적인 글쓰기에 해당하기 때문이다. 양반 여성들은 친정에서부터 정치적 부침이 자신의 삶에 미치는 영향을 잘 이해하고 있었으므로 정치적 동향에 대한 관심을 꾸준히 갖고 있었고, 벼슬 이동 역시 늘 관심의 대상이었다. 김경미에 따르면, 여성들이 상언을 통해 공식적 발언이자 정치적 발언을 하는 사례들이 18세기를 전후해 드물지 않게 발견된다고 한다. 여성들의 상언은 대개 한글로 썼을 것으로 추정된다. 여성의 상언에 대해서는 김경미, 《家와 여성―18세기 여성 생활과 문화》, 여이연, 2012, 256~260쪽.

16   사주당의 《태교신기》는 사주당이 1820년에 저술을 끝내고, 아들 유희가 그 글을 토대로 장절을 나누고 한글 해석을 덧붙이는 작업을 1821년에 마무리했다. 그러므로 이 글은 19세기 초반에 마무리된 글이다. 그런데 《태교신기》는 20여 년이나 상자 속에서 방치되었던 《교자집요》의 태교 부분을 보충하고 체계화한 것이므로 정확히 말하자면 18세기 말 19세기 초의 저술에 해당한다.

풍양 조씨(豊壤 趙氏, 1772~1815):《자기록》

정일당 강씨(精一堂 姜氏, 1772~1832):《정일당유고》

유한당 홍씨(幽閑堂 洪氏, 1791~?):《유한당시고》

운초 김부용(雲楚 金芙蓉, 1800~1850?):《부용집》

광주 이씨(廣州 李氏, 1804~1863):《규한록》[17]

반아당 박죽서(半啞堂 朴竹西, 1817~1851?):《죽서시집》

금원 김씨(錦園 金氏, 1817~1847):《호동서락기》

정일헌 남씨(貞一軒 南氏, 1840~1922):《정일헌시집》

위에 제시한 저작들은 주로 양반 여성들 및 서녀 출신 첩들이 남긴 글이다. 글의 종류는 소설, 한시, 기행문, 자기서사, 백과전서적 총서류, 제문, 전, 경의(經義) 등 다양한 장르를 망라하고 있다. 표기문자 역시 한문과 한글 둘 다 나타나는데, 19개 저작 중 《완월회맹연》, 《의유당관북유람일기》, 《한중록》, 《규합총서》, 《자기록》, 《규한록》, 《언행실록》 등의 7개 작품만 한글 표기이고, 나머지는 한문으로 쓰였다. 또 한글 작품 중 《한중록》, 《자기록》, 《규한록》은 저자 개인의 삶이 반영된 자기서사적 성격의 글이다.

18~19세기에 비해 조선 전기는 유교적 종법제가 상대적으로 느슨하게 시행되던 때였음에도 불구하고 시대적 거리가 멀어서인지 후기에 비해 상대적으로 여성들의 저작이 많이 남아 있지 않다. 그러나 조선 전기 여성들의 글에는 개성적

●●

17   해남 윤부의 종부였던 광주 이씨가 시어머니에게 보낸 이 글의 원래 제목은 '원정(原情)'이다. 이 글은 규방 여성의 한(恨)을 토로하는 글이라기보다 자신의 정당성을 주장하기 위해 자신이 처했던 상황에 대해 온전하게 밝히고자 하는 성격의 글이다. 이는 광주 이씨가 썼던 글의 제목에서도 잘 드러난다. 그런데 후대에 이 자료를 발굴, 소개하면서 '규한록'이라는 제목을 붙였고 이 제목으로 연구가 알려졌기에 이 글 역시 혼동을 피하기 위해 '규한록'이라는 제목을 사용한다. 그러나 이 제목은 원래 글의 성격을 희석시키는 바가 있어 아쉬움이 남는다.

인 면모가 훨씬 더 잘 드러난다. 황진이, 허난설헌, 신사임당 등은 모두 16세기의 여성들인데 조선조를 통틀어 이 세 여성만큼 이름이 알려진 이들도 드물 것이다. 황진이의 시조는 성별을 떠나 시조문학의 백미로 평가되고, 허난설헌 역시 문집이 중국에서 출판되었을 정도로 빼어난 한시 작품들을 남겼다. 신사임당의 경우 전해지는 한시문이 많지는 않은데 대신 그림으로 이름을 얻었다. 작업 과정을 고려해볼 때 한시보다는 서화에 더 많은 공간과 시간 그리고 비용이 필요하다. 조선 후기에 유명한 여성 화가가 거론되지 않는 것도 이 같은 정황과 관련 있을 것으로 보인다.

18~19세기 여성들의 저작은—조선 전기 작품에 비하면—개성적이고 자유로운 상상력의 구사라는 점에서는 제약이 느껴지나 글쓰기의 빈도 면에서는 더 많은 시도들을 볼 수 있다. 또 표기문자에서도 한문 구사가 현저하게 많을 뿐 아니라 문집으로 간행되기도 했다. 한시문의 창작이나 일정 정도를 넘어선 한문 교양의 축적을 부덕으로 간주하지 않았다는 유교적 여성 교육의 기준에 비춰보면, 18~19세기 조선 여성들의 저술은 이 같은 가르침에는 잘 부합하지 않는 면모를 보이는 듯하다. 그렇다면 위의 저자들은 유교적 여성 교육이라는 당대의 규범에 어떤 태도와 방식으로 다가섰는지 살펴볼 필요가 있겠다.

조선시대 지식은 성별화된 지식의 형태를 띤다. 남녀가 유별하고 내외가 유별하듯 지식의 종류 또한 그러했다. 양반 여성의 경우는 한문으로 문장을 구사하려는 욕망 자체부터 수시로 자기검열을 거쳐 합리화하는 단계를 거칠 것으로 보인다. 한문을 구사한다는 것 자체는 성별화된 지식 체계를 넘어서려는 시도이며, 내용 또한 본격적으로 유교적 담론에 진입하는 양상을 보이기도 한다.

강정일당이나 임윤지당의 문집이 이 경우에 해당하는 대표적인 예일 것이다. 강정일당이나 임윤지당의 글들은 유교 경전에 대한 해석 혹은 역사적으로 논쟁을 불러일으킨 주제들에 대한 변증 등을 시도한다. 임윤지당이 이론적 접근에 더

많은 관심을 보였다면, 강정일당은 경전의 실천, 즉 지행합일의 군자행을 보여준다. 그녀들의 글쓰기는 당대 유가들의 보편적 담론을 추구한다. 여성에 합당한 주제, 즉 부덕(婦德)에 합당하다고 일컬어지는 내용에만 초점을 맞추고 있지 않다는 뜻이다. 보편적 지식을 지향했지만, 그러나 동시에 부덕(婦德) 또한 잊지 않았다. 임윤지당이 구태여 한시를 한 편도 남기지 않았다는 사실이나 강정일당이 자신의 의견을 전개하고자 하는 욕구를 '대부자작(代夫子作)'이라는 형태를 통해 실현하고 있는 점 등이 여기에 해당할 것이다.

보편 담론을 지향하는 태도는 비단 한문만이 아니라 한글을 선택한 경우에도 나타난다. 빙허각 이씨의 《규합총서》가 그러하다. 그녀의 경우는 여성들의 생활 영역을 저작의 범주로 잡아 부덕에 합당한 선택을 한 것처럼 보인다. 그런데 내용으로 들어가 보면 이 저술은 당대 지식의 새로운 경향이었던 백과전서적 서술 형태를 도입한 것이다. 즉 남성 중심으로 전개되던 당대의 지식 경향을 함께 호흡하며 동시대적인 저술을 남기고 있다는 점에서 《규합총서》는 여성들의 생활 영역에 해당하는 정보들을 당대의 보편적인 지식 서술과 동궤의 방식으로 서술하고 있는 것이다.[18]

유교적인 보편 담론에 관심을 가진 임윤지당[19]이나 강정일당의 글에서도 여성의 글이기에 나타나는 지점들이 있다. 강정일당은 임윤지당을 알고 있었는데, 두 여성의 글에서는 공히 여성도 성인(聖人)이 될 수 있다는 인식이 드러나고 있

••

18   빙허각의 《청규박물지》 역시 조선 여성의 지식 생산에서 중요한 저서인데 유서(類書)에 속하는 이 책에서도 그녀의 고증학적인 저술 태도를 엿볼 수 있다. 이에 대해서는 박영민, 〈빙허각 이씨의 고증학적 태도와 유서 저술—《청규박물지》〈화목부〉를 대상으로〉, 《한국고전여성문학연구》 36, 한국고전여성문학회, 2018 참고.

19   임윤지당의 글에서 읽어낼 수 있는 여성 담론적 성격에 대해서는 이혜순, 《조선 후기 여성 지성사》, 이화여자대학교 출판부, 2007, 98~105쪽; 김경미, 《임윤지당 평전》, 한겨레출판, 2019 참고.

다. 조선 후기에 남성들이 남긴 여성 전(傳)에는 남편을 따라 죽는 종사형(從死型) 열녀전(烈女傳)이 많은 비중을 차지하고 있는 데 비해 임윤지당이 남긴 두 편의 여성 인물전은 전형적인 종사형 열녀전과는 다른 양상을 보인다.[20] 강정일당의 글에는 남편과 동등하게 혹은 필요할 때는 남편을 리드하면서 부부의 파트너십을 유지하게 했던 척독(尺牘)이 포함되어 있다. 척독이란 메모 형식의 짧은 편지 글인데, 오늘날의 카톡이나 문자 같은 기능으로 이해할 수 있겠다. 그녀들은 당대의 학문적 보편 담론을 지향하는 태도를 지녔고 표기 수단으로 한문을 선택했지만 그 속에는 글 쓰는 이가 여성이기에 드러나는 여성 담론적 요소가 내재되어 있다.

조선시대 양반 여성들은 이 같은 교양을 바탕으로 집안 교육의 한 축을 담당했다. 어린 자식들과 손자들은 집안의 내당에서 할머니, 어머니와 함께 생활하며 자라는데, 이때 할머니와 어머니가 교육 또한 담당했던 것이다. 앞의 예문에서 본 청송 심씨에게 《통감절요》와 《소학》 등의 책을 가지고 과제를 내면서 교육한 이도 그녀의 어머니였다. 그런가 하면 김만중의 어머니도 남편 없이 혼자 두 아들을 키우면서 직접 한문 교양 교육을 맡았다. 이런 여성들은 한문 문해력은 물론이고 풍부한 한문 교양을 갖춘 이들이었다.

그런데 규방에서의 교육은 한문으로만 이루어졌던 것이 아니다. 당시의 규방에서는 구수(口授)라는 방식으로 교육을 하기도 했는데, 이는 문자를 매개로 한 교육이 아니라 말로 교육하는 방식이다.[21] 즉 경전 내용이나 유명한 시 구절, 역사적 사건 등을 말로 전달하는 것이다. 그런가 하면 한 권의 책 전체를 독서하는

20   조혜란, 〈조선시대 여성의 글에 나타난 여성인식〉, 《문헌과 해석》 8, 태학사, 1998.

21   김경미, 〈윤씨 부인의 교양과 자녀교육〉, 《독서당고전교육》 2, 독서당고전교육원, 2018, 52~53쪽.

것이 아니라 중요한 부분들을 발췌한 형태의 책들로 유교 경전이나 역사서의 내용 등을 익히기도 했다. 오늘날에도 방대한 양의 지식을 한 권으로 압축해서 정리한 책들이나 유명한 구절들을 모아놓은 책들에 대한 수요가 여전하듯 조선시대의 지식 습득도 이 같은 경로를 통하기도 했다. 또 양반 여성들은 한시를 적을 때 한자가 아니라 한글 음독으로 적어놓기도 했다. 이를 음사(音寫)라 칭하는데, 이는 여성들이 한자를 잘 몰라서일 수도 있지만, 한자에 익숙하더라도 당시 여성의 공식 문자가 한글이었기 때문에 생겨난 한시 향유 방식이었을 가능성이 높다. 예를 들어 《호연재유고》나 《의유당관북유람일기》에는 한시를 한자가 아닌 한글로 음을 적은 음사 및 한글 번역이 같이 향유된 이본들이 남아 있다.[22] 음사의 경우는 한자를 모르고서는 시 내용을 헤아리기가 더 어렵다. 한글을 읽으면서 금방 한자로 치환해볼 수 있는 경우에라야 비로소 감상이 가능할 것이기 때문이다. 즉 규방에서의 교육은 한자와 한글, 그리고 말을 매개로 한 것이었으며, 한문에 익숙한 여성이라 해도 조선시대 여성들의 어문생활에서 한글은 중요한 문화적 원천이었다.

조선시대 여성과 한글이 밀접하다 해도 이것이 곧 여성들이 한문 교양이 없거나 혹은 한문은 모른 채 한글만 익혔다는 의미는 아니다. 조선시대 여성의 한글 향유에는 한글로 표기된 한문 교양들이 포함되며, 그녀들 중에는 한문 텍스트에 능숙하거나 전문적 글쓰기가 가능한 지식을 갖춘 이들도 있었다. 조선시대 여성의 독서와 한문 교양 습득의 가능성, 그리고 한글로 축적된 문화 역량이라는 측면에서 볼 때, 장편 거질 《완월회맹연》의 작가가 여성일 가능성은 받아들일 만

••

22　《호연재유고》 및 《의유당관북유람일기》에 나타난 음사 및 번역에 대해서는 각기 박무영, 《호연지유고》와 18세기 여성문학〉, 《열상고전연구》 16, 열상고전연구학회, 2002, 82~86쪽; 류준경, 《의유당관북유람일기》의 텍스트 성격과 여성문학사적 가치〉, 《한국문학논총》 45, 2007, 133쪽 참조.

하다. 《완월회맹연》은 조선조 여성과 글쓰기, 표기 수단 선택에 대한 고려 등 조선시대 젠더 정치 등의 요소를 포함하여 신의와 배신, 사랑과 욕망, 다양한 인간 군상의 면모와 삶의 문제 등에 대한 통찰을 정치와 전쟁, 제도와 이념 등의 문제와 아울러서 우아한 한글 문체로 서술한 작품이라 하겠다.

1. 한글소설과 여성

대부인은 총명하고 슬기로워 고금의 사적, 전기를 모르는 것이 없었을 만큼 널

리 듣고 잘 알았는데 만년에는 누워서 소설 듣기를 좋아해 잠을 그치고 시름을

쫓는 자료로 삼았으나, 소설을 계속해 구할 수가 없어서 항상 걱정하였다.[1]

— 조성기, 〈행장〉

아들이 어머니를 위해 마음을 쓴 정황이 잘 드러나는 대목이다. 나이 들고

●●

1　"大夫人 聰明叡哲 於古今史籍傳奇 無不博聞慣識 晩又好臥聽小說 以爲止睡遣悶之資 而常患無以繼之."
조성기, 《졸수재집(拙修齋集)》, 권12, 〈행장(行狀)〉.

졸음이 자꾸 쏟아지는 어머니가 유독 재미있어했던 것이 누가 읽어주는 소설을 듣는 일이었다. 어머니가 좋아하실 만한 소설을 계속 구하느라 애썼을 것 같은 아들의 마음이 느껴지는 이 글의 저자는 조성기(趙聖期, 1638~1689)다. 그는 17세기 장편소설《창선감의록》의 작가로도 알려진 인물이다.

조선시대에 자식이 다 장성해 손자를 볼 나이의 양반 여성들이 누군가의 목소리로 소설 듣기를 즐기는 것은 특별한 일이 아니었다. 물론 나이 든 양반 남성들 중에서도 이렇게 소설 듣기를 즐겼다는 기록들이 발견되나,[2] 조선시대 소설 향유에서 중요한 비중을 차지하는 것은 역시 여성들이다. 여성들은 주로 한글로 소설을 향유했는데, 조선의 창작 소설만이 아니라 중국에서 들어온 소설도 많이 접했던 것으로 보인다.

조선시대 여성들의 노동 강도는 매우 고된 것이었다. 종을 부릴 수 있는 양반 신분이나 혹은 경제적으로 풍족한 경우가 아니라면 여성들은 빨래할 때마다 매번 옷을 뜯어 빨고 마르면 새 옷 짓듯 바느질을 해야 했으며, 헌옷은 누비고 기워야 했다. 그런가 하면 아궁이에 불을 때서 밥 짓고, 경우에 따라서는 빈 쌀통을 채워 식구들의 끼니를 해결해야 했으며 베를 짜서 군포(軍布)도 내야 했다. 여성들이 움직이기를 멈추면 의식주는 물론이고 세금 문제도 곤란해진다. 조선시대 가정 경제에서 여성들의 노동은 중요한 비중을 차지했으며, 여기에 더해 농사일까지 해야 했다. 양반 여성들도 집안이 한미하면 몸소 집안일을 감당할 수밖에 없었다. 사정이 이러하기에 여성들이 소설을 즐긴다는 것은 그만큼 노동할 시간이 줄어든다는 것을 뜻했다.

• •

2   조성기의 집안 남성이었던 조명리(趙明履)가 쓴 어머니 행장을 보면, 그 어머니가 매달 서너 번씩 친정에 가서 며칠씩 묵으며 친정아버지 문안을 했으며, 아버지가 소설 읽어주는 것을 좋아해서 함께 있을 때에는 직접 읽어드리기도 했고, 또 여러 군데 물어서 계속 읽을 만한 소설책을 힘써 구해드렸다고 적었다. 조명리,《도천집(道川集)》권11, 〈선비행장(先妣行狀)〉참고.

오늘날과 달리 조선시대에 소설이란 가능하면 읽지 말아야 하는 것, 읽어도 도움 안 되는 것이라는 부정적 이미지로 가득한 장르였다. 당시 문학의 본령은 유교적 문학관에 입각한 한시였으며, 적어도 한시문을 해야 문학을 하는 것이었다. 충, 효, 열로 마무리된다 해도 인간의 감정과 갈등을 다루는 소설은 읽어도, 써도 환영받지 못하는 장르였다. 오늘날 우리는 《홍길동전》은 허균이, 《구운몽》은 김만중이 지었다고 알고 있지만, 이는 조선시대 문헌 기록을 뒤진 연구의 결과다. 허균이나 김만중이 스스로 저자라고 밝힌 적은 없으며, 이 소설들은 그들의 문집에도 실려 있지 않다. 조선시대에는 여성들은 물론 남성들에게도 소설을 읽지 말라고 가르쳤다. 특히 금지가 심했던 것은 여성의 경우다. 다음 예문들을 보자.

㉠ 근세에 부녀자들이 경쟁하듯 능사로 삼는 것은 오직 패관뿐이니, 이것을 높이는 것이 날이 갈수록 더하여 많은 소설 종류를 장사들이 깨끗이 베껴 빌려주고는 그 값을 거두어들여 이익으로 삼는다. 부녀들이 견식이 없어 혹 비녀와 팔찌를 팔거나 혹은 돈을 구해 다투어 빌려서는 그것으로 긴 날을 보낸다. 음식과 술 만드는 것도 모르고, 베 짜는 책임도 모르니 대개가 이렇다.[3]

— 채제공, 《여사서서(女四書序)》

㉡ 언번전기는 빠져서 읽어서는 안 된다. 집안일도 내버려두고, 여자들이 할 일도 게을리 하며, 심지어는 돈을 주고 그것을 빌려 기꺼이 빠질 뿐만 아니라 재산을 기울이는 자도 있다.[4]

— 이덕무, 《사소절(士小節)》

● ●

3   "竊觀近世閨閤之競以爲能事者 惟稗說 是崇 日加月增 千百其種 儈家以是淨寫 凡有借覽 輒收其直以爲利 婦女無見識 或賣釵釧 或求債銅 爭相貰來 以消永日 不知有酒食之議 組紃之責者 往往皆是." 채제공(蔡濟恭), 《번암집(樊巖集)》 권33, 〈여사서서(女四書序)〉.

㉠은 채제공(蔡濟恭, 1720~1799)이 자기 부인이 베낀 중국 여성 훈육서《여사서》에 쓴 서문 중 일부다. 이 글에서 채제공은《여사서》같은 음전한 책이 아니라 한낱 소설에 빠져드는 여성들을 문제 삼았다. 여성들의 소설 탐닉은 소설 대여 같은 새로운 업종의 탄생과 맞물리며 하위문화를 이루었고, 여성들은 장신구를 팔아서라도 소설을 즐겼다. 이 예문에 따르면, 팔 장신구가 없는 여성들은 돈을 꿔서라도 소설을 빌려다 대낮의 좋은 시간에 소설에 빠져들었다. 음식하기, 술빚기, 베 짜기 등등 할 일이 쌓여 있었겠으나, 이야기 세계에 빠진 여성들은 집안일을 제쳐둔 채 소설 대여할 돈을 마련하거나 팔 장신구들을 뒤져보거나 혹은 어디 돈 꿀 데가 없나 생각하면서 다음 편을 기다렸을 수도 있겠다.

㉡은 이덕무(李德懋, 1741~1793)의《사소절》중 일부다. 이 예문에서 이덕무는 여성들이 언해된 소설, 즉 한글로 쓰인 소설에 빠져서는 안 된다고 했다. 채제공이 현상을 다뤘다면, 이덕무는 당대 여성들의 소설 탐닉에 대해 금지를 선언했다. 그 까닭은 여성들이 부지런히 집안일을 해야 하기 때문이다. 그런데 여성들이 게을러 집안일을 하지 않을 뿐만 아니라 돈을 주고 소설을 빌려 보느라고 재산이 축나는 일도 있다고 했다. 여자가 소설을 읽으면 과소비로 집안이 망할 수도 있다는 두려움을 이용한 설득인 셈이다.

유교가 세상의 근간인 조선에서 소설은 미풍양속을 해치는 불온한 장르로 비춰졌다. 그러므로 당시 사대부들은 소설을 부정적으로 생각했다. 그런데 앞의 예문을 보면, 어쩌면 그들에게는 미풍양속 저해보다 여성들이 일도 미룬 채 소설을 보는 바람에 이중 삼중으로 경제적 손해를 볼 수 있다는 것을 더 두려워했을지도 모르겠다. 강력한 금지는 그만큼의 강력한 전제가 있었다는 반증이다. 채제

4　　"諺翻傳奇 不可耽看 廢置家務 怠棄女紅 至於與錢而貰之 沈惑不已 傾家産者有之." 이덕무(李德懋),《청장관전서(青莊館全書)》권30,《사소절(士小節) 하(下), 부의(婦儀)》.

공이나 이덕무의 걱정이야말로 조선시대 여성들 사이에 소설 향유가 얼마나 활성화되어 있었는지를 잘 보여주는 대목이다.

조선시대 여성들은 소설을 읽거나 듣기만 한 것이 아니라 필사도 많이 했다. 책으로 소장하기에는 그 값이 너무 비싸서였다. 고전소설은 필사본 형태로 많이 남아 있는데, 맨 마지막에 보면 언제, 어디에서, 누가, 왜 이 소설을 베꼈는지에 대해 간단한 정보가 적혀 있곤 한다. 이런 기록을 필사기(筆寫記)라고 부르는데, 이 기록을 보면 여성들도 소설을 많이 베꼈음을 알 수 있다. 다음 인용문은 필사기는 아니지만, 조선시대 여성의 소설 필사를 잘 보여주는 내용들이다.

> 돌아가신 어머니 정부인 용인 이씨께서 손수 필사한 책자 중《소현성록》대소설 15책은 장손 조응에게 줄 것이니 가묘 안에 보관하고,《조승상칠자기》,《한씨십대록》은 내 동생 대산군에게 주고, 또 한 부의《한씨삼대록》과《설씨삼대록》은 여동생 황씨부에게 주고,《의협호구전》,《삼강해록》은 둘째 아들 덕성에게 주고,《설씨삼대록》은 딸 김씨부에게 주니 각 가정의 자손은 대대로 잘 보관하는 것이 좋겠다.[5]
>
> — 권섭, 〈선비수사책자분배기(先妣手寫冊子分配記)〉

이 인용문은 권섭(權燮, 1671~1759)이 1749년에 쓴 것으로, 돌아가신 어머니가 직접 필사한 소설들을 집안 식구들에게 나누어주는 분배 기록이다. 여기에 등장하는 내용 중 '소현성록 대소설 15책'이라고 한 것이 앞에서 언급했던, 현재 발

5   "先妣贈貞夫人龍仁李氏 手寫冊子中 蘇賢聖錄 大小說十五冊 付長孫祚應 藏于家廟內 趙丞相七子傳 韓氏三代錄 付我弟 大諫君 韓氏三代錄又一件 薛氏三代錄 付我妹黃氏婦 義俠好逑傳 三江海錄 一件 付仲房子德性 薛氏三代錄 付我女金氏婦 各家子孫 世世善護 可也." 권섭(權燮),《옥소고(玉所稿)》잡저(雜著) 사(四), 〈선비수사책자분배기(先妣手寫冊子分配記)〉.

견된 최초의 국문장편소설이다. 용인 이씨(1652~1712)가 이 소설을 필사한 것이 17세기 후반[6]일 것으로 추정되므로 이 소설은 그 이전에 창작된 것임이 분명해졌다는 점에서 이 분배기는 고전소설 연구에서 매우 중요한 자료가 되었다. 이 밖에도 용인 이씨는 여러 종의 소설을 필사했으며, 아들 권섭은 어머니의 필적이 담긴 소설을 소중히 여겨《소현성록》연작 15권을 가묘 안에 보관하도록 지시하고 있다.

조태억(趙泰億, 1675~1728)의 어머니도 소설을 베끼고 아끼면서 즐겨 소장했던 양반가 여성이었다. 조태억의 문집인《겸재집(謙齋集)》42권에는〈언서서주연의발(諺書西周演義跋)〉이라는 글이 있는데, 여기에《서주연의》에 얽힌 어머니의 일화가 소개되어 있다. 그의 어머니는《서주연의》라는 십수 편이나 되는 소설을 베껴 놓았는데 그중 한 권이 없어졌다. 이를 안타까이 여기던 어머니가 호고가(好古家)에게 그 부족했던 권수를 얻어 한 질을 갖췄다. 후에 마을 여자가 와서 빌려달라기에 빌려주었는데 그 여자가 하필 그 권을 잃어버린 채 나머지 책들만 가져왔다. 그로부터 2년 후 조태억이 남산에서 아내와 함께 지낼 때 아내가 주변에 살던 친척 여성에게 읽을거리를 찾자 그 여성이 책 한 권을 가져왔는데, 어머니가 잃어버렸던 바로 그 책이었다. 아내가 어디에서 구했냐고 물어보니 길에서 주웠다고 하여 자초지종을 설명하고 돌려받았다는 내용이다. 위 두 사례를 보면 17세기 양반 여성들이 소설을 적극적으로 찾아 즐기고, 베껴서 소장하고 빌려주기도 하면서 활발하게 소설을 읽었던 정황이 드러난다.

그런데 이 중《의협호구전》과《서주연의》는 중국 소설이다.《서주연의》의 경우를 보면, 수십 권에 이르는 중국 연의소설들도 한글로 번역되었음을 알 수 있다. 당시 조선 여성들은 조선 창작소설만이 아니라 언해된 중국 소설도 필사하면

6   박영희,《소현성록》연작 연구》, 이화여자대학교 박사학위 논문. 1994, 34~50쪽.

서 즐겼다. 이 중 연의소설은 역사 공부도 된다는 점에서 교양으로 간주될 만했다. 권섭의 〈제선조비수사삼국지후(題先祖妣手寫三國志後)〉라는 글을 보면, 그의 할머니 함평 이씨도 《삼국지》를 필사해서 일가 안에서 서로 빌려 보았다고 한다. 소설 번역이 쉬운 일은 아닌데 그것도 수십 권이나 되는 소설이 번역되고, 여성 독자들 사이에서 필사되었다는 것은 그만큼 여성 수요가 있었다는 사실을 반증한다. 언해, 즉 한글 번역은 중국 소설만이 아니라 한문으로 기록된 조선인의 창작물에도 적용되었다. 불경에서 파생되어 언해된 불경계 소설이나 《주생전》, 《운영전》 같은 애정전기소설들도 한글 번역본이 있었으며, 이는 당시 어떤 한문소설이 한글 독자 수요가 많았는지를 가늠하게 해준다.

표기 수단으로서의 한글과 더불어 한글 번역은 여성들의 문학 향유에서 중요한 몫을 담당했다. 양반 여성들은 중국 소설, 한문소설의 한글 번역과 더불어 한시 또한 한글로 번역하여 향유했다. 김호연재(金浩然齋, 1681~1722)의 한시집 《호연재유고(浩然齋遺稿)》는 18세기 양반 여성들 사이에서 음사(音寫)와 더불어 《호연지유고》라는 언해 시집으로 유통되었다. 이 언해는 양반 남성들의 문화였던 한시를 조선 여성들이 여성의 문학 향유 방식으로 새롭게 만들어냈다[7]는 점에서 눈길을 끈다.

내외법에 따라 여성들을 가정 내 공간 중에서도 중문 안쪽으로 한정하고자 했던 조선 후기에, 여성들은 공적 지위나 권리 획득은 말할 것도 없고 심지어 놀이 공간이나 여가 문화에서도 제한을 받아야 했다. 조선 초기에는 여성들끼리 여승의 공간에 모여 종교 모임을 가지면서 함께 놀기도 했고, 여성들끼리 온천 여행을 가기도 했다. 사회적 진출은 물론이고 도성 안에 살던 여성들의 공간과 여성

••

7   박무영, 《호연지유고》와 18세기 여성문학〉, 《열상고전연구》 16, 열상고전연구학회, 2002, 82~86쪽.

들 간의 유대, 놀이 등에도 제약이 가해진 것이다. 이렇듯 규제가 심하다 보니 어디에선가는 그 억압을 조금 풀어놓을 필요도 있었다. 양반 여성들에게는 규방에서 소설을 읽는 것이 허용된 여가 활동이었다. 소설 중 유교적 교양과 재미를 함께 지닌 작품들이 권장되었는데, 이 같은 소설을 규방소설[8]이라 부르기도 한다. 소설 장르에 대해서는 부정적이었지만 규방에서 읽어도 좋다고 권장되는 소설들, 여성들이 유교적 여성 교육을 내면화하는 데 별 지장을 초래하지 않을 소설들을 읽고 즐기면서 규방 여성으로서의 교양 함양과 더불어 억압에서 오는 스트레스를 조금 해소하도록 소설 읽기를 허락했다는 것이다. 이 규방소설에 속하는 대표적인 작품으로는 《사씨남정기》가 있으며, 《창선감의록》을 비롯하여 가문 서사를 다루는 국문장편소설들이 대체로 여기에 속한다. 앞에서 할머니들이 언급했던 품위 있고 교양 있는 '록계' 소설들이다.

《사씨남정기》나 《창선감의록》은 규방 여성의 유교적 교양을 위한 독서물이 되기에 충분해 보인다. 《소현성록》이나 《유씨삼대록》 또한 그러하다. 그런데 조선시대 규방 여성들이 유교적 교훈이나 교양을 얻기 위해 소설을 읽었을까? 그건 아닐 것이다. 가문의식을 내세우는 소설이라 할지라도 그 긴 장편의 호흡 속에는 별별 사건과 사고, 갈등과 욕망이 다 전시되고 있었으며 그중 빠지지 않는 것이 남녀의 연애 감정과 성적 욕망 등을 다루는 크고 작은 사건들이다. 이런 내용들이야말로 서사 세계에 대한 독자의 몰입을 유지해주는 흥미소다.

소설을 읽는 이유는 다양할 것이다. 조선시대 소설의 여성 독자층은 광범위했다. 규방의 양반 여성도, 여항의 부인들과 딸들도 독자였으며, 어떤 작품은 유

••

8   규방소설이라는 용어를 맨 처음 제안한 이는 임형택이다. 임형택, 〈17세기 규방소설의 성립과 《창선감의록》〉, 《동방학지》 57, 연세대학교 국학연구원, 1988 참조.

녀(遊女)가 필사했을 것으로 추정[9]하는 논문도 있다. 궁중에도 소설 수요가 많았다. 여가 시간이 많았을 궁중의 비빈이나 궁녀들 역시 소설의 독자였다. 궁궐이라면 호흡이 긴 소설들에 대한 수요가 있을 법하다. 낙선재에서 소장했던 소설들처럼 말이다. 낙선재본 소설들은 일정한 서체로 단아하게 필사되어 있다. 종이의 재질도, 책을 만든 품새도 고급하다. 낙선재본 소설 필사에서 사용되었던 한글 서체를 후에 궁체(宮體)라고 명명했다. 한글 서예에서 중요한 궁체는 낙선재본 소설을 필사했던 한글 서체에서 비롯했다. 《완월회맹연》도 창덕궁 낙선재에 소장되어 있던 소설 중 하나다.

2. 작가 전주 이씨와 국문장편소설 《완월회맹연》

조선시대에는 셀 수 없이 많은 소설들이 지어졌지만 그중 여성이 작가로 거론된 기록은 찾아보기 어렵다. 그렇다고 해서 여성 작가의 가능성이 전혀 없는 것은 아니다. 이유원(李裕元, 1814~1888)의 《임하필기(林下筆記)》에는 고전소설 작가와 관련하여 흥미로운 기사가 있다. 이광사(李匡師, 1705~1777)가 그의 자녀 남매와 《소씨명행록》을 짓다가 말았고 결국 이광사와 그의 형제 숙질 등이 함께 마무리를 했다는 내용이다. 공동창작인 셈이다. 그런데 이 중 '자녀 남매'라는 표현은 공동창작자 중에 여성 작가가 있을 가능성을 뒷받침한다. 다만 그가 거론했던 소설 《소씨명행록》과 그때 둘러앉아 함께 이야기를 이어나갔던 가족 구성원에 대한 구체적인 정보가 남아 있지 않은 것은 아쉽다. 그런가 하면 홍희복(洪羲福,

9   이상택은 《옥란기연》의 필사자인 '청계천 수표교 신소저'가 유녀(遊女)일 것으로 추정했다. 이상택, 《창란호연 연작》의 텍스트 교감학〉, 《한국고전연구》 15, 한국고전문학연구회, 1999, 236~237쪽.

1794~1859)이 중국 소설 《경화연(鏡花緣)》을 '제일기언(第一奇諺)'이라는 제목으로 번역했는데 이 서문에도 여성 작가 가능성을 보여주는 내용이 있다. 서문 중에 "일 없는 선비와 재주 있는 여자가 고금소설에 이름난 것을 낱낱이 번역하고 그 밖에 허구를 만들어 넣고 자잘한 말을 덧붙여 신기하고 재미있는 것을 위주로 했는데 거의 수천 권이 넘는다"[10]라는 내용이 있다. 구체적인 정보가 남아 있지는 않으나, 재주 있는 여자 중에는 소설 작가가 있을 법한 일이다.

그런데 이 와중에 조재삼(趙在三, 1808~1866)의 《송남잡지(松南雜識)》에서 여성 작가에 대한 기록이 발견되었다.

> 또 완월은 안겸제의 어머니가 지은 바로, 궁궐에 흘려 들여보내 이름과 명예를 넓히고자 하였다.[11]

안겸제의 어머니가 《완월》을 지었는데, 그 이유는 자신이 지은 소설을 대궐에 들여보내 자기 이름이 알려지고 명예가 더해지기를 바라서였다는 것이다. 이 기록은 《사씨남정기》와 《구운몽》 등을 궁녀들이 아침저녁으로 외우게 해서(아마도 낭송하게 해서) 숙종을 깨닫게 만들어 인현왕후의 복위를 기대했다는 내용 뒤에 나온다. 대궐 안 궁녀들에게 읽혀 인현왕후를 복원하려 했다는 《사씨남정기》 관련 기록과, 안겸제의 어머니가 자기 소설을 궁궐 안으로 들여보내고자 했다는 《완월》의 기록에는 공통점이 있다. 바로 소설을 지어 대궐 안으로 들여보냈다는 점이다. 조재삼의 《송남잡지》에서 《사씨남정기》 기록 뒤에 《완월》 기록이 연이은

••

10   "일업슨 선비와 지조잇는 녀지 고금쇼셜에 일홈눈 바를 낫"치 번역ᄒᆞ고 그밧 허언을 창셜ᄒᆞ고 긱담을 번연ᄒᆞ야 신긔코 ᄌᆞ미잇기를 위쥬ᄒᆞ야 거의 누천 권에 지ᄂᆞᆫ지라." 홍희복 옮김, 박재연·정규복 교주, 《제일기언》, 국학자료원, 2001, 10쪽.

11   "又翫月 安兼濟母所著 欲流入宮禁 廣聲譽也." 《송남잡지》.

것은 추정컨대 바로 이런 까닭에서였을 것이다.

《완월회맹연》의 작가가 안겸제의 모친이라는 논의[12] 이후, 과연 180권이나 되는 최장편소설의 작가가 여성일 수 있겠는가 반문하면서 이 주장을 받아들이지 않는 경우도 있다. 그런데 조재삼과 안겸제의 어머니는 집안끼리 연결되는 바가 있다. 조재삼의 첫째 어머니가 전주 이씨로, 조재삼의 외고조부가 안겸제 어머니와 재종지간이며, 조재삼의 큰며느리도 전주 이씨다. 조재삼 집안과 전주 이씨는 외가이자 사돈지간으로, 조재삼은 이런 경로를 통해 안겸제의 모친에 대한 정보를 들었을 가능성이 크다. 또한 《완월》 역시 정황상 다른 작품을 가리킬 가능성이 낮고 《완월회맹연》을 가리키는 것으로 보인다.[13]

지금도 경기도 파주에 《완월회맹연》의 작가 전주 이씨가 그 남편 안개(安鐈, 1693~1769)와 함께 묻힌 묘소가 있다. 파주 교하리의 너르고도 고즈넉한 길을 지나 산길로 섭어들면 어느새 길도 나 있지 않은 숲길을 걸어야 닿을 수 있는 곳이다. 나뭇잎들로 덮여 디디면 푹 꺼지는 푹신푹신한 길을 따라 그렇게 잠시 올라가면 잘 가꿔진 큰 봉분이 하나 있고, 주변에 역시 잘 만들어진 비석과 석물들이 세워져 있으며, 산소 밑 부분도 돌로 잘 정리되어 있다. 무덤 쪽에서 나무들 사이로 아래를 내려다보노라면 고요하고도 편안한 자리구나 싶다. 비석에는 전주 이씨에 대한 기록도 간략하게 적혀 있다. 그 내용은 그녀의 부덕(婦德)과 여사(女士)로서의 풍모, 그리고 가족관계에 대해 알려주는 정도다.

●●

12   이 자료를 소개하고 《완월회맹연》 작가로 안겸제의 모친을 처음 언급한 논의는 임형택의 논문이다. 임형택(1988), 앞의 글, 164쪽. 이후 정병설에 의해 《완월회맹연》 작가에 대한 논의가 다방면으로 검토되었고, 그 결과 정병설은 《완월회맹연》의 작가를 전주 이씨로 비정했다. 정병설, 《완월회맹연 연구》, 태학사, 1998, 173~181쪽, 204쪽.

13   안겸제의 어머니 전주 이씨와 조재삼 집안의 연결고리를 찾은 것과 《완월》이 다른 작품일 가능성이 낮은 것에 대해서는 정병설(1998), 위의 책, 173~181쪽.

전주 이씨 묘역

전주 이씨는 1694년에 아버지 이언경(李彦經)과 어머니 정부인 안동 권씨 사이에서 태어났다. 전주 이씨의 친정은 세종의 별자(別子) 영해군(寧海君) 당(唐)의 10대손으로, 벼슬과 학식으로 이름난 명문가다. 전주 이씨의 친정은 조태억의 집안과도 왕래가 있었는데, 앞에서 보았듯 조태억의 어머니도 《서주연의》를 베껴 소장할 정도로 소설을 즐기는 분위기가 있었다. 전주 이씨는 스무 살 무렵 안개와 혼인을 했는데, 시집은 친정만큼 벼슬이 높지는 않았으나 학문으로는 비길 만한 집안이었다고 한다.[14] 조재삼이 언급한 안겸제는 그녀의 셋째 아들이다.

비문에도 새겨져 있듯 전주 이씨는 부덕과 여사로서의 풍모를 동시에 인정받는 여성이었다.[15] 부덕과 여사로서의 풍모를 겸비하고 있다는 점은 《완월회맹연》의 작가로서 맞춤한 조건이다. 《완월회맹연》의 서사 세계는 격한 인물 성격과

14   위의 책, 182~191쪽.

15   한길연은 여성의 대하소설 창작과 관련해서 가문의 문화적 전통을 고찰하는 작업의 필요성을 언급하고, 《완월회맹연》의 작가 전주 이씨의 친정 가문 며느리와 딸들의 교양수준 및 어문생활을 검토했다. 그 결과 해당 여성들은 높은 식견과 학식을 갖추고 있었고, 많은 글을 썼으며, 가족 간에 소설 향유 문화도 있었음을 알 수 있었다. 한길연, 〈《벽계양문선행록》의 작가와 그 주변―전주 이씨 가문 여성의 대하소설 창작 가능성을 중심으로〉, 《한국고전문학연구》 27, 한국고전문학회, 2005, 329~358쪽.

전주 이씨 비문

집요한 갈등도 보여주지만 줄곧 우아하고 교양 있는 문체와 세계관을 유지하고 있다.

위의 사례들을 보면 조선시대 최장편소설 《완월회맹연》의 저자가 전주 이씨가 아니라고 할 만한 이유를 찾기 어렵다. 다만 분량이 방대하다는 점과 후반부에 약간 결이 다른 서술들이 발견된다는 점, 그리고 장편소설의 경우 공동창작을 하는 사례[16]가 있다는 점 등을 고려하면 누군가와 공동으로 창작했을 가능성은 있다. 이 부분에 대해서는 좀 더 정밀한 연구들이 쌓이면 다시 검토할 수 있을 것이라 생각한다. 그런데 박경리의 《토지》를 떠올려본다면 조선시대라고 해서 한 작가가 그런 긴 작품을 쓰지 못하리란 법도 없지 않나 하는 생각이 든다.

《완월회맹연》이 세상에 그 존재를 드러낸 후 이 작품에 대한 관심은 있었지

● ●

16　청나라 때 탄사소설 《재생연》은 원래 작가였던 진단생이 끝을 맺지 못하게 되자 양덕승이 그 뒤를 이어 마무리를 했다. 그런가 하면 조선의 선비 이원교의 《소씨명행록》도 공동창작을 보여주는 예라 하겠다.

만 작품의 방대한 분량으로 인해 선뜻 연구에 들어가기는 쉽지 않았다. 이 작품에 대한 본격적인 연구가 환기된 것은 김진세에 의해서다.[17] 그는 《완월회맹연》 원문을 한자 병기하여 현대 활자로 출판하고 작품을 소개하는 여러 편의 논문을 썼다. 이후 정병설(1997)이 《완월회맹연》을 대상으로 박사학위 논문을 쓰면서 작품의 문체, 작가, 이본, 서사구조 및 작품에 반영된 여성적 면모와 정치 현실 등에 대해 논의했다. 이어서 정창권(1999)이 여성 소설이라는 관점을 강화하여 《완월회맹연》을 검토했다. 그 후 약간 주춤하다가 연이어 석사학위 및 박사학위 논문들이 나왔는데, 성영희(2002), 이은경(2004), 최민지(2008), 이현주(2011)의 논의가 그것이다. 성영희는 《완월회맹연》의 서사구조에 대해, 이은경은 인물에 대해, 최민지는 작품에 나타난 구어 표현에 대해 논의했고, 이현주의 논문에서는 이본 및 파생 작품에 대한 논의가 특화되었다. 《완월회맹연》을 다룬 박사학위 논문들이 여러 편 보고되면서 이 작품을 이해하는 데 필요한 정보들과 전반적인 서사 구조 및 서사 방식 등에 대한 이해가 마련되었다. 한길연(2005)의 박사 논문은 세 작품을 다루는데, 그중 하나가 《완월회맹연》이다. 이 논문에서는 구체적인 가문 내 여성들에 대한 정보와 더불어 대하소설과 향유층의 성격에 대해 논의했다.

《완월회맹연》에 대한 학술지 논문은 작품에 대한 것, 비교문학적 관심, 문화 콘텐츠와 관련한 접근 등으로 나눠볼 수 있겠다. 학술지 논문들은 더 구체적인 문제에 대해 논의를 전개했는데, 작품에 나타난 모티프 활용 양상, 희담, 서사 문법과 독서역학, 개별 등장인물 분석, 여성 수난담, 가족 갈등, 이념과 여성의 삶에 대한 문제, 여성 인물의 병, 육체적 강박증 등 다양한 문제들을 구체적으로 다루고 있다. 《완월회맹연》에 대한 학술지 논문들은 근래 들어 더욱 활발하게 논의

● ●

17　여기에서는 그동안의 연구사에서 중요한 논의들을 간략하게 소개하고자 한다. 《완월회맹연》 관련 논문에 대한 자세한 서지 정보 및 연구사 목록은 책 뒤에 부록으로 싣는다.

를 전개하고 있으며, 구체적인 문제를 제기하고 논의 수준도 심화되었다. 비교문학적 관심은 주로 중국 문학과 일본 문학에 집중되어 있어 《겐지모노가타리》와 비교하거나 《홍루몽》과 비교하고 있으며, 여성적 글쓰기나 점복신앙 등의 문제를 다루었다. 마지막 콘텐츠화에 대한 논의는 정창권(2009), 이지하(2009) 등 두 편인데, 《완월회맹연》 콘텐츠화에 대한 전망을 타진하는 내용이다. 마지막으로 언급하고 싶은 것은, 정창권이 낸 《완월회맹연》의 요약본[18]이다. 이 책은 학술적 연구 결과는 아니지만 연구 못지않게 중요한 업적이라고 생각해서다. 이 요약본은 다소 소략하게 요약되어 있어 《완월회맹연》의 구체적인 재미를 전달하지 못하는 아쉬움이 있으나, 가독성이 높은 문장으로 잘 요약되어 있어서 그 긴 서사가 비교적 선명하고 재미있게 전달된다는 장점이 있다. 사실 지금 볼 수 있는 《완월회맹연》은 궁체로 쓰인 원전 형태이며, 현대 활자로 옮겨놓은 것도 전공자가 아니면 읽기 어렵다. 이런 상태에서는 이 작품이 오늘날 새로운 형태의 콘텐츠로 만들어지는 것을 기대하기 어렵다. 《완월회맹연》을 우리의 문화적 원천으로 활성화하기 위해서는 가독성 높은 현대역본이 반드시 필요하다.

조선시대 문장인 《완월회맹연》을 오늘날의 한국어 문장으로 번역하기 위해서는, 또 이 작품의 서사 세계를 연구하기 위해서는 우선 무엇을 저본으로 번역할 것인가, 무엇을 텍스트로 삼아 분석할 것인가를 고민해야 한다. 이를 위해서는 이본들을 살펴볼 필요가 있다. 《완월회맹연》은 세 개의 이본이 있다. 서울대학교 규장각본 180권 93책, 한국학중앙연구원 장서각본 180권 180책, 연세대본 6권 5책이 그것인데, 연세대본은 낙질본(落帙本, 한 질을 이루는 책에 일부 권이 빠져 있어 권수를 완전히 갖추지 못한 책)이므로 연구든 번역이든 텍스트로 삼기는 어렵다. 규장각본과 장서각본은 둘 다 180권이라는 점에서는 동일하며 내용도 거의

●●
18   정창권, 《조선의 세계명작, 완월회맹연》, 월인, 2013.

비슷한데, 전자는 93책으로 묶였고, 후자는 180권으로 묶여 있다. 두 이본 중 낙선재에 소장되어 있던 이본은 현재 장서각에서 소장하고 있는 180권 180책의 이본이다. 규장각본에 비해 장서각본이 보관 상태가 깨끗하며, 상대적으로 구개음화나 단모음화가 일어나지 않은 상태의 표기가 빈번해서 필사 시기 역시 앞설 가능성이 높아 보인다. 즉 《완월회맹연》 이본 중에서는 장서각본이 선본(先本)[19]이자 선본(善本)에 해당한다고 하겠다.

앞에서 언급했던 한자 병기된 현대 활자본 역시 하나의 이본이라고 할 수 있겠는데, 이는 어떤 경우에는 규장각본과 장서각본이 혼용되기도 하여, 번역이든 학술 연구의 경우이든 이것만을 대상으로 삼기는 어려울 것으로 보인다. 그러므로 이 글 역시 장서각본을 대상으로 논의를 전개하기로 한다. 장서각본은 바로 낙선재에 소장되어 있던 낙선재본 《완월회맹연》이다.

머리말에서도 이야기했듯 우리의 작업은 지금은 희미해진, 그러나 조선시대 소설 중 가장 긴 장편소설인 《완월회맹연》의 서사 세계를 탐색해보는 것이다. 무슨 할 이야기가 그리 많아서 조선시대 소설 중에서 가장 긴 소설이 되었을까? 《완월회맹연》은 실은 그 문장 하나하나를 직접 읽어야 재미가 솔솔 나는 소설이다. 인물의 신분, 성격, 나이 등에 따라 말투도 다채롭고, 집안에서 생일잔치를 묘사할 때와 저 멀리 눈발 내리치는 광경 속에 걸어가는 주인공들을 묘사할 때는 또 얼마나 다른지 장면 장면 읽을 때마다 아주 재미가 난다. 인물을 성격화할 때도 인물이 납작해 보이게 하는 것이 아니라 인간 내면의 여러 겹을 잘 드러내어 보여준다. 주인공의 저택은 그들만의 공간으로 채워지는 것이 아니라 배고프고 가난한 이들을 품어주는 공간도 있는데 그 묘사가 자세하다. 이런 재미들 속

• •

19   정병설 역시 장서각본과 규장각본 중 장서각본의 필사 시기가 더 앞설 가능성에 대해 논의했다. 정병설(1998), 앞의 책, 32~35쪽.

에서 경직된 유교적 가부장제의 모순과 왜곡된 개인의 욕망과 일상의 삶들이 그려진다.

오늘날이라고 많이 다를까 싶다. 결국 중요한 것은 무엇일까? 그 주인공들의 고군분투는 개인의 행복으로 연결되는가? 사회는 거대한 것들을 가리키며 부추기겠지만 멈춰서 잘 생각해볼 문제다. 《완월회맹연》에 등장하는 인물들은 선하거나 악하거나 각자 다 할 말이 있고 나름대로 최선의 것을 혹은 옳은 것을 선택하는 것으로 보인다. 심연보다 깊고 알기 힘든 인간들의 마음을 방대한 이야기로 풀어낸 이 작품의 세계에 한 발 들여놓아 보시길 권한다.

제2부

작품론

1. 다채로운 인물들의 향연

180권 180책이라는 방대한 분량에서도 짐작할 수 있듯이 《완월회맹연》에는 실로 수많은 인물들이 등장한다. 기나긴 서사의 흐름 속에서 주인공의 가문인 정씨 부중이 장씨, 소씨, 조씨, 이씨, 교씨 등의 주변 가문들과 교류하는 가운데 끊임없는 사건과 사고를 만들어내며 다양한 캐릭터들을 양산해내고 있는 것이다. 전체적인 서사의 흐름은 주인공이 속한 정씨 부중을 중심으로 이루어지고 있으나 그에 못지않게 주변 가문 또한 소홀히 다룰 수 없을 정도로 비중 있게 그려진다. 즉 중심 가문의 주요 인물만이 요긴한 역할을 맡는 것이 아니라 다양한 인물들을 적재적소에 등장시켜 주인공과 비등한 위치를 점하는 가운데 병렬적으로 서사를 이끌어가게끔 설정한 것이다. 이는 여타의 대하소설에서도 흔히 접할 수 있는 장편화 원리의 하나로, 복수의 주인공을 설정하여 다양한 주인공들이 각자의 이야기를 이끌어갈 수 있도록 마련한 장치[1]다. 이러한 점에서 평가해볼 때, 《완월회맹연》은 한 마디로 단일한 인물 또는 단일한 주제를 중심으로 하나의 구심적 구조를 가지고 있다기보다는 다양한 인물과 다양한 주제로 확대되는 원심적 구조를 취하고 있다[2]는 점을 확인할 수 있다.

여기서는 작품에 등장하는 수많은 인물들을 개괄한 후 다양한 캐릭터들을 한눈에 파악할 수 있게끔 주요 등장인물들을 중심으로 비교적 자세하게 설명하기로 한다. 이러한 작업을 위해《완월회맹연》에서 주요 가문인 정씨 부중의 인물들을 필두로 그들과 관련돼 갖가지 사건을 야기하는 다른 가문의 특징적 인물들을 순차적으로 소개한다.

우선 작품 속 서사를 이끌어가는 중심 가문으로 '정씨 부중'에 속한 인물들을 개략적으로 제시하면 다음과 같다. 1대 정한은 송나라 정명도 선생의 후예로 위국공 서달의 손녀 서씨를 아내로 맞아 슬하에 정잠, 정삼 두 아들과 딸 정태요까지 3남매를 둔다. 정잠은 가문의 적장자(嫡長子)로, 부인 양씨를 맞아 슬하에 두 딸 정명염과 정월염을 두었으나 아들은 낳지 못한다. 집안의 대를 이을 아들이 없는 상태에서 동생 정삼의 쌍둥이 아들 중 정인성을 계후자로 정하고 이를 집안에 공표한다. 그 이후 정씨 가문의 맏며느리이자 정잠의 처 양부인이 병으로 세상을 떠나고, 집안 어른들의 강권에 못 이겨 정잠은 후처 소교완을 들인 후 쌍둥이 아들 정인중, 정인웅을 낳게 된다. 정잠의 큰딸 정명염은 조정의 아들 조세창과, 둘째 딸 정월염은 이빈의 큰아들 이창린[3]과 혼인하는데, 훗날 이창린이 친

1   김홍균, 〈복수 주인공 고전 장편소설의 창작방법 연구〉, 한국정신문화연구원 한국학대학원 박사 학위 논문, 1991 참조.

2   정병설,《《완월회맹연》 연구》, 태학사, 1998, 167쪽.

부인 장헌을 찾게 되면서 정월염은 장헌을 시아버지로 모시게 된다. 정인성은 이빈의 막내딸 이자염을 아내로 맞이하게 된다.

정한의 둘째 아들인 정삼은 화부인[4]을 맞아 슬하에 쌍둥이 형제 정인성과 정인광을 두고 뒤이어 아들 정인경, 딸 정자염을 낳는다. 정삼은 정인성을 형 정잠의 계후(繼後)를 위해 양자로 보내고, 정인광은 장헌의 딸 장성완과 혼인시킨다. 그러나 정인광이 장헌을 장인으로 대우하지 않고 반항하자 정삼은 아들을 훈육하는 과정에서 부자간의 갈등도 빚는다. 정인경은 훗날 주성염과 인연을 맺게 되는데, 이 주성염 관련 이야기가 작품 내에 집약적으로 삽입돼 있어 특징적이다. 주성염 관련 서사만 따로 떼어내도 한 편의 소설이 될 만큼 완결된 이야기 구조를 갖추고 있기 때문이다. 이 서사에서만큼은 중심 가문인 정씨 부중의 인물인 정인경보다는 주성염에 서사의 초점이 맞춰져 있음을, 이 작품을 읽는 독자라면 대번에 알아챌 수 있다.

정한의 딸 정태요는 상연과 혼인하여 아들 셋, 딸 셋의 6남매를 낳아 다복한 가정을 꾸린다. 그녀는 친정에 와서 지내는 시간이 많은 까닭에 정씨 가문의 대소사에 자주 관여한다. 아울러 사촌 정염과 더불어 희담꾼[5]으로서의 역할을 하면서 정씨 부중에서 일어나는 일들에 관해 여러 인물들과 견해차를 보이며 입담을 경쟁적으로 과시하기도 한다.

그 외의 정씨 부중 인물들을 소개하면 다음과 같다. 정한의 아우인 정선이

●●

3   이창린은 본래 장헌과 연부인 사이에서 태어난 맏아들이다. 장헌이 소주자사로 부임하던 중 도적에게 납치되었는데, 우여곡절 끝에 이빈의 장자 이창린으로 자란다.

4   《완월회맹연》에서는 화씨 성을 가진 여성 인물이 세 명 등장하는데, 그들을 편의상 구분하기 위해 나이순으로 정한의 조카인 정흠의 부인을 '대(大)화부인'으로, 정한의 사촌 형제 아들인 정염의 처를 '소(小)화부인'으로, 그리고 정삼의 아내를 '화부인'으로 칭하고 있다.

5   한길연, 《완월회맹연》의 여성 관련 희담 연구―남성 희담꾼 "정염"과 여성 희담꾼 "상부인" 간의 희담을 중심으로〉, 《한국고전여성문학연구》 25, 한국고전여성문학회, 2012, 273~310쪽.

유부인과 혼인하여 슬하에 정흠과 정겸을 둔다. 정선은 과거 한나라 왕 고구의 모함을 받아 원통한 죽음을 당한다. 그의 큰아들 정흠은 대화부인과 결혼하여 슬하에 외동딸 정기염만 둔다. 이후 계후를 위해 정잠의 쌍둥이 형제 중 정인웅을 양자로 들인다. 정선의 둘째 아들인 정겸은 서태부인의 질녀(姪女) 서씨를 아내로 맞아 슬하에 1남 2녀를 둔다.

정한의 종질(從姪)인 정염은 소화부인을 아내로 맞아 슬하에 정인홍 외 세 아들과 딸 정성염을 둔다. 정염은 서사 전개에서 주동적인 역할을 거의 맡지 않음에도 불구하고 가족 모임 장면 등에서 다른 사람을 조롱하거나 농담을 하는 데 발군의 실력을 발휘하여 실제로는 작품의 핵심적 인물로 부각[6]될 정도로 비중 있게 다뤄진다. 정흠과 정겸이 같은 부모에게서 태어난 형제지간이긴 하나 실과 바늘처럼 항상 붙어 다니는 이들은 정염과 정겸이다. 조카 정인광을 놀리는 장면에서도 정염과 정겸이 콤비를 이뤄 흥미로운 장면을 연출하기도 한다.

이상으로 주인공 정인성이 속한 정씨 가문의 주요 인물들을 개략적으로 소개했다. 정씨 부중은 1대인 정한을 비롯하여 2대에 속한 정잠, 정태요, 정삼, 정흠, 정염, 정겸 등의 인물, 그리고 그다음 세대인 정인성, 정인광, 정명염, 정월염, 정인경, 정인중, 정인웅 등의 인물이 주변 가문의 사람들과 어우러져 갖가지 사건들을 야기하며 개성 있는 면모를 드러낸다.[7]

다음으로 작품에서 주의 깊게 살펴봐야 할 가문은 장씨 부중이다. 장헌이라는 인물 때문인데, 그의 성장 과정에 따른 성격 변화가 특징적인 까닭이다. 그의 부모인 장합과 위씨 부인은 가산을 탕진하고 떠돌아다니다가 정한이 빈민들

●●

6   정병설(1998), 앞의 책, 149쪽.

7   이 외에도 정씨 가문의 4대손인 정몽창, 정몽선, 정몽현, 정혜주 등의 인물도 등장하지만 여기서는 주요 사건과 관계된 인물들만 거론하기로 한다.

을 위해 세운 구빈관에 의탁해 살면서 장헌을 낳게 된다. 그러나 얼마 후 부모가 차례로 세상을 떠나자 젖먹이 장헌을 정씨 부중의 정한과 서태부인이 친아들처럼 양육한다. 장헌이 장성한 후 연부인을 아내로 맞아 아들을 낳지만 소주자사로 부임하던 날 도적의 습격을 받아 그 아이[8]를 뺏기게 된다. 이후 첩 박씨에게서 딸 장성완을 낳고 뒤이어 장희린, 장세린 두 아들까지 얻게 되면서 연부인 소생의 잃어버린 아들은 까맣게 잊고 지낸다. 장헌은 기존 연구에서는 악인형 인물로 분류되지만 실제 작품 속 장헌의 모습은 철저한 악인이라기보다는 권력과 이욕에 눈이 먼 소인형 자질이 우세하게 드러나기에 선악의 이분법적 기준으로 그 인물형을 명확하게 규정짓기가 애매하다.

장헌의 본부인이자 장창린의 생모인 연부인은 태사 연침의 딸로, 성품이 온화하고 자상한 면을 지니고 있다. 남편 장헌이 어딘가 모자란 행동으로 인해 남들의 핀잔을 듣지 않도록 늘 곁에서 그의 언행을 제어해주는 역할을 한다. 또한 장성완을 비롯한 박씨 소생의 세 남매에게도 늘 자애로운 모습을 보이며 그들이 의지할 수 있는 버팀목 역할을 맡는다.[9]

장창린은 장헌의 첫째 아들로 연부인 소생이다. 어렸을 적 도적에게 납치되었다가 우여곡절 끝에 이빈의 양아들로 자라 정월염과 혼인하면서 정잠의 사위가 된다. 장성완은 장헌의 큰딸로 박씨 소생이다. 정인광과 혼인하지만 부친으로 인해 부부 사이에 불화를 빚기도 한다. 장희린은 장헌의 둘째 아들인데, 처사 주양의 둘째 딸인 주성혜를 부인으로 맞아들인다. 주성혜는 용모 기질이 대장부와

••

8   이 아이가 본처 연부인에게서 낳은 아들 장창린인데, 도적에게 납치된 이 아이는 우여곡절 끝에 이빈의 양자로 들어가면서 이씨 부중의 큰아들 이창린으로 바르게 성장한다.

9   장세린의 병상(病狀)이 깊어지자 정성염과의 혼사를 추진 중이라는 소식을 알려 그를 안심시키기도 하고(권51), 장성완이 남편 정인광과 잘 지내지 못하는 자신의 신세를 한탄하자 그녀를 위로하기도 한다(권84).

같고 검소한 성품을 지녔는데, 그런 이유로 시부모인 장헌과 박씨로부터 사랑받지 못한다. 장세린은 장헌의 막내아들인데, 부친의 경솔한 결정으로 여원홍의 딸 여씨[10]를 아내로 맞아들여 불행한 결혼생활을 하게 된다. 이후 정염의 딸 정성염과도 인연을 맺는다.

조씨 부중에서 1대 조겸은 송부인과 혼인해 아들 조정과 딸 하나를 두었다. 조정은 주씨 부인을 아내로 맞아 조세창과 조성요, 조숙요 두 딸을 낳는다. 조세창은 정잠의 첫째 딸 정명염과 혼인하게 되고, 딸 조성요는 정흠의 양자 정인웅과 혼인한다. 조겸의 딸은 정한의 수제자인 이빈을 남편으로 맞아 슬하에 이창린, 이창현, 이창문, 이창웅, 이자염 등의 자녀를 둔다. 이 중 이창린은 이빈의 친자식이 아니며 앞서 언급했던 장헌과 연부인 사이에서 태어난 아이로, 장성한 후 친부모를 찾아 장창린으로 살아간다. 이창현은 정삼의 딸 정자염을 아내로 맞게 되고, 이후 정태요의 잃어버렸던 딸 상여교를 위험한 상황에서 우연히 구출하게 된 인연을 계기로 그녀를 첩으로 들인다. 이자염은 이빈의 막내딸로 정인성과 혼인한다.

소씨 부중에서 주목할 인물은 소교완이다. 소희량과 주태부인의 4남 3녀 중 막내인 소교완은 초반에 등장한 이후 줄곧 작품의 서사를 추동하며 크고 작은 사건 사고를 일으키는 문제적 여성 인물이다. 기존 연구자들은 그녀를 악인형 인물로 평가하면서 그 악행의 이유를 표면적인 갈등에서만 찾았는데, 이에 대한 면밀한 검토가 요구된다. 소씨 부중에는 소희량의 큰아들 소운을 비롯해 여러 인물들이 얽히고설켜 있지만 모두 소교완의 행실을 저지하기 위한 부수적 인물로 등장한다.

••

10   작품에 등장하는 여씨는 둘이다. 한 명은 교한필의 정실인 여씨이고, 다른 한 명은 장세린의 본처인 여씨다. 여기서 언급한 여씨는 장세린의 본처다.

먼저 소교완의 부친 소희량은 전형적인 가부장의 모습을 보여준다. 가정의 중대사를 결정하는 데 가족의 의견을 수렴하기보다는 자신의 결정에 무조건 따라야 한다는 고지식한 면을 보인다. 성격 또한 옳고 그름이 확실하고 매서운 면이 있어, 가족들은 소희량 몰래 일을 계획하고 처리하려는 경우가 있다. 나중에 소희량이 눈치채고는 여지없이 불호령이 떨어지지만 가족들은 어떻게든 최악의 상황만은 피하고자 부친 모르게 일을 처리하기도 하는 것이다. 소교완의 모친 주태부인은 자애로운 어머니상을 보여준다. 그녀는 막내딸 소교완을 정씨 가문에 시집보낸 후 한시도 마음 편히 지낸 적이 없다. 후처로 들어간 만큼 딸이 그 소임을 넉넉히 해내었으면 하고 바라지만 매번 딸이 저지른 불의한 행실에 관한 흉흉한 소문만 들려와서 마음을 졸이며 염려와 걱정으로 하루하루를 살아간다. 소씨 가문에서 주요 특징적 인물로는 단연 소교완을 꼽을 수 있다.

다음으로 주씨 부중에서 눈여겨볼 만한 인물은 주성염이다. 주성염은 처사 주양과 유씨 부인 사이에서 태어난 막내딸이다. 그녀는 훗날 정삼의 아들 정인경과 짝을 이루게 되는데, 갓난아기 때 가족과 헤어진 후 번복되는 출생의 비밀에 따라 파란만장한 성장 과정을 거치게 된다. 기존 연구에서는 주성염의 이야기를 두고 《박씨전》이나 《숙향전》 등과 같이 여주인공의 활약상을 다룬 단편적인 작품으로 독립시켜도 손색이 없을 정도라고 평가한다. 아울러 그녀를 도와 곁에서 고군분투했던 시비들인 계영, 홍매, 설영, 열앵 등 실명을 가진 여성 인물들이 서로 도우며 힘을 합쳐 난관을 극복하는 모습을 통해 일종의 '여성 지혜담'으로 명명할 수 있다고도 언급하며, 이는 여성 영웅소설처럼 여성이 남장을 하고 전쟁터에 참가해 이름을 떨치는 영웅과는 또 다른 의미의 가문영웅에 해당한다[11]고 보았다.

●●

11   정창권, 《한국 고전 여성소설의 재발견》, 지식산업사, 2002, 158~168쪽.

그 외의 가문에서 관심을 가져야 할 인물들은 한씨 부중의 한난소와 양일아다. 둘 다 여성 인물인데, 한난소의 할머니이자 양일아의 외할머니인 한후의 후처 주태부인[12]의 계교에 의해 출생에서부터 두 여성의 삶이 송두리째 뒤바뀌게 된다. 주태부인은 자신의 유일한 혈육인 외손녀 양일아를 곁에 두고 보살피기 위해 사위 양손에게 사산아(死産兒)를 낳았다며 거짓말을 해서 외손녀의 존재를 감춘다. 이후 아들 한제선이 영능공주와의 사이에서 낳은 딸 한난소와 바꿔치기하여 양일아를 그들의 딸로 키우게끔 모략을 꾸민다. 이로 인해 한난소는 출생과 동시에 강제적으로 부모의 품을 떠나 갖은 고생을 하며 살아가게 되고, 양일아는 외할머니의 보살핌을 받으며 잘 자란다. 훗날 이 모든 사건의 내막이 밝혀지자 한난소는 친부모인 한제선과 영능공주 곁으로 돌아와 군주의 자리에 앉게 된다. 앞서 거론한 인물들 외에도 특징적인 캐릭터가 《완월회맹연》이라는 거질의 작품 속 곳곳에 숨어 있다. 여기 소개한 인물들은 극히 일부에 지나지 않는다는 뜻이다. 지면의 한계로 인해 각양각색의 인물을 모두 다루지 못하는 게 아쉬울 따름이다.

《완월회맹연》에는 이처럼 다양한 인물 군상들이 서로 어우러지며 각자의 역할을 통해 자신만의 캐릭터를 구축하고 있다. 기존 연구에서 정병설[13]은 인물 구조의 특징을 설명하면서 《완월회맹연》 속 등장인물들을 단순한 선악 구도로는 파악하기 어렵다고 지적했다. 그만큼 《완월회맹연》의 캐릭터들이 단순하지 않다는 의미다. 그러면서도 그는 일단 인물 소개 차원에서 서술자의 시각에 기준을 두

..

12   소교완의 이모이자 소씨 부중 주태부인의 동생. 한씨 부중 한후의 본처 탕태부인이 죽고 나서 후처로 들어간 주태부인은 자신의 딸 한씨가 양일아를 낳다가 죽자 영능공주가 낳은 여아(한난소)를 내다버리고 그 자리에 자신의 외손녀인 양일아를 대신 키우게끔 계교를 꾸민다. 버려진 한제선의 딸 한난소는 정씨 부중 정겸의 처 서씨의 보살핌을 받으며 자라게 되고 우여곡절 끝에 훗날 군주의 자리를 되찾게 된다.

13   정병설(1998), 앞의 책, 146~156쪽.

고, 긍정적 서술 시각에 의해 형상화된 인물을 선인군으로, 부정적 서술 시각에 의해 그려진 인물을 악인군으로 구분했다. 그런 다음 각 인물군의 변별점을 찾아 그 하위의 인물형을 설정했다. 그 결과 《완월회맹연》에서는 수많은 선인군 인물들이 등장하는데 이들은 대부분 중심 가문인 정씨 부중과 직간접적으로 관련된다는 특징이 있으며, 이러한 선인군 인물에는 요조숙녀형, 열녀형, 성인형, 영웅형, 강직한 관료형, 온유한 처사형, 해학형 인물 등 다양한 개성의 인물형이 속해 있음을 제시했다. 또한 악인군의 대표적인 인물로는 소교완과 장헌을 꼽았으며, 이들 외에 맹추나 왕술위, 장손탈, 장손환, 진소애 등의 요도(妖徒), 장세린의 처 여씨와 정인성의 첩 양일아 등을 들 수 있다고 했다. 또한 서술자의 시각이 긍정적인 경우는 내부 인물로, 부정적인 경우는 외부 인물로 명명했다. 아울러 등장 인물들을 혈연적 관계로 나눠 1차, 2차 혈연집단과 같이 중심 가문과 가까운 혈연관계에 있는 집단 구성원을 족내 인물로, 3차 혈연집단 등 중심 가문과 먼 혈연관계에 있거나 아무런 혈연관계가 없는 인물을 족외 인물로 구분했다. 그는 작품에서 족내 인물은 포섭과 구원의 대상으로 나타나고, 족외 인물은 배타와 처벌의 대상이 되고 있음을 역설했다.

이 글에서는 이러한 선행 연구의 인물 분류 방식과 달리 선악 구도를 벗어난 인물 유형 분류를 시도하고자 한다. 우선 《완월회맹연》에 등장하는 수백 명의 인물들을 효율적으로 분류하기 위해서는 작품 전반에 도드라지는 인물군과 그렇지 않은 인물군으로 나누어야 한다. 전자에 속한 부류에는 서사 추동을 주도하며 갖가지 사건과 사고를 일으켜 스토리 전개에 긴요한 역할을 맡고 있는, 다시 말해 《완월회맹연》의 수많은 인물들 중 가장 독특하면서 특이한 지점을 갖는 인물들이 포함된다. 그 외의 인물들은 대다수가 작품의 전체 분위기에 걸맞게 규범적이며 당대 유교 윤리의식에 맞는 행동양식을 지니고 있어 별다른 특징적 행위로는 주목되지 않는다.

《완월회맹연》의 인물을 분류하는 데 중심이 되는 키워드는 규범과 욕망이다. 여기서 말하는 규범은 인물이 속한 사회의 질서와 가장 잘 부합된 상태를 가리키는 개념으로 사용하고자 한다. 즉 대외적으로 보이는 모습과 인물이 가진 의지의 지향점이 일치해 내외적으로 심리적 균열을 보이지 않는 인물이라고 할 수 있겠다. 아울러 욕망이란 용어는 라캉의 이론처럼 영원히 채울 수 없는, 요구와 욕구 사이에 존재하는 나머지 그 공허감을 의미[14]하기도 하지만, 이 글에서는 자신이 처한 상황을 타개하기 위해 인물이 의지적으로 취할 수 있는 여러 가지 해결 방식을 포괄하는 개념으로 쓰고자 한다. 이러한 두 키워드의 조합 여부에 따라 '규범 충실형', '규범과 욕망의 절충형', '규범과 욕망의 충돌형', '욕망 종속형'으로 대별하여 《완월회맹연》의 인물 유형을 살펴보고자 한다.[15]

2. 규범 충실형

여기 속한 인물군은 '규범에 철저하리만큼 충실한 인물군'으로 감정적 동요를 겉으로 드러내지 않으며 당대 규범적 이념 준수에 확고한 모습을 보여준다. 늘 일관적이고 항상성을 지닌 면모를 보여 성인군자에 비견할 만한 그런 인물들이다.

••

14　서영채, 《인문학 개념정원》, 문학동네, 2013, 56~57쪽.

15　인물 유형 분류와 관련하여 선행 연구자 이현주(《완월회맹연》 연구), 영남대학교 박사학위 논문, 2011)는 《완월회맹연》의 인물을 '이념과 욕망 속의 인물 형상화'라는 큰 제목 아래 '이념 실행과 화합의 관계', '욕망 추구와 용서의 관계'로 나누고 그 하위 항목에 주요 인물들을 배치하면서 논의를 진행한 바 있다. 이 글에서는 기존 연구를 참고하되, 인물을 관계적 측면에 비중을 두기보다는 각 인물이 지닌 속성에 근거하여 네 가지 유형으로 세분화하여 분석한다는 점에서 기존 연구와는 구별된다.

악인들을 제외한 나머지 주요 가문의 남녀 인물들은 대부분 이 유형에 속한다. 중심 가문인 정씨 부중의 1대 정한과 서태부인을 비롯하여 2대 정잠, 정삼 그리고 3대인 정인성, 정인웅, 정명염 등이 있으며 며느리 이자염, 조성요, 장성완 등도 규범에 충실한 인물 유형에 속한다. 아울러 강직한 성품의 정흠과 그 동생 정겸 등도 여기에 포함시킬 수 있다. 그 외에도 여러 인물들이 이 유형에 속해 있으나 여기서는 정인성, 정인웅, 장창린, 이자염, 장성완만 다루기로 한다.

1) 정인성

정인성은 정삼이 낳은 쌍둥이 아들 중 한 명이다. 그는 큰아버지인 정잠의 양자로 들어가 정씨 가문의 계후자가 된다. 출중한 외모에 능력 또한 뛰어나서 그야말로 하늘이 내린 인재라는 소리를 듣는 인물이다. 작품 초반 태주로 가던 도중 악인들에 의해 의도치 않게 바다에 표류하게 된 상황만 제외한다면 그는 작품 전반에 걸쳐 위험에 처하는 경우가 거의 없다.[16] 정인성은 자객의 침입도 미리 알아 대처하는 한편 자객조차 교화시켜 자신을 따르게 만드는 능력을 보여주기도 한다.

> 인성 공자가 곧 옷을 바로 하고 당에 올라 인사하니 키가 썩 커서 열 살 정도는 되어 보였고 용모가 탁월하며 풍채가 빼어났다. 흰 눈 같은 안색은 보옥과도 같았고 제나라 왕이 진주보다 더 보물로 여겼던 인재처럼 빼어난 인물이니 대인의 기상이 뚜렷하였다. (권1)

••

16   물론 이러한 표류 사건도 정인성의 훌륭한 면모를 돋보이게 하기 위한 장치임을 알 수 있으나 미리 방비하지 못했다는 점만 따지자면 그렇다는 말이다.

위의 인용문은 권1에서 정잠의 계후자를 정인성으로 정한 후, 정한이 완월대 잔치에 모인 친인척들에게 자신의 손자 정인성을 소개하는 장면이다. 정인성의 탁월한 외모를 비유적으로 표현한 대목인데, 그는 수려한 외양만큼이나 온화하면서도 견고한 성품을 지닌 인물이다. 그의 성품은 후술할 정인광이라는 인물 소개에서도 언급하겠으나 작품 초반에 주로 비교 차원에서 두 형제(정인성, 정인광)간의 성품과 외양 묘사가 이루어지고 있다.

정인성은 주인공에 해당하는 만큼 주요 서사는 물론 주변 서사에서도 빠짐없이 등장한다. 각각의 서사에서 정인성은 오랑캐 나라들에 잠시 머물게 되면서 그들을 교화시키고 올바른 길로 인도하는 등 성인군자의 빼어난 능력이 발현되는 양상으로 드러난다. 실제로 정인성은 흉적들의 모략으로 강에 빠져 표류하던 중 몽골 사신에게 구출되는데, 당시 몽골은 내란으로 인해 어지러웠으나 정인성의 교화로 나라가 안정을 되찾기도 한다. 또다시 금국 경강지역에서 표류하게 된 정인성은 그 나라 왕의 정사를 돕고 백성들을 교화시키기도 한다.

가까스로 환국한 후에는 집안에서 모친 소교완과 동생 정인중의 악행 때문에 늘 해를 당하지만 그들을 탓하기는커녕 오히려 자신의 불찰이라면서 끝까지 그들을 교화시키려 한다. 또한 소교완이 처 이자염에게 억울한 누명을 뒤집어쓰게 해서 죄인으로 만들지만 이를 모두 감수하고 도리어 모친과 동생 정인중의 악행이 드러날까 염려하면서 사건의 진위를 가리지 않고 무조건 덮어버린다.

> 엄교(嚴敎)를 받들지 않고 밤에 칼을 쓰고 활을 쏘는 행동을 아무렇지 않게 여기니 우리 가문이 무예(武藝)를 숭상하지 않음을 네 또한 모르지 아니하되, 성문(聖門)의 유학(儒學)을 버리고 그릇된 길에 뜻을 두어 문호에 없는 위인이 되니 어찌 불행하지 않겠느냐? 이러한 까닭으로 약간 매로 다스려 아버지께서 만리 먼 곳에 계시나 형이 집에 있음을 알게 할 것이니 이후에나 몸을 닦아 아버

지의 가르침을 저버리지 마라. 말을 마치고 존당(尊堂)을 향해 꿇어앉아 측수(厠水)를 마시고 인하여 친히 매를 잡아 인중을 때렸다. 인중이 비록 사람의 마음이 없으나 칼과 화살로 범하지 못한 후에는 감히 떨치고 불손하게 굴지 못하여 바지를 걷어 다리를 내놓고 공손하게 태벌(笞罰)을 받았다. 이때 형이 수죄하고 훈계하는 말마다 몸을 바르게 하여 근신하지 못함을 이르고 활과 화살을 갖고 칼을 사용하는 것이 무예를 익히는 것이라 할지언정 형을 쏘며 형을 찌르려 했다는 말은 행여도 하지 않으니 오직 잠깐 행실이 바르지 못한 자제(子弟)를 엄한 부형(父兄)이 정도(正道)로 꾸짖으며 훈계하는 것과 같았다. (권90)

위의 인용문은 정인중이 형 정인성을 죽이려는 악한 마음을 품고 미리 준비해둔 독화살과 칼로 형을 공격하다가 오히려 제압당한 후 벌을 받는 장면이다. 정인성은 정인중에게 화살을 모두 주워오라 해서 꺾어버리게 한 뒤 화장실의 더러운 물을 떠오라고 한다. 정인성은 엄한 가르침을 따르지 않고 무예를 숭상하지 않는 가문의 뜻을 어기고 밤에 칼과 활을 쓴 것은 잘못이라며 동생의 허물은 자신의 죄이기도 하니 그 벌로써 이 화장실의 물을 마신 후 동생의 죄를 다스리겠다고 한다. 이에 정인중은 다리를 내놓고 매를 달게 받는다.

이 장면에서 정인성은 동생 정인중이 분명 자신을 죽이려 했던 사실을 인지했음에도 불구하고 일절 입 밖에 꺼내지 않으며 오히려 무예 연습을 위해 활 쏘며 칼을 쓰는 등의 행위가 집안의 가르침에 어긋난다며 정인중을 꾸짖기만 한다. 살인미수라는 범죄를 저지른 동생의 허물을 그대로 덮어준 정인성의 행동을 어떻게 받아들여야 할지 의문이다. 이러한 형의 마음을 정인중이 모를 리 없다. 정인성 또한 정인중이 이러한 자신의 마음을 알고 개과하기를 바란 것은 아닐까? 정인중은 형을 죽이려는 의도가 있었음을 알면서도 도리어 무예 연습을 한 행동만 나무라며 살인미수죄를 덮어주는 형에게 감동하나 또다시 그러한 형의 덕성을 질투하기에 이른다.

위와 같은 사례는 비단 정인중뿐 아니라 모친 소교완과의 관계에서도 볼 수 있다. 소교완이 정인성을 없애기 위해 미음에 독을 타서 주면 정인성은 독이 든 줄 뻔히 알면서도 아무렇지 않게 먹는다. 그러고 나서 해독제를 복용해 위기를 모면하고 또다시 그러한 상황을 반복적으로 겪으면서도 소교완의 실덕이 남들에게 알려질까 봐 꺼려하며 모든 일을 무마하려 한다. 또한 자꾸만 엇나가는 소교완과의 관계를 회복하기 위해 정인성은 그토록 자신을 싫어하는 모친 앞에서 하인을 시켜 쇠몽둥이를 들고 자신을 때리라고 명한다. 그리고 살이 뜯기고 피멍이 들면서도 모친의 화가 풀리기만 한다면 그 정도의 고통은 얼마든지 감수하리라 다짐한다. 그렇게 심한 매질 끝에 온몸이 만신창이가 된 정인성은 자신의 처소로 돌아간다. 이 밖에도 소교완은 정인성을 상대로 수도 없이 악행을 저지르지만, 그때마다 정인성의 태도는 늘 한결같다. 오히려 모친의 악행이 계속되자 결국 외가 소씨 부중에서 소교완을 죽이려 하지만 정인성은 끝까지 효심을 잃지 않고 그녀를 살리기 위해 백방으로 애를 쓴다.

2) 정인웅

정인웅은 정잠의 쌍둥이 아들 중 둘째로 소교완의 소생이다. 정인웅은 천성이 깨끗하면서도 맑아 누구하고도 잘 어울리고 하늘이 내린 효자라는 칭송을 듣는 인물이며 앞서 다룬 정인성과 비슷한 성품을 지녔다. 또한 정인중과 쌍둥이 형제로 태어났으나 형보다 훌륭한 성품을 타고난 데다 글재주까지 뛰어나 정씨 가문 안팎으로 그 능력을 인정받는다.

인웅 공자는 오히려 모부인의 교활하고 불인함을 알지 못하고 양어머니의 고통스러운 마음을 위로하며 밤낮으로 모시는 가운데, 학문을 닦고 수련하니 문리

(文理)를 깨우치며 성리(性理)를 꿰뚫어 (…) 존당 서태부인과 생부 참정공 정잠의 천만 귀중하게 여기는 바가 사인 정인성보다 못하지 않으며, 온 집안사람들 또한 정인성과 함께 아울러 인웅을 귀하게 여기며 추앙하였다. 정인성은 어려서부터 과묵하고 기개와 도량이 엄숙하며 시원하여 (…) 종의 무리들이 진심으로 공경하고 복종하며 섬기니 그 엄위한 중 넓은 덕이 따뜻한 봄날 같고, 인웅 공자는 온갖 행실이 독실하여 정인성에게 뒤지지 않으니, 티끌 날리는 세상에 물들지 않는 담박함을 지녔다. 다만 수척하고 슬픈 모습을 보이는 것은 그 양아버지인 정흠이 원통한 화를 입고 돌아가심을 평생의 지통(至痛)으로 삼은 까닭이었다. 일찍이 모부인의 행악을 전연 몰랐던 고로 형 정인성 부부의 고통스러운 상황 또한 알지 못했다. (권35)

위의 인용문은 정인웅과 성인성의 성품을 비교하는 가운데, 집안 어른들을 비롯해 가문 사람들이 두 인물을 귀하게 여기고 있음을 보여주는 대목이다. 정인웅을 정인성과 함께 평가할 정도로 집안사람들이 인정한다는 의미이기도 하고 이 둘의 성정이 비등하여 우열을 가리기 어렵다는 점도 파악할 수 있다. 곧 정인웅은 초탈하고 담박한 성품을 지녔고, 정인성은 과묵하여 범접하기 어려운 위엄이 있으면서도 넉넉한 덕성을 지니고 있어 정씨 부중에서는 이 두 사람을 나란히 칭송하고 있다. 인용문의 내용으로 보아 이때까지만 해도 정인웅은 모친 소교완이 형 정인성 부부를 향해 독수를 품고 심각한 악행을 저지르고 있다는 사실을 전혀 눈치채지 못한 것 같다. 다만 억울하게 돌아가신 양아버지 정흠을 생각하며 양어머니를 모시고 학업에 매진하는 모습만 보여주고 있다.

이후 정인웅의 행보는 소교완과 정인중이 정인성 부부에게 벌이는 악행을 막으려고 늘 노심초사하며 형 부부를 지키기 위해 고군분투하는 모습으로 이어진다. 날이 갈수록 모친 소교완의 악행이 심해지자 정인웅은 정인성 부부의 고통과 슬픔을 나누고자 형 정인성과 늘 함께 행동하기로 결심한다. 가령 정인성이 추위에 떨며 모친의 처소 밖에서 밤을 지새울 때도 함께 하며, 모친이 독약을 탄 온탕을 형에게 주면 그것을 자기 그릇과 바꿔 마셔버리기도 한다. 매사에 소교완과 형 정인중의 행동을 예의주시하는 가운데 혹 형 정인성에게 해악을 끼치지는 않는지 살핀다. 이후에도 모친 소교완의 독수(毒手)에 걸려 죽을 위기에 처한 형수 이자염을 여러 차례 구하기도 한다.

3) 장창린

장씨 부중에서 장헌과 연부인 사이에서 태어난 장창린은 부친 장헌이 소주 자사로 부임하던 중 도적에게 납치된다. 당시 장창린은 겨우 5~6개월 된 아기였고 이후의 행적에 대해서는 자세히 서술되어 있지 않지만 이빈의 집에 양자로 들어가 이창린으로 반듯하게 자란다. 이후 친아버지인 장헌을 만나 장씨 부중으로 복귀하면서 집안의 대소사에도 관여하게 되고, 두 남동생 장희린과 장세린의 훈육을 도맡아 하면서 그들을 교화시키기도 한다.

> 창린 공자가 자기를 낳아준 부모를 찾아 돌아왔다. (…) 그 부친이라 하는 자가 권세 있는 자들을 무조건 따르며 사리사욕을 채우는 데만 급급하여 재물을 탐하는 인색한 거동을 보면서 자신이 그동안 자라왔던 이씨 부중에는 저 말단자리의 천한 노비 중에도 이런 자는 없다고 생각했다. (…) 창린은 세상에 있을 마음이 없으며 고개를 들어 사람을 대할 면목이 없으니 스스로 죽고자 마음먹고 칼을 뽑아 목을 베려고 하다가 홀연 자기의 행동이 의롭지 못하고 효성스러운 마음이 부족함을 깨닫는다. 창린은 죽을 뜻을 버리고 계단에서 머리를 두드리며 부친이 덕망과 체통을 잃지 않기를 간곡히 아뢰었다. 눈물이 끝없이 흐르며 두개골이 부서질 듯 간하는 창린의 거동이 참람(僭濫)하되 공경하는 예모(禮

貌)와 효순(孝順)한 말씀이 단단한 철을 녹이고 목석처럼 단단한 마음을 감동시킬 듯하였다. (권27)

위의 인용문은 장창린이 이씨 부중에서 자라다가 어릴 적 헤어진 친아버지 장헌을 만나 장씨 부중에 돌아온 직후의 상황을 보여준다. 장씨 부중으로 돌아온 장창린은 부유한 집안의 모습에 기뻐하기보다는 이제껏 경험해보지 못한 파렴치한 행동을 일삼는 부친 장헌을 보고 괴로워한다. 견디다 못해 차라리 죽어 그런 모습을 보지 않으려고까지 한다. 실제로 칼을 뽑아 자기 목을 찌르려 하다가 문득 낳아준 부모에 대한 효에 어긋나며 옳지 못한 행위임을 깨닫고는 전심을 다해 부친 장헌이 맹목적으로 권세 있는 자들의 추종자가 되지 않기를, 사리사욕을 채우는 데만 연연하지 않기를 간곡히 간언한다.

지금껏 이씨 부중 이빈의 큰아들로 자라온 창린은 자신이 그동안 겪어온 주변 사람들과는 전혀 다른 장헌의 격에 맞지 않는 행동과 소인처럼 탐욕스러운 모습을 보고 적잖은 충격을 받은 것으로 보인다. 그럼에도 장창린은 부친 장헌이 달라지기를 바라며 포기하지 않고 진심을 다해 간언을 올린다. 장헌의 잘못된 결단으로 인해 가정에 문제가 발생하거나 해결해야 할 일이 생기면 먼저 나서서 최선을 다해 수습하기도 한다.

이후 장창린이 정월염과 혼인하겠다고 하자 장헌은 반대한다. 이때만 해도 정씨 부중이 아직 정계(政界)에 복귀하기 전이라 장헌은 정씨 가문과 사돈 맺기를 꺼려하고 있었다. 이번에도 장창린은 아버지의 정씨 부중에 대한 배은망덕한 태도에 경악하면서도 일단은 아버지의 말에 동의하는 한편 차분한 언사로 효성을 다해 아버지를 위로하며 설득하기를 마지않는다.

4) 이자염

이빈의 큰딸로 조부인의 소생이다. 정인성과 혼인하여 정씨 가문의 며느리가 된 후 시어머니 소교완으로부터 온갖 괴롭힘을 당하는 인물이다. 그럼에도 전혀 아랑곳하지 않고 자신의 소임을 묵묵히 다하는 인고(忍苦)의 여인상을 보여준다. 부덕(婦德)을 갖추고 규범에 충실한 모습을 보여주는 대표적인 여성 인물이라 할 수 있다.

> 인중의 간악한 모략(謀略)이 발각되면서부터 소교완은 분함을 이기지 못했고, 그 쌓인 분노를 정인성 부부에게 풀고자 했다. 독한 낯빛과 모진 말로 소저를 무수히 질책하였다. 다른 사람들의 이목이 번다한 곳에서는 매우 인자한 척 잘 대해주나 소저가 어찌 시어머니 소교완의 마음을 눈치채지 못하겠는가? 이에 소저는 매우 두려워하며 조심스레 삼가는 가운데 질책하는 바에 따라 조용히 자기의 죄를 청할 뿐이었다. (…) 또한 오래도록 처벌을 기다리지는 않았으니 이 역시 다른 이들이 보고 듣는 바가 있을까 두려워하며 행여 시어머니가 사람들에게 덕망을 잃을까 염려한 까닭이었다. (권39)

위의 인용문에서도 알 수 있듯이 이자염은 아무런 잘못 없이 시어머니 소교완으로부터 무수한 질책과 괴롭힘을 당하면서도 오히려 시어머니의 실덕이 다른 사람들에게 알려질까 봐 전전긍긍한다. 뚜렷한 잘못도 하지 않았는데 벌을 받는다면 억울할 법도 한데, 변명 한 마디 없고 싫은 내색조차 하지 않는 이자염을 우리는 어떻게 받아들여야 할까? 자신을 끊임없이 괴롭히는 시어머니 소교완을 향한 이자염의 마음은 진정 어떠하기에 이렇듯 심리적 동요도 보이지 않고 일관된 태도로 섬길 수 있는 것인가? 이자염이 이런 인품을 지닌 덕분에 당대 여인상을 대표할 만큼 효성스러운 며느리로 인정받고는 있으나 과연 오늘날의 독자들은 그녀를 어떻게 평가할지 궁금하다.

이자염과 정인성은 소교완이 자신들을 미워하면 할수록 자신의 효성이 부족한 탓으로 돌려 반성하기까지 한다. 아래 인용문을 읽어보자.

> 스스로 성효가 천하고 얕아 부인의 미움을 받는가 하여 자신의 잘못된 점과 죄를 헤아려보고 추호도 원한을 품지 않는다. 속마음의 정성이 지극한 까닭에 낯빛 또한 더욱 효순하여 목석도 감동하며 강철도 녹일 듯한데 소부인의 간포하고 극악함은 그 어진 바를 더욱 밉게 여기고 그 견고함을 가볍게 죽이지 못함을 한스럽게 생각하니 어찌 마음을 돌이킬 리가 있겠는가? (권39)

마음속에 지닌 정성이 지극하고 얼굴빛도 효순하다는 것은 겉과 속이 같다는 의미다. 속으로는 죽일 듯이 증오하나 겉으로만 온화한 빛을 띠는 것이 아니라 내면의 효성스러운 마음이 그대로 표출되는 것이다. 그러나 그러한 이자염의 성품조차 더욱 밉게 생각해 틈만 나면 그녀를 해칠 모략을 꾸미는 소교완은 오히려 그와 같은 이자염의 견고한 성품을 무너뜨리지 못하는 상황을 통탄스럽게 여긴다. 달리 생각해보면 이자염이란 인물도 결코 만만치 않은 여성이라는 점을 작품 곳곳에서 엿볼 수 있다. 성품이 견고해서일 수도 있겠으나 소교완 못지않게 독한 면모를 지녔기에 그 숱한 독수(毒手)에서 끝까지 살아남을 수 있었을 것이다.

5) 장성완

장헌의 딸 장성완은 당대 규범에 충실한 모습을 보여주는 대표적인 여성 인물 중 한 명이다. 작품 속에서 그녀는 '부친에 대한 효 이념'과 '정혼한 지아비를 향한 열 이념'을 올곧게 지켜내기 위해 자신을 희생하는 전형적인 규범적 여성 인물의 모습을 보여준다. 장성완은 집안 어른들이 완월대에서 맺은 혼약을 지키기 위해 고군분투한다. 곧 혼약을 맺은 정인광과의 신의를 지키기 위해 자신을 황제의 후궁으로 보내려는 부모를 향해 식음을 전폐하면서까지 저항한다. 연부인이 보내온 편지에서 목숨을 함부로 버리는 일은 부모에 대한 효가 아니라는 경계의 말을 교훈으로 삼아 겨우 목숨을 부지하고 있으나 그녀는 부친 장헌의 바람대로 황제의 후궁으로 들어가지는 않겠다고 마음속으로 굳건히 다짐했다. 그러던 중 범경화 일행의 모략[17]으로 인해 정절을 의심받는 상황에 놓이게 되자 그녀는 스스로 얼굴 가죽을 벗기고 귀를 자르려는 지경에 이르러 결국 기절하고 만다.

> 장성완은 스스로 자기 얼굴에 속히 상처를 내 망가뜨려 흉인(凶人)의 바라는 바를 끊어버리고, 부모님이 자기를 놓고 다시 혼처 자리를 의논할 수 없게 하려고 하였다. 천만 부득이 행하는 일이나 효녀로서 부모님이 주신 신체발부(身體髮膚)를 아끼는 뜻이 어찌 옛적 군자만 같지 못하겠는가? 스스로 통탄해하며 답답한 마음을 이기지 못하였으나 또 능히 그만둘 수도 없는 상황인지라 가만히 비단이불을 뒤집어쓰고 침상에 오를 새… (권23)

장성완이 '자신의 거취 문제를 놓고 부모님이 부귀영화를 위해 황제의 후궁으로 보내려고 한 일'과 '흉인의 계략으로 인해 자신이 지금껏 지켜왔던 정절을 의심받게 된 상황'에서, 고심 끝에 결심한 행동은 다름 아닌 자신의 얼굴을 훼손

17   범경화는 부마 범단과 화경공주의 아들로, 악녀 박교랑의 외사촌이다. 그는 평소 장헌의 딸 장성완을 연모하고 있었는데 그녀가 황제의 후궁으로 들어갈 것이라는 소식을 접하고 나서 박교랑, 화경공주 등과 모략을 짜서 장성완을 빼돌리려고 한다. 이를 위해 장성완의 필적(筆跡)과 패물(佩物)을 확보한 후 시비를 남자로 변장시켜 장성완이 두 남자 사이를 오가며 사귀었다는 누명을 쓰게 만든다. 이 사건을 계기로 장헌 부부는 더 큰 일이 벌어질까 두려워 장성완을 일단 태운산 고택에 숨기는데, 그녀 일행이 태운산에서 범경화의 추격을 피해 달아나다 강물에 뛰어들기도 한다.

하는 일이었다. 자신의 외모로 인해 벌어진 일련의 사건들을 놓고 그녀 스스로 단호하게 실행에 옮긴 행위였으나 위의 인용문에서도 알 수 있듯이 그러한 결정을 하기까지 괴롭고 힘든 심적 고통을 겪어야 했을 그녀의 아픔이 고스란히 전해 오는 듯하다.

> 유랑(乳娘)이 열 번이나 계속해서 불러도 장성완의 대답 소리가 들리지 않자 춘 홍과 추연이 울며 달려들어 이불을 들어 젖히며 말했다. "반드시 무슨 일이 생 긴 것입니다." 유랑이 또한 창망하게 이불을 들어 보니, (…) 다만 붉은 피가 비 단이불과 침상에 심하다 싶을 정도로 흘렀는데, 장성완은 마치 한 조각 붉은 고깃덩어리에 옷을 입혀 눕혀놓은 것 같은 모습이었다. 그녀는 6센티미터 정도 되는 비수(匕首)를 가느다란 손에 비스듬히 잡고, 하얀 손가락으로 굳게 눌러 쥔 채 짙푸른 귀밑머리를 쓸어 올리며 오른쪽 귀를 베어버리고자 하여 칼을 이 미 귀에 갖다 댔으나 기운이 빠져 능히 베지도 못하고 기절하여 인사불성인 상 태가 되고 말았다. 이러한 그녀는 사실 시신이라고 말하기도 애매한, 한낱 고깃 덩어리에 불과했다. (권23)

장성완은 고심 끝에 내린 결정을 단호히 실행에 옮겼고, 위의 인용문에서처 럼 그 참혹한 형상이 '한 조각 붉은 고깃덩어리'에 비유될 정도로 날카로운 칼로 자신의 얼굴을 훼손하기에 이른다. '붉은 고깃덩어리'라는 비유에서 얼굴에 단순 한 상처를 낸 정도가 아니었음을 알 수 있다. 그녀의 상태를 두고, "이목구비를 분별할 수 없을 정도인지라 어느 곳에 눈이 박히고 어느 곳에 코가 생겼던 줄 알 수가 없다"(권23)라고까지 표현하고 있는데, 이로 보아 장성완은 칼로 얼굴을 여 러 차례 난도질한 것으로 보인다. 연이어 귀도 자르려 했으나 기운이 소진한 탓에 기절하고 만다.

우리가 장성완을 열녀(烈女)로 칭할 수밖에 없는 이유가 여기에 있다. 보통의 일반 여성은 엄두도 내지 못할 일을 장성완은 해내고 있기 때문이다. 솔직히 얼마든지 다른 방법으로 그 상황을 모면할 수도 있었을 것이다. 가령 심복 시비와 함께 가출을 감행한다거나 부모님을 끝까지 설득할 묘책을 강구할 수도 있었을 것이다. 그러나 장성완의 결정은 단호했다. 손가락 끝에 자그마한 가시만 박혀도 그 통증을 감내하기가 어려운데, 도대체 어떤 마음가짐을 가지면 그러한 과단성 있는 행동을 보여줄 수 있을까 하는 궁금증도 더하는 부분이다. 위에 제시한 장면이야말로 장성완의 열녀다운 모습을 단적으로 보여주는 사례가 아닐까 싶다. 결국 장성완은 당대 이념적 규범을 제대로 체화(體化)한 전형적인 규범적 여성 인물이라고 할 수 있겠다.

3. 규범과 욕망의 절충형

여기 속한 인물군은 평소 성실하게 규범에 입각해 살아가지만 특수한 상황이나 위급한 지경에 처했을 때 주어진 환경을 타개하기 위해 평소와는 전혀 다른 면모를 보여준다. 그 과정에서 드러나는 그들의 행동방식을 면밀히 검토해본 결과, 자신이 처한 환경으로부터 겪게 되는 불의(不義) 또는 위협적인 상황을 제어하거나 타개하려는 의지가 강하다는 점에서 규범과 욕망의 절충을 꾀하는 인물 유형으로 제시했다.

1) 정월염

정잠의 둘째 딸 정월염은 앞서 다룬 이자염과 마찬가지로 평소 말과 행동이 조신한, 부덕을 갖춘 여성상을 보여준다. 다만 위기의 순간이 닥치면 대처 능력이 빠르고 규방 여성으로서는 행하기 힘든 대범한 행동까지 서슴지 않는 모습을 보여주어 흥미롭다. 다음의 인용문을 보자.

> 운화선은 변화무쌍하여 그 측량치 못할 신통력이 태허자 장손활보다도 높고, 하늘의 이치와 사람의 정기를 밝히 아는 것은 장손확보다 우월함에도 정월염의 당당하고 깨끗한 기운을 단번에 제어해 그 정신을 혼미케 하여 꾀어낼 재간이 없었다. 곧 자기 재주를 시험하는 게 무익함을 깨닫고 '구태여 요란한 행동으로 옥중을 소란스럽게 하지 않아야겠다' 생각하고는 조심스레 길이가 석 자 정도 되는 비도(飛刀)를 꺼내 정월염을 향해 던졌다. 본래 이 비도는 운화선이 각별히 아끼는 보물로, 죽이려는 사람을 향해 던지면 저절로 날아가 그 사람의 목을 베고 다시 주인에게로 돌아오는 신비로운 칼이다. 지금 운화선이 정월염을 향해 비도를 던져 석실에 다다랐으나 비도가 그저 공중에 떠 있는 상태로 정월염이 앉은 자리에서 빙글빙글 돌기만 할 뿐 그녀를 쉽사리 내려치지 못하였다. 정월염이 눈앞에서 요망스럽고 간악한 행태를 보고는 분노를 참지 못하고 눈썹을 찡그리고 눈을 치켜떴다. 그녀가 한 번 몸을 움직이며 요사스럽게 날아오는 칼을 잡아 그 가운데를 꺾어 멀리 던질 즈음에… (권15)

태주로 가던 중 도적 무리의 습격을 받아 일가족이 실산하게 된 정월염은 동생 정인광과 함께 조주 계행산에 있는 청성관 음실에 갇혀 온갖 고초를 겪다가 조력자 엄정 일행의 도움으로 정인광과 함께 요도(妖徒)를 물리치게 된다. 위의 인용문은 정월염이 석실에 갇힌 상태에서, 운화선이 정월염의 빼어난 외모를 보고 자기 휘하의 으뜸 제자로 삼고 싶어 설득하려 하지만 뜻대로 되지 않자, 이곳을 빠져나가기 전에 그녀를 죽이려고 비도를 꺼내 던지는 부분이다. 이 칼은 그 이름처럼 날아다니는 비수(匕首)인데 죽이고 싶은 자를 향해 던지면 저절로 날아가서 그자의 목을 베어버리는 요사스럽고 신비로운 칼이다. 그러나 운화선의 비도도 정월염의 정기(精氣)를 해치지 못하고 그녀 주변만 빙빙 날아다닌다. 이때 정월염이 눈을 치켜뜨고 그 비수를 공중에서 낚아채 단번에 두 동강을 내버린다. 다소곳하게 규방에서 규범을 지키며 생활하던 보통의 여인과는 사뭇 다른 면모를 보여준다. 정월염이 이렇듯 요사한 기운 앞에서는 당당하고 대범한 태도로 그들을 제압하는 모습에서, 그녀의 요조숙녀다움 외에 또 다른 매력 포인트를 발견하게 되는 것이다.

물론 앞서 다룬 이자염도 만약 정월염과 같은 상황에 놓였다면 충분히 그러한 담대한 면모를 보였을 것으로 사료된다. 실제로 이자염 또한 때에 따라 다소 과감한 행동을 보이기도 한다. 후반부에 소교완이 그동안 저지른 악행이 낱낱이 드러나면서 친정에 가서 부친 소희량 앞에서 사약을 받고 죽게 될 상황에 처하는데, 이때 이자염이 혈서(血書)를 써서 자신의 시비를 통해 소희량에게 전달했고, 그 효심에 감화한 소희량이 딸을 살려주게 된다. 곧 이자염의 혈서에 감동한 소희량이 딸의 죄를 용서하게 되는 것이다. 소교완은 죽음의 문턱까지 갔다가 이자염 덕분에 다시 살게 된 것이다.

앞서 살펴봤듯이 여성 인물은 처한 상황에 따라 평소에는 당대의 규범적 틀 안에서 요조숙녀다운 모습을 취하지만 위의 예에서와 같이 결정적인 순간에는 기지를 발휘해 그 상황을 타개하고 문제를 해결하려는 자세를 보여준다. 또한 정월염은 기강 태원령 부근에서 도적들의 습격을 받고 시비 춘파, 경파 등과 함께 추격해오는 도적들로부터 벗어나기 위해 절벽으로 뛰어내려 죽음까지 감수하는 대담한 모습을 보여준다. 이로 볼 때 정월염은 규방 여성으로서는 경험하기 힘들고 어려운 고초 속에서 어떻게 살아남아야 할지를 몸소 겪은 까닭에 우리가 일반적으로 알고 있는 규범적 틀 속의 요조숙녀 이미지와는 다소 다른 모습을 보여준다는 점에서 《완월회맹연》 속 여성 인물들의 서사에서 다채로운 흥미를 느낄

수 있게 해준다.

2) 주성염

주성염은 처사 주양의 막내딸로 태어났으나 생후 5~6개월 만에 도적 장손탈에게 납치된다. 그 후 우여곡절 끝에 안경궁에서 교한필의 딸 교숙란으로 14년 동안 성장하게 된다. 따라서 주성염은 교숙란과 동일 인물이다. 주성염은 성품이 너그럽고 후덕하며 인정이 많은 여성이다.

주성염이 교숙란으로 자라게 된 내막을 파악하려면 먼저 악녀 여씨에 대해 알아야 한다. 여씨는 교한필의 첫째 부인이다. 결론부터 말하자면 그녀가 짠 흉계의 희생물로 이용된 아이가 바로 주성염이다. 여씨는 후처로 들어온 호씨가 아들을 낳자 그 아들을 몰래 빼돌리고, 장손탈에게 돈을 주고 산 5~6개월 된 주성염을 호씨의 소생인 것처럼 바꿔치기한다. 그렇게 해서 주성염은 교한필과 호씨 부인 사이에서 태어난 교숙란으로 자라나게 된 것이다. 교숙란의 출생의 비밀은 오로지 여씨와 그 일을 도모했던 시비들만이 알고 있으며, 호씨는 물론 시어머니 안경공주와 남편 교한필도 이러한 내막을 전혀 모른다. 이후 여씨는 후처로 들어온 호씨를 교씨 집안에서 내쫓기 위해 갖은 모략을 꾸며 결국 뜻을 이룬다. 호씨는 내쫓길 당시에도 교숙란을 자신이 낳은 아이로 철석같이 믿고 있었고, 이후 자신의 딸을 보호하기 위해 심복 시비를 교씨 부중에 들어가게 한다. 교숙란이 너무 어렸을 때 호씨가 쫓겨났기 때문에 교숙란은 여씨를 친어머니인 줄로 알고 있다. 여씨는 남편 교한필과 시어머니 안경공주가 자신의 아들들보다 교숙란을 더 예뻐하자 그녀를 구박하면서 괴롭힌다. 이후 교숙란이 시비를 통해 친모 호씨를 만나려 한다는 사실을 알고는 번번이 흉계를 꾸며 교숙란을 갖은 곤경에 빠뜨린다.

주성염(교숙란)을 '규범과 욕망의 절충형'으로 분류한 것은 영웅과도 같은 그녀의 활약상 때문이다. 주성염은 평소 당대의 규범적 틀 안에서 질서를 지키며 살아가지만 불의한 일을 당한 부친 교한필을 비롯해 교씨 부중을 위기에서 구하고자 할 때는 강한 의지를 드러낸다는 점에서 이 유형에 속한다고 보았다.

교씨 집안에서 호씨를 축출하고 교숙란을 죽이기 위해 안간힘을 쓰던 여씨는 죄상이 낱낱이 밝혀지면서 교씨 집안에서 내쫓기게 된다. 이후 교씨 집안에 앙심을 품은 그녀는 도적 장손탈과 손을 잡고 교씨 집안을 풍비박산 내기 위해 교한필 형제들에게 역모죄를 뒤집어씌운다. 억울한 누명을 쓰고 황제 앞에 잡혀가게 된 아버지 교한필과 삼촌들을 본 교숙란은 그 죄상의 부당함을 밝히기 위해 혈서로 상소를 올리고, 심복 시비들과 치밀한 계획 아래 힘을 합쳐 흉적들을 잡아내고 마침내 부친과 삼촌들의 억울함을 풀어준다. 교씨 집안은 교숙란과 그 시비들 덕택에 다시 가문의 명맥을 유지할 수 있게 되고, 교숙란은 나라에서 영웅에 버금가는 대우를 받는다.

3) 정인광

정인광은 영웅호걸의 대표적인 인물로 거론되는데, 기존 연구[18]에서 그는 주로 소인형 장인인 장헌과의 관계 속에서 조명되곤 했다. 불의한 일을 참지 못하는 정인광의 정의로운 성격이 그의 활약상을 통해 그대로 표출되는데, 애초에 작중 서술자도 정인성과 정인광 형제의 성품을 언급하는 과정에서 그들의 차이를 두드러지게 제시하고 있다. 곧 작품 초반부터 정인성과 비교되는 가운데, 정인광은 사나이로서의 호방한 면모를 좀 더 강조하고 있는 것이다.

••

18   한길연, 《조선 후기 대하소설의 다층적 세계》, 소명출판, 2009, 45~58쪽; 한길연, 《완월회맹연》의 정인광: 폭력적 가부장의 "가면"과 그 "이면"》, 《고소설연구》 35, 한국고소설학회, 2013, 27~64쪽; 한정미, 〈어리석은 장인의 사위 바라기와 고집불통 사위의 장인 밀어내기, 《완월회맹연》의 옹서〉, 《고전 서사문학에 나타난 가족》, 보고사, 2017, 199~246쪽.

운계공 정삼의 큰아들 인성과 둘째 아들 인광은 평범한 아이들과 달라 보였다. 보통 같으면 아직 어미 가슴이나 만질 나이지만 큰아이 인성은 여섯 살밖에 안 되었는데도 유달리 조숙해서 키는 열 살짜리만 하고 몸가짐과 지혜로 따지자면 대군자의 풍모가 있었다. 인성의 성인현자(聖人賢者) 같은 풍모와 인광의 영웅준걸(英雄俊傑) 같은 기상은 용이나 봉황 새끼 같아서 아름다움이 비할 데 없으니… (권1)

이 인용문에서도 알 수 있듯이, 두 형제 모두 범상치 않은 인물임에는 틀림없지만 정인성은 성현(聖賢)에, 정인광은 영웅적 면모에 초점을 맞춰 서술하고 있다. 이렇듯 인물들의 제시된 성품에 따라 작품 속에서 펼쳐지는 그들의 서사 또한 각자의 성격적 특성을 잘 드러낼 수 있는, 그 역할에 적합한 사건들로 엮어내고 있다. 가령 정인성은 초반에 도적들의 습격을 받아 가족들과 헤어진 채 몽골국과 금국 등에 표류하게 되는데, 소위 오랑캐 나라에 가서 그 나라 사람들을 교화시키고 나라를 안정시킨다. 반면 정인광의 경우는 그의 영웅호걸적 면모를 여지없이 드러낼 수 있는 과격한 행동을 통해 영웅의 활약상을 보여준다. 정씨 부중 사람들이 태주로 가던 중 도적의 습격을 받아 온 가족이 뿔뿔이 흩어지게 된 상황에서 정인광은 누나 정월염과 조주 계행산에 있는 태청관 석혈에 갇혀 온갖 고난을 겪는데, 위태로운 지경에서 탈출하기 위해 정의롭게 요도(妖徒)를 물리치는 용감한 정인광의 모습을 엿볼 수 있다. 물론 두보현, 엄정 일행 등의 도움을 받기는 하나 어린 나이에도 불구하고 처음 접하는 어려운 상황에서 난관을 지혜롭게 헤쳐 나가는 정인광의 영웅적인 자질 또한 발견할 수 있어 흥미롭다.

묘문에 이르러 두 개의 붉은 문이 굳게 닫혀 있었다. 하리(下吏)를 명하여 문을 활짝 열고 정인광이 바로 맞닥뜨려 강하게 밀고 안으로 들어갔다. 이때 운화선은 대청 위에 앉아서 제자들과 더불어 오늘 밤 정인광의 행방을 어떻게 추격할지를 두고 의논하고 있었다. 정인광이 당당히 걸어 대청 위에 올라섰더니 운화선이 크게 놀라 얼른 눈을 들어 올려다봤다. 한 군자가 빛깔이 푸른 도포를 입고 흑건(黑巾)으로 허리띠를 차고 성큼성큼 걸어 대청에 올라 팔짱을 낀 채 그 앞에 바로 섰으니 (⋯) 어찌 음일(淫佚)한 자취와 사특(邪慝)한 기운을 드러낼 수 있으리오? 운화선이 한 번 우러러보고는 정신을 차리지 못할 정도로 기겁한 가운데 그가 누구인 줄 미처 알아보지 못했다. 다만 그가 뿜어내는 맑고 깨끗한 기운을 몹시 괴롭게 여겨 곧 좋은 사람이 아닌 줄 깨달아 몸을 솟구쳐 요술로써 대응하고자 했다. 그러나 그 사람이 자기 소매를 한 번 들어 가리키자 문득 운화선은 몸을 움직이지 못하게 되었고, 이에 크게 놀라 당황해 몸을 백 번 흔들어 좌우로 뛰놀고 앞뒤로 치고자 하나 꿈쩍할 수조차 없을 뿐 아니라 모든 요괴들도 똑같이 옴짝달싹 못하는 그 거동이 가히 우스꽝스럽기 짝이 없었다. (권110)

위의 인용문은 정인광이 채경환 부자와 함께 청성산 복원사로 가서 운화선 요도를 소탕하는 장면이다. 정인광의 영웅호걸다운 당당한 모습과 정신을 잃고 기겁하는 운화선의 상황이 대비되어 흥미롭다. 이후 정인광은 여러 장의 주서(朱書)를 운화선의 온몸에 붙여 그를 잡은 뒤 함거(檻車)에 가두고 여인들이 갇힌 동굴로 간다. 아무도 동굴의 문을 열지 못하는데 정인광이 가볍게 문을 열고 앞장서서 어두운 동굴 속으로 들어가 채혜순, 소명란, 채성완, 이숙임을 구출한다. 또한 동굴 속 시신을 거두어 그 가족들을 찾아주고 장례를 치러준 뒤 복원사 창고에 쌓인 금은보화와 미곡(米穀), 비단 등을 모두 꺼내 운화선에게 억류되었던 무리들과 가난한 백성들에게 모두 나누어준다.

한편 함거에 갇힌 운화선이 정인광을 향해 욕하며 난동을 피우자 채중양은 그에게 활을 쏘아 어깨, 왼쪽 눈, 뒤통수를 맞힌다. 고통 때문에 차라리 빨리 죽기를 바라던 운화선은 정인광이 나타나자 다시 발악하면서 요술을 부리려 한다. 그러나 그의 뛰어난 풍모에 기가 죽어 오히려 그에게 살려달라고 애원하게 된다. 정인광은 악의 뿌리를 근본적으로 차단하기 위해 하관(下官) 조흥신에게 운화선의 머리를 베라고 명한다. 그러나 칼이 운화선의 머리에 들어가지 않자 정인광은 주서(朱書)를 그의 뒤통수에 붙이고 주문을 걸게 한 뒤 다시 참수(斬首)하게 한다. 그 순간 운화선의 몸과 머리에서 커다란 푸른 기운이 뿜어져 나와 동남쪽으로 뻗어나갔다. 조흥신이 그것을 향해 화살을 쏴 맞혔는데, 자세히 살펴보니 털이 없는 푸른 새 모양의 인형이었다. 백성들은 그동안 자신들을 괴롭히던 운화선이 죽었다는 것을 알고 기뻐하며 정인광의 능력에 입을 모아 칭찬한다.

4. 규범과 욕망의 충돌형

이 유형에 속하는 인물은 소교완과 장헌이다. 언뜻 보면 두 사람은 공통점이 없는 것 같다. 먼저 소교완의 경우는 당대의 규범에 충실하고 어느 것 하나 부족함 없는 완벽한 여성으로 그려지고 있으나 그녀가 품은 욕망이 규범적 질서를 압도할 만큼 커지면서 주변 사람들에 대한 강도 높은 폭력으로 표출되기에 이 유형에 넣었다. 장헌의 경우 또한 규범과 욕망 사이에 상충(相衝)되는 지점이 포착되는데, 백성을 다스리는 정치인으로서는 칭송을 받기도 하나 그가 가슴에 품은 권력에 대한 욕심과 사리사욕을 채우려는 탐욕이 걷잡을 수 없을 정도로 비대해지면서 스스로의 욕망에 얽매이는 가운데 소인적인 행태를 끊임없이 자행한다는 점에서 이 유형에 포함시켰다.

1) 소교완

소교완은 기존 연구에서 악인형 인물로 분류되었다. 악녀 역할을 하면서 여러 가지 사건 사고를 일으키며 서사를 추동하는 여성 인물로는 소교완이 대표적이기 때문이다. 그녀는 소희량의 막내딸로 주태부인의 소생이다. 정잠의 본처 양부인이 세상을 떠난 뒤 후처로 정씨 부중에 들어와 쌍둥이 아들 정인중과 정인웅을 낳으며 맏며느리 역할을 해낸다. 그러나 자기가 낳은 아들을 계후자로 세우지 않고 양자인 정인성을 계후로 삼겠다는 남편의 결정에 적잖이 마음이 상한다. 겉으로는 전혀 내색하지 않지만 이후 정인성을 죽이기 위해 심복 시비인 계월, 녹빙 등과 함께 갖은 모략을 꾸미게 된다.

눈엣가시인 정인성이 이자염과 혼인한 뒤 소교완의 독수는 두 사람 모두에게로 향한다. 특히 정인성이 나랏일로 출정(出征)을 한 후에는 며느리 이자염에게 온갖 폭언과 폭행을 일삼으며 그녀를 괴롭힌다. 이자염을 괴롭히는 시어머니 소교완의 폭행[19]은 지나칠 정도로 악랄하게 그려진다. 특히나 이자염의 출산이 가까워지자 시비 녹빙과 계월에게 주씨 소생의 아이와 이자염이 낳은 아이를 바꿔치기하라고 명령하기도 한다.

이후에도 억울한 누명까지 쓴 이자염을 벽실에 감금하고 불을 질러 죽이라고 시비들에게 명령하지만 뜻대로 되지 않자 본인이 직접 벽실에 들어가서 그녀를 쇠몽둥이로 죽도록 팬다. 그런 다음 칼로 이자염의 얼굴 가죽까지 벗긴 후 독약을 입에 붓고 온몸을 노끈으로 동여매고는 거의 산송장이 된 그녀를 후원의 연못에 처넣기까지 한다.[20] 아들 정인웅이 처참한 몰골의 형수 이자염을 구해낸

••

19   소교완의 폭력적 상황을 상세히 다룬 다음 논문을 참조하기 바란다. 한정미, 《완월회맹연》 여성 인물 간 폭력의 양상과 서술 시각〉, 《한국고전연구》 25, 한국고전연구학회, 2012, 353~358쪽.

20   위의 글, 362쪽.

뒤 모친에게 형 부부를 괴롭히지 말라고 간언하지만 소교완은 끝까지 자신의 뜻을 굽히지 않는다.

소교완이 점점 더 악랄하게 정인성 부부를 해치려 하자 결국 친정 식구들까지 나서서 소교완의 악행을 저지하기에 이른다. 하지만 소교완은 친정집에 불려가서도 잘못을 인정하지 않고, 오히려 상황을 모면하기 위해 끝까지 변명하는 뻔뻔한 모습을 보인다. 이후 정인성 부부 덕분에 다시 정씨 부중에 돌아가게 되지만 정인성을 향한 독수는 멈출 줄 모른다. 정잠이 나랏일을 마치고 집에 돌아온 후 소교완은 친정으로 쫓겨나게 되는데, 돌아가는 가마 안에서 자결을 시도하나 겨우 목숨을 부지한다. 부친 소희량의 명으로 소당에 갇혀 지내다가 남편 정잠이 소희량에게 보낸 편지 덕분에 시댁으로 복귀하게 된다.

그러나 정인성을 향한 독악을 참지 못해 결국 병이 드는데 사경을 헤매며 꿈을 꾸게 된다. 소교완은 꿈속에서 돌아가신 모친 주태부인과 남편의 전처 양부인을 만나 그동안 그녀가 저지른 죄악 때문에 죄 없는 아들 정인웅이 오래 살지 못할 것이라는 말을 듣는다. 꿈에서 깨어난 소교완은 진심으로 회개하며 정씨 부중 맏며느리로서의 역할에 충실히 임한다.

2) 장헌

장헌은 기존 연구에서 소인형 인물로 분류되는데, 전형적인 소인형 인물의 특징을 모두 갖추고 있다.[21] 장헌은 장합과 위씨 부인 사이에서 태어났으나 갓난아기 때 부모가 일찍 돌아가시는 바람에 정한과 서태부인의 보살핌을 받으며 자란다. 엄중하지 못하고 부귀공명을 탐하는 인물로 그려지는데, 그러한 성품 때문에 주위 사람들로부터 따돌림을 받기 일쑤다. 힘 있는 자에게 붙어 수하 노릇을

---

21   정병설(1998), 앞의 책, 152쪽.

하다가 더 큰 세력을 가진 이가 등장하면 기존에 섬기던 사람을 배신하고 권력과 이욕을 좇아 살아가는 인물이다. 가령 간신 왕진이 권력을 휘두를 때에는 그의 총애를 잃을까 두려워 왕진이 싫어하는 정씨 부중과 소원하게 지내는가 하면, 진유사의 직분을 맡아 기강 낙성촌에 갔을 때 불미스러운 일에 연루된 정인광 일행을 만나지만 장래 사위가 될 그를 도와주기는커녕 경태황제를 의식해 도리어 정인광 일행을 잡아 가두고 게다가 정삼까지 연좌시키려는 계획을 세운다. 이런 일 외에도 장헌은 자신의 딸을 경태황제의 후궁으로 들여보내서 부귀영화를 누리려다가 범경화와 화경공주 일행의 계략에 빠져 딸 장성완을 음란한 여자로 오인하기도 한다. 또 경태황제의 노여움을 풀기 위해 정씨 일가를 잡아들이는 데 협력하기도 한다.

장헌은 이렇듯 권세 있는 자에게 빌붙어 고관대작(高官大爵)을 바라면서 이익을 탐하는 인물로서, 어려서부터 부모 잃은 자신을 가르치고 양육해준 정씨 부중의 은혜를 저버리는 파렴치한 인간이다. 앞서 딸을 후궁으로 들여보내 부귀영화를 누리려 했던 것과 마찬가지로 국구 여형수의 큰아들 여원홍이 장세린을 사위로 점찍자 여씨가 부잣집 아들이라는 사실에 혹해 그 자리에서 바로 혼인을 허락하고 혼서까지 써주는 경솔함까지 보여준다. 이 혼사가 성사된 이후부터 아들 장세린의 인생뿐 아니라 장씨 부중까지 위기 상황으로 몰고 가는 사태가 벌어진다.

앞서 살펴보았듯이 장헌은 작품 속에서 권력자에게 아첨하며 수단과 방법을 가리지 않고 부귀를 탐하는 추세이욕(趨勢利慾)형 인물[22]로 그려진다. 소심한 성격에 우유부단함까지 두루 갖춘 전형적인 소인형 장인이 바로 장헌인 것이다. 겁도 많고 귀도 얇고 약자에게 강하고 강자한테 약한 모습을 보인다. 그렇다고 잔

• •

22   위의 책, 140쪽.

악무도하거나 냉혈한 악인으로 평가하기에도 모호한 면이 있다. 상대방에게 모질게 대했다가도 그러한 행동을 곱씹고는 이내 후회하거나, 자신이 벌인 일로 인해 차후에 발생하게 될 상황을 생각하며 전전긍긍하는 모습을 종종 보이기 때문이다. 그러한 장헌의 면모는 작품 곳곳에서 발견된다.[23]

> 공이 유랑(乳娘)의 사람됨이 강직함을 괴롭게 여겨 의식(衣食)을 후하게 줄지언정 가까이 부르지 않고, 자신이 하는 일에 대해선 일일이 알리지 않았다. 그런데도 어떻게 화상(畫像) 그런 일을 벌써 알아채 이렇듯 간절히 그만두기를 애원하니 마음이 편치 않았다. 그 하는 말마다 마음에 와닿았고 몹시 절실히 느껴져 자기도 모르게 눈물이 흐르는 것을 깨닫지 못했다. 이렇듯 장헌은 본심이 악착스럽게 사납지 못했다. 태부 정한이 자신을 키워준 옛 은덕이 하늘과 바다같이 넓고도 크다는 것을 어찌 모르겠는가? (권24)

장헌은 태감 김영보에게 정잠 형제를 쉽게 잡을 수 있도록 그들의 얼굴을 직접 그려 바치겠다며 호언장담한다. 그리고 집으로 돌아와서 정잠 형제의 화상(畫像)을 그리는 데 몰두하는데, 때마침 들이닥친 유모 교씨가 지난날 정씨 부중이 베푼 은덕을 생각해서라도 화상을 그려 바쳐서는 안 된다며 울고불고 하소연한다. 위의 인용문은 바로 그 유모의 애절한 말을 듣고 눈물을 흘리며 자신의 행동을 되돌아보는 장면이다. 장헌은 결국 갓난아기 때부터 부모 잃은 자신을 키워주고 보살펴준 정씨 부중의 은혜를 떠올리며 그리던 화상을 그 자리에서 불살라버린다. 이처럼 장헌은 권력자에게 아첨하고 부귀를 추구하는 속물적인 인물이기는 하지만 그렇다고 뼛속까지 악인은 아니다. 소인의 면모를 두루 갖춘 인물이긴

• •
23   한정미(2017), 앞의 책, 199~246쪽.

하나 타고난 본성이 끔찍스러울 정도로 잔인한 인물은 아닌 것이다. 작품 내에서 볼 수 있는 장헌의 모습은 어떤 일을 행함에 앞서 굳은 결심을 하고 실행에 옮겼다가도 금방 자신의 행동을 후회하거나 주변 사람들의 말에 좌지우지되는 경우가 비일비재하다.[24]

> 장헌이 인격이 고결한 선비의 모습은 없으나 사부의 가르침을 받들어 맡은 바 직분에 잘못함이 없고 소주 같은 큰 고을에서 6년을 지냈지만 불의를 범하지 않고 백성을 거느려 어진 덕을 베풀매 백성들의 원망소리가 없던 고로 그가 돌아가는 때에 사람들이 눈물을 흘리고 안타깝게 여기더라. (권1)

위의 인용문은 장헌이 대외의 규범적 질서에 충실하며 자신이 맡은 직분을 잘 수행한 모습을 보여주는 장면이다. 6년간 한 고을을 맡아 다스리면서 그 백성들로부터 인정받았다는 것은 그만큼 그가 속한 사회질서 내에서 잘 어우러져 살아왔음을 의미한다. 다만 재물 욕심을 줄이고 권력 있는 자를 무조건 추종하려는 탐욕을 제어하지 못한 탓에 장헌 스스로도 욕망에 얽매일 수밖에 없었고, 그로 인해 주변 사람들과의 갈등을 초래했던 것이다. 이런 점에서 장헌이란 인물은 '규범적 질서'와 '자신의 욕망'이 상충되는 결과를 낳았고, 둘 사이의 접합점을 찾는 데 실패했다고 평가할 수 있겠다.

● ●

24   위의 책, 199~246쪽.

5. 욕망 종속형

이 유형에 속한 인물로는 정인중과 박씨를 들 수 있다. 이들은 당대의 규범적 틀을 벗어나 마음 내키는 대로 행동하는 모습을 보인다. 말미에 가서는 두 사람 모두 개과하여 규범을 지키며 살아가지만, 이들이 한창 활약하는 장면에서는 당시 독자들이 혀를 내두를 만큼 당대인들의 삶과는 다른 파행적인 면모를 보여준다. 이들은 기존 연구에서 보통 악인형 인물에 속했으나 최근 관련 논문들[25]이 제출되면서 이 인물들을 다른 관점에서 이해하려는 시도가 포착되기도 한다.

1) 정인중

정인중은 정잠의 쌍둥이 아들 중 첫째다. 그는 잔꾀가 많고 교묘한 말과 수단으로 자신의 잘못을 얼버무리는 성향이 있어 재주와 기질은 뛰어나지만 군자의 성품에는 미치지 못하는 표리부동한 인물로 그려진다. 기존 연구에서는 정인중을 그 모친 소교완과 뜻을 같이하여 정인성, 이자염 부부를 없애려는 악인형 인물로 분류하고 있다.

정인중은 우연히 모친과 그 아래 시비들이 나누는 대화를 엿듣다가 모친이 형 정인성을 없애고 자기를 정씨 가문의 종통(宗統)으로 삼으려 하는 것을 알게 된다. 그 후 정인중은 양자인 형 정인성에게 자신의 자리를 빼앗겼다는 생각에 더욱 분을 내며 정인성을 해치기 위해 갖은 모략을 꾸민다. 예를 들어 정인성의 물건인 옥선초와 금문패를 몰래 빼돌려 한난소에게 준 후 유모 계월과 짜고 형과

25 탁원정, 〈가문 내 '불우한 탕자'의 계보와 그 변주—《완월회맹연》의 정인중을 중심으로〉, 《고전문학연구》 54, 한국고전문학회, 2018, 219~246쪽; 한길연, 〈대하소설의 발산형 여성 인물 연구—《완월회맹연》의 '박씨'를 중심으로〉, 《한국고전여성문학연구》 32, 한국고전여성문학회, 2016, 353~386쪽.

한난소가 사통(私通)하는 사이라는 거짓말을 꾸며내어 정인성을 난처하게 만든 다든지, 심지어 모든 허물을 자기 탓으로 돌리는 형 정인성을 죽이기 위해 화살을 쏘고, 장검을 들고 형을 찌르려 내달리기까지 한다.

> 인중이 바야흐로 흉악한 뜻을 품고선 동자를 깨우지 않고 측간에 다녀오더니, 문윤각에 상서가 있음을 보고 (…) 큰형을 죽일 의사가 몹시 급해 능히 나는 듯이 걸음을 돌려 영풍헌 뒤에 자신이 감춰둔 활과 화살을 가져와 문윤각 난간 대나무 숲에 몸을 감추고 독화살을 꺼내 큰형을 겨눠 쏘려고 한다. (…) 또다시 분연히 일어나 영풍헌 뒤에 감춰둔 장검을 뽑아 비스듬히 쥐고 몸을 날려 상서를 죽이려 하니 그 살기가 하늘을 찌르는 듯해 상서의 위태함이 경각 사이에 생명을 잃을 것이로되… (권90)

이 인용문은 정인중이 형 정인성을 죽이려는 흉악한 마음을 품고서 그 계획을 실행에 옮기는 장면이다. 이 일이 있기 전에 정인중은 정씨 부중 모임에서 정염으로부터 교씨 부중의 사건[26]에 자신이 연루되었을 가능성이 있다는 지적을 받고 몹시 당황해한다. 정염의 얘기인즉슨 교씨 부중 사건의 주범인 장손탈 일파가 붙잡혔는데, 장손탈의 초사(招辭)에서 주성염을 해치려던 장형로가 정인중과 친밀히 교류했다는 내용이 쓰여 있었다는 것이다. 이에 가족들이 정인중을 걱정하자 곁에 있던 정인성은 자신의 불찰(不察)이 더 크다며 동생 정인중에 대한 용서를 구했고, 정인중 역시 그 자리에서 엎드려 사죄한다. 정삼은 정인중을 따로 불러 꾸짖고는 앞으로 늘 자기 옆을 떠나지 못하게 하고, 동자 한 명을 붙여 항상

••

26 교한필이 동생들과 함께 여황후를 음해하려 했다는 억울한 누명을 쓰고 황제 앞에 잡혀가게 된 사건을 말한다. 이후 등문고를 울린 딸 교숙란(주성염) 덕분에 풀려나게 된다.

정인중을 감시하게끔 조치를 취한다. 그럼에도 정인중은 잘못을 반성하기는커녕 도리어 정인성과 정염을 향해 앙심을 품게 된다. 이후 정인중은 위의 인용문에서 보는 바와 같이 밤에 잠든 동자를 두고 홀로 화장실에 다녀오다가 문윤각 주변을 산책하던 정인성을 발견하게 된다. 정인중은 곧장 영풍헌 뒤에 감춰둔 활과 독약을 바른 화살을 꺼내 정인성을 먼저 죽인 후 남은 화살로 정염을 없애기로 마음먹고는 문윤각 난간 대나무 숲에 숨어 형을 겨눠 화살을 쏜다. 그러나 정인성은 맨손으로 화살을 가볍게 막아낸다. 그렇게 열 발의 화살을 날리고도 실패하자 정인중은 영풍헌 뒤에 감춰놓았던 장검을 꺼내 들고 정인성에게 다짜고짜 달려든다. 물론 이 또한 정인성의 제압에 힘없이 실패하고 만다.

정인중은 이 외에도 숙부 정염에 대한 불만이 있던 터라 그에게 복수하기 위한 모략을 꾸미기도 한다. 곧 정염이 가장 싫어하는 장헌과 연루될 만한 일을 꾸미며 그의 성정(性情)을 자극하기도 하는데, 일례로 다음과 같은 사건을 들 수 있다. 장헌의 아들 장세린의 얼굴을 그린 화상과 그의 필체를 본떠 글을 지어 신물(信物)을 조작한 후 변용단을 먹인 시녀 초아를 정성염의 시비 쌍난으로 둔갑시키고, 이어 가짜 쌍난에게 장세린의 화상을 정성염의 처소에 갖다 놓으라고 한 후 이를 빌미로 장세린과 정성염이 정을 통한 사이라는 추잡한 소문을 퍼뜨린 것이다. 그러자 강직하고 곧은 성품의 정염은 자신이 믿고 사랑하던 딸 정성염에 대해 어쩔 수 없는 결단[27]을 내리게 된다. 정인중은 이 과정에서 분노하고 괴로워하는 정염을 곁에서 지켜보며 즐거워하는 성품의 소유자다.

앞서 기술한 사건들 외에도 정인중이 벌인 패륜적이며 방탕한 악행은 많다. 이후 그의 행적을 살펴보면 다음과 같다. 정인중은 모친 소교완과 함께 외가로

••

27   딸 정성염이 장세린과 사통했다는 오명(汚名)을 씻을 길이 자결밖에 없음을 들어 딸에게 죽기를 강요한 부분이다.

소환당해 벌을 받던 중 가출한 이후 장안의 주점에 머물며 그곳 주모(酒母) 주고의 노여움을 사 하루아침에 알거지가 되기도 하며, 자신을 추격하는 하인들을 피해 도망 다니며 살다가 여러 여인들을 겁탈하는 등 점점 타락의 길로 빠져드는 모습[28]을 보인다. 특히 여자와 관계를 맺지 못해 안달 난 사람마냥 수없이 담을 넘으며 규방의 여자들을 겁탈하기도 한다. 정씨 가문 내에서 인정받지 못한 심적 욕구를 주체할 수 없는 성욕으로 표출한 듯하다. 그러나 종국에는 최언선과 운기 덕분에 정씨 부중으로 돌아가게 되고, 부친 정잠에게 벌을 받고는 정신을 차리고 개과천선하게 된다.

2) 박씨

박씨는 장헌의 재취(再娶)로 빼어난 미모를 가진 여성으로 묘사된다.

> 재취 박씨는 일세에 빼어난 미인이었지만 성품과 도량이 장헌과 거의 같으니 헌이 그 자색(姿色)에 지나치게 혹하여 잠시도 떨어져 있을 생각이 없었다. (권1)

미모는 빼어나지만 타고난 성품과 품은 도량이 장헌과 같다는 언급을 통해 박씨가 어떤 인물인지 어느 정도 짐작할 수 있다. 박씨는 장헌과 마찬가지로 소인형 인물의 전형을 보여주며 뭐든지 자기중심적으로 생각하는 인물이다.[29] 장헌에게는 본처인 연부인이 있었다. 그러나 소주자사로 부임 가던 도중 연부인 소생의 아들을 잃어버린 후 박씨가 장성완을 낳고 연이어 두 아들 장희린과 장세린을 두

----

28   이후 정인중이 탕자로서 벌인 악행에 관한 자세한 내용은 탁원정(2018), 앞의 글, 219~246쪽을 참조하기 바란다.

29   한길연(2016), 앞의 글, 353~386쪽.

면서 사실상 본부인처럼 행동하게 된다. 아들을 잃어버리고 비통해하는 연부인을 위로하는 척하며 뒤에서는 장헌의 사랑을 빼앗아 연부인을 친정으로 내쫓기게 만든 장본인이 바로 박씨다.

최근 제출된 연구 논문에서 한길연[30]은 박씨를 발산형 인물로 분류했다. 그러면서 박씨가 자기의 욕구에 따른 감정 표현에 솔직하며 모든 일에 자기중심적이고 하고 싶은 대로 해야 직성이 풀리는 여성 인물임을 강조했다. 박씨는 다른 여성들처럼 당대의 규범적 틀에 얽매이지 않고 스스로 판단하고 행동에 옮기는 주체적인 여성의 모습을 보여주기도 한다. 다만 그녀 스스로 내린 판단과 그에 따른 행동이 상식을 초월하며 절제가 되지 않는다는 게 문제이긴 하다. 그러나 그만큼 감정 표현에 솔직하고 자신의 욕구를 충족시키기 위해 당대 여성들과는 사뭇 다르게 과감한 행동을 보인다는 점에서 그녀의 인물형을 다시금 따져볼 필요가 있다.

박씨는 당대의 문제적 여성 인물로 등장하고 있지만 지금 이 시대를 살아가는 우리의 시선으로 보면 조금 과격한 성정을 지니긴 했어도 그녀가 처한 상황이나 겪은 사건을 염두에 둘 때, 수긍이 가는 점도 없지는 않다. 가령 남편 장헌이 나랏일로 다른 지방에 내려가 정사를 돌본답시고 아리따운 첩을 들여 여색을 즐기는 상황에서 가만히 두고 볼 부인은 없을 것이기 때문이다. 실제로 장헌이 딸 장성완을 데리고 태운산 고택에 가 있는 동안 첩을 들였다는 소식을 접한 박씨가 이른 새벽부터 쫓아가서 남편의 수염을 잡아 뜯고 옷을 갈기갈기 찢으며 잡도리하는 장면이 그것이다. 이때 장헌의 모습은 마치 "매에게 쫓긴 꿩", "고양이에게 물린 쥐" 같다는 서술자의 언급이 당시의 상황을 짐작하게 한다. 그 당시로서는 부녀자가 감히 가부장인 남편에게 해서는 안 될 행동을 박씨는 아무렇지 않게

●●
30   위의 글, 353~386쪽.

표출하고 있는 것이다.

이 외에도 박씨는 딸이 시집간 정씨 부중을 향해서도 분풀이를 해대곤 한다. 사위 정인광이 자신의 딸 장성완을 박대하면서 첩까지 들인 사실을 알게 되었기 때문이다. 순간 박씨는 감정을 절제하지 못하고 그대로 분출하고 만다. 엎어지면 코 닿을 정도로 지척에 있는 사돈댁을 향해 입에 담지 못할 막말과 욕설을 내뱉으며 발악하는 가운데 딸의 처지를 억울해하며 울부짖는다. 그러나 조금이라도 딸의 입장을 헤아리는 마음이 있고 진정으로 딸의 앞날을 걱정했다면 그렇듯 감정을 여과 없이 분출할 것이 아니라 앞뒤 맥락을 따져보고 처신했어야 할 것이다. 솔직히 부모 된 입장에서 생각해보면 그런 박씨의 마음을 이해할 수 없는 것은 아니다. 시집간 딸이 남편에게 홀대받고 심지어 첩까지 들였다면 어느 어머니가 격분하지 않겠는가. 그렇지만 적어도 감정적으로 대한다고 해결될 상황이 아니라는 판단 정도는 눈치껏 했어야 하는데 박씨는 당장 눈앞에 닥친 상황에만 집중해 감정을 터뜨리는 게 큰 단점이라 하겠다.

이상에서 살펴본 바에 따르면 박씨라는 여성 인물은 당대의 도덕적 규범과는 너무나도 동떨어진 모습을 보여주기에, 자신의 의지와 욕구를 당장 충족해야만 직성이 풀리는 '욕망 종속형'으로 귀속시킬 수밖에 없을 것이다.

6. 선악 구도를 벗어난 인간에 대한 다양한 이해

지금까지 조선시대의 대작(大作)이자 불후의 명작인 《완월회맹연》에 등장하는 다양한 인물들을 '규범'과 '욕망'이라는 키워드를 가지고 몇 가지 유형으로 나눠 살펴보았다. 방대한 분량만큼 등장하는 인물들 또한 그 수를 헤아리기 어려울 정도로 많다는 특징을 염두에 두면서 가능하면 좀 더 다채롭고 다양한 인물을 소개하려고 했다. 아울러 기존 연구의 인물 분류 방식에 이의를 제기하고 선과 악을 기준으로 인물을 나누던 관습화된 방식에서 벗어나 다종다양한 인간에 대해 좀 더 깊이 생각해볼 수 있는 다른 관점을 제안하고자 했다.

먼저 서두에서는 주요 가문의 인물들을 중심으로 그들과 관련 있는 주변 가문의 인물들, 주요 및 주변 서사 가운데 주목해야 할 인물들을 남녀 구분 없이 파노라마식으로 나열하며 제시했다. 이후 작품 속 인물들을 서론에서 제시한 두 개의 키워드에 따라 구별하여 '규범 충실형', '규범과 욕망의 절충형', '규범과 욕망의 충돌형', '욕망 종속형' 등으로 나눴다. 이상 각 유형별로 대표적인 몇몇 인물만 제시했지만, 사실 《완월회맹연》이란 거대한 작품에 등장하는 인물들을 이네 가지 유형에 종속시킬 수는 없는 노릇이다. 더 솔직히 말하면 각 유형별로 제시한 대표적 인물들도 기실 한 유형으로만 귀결시킬 수 없는 속성 또한 발견된다. 그렇기 때문에 각 유형별 인물들은 논의의 전개를 위해 편의상 그렇게 나눌 수밖에 없었음을 밝힌다.

주요 인물이 아니라는 점에서 앞서 제시한 네 가지 유형에서 미처 다루지 못했으나 특징적인 인물들 몇 명을 잠시 검토하고 논의를 마무리 짓고자 한다. 먼저 다룰 인물들은 소위 탕녀[31]로 분류되는 여성들이다. 일단 탕녀로 지목된 여성들의 공통점은 '남성 인물의 준수한 외모나 훤칠한 풍채에 반해 그와 관계를 맺고 싶어 하는 심적 동요를 보인다는 것'이다. 이 여성들의 심적 동요는 그냥 마음

••

31   기존 연구에서 언급하는 탕녀의 개념은 《완월회맹연》에 등장하는 여성 인물에 바로 대입시키기는 어려울 것 같다. 왜냐하면 《쌍성봉효록》의 교씨나 《임씨삼대록》의 옥선군주는 성적 욕망을 거리낌 없이 드러내며 여러 명의 남자들과 관계를 갖는 데 비해 《완월회맹연》에서의 탕녀 이미지는 그렇게까지 퇴폐적으로 그려지지는 않기 때문이다. 따라서 논의의 편의상 '탕녀'로 묶어 다루기는 하지만 적합한 개념을 가진 용어를 마련해야 할 것으로 보인다. 탕녀에 관한 기존 연구는 다음의 소논문을 참고하기 바란다. 한길연, 〈몸의 형상화 방식을 통해서 본 고전 대하소설 속 탕녀 연구—《쌍성봉효록》의 교씨와 《임씨삼대록》의 옥선을 중심으로〉, 《여성문학연구》 18, 한국여성문학학회, 2007, 197~234쪽.

상태로만 지속되다가 어느 순간 사그라지는 것이 아니라 '구애(求愛)'의 행동으로 까지 옮기는 대범함'을 보이기에 탕녀로 규정지은 것이다. 《완월회맹연》의 작품 분위기상 외간 남자를 향한 그 정도의 심적 동요 및 자신의 의지대로 남자를 따라가는 과감한 행동을 시도했다는 것만으로도 탕녀의 기질을 어느 정도 갖추었다고 볼 수 있기 때문이다.

이에 따라 먼저 살펴볼 인물은 척발보완이다. 작품 초반에 정씨 부중 사람들은 태주로 가던 중 도적들의 작란(作亂)으로 인해 정인성, 정월염과 정인광, 상여교를 잃어버리게 된다. 이때 정인성은 바다에서 표류하던 중 몽골의 호위 대장군 척발유에게 구조돼 그와 인연을 맺게 된다. 척발유는 정인성이 뛰어난 인재임을 대번에 알아보고 그를 몽골 국왕에게 데려간다. 이 일을 계기로 정인성은 몽골에서 일어나는 변고(變故)도 해결해주고 여러모로 몽골을 위해 애쓰게 된다.

척발유에게는 딸 척발보완이 있었는데, 그녀는 부친이 정인성을 왕으로 삼으려 한다는 배울의 고변(告變)을 전해 듣고는 정인성만 아니었다면 아버지가 반란군을 일으키지 않았을 것이라 여겨 어머니 금씨와 함께 그를 죽여 국왕에게 바치려고 한다. 그러나 막상 정인성의 침실에 잠입한 모녀는 잠을 자고 있는 그의 모습에 매료돼 둘 다 넋이 나간다.

금씨와 척발보완이 거리낌 없이 문을 열고 들어갔더니, 정인성은 바야흐로 아픈 몸을 이끌고 침상에 누워 눈썹을 찡그리며 괴로워하고 있었다. 금씨와 척발보완은 정인성을 처음 보자마자 눈이 황홀해지고 그 기이한 모습에 취한 듯 매료됐다. 곤륜산의 옥 같은 기질과 빼어난 풍채, 깨끗하고 뛰어난 그의 자질, 수려한 얼굴과 아리따운 자태가 어우러져 있었다. 그의 두 뺨에는 서왕모의 복숭아꽃 일천 점이 서로 붉은색을 다투는 듯, 마치 붉은 봉황새의 두 눈에서 태양을 쏘는 정한 빛을 거둔 듯하니, 강산의 빼어난 기운이 정인성의 얼굴 위에 깃들어 있어 영락없는 기린과 봉황의 기질이었다. (…) 금씨의 흉한 심술과 척발보완의 불인(不仁)한 성품으로도 정인성을 한 번 쳐다보자마자 크게 놀라 굴복하여 가까이 나아가 홀린 듯이 다시 쳐다보며 감히 비수를 날려 그를 해할 마음이 사라지고, 오히려 정인성을 위해 눈물이 흐르는 것을 깨닫지 못하였다. (권12)

인용문에서도 알 수 있듯이 척발보완과 그 모친 금씨는 아파서 누워 있는 정인성의 침소에 잠입하여 그를 죽이려 하지만 그들의 계획은 물거품이 되고, 정인성의 모습을 보자마자 첫눈에 황홀경에 빠진다. 흉한 심술을 가진 금씨와 불인한 성품의 척발보완은 정인성의 모습에 정신이 홀린 듯 빠져들었고, 그를 해하려고 들고 왔던 비수는 무용지물이 되고 만다. 금씨는 도리어 정인성의 처지를 딱하게 여기면서 열 살도 채 안 된 아이가 만리타국에서 이렇듯 표류하는 참담한 상황을 안타깝게 여긴다. 그런 귀한 아들을 잃어버린 채 살았는지 죽었는지조차 알 길이 없어 애를 태우고 있을 부모의 심정까지 걱정하는 가운데 눈물을 쏟아낸다.

척발보완은 올해 열세 살인데, "음일(淫佚)하고 방탕(放蕩)한" 마음이 충만한 여성이었다. 정인성과 같은 빼어난 남자와 이렇듯 함께 있게 되니 사귀어보고 싶은 마음이 굴뚝같으나 부친 척발유가 사위를 택하는 데 간섭이 심하고, 또 여자가 음탕한 것을 차마 보지 못하는 성격이므로 척발보완은 아버지의 불호령이 무서워서 감히 그런 속마음을 드러내지 못했다. 그러나 정인성을 보면 볼수록 그 풍채와 기상에 정신이 혼미해져 순간 스스로를 억제하지 못하고 갑자기 정인성 앞에 나아가 그의 손을 덥석 잡고 말았다. 정신을 차린 정인성은 놀라 일어나 앉으며 두 사람을 타일러 자신의 처소에서 내보낸다. 그러나 척발보완은 여기서 멈추지 않고 어떻게든 정인성과 관계를 맺기 위해 어머니 금씨와 짜고 다음과 같은 모략을 짜서 정인성을 위기에 빠뜨린다.

> 척발보완이 불길같이 치솟는 음탕한 색욕을 억제하지 못하고, 부족한 잔머리
> 로 모친을 달래어 서로 말이 어긋나지 않게 하자며 천만 번 당부하고는 즉시 자
> 기 침소에 돌아가 머리를 침상에 풀어헤쳐 일부러 무슨 화를 당한 사람처럼 형
> 용을 꾸몄다. 그러면서 혹시라도 이 계교(計巧)가 성공하지 못할까 봐 온 마음
> 으로 초조해하며 목구멍이 타들어가는 듯한 모습을 하였는데, 과연 그녀의 모
> 습은 마치 시든 꽃과 같았다. (권12)

귀가한 척발유는 딸에 대한 부인 금씨의 거짓 증언을 듣고는 이를 확인하기
위해 척발보완의 침소를 찾는다. 그는 평소와 달리 딸의 흐트러진 차림새와 헝클
어진 머리카락 등을 보고 어떻게 된 일인지 자초지종을 묻는다. 이에 척발보완은
정인성에게 겁탈을 당한 것처럼 상황을 꾸며 부친 척발유에게 거짓말을 지어낸
다. 정인성이 자신을 겁탈하려 했으며, 그가 책과 부채를 신물(信物)로 주었다는
것이다. 실제로 척발보완은 정인성의 침소에서 쫓겨나오기 전, 그가 읽던 서책과
부채를 허락도 없이 갖고 나온 터였다. 이렇듯 터무니없는 거짓말을 자행하고 그
말이 모두 사실임을 믿게 하려고 아버지 척발유 앞에서 자결하는 시늉까지 한다.
그러나 현명한 척발유는 정인성이 몸도 성치 않은 상태에서 그런 무모한 짓
을 할 이유도 없을뿐더러 평소 딸의 성품을 익히 알고 있던 터라 진실을 밝히는
데에는 별 어려움이 없었다. 결국 모든 일이 척발보완이 거짓으로 꾸민 일임이 밝
혀지고, 척발보완은 부친 척발유로부터 엄한 꾸지람을 듣게 된다. 척발유는 정인
성에게 미안해하면서도 그의 훌륭하고 바른 성품을 기리며 음탕한 여식을 위해
여교(女敎) 30편을 지어줄 것을 부탁한다. 척발보완은 정인성이 집필한 여교 30편
을 받아들고 방에 갇힌 채 자신의 죄를 반성하면서 지낸다.

척발보완의 경우는 탕녀의 기질을 타고났으나 그동안 부친의 엄한 가르침 속에 그 음탕한 속성을 숨겨왔을 뿐이다. 그러나 그녀의 이성을 향한 적극적인 욕망은, 정인성과 같은 준수한 남성을 보자마자 더 이상 억누를 수가 없었다. 결국 그녀는 심신을 제어할 수 없는 지경에 이르러 인간적 본능을 그대로 드러내고야 만 것이다. 《완월회맹연》에서는 그녀를 음탕하다고 지칭한다. 그러나 달리 생각해보면 척발보완은 그저 이성에 대한 관심이 당대의 기준보다 높았던 것이며, 악의(惡意)가 있어서라기보다는 눈앞에 있는 멋진 남성에게 관심을 표현한 것일 뿐이다. 다만 당대의 규범적 질서에서 평가해본다면 그렇듯 좋고 싫음의 명확한 감정 표현을, 그것도 부녀자가 거리낌 없이 표출한다는 데에 문제가 있었던 것이다. 오늘날 우리의 입장에서 본다면 척발보완과 같이 재기발랄하고 개방적인 성격의 여성에게는 당시의 규범적 질서가 족쇄로 작용했을 수 있다. 어쩌면 너무나도 자연스러운 인간 감정의 발현인 것을, 시대적 상황과 이념의 질곡 속에서 무조건 억누르려고 했던 데에서, 《완월회맹연》의 작가는 척발보완이라는 캐릭터를 작품 속에 재현해 보여준 게 아닐까 하는 생각이 든다.

이와 비슷한 또 다른 인물로는 양일아, 만초란 등을 들 수 있다. 지면 관계상 번다하고 세세한 이야기는 생략하고 핵심적인 사건만 인물 위주로 간추려 제시하기로 한다. 양일아는 체찰사의 직임을 맡고 변방에 나가 오랑캐를 무찌르고 돌아오는 정인성의 늠름한 모습을 한 번 본 뒤로는 그의 매력에 푹 빠지게 된다. 그녀는 본래 양순과 한씨 부인 사이에서 태어났으나 외할머니 주태부인의 계략에 의해 부마 한제선의 딸로 12년 동안 살아왔다. 나중에 한제선의 친딸이 나타나자 양일아는 한제선의 수양녀가 되는데, 다소 난폭하고 포악한 성격에다가 시기와 질투가 심한 여성 인물[32]로 그려진다. 그녀의 탕녀로서의 기질은 여러 장면에서 포착되지만 한 가지만 예로 들면 다음과 같다.

아픈 한난소[33]가 친정에서 몸조리를 하는 동안 정인성이 와서 밤새 그녀를 간호하는 장면이 나온다. 여기서 간호를 받고 있는 한난소를 질투한 양일아가 외할머니 주태부인과 함께 자살소동까지 벌이면서 한난소 대신 자신이 정인성과 합방해야 함을 필사적으로 주장하는 부분이 있다. 모친과 조카가 죽겠다는 협박까지 하자 한제선은 하는 수 없이 한난소의 침소에 양일아를 대신 눕혀놓고 사위 정인성을 속이게 된다. 그러면서도 이건 차마 못할 짓이라며 음탕한 양일아를 낳고 세상을 떠난 누이를 원망한다.

연구자에 따라서는 양일아가 같은 첩의 신분인 한난소를 상대로 남편의 사랑을 쟁취하기 위해 자기만의 방식으로 남편과의 합방을 이룬 것이라 탕녀로 규정짓기에는 무리라고 여길 수도 있겠다. 그러나 작품 속 서술자가 양일아의 음란하고 방탕한 성품에 대해 언급한 부분에서도 그렇고, 아픈 사람을 밤새 간호하고자 하는 남편의 의도는 안중에도 없고 오로지 자신의 성적 욕구만을 채우려는 양일아의 본능적 속성을 염두에 두고 본다면 그녀는 탕녀형 인물에 속하기에 충분하다.

다음으로 거론할 여성 인물은 만초란이다. 그녀는 양주 지방 자사 만안의 맏딸인데, 요조숙녀는 아니지만 영리하고 총명하며 강한 성품을 지닌 인물이다. 그녀의 성품을 보건대 탕녀 이미지와는 다소 거리가 있어 보이나 오로지 외간 남자의 풍모에 반해 가출한 사실을 보면 그녀 역시 탕녀로 간주할 만하다. 만초란은 정잠 일행이 교지로 가는 도중 양주 지방을 지날 때, 그 일행 가운데 있던 늠름한 모습의 정인성을 보고는 한눈에 흠뻑 빠져버린다. 이후 그를 따르기로 마음을 굳

<hr>

32   경우에 따라서는 양일아를 악녀형 여성 인물로 분류할 수도 있으나, 여기서는 그녀의 음탕함에 초점을 맞추고자 한다.

33   한난소는 정인성의 첩이다. 양일아와 한난소의 관계 속 갈등 양상은 한정미(2012), 앞의 논문, 375~378쪽에서 상세하게 다루고 있으므로 참고하기 바란다.

히고 시녀 석영과 함께 남자로 변장까지 하고 아버지의 천리마를 훔쳐 타서 곧장 교지로 달려간다. 그전부터 정인성을 사모했던 게 아니라 단 한순간에 그의 모습에 매료돼 가출을 결심했다는 점에서, 그리고 남자 때문에 부모님을 저버리고 게다가 부친이 아끼던 말까지 훔쳐 타고 과감한 행동을 서슴지 않았다는 점에서 탕녀로서의 기질을 엿볼 수 있다. 도착한 교지에서 재종(再從) 사이인 석순영을 만나 함께 지내면서 둘 다 정인성을 좋아하고 있음을 알게 된다. 정인성이 정잠이 있는 대영(大營)으로 떠나기 전날, 석순영이 먼저 정인성에게 사랑을 고백한 후 뒤이어 자신도 속마음을 털어놓으려 했으나 석순영이 단번에 거절당하자 그녀는 아예 고백조차 단념한다. 그리고 삭발을 감행한 후 취도산 여승인 묘운의 제자가 되어 수도생활을 하게 된다. 앞서 다룬 탕녀인 척발보완이나 양일아와 달리, 만초란은 사랑 고백도 해보지 못한 채 쉽게 단념했다는 점에서, 탕녀이지만 가망 없는 사랑에 대해 맺고 끊음이 분명한 성품을 지닌 여성 인물임을 알 수 있다. 잘생긴 남자를 보고 한눈에 반해 먼 타지까지 그를 찾아갔다는 점에서는 이성에 대한 욕망이 강한 여성이겠으나, 단 한 남자만 마음에 품고 삭발을 감행한 그녀는 어찌 보면 가장 음탕하지 않은 여성 인물로 볼 수도 있지 않을까 싶다.

《완월회맹연》에는 처음에는 악인의 편에 서거나 악행을 저지르던 인물이 주인공의 선한 영향력에 감화돼 개과천선하는 경우[34]를 종종 보게 된다. 작품에서 이들이 차지하는 비중은 그리 크지 않으나 나름 주변 서사에서는 저마다의 내력을 지니고 있는 까닭에 그냥 지나치기에는 놓치는 부분도 있을 것 같다. 특히 《완월회맹연》에 등장하는 인물들은 개인사 내지는 각자의 내력을 어느 정도 갖고 있다는 특징을 발견할 수 있는데, 이는 서술자의 의도가 반영된 인물 구성이라는 점에서도, 한 인물마다 그들이 지금 여기에 있기까지의 과정과 사연을 각 캐릭터

••

34   여기 해당하는 인물들로는 소천보와 곽시도(곽재화)를 들 수 있다.

에 심어주기 위한 장치일 수 있다는 점에서도 눈여겨볼 필요가 있다.

이러한 인물들 외에도 《완월회맹연》에는 정씨 부중의 충직한 노복(奴僕)인 운학과 경용, 그리고 주인공들이 어려운 지경에 처할 때마다 나타나 위기에서 구해주는 조력자 위정, 묘혜선, 혜안법사, 엄정, 두보현, 최언선 등 다양한 인물들이 포진해 있다. 그중 몇 명만 살펴보기로 하자. 혜안법사[35]의 개인사는 이렇다. 열네 살이 되기 전에 약혼을 했으나 혼례를 치르지 못한 채 신랑이 죽게 된다. 그후 삭발하고 비구니가 된 지 50년 만에 크게 득도(得道)하여 인간의 과거와 미래를 꿰뚫어볼 수 있는 통찰력을 지니게 된다. 이후 그녀는 자신의 능력을 활용해 어려운 지경에 놓인 사람들을 구하며 살아간다. 일례로 교한필의 첫째 부인 여씨의 사주(使嗾)로 장손탈이 강물에 버리려는 호씨의 큰아들을 구조한 사람이 바로 혜안법사다. 그녀는 그 아이를 등침의 부인 유씨에게 데려다주어 양육하게 한다. 혜안법사 덕분에 목숨을 건진 이 아이는 훗날 부친 교한필을 다시 만나게 된다.

묘혜선은 태청관 도인(道人)인데, 악인(惡人)으로 등장하는 운화선의 제자다. 비록 악인의 제자이지만 그녀는 자비롭고 현명한 여성으로, 요도(妖徒)의 소굴에 갇힌 정인광과 정월염이 탈출하게끔 도와주는 역할을 한다. 묘혜선 역시 아픈 개인사를 간직하고 있는 인물이다. 열네 살 무렵 주씨 부중의 남자와 혼인하지만 얼마 지나지 않아 사별한다. 이후 묘혜선은 절의를 지켜 재혼하지 않고 홀로 지내온 것이다. 그녀는 장손환과 운화선이 정월염 남매를 해치려 하자 이들을 구출할 계획을 마련하는 등 여러모로 주인공을 도와주는 조력자의 역할을 톡톡히 한다.

위정은 상재충의 부인으로 슬하에 두 딸을 두었다. 기강 소흥산 낙성촌 봉월곡에 살고 있다. 외할머니가 위국공 서달의 집에서 일하는 여종이었는데, 서태

35   등침의 부인 유씨의 외종 서숙모 강씨다.

부인이 정한과 결혼하면서 어머니가 서태부인을 따라 정씨 부중의 여종으로 들어가게 된다. 이후 어머니가 장헌의 처 연부인을 섬기게 되면서 자신도 대를 이어 장헌의 집에 종사하는 여종이 된다. 어릴 적 본명은 위앵이었으나 어머니가 옛 주인인 정씨 부중의 은혜를 잊지 않으려고 정씨 성을 붙여 위정이라는 이름을 갖게 되었다. 장헌이 첩 박씨에게 매혹되어 연부인을 돌아보지 않자 그 꼴이 보기 싫어 두 딸을 여종으로 드린 뒤 자신은 고향에 돌아와 남은 생을 보내고 있었다. 그러던 어느 날 태원령 병풍암 아래에 쓰러져 있던 일행을 발견하게 되는데, 그중 자신의 벗 춘파가 있는 것을 보고 이들이 곧 정씨 부중 사람들임을 알고는 속히 집으로 옮겨 구호하게 된 것이다. 이후 그녀는 건강을 회복한 정월염 일행이 외숙모 송부인과 함께 상경할 수 있도록 도와주는 한편 외종사촌 최언선과 함께 정인광의 탈옥을 돕기도 한다.

《완월회맹연》에는 이처럼 신분이 낮지만 중요한 역할을 하는 인물들이 등장한다. 미미한 신분이어서 혹은 상대적으로 권력이나 능력치가 달려서 평소 자신의 뜻을 주장하며 살지는 못하지만 결정적인 순간에 스스로 선택하고 행동하는 그들을 단순한 선악 구도만으로 설명하기는 어렵다. 이런 인물들은 신분은 낮지만 스스로 가치 있다고 여기는 것을 지키는 면모를 보여준다.

이상으로 대작(大作) 《완월회맹연》 속 등장인물들을 크게 주요 인물과 주변 인물 등으로 나누어 살펴보았다. 지면의 한계로 모든 인물들을 이곳으로 초대하지는 못했다. 다만 주요 인물들을 규범과 욕망이라는 키워드를 기준으로 몇 가지 유형으로 나누어 검토했으며, 주변 인물들은 탕녀 및 조력자 등 몇몇 특징적 인물들을 선별해 살펴보았다. 인간의 내적 속성은 자로 잰 듯이 나눌 수 없는 미묘하고도 오묘한 것이니 만큼 변수로 작용하는 요인에 따라 얼마든지 달라질 수 있기에 해당 속성이 좀 더 부각되는 인물들을 다루었음을 앞서 밝혔다. 그러한 점에 입각해 《완월회맹연》에 등장하는 인물들을 살펴본 결과, 작품 속 인물들은 대부분 유교적 이데올로기의 영향으로부터 자유롭지 못했으나, 그럼에도 각자가 지닌 다양한 성향을 바탕으로 서로 얽히고설키는 과정 속에서 그 캐릭터를 충분히 구현해내기 위해 고군분투하는 모습을 확인할 수 있었다.

1. 갈등의 3대 축

갈등은 서사를 지탱하는 요소이자 원리이면서 "인물 구성(성격 구성characteri-zation) 및 세계관이나 가치관의 대립을 형상화하는 데에 결정적인 기여를 한다."[1] 또한 갈등은 "이야기의 무의미한 나열과 습관적인 반복에서 벗어나 이야기를 재미있게 얼크러지게 하는 주요한 요인의 하나"[2]다. 그렇게 갈등은 엔진과도 같아서 "그것의 추동으로 이야기는 앞으로 나아가면서 사건을 전개하고 주제적 의미

----

1   한용환, 《소설학 사전》, 문예출판사, 1999, 21쪽.

2   위의 책, 22쪽.

를 형성"³한다. 이런 맥락에서 "서사를 구성하는 것은 갈등"⁴이라고 보아도 지나치지 않다.

《완월회맹연》은 180권 180책에 달하는 방대한 분량의 국문장편 고전소설로, 그 분량만큼이나 등장하는 사건도 어마어마하다. 180권에 달하는 수많은 사건들이 대체로 정씨 가문의 계후(繼後) 문제와 장씨 가문의 탐욕 문제, 정치적 부침(浮沈)에서 비롯된다. 이렇게 본다면《완월회맹연》의 서사를 이끄는 추동력이 바로 갈등에 있음을 알 수 있다.

《완월회맹연》의 갈등은 주로 작품을 분석하는 가운데 이루어졌다. 정병설⁵은 작품의 긴 분량을 장면 전개의 확대와 편년, 순환과 대칭, 반복, 확대와 지속이라는 서사 원리로 설명한 바 있다. 성영희⁶는 방대한 서사를 유기적으로 연결하는 주요 장치로 변장과 약물화소를 들고, 무자비한 소교완의 이중성이 작품을 이끄는 가장 큰 원동력이 되고 있음을 살폈다. 한길연⁷은《완월회맹연》의 여담과 반복 등의 기법이 내용을 다채롭게 이해할 수 있도록 하는 적극적인 기능을 수행하고 있다고 보았다. 장시광⁸은《완월회맹연》에서 입후 및 종법을 둘러싼 갈등이 매우 중요하게 서술되어 있다고 말했다. 이현주⁹는《완월회맹연》의 인물을 이념형 인물과 욕망 추구형 인물로 나누어 인물 간의 갈등 양상을 살폈다. 한정

3   최시한,《스토리텔링, 어떻게 할 것인가》, 문학과지성사, 2015, 274쪽.

4   H. 포터 애벗, 우찬제 외 옮김,《서사학 강의》, 문학과지성사, 2010, 113쪽.

5   정병설,《《완월회맹연》 연구》, 태학사, 1998, 1~326쪽.

6   성영희,《완월회맹연》의 서사구조와 의미〉, 부산대학교 석사학위 논문, 2002, 1~67쪽.

7   한길연,《《완월회맹연》의 서사문법과 독서역학〉,《한국문화》 36, 서울대 규장각한국학연구원, 2005, 25~55쪽.

8   장시광, 〈대하소설의 여성과 법—종통, 입후를 중심으로〉,《한국고전여성문학연구》 19집, 한국고전여성문학회, 2009, 127~178쪽.

9   이현주, 〈완월회맹연 연구〉, 영남대학교 박사학위 논문, 2011, 1~188쪽.

미[10]는 여성 인물의 갈등을 빚어내는 데에 남편이나 가부장제뿐만 아니라 복합적 요인이 있음을 밝혔다. 탁원정[11]은 계후 갈등과 옹서 갈등 상황에서 주요 여성 인물들의 병이 유표화되고 있다고 보았다. 구선정[12]은 계후 문제를 둘러싼 소교완과 가문의 갈등을 개인의 정의와 가문의 정의의 충돌로 해석했다.

지금까지의 연구는 서사를 이끄는 원동력이 갈등에 있음을 인정함에도 불구하고 갈등이 서사를 확장하는 데 관여하지만 단순히 반복과 확대의 원리로 작용하고 있다고 보고 있어 아쉬움이 남는다. 그리고 대부분 작품 안에서 하나의 분석 방편으로 갈등을 살펴보았을 뿐, 갈등 자체에 대한 본격적인 연구도 미흡했다. 이 글에서는 사건을 통한 갈등의 양상이 작품 주제에 어떤 영향을 미치는지 살펴보고자 한다. 《완월회맹연》은 단순히 비슷한 갈등의 반복을 통해서 서사를 확장하는 것이 아니라, 문제의 시발점이 되는 갈등을 중심으로 사건이 연쇄적으로 펼쳐지면서 다양한 갈등을 양산하여 작품의 재미와 긴장감을 더한다는 점에서 특징적이다.

《완월회맹연》의 갈등을 유발하는 세 개의 축은 정씨 가문의 계후 문제와 장씨 가문의 탐욕 문제, 정씨 가문의 정치적 부침과 복귀 과정이다. 정씨 가문의 갈등은 계후 문제에서 비롯된다. 정잠은 양씨와 혼인하여 두 딸을 낳고 더 이상 아이를 낳지 못하자, 동생 정삼의 아들인 정인성을 양자로 들여 후사를 잇게 한다. 그런데 얼마 후 양씨가 병으로 죽고, 나이 어린 소교완을 후처로 맞아들이게 된

••

10   한정미, 〈《완월회맹연》 여성 인물 간 폭력의 양상과 서술 시각〉, 《한국고전연구》 25집, 한국고전연구학회, 2012, 345~397쪽.

11   탁원정, 〈국문장편소설 《완월회맹연》에 나타난 여성 인물의 병과 그 의미—소교완, 이자염, 장성완을 대상으로〉, 《문학치료학회》 40집, 문학치료학회, 2016, 161~193쪽.

12   구선정, 〈조선 후기 여성의 윤리적 지향과 좌절을 통해 본 가문의 정의—국문장편소설 《완월회맹연》의 '소교완'을 중심으로〉, 《고소설연구》 47집, 한국고소설학회, 2019, 5~40쪽.

다. 소교완이 쌍둥이 아들 인중과 인응을 낳으면서 갈등이 시작된다. 소교완은 혈연으로 따지자면 당연히 자신의 아들 인중이 후계자가 되어야 한다고 생각하지만, 정씨 가문의 후계자는 이미 정인성으로 정해진 상태였고 정잠도 인성을 파양할 생각이 없었다. 소교완은 자신의 아들이 후계자가 될 수 없다는 사실에 분노하면서 정씨 가문의 여러 인물들에게 싸움을 걸며 분란을 촉발한다. 그리하여 자신을 외면하고 양자인 정인성만 감싸 도는 남편 정잠과는 부부 갈등을, 양자 정인성과는 모자 갈등을, 며느리 이자염과는 고부 갈등을 일으킨다.

특히 소교완이 불러일으킨 갈등은 다른 인물들 간의 갈등으로 확산된다는 점이 이목을 끈다. 정인성은 소교완에게 억울하게 당하고 있는 부인 이자염을 외면하고 냉대하면서 부부 갈등을 일으키고, 정인중은 어머니 소교완의 마음을 얻기 위해 형 정인성을 대신 죽이려 하면서 형제 갈등을 일으킨다. 아버지 정잠은 패악만 저지르는 정인중을 형틀에 묶어 체벌하면서 부자 갈등을 일으킨다. 더 나아가 정인중을 교화시키지 못한 책임을 두고 정잠 형제와 재종질 형제 사이의 설전도 벌어진다. 한편 소희량과 주부인은 딸 소교완과 손자 정인중의 악행을 보다 못해 사약을 마시게 하면서 부모 자식 간의 갈등을 일으킨다. 이렇게 정씨 가문의 갈등은 소교완과 정인중으로 집중되는데, 그 내막의 중심에는 계후 문제가 자리 잡고 있다.

가문 간 갈등은 장헌 부부의 탐욕에서 시작된다. 장헌은 정씨 가문과 이웃해 살면서 서태부인에게 사랑을 받으며 정잠과도 친구로 지냈지만 왕진이 권력을 휘두를 때 그의 총애를 잃을까 봐 정씨 가문과 소원하게 지낼 만큼 탐욕적이고 속물적인 인물이다. 부인 박씨 또한 부귀와 탐욕에 빠져 경박한 언행을 일삼는 인물이다. 장헌은 여장한 인광을 첩으로 삼으려다가 아내 박씨와 부부 갈등을 일으키기도 하고, 가문의 복록을 위해 딸 장성완을 경태제의 후궁으로 들이려 하다가 딸의 병을 키우는 등 부녀 갈등도 일으킨다. 장성완은 정인광과 혼인하지만,

장헌의 패악을 문제 삼는 남편 때문에 부부 갈등을 겪게 된다. 부인 박씨는 딸 장성완이 부마 범단의 아들 범경화의 청혼을 거부하자, 딸에게 온갖 욕설과 저주를 퍼부으며 모녀 갈등을 일으킨다. 더욱이 박씨는 사위 정인광뿐만 아니라 정씨 가문에 욕설을 퍼부으며 갈등을 가문 밖으로 확대시킨다. 여기에 탐욕스러운 부모 밑에서 자란 둘째 아들 장세린은 아내 여씨를 못생겼다고 외면하면서 부부 갈등을 일으키고, 아내 여씨는 그 분노를 세린의 첩 정성염에게 쏟아내면서 처첩 갈등 또한 만든다. 이렇게 장씨 가문, 더 나아가 정씨 가문까지 위태하게 만드는 그 내막에는 장씨 부부의 탐욕 문제가 자리 잡고 있다.

세 번째 갈등의 축은 정씨 가문의 정치적 위기에서 시작된다. 환관 왕진이 영종의 총애를 등에 업고 영종의 친정을 부추기면서 정치를 혼란하게 하자 정잠의 사촌인 정흠과 사위인 조세창이 직간하다가 정흠은 죽임을 당하고 조세창은 흉노족이 있는 북쪽 변방으로 귀양을 가게 된다. 또한 정씨 가문에서 자신을 비판한 일로 분노하던 경태제도 정씨 가문을 몰락시키려고 하면서 정씨 가문과 황실의 갈등이 심화되고 정씨 가문은 위기에 빠지게 된다. 이 때문에 정씨 가문 사람들이 죽임을 당하기도 하고, 귀향을 가면서 집밖으로 유리하기도 한다.

그러나 정치적인 위기는 정씨 가문을 부흥하게 하는 결정적인 기회가 된다. 정잠은 영종이 마선[13]에게 사로잡혀 있다는 소식을 듣고는 영종을 구하기 위해 북쪽 변방으로 가서 생명의 위험을 무릅쓰고 영종을 보필한다. 그리고 영종 대신 볼모로 잡혀 영종을 환국하게 한다. 영종은 이들의 혁혁한 공로를 포상하여 더 높은 관직을 하사하는데, 이로 인해 가문이 더욱 번성한다. 이렇게 영광스러운 복귀를 맞이한 정잠은 이후에도 영종을 보필하며 더욱더 가문의 위상을 높인다.

이와 같이 《완월회맹연》은 정씨 가문의 계후 문제와 장씨 가문의 탐욕 문제,

••

13   마선(馬先): 몽골의 오이라트 출신 칸인 야선(也先, Esen).

정씨 가문의 정치적 부침이 시발점이 되어 부부 갈등, 부모와 자식 간의 갈등, 형제 갈등, 처첩 갈등, 옹서 갈등, 군신 갈등 등 수많은 갈등을 양산한다. 즉 세상의 모든 갈등이 이 한 권의 책 속에서 다채롭게 벌어진다. 소설학에서 갈등은 "궁극적으로 작품을 지배하거나 관통하는 서로 대립적인 의미 요소"[14]다. 지금부터 세 가지 갈등을 시발점으로 하여 각 인물들이 이해관계에 따라 어떻게 대립하여 수많은 사건을 만들어내는지 자세히 살펴보기로 한다.

2. 가문 내 갈등, 후계 구도를 둘러싼 사건

정씨 가문의 갈등은 정잠과 소교완 간의 입장 차이에서 비롯된다. 우선 이 둘은 가문의 위상부터 달랐다. 정씨 가문은 정치권에서 밀려나 있었고, 소동파의 후예인 소씨 가문은 아버지와 오빠들이 높은 벼슬에 오르면서 승승장구했다. 게다가 정잠은 재취를 해야 하는 상황에다가 나이도 많았지만, 소교완은 미모가 빼어나고 총명했으며 나이도 어렸다. 누가 보아도 소교완이 정잠보다 월등하게 좋은 조건을 가지고 있다는 것을 알 수 있다. 그러나 정잠은 완벽한 조건의 신부인 소교완을 부인으로 맞아들이면서도 철저하게 그녀를 외면하고 냉대한다. 그러다가 소교완이 후계자 문제에 이의를 제기하자 그때부터 소교완과 더욱더 심한 갈등을 빚는다. 이제 소교완은 정씨 가문의 악녀가 된다. 아무리 뛰어난 여성이라 할지라도 정씨 가문의 가법을 따르지 않으면 어떻게 되는지 계후 갈등을 통해 보여주고 있는 것이다.

소교완의 부친인 소희량과 정한의 가족은 집안끼리 잘 아는 사이였다. 정태

14   최시한, 《소설, 어떻게 읽을 것인가》, 문학과지성사, 2010, 91쪽.

요는 정한 부부에게 정잠의 후처로 소교완이 적합하다고 하며 소희량에게 구혼할 것을 제의한다. 정한이 이를 허락하면서 정잠과 소교완의 혼사가 이루어진다. 그런데 정잠은 신방에 들어가서도 말없이 있다가 새벽에 나오는 등 소교완을 차갑게 대한다.[15] 서태부인의 설득으로 억지로 동침하지만 이내 흉몽을 꾸기까지 한다. 꿈의 내용은 이렇다. 소교완의 품안에서 흉수와 기린 한 쌍이 나오는데, 흉수는 정인성을 죽이려 하고 기린은 인성을 보호하려 한다. 흉수가 천만 가지 방법으로 인성을 죽이려 하다가 기린의 함정에 떨어져 죽게 되자, 소교완이 인성에게 칼을 들고 달려든다. 이때 기린이 인성을 보호하며 대신 칼에 맞아 쓰러진다. 그래도 소교완이 발악을 멈추지 않을 때, 정잠은 꿈에서 깬다. 여기서 흉수는 소교완의 쌍둥이 아들 중 첫째인 정인중이고, 기린은 둘째 정인웅이다. 실제로 정인중은 인성을 죽이려 하지만, 인웅은 모친 소교완과 형 인중의 악행에 맞서 형 인성을 보호한다. 이렇게 소교완과 정인중이 흉수와 같은 괴물로 정잠의 꿈속에 나오는 것으로 보아, 정잠이 이들을 얼마나 혐오하고 있었는지를 알 수 있다.[16]

사실 소교완은 남편의 냉대에도 불구하고 묵묵히 시부모에게 효도를 다했으며 전처 양씨 소생인 명염, 월염과 양자 인성을 친자식처럼 애중했다. 태부인도 "소교완의 덕행이 아직 보기에 하자가 없고 우리에게 효도를 다할 뿐만 아니라 자녀에게도 사랑함이 여느 사람들보다 더하니 어찌 감동하지 않으랴"(권3)라고 하면서 소교완을 외면하는 정잠을 타이른다. 소교완은 이렇게 종부로서의 소임을 다하면서 정씨 가문의 일원이 되고자 했으나 자신을 괴물로 여기는 정잠에 의해 좌절당한다. 노력해도 안 되는 상황에서 자신의 입지를 위해 악행을 선택할

●●

15 "상서 정잠이 소교완을 향한 마음에 한 조각 아끼는 마음이 없으니 꿈속에서도 말을 건네고 싶은 마음이 없었다." (권11)

16 구선정(2019), 앞의 글, 13쪽.

수밖에 없게 된 이면에는 약자이면서 타자인 여성에 대한 공동체의 차별과 혐오의 시선이 있었던 것이다.[17]

이렇게 소교완이 열다섯 살에 들어간 정씨 가문은 그녀를 아무런 존재감도 없는 인물로 만들었다. 게다가 시부모도 겉으로만 칭찬할 뿐 각별하게 기뻐하거나 사랑하지 않았다.[18] 이러한 상황에서 소교완은 인중과 인웅을 낳는다. 소교완은 큰아들 인중을 후계자로 만들어 정씨 가문에서 자신의 존재를 인정받으려 한다. 그러나 이것조차 정씨 가문에 의해 거절당하고 만다. 소교완은 자신의 아들이 정잠의 핏줄임에도 불구하고 가문의 정통을 잇지 못한다는 사실에 괴로워하고 불안해한다. 게다가 둘째 아들 인웅이 정잠의 사촌 형제인 정흠의 양자로 들어가면서 아들까지 빼앗기는 신세가 된다. 이러한 상황에서 정잠은 소교완뿐만 아니라, 쌍둥이 아들 인중과 인웅에게 눈길 한 번 주지 않는다. 마선을 정벌하러 떠날 때에도 정잠은 울면서 배웅하는 정인중을 냉정하게 외면한다. 이러한 정잠의 태도에 소교완은 분노가 폭발하고 만다. 소교완은 정잠에게 차라리 자신을 죽여 죄의 씨앗을 없애라고 악다구니를 쓰는가 하면 양부인 소생의 자식들에게도 온갖 욕설과 폭력을 서슴지 않는다.

소교완의 분노는 자신이 낳은 정인중을 계후로 삼기 위한 집념으로 옮겨간다. 그리하여 시녀 녹빙, 계월과 함께 정인성을 죽일 계책을 세운다. 소교완은 계월의 남편인 맹추를 시켜서 정월염을 경태제에게 바치게 하고, 녹빙의 남편 왕술위에게는 정인성을 죽일 것을 지시한다. 이러한 계교를 세운 후 소교완은 절대로

••

17   위의 글, 14쪽.

18   "소교완은 매우 총명한 인물이어서 비록 자주 눈을 들어 그 기색을 보지 않아도 어찌 박대함을 모르겠는가? 마음속으로 자기 신세를 한탄하였으나 또한 얼굴빛에 나타내지 않고 오직 얼굴빛을 단정히 하고 옷깃을 여민 채 명을 들을 뿐 한 마디도 응대하지 않았다. 소교완의 재주와 용모, 아름다운 자질로 남편에게 사랑을 받지 못함은 참으로 운명의 희한한 연고였다." (권11)

속내를 드러내지 않고 현숙한 척 연기를 한다. 그러나 정잠만은 소교완이 정씨 가문에 풍파를 일으킬 것이라며 의심한다. 동생 정삼은 형의 생각이 지나치다고 여긴다. 사실 정삼은 형 정잠이 자신의 큰아들 정인성을 양자로 삼겠다고 말했을 때도 훗날 후계를 두고 분쟁이 생길까 봐 주저했다. 왜냐하면 정잠의 핏줄을 후계자로 삼으려는 소교완의 입장도 어느 정도 타당하다고 생각했기 때문이다. 그래서 정삼은 소교완을 무조건 미워하고 의심하는 형 정잠을 비난한다.

소교완은 맹추와 계월을 시켜서 정인중 형제를 제외한 일가를 처치하고자 한다. 그러나 용맹한 정인광에 의해 실패하고 만다. 이러한 가운데 첫째 아들 정인중이 모친 소교완의 마음을 짐작하고 형 정인성을 죽이고자 계교를 생각해낸다. 사실 정인중도 형 정인성만 감싸 도는 아버지를 원망하는 마음이 컸다. 지난날 아버지 정잠이 자식들의 글을 보며 우열을 가리다가 정인중의 글을 보고는 가문의 불행이라며 엄하게 꾸짖은 적이 있었다. 이에 정인중은 자존심이 상하고 수치심을 느꼈을 뿐만 아니라 자신이 보는 앞에서 아버지 정잠이 형 인성만 어루만지며 감싸고돌자 서운한 마음을 가졌다. 이로부터 정인성과 정인중의 갈등이 시작된 것이다.

정인성을 없애려는 소교완과 정인중의 계교는 애꿎게도 그 화살이 정인성의 아내인 이자염에게로 향한다. 어느 날 동생 정인웅이 감기에 걸리자 정인중은 형수 이자염에게 정인웅의 죽을 준비하게 한 다음, 이자염의 시녀에게서 죽을 몰래 빼앗아 그 안에 독을 탄다. 정인웅은 이자염의 시녀가 가져온 죽을 먹고 피를 토한다. 정인성이 이를 알고 급히 해독약을 가져와 정인웅을 구한다. 정인성과 인웅은 인중을 보호하기 위해 이 사실을 이야기하지 않지만, 정잠은 이 모든 일이 소교완이 꾸민 것이라 단정한다. 그리하여 정인중에게 집안이 평안한데 스스로 화를 꾸미는 이유가 무엇이냐고 소교완에게 똑바로 전하라고 이른다. 이렇게 정잠은 정씨 가문의 분란을 모두 소교완 탓으로 돌린다.

정인중은 형수 이자염을 모해하려다 실패하자 이번엔 정인성의 옥선추와 금문패를 훔쳐 한난소의 처소에 들어가 서랍에 몰래 넣는다. 그리고 정인성이 난소에게 패물을 준 것으로 보아 둘이 사통하는 사이라고 누명을 씌운다. 그러나 이번에도 정잠은 정인중이 꾸민 일이라 판단한다. 그래서 정인중을 불러들여 곤장 수십 대를 때린다. 그리고 벽서정에 가두고 나오지 못하게 한다. 하지만 정인중은 반성은커녕 아버지를 원망하며 형 인성을 죽이지 못해 억울해한다.

한편 아버지 정잠과 아들 정인중의 갈등은 정잠의 재종질에게까지 불똥이 튄다. 정잠이 안남으로 출정하기 전날, 재종질인 정염과 정겸이 인사차 정씨 가문을 찾아온다. 이때 정잠은 그들에게 집안이 정인중 때문에 어그러졌다며 다음과 같이 당부한다.

> "하물며 나는 집안일이 매우 어그러져 있지 않았느냐. 인중은 동기간의 문제를
> 일으키고야 말 아이다. 너희들이 비록 있으나 오히려 인중에 다다라서는 조카
> 라고 거리를 두어 저의 원망하는 말을 듣지 말고자 함이니 이는 실로 내가 바
> 라는 바가 아니다. 지금부터 여백 정삼으로부터 정염 정겸이 본적마다 엄하게
> 꾸짖어서 설사 인선의 도에 이르지 못한다고 해도 내가 집을 떠난 사이에 놀라
> 운 변고가 다시없게 하기를 바라는 것이다." (권41)

정잠은 정인중을 잘 다스려서 집안의 변고가 없게 해달라고 재종질에게 부탁한다. 이에 사촌 정염은 정인중을 형 정인성을 해치려 하고, 또 형수 이자염을 괴롭히고, 한난소에게 외도했다는 누명을 씌우는 등 온갖 악행을 저지른 문제아라고 하면서, 형 정잠이 있을 때에도 악행이 저 정도인데 형이 집을 비우면 자신들이 꾸짖는다고 인중이 뉘우치겠느냐고 반문한다.[19] 즉 형도 인중의 악행을 고치지 못했는데 자신들이 별수 있겠느냐는 것이다. 이에 정인성이 반드시 동생 인

중이 개과할 것이라고 하자, 정염이 "인중이 벽서정에서 한 달 처하면서 잘못을 뉘우치고 수련하여 다시 나쁜 짓을 하지 않는다면, 내 당당히 조카의 앞에 눈을 감아 말을 가볍게 한 것을 사과하리니 조카는 노하지 말고 앞날을 보면서 인중의 어리석은 행동이 어디로 미치며 내 말이 허망한가 볼지어다"(권41)라고 말한다. 정씨 가문의 사람들도 정인중의 악한 성품을 절대 고칠 수 없다고 인식하고 있음을 알 수 있다.

정인성은 계모 소교완의 온갖 핍박에도 불구하고 아무런 불평 없이 참고 인내한다. 소교완은 정인성이 효심으로 자신을 대할 때마다 자신의 실덕 또한 더 드러난다고 생각하여 억울해한다. 그리하여 정인성의 군자다운 태도에 더욱더 분노심이 쌓여 괴롭히기를 멈추지 않는다. 그렇지만 정인성도 이에 아랑곳하지 않고 무조건적으로 효심으로 맞선다. 소교완이 곡기를 끊는 척하고 자리에 눕자, 정인성은 엄동설한에도 불구하고 문 밖에서 소교완의 심기를 살피며 서 있다가 얼어 죽을 지경에 처하기도 한다. 이어 소교완이 정인성을 불러 죽을 마시라고 하자 정인성은 독이 들었다는 걸 알면서도 마셔버린다.

화설, 전에 정씨 부중에서 선생이 경조 정염과 더불어 선산으로 가매, 달이 바뀌니 서태부인께서 기거하시는 숙소는 섭섭하면서도 우울한 분위기를 이기지 못하나 아직 소교완이 은밀히 큰 계획을 행하니 온 집안이 공허함을 남몰래 기뻐하여 이소저를 잔인하고 포악하게 대하는 것이 날로 더했다. 서태부인이 비록 몸가짐이 조용하여 소교완이 남을 교묘히 속이고 성격이 음흉함을 모르는

●●

19 "형님이 집에 계시고 나이도 어린데 그러하니 장차 형님이 나가시고 그 간사함이 더 자라면 어떻게 되겠습니까? 아무리 꾸짖으라고 당부하시나 보통의 활발하며 방자한 아이와 다르게 요약이 긴 것이니 좋은 말로 가르쳐서는 뉘우치지 못할 것이오, 하루아침에 제어하지 못할 인물입니다." (권41)

듯했지만 자연한 중에 신명함이 있어 (…) 이자염이 말하지 않는 중에도 임신한 이자염의 신령스럽고 지혜로운 자태를, 명철하고 지혜가 민첩한 소교완이 어찌 알지 못하겠는가. 소교완이 또한 위의가 높고 그 얼굴빛이 단정하고 엄숙하여 친자식인 정인웅이라도 망령되이 간섭하여 욕보이고 다투지 못하고 정인중이라도 자신의 어머니가 맏형 부부에게 자애롭지 않음을 알지언정 감히 불의한 일을 함께 할 것이라고 생각지는 못했다. (…) 소교완은 단정히 앉아 아무런 생각도 걱정도 없는 듯, 세상 근심이 없는 듯했고 녹빙 등이 공경스레 모시고 서서 집을 다스리매 집 안이 한가하고 위의가 깨끗하여 높은 지위의 벼슬아치들의 집을 호위하는 모습이니 저 중에 천만 흉악함을 속에 품어 생각지 못할 요사하고 괴이한 술법을 해나가는 것을 어찌 알겠는가. 소부인이 오랫동안 말이 없다가 베갯머리에서 한 편지를 던져주고 말했다. (권51)

이자염도 소교완의 온갖 괴롭힘에 순순히 응하면서 온화한 태도를 취한다. 소교완은 자신이 그렇게 괴롭히는데도 정인성 부부의 덕성이 흔들리지 않고 오히려 날로 빛나기만 하자 분한 마음이 더욱 커져간다. 어떤 방법을 써도 정인성 부부가 그 위기를 견뎌내자 이제 소교완은 폭력으로써 그들을 무력화하려 한다. 정인성에게는 쇠몽둥이를 주며 스스로 채찍질을 하게 하고 이자염에게는 직접 쇠몽둥이로 사정없이 때리기까지 한다. 심지어 이자염의 팔을 물어뜯어 살점이 떨어져나가게 한다. 그럼에도 정인성 부부는 자신들의 효심이 부족함을 근심할 뿐 소교완을 전혀 원망하지 않는다.

정인성 부부에 대한 소교완의 폭력이 날로 심해지자, 소교완의 둘째 아들 정인웅은 이를 말리기 위해 소교완과 맞선다. 정인웅은 소교완이 정인성과 자신에게 준 온탕의 그릇 크기가 다른 것을 보고 정인성의 그릇에 독이 들었음을 눈치채고 대신 마셔버린다. 정인웅은 소교완의 악행을 사사건건 가로막으며 모친이 회개하기를 간절히 원한다. 그런데 흥미로운 점은 소교완이 자신의 행동을 가로막는 정인웅을 오히려 자랑스러워한다는 것이다. 반대로 자신의 악행을 따라 하는 정인중은 못마땅하게 여긴다. 소교완은 정인중이 불인(不仁)한 행동을 할 때마다 바로 고치지 않는다면 모자의 정을 끊겠다고까지 하면서 엄정하게 대한다. 정인중의 불인한 행동에 대해서는 엄격하게 경계하고 정인웅의 품성에 대해서는 자랑스러워하는 것을 보면, 자식만큼은 바른 길로 가기를 바라는 소교완의 속내를 엿볼 수 있다.

소교완은 정인웅의 간절한 부탁을 저버릴 수 없어 잠시 악행을 중단하기도 하지만, 그렇다고 정인성 부부를 없애려는 뜻을 버리지는 못한다. 소교완은 정잠의 후처로 들어올 때부터 자신을 탐탁지 않게 생각하고 유독 정인성만을 사랑하는 정잠의 태도에 서운한 마음이 들어 이렇게 하는 것이라고 인웅에게 고백한다. 이후에도 소교완과 정인중은 이자염이 낳은 갓난아이를 다른 아이와 바꿔치기하는 등 악행을 멈추지 않는다.

이렇게 후계자 구도를 두고 벌어진 갈등은 정잠과 소교완을 중심으로 부부 갈등, 전처 자식과의 갈등, 부자 갈등, 고부 갈등을 초래한다. 그리고 이러한 갈등은 아들 대(代)로 이어져 형제 갈등, 부부 갈등으로 확대된다. 더 나아가 이 문제는 재종질과의 갈등으로까지 이어져 정씨 가문에 총체적인 혼란을 가져온다. 이러한 갈등 속에서 정씨 가문의 가법을 위배한 자는 악인으로, 그것을 수호하는 자는 선인으로 구분된다. 더욱이 악인들의 악행이 심해질수록 정씨 가문 구성원들의 도덕성이 더욱 빛나게 그려진다는 것도 흥미롭다.

3. 가문 간 갈등, 탐욕이 부른 사건

장씨 가문의 분란은 장헌 부부의 탐욕에서 비롯된다. 여기서 특징적인 것은 그 여파가 정씨 가문, 즉 타(他) 가문으로까지 확산된다는 점이다. 장헌은 부모님을 일찍 잃고 정한과 서태부인에 의해 친자식처럼 길러졌다. 그는 남다른 노력을 하여 사서고적에 통달했으나 유독 부귀에 대한 탐욕이 많았다. 그는 연부인과 결혼하여 낳은 아이를 잃어버리고 난 후 그녀를 쫓아낸다. 이어 첩 박씨를 맞아들여 딸 장성완과 아들 장세린, 창린을 낳는다.

장헌의 탐욕적인 성격으로 인해 여러 가지 사건이 발생하는데, 대개 우스꽝스럽게 묘사되는 것이 특징적이다. 첫 번째는 정흠의 부음 소식을 듣고도 실세인 간신 왕진의 총애를 잃을까 두려워 몰래 담을 넘어 문상하러 갔다가 정씨 가문 사람들에게 붙잡힌 사건이다. 그는 조문 후에도 행여 왕진에게 이 일이 알려질까 노심초사하면서 정씨 가문의 사람들과 몇 마디도 나누지 않고 서둘러 다시 담을 넘어 돌아가려다가 붙잡혀 사람들의 웃음거리가 된다.

두 번째는 잡혀온 무리가 정인광이라는 것을 알면서도 모른 척하며 잡아들인 사건이다. 장헌은 이들을 풀어주면 정씨 가문의 삼족(三族)을 멸하려는 경태제에게 미움을 사서 화를 당할까 두려워한다. 정씨 가문과 관계를 맺고 있으면서도 자신의 이해관계에 따라 언제든지 배신할 수 있다는 것을 보여주는 사건이다.

세 번째는 정잠의 둘째 딸 정월염을 첩으로 삼으려다가 여장한 정인광에게 도리어 속임을 당한 사건이다. 정인광은 정월염 대신 여장을 하고 장헌에게 접근한다. 장헌은 여장한 정인광을 보고 그 빼어난 외모에 감탄한다. 장헌이 여장한 정인광과 동침하려 하자, 정인광은 이를 거부하면서 법도에 맞게 부모를 찾은 후에 예를 올리겠다고 한다. 그날 밤 장헌은 여장한 정인광을 극진히 간호하며 미인을 첩으로 얻게 된 것을 기뻐한다. 여자로 변장한 정인광은 최언선을 살리기 위해 훗날 정씨 집안이 다시 득세하면 장헌의 처지가 위태로워질 것이라면서 걱정하는 척한다. 그러자 장헌은 그럴 경우를 대비하여 최언선을 몰래 풀어준다. 장헌은 부귀를 위해 딸 장성완을 황제의 후궁으로 바칠 계획임을 정인광에게 고백한다. 정인광은 장헌의 이러한 탐욕스러움을 속으로 경멸하면서 자신은 절대 그의 사위가 되지 않겠다고 다짐한다. 정인광은 목적을 달성한 후 정씨 가문으로 돌아와 이 사실을 얘기하는데, 정씨 가문 사람들은 장헌이 정인광을 첩으로 둔 사실에 박장대소하는 한편 이욕에 눈먼 장헌을 한심해한다. 장헌의 탐욕적이고 우스꽝스러운 모습이 극대화된 사건이라 할 수 있다. 한편 장헌은 여색에 빠져 여장한 정인광을 첩으로 들이려 하다가 박씨와도 심각한 부부 갈등을 빚는다.

네 번째는 부귀와 권세를 누리기 위해 장성완을 후궁으로 들여보내려고 한 사건이다. 장성완은 시비로부터 아버지가 자신을 경태제의 후궁으로 보내려 한다는 말을 듣게 된다. 장성완은 지난날 완월대에서 맺은 정인광과의 혼약을 저버리고 후궁으로 들어갈 수 없다며 그날부터 죽기를 각오하고 식음을 전폐한다. 그러자 박씨는 정인광 따위는 잊어버리라며 온갖 심한 욕설로 딸을 다그친다. 한편 박교랑의 외사촌 범경화는 장성완이 황제의 후궁으로 들어갈 것이라는 소식을 듣고 그녀를 빼돌려 아내로 맞이하려고 한다. 그래서 장성완과 자신의 결혼을 성사시키기 위해 어머니 화경공주와 고모의 딸인 박교랑을 동원해 장성완이 외간 남자와 은밀한 편지를 주고받는다는 소문을 퍼뜨린다. 그리고 장헌 부부에게 변심단을 먹여 장성완을 박대하게 한다. 이어 화경공주는 장헌 부부에게 편지를 보내 장성완을 거짓으로 죽였다고 하면서 집 밖으로 보내면 자신이 상궁을 보내 장성완을 보살피다가 그의 성씨를 바꿔서 범경화와 혼인시키겠다고 한다. 이에 장헌 부부는 태운산으로 장성완을 보내기로 한다.

이 일이 있기 전, 장성완은 부모의 불인한 행동에 슬퍼하다가 병이 들고 만다. 연부인이 편지를 보내 함부로 자살하지 말 것을 당부하는데, 장성완도 자신을 임금의 후궁으로 바치려는 부모의 실덕에 저항하기 위해 죽는 것이 불효임을 깨닫는다. 그래서 장성완은 자신의 원한을 풀고 열절을 지키려는 신념과 부모에 대한 효성을 모두 실천하기 위해 스스로 목숨을 끊는 대신 자신의 낯가죽을 벗기고 귀를 벤다. 장헌과 박씨는 이 끔찍한 상황에 놀라는 것도 잠시, 멸문지화를 당할 것이 두려워 장성완을 큰 옷장에 넣어 태운산으로 옮긴다. 그리고 장헌은 여장한 정인광에게 딸의 음행(淫行)에 대해 하소연을 한다. 이 말을 들은 정인광은 이 일이 악인들의 계교에 의해 꾸며진 것이며 장성완의 자해가 열절과 효행을 지키려는 것임을 간파하고 장헌의 무식하고 지각없는 태도에 경악한다. 그리고 여러 가지 약을 지어 장성완을 살려낸다. 시비들은 박씨가 장성완이 약을 먹고 예전 얼굴로 돌아왔다는 것을 알면 다시 해칠까 봐 걱정하여 양의 피를 장성완의 얼굴에 바른다. 결국 장성완은 부모를 피해 도망가게 된다. 본래 미인만을 좋아하던 범경화는 장성완이 스스로 귀를 잘랐다는 소식을 듣고선 더 이상 그녀와 결혼할 생각도 하지 않는다. 이로써 사건은 일단락된다.

이렇게 장헌은 주체할 수 없는 탐욕의 세계로 빠져들어 자신을 거둬줬던 정씨 가문을 배신하고 심지어 딸까지 죽음에 이르게 한다. 그러나 어려서부터 부모를 잃고 혼자서 자신을 영위해왔던 그는 늘 이익을 좇아 움직였기 때문에 갑자기 태도를 바꾸는 것도 쉬운 일이었다. 장헌은 그렇게 정씨 가문의 사람들을 배신했으면서도 다시 정씨 가문이 번성하자 언제 그랬냐는 듯이 완월대에서의 약속을 강조하며 정인광을 사위로 맞아들이기 위해 아첨한다. 이렇게 자신의 안위만을 중시하는 장헌의 속물성은 정인광과 장성완의 부부 갈등을 일으키는 원인이 된다. 즉 올곧은 품성을 지닌 정인광이 속물적인 장인을 받아들이지 못하면서 장성완을 박대하게 된다.

"한 가문 내에 여러 아이들이 모두 아내를 두었으되 너만 빼고 모두들 부부 사이가 좋아 매우 긴밀하게 서로 즐겁게 지내는 데에는 별다른 문제가 없었고, 부부간의 은밀함을 부모와 친족이 다 알지는 못하기에 구태여 옳고 그름을 따지는 일도 없었다. 그러나 네게 이르러서는 성품과 도량이 매우 강하고 고집이 세서 주변 사람을 심히 괴롭고 불안하게 만드니 남편과 아내의 화합하는 도가 끊어져 부부 사이에 하루 종일 바람 잘 날 없는 행동을 보이며 장성완 같이 교양과 품격을 갖춘 현숙한 여자를 아무런 까닭 없이 쫓아내 아내를 정하지 못하니, 하는 일이 어찌 그리 안타깝고 안쓰러운 것이냐. 무릇 부인과 소인이 가까워지기 어렵다고 하나 위의 정하고 덕이 두터우면 그 감격하고 두려워하며 공경하여 어긋나지 않으려 하고 그로 인해 서로 배워서 닮아가면 비록 언행이나 성질이 사납고 무례할지라도 저절로 감동하여 탄복할 것이다. 하물며 장성완의 덕성을 갖춘 성품과 소채강의 탈속한 성질이야 말할 것 같으면 문왕을 만나면 갈담의 온유함과 규목의 넓음을 본받아 법으로 삼을 것이요, 비록 장헌 같은 아버지를 만나도 예를 지켜…"(권56)

정인광은 장헌의 집에 있을 때에도 속물적인 집안의 음식은 먹지 않겠다고 거절하며 장헌에 대해 강한 적대감을 보였다. 게다가 정인광은 장헌이 큰아버지 정잠과 아버지 정삼을 죽이려 한 일을 떠올리면서 장성완과의 혼인도 거부한다. 이에 소수는 장헌은 못난 사람이지만 그 딸 장성완은 세상에 다시없는 열녀라고 하면서 받아들이기를 권한다. 그리고 그동안 장성완이 절개를 지키기 위해 자해를 했을 때도 그렇고 죽으려고 물에 뛰어들었을 때 정인광이 우연히 구해준 일들을 얘기하며 두 사람의 인연은 하늘이 정해준 것이라고 설득한다.

그럼에도 불구하고 정인광은 원수의 딸과는 절대 결혼하지 않겠다고 선언한다. 그러자 아버지 정삼은 장헌의 아들인 장창린과는 교유하면서 그 딸과 혼인하지 않는 것은 편벽된 행동이라고 나무라며 혼사를 추진한다. 결국 정인광은 어쩔 수 없이 장헌의 사위가 되지만 신방에 들어가지 않으며 자신의 뜻을 지키려 한다. 사실 정인광은 그 누구보다 장성완의 성효와 열절을 익히 알고 있었다. 하지만 정인광은 부모의 잘못을 장성완에게 전가하며 부부지륜을 끊고자 한다. 이에 아버지 정삼은 정인광이 장헌으로 인해 부부지륜을 폐하면 자식으로 여기지 않겠다고 불호령을 내린다. 그렇지만 정인광은 갈수록 장성완을 냉대한다.

정삼은 정인광이 거의 한 달 동안 장성완의 처소에 가지 않았음을 알고 그를 불러 마음에 맺힌 것을 풀고 부부 관계를 회복하라며 조용히 타이른다. 정인광은 결국 고집을 꺾고 장성완과 동침하며 화합하지만 이것도 얼마 지나지 않아 장모 박씨로 인해 깨지게 된다.[20] 황제가 정씨 가문을 위해 큰 잔치를 열어준 날 박씨가 잔치 자리에 참석했다가 사위가 소채강을 첩으로 들인 것을 알고 정인광과 소채강을 비롯한 정씨 일가를 향해 온갖 욕설을 퍼부었기 때문이다. 그래도 분이 풀리지 않자 박씨는 딸 장성완을 정씨 가문에 둘 수 없다며 데려가버린다. 그리고 딸을 붙들고 한바탕 통곡하면서 정씨 가문을 들먹이며 욕설을 퍼붓는다. 이에 장성완은 모친 박씨 때문에 시부모와 양부모께 참욕을 끼쳤다며 식음을 전폐한다.

또한 박씨는 사위 정인광이 첩 소채강에게 빠져 매제인 장희린의 혼인식에도 오지 않았다고 생각하며, 장성완의 앞날을 위해 소채강을 없애고 사위의 마음을 장성완에게 돌리고자 요사스러운 무당과 간사한 점쟁이를 불러들인다. 그리고 여승에게 돈을 주고 산 몇 권의 불서를 장성완에게 전달한다. 이를 알게 된 정인

20   한길연은 박씨를 자신의 감정을 솔직하게 발산하면서 갈등을 일으키는 인물로 보았다. 한길연, 〈대하소설의 발산형(發散型) 여성 인물 연구〉, 《한국고전여성문학연구》 32집, 한국고전여성문학회, 2016, 353~386쪽.

광은 불서를 거절하지 않은 장성완에게 불같이 화를 낸다.

모친 박씨의 발악과 남편 정인광의 박대로 인해 결국 장성완은 병에 걸려 앓아눕기에 이른다. 그러나 정인광은 문병도 가지 않을 뿐만 아니라, 오히려 허탄한 불경을 공부한다며 장성완을 내쫓으려 한다. 이로 인해 장성완의 병세는 날로 심각해진다. 장헌이 아픈 딸을 보고 데려가면서 이게 다 정인광의 박대 때문이라고 원망한다. 그리고 박씨는 정인광과 정삼 부부를 욕하고 비난하는 무례한 편지를 써서 보낸다.[21] 정인광은 박씨의 편지를 읽고 분노한다. 그리고 서태부인과 화부인 앞에 나아가 석고대죄하면서 원수 박씨의 딸과 인연을 끊겠다고 선언한다. 더 나아가 아내를 쫓아내려는 표를 작성하여 예부에 올리고 장성완의 혼서와 빙폐를 꺼내놓는 한편 장성완에게는 자결하라고 명령한다. 그러자 정삼은 정인광을 달래면서 그가 작성한 표문을 불사른다. 그러나 정인광은 정삼이 외출한 틈을 타 서동을 시켜 장성완에게 독주와 단검과 천을 주며 세 가지 중 하나를 택하여 자결하라고 명령한다. 장성완은 독주를 받은 뒤로 마음이 더욱 불안하여 날로 병세가 짙어진다.

정삼은 이를 더 이상 볼 수가 없어 정인광을 불러 40여 장의 매를 때린다. 그러나 정인광은 피를 흘리면서도 전혀 반성의 기미를 보이지 않는다. 모친 화부인도 장성완에 대한 마음을 바꾸라며 정인광을 꾸짖지만 그는 받아들이지 않는다. 동생 정인홍도 아무리 장헌이 밉더라도 장성완은 아무 죄가 없을뿐더러 도리를 잘 지키니 그녀를 다시 데려와 부부의 예를 지켜야 한다고 설득한다. 정삼도 장성완을 데려올 것을 명하지만, 정인광은 장모 박씨 때문에 절대 가지 않겠다고 맞선다. 그러던 어느 날 정인광은 꿈에서 장성완이 선인(仙人)으로 변한 것을 보고

••

21　박씨는 정씨 가문에 찾아와 정삼과 화부인을 간적과 요녀라 일컬으며 정삼 부부와 정인광이 모두 소채강의 간음 교활한 태도에 빠져서 장성완을 박대하고 끝내는 죽게 할 것이라면서 울부짖는다.

놀라 깬다. 정인광은 장성완의 주성과 역괘를 보고는 그 수명이 거의 다한 것을 알고 걱정한다. 이때 소수가 장성완을 문병하러 왔다가 상태가 심각한 것을 보고 방술을 써서 정인광의 주성이 띠고 있는 길한 기운을 가져다가 장성완을 회복시킨다.

이렇게 장헌의 속물성 때문에 벌어진 정인광과 장성완의 부부 갈등은 정씨 가문을 향한 박씨의 욕설로 인해 가문 간 갈등으로 확대되고, 결국에는 장성완의 병을 키우게 되었다. 장헌의 탐욕이 가문의 분란뿐만 아니라 타(他) 가문, 더 나아가 정치에까지 영향을 미친다는 점에서 특징적이라 할 수 있다.

4. 가문과 황실의 갈등, 정치적 부침에 따른 사건

《완월회맹연》의 역사적 시간은 30여 년으로 선종, 영종, 경태, 헌종이 등장하나 주 이야기의 배경은 영종이 왕위에 오르고 죽을 때까지(1435~1465)라고 할 수 있다.[22] 특히 영종 재위기에 토목지변(土木之變)[23]이나 탈문지변(奪門之變)[24] 같은 굵직한 사건을 수용하여 정씨 가문의 흥망성쇠를 이야기하고 있다. 토목지변과 탈문지변은 정씨 가문의 위기를 초래하여 간신과 충신 간의 갈등, 황실과의 갈등을 만들어내지만, 결국은 정씨 가문의 정통성을 증명하고 가문을 번영시키

••

22　이현주, 《완월회맹연》의 역사수용 특징과 그 의미—토목지변(土木之變)과 탈문지변(奪門之變)을 중심으로〉, 《어문학》 109집, 한국어문학회, 2010, 198쪽.

23　토목지변은 1449년(명 영조 13) 몽골족의 오이라트 부락의 마선이 병사를 일으켜 공격하자 명나라 영종이 환관 왕진의 말만 듣고 친정하러 갔다가 토목에서 포로로 잡힌 사건을 말한다.

24　탈문지변은 명나라 영종이 오이라트 마선에 포로로 잡혀 있다가(명 경태 원년, 1450) 풀려나 조정으로 돌아온 후, 1457년에 경태제를 폐하고 다시 황제에 오른 사건을 말한다.

기 위한 장치로 사용된다.

먼저 충신과 간신 간의 갈등을 살펴보면 다음과 같다. 《완월회맹연》에서 정 잠의 사촌 형 정흠은 영종의 친정을 부추기는 간신 왕진의 악행을 직간하다가 죽 임을 당하기에 이른다. 정흠은 나라에 천재지변이 자주 일어나자, 황제에게 표를 올려 이는 상서롭지 못한 징조라고 고하며 선왕의 통치를 본받을 것을 아뢰지만, 황제는 이러한 의견을 받아들이지 않는다. 게다가 황제는 왕진의 말만 듣고 북로 를 정벌하러 떠나려 한다.

정흠은 표를 올려 왕진의 흉특함에 대해 논하면서 왕진을 처형하여 민심을 진정시킬 것과 강한 병사를 마선에게 보내 그 죄를 물을 것을 간언한다. 그러나 황제는 그 표를 보고 대로하며 신하들에게 정흠을 죽이라고 명한다. 정흠은 참형 을 받으면서도 왕진의 죄목과 친정의 불가함을 아뢰다 죽음을 맞이한다. 이때 일 곱 살이었던 정흠의 딸 정기염이 아버지의 억울함을 풀기 위해 혈소(血疏)를 써 서 등문고를 올린다. 황제는 정기염의 효성에 감동하여 정흠의 죄를 용서하고 관 직을 복직시키며 정흠의 시신을 효시하지 않기로 한다. 이렇게 정흠의 강직함으 로 인해 정씨 가문에 첫 번째 위기가 찾아온다. 정흠이 죽자 서태부인을 비롯한 정씨 가문의 사람들은 모두 비통함에 잠긴다. 뿐만 아니라 정잠의 사위 조세창도 북로 친정을 반대하며 직간하다가 귀향 가게 되고, 정인성의 장인인 학사 이빈도 친정을 반대하다가 위기에 처한다.

두 번째로 황실과 정씨 가문 간의 갈등은 다음과 같다. 정흠이 죽을 때까지 만 해도 황실과 정씨 가문의 갈등은 그렇게 심각하게 나타나지 않았다. 그러나 영종이 친정하러 간 사이 경태제가 등극하면서 정씨 가문에 큰 위기가 온다. 정 씨 가문은 영종과는 돈독한 관계였지만, 정씨 가문 사람들이 불의에 대해 자주 직언을 해서 경태제와는 사이가 좋지 않았다. 소교완과 장헌 등은 이러한 경태제 의 심리를 정씨 가문을 공격하는 데 이용한다. 소교완의 계교로 인해 유리하던 정인광은 간신히 낙성촌에 도달하여 마침 이곳에 진무사로 온 장헌을 만나게 된다. 장헌은 정인광을 알아보고 돌려보내려 했으나 때마침 정씨 가문을 싫어하는 경태제의 심복인 맹추가 이르자 그를 두려워하여 정인광을 옥에 가둔다. 정인광은 이전에 정씨 가문의 하인이었다가 현재는 장헌의 수하에 있는 최언선의 도움으로 간신히 탈옥함으로써 위기를 모면하게 된다.[25] 정인성 또한 경태제의 심복인 맹추 등에게 쫓기며 몽골 등의 소국을 떠돌게 된다. 이후에 볼모로 잡혀 있던 영종이 환국하면서 경태제가 쫓겨나고 정씨 가문도 위기에서 벗어난다. 여기서 한 가지 눈여겨볼 점은 정씨 가문에 해를 끼치는 인물들이 경태제의 측근으로 그려진다는 것이다. 그리하여 경태제를 비롯한 악인들의 몰락을 통해서 정씨 가문의 회복이 이루어진다.

이처럼 정치적 위기는 정씨 가문이 다시 부흥하는 계기가 된다. 정잠은 마선에게 사로잡혀 있는 영종 대신 볼모로 잡혀 영종을 환국시키면서 그 혁혁한 공로를 인정받는다. 특히 이 과정에서 정잠, 조세창 등의 현명하고 강직한 면모가 드러난다. 《완월회맹연》에서 정치적으로 가장 활약하는 인물은 정잠과 그의 사위 조세창이다.[26] 조세창은 황제가 위기에 처한 순간 홀연히 나타나 황제의 목숨을 구한다. 그제야 황제는 자신이 간신의 말만 듣고 충신 조세창 등에게 고초를 겪게 했음을 부끄럽게 생각하며 지난날의 행동을 뉘우친다. 조세창은 포로가 된 황제를 극진하게 보필한다. 정잠도 출정하여 포로를 자청하면서 황제 곁을 지켜준다. 이는 《완월회맹연》만의 독특한 설정이라고 할 수 있다. 왜냐하면 실제 역사에서는 영종에게 포로로서 기대할 것이 없자 마선이 그다음 해 영종을 아무 조건

25   한길연, 〈대하소설의 의식 성향과 향유층위에 관한 연구: 《창란호연록》·《옥원재합기연》·《완월회맹연》을 중심으로〉, 서울대 박사학위 논문, 2005, 143~144쪽.

26   이현주(2010), 앞의 글, 208쪽.

없이 풀어주었기 때문이다.[27]

그러나 《완월회맹연》에서는 정잠과 조세창을 붙잡는 것을 조건으로 황제를 풀어주는 것으로 설정함으로써 이들의 용맹함과 충성심을 부각한다. 조세창은 황제와 군사 등을 백안령으로 보내고 마선을 만나러 궁실로 간다. 이때 마선이 좋은 옷과 음식으로 조세창을 회유하지만 조세창은 이를 거부하면서 자신의 옷에 묻은 혈흔을 핥아먹으며 간신히 버틴다. 정잠도 마선으로부터 신하가 되어달라는 부탁을 받는다. 그러나 이를 거절하여 옥에 갇히고 얼마 지나지 않아 병까지 들게 된다. 마선은 정잠 일행을 자기 사람으로 만들기 위해 이들에게 음식과 약을 보낸다. 그러나 조세창은 마선이 보낸 음식과 약이 충의를 지키고자 하는 정잠의 뜻을 욕보인다고 생각하여 거절한다. 이에 마선의 협박이 심해지지만 정잠과 조세창은 전혀 굴하지 않는다. 마선이 주는 음식과 약을 거부한 정잠은 병세가 악화된다. 이때 정인성이 표류하다가 이곳에 오게 되면서 부자가 극적으로 상봉한다. 그리고 정인성의 간절한 기도로 정잠은 병에서 회복한다. 그리하여 정잠 일행은 황제를 환국할 수 있게 하는데, 여기서 주목되는 점은 정잠과 조세창의 몸값이 황제보다 더 귀하게 그려지고 있다는 것이다.

영종이 환국하면서 정씨 가문은 번영의 기회를 맞는다. 처음에 경태제는 고국에 돌아온 영종을 유폐시킨다. 이에 몇몇 신하들이 경태제가 병이 난 틈을 타 거사를 일으켜 영종을 다시 황제의 자리에 오르게 한다. 영종은 경태제를 폐위하여 서해로 보낸 후 그동안 고초를 당했던 신하들의 공로를 치하하며 포상한다. 한편 북로에서는 영종이 떠난 지 오래지 않아 마선이 벼락에 맞아 죽고 대동왕이 즉위한다. 대동왕은 정잠과 조세창을 별관에 모시고 자자손손 명나라와 부자의 나라가 되기를 요청하며 지금까지 마선이 저지른 잘못에 대해 사죄한다. 그리고

27   위의 글, 209쪽.

정잠 부자와 조세창을 고국으로 돌려보낸다.

영종은 두 사람을 왕으로 봉하려 하지만 이들이 완강하게 사양하는 바람에 정잠에게는 태부정사 금자광록대부를, 조세창에게는 이부상서 홍문관 태학사의 총도당 체찰사를 제수한다. 뿐만 아니라 영종은 정씨 집안에 사신을 보내 정염을 경조로, 정겸을 태자소부로 제수하고, 전 태사 조겸과 전 집금오 조정에게도 입조하라고 명한다. 이렇게 정잠 일행의 북로 출정은 황제를 지켜내고 궁극적으로 정씨 가문을 다시 일으키는 계기가 된다.

나라와 황제에 대한 정잠 일행의 충성은 그 이후로도 계속된다. 영종이 복위한 후 천하가 태평했지만 황제의 손길이 미치지 못하는 지역인 안남과 교지에서는 여전히 도적이 들끓고 있었다.[28] 교지의 참정 왕흠이 창궐하는 도적의 무리를 남해 절도사 석홍과 함께 방어하다가 죽고 석홍도 겨우 목숨만 부지하여 돌아왔기 때문에, 다시 출정할 신하가 없었다. 이에 조정의 신하들이 정잠을 천거한다. 하지만 영종은 그가 노영에서 6~7년 고초를 겪은 일을 생각하며 쉽사리 결정하지 못한다. 이에 정잠과 정인성이 흔쾌히 자원하여 출정한다. 그리고 얼마 지나지 않아 승전 소식을 전한다. 이렇게 정잠 일행은 국가가 위기에 빠졌을 때마다 출정하여 오랑캐를 평정하면서 명문가로서의 위상을 높이고 정치적 기반을 확고하게 다진다.

이처럼 영종의 환국에 정잠 일행의 노고가 있었다는 역사적 사건의 변용은

••

28　"이때 영종황제가 왕위를 되찾자 수많은 백성이 기뻐했다. 다만 안남 땅이 멀어 그곳까지 왕의 덕화가 미치지 못해, 교지 남월 등에서 백성들이 도적이 되어 번씨와 함께 장난하였다. 교지 참정 왕흠이 남해 절도사 석홍과 함께 방어하다가 힘이 미치지 못하여 왕흠이 적과 싸우는 중에 죽고, 석홍이 필마와 신하 덕분으로 겨우 목숨을 보전하여 황성에 이르러 싸움에서 진 죄를 청하였는데, 주와 현의 사망자가 헤아릴 수 없을 만큼 많았다. 굳이 하늘의 뜻을 어겨 무도해서가 아니라 교지 남월 등의 교활한 백성이 월왕과 남왕을 도와 변고를 지은 것이니 천조의 형세를 일일이 찾아냄이 가히 어려웠다." (권41)

결국에 정씨 가문의 위대함을 강조하기 위한 장치다. 북로에게 영종황제보다 정씨 가문의 일행이 더 중요했다는 설정은 황실보다 정씨 가문의 위대함을 드러내기 위한《완월회맹연》만의 전략이라 할 수 있다.

5. 갈등 해소와 화합의 조건

지금까지 갈등의 세 가지 축을 통해 어떠한 사건들이 연쇄적으로 펼쳐지는지 살펴보았다. 갈등을 유발하는 세 개의 축은 정씨 가문의 계후 문제와 장씨 가문의 탐욕 문제, 정씨 가문의 정치적 부침(浮沈)이었다. 그런데 중요한 점은 이러한 갈등이 결국 정씨 가문의 정당성을 증명하고 가문의 부활과 번영을 지향한다는 데 있다는 것이다. 이는 갈등이 해소되는 과정에서 잘 드러난다.

《완월회맹연》에서 소교완과 장헌은 매우 독특한 방식으로 회과(悔過)하게 된다. 소교완의 악행에 대한 처벌은 정씨 가문의 사람들이 아니라 소교완의 부모가 대신 맡게 된다. 그들은 딸 소교완을 감옥에 가두고 회의를 열어 죽이기로 한다. 옥에 갇힌 소교완도 만만치 않아서 식음을 전폐하고 죽기로 저항한다. 그리고 마음의 병이 깊어져 등에 종기가 난다. 이 종기는 '화'가 축적되어 생긴 것이면서도[29] 정씨 가문의 정의를 위해한 소교완에게 주어지는 징벌이라고 할 수 있다.[30] 종기는 너무나 강력해서 한 번의 파종만으로 제거되지 않는다. 정잠과 사위 조세창은 소교완의 종기를 심혈을 기울여 뽑아내고, 자식들은 소교완의 상처를

●●

29   탁원정, 〈국문장편소설《완월회맹연》에 나타난 여성 인물의 병과 그 의미—소교완, 이자염, 장성완을 대상으로〉,《문학치료연구》40집, 문학치료학회, 2016, 163~166쪽.

30   구선정(2019), 앞의 글, 28쪽.

깨끗이 소독하면서 종기를 치료한다.

이때 소교완은 꿈을 꾸고 완전히 회개한다. 소교완은 꿈에서 어머니로부터 아들 정인웅이 그녀의 악행 때문에 수명이 줄어들었는데, 그녀가 죄를 뉘우쳐야 인웅의 수명을 늘릴 수 있다는 말을 듣는다. 이에 소교완은 자신의 잘못을 뉘우친다. 소교완은 꿈을 꾸고 나서 다시 태어난 듯 착한 사람이 된다. 어머니의 가르침에 눈물을 흘리며 일시에 정인성과 화해하고 지난 일들을 후회한다. 그로부터 남편과도 사이가 좋아져 아이를 가지는 것으로 끝을 맺는다. 이렇게 소교완의 회개가 종기 치료를 통해서 치밀하게 이루어지고 있다. 종기 치료는 소교완이 정씨 가문의 윤리 안으로 포섭되면서 갈등이 해소되는 과정을 보여주기 위한 설정인 것이다.[31]

장헌의 둘째 아들 장창린의 부인 여씨는 못생긴 외모 때문에 남편에게 외면 당하고 쓸쓸하게 생을 마감한다. 이에 장헌 집안에서는 여씨를 선산에 묻는다. 그런데 죽은 여씨가 머리카락을 풀어헤치고 온몸에 피칠갑을 한 채 시퍼런 칼을 들고 나타나 장헌을 꾸짖으며 장씨 선산에 묻히기를 거부한다. 여씨의 혼이 어린 아이로 변신하여 장헌의 가슴을 짓누르고, 다시 생쥐가 되어 그 뱃속에 들어가 오장육부를 칼로 쑤셔대기도 한다. 이에 장헌은 온몸을 비틀며 죽겠다고 큰 소리를 지르며 기절한다. 그리고 꿈속에서 죽은 부친을 만난다. 부친은 엄정한 태도로 그의 잘못을 질책하며 회과하기를 종용한다. 그리고 장헌에게 매를 쳐서 다시 꿈속에서 내보낸다. 정신을 차린 장헌은 지난 일을 크게 뉘우치면서 정인광을 포함한 정씨 가문 사람들에게 진심 어린 사과를 하게 된다.

정인중은 형 인성과 동생 인웅의 노력에도 불구하고 쉽게 회과하지 못하다가 자신을 인정하지 않았던 아버지 정잠이 노여움을 풀고 자신을 구해내자 이에

31   위의 글, 32쪽.

감동하여 개과천선한다. 아버지의 노여움이 사그라지자 정인중은 더욱더 아버지 마음에 드는 아들이 되기 위해 노력한다.

이처럼 《완월회맹연》에서 소교완, 정인중, 장헌은 갈등을 유발하는 대표적인 악인들이다. 이들은 자신의 욕망을 위해 가문을 수호하려는 인물들에 맞서지만 결국 패배하고 만다. 그렇다고 징치를 당하지 않는다는 것도 주목되는 부분이다. 이들은 결국 가문에 의해 구제받는다. 대신 조건이 있다. 종기나 악령으로 표상되는 그들의 욕망이 가문의 정의에 의해 제거되어야만 하는 것이다. 이들의 회과는 가문의 정의로 포섭되는 과정으로 가문의 정당성을 증명하기 위한 요소임을 알 수 있다.[32]

조선 사회는 개인의 존엄성과 가치, 자유, 평등보다는 집단과의 동일성, 동조, 연대를 중시했다. 유교 논리에 따른 가족 공동체적 인간관계를 근간으로 삼은 것이다.[33] 《완월회맹연》에서도 마찬가지로 유교적인 공동체 윤리 규범이 갈등 속에 내재되어 있다. 정잠이나 정인성 같은 선한 인물이야 말할 것도 없지만, 소교완 같은 인물을 통해서도 윤리에 대한 강한 열망이 드러난다. 중요한 점은 각자의 입장이 다르다는 것이다.

장헌과 정씨 가문의 갈등, 황실·간신·오랑캐 등과 정씨 가문의 갈등은 정씨 가문의 강직함과 위대함을 부각시키는 계기가 되었다. 장헌이 소인이면서 우스꽝스럽게 그려지는 것도 그러한 이유에서다. 그는 실세인 왕진이나 경태제의 편에 붙어서 친구인 정잠 일행을 배신하면서도 한편으로는 정잠의 눈치를 보며 전전긍긍하는 가벼운 인물이다. 그는 영종이 복위하자 그동안의 일을 생각하곤 두려

• •

32 위의 글, 32쪽.

33 이명희, 〈조선 후기 공동체 윤리규범의 생존윤리적 특성〉, 《한국사상과 문화》 8집, 2000,
119~146쪽.

움에 떨며 어찌할 줄 모른다. 자신이 빌붙었던 우겸, 왕문범, 단양성 등이 다 처형당하자 의지할 곳이 없어 태산이 무너지는 것 같은 표정을 지을 때, 그리고 정씨 가문에 지은 죄가 너무나 커서 넋 나간 사람마냥 멍한 표정을 지을 때는 웃음을 자아낸다.

토목지변 사건에서 중요한 것은 영종이 북로 마선에게 볼모로 잡혀간 것이 아니라, 북로 마선이 정잠 일행의 성품과 강직함에 반해 그들을 신하로 삼고 싶어 했다는 데 있다. 마선의 온갖 유혹에도 영종에 대한 충성심과 신의를 저버리지 않은 정잠 일행의 뛰어남을 강조하는 게 목적인 것이다. 정잠과 정인성이 오랑캐 나라들에 가서 기황과 전염병을 없애주고, 정치적 분쟁을 해결하며, 여교(女教) 등을 지어서 그곳 백성들을 윤리로 감화시키는 모습은 사대부 남성이 국내외적으로 어떻게 행동해야 하는지 잘 제시해준다.

이렇게 《완월회맹연》 속 갈등과 해소 과정에는 조선 후기의 유교적 이데올로기와 사대부 남성들의 로망이 내재되어 있다. 양란(兩亂)과 신분 질서의 동요 등이 일어났던 조선 후기 사회는 사대부들에 의해 윤리가 재구축되었고, 이로 인해 가부장적 윤리 규범이 강화되었다. 이렇게 가족 중심의 질서를 구축하기 위해서 소설 속에서 선택한 것이 바로 가문의 정의와 개인의 욕망 간의 갈등이다. 《완월회맹연》은 이를 정씨 가문과 여성, 소인, 황실, 오랑캐 간의 갈등으로 치환한다. 첨예한 갈등은 결국 정씨 가문의 승리로 끝난다. 이러한 갈등과 해소의 과정은 가문의 입장에서 봤을 때에는 정의의 실현이겠지만, 다른 한편으로는 소수를 희생시키고 왜곡하는 것이었음을 생각하게 한다. 결과적으로 이 작품의 갈등이 과연 누구를 위한 것이고, 무엇을 위한 것인가를 되새겨보게 한다.

1. '완월대'라는 정점 공간

《완월회맹연》권1에서는 정씨 부중이 위치한 북경 남문 밖 태운산 취연항에서 1대 인물인 정한의 생일잔치가 열린다. 이날 정한의 장자 정잠은 동생 정삼과 화부인 사이에서 태어난 여섯 살의 인성을 양자로 들이기로 하고 이 일을 일가 친척들에게 알린다. 모두들 축하하는 가운데 잔치 분위기가 무르익어간다. 밤이 되어 달이 뜨자 이 축복의 자리는 완월대로 옮겨진다.

각자 귀가하고 오직 아들과 조카 같은 나이 어린 아이들만 자리에 남아 있었다. 상서 정잠과 운계 정삼이 아버지에게 말씀드렸다.
"하루 종일 고단하셨을 것이니 일찍 휴식을 취하지 못하시면 해로울까 두렵습니다. 바라건대 편히 주무십시오."

태부 정한이 웃으며 말했다.

"하루 종일 술 마시고 즐겼는데 무슨 근심이 있겠느냐? 봄날이 따뜻하고 완월
대 아래 밀과 보리가 다시 피어 봄빛을 띠었으니 조공과 이빈, 그리고 너희들
까지 함께 남은 술병을 가지고 완월대에 올라 달빛을 감상하는 것이 어떻겠느
냐?"

정잠과 정삼이 말씀대로 하겠다고 하고 잠깐 집으로 들어와 어머니의 잠자리
를 봐드린 후 밖으로 나와 아버지를 모시고 완월루로 향하였다. (권2)

완월대에 오른 정씨 집안 남성들과 남은 손님들은 여흥이 끝나자 자손들의
혼사 문제를 꺼낸다. 태사 조겸의 제안에 따라 그들은 그 자리에서 서로 보지도
못한 아들딸들을 두고 정혼을 하기에 이른다. 정잠의 맏딸인 정명염과 조겸의 손
자인 조세창의 결연을 위시하여 정잠의 양자 정인성과 이빈의 딸 이자염이 맺어
지고, 정삼의 딸 정자염과 이빈의 아들 이창현이 맺어졌으며, 정삼의 아들 정인광
과 장헌의 딸 장성완의 결연이 맺어졌다. 그들은 앞으로 어떠한 일이 있더라도 이
혼약을 깨지 않기로 다짐한다.[1]

이 완월대에서의 맹약은 이곳에 모였던 남성들만이 아니라 정씨 부중 전체
에 전달되고 이후 서사에서 계속해서 언급된다.[2] 국문장편소설의 모든 사건과 인

••

1   "정국공이 이어 권하고 태부의 표종질인 송학사 등이 권하여 말하였다. '오늘 숙부 탄신의 경사
가 더하여 운백이 계후자를 정하였고 또 완월대에서 자녀의 혼사를 정하고 약속하여 피차 굳은 뜻을
두었으니 이런 경사가 보기 드문지라.'" (권2)

2   완월대에서의 맹약 이후 정잠의 부인인 양부인이 부모님상을 치른 후 병이 심해져 위독한 상태에
이르자, 시어머니 서태부인은 "완월대의 맹약이 온전히 이루어져 천고의 아름다운 일이 될까 바랐는데
오늘 네가 이토록 위독한 상황에 처하니 어찌 슬픔을 참을 수 있겠느냐?"(권2)라고 탄식하고, 이후 서사
에서도 이 자리에 있었던 인물들에 의해 맹약의 내용이 계속해서 언급되며 상기된다.

물은 가문 간의 혼인에서 파생된다는 점에서, 이 완월대에서의 맹약은 180권이라는 거대 서사의 복선이자 조감도 역할을 한다고 볼 수 있다.[3]

그런데 결말부로 향하는 권153에서 완월대 모임이 재현된다. 정잠은 소부와의 관계가 회복된 후 장인 소희량을 모시고 소씨, 정씨 부중 형제들과 더불어 완월대에 오르는데, 이날 소희량이 완월대에 오른다는 소식을 들은 조겸 역시 때마침 조씨 부중에 들른 양선, 이빈 등과 함께 완월대로 향한다. 완월대의 아름다운 풍광을 감상하던 중 정잠은 예전 이곳에서 열렸던 아버지 정한의 생신 잔치를 떠올리고 정씨 부중의 다사다난했던 지난날을 회고한다.

상국 정잠이 문득 옛일을 더듬고 세 형제를 돌아보며 말했다.

"여러 해 전 돌아가신 아버지의 생신 잔치를 끝내고 우리들이 아버지를 모시고 돌아가신 장인어른 등과 함께 완월대에 올라 봄 경치를 감상하며 모든 아이들의 혼인을 정했는데, 그 후 오래지 않아 나라에 망극한 변이 일어나 10년이 지나도록 이곳에 이르지 못했구나. 환난을 평정했지만 내가 집을 떠나니 너희들과 모여 즐기는 시간을 갖지 못했는데 오늘 밤 비로소 예전의 그 성대한 모임을 잇게 되었으나, 그동안 인사(人事)가 변하였으니 자식 된 자의 부모 잃은 고통이 어찌 사라지겠느냐?" (권153)

••

3　이 '완월대의 맹약'을《완월회맹연》서사구조의 주요 장면으로 지적한 논의는 일찍부터 이루어졌다(정병설,《완월회맹연 연구》, 태학사, 1998; 김탁환,《완월회맹연》의 창작방법 연구(1)―약속과 운명의 변증법〉, 조동일 외,《한국고전소설과 서사문학上》, 집문당, 1998). 특히 야마다 교코는《겐지모노가타리》와《완월회맹연》의 구조를 비교하면서, 완월대에서의 정혼 맹약이 이후 사건 전개의 복선이 된다는 점을 강조했고(야마다 교코,《완월회맹연(玩月會盟宴)》과《겐지모노가타리(源氏物語)》의 구조적 특징과 결혼형태에 관한 비교연구〉,《비교문학》30, 한국비교문학회, 2003, 35~39쪽), 한길연은 단순한 복선 수준이 아니라,《완월회맹연》이라는 거대 서사를 한자리에서 조망할 수 있는 조감도가 된다고 하여 좀 더 적극적인 의미를 부여했다(한길연,《완월회맹연》의 서사문법과 독서역학〉,《한국문화》36, 서울대 규장각한국학연구원, 2005, 36~39쪽).

이처럼 완월대에서의 모임은 작품 결말부에 그대로 재현되면서 180권 거대 서사의 명료한 수미상관(首尾相關) 기능을 한다.[4]

또한 국문장편소설에서 서사의 핵심 공간으로 부각되는 것은 대부분 주인공 가문의 세거지(근거지)다. 국문장편소설의 최초 작품인 《소현성록》 연작에서부터 소부의 세거지인 '자운산'은 절대공간[5]이자 소부의 이중적 성향을 드러내는 상징적 공간[6]으로 작동하며, 같은 삼대록계 작품인 《조씨삼대록》이나 《임씨삼대록》 등에서도 역시 가문의 세거지가 공간적으로 중요한 의미를 지닌다.[7] 이들은 대부분 가문의 권세나 부귀영화의 맥락에 귀속된다고 할 수 있는데, '완월대에서의 모임'이 주인공 정씨 가문의 영화와 그 회복을 의미하는 것도 같은 맥락이라고 할 수 있다.[8]

그런가 하면 국문장편소설 중에는 《취미삼선록》의 '취미궁'처럼 특정 공간이 도교적 색채를 띠는 동시에 시댁과 분리된 여성들만의 공간으로 부각되는 작품도 있다.[9] 《완월회맹연》에서 '완월대' 역시 봉래방장(蓬萊方丈)에 비유될 만큼 탈

••

4   한길연은 이를 '冒頭와 끝의 상응 기법—사건의 씨뿌리기와 거두기'로 명명하고, 이를 통해 작품 특유의 구조적 완결성을 확보하고 있다고 보았다(한길연(2005), 위의 글, 39~40쪽).

5   탁원정, 〈17세기 가정소설의 공간 연구: 《사씨남정기》, 《창선감의록》을 대상으로〉, 이화여대 박사학위 논문, 2006, 150쪽.

6   지연숙, 《소현성록》의 공간 구성과 역사 인식〉, 《한국고전연구》 13, 한국고전연구학회, 2006, 52~55쪽.

7   이와 관련한 논의는 다음과 같다. 최수현, 〈국문장편소설 공간 구성 고찰—《임씨삼대록》을 중심으로〉, 《고소설연구》 33, 한국고소설학회, 2012; 김문희, 〈삼대록계 국문장편소설의 공간 묘사와 공간 인식—《소현성록》, 《조씨삼대록》, 《임씨삼대록》을 중심으로〉, 《동악어문학》 62, 동악어문학회, 2014.

8   한길연(2005), 앞의 글, 39쪽.

9   《취미삼선록》의 '취미궁'에 집중된 연구들은 다음과 같다. 구선정, 〈종남산(終南山) 취미궁(翠微宮)'의 체험 양상과 그 의미: 〈구운몽〉과 〈취미삼선록〉의 비교를 중심으로〉, 《이화어문논집》 24, 이화여대 한국어문학연구소, 2007; 한길연, 《취미삼선록》과 《화정선행록》의 여주인공의 탈속적 자기공간

속적 분위기를 풍기는 곳이며,[10] 정씨 가문의 구성원 전체가 아닌 가문의 주요 남성들, 그리고 정씨 가문과 긴밀한 관계에 있는 남성 인물들에게만 허락된 공간으로, 이곳에서 상층 남성들만의 예술적 유희인 '완월(玩月)'[11]이 이루어진다. 이런 점에서 완월대는 가문을 상징하는 공간의 자장에 놓이면서도 남성의 유희 공간이라는 고유의 성격을 지닌다고 할 수 있다.

완월대는 이처럼 작품 내외적으로 《완월회맹연》을 특징짓는 정점(頂點) 공간이라고 할 수 있으며, 《완월회맹연》에서는 이 완월대라는 정점 공간을 축으로 하여 180권이라는 방대한 서사 속에서 당대 소설 속 공간을 총망라하는 공간 구성이 나타나고 있다.

2. 일상과 비일상 공간, 그 교차와 교직

일상은 날마다 반복되지만 중요한 일군의 생활로, 거대체계에서 진지하고 중요하다고 생각되는 특별한 사건과 대립되는 의미로 사용된다.[12] 다른 작품군에

••

추구에 대한 비교 연구〉, 《여성문학연구》 22, 한국여성문학학회, 2009; 박은정, 《취미삼선록》에 나타난 여성공간의 기능과 의의〉, 《한민족어문학》 60, 한민족어문학회, 2012.

10 "왼쪽에는 와룡탄이 있고 위로는 완월대가 있어 천 가지 바위와 만 가지 골짜기가 완연히 성곽을 이뤘는데, 황앵무새와 청새가 시냇가에 깃들여 있고 검은 원숭이와 흰 학이 사람을 대하여 다가갔다 달아나는 듯하였다. 수풀 사이에는 까마귀와 까치가 달빛을 띠어 오가기를 분분히 하며 여러 짐승들이 뛰놀며 태부 부자를 반기는 듯하고 청풍은 소슬하여 옷깃을 나부끼고 향기는 몸에 잦아드니 이것이 이른바 별천지요 봉래방장이었다." (권2)

11 윤세순, 〈문학과 일상, 혹은 비일상: 유만주의 일상과 玩月〉, 《한문학논집》 35, 근역한문학회, 2012, 89~90쪽.

12 이혜경, 〈일상서사―가족과 관련하여〉, 《한국문학이론과 비평》 27, 한국문학이론과 비평학회, 2005, 303쪽.

비해 일상이 핍진하게 묘사되고 있다고 평가되는 국문장편소설[13]을 대상으로 한 연구에서도 '일상'은 평범한 사람들의 삶이라는 데 이견이 없다.[14]

그렇다면 국문장편소설에 나타난 일상의 구체적 양상은 무엇일까? 이지영은 《완월회맹연》에 나타난 일상을 논하면서, 남성의 일상은 대개 문안인사와 식사인 데 비해, 여성의 일상은 문안인사 외에 식사 준비와 침선과 방적 등의 집안일로 나타난다고 했다.[15] 또한 이 같은 일상이 나타나는 공간을 정씨 일가의 '집'으로 보았으며, 이 '집'이 《완월회맹연》의 중심 공간이 된다고 했다.[16]

곧 《완월회맹연》을 포함한 국문장편소설에서 일상 공간은 일상적인 삶이 펼쳐지는 공간, 주로 집이라고 할 수 있으며, 이런 일상 공간과 대비되는 비일상 공간은 기본적으로 비일상적인 삶이 펼쳐지는 집 외부 공간이라고 할 수 있다.[17] 다른 국문장편소설과 마찬가지로 《완월회맹연》 역시 집을 중심으로 전개되는 서사의 사이사이에 비일상적인 사건과 경험이 나타나는 비일상 공간이 교차되어 설정되고 있다.

• •

13   이때 일상은 주로 여성들의 삶에 무게중심이 있는데, 이들 연구에 대해서는 한길연의 다음 글에 잘 정리되어 있다. 한길연, 〈대하소설의 '일상서사'의 미학―일상과 탈일상의 줄타기〉, 《국문학연구》 14, 국문학회, 2006.

14   이지영, 〈조선 후기 대하소설에 나타난 일상〉, 《국문학연구》 13, 국문학회, 2005, 34쪽; 한길연 (2006), 위의 글, 125~126쪽.

15   한길연(2006), 위의 글, 39~48쪽.

16   위의 글, 37~39쪽.

17   한길연은 여성의 일상을 논하는 자리에서 "戰場은 정치적인 공간으로 이미 사적인 영역을 벗어난 공적 영역이기에 여성의 일상적 공간과는 거리가 멀며, 여성만의 小國을 찾아가는 것 또한 가정이라는 가장 기본적인 생활공간을 떠나는 것이기에 일상적 삶과는 거리가 멀다"라고 하면서, 이를 '파격적인 탈일상'으로 규정지었다(위의 글, 127~128쪽). 이 글에서는 남성과 여성 모두를 아우르고 있으므로, '일상/일상 공간'과 대비되는 포괄적 개념으로 '비일상/비일상 공간'이라는 용어를 쓴다.

1) 일상 공간

《완월회맹연》의 1대 인물인 진국공 정한은 북경 남문 밖 태운산 취현항에 본거지를 정한다. 이곳은 도성에서 30리 떨어져 있으며, 오초(吳楚)의 멋진 경치를 모두 아울렀다고 할 만큼 풍경이 빼어나고 완연한 도관(道觀)이라고 할 만큼 그윽한 곳이다.

> 선생이 작위가 날마다 높아지고 임금의 은총이 두터우므로 더욱 겸손히 물러나 스스로를 갈고닦으며, 사치를 원수같이 여겨 남문 밖 태운산 취현항에 살 곳을 정했다. 그곳은 도성에서 30리 떨어진 깊고 깊은 곳으로, 풍경이 빼어나고 산수가 아름다웠으며 뒤로는 푸른 산을 등지고 앞으로는 잔잔한 시내가 흘렀다. 멀리 서호(西湖)가 보이고 가까이에는 임조(臨洮)가 있으니 오나라, 초나라의 멋진 경치를 다 모아놓은 듯한 곳이었다. 층층첩첩 높고 가파른 산은 누에눈썹을 그린 듯 절경이었고 백 척이나 되는 폭포는 은하수 같아 여산 폭포를 압도할 정도였다. 물 있고 구름 있는 곳, 난새와 학이 나는 푸른 절벽은 무산 십이봉을 옮겨다 놓은 듯, 자연의 기이하고 빼어난 경치는 영주산, 방장산이라 일컬어도 손색이 없을 만한 곳이었다. 골짜기 깊숙하고 시내 흐르는 산은 아름다워, 왼쪽으로는 와룡탄이 있고 오른쪽으로는 완월대가 있었다. 온갖 바위와 골짜기, 봉우리가 이어지고 가파른 산이 첩첩한 이곳은 응당 도관이 있을 법하였고, 지세 또한 평탄하여 유리를 밀어놓은 듯하니 진실로 선비가 은거하며 도연명이 숨을 만한 곳이었다. 과연 천지가 만들어질 때 따로 별천지를 내시고 특별한 곳을 만들어 각로 정한이 살 곳을 마련해두신 것이었다. (권1)

정한은 평소 사치를 싫어하여 "아홉 문이 반듯하고 여덟 창은 오히려 작아 높은 누각을 만들지 않았고, 웅장하거나 화려하지 않으니 집 안팎이 겨우 일가

식구들을 들일 만한 정도"(권1)의 규모로 집을 짓는다. 이곳에서 정한과 서태부인 부부, 정잠, 정삼 형제 부부와 그들의 자녀가 함께 생활한다. 이곳의 중심 공간은 서태부인의 처소인 태원전으로, 가족 모두가 모여 환담을 나누거나 인성을 계후 자로 정하는 중요한 결정을 내리는 곳이기도 하다. 또한 평소에는 정한이나 정삼 의 뜻에 따라 소박한 생활을 하지만, 천자가 내린 정한의 생일잔치에서는 외당과 내당 모두 수놓은 비단 자리를 깔아 잔칫날만의 화려함을 즐기기도 한다.[18]

그러나 얼마 지나지 않아 정한이 세상을 떠나고, 이후 정잠이 온 가족을 거 느리고 선산이 있는 고향 태주로 내려가면서 태운산은 한시적으로 정씨 일가의 일상 공간으로서의 기능을 하지 못하게 된다.[19]

정부의 선산이 있는 세거지(世居地) 태주에서 정한의 삼년상을 치르고 정염, 정겸 등이 모두 돌아오자 정잠은 정한의 유언장을 꺼내 보인다. 유언장에는 정잠 은 나라를 위해 헌신하고 정삼은 천태산 은청동 벽한정으로 일가를 거느리고 가 서 은거하라고 적혀 있다. 정한은 10년 전에 그곳에 정자를 이루고 친필로 "천태 산 은청동 벽한정"이라고 새긴 비석을 두었으며, 삼종(三從) 서제(庶弟)인 정천으 로 하여금 살게 한 상태였다.

천태산 정부에서 운계선생이 의계, 양계공과 함께 말세의 기울어감과 사회가 어지러운 것을 피하여 태산 깊은 골짜기에 자취를 붙이니, 인간사 비바람 속 어

••

18   "잔칫날에는 외당과 계취전, 문윤각이 통하게 해놓고 수놓인 비단 자리를 가지런히 깔고 안팎 으로 태원전과 영일정과 봉일정에 화려한 자리를 마련하였다. 비단 차일이 반공에 이어지니 구름과 안 개가 어린 듯 차림새의 풍성하고 화려함을 보니 천자가 내리신 잔치라는 걸 알 만하였다." (권1)

19   그 사이 태운산의 정씨 부중은 영종황제의 북벌을 반대하다가 참형을 받은 정흠의 장례가 치러 지면서 많은 사람들의 문상이 이루어지지만, 장례를 수습한 후 서태부인의 명에 따라 정잠이 제수씨 조카들까지 함께 거느리고 다시 태주로 내려가면서 빈 공간이 된다.

지러운 소식이 닿지 않아 제후의 지위도 하찮은 것으로 여기니 영화와 부귀 또한 헌 신 같았다. 백이와 숙제의 청절과 고풍이 무성하니 서산에 감춰져 있는 것은 절개 있는 선비의 모습이었다. 그 당당한 의기는 한나라 때의 엄광 같고 신기한 도량은 진나라 때의 도연명 같으니, 쓸데없이 《이소》를 지어 원망하지 않고 구구하게 초나라 회왕을 본받아 형고의 색함을 구하지 아니하여 근심 없이 한가함은 이 같은 사람이 없는 듯하였다. 어머니의 침소 곁에서 항상 받들어 모셔 노래자와 같은 효성으로 대부인의 열의를 구하는 겨를에 도덕을 이르고 학문을 논하여 후원의 정자를 거닐며 마음속 회포를 풀었다. 그러고 나면 태산 풍경을 두루 구경하며 마을 입구와 뒷산의 행마 학을 소나무 아래 길들이고 거문고를 바위 아래서 고르고 퉁소를 산 가운데에서 불며 바둑을 반석 위에서 두고 그물을 시냇가에 치며 낚싯대를 동강에 드리우고 칼로 바위를 때려 붓을 빼어들고 운을 불러 시를 썼다. 어떤 때는 말을 조련하는 법을 익히고 활 쏘는 법을 희롱하며, 경전과 주역을 강론하여 만고의 득실과 천추의 흥망을 토론하여 충분히 의견을 나누었고, 산계를 익혀 여섯 학문에 정통하였으며, 시와 술로 창화하며 혹 들에 나가 목화를 따고 벼와 기장을 베며 거문고를 두드려 시를 읊고 노래를 답하니 도도한 흥취는 만고를 기울이고 뛰어난 문채는 천지를 기울일 정도였다. 그러나 그런 놀음이 잡스럽지 않아 아주 어린 아이라도 깨우쳐 깨닫고 시위나 사령 같은 하급직이라도 무심함을 삼갔다. 내외의 맑고 깨끗함이 가을 물을 맑게 할 정도이니 한 터럭도 혼탁함이나 막힘이 없이, 부인네는 날마다 여교를 강론하고 방적을 다스려 부인네의 공적이 가득하고, 효성스러움은 공경하고 삼가며 조심스럽고 온화한 기운이 성하여 서로 화목하고 사랑할 뿐이니 이 부중에 어찌 머금은 회포를 배에 두며 불협한 뜻을 가슴에 담을 자가 있겠는가? (권31)

정한의 유언대로 천태산 은청동으로 옮겨간 정씨 부중 일가는 바위 아래서 거문고를 고르고 산 가운데에서 퉁소를 불며 반석 위에서 바둑을 두고 동강에 낚싯대를 드리우는 등 세상사를 잊고 자연 속에서 유유자적하며 살아간다. 이는 정한의 유서에서 "둘째 아들 삼이는 천태산 은청동 벽한정의 일가 여러 사람과 더불어 몸을 숨기고 세상을 버리고 달빛 아래 황정경(黃廷經)을 외우며 운산의 지초를 캐어 요란한 시절을 피하면 불과 7, 8년 안에 고생을 즐거움으로 바꾸어 모자와 형제가 한 집에 편히 모이리라"(권11)라고 한 유지(遺志)를 그대로 받드는 모습이다. 또한 그런 점에서 천태산은 북경 남문 밖 태운산과 달리 한시적인 거처 이자 탈속적인 공간이라고 할 수 있다.[20]

그러면서도 서태부인의 곁을 한시도 떠나지 않고 지극정성으로 모시는 아들 과 며느리들의 모습이나, 서태부인의 침전(寢殿)에서 아들과 며느리들이 모여 정 잠 등의 앞날을 상수(象數)로 점치는 모습 등 일상의 면모는 그대로 유지된다.[21]

이에 천천히 몸을 돌려 멀리서부터 들어오는 것처럼 한 후 바로 방 안에서 알 게 하고 기침을 한 번 하니, 계월이 웃으면서 맞이하러 나가 붙들고 말하기를,

• •

20 "태부인을 붙들어 안채에 들어가니 깨끗한 방이 겨우 키를 용납하고 삼간 청사(廳舍)는 한 말 바탕을 둘렀으나 정원이 높고 툭 트여 팔방의 경치가 맑고 깨끗하여 조금의 티끌도 없었다. 곳곳이 띠 로 이은 방과 흙을 묻은 청사가 고요하고 깨끗할 뿐 아니라 정천 부부가 쓸고 쓸기를 지극히 하여 문 과 창에 반점 먼지도 쌓인 것이 없었다. 뒤로는 한 칸 초당이 동산을 마주하고 있었는데 금잔디가 깔 리고 아름다운 난초가 빽빽한 곳이 있었다. 이는 반드시 사묘(四廟)를 봉안한 곳인 줄 알고 운계공 정 삼, 양계공 정겸, 의계공 정렴이 나아가 누대 사묘를 봉안하고 다례를 마친 뒤 별사의 문계공 묘위(墓 位)를 봉안했다." (권11)

21 이처럼 탈속적인 은거 공간에서 일상이 그대로 유지되는 모습은 《유이양문록》에서 금강산이 초 월적 공간으로 설정되어 있으면서도, 한편으로 일상적인 삶의 공간으로 설정되고 있는 것(이지영, 〈중 국 배경 대하소설에 나타난 금강산의 의미: 《유이양문록》을 중심으로〉, 《어문논총》 49, 한국문학언어 학회, 2008, 14∼17쪽)과 유사한 맥락이라고 할 수 있다.

"밤이 깊었는데 공자께서는 어찌 지금까지 잠을 안 자고 계십니까?"

인중이 답하였다.

"내가 서헌에서 형제들과 이야기를 나누다가 저녁을 부실하게 먹었기에 허기가 져서 어머니께 아뢰고 뭐든 요기 좀 하러 들어왔네. 그런데 어미는 어찌 안 자고 아직도 어머니 곁에서 물러나지 않고 있는가?"

계월이 인중을 젖 먹여 키워 그 정이 제 자식과 같고, 인중을 믿고 귀히 여기는 것이 견줄 데가 없었다. 그 옥 같은 얼굴과 풍모가 날로 맑고 아름다워져 조숙함과 통달한 면모가 나면서부터 남과 다른 것을 매우 기뻐하였으나, 귀히 여길수록 인성이 장자권을 가져 인중은 쓸모없는 신세가 되게 한 것을 뼛속 깊이 한스러워하며, 장차 인성을 없애고 인중으로 정씨 가문의 장자가 되게 하고자 하였다. 이날도 야속하고 분해하는 것이 마음속으로부터 나오고 얼굴에 그대로 드러나 인중과 함께 방 안에 들어가 소교완에게 알리고, 맛있는 고기와 과일 등을 내와 공자에게 요기하라고 권한 후 길게 탄식하며 말하였다. (…) 인중이 소교완의 겉과 속이 다름과 마음속 진심을 쏟아내 자신에게 말하지 않는 것을 비로소 밝게 깨닫고는 다행히 영광스럽게도 훗날 자신이 장자의 중임을 맡게 될 것을 매우 기뻐했다. 그러나 자신 역시 겉으로 드러내지 않고 평온한 모습으로 목소리를 밝게 하여 소교완에게 주무실 것을 청하고는 고기와 과실로 요기하고 천천히 방을 나왔다. (권31)

위 인용문은 쌍둥이 아들 중 인중이 어머니 소교완의 처소를 찾아온 장면의 일부다. 정인중은 정씨 공자들과 담론하던 중 저녁 먹은 것이 부실해 소교완에게 뭐든 요깃거리를 얻으러 왔고, 이에 시비 계월은 진육과 과실 등을 내놓는다. 이를 통해 정씨 일가의 한가로운 저녁 일상이 드러나는데, 특히 저녁식사 이후에 야식을 먹는 모습은 작품 전반을 통틀어서도 드물게 나타나는 장면이다.

이후 정잠이 영종황제를 구하고 복귀하자 정씨 일가 역시 태운산으로 돌아오는데, 정씨 일가의 일상적 삶은 태운산에서 본격적으로 전개된다. 무엇보다 앞서의 태운산에서 양부인과 정한, 그리고 정잠의 장례가 치러진 것과 달리, 돌아온 태운산에서는 완월대에서 정혼한 인물들의 혼례가 치러진다. 혼례와 같은 일상 의례 외에 그야말로 반복되는 일상 또한 핍진하게 나타난다.

태우 정인광은 병세가 조금 나아진 후부터 부친과 두 숙부를 모시고 잠을 잤기에 문윤각 계취정에서 연일 밤을 지내고 자기 처소에 가지 못했다. 처사 정삼이 그 오랫동안 상한 병을 뿌리째 제거하지 못한 바에 밤낮으로 어른들의 잠자리를 곁에서 지켜 몸을 너무 고단하게 하는 것 아닌가 염려하여 명광헌으로 물러가라고 말하려 하였는데, 때마침 모친 서태부인이 상부인 정태요와 경조 정염의 말에 따라 인광이를 희운당으로 보내라고 하셨다. 처사 정삼이 모친의 뜻을 받들어 오늘 하룻밤 아들 인광에게 희운당으로 물러가 쉬라고 명하였다. 태우 정인광이 명을 받들고 물러나 운당에 이르렀을 때는 밤이 이미 깊었다. 소채강은 지난번에 눈과 함께 휘몰아치는 차고 매서운 비바람을 무릅쓰며 찬 기운에 병이 든 채로 8~9일을 쉬지 못하고, 허약한 체질이 다친 상태로 병에 걸렸는데 자기 침실에 돌아온 후에도 몸조리를 제대로 하지 못하고 새벽닭이 울면 웃어른께 아침 문안 인사를 올려야 했다. 또 시어머니와 맏동서 이자염을 모시고 존당에 맛좋은 음식을 준비하며 이따금 받들어 모시는 자리 아래에서 웃어른을 모시고 서 있다가 아무런 까닭 없이 그 자리에서 물러나지 못하였다. 소채강은 연일 저녁 문안 인사를 끝마치고 돌아오자마자 잠자리에 쓰러져 가물가물한 정신 상태로 있다가 새벽닭이 우는 소리에 맞춰 속히 일어나 아픈 것을 억지로 참으며 문안 인사를 드리곤 했다. 이날도 태전에 가서 잠자리를 살펴드리고 난 후 봉일루에 계신 시어머니를 받들기 위해 이르렀는데, 때마침 남편 태우 정인광과 셋째 도련님 정인경이 잠자리를 살펴드리고 있었다. 드디어 물러나 자기 방으로 돌아오니 시중드는 아이들이 잠자리를 깔아놨기에 비녀를 빼고 의복을 벗은 후 봉황을 수놓은 베개에 쓰러지듯 누워 잠들었다. 유모 취영은 매 맞은 부위의 상처가 심하여 지금까지 움직이지 못하므로 아랫방에 두고 간호하며 네 명의 시중드는 아이들은 비록 눕지 않았으나 소저가 윗자리에 눕는 것을 보고 물러나 바깥에서 시중들며 잠을 청하니 또한 인사를 모르며 이따금씩 앓는 소리를 약하게 낼 뿐이었다. 태우 정인광이 이르러 보니 창밖에 촛불 그림자가 어른거리는데 방 안에서 시중드는 아이가 어지러이 깊은 잠에 빠졌는데 숨소리가 마치 실 드리운 듯하고, 소씨도 숨결이 불편한 듯 잠자는 가운데 가느다랗게 앓는 소리를 더했다. 비록 밤 깊어 적막한 시각이라 이때까지 잠들지 않을 리 없겠지만 제 시어머니의 처소에서 물러나온 지 얼마 되지 않았는데 어느새 잠이 이처럼 깊이 들었겠는가 하고 우습게 여겼다. 그 숨소리가 불안함과 앓는 소리가 미미함을 들어보니 추운 날씨에 찬 기운이 몸에 닿아서 병이 난 것임을 깨달아 그 깊은 잠을 깨우고 앓는 바를 놀라워하며 일으키고자 하지는 않았으나 군자가 왕래를 경솔히 해서는 안 되었기에 드디어 한 번 기침하며 난간머리에 기대서 하늘의 별자리를 살펴보다가 천천히 방으로 들어갔다. (권 56)

인용문에서 정인광은 문윤각 계취정이라는 남성들의 공간에서 부친과 두 숙부를 모시고 잠을 자느라 자기 처소에 가서 편히 쉬지 못하는 상황이 나타난다. 한편 소채강은 병에 걸렸음에도 몸조리를 제대로 하지 못하고 새벽닭이 울면 웃어른께 아침 문안 인사를 올리고, 또 시어머니와 맏동서 이자염을 모시고 존당에 맛좋은 음식을 준비하며, 웃어른을 모시고 있다가 저녁 문안 인사를 끝마치고서야 처소에 돌아온다. 부모님의 잠자리를 봐드리고 아침에 다시 안부를 여쭙는 혼정신성(昏定晨省)은 사대부의 대표적인 일상이라는 점에서, 이는 일상을 대표하는 장면이라고 할 수 있다.

이 같은 일상의 반복과 구체적 형상은 다시 회복한 일상 공간으로서의 태운산 정씨 부중의 모습을 여실히 보여주면서 동시에 정씨 가문이 위기에서 벗어나 안정된 기반을 누리게 되었음을 공간적으로 드러내고 있다고 할 수 있다.

2) 비일상 공간

《완월회맹연》에서 비일상적 삶이 펼쳐지는 집 외부 공간의 첫 번째 성격은 '가족의 이합집산(離合集散) 공간'이라는 것이다.

먼저, 가족의 이산(離散) 공간은 정잠이 가족을 거느리고 선산 태주로 내려가던 중 경태제의 사주를 받은 맹추 무리의 습격을 받아 아이들을 잃게 된 '태주 월천강가'를 들 수 있다. 정잠은 선산이 있는 태주에서 정한의 장례를 치른 후 상경하여 어머니 서태부인을 비롯한 가족들을 거느리고 태주로 이주한다. 이때 정씨 부중에 원한을 품고 있던 경태제는 맹추에게 군사 300명을 주어 정잠의 일가를 죽이고 정월염을 납치해오라고 명령한다. 이에 맹추와 그 일당은 정잠 일가의 행차를 미행하여 정잠 일가가 머무는 객관에 재차 불을 지른다. 정씨 부중 일가는 피신하여 월천강가로 향한다. 이 월천강가에서는 왕술위의 위탁을 받은 장손술이 도술을 써서 태주에서 온 정씨 부중의 종으로 변신한 채 기다리고 있었다. 그리고 두 척의 배에 나누어 탄 정씨 일가의 아이들만을 공격한다. 이때 정인성은 월천강가에 던져지고, 수신(水神)의 도움으로 겨우 살아난 정인광과 정월염은 배에 실려 떠내려가게 된다.

노복을 풀어 아이들을 찾다가 단념한 정잠과 정흠은 월천강을 건너 태부인 등 여성들이 피난해 있는 거처로 돌아온다. 태부인 등은 음식도 넘기지 못할 정도로 초조해하며 정잠과 아이들을 기다리고 있었다. 정잠이 아이들을 잃어버린 사실을 알리자, 충격을 받은 태부인은 혼절했다가 깨어나고, 정잠은 피를 토한다. 이에 정흠은 홀로 3일간 아이들을 찾으러 나가는데, 초조한 마음에 아무것도 먹지 못하고 한 잔 술로 목만 적셔 몸을 상하게 하지만 아이들을 찾지 못한다. 정부 일가는 결국 단념한 채 태주로 떠난다.

이처럼 태주로 가는 여정 속 월천강가는 태운산이라는 일상을 벗어나 도적 떼의 습격으로 네 명의 아이를 잃어버리고 피난 상황에 처한 비일상 공간의 선명한 표지를 지닌다.

그런가 하면 집 외부 공간은 가족의 상봉이 이루어지는 공간이기도 하다. 태주 월천강에서 표류하다 몽골에 억류되고 다시 금국에 머물게 된 정인성은 영종황제가 노영에 파천하고 경태제가 황제의 자리에 올랐다는 소식을 듣게 된다. 이후 명나라로 향하는 사신 일행에 합류하여 고국으로 돌아가려다 풍랑을 만나자 다시 영종황제가 있는 노영으로 향한다. 이때 아버지 정잠 역시 영종황제를 구하기 위해 노영으로 떠나는데, 마선에 의해 옥에 갇혀 죽을 위기에 처한 상황에서 노영에 도착한 정인성을 만나게 된다. 정인성은 아버지를 구하기 위해 험한 기수산에 올라 모진 추위를 견디며 지극정성으로 기도한다. 결국 정잠은 회복되고 두 사람은 재회하게 된다.

비일상적 삶이 펼쳐지는 집 외부 공간의 두 번째 성격은 '극한 체험과 환상 체험의 결합 공간'이라는 것이다. 극한 체험은 고난이나 시련과 관련된 경험과, 출전이나 공무 수행과 관련된 경험으로 나눌 수 있다.

먼저, 고난이나 시련과 관련한 경험과 환상 체험의 결합으로는 정인광의 '한겨울 낙성촌행' 여정을 들 수 있다. 정인광은 정월염과 함께 월천강가에서 표류된 채 조주 계행산 요도(妖道)들의 소굴에 갇혔다가 도인의 도움으로 이들을 소탕한다. 태주로 향하던 두 사람은 강도떼의 습격을 받는다. 정월염은 이를 피하려다 낭떠러지로 떨어지고, 사로잡힐 위기에 처한 정인광은 자신들을 찾아 나섰던 정씨 가문의 하인 운학과 경용을 만나 겨우 살아난다. 이후 정인광은 하인들과 정월염을 찾아 낙성촌으로 향한다. 그러나 낙성촌으로 가는 길이 매우 험한 데다 대설과 강풍으로 한 걸음도 내딛기 어려운 지경이었다.

이때 정인광이 이들을 돌려보낸 뒤 바로 낙성촌으로 가려 할 때 말과 행장을 도적에게 빼앗겼으므로 행장을 별달리 수습할 것은 없고 정씨 부중 노비인 운학, 경용과 함께 빨리 걸어 낙성촌으로 갔다. 산길이 험하고 구불구불한 계곡과 험한 암석 때문에 걷기가 어려웠다. 운학 등은 정인광에게 자신들이 정인광을 업고 길을 가겠다고 청하였으나 정인광은

"내 힘으로 걸어갈 만하다"

라고 말하고 걸었다. 채 오륙십 리를 가지 못해서 칼바람이 불고 갑자기 퍼붓는 것 같은 눈비가 오니 눈은 쌓이고 빗발은 떨어지는 족족 얼음판이 되니 가뜩이나 좁고 험한 산길에 걷는 어려움이 어떠하였겠는가? 운학의 건장함과 경용의 단단한 체구로도 이쯤에 이르러서는 발도 옮기지 못할 정도가 되어 뒤로 물러나지도 못하고 앞으로 나아가지도 못하는 낭패한 지경은 말로 표현하기 어려울 정도였다. 정인광은 자기가 죽더라도 누이의 시체나마 찾으려고 마음먹었으므로 용이나 호랑이 같은 기세로 산바람과 눈비를 무릅쓰고 두 노복의 손을 잡고 삼사십 리를 더 갔다. 눈비를 무릅쓰고 두 종의 손을 잡아 삼사십 리를 더 나아갔지만 인가가 없고 운학, 경용이 지난밤 도적을 만났을 때에 온힘을 다하여 피곤한 몸에다가 옷까지 벗어 엄부 장화에게 주고 각자는 얇은 옷으로 살만 가리고는 드센 바람에 강추위를 무릅쓰고 있으니, 몸이 이렇게 험한 산기슭 얼음판에서 어떻게 발을 딛고 서 있을 수 있겠느냐만, 지극한 충성심에 하늘이 감동하고 신령이 도우니 정인광을 붙들어 낙성촌을 삼십 리쯤을 앞두고서는 비바람은 그쳤으나 눈이 쌓이는 것은 빠르고 날이 저물어 어두운 빛이 내리니 산

골짜기에 발 디딜 곳을 알지 못하고 하루 종일 눈비에 옷이 젖어 얼어붙었으니 몸을 구부리며 펴기가 마음대로 되지 않았다. 게다가 추위에 몸 전체가 통째 얼음장이 되었으니 딴딴하여 구부러지는 곳 없을 정도로 굳었으며 마디 없는 것처럼 단단하니 나무로 깎아놓은 사람상이나 옥으로 만들어놓은 사람 조각 같았다. (권16)

정인광은 두 하인에게 인가를 찾아 잠시 쉬어 가자고 하지만, 두 하인은 이내 정신을 잃는다. 이에 정인광은 하늘을 향해 눈이 그치고 땅이 녹게 해달라고 빌다가 그 역시 정신을 잃는다. 그런데 이 같은 정인광의 기도는 하늘나라 옥황상제에게 전달된다.

신명은 허공을 향해 부르짖고 땅을 두드려 정인광의 위태함을 아뢰었다. 귀신과 혼령이 급히 하늘 문을 두드려 구름 궁궐에 있는 북을 울려 태평귀를 불러 사정을 고하였다. 옥황상제 교지를 전하기를,
"규성을 별로 가진 정인광은 세상의 모든 복록을 갖추어 태어났다. 수명이 짧지 아니하니 어찌 제 명에 살지 못하고 죽겠느냐?"
하시며 음산북을 울려 폭설을 그치게 하고 북극 풍도신에게 명령하여 찬바람을 그치게 하며 동남 순위신에게는 따듯한 바람을 불어서 정인광을 위험에서 구해내라고 명령하셨다. 하늘의 조화는 무궁무진하여 산같이 쌓인 눈이라도 화로에 한 점 눈송이같이 못 녹이겠으며 추운 날도 따듯한 날로 바꾸지 못하겠는가. 밤이 반도 지나기 전에 공자가 있는 곳으로부터 낙성촌까지 높이가 한 길 가까이 쌓였던 눈이 순식간에 녹아 물이 되어버리고 또한 날이 따듯하고 고요하고 잔잔한 바람이 부니 눈 녹은 물이 얼지 않았다. (권16)

귀신과 혼령이 하늘의 등문고를 울려 정인광의 사정을 알리자 옥황상제는 교지를 내려 북극 풍도신에게는 찬바람을 그치게 하고 동남 순위신에게는 따듯한 바람을 불게 해서 정인광을 위험에서 구해내라고 명한다. 그러자 밤이 반도 지나기 전에 공자가 있는 곳으로부터 낙성촌까지 높이가 한 길 가까이 쌓였던 눈이 순식간에 녹아 물이 되고 또한 날이 따듯하고 고요하고 잔잔한 바람이 불어온다. 이에 정신을 차린 정인광 일행은 갑자기 변한 상황에 신기해하며, 기운을 내서 낙성촌의 인가를 찾아 걸음을 옮긴다.

이처럼 정월염을 찾기 위한 낙성촌으로의 여정은 온실의 화초처럼 자라온 귀공자 정인광에게는 감당하기 힘든 극한 체험이다. 하지만 그런 위기의 절정에서 옥황상제의 도움이라는 환상 체험이 결합되어 역시 비일상 공간의 선명한 표지를 드러내고 있다.

출전이나 공무 수행과 관련된 경험과 환상 체험의 결합은 정잠 부자의 '안남 정벌 여정'이 대표적이다.[22] 교지에 머물고 있던 대원수 정잠은 황제에게 표문을 올리고 안남으로 출행하는데, 도중에 바다를 지날 때 해추(海鰍)와 적룡이 출현하여 사세가 위급해진다. 그러나 정잠 부자는 조금도 흐트러짐이 없을 뿐 아니라 아버지의 허락을 받은 정인성이 이들을 처치한 뒤 해신(海神)을 질책하자 바다가 고요해진다.

행하여 세 바다를 건너는데, 큰 고래가 작란하고 붉은 용이 안개를 자욱히 피게 하며 광풍을 불게 하여 배를 뒤집히게 하고 사람을 집어삼키기를 단숨에 할 뿐 아니라 산 같은 몸을 하늘까지 닿도록 뛰놀며 파도 소리가 요란하여 귓가

••

22   김동욱은 안남 정벌 과정에서의 환상 체험을 도술이라는 측면에서 상세히 다룬 바 있다. 김동욱, 《완월회맹연》의 도술에 대하여〉,《열상고전연구》 56, 열상고전연구회, 2017.

에 벼락치듯 하며 바닷물이 부서지니 응달진 산에 날리는 눈 같았다. (…) 붉은 용이 좌우로 배를 흔들어 안개를 토해내고 번개를 쳐 고래의 기세를 돕되 원수 부자는 한 치의 흔들림도 없으며, 모든 장수들이 지나치게 놀라는 것에 혀를 찰 뿐이었다. 체찰 정인성이 아버지 정잠에게 말씀드리고 앞으로 나가 보검을 들어 고래의 머리를 베고 붉은 용을 호령하고 해신(海神)에게 죄를 받도록 하자 용신(龍神)이 두려워하고 송구해하여 바로 풍랑이 다스려지고 파도가 고요해져 기름을 씻을 듯하고 구름이 걷히자 해가 다시 나타나 천지를 밝게 비추니 백만 군졸이 비로소 정신을 차려 물속에 적기가 비쳤던 것이 실제 기가 아니라 고래의 지느러미이니 그 몸의 길이와 넓이가 얼마나 되는지 모를 정도였다. (권 63)

또한 정잠 부자는 안남에 이르러 접전을 벌이는 과정에서도 여러 신이한 병술로 안남 왕은 물론 안남의 군신들을 압도한다. 정잠은 석현에게 1만 군사를 거느리고 영후 산곡으로 행군하라고 한 뒤, 허수아비 400~500개를 눕거나 앉아서 자는 모양으로 벌여놓고 안남국 병사를 기다린다. 이날 밤 안남국 병사들이 명나라 진영을 습격하여 허수아비들을 사람으로 오인하고 죽이기 시작한다. 이때 홀연 사방에서 명군이 나타나고, 대원수 정잠은 팔문금쇄진을 쳐서 안남국 병사들을 제압한 뒤에 안남 왕과 그 신하들을 풀어준다. 안남국 군신들은 도망치면서 조금 전에 생포했던 정잠이 나무로 만든 인형임을 알고는 그 신통함에 감탄하는 한편 싸움에 진 것을 분통해한다.

이처럼 정잠 부자의 '안남 정벌 여정'은 안남이라는 주변부로 공간을 열어가는 것으로 해추나 적룡의 출현과 정잠의 도술 등 환상 체험이 결합되어 역시 비일상 공간의 선명한 표지를 드러내고 있다.

3) 일상과 비일상의 중층적 공간

앞서 살펴본 것처럼 《완월회맹연》은 일상 공간과 비일상 공간이 대체로 분화되어 있고 서사 전개에 따라 교차되어 나타난다. 그런데 특정 공간에서는 일상과 비일상이 교직되어 나타난다.

먼저, 일상적인 공간 내에서 비일상적인 사건이 벌어지면서 평화롭고 안온한 일상을 위협하는 양상이 나타난다. 정한의 유지를 받들어 천태산 은청동에 은거하는 정씨 일가가 이곳에서 세상사를 잊고 유유자적하며 평온한 일상을 보내던 중 다시 경태제의 밀지를 받은 맹추의 습격을 받게 된다. 이미 '재가난방 출유선처(在家難防 出遊善處, 집에 있으면 방비하기 어렵고 집을 떠나 있으면 잘 처신할 수 있다)'라는 괘를 얻은 정삼은 정씨 부중의 남성들을 데리고 태산 꼭대기에 올라 맹추 일행을 기다렸다가 그들을 격퇴한다. 맹추의 습격은 실패로 돌아갔지만, 이 사건은 평온한 일상 공간을 순간 비일상 공간으로 만들고 있다.

> 적들이 감히 다시 싸울 의사가 없으니, 흉악했던 용맹함은 썩은 풀같이 되어 각각 목숨을 보존해 살기만을 바라니 어찌 정신을 차려 대답할 겨를이 있겠는가. 다만 머리를 조아리면서 죽을 목숨을 살려준 덕을 칭송하며 돌아가고자 했다. 정인광이 그제야 칼을 던지고 말했다.
>
> "이 좋은 산에 흉한 적들의 시체를 썩게 하면 더러우니 빨리 거두어가서 멀리 치운 후에 돌아가라!"
>
> 적들이 정인광과 학운자 정천을 감히 다시 쳐다보지 못하고 또 이미 매우 겁먹은 상태였기에 넋이 나가고 사지의 힘이 다 풀려져 동쪽으로 쓰러지고 서쪽으로 엎어지면서 우두머리와 동료들의 시체를 멀리 옮겨 땅에 묻은 후 한꺼번에 돌아갔다. 정인광이 그제야 폭포의 물을 움켜 목욕하고 얼굴을 씻었다. 처사 정삼이 아들의 옷에 붉은 피가 낭자하게 튀어 있는 것을 더럽게 여겨 정인명 등

의 속옷을 벗겨 갈아입도록 하고 벗은 옷은 물에 띄워 없애라고 하였다. 정인광이 명을 받들어 먼저 옷을 갈아입은 후 기운을 낮추어 아버지를 모셨다. 양계공 정겸과 의계공 정염이 얼떨떨한 상태로 앉아 처음부터 끝까지 다 지켜보고도 자신들이 본 것을 믿지 못하고 학운자 정천의 신기함과 정인광의 천하무적다운 용맹함이 대적할 자 없는 것에 매우 놀라 칭찬하며 오늘 밤 위급한 화를 면한 것은 인광의 용맹 덕분이라며 다행이라 하고 기특하다고 칭찬하였다. (…) 정삼이 다시 말을 하지 않고 시동에게 술과 안주 등을 내오게 해 아들 조카들과 함께 먹고 기운을 차리고 잠깐 쉬자 이미 날이 밝아오고 있었다. 그제야 옷을 떨치고 일어나 산 아래로 내려오는데, 정인광은 지난밤 대적을 맞아 온 힘을 다해 그들을 통쾌하게 물리쳤으니 분명 피곤할 것이나 오히려 기운이 평상시와 같고 정신도 꼿꼿하여 조금도 불평하지 않았다. 이에 정삼은 마음속으로 그 기력을 장하게 여겼고 두 숙부인 양계공 정겸과 의계공 정염 그리고 모든 사촌 형제들이 혀를 두르며 기이하게 여기기를 마지않았다. 집으로 돌아와 태부인을 뵙고 밤사이 문안을 여쭙자 태부인은 무사하다고 하면서 수일 기약으로 떠났는데 하룻밤만 보내고 돌아온 것을 기뻐하였다. (권31)

다시 태운산으로 돌아온 정씨 일가의 일상 속에 역시 이들의 일상을 뒤흔드는 비일상의 상황이 나타난다. 이는 주로 정인성 부부를 죽도록 미워하던 소교완과 그 아들 정인중에 의해 이루어진다. 정인중은 밤마다 몰래 정씨 부중 뒤뜰에 있는 영선대에 올라 허수아비를 만들어 정인성 부부의 생년월일을 써 뱃속에 넣고 칠등(漆燈)을 벌여놓고는 요사스러운 법사를 행하다가 동생 정인웅에게 발각돼 겨우 멈추게 된다. 그런가 하면 소교완은 며느리 이자염을 고된 집안일로 혹사시키던 끝에 급기야 독약을 먹인 후 후원의 연못에 버린다. 이 역시 시동생 정인웅에게 발견되어 이자염은 하룻밤 만에 숨이 돌아오지만, 일상적 공간인 집 안에서 일어난 살해라는 점에서 충격적이라 할 수 있다.

다음으로는 현실 논리가 지배하는 일상 공간에서 초현실적인 체험이 일어나는 경우가 다수 나타난다. 앞서 제시했던 집안의 살해 사건 과정에서, 소교완이 휘두르는 철편에 혹독하게 맞는 동안 이자염의 육신은 이미 죽고 혼백만이 날아서 선궁(仙宮)에 다다른다. 그리고 그곳에서 상제의 명을 받들고 온 고모 양씨를 만나 앞으로의 삶이 매우 형통할 것이라며 위로를 받고 선계를 구경한다. 그런 뒤 양씨는 이자염의 얼굴을 씻어주고 단약을 발라주면서 속세로 돌아가게 한다. 이에 어느새 이자염은 자신이 인간 세상으로 돌아와 채련각에 도착했음을 깨닫는다.

> 갑자기 향내가 진동하고 상서로운 구름이 사방에서 일어나는 곳에 한 선녀가 구름 소매를 걷어붙이고 말하였다.
> "선랑(仙郎)께서 이곳을 떠나신 후 진세(塵世)에서의 고통과 즐거움이 어떠하여 오늘 이곳에 오셨습니까? 자궁(紫宮) 낭랑(娘娘)께서 저로 하여금 부인을 맞아 오라 하셔서 이곳에서 기다린 지 오래되었습니다."
> 그런 후 이자염을 인도하여 한 곳에 도착하니 (…) 꿈속에서도 진세를 생각하지 않게 되었는데, 낭랑이 이자염의 손을 잡고 연연해하며 이곳에 온 지 오래되었으니 돌아가라고 명하며, 이자염의 얼굴을 씻고 단약(丹藥)을 향기로운 차에 섞어 친히 발라주며 말하였다.
> "네게 옥액과 상과를 발랐으니 돌아가면 금방 나을 것이니라."
> 그리고는 다시 연연해하였다. 선계의 봉황이 어지러이 날아와 청아한 소리를 내며 아득하고 먼 하늘 문을 열어젖혔다. 이자염이 낭랑의 명이 귓가에 여전한데 깨달으니 이는 곧 진세의 채련각 안이었다. (권91)

소교완 또한 등창 치료를 받고 병이 낫는 과정에서 꿈에 선녀들의 안내로 봉황과 교룡이 끄는 수레를 타고 선계에 이르고 그곳에서 죽은 친정어머니 주태부인을 만나 자신의 죄를 깨닫는 체험을 한 후에 깨어난다.

이처럼 특히 여성 인물들이 심각한 병세를 보이는 과정에서 천상계를 체험하는 것은 며느리 장성완에게서도 나타나는데,[23] 이는 앞서 비일상 공간인 집 외부 공간 속 환상 체험과는 또 다른 성격을 지니는 것으로, 일상에 포개진 환상의 의미를 지닌다.

3. '상처 내기'와 '치유하기', 자생적 봉합의 가족 공간

1) '상처 내기'의 공간

《완월회맹연》의 중심 가문인 정씨 일가에서는 가문의 계후자를 둘러싼 계후 갈등이 지속적으로 나타난다. 정잠이 동생 정삼의 아들 정인성을 양자로 들여 계후자로 삼은 상태에서, 첫째 부인이 죽은 후 들어온 소교완이 쌍둥이 아들을 낳지만 친생자임에도 계후자가 될 수 없기 때문이다. 이런 상황에서 가족 구성원들 간에 '상처 내기'가 빈번하게 이루어진다.

정잠은 처음부터 소교완과의 재혼을 탐탁지 않아 했고,[24] 혼인한 후에도 소

●●

23   탁원정은 여성 인물들이 병상에서 겪게 되는 이러한 천상계 체험을 '의사(擬似) 죽음 체험'이라고 명명하고, 천상계의 개입으로 지상적 삶의 존속 혹은 재생이 가능하게 되었다고 보았다. 탁원정, 〈국문장편소설 《완월회맹연》에 나타난 여성 인물의 병과 그 의미: 소교완, 이자염, 장성완을 대상으로〉, 《문학치료연구》 40, 한국문학치료학회, 2016, 21~25쪽.

24   "말을 마치자 모인 사람들이 다 웃고 상서 정잠 역시 웃었으나 새로 부인을 맞을 의사가 조금도 없었으니 기쁜 마음은 없었다." (권3)

교완을 소외시키는데, 이는 첫날밤부터 독수공방으로 공간화된다.[25]

> 상서 정잠이 부모의 잠자리를 봐드리고 비로소 발걸음을 옮겨 취일전에 이르
> 니 소교완이 아직 침상에 오르지 않고 촛불 아래서 바느질을 하다가 나직이 일
> 어나 맞으니 (…) (정잠이) 말없이 오랫동안 정좌(正坐)하고 있다가 천천히 침상
> 에 오르면서 스스로 생각하기를 '내 혼인한 지 거의 3~4개월이 되도록 잠자리
> 를 하지 않으면 박대한다고 원망할 것이고, 오늘은 이미 들어왔으니 싫은 것을
> 참고 잠깐 마음을 굽히는 것이 뭐 어려울까?' 하고 팔을 뻗어 소교완을 이끌어
> 어쩔 수 없이 동침하였다. (권3)

위 인용문은 정잠이 혼인한 지 3~4개월이 되도록 소교완을 찾지 않다가 어
머니 서태부인의 강권으로 마지못해 동침하게 되는 장면이다. 정잠 역시 이 같은
상황이 박대(薄待)임을 인식하고 있는 것을 알 수 있다.[26]

이는 소교완의 아들 정인중에게도 거의 동일한 양상으로 나타난다. 소교완
이 집에 들어오기 전부터 달갑지 않은 존재였던 것처럼, 정인중 역시 기다리지
않던 아이였고, 태어난 후에는 쌍둥이 형제인 정인웅과도 차별을 받으며 무관심
의 대상이 되었을 뿐 아니라 여러 사람들 앞에서 가문의 불행이라는 질책을 받

••

25　여성 인물에 대한 소외가 공방(空房)으로 공간화되는 것은 17세기 가정소설인 《사씨남정기》와
《창선감의록》에서부터 나타나는 일반적인 양상이다. 탁원정(2006), 앞의 논문, 74~81쪽.

26　한정미는 소교완이 이자염에게 자행하는 폭력의 동인을 심리적 측면에서 논하면서 "소교완의
악행을 알고도 짐짓 모른 척하는 정씨 부중의 태도는 그녀에게 있어서 자신을 정씨 가문의 일원이 아
닌 외부인으로 여긴다는 심리적 소외감을 안겨주었을 것"이라고 보았다. 한정미, 《완월회맹연》여성
인물 간 폭력의 양상과 서술 시각〉, 《한국고전연구》 25, 한국고전연구학회, 2012, 361쪽. 이에 따르면
소교완에 대한 상처 내기는 표면적으로 드러난 정잠의 그것만이 아니라 집안 전체의 광범위한 양상으
로 볼 수 있다.

으며[27] 상처에 상처를 더하게 된다. 아버지에게 받은 상처는 아버지가 편애하는 정인성 부부에 대한 독수(毒手)로 전이된다. 독약을 먹는 자작극까지 펼치며 이들을 모해하던 사건이 밝혀지자, 아버지에게 태형을 맞고 벽서정에 갇혀 정잠은 물론 집안사람들로부터 공간적으로 격리된다. 이후 외가에서 외할아버지의 명으로 매를 맞다가 달아난 정인중은 그동안의 악행이 모두 드러나 무사하지 못할 것이라 생각하고 방랑길에 오른다. 정인중이 집을 떠나는 것은, 집이 '상처 내기'의 공간임을 단적으로 드러낸다고 할 수 있다.[28]

이처럼 소교완과 정인중 모자가 정잠의 편애와 박대 속에서 소외되고 상처를 받는 한편에서, 정인성의 부인인 이자염은 자신을 끊임없이 괴롭히는 소교완 모자에게 상처받는 것에 더해 그런 그들에게 지극한 효우를 보이는 남편 정인성에게도 상처를 받는다.

정잠이 외지에 나간 상황에서 소교완은 이자염이 자신을 독살하려 했다고 사건을 조작하는데, 소교완에게 절대적 효를 행하는 정인성은 거짓임을 알면서

- - -

27　"상서가 어머니께 두 번 절하여 작별하고 형수와 헤어진 뒤 문묘에 하직할 때 조상을 그리워하는 회포로 간장이 끊어짐을 면치 못하고, 문계공의 빈소에 곡을 하고 작별할 때는 슬픔을 이기지 못했다. 이에 걸음을 돌이켜 문을 나가니 아이들이 따라 나와 소매를 붙들었다. 인웅이 크게 울며 얼른 오라고 하는 말을 들으니 자연히 천륜에 대한 사랑이 일어남을 깨닫지 못하고 인웅을 어루만져 울음을 그치게 하고 조카들을 쓰다듬어 잘 있으라 했다. 인중은 본 체도 하지 않으니 아이들이 민망해서 크게 울 따름이었다. 상서가 이마를 찡그리며 '상의 후신(後身)과 위각의 넋은 이때부터 시애하는 뜻이 있으니 어찌 통한치 않겠는가?' 운계공이 슬프게 말했다. '형님은 워낙 사랑이 박하십니다. 저 몇 살 안 된 아이를 가져 불인한 사람에 비기시고 한 번 예뻐하심이 없으시니 보는 사람으로 의아함을 이기지 못하겠군요. 아이가 아직 세상일을 모르거늘 어찌 상의 노함과 위각이 한하는 데 비기십니까?' 청계공 정잠이 탄식하며 말했다. '형이 어찌 자애가 박하겠는가마는 아이의 어질지 못한 싹은 강보에서부터 나타나니 진실로 우려가 없지 않다.'" (권11)

28　정인중이 태어날 때부터 아버지 정잠에게 소외되고 그로 인해 탕자의 모습을 보이게 되는 것은 다음의 글에 기술되어 있다. 탁원정, 〈가문 내 '불우한 탕자'의 계보와 그 변주—《완월회맹연》의 정인중을 중심으로〉, 《고전문학연구》 54, 한국고전문학회, 2018, 225~228쪽.

도 이자염이 죄를 지었음을 인정하고 이자염을 칠거지악의 죄로 출거(黜去)시키길 청한다. 그러나 곁에 두고 괴롭히는 것이 더 나으리라 판단한 소교완이 이를 거절하자 정인성은 어쩔 수 없이 벽실(僻室)에 가두겠다고 한다.[29] 이에 소교완은 벽실 주변에 흙담을 높이 쌓고 문을 봉쇄하여 사람의 왕래를 금하고 담에 조그마한 구멍을 내어 그곳으로 보리죽 정도의 음식만 제공한다. 그럼에도 이자염이 죽지도 않고 매번 시키는 일을 다해내자 직접 찾아가 잔혹하게 살해한다. '상처 내기'가 살해라는 극단적인 상황으로 나타나고 있는 것이다.

다행히 이자염은 시동생 정인웅에 의해 겨우 살아나 집안의 안전한 곳에서 구호받으며 지내다가 이 사건이 발각될까 불안해하는 소교완을 위한 남편 정인성의 제안으로 어른들께 인사도 못하고 급히 친정으로 귀녕하게 된다.

이처럼 《완월회맹연》에는 갈등 과정에서 가족 구성원 간에 끊임없는 '상처 내기'가 나타나며, 이는 공방(空房)이나 격리와 감금, 나아가 집으로부터의 축출이나 집 밖으로의 도피 같은 공간적 징후와 긴밀히 연결되고 있다.[30]

2) '치유하기'의 공간

가족 간의 연쇄적인 '상처 내기'는 갈등의 봉합 과정에서 '치유하기'의 양상을 통해 회복된다. 정잠의 경우 소교완이 악성 종기로 혼수상태가 되자 직접 맥을 짚고 종기 제거 시술을 하면서 그녀를 살리고자 한다. 그럼에도 그녀가 사경을 헤매다 깨어나 개과했다고 하는 말은 믿지 못하겠다고 하면서, 새벽까지 소교완

●●

29   "다음 날 할머니와 아버지께 알리고 후원의 벽실에 내리고자 하므로 먼저 제 의사를 아뢰는 것은 실로 저 사람의 죄를 다스리고자 함이 아니라 그 어지러운 것을 경계하여 타이르고자 할 따름입니다." (권87)

30   이 중 여성의 격리와 감금 양상은 다음 글에서 상세하게 다루어지고 있다. 탁원정, 〈국문장편소설 《완월회맹연》에 나타난 여성 감금〉, 《여성문학연구》 44, 한국여성문학학회, 2018.

의 병석을 지키는 자식들을 꾸짖는 등 쉽게 마음을 열지 않는다. 그러다가 소교완이 완전히 개과한 이후 어머니의 권유로 소교완의 침소를 찾아가면서 공방의 상처는 치유되고, 늦둥이 아들까지 얻게 되자 기쁨을 감추지 못한다.[31] 또한 소교완이 서태부인의 수명을 자신의 수명과 맞바꾸면서 지성으로 기도한 결과 서태부인이 회복되자, 비로소 소교완의 지극한 효성과 흠 없는 행실에 대해 알아준다.[32]

집 밖을 떠돌던 정인중이 돌아와 개과천선한 것 역시 아버지 정잠과의 관계 회복 때문이다.[33] 정잠은 정인중이 무후의 노여움을 사서 석벽에 갇혔을 때 이를 예상하고 무후의 노여움을 풀 편지를 보내 정인중을 감동시켰고,[34] 태장을 내린 후 병석에 가 상처를 어루만지는 자상함을 보여 정인중이 자괴감을 느끼게 했다.[35] 무엇보다 회과했다는 의미로 할아버지 정한의 서재를 내주었는데, 서재가 지닌 상징성을 생각할 때 정인중의 상처에 대한 진정한 '치유'의 의미를 지닌다고

●●

31 "상국 정잠이 조제법을 직접 써서 약을 빨리 다리라고 하고는 반백(半白)의 수염을 어루만지며 기뻐하면서 말하였다. '내가 박덕하고 복이 적어 중간에 현숙한 배필을 잃고 고난을 겪었으며, 몇 명의 아들이 있으나 인웅이는 내 자식으로 여기지 않고 인중이는 나를 욕 먹일 만한 짓을 하지 않아 다시 바라지 않았었다. 그런데 금년에 부인이 미간에 색이 어린 것을 보고 짐작은 했으나 아는 체하는 것이 가소로워 지금까지 모른 체했더니 적자와 서자 합쳐 다섯 아들이요 공후의 부인 된 딸이 둘이니 족히 복이 있다고 자부할 만하니 어느 것이 조상의 음덕이 아니겠는가?' 그러고는 외헌으로 나오니 모인 사람들이 모두 생남(生男)한 것을 축하하니 정잠이 또한 흔쾌히 대답하니 반백년에 아들 낳은 것을 일컬어 놀리면서 다들 즐거워하였다." (권175)

32 "태부 정잠이 내심 소교완의 특출 난 효행과 백 가지 일에 하자가 없는 것을 알아보고…." (권179)

33 이 부분에 대해서는 탁원정의 글을 참조한 것이다. 탁원정(2018), 앞의 글, 233~235쪽.

34 "공자가 언선 등이 살아난 것을 신기하게 여기고 그들을 다시 대할 낯이 없으나 억지로 아버지의 글을 보니 또한 아들의 마음이라 반가움이 없지는 않았는데, 천만 리 밖의 일을 예지하여 자신이 위태로운 것을 헤아려 언선을 보내 구해 돌아오게 하고 또 글을 보내 풀어주게 한 것을 생각하니 감동이 일어났다." (권157)

할 수 있다.

상국 정잠이 아들 정인중을 돌아보며 말하였다.

"이곳은 곧 너의 소원을 이룰 곳이다. 오늘부터 여기에 머물면서 마음을 온전히 하여 학문에 힘쓰고 행실을 가다듬어라. 이 집은 특별히 돌아가신 할아버지께서 여가를 즐기실 곳을 지으시고 국사가 한가할 때면 와서 머무르시던 곳이니라. 내가 할아버지의 남기신 뜻을 알고 문을 봉쇄하여 여기서 즐긴 적이 없었는데, 특별히 네게 허락하여 머무르게 하는 뜻을 알겠느냐? 네가 만약 회개하지 않는다면 어찌 감히 여기서 머무르게 하겠느냐?" (권161)

이런 과정에서 아버지와 아들이 서로 화해할 수 있었을 뿐[36] 아니라, 자식이 비로소 사랑받는 것에 대한 소교완의 일시적 만족을 비롯해 정인성, 정인웅 형제의 기쁨 등 가족 전체가 화합하는 계기가 된다.

어머니 소교완에 대한 지극한 효성으로 부인 이자염에게 의도치 않게 상처를 주었던 정인성의 경우, 소교완과의 관계에 따라 이자염에 대한 태도도 자연스럽게 달라지게 된다. 무엇보다 소교완으로 인해 일상이 극도로 제한되었던 두 사람의 부부다운 일상이 드러나는 장면은 이자염의 상처, 나아가 정인성의 상처가

●●

35 "이때 정인중이 인사불성이 되었는데, 그날 밤 아버지가 이불을 들치고 상처 난 곳을 살피는 것에 놀라 깨어났으나 감히 숨 쉬는 내색을 못하고 죽은 듯이 엎드려 있다가 아버지의 이런 말씀을 들으니 그의 독하고 간흉한 마음조차 감동이 뼈에 사무쳐 숨죽여 흐느꼈다. 아버지의 손이 닿는 곳마다 상처가 나은 듯하여 슬픔과 감동이 교차하니 스스로 생각하되 '내가 전생에 무슨 죄를 지어 태어난 후 아버지의 정을 깨닫지 못하여 전일 지은 악행을 크게 뉘우치고 외입한 것을 생각하니 무슨 낯으로 아버지를 뵈오며 집안 형제들 앞에 서겠는가? 차라리 죽어 이 부끄러움을 잊는 것이 옳겠다.'" (권157)

36 "상국 정잠이 두 아들의 거동을 보니 마음속으로 매우 기쁘고 귀중히 여기는 것이 평소보다 더하였으며, 정인중이 회개하여 다시 염려할 바 없는 것이 무엇보다 마음에 흡족했다." (권159)

치유되었음을 드러낸다.

상서 정인성이 몸을 돌려 누우며 말했다.

"존당 부모께서는 내 몸을 편하게 해주시려고 침소에 가 쉬라고 하셨는데 이곳이 더 괴로우니 차라리 외당에서 제대로 취기를 다스리는 것이 낫겠소."

이에 봉관을 벗어 책상에 던지고 말했다.

"내가 교지에 있을 때 아버지 앞에서도 의관이 정제되지 않을 때가 있었고 오늘 어머님 앞에서도 망건을 벗고 웃옷을 벗은 채 잠을 잤는데, 부인이 이 밤에 나를 보고 의관을 갖추고 있으니 심히 의아합니다."

그러고는 웃옷을 벗는데, 소매에서 동정귤을 꺼내보니 여섯 개였다. 이자염에게 주면서 말했다.

"어머니께서 이것을 가져다 해갈하라고 하셨으니 나를 생각함이 이와 같으십니다. 두 개는 두었다가 내일 창이를 주고 우리 부부가 둘씩 먹으면 될 테니 부인은 제가 먹을 것을 까 주시고 남은 것은 직접 향기를 맡아보십시오."

이자염이 말없이 손에 받아 두 개를 까 상머리에 놓고 남은 것은 책상에 놓았다. 정인성이 웃으며 말했다.

"예법에 임금이 주신 것이 있으면 일가로 나누라고 하였으니 어머님이 주신 물건을 처자와 나누고자 하는 것이 무엇이 예에 맞지 않아 부인이 제 말에 따르지 않는 것입니까? (…)"

이자염이 아니라고 하면서 말했다.

"어찌 그런 일이 있겠습니까? 이미 밤이 깊었으니 내일 몽이랑 함께 주려고 한 것입니다."

정인성이 말했다.

"어떻게 애들을 다 주겠습니까? 아이를 가르칠 때 비록 어리지만 이미 매사를 모를 것이 없으니 어찌 식욕을 과하게 하도록 놔두겠습니까? 마땅히 어른이 먹은 후에 아이를 줄 것이니 제가 비록 못났으나 부인에게는 하늘입니다. 부부의 존비는 군신 관계에 비할 바니 어찌 예로 권하는 바로 맛보지 않는 것이 옳겠습니까?"

이자염이 천천히 하나를 들어 맛보고 남은 것을 옥합에 담아 책상 위에 놓으니, 정인성이 말했다.

"내일 창이에게 주십시오." (권129)

어느 날 소교완의 침소에서 정인웅과 함께 술을 나눠 마시며, 오랜만에 소교완의 정을 느끼고 그에 더욱 취기가 오른 정인성은 기분 좋은 상태로 이자염의 침소로 들어오는데, 밤에도 단정한 옷차림으로 앉아 있는 이자염에게 농을 걸고, 소교완이 해갈하라며 준 감귤을 꺼내 당장 먹으라며 장난기 어린 시비를 걸기도 한다. 정인성이 비록 술을 과하게 마신 상태이기는 하나, 술을 마시고 귀한 음식을 챙겨와 부인에 먼저 건네는 모습이나 마지못해 맛을 보는 부인의 모습은 그야말로 평온한 가정의 일상이며, 죽음의 문턱을 넘나들던 과거의 상처가 어느 정도 치유되었음을 보여준다. 이후에도 정인성이 소교완의 잠자리를 챙긴 후 이자염의 처소로 가는 것은 자연스러운 일이 된다. 그러던 어느 날 정인성이 여느 때와 마찬가지로 이자염의 처소인 제운각으로 갔을 때 이자염이 가벼운 옷차림으로 《예기(禮記)》를 읽고 있었는데,[37] 이는 너무나 일상적이지만 그래서 평온해 보인다.

이처럼 《완월회맹연》의 중심 가문인 정씨 부중은 복잡다단한 가족관계 속에

37　"상서 정인성이 웃음을 머금고 명을 받들어 어머니가 침상에 오르는 것을 보고 병풍을 두르고 촛불을 들고 천천히 걸어 제각으로 향하니 이때 이자염이 혼정(昏定)을 마치고 돌아와 장복과 비녀를 벗고는 청상 녹의로 가벼운 옷차림을 하고 책상을 앞에 두고는 《예기》를 읽고 있었다." (권160)

서 가족 간 '상처 내기'와 '치유하기'라는 일련의 과정을 통해 자생적으로 갈등을 봉합하는 가족 공간임을 알 수 있다.

4. 주변과 하위 공간에 대한 관심

1) 하위 공간에 대한 관심

국문장편소설은 상층 가문을 배경으로 하면서 상층 가문 내부에 초점을 맞추는 것이 일반적이다. 상층 이외의 계층은 이들의 관심 밖이며, 다른 계층의 존재 이유 역시 상층에 있는 경우가 대부분이다. 그런데《완월회맹연》에서는 중심 가문을 비롯한 상층 이외의 계층에 대한 관심이 나타나고, 그들 자체로 존재한다는 것이 드러나기도 한다.

《완월회맹연》1권에서 정한은 태운산 취현령의 집 담장 밖에 동서로 집을 지어 '구빈관'이라 이름 붙이고, 떠돌며 구걸하는 자와 홀아비, 과부, 고아, 독거인 등에게 옷과 음식을 제공하여 기갈을 면하게 한다. 장합 부부는 정인광의 장인 장헌의 부모인데, 이들 역시 차마 굶어 죽지 못할 상황에서 소문을 듣고 와서 지내다가 정한의 선처로 정씨 부중 바로 옆에 별당을 지어 살게 된다.

> 집 담장 밖에 동서로 집을 지어 구빈관이라 이름 붙였다. 떠돌며 구걸하는 자
> 와 홀아비, 과부, 고아, 독거인들이며 머리 희끗한 가난한 이들에게 옷과 음식
> 을 제공하여 기갈을 면하게 해주니 마치 어린아이가 엄마만 바라보듯 남녀노
> 소 할 것 없이 서로 이끌며 태운산 정씨 부중으로 찾아왔다. 남녀를 구분하여
> 남자는 동루(東樓)에, 여자는 서루(西樓)에 거하고 그중 천인(賤人)은 아랫방에
> 서 지내도록 하고 옷과 음식 제공하기를 한결같이 하니 예부 정잠과 운계 정삼

이 아버지가 쇠하고 핼쑥해진 것을 걱정했지만 또 감히 부귀하게 지내시라 일컫지 못하고 각자 자기 부인에게 어머니의 수고를 대신해달라고 당부하였다. (⋯) 영천이 여러 해 기근을 당한 끝에 장합이 그 아내 위씨와 함께 약간의 밭과 집을 다 팔아서 먹고살았는데 그 후에는 어떻게 해볼 도리가 없었다. 생계가 막막하여 오직 앉아서 죽기를 기다리던 차에 소문에 경사 태운산 정씨 부중에서 적선하여 남몰래 덕 쌓기를 일삼는다 하는 말이 들렸다. 장합이 차마 굶어 죽지 못해서 아내 위씨와 함께 서울로 올라와 정씨 부중 구빈관을 찾아 부부가 동루, 서루에 각기 거하니 먹고 입을 걱정은 없으나 친척을 이별하고 부모 떠난 것을 슬퍼하였다. 하루는 태부 정한이 구빈관에 있는 남자들을 다 불러서 주리고 추운 사정을 위로하다가 장합의 모습이 천인이 아닌 것을 보고 근본을 물었다. (권1)

이러한 이야기가 결국 정씨 가문의 소위 노블레스 오블리주를 부각하기 위한 것이라고 하더라도, 극빈층을 위한 구제 양상이 이처럼 구체적으로 나타나는 것은 다른 국문장편소설에서 찾아보기 힘든 대목이다.

가족과 헤어진 정인광이 정월염을 찾기 위해 고행하면서 다다른 낙성촌에서도 여러 해 기근을 겪어 황폐해진 하층민의 삶이 핍진하게 드러나고 있으며, 상층 공자인 정인광이 이를 직접 체험하는 것으로 나타난다.

촌무지렁이가 은잠을 보니 정신이 황홀하여 천하에 보물이 이것밖에 없는 것처럼 기이하게 여기었다. 하지만 정말로 한 말 곡식도 여유가 없으므로 나가서 자신의 아내와 이러쿵저러쿵 의논하였다. 간신히 좁쌀 한 홉을 구해 끓이고 쓴 소금 한 움큼을 깨어진 질그릇 조각에 놓고 세 사람의 죽을 낡아빠진 상에 올렸다. 운학 등이 이제까지 보지 못한 정도의 음식이지만 주인에게 수고했다는 감사의 말을 전하고 자신들 몫의 죽 그릇은 상 밑에 내려놓고 정인광에게 말했다.

"심하게 초라한 데다 뭐라 말로 할 수 없을 만큼 맛없는 것은 먹어보지 않아도 알 것 같습니다. 하지만 이 죽을 드시지 않으시면 굶주리게 될 것이니 호타하 보리죽과 무류정 콩죽을 생각하시고 물리치지 마십시오."

정인광이 숨을 내쉬며 말했다.

"내 평생에 음식을 가린 적이 없었다. 병 때문에 입맛이 없는 것만 아니라면 이 것보다 더한 음식이라고 못 먹을 리가 있겠느냐?"

말을 마치고 정인광이 좁쌀죽을 진귀한 요리처럼 맛있게 먹고 가끔씩 쓴 소금을 집어 먹으면서 더러워하는 빛이라고는 전혀 없이 다 먹었다. 공자가 맛있게 먹는 것을 보면서 노복인 자신들이 안 먹을 수는 없어서 싫은 것을 억지로 참고 간신히 반은 넘겼으나 비위에 거슬려 더는 먹지 못했다. 주인이 들어와 그 릇을 보고 좁쌀죽이 남은 것을 천만다행으로 생각하고 경용이 먹던 죽을 자기 아내에게 넘기고, 운학이 먹었던 죽을 제가 들어 마시면서 가끔 혀로 그릇 언 저리를 핥았다. 움푹한 그릇이어서 혀가 닿지 못하는 부분에는 개의 발 같은 거친 손으로 훔쳐 조 낱알을 모아 먹는 것이 선단과 영약보다 더 귀하게 여기는 것 같았다. 정인광은 그런 모습의 주인을 직접 쳐다보지는 않았지만 운학과 경 용이 그 모습을 추하게 여기는 것을 느끼고 물어보았다.

"이곳이 언제부터 굶주림이 이토록 심한가? 또 이웃에 부유한 사람이 별로 없 어서 꾸어 먹지도 못하는 것인가?" (권16)

이 역시 하층민의 삶에 대한 관심이자, 극한의 상황에서는 상층이나 하층이 나 마찬가지일 수 있음을 보여주는 장면이다.

그런가 하면 정인중은 외가에서 매를 맞다가 도망친 이후, 주점을 방화한 죄로 붙잡혀갈 위기에서 정인성이 미리 보내둔 최창윤에게 구출되어 그 집에 가서 지내게 된다. 최창윤은 정잠의 휘하에 있다가 장헌 밑에서 한때 예리(禮吏)를 맡기도 한 최언선의 자식으로, 상민층 정도에 해당한다고 볼 수 있는데, 정인중의 눈에 들어온 최언선의 집은 양반가와 유사하게 묘사되고 있다.

> 공자가 이날 밤 달빛 아래에서 산보를 하다가 가만히 뒷담을 넘어 내당에 들어
> 가 뒷 창문 아래에 숨어 방 안을 살펴보니 나이 육십 정도 된 한 노파가 상석에
> 앉아 있고 슬하에 십사오 세 정도 된 한 여자가 모시고 있으며, 중년의 여자와
> 소년 미부 세 명을 거느려 앉아 있는데, 창윤의 삼형제가 의대를 단정히 하여
> 모시고 있으니 행실이 사대부 명가의 부모를 모시는 예법 그대로였다. (…) 노파
> 가 말했다.
> "네 말도 옳다. 하지만 내 집이 비록 명문가의 대갓집은 아니지만 또한 내외 구
> 분이 엄격하고 담이 깊으니 무슨 더러운 일이 생길까 염려하겠느냐?" (권155)

최창윤은 자기 입으로 "천가(賤家)에 머무르십시오"라고 했지만, 집의 규모는 물론 집안의 가법 역시 양반가에 못지않은 것으로 그려지고 있다. 이는 상층의 집을 재현했다는 점에서 인식의 한계를 드러낸다고 볼 수도 있지만, 한편으로 상층 재상가에서 부리는 계층이라도 나름 독자적으로 존재하고 있음을 드러낸다고 할 수 있다.

2) 주변 공간에 대한 관심

정씨 부중이 선산이 있는 태주로 내려가던 중 흉적들에 의해 월천강가에 던져졌던 정인성은 3일 동안 표류하다 한 척의 배를 만나 구조되는데, 이 배에는 몽골 왕 옹막달의 신하인 척발유 일행이 타고 있었다. 그들은 왕의 명으로 마선에

게 화친의 뜻을 전하고 마선의 답서를 받아 몽골로 돌아가던 길이었다. 정인성이 이들에게 자신이 있는 곳과 월천강의 위치를 묻자, 척발유는 "이곳은 북쪽의 작은 나라로, 중국과는 만여 리 떨어져 있으니 월천강은 들어는 봤지만 보지는 못했다"(권12)라고 답한다.

이때 정인성의 눈에 비친 몽골인의 모습은 한 무리의 잡신(雜神) 같고, 옷 입은 모양이 괴이하며, 이글거리는 눈에 험상궂은 얼굴을 하고 있다.

> 공자가 선창에 서서 눈을 들어 살펴보니 진실로 한 무리 잡신(雜神)이 아니면 해천몽골임을 묻지 않아도 알 정도였다. 한결같이 머리를 깎고 소매가 좁은 옷을 입고 있는데, 긴 옷을 밑에 입고 짧은 옷을 위에 입어 괴이한데 외모는 흉악하여 주홍 같은 얼굴색과 횃불 같은 두 눈이 빈 이마에 돋아 있어 모두가 험악해 보였다. 그중에서도 우두머리 자리에 있는 두 사람은 더욱 험해 보였다. (권12)

외양만이 아니라 정인성에게 몽골인은 '수심견행(獸心犬行)'한 무리로, 후에 척발유가 자신의 음란한 딸 척발보완을 칼로 베려 하자, 정인성은 골육상잔을 예사롭게 여기는 것을 안타까워하면서 못 배워서 그러니 잘 가르쳐 회과하게 하라고 한다.[38] 그런가 하면 정인성에게 몽골 체류는 소무가 흉노에 잡혔던 것과 같은 비참한 일로, 몽골인들이 해갈하라고 준 음식들을 앞에 두고 내키진 않지만, 고

----

38 "공자가 그 험하고 광패하여 골육상잔함을 예사롭게 하고자 하는 것을 보자 보완이 배우지 못하고 자라 규수의 염치를 잃어버린 것을 책망할 바는 아니지만 군자의 덕이 오랑캐에게도 미칠 것이니 보완을 교화하여 악을 돌려 선으로 이르기를 이루지 못하겠는가? 이에 부자 관계의 귀하고 중한 것은 만물에 비할 것이 아니라는 점과 골육상잔이 고금의 큰 변고임을 일러주면서 보완의 음란함이 그녀만의 죄가 아니라 배우지 못해서 그런 것이라고 하면서 여자의 행실과 부녀의 도를 교육하여 회과하도록 권하였다." (권12)

국의 부모를 생각하며 굶어 죽을 수 없다고 다짐한 이후에는 순순히 받아먹는다.

이처럼 정인성의 눈과 입을 통해 드러난 몽골의 풍속이나 몽골인에 대한 시각은 대체로 부정적이다. 그러면서도 몽골인 척발유의 말을 통해 그것이 편견임을 지적하기도 한다.

> "아홉 살 어린아이가 어찌 거짓으로 병을 일컬어 드러누워 음란한 정욕을 날로 길러 나를 해천몽골이라고 하면서 하대하고 우리 해국 여자는 사람을 좇되 예도(禮道)가 없다고 하면서 담을 넘어 향을 훔칠 뜻을 가져 오늘 갑자기 깊은 규방에 들이닥쳐 음란하고 간악한 말로 재상의 귀한 딸을 간통하고자 하여 욕되게 하니 이 무슨 심술이며 행실인가?" (권12)

이처럼 《완월회맹연》에서는 몽골의 풍속을 전반적으로 부정적으로 보는 것과 달리, 몽골의 국정에 대해서는 비교적 균형 잡힌 시각을 보여준다. 몽골왕 옹막달은 평소 장자인 세자 옹탈불의 잔인무도함을 알고 셋째 아들 옹달태를 신뢰하는 혜안을 가진 군주다. 옹막달은 이 때문에 옹탈불에 의해 죽임을 당하지만, 이국(異國)에 체류하게 된 정인성을 배려할 줄 알며, 당시 명의 정세에 대해서도 예리한 식견을 보여주는 인물로 그려진다.[39] 또한 그 밑에는 비분강개하는 충신

39 "사부의 밝은 눈과 통달한 지혜와 척공의 사람을 알아보는 눈으로 정씨 아이가 만약 평범한 위인이면 이렇듯 칭찬하지 않을 것이니 내가 별관에 가 정씨 아이를 보고 은혜로 머물게 하겠지만, 충신은 반드시 효자 가문에서 나니, 정씨 아이가 여기 머무르면서 부모를 그리는 뜻을 두지 않는다면 그 효가 없다 하리니 홀로 충이 있기를 바라지 못할 것이오. 또 내 은혜로 대접받으나 돌아갈 마음이 크고 여기 머물 뜻이 없다면 가히 위엄으로 핍박하지 못할 것이니 내가 천승의 군주로서 저 어린아이를 감복하게 못하여 돌아가게 하면 얼마나 체면이 손상되고 사람들에게 부끄럽게 되겠는가? (…) 나는 다만 하늘을 우러러보고 백성의 마음을 살펴 모든 일에 하늘의 명을 따르고 신과 사람에게 부끄러울 것이 없고자 하여 중국을 범할 생각이 없으니 내 담담한 마음으로 정씨 아이가 부득이 돌아가고자 하면 구태여 잡지 않고 공교히 달랠 일도 없을 것이다." (권12)

민부상서 척발유가 있다.

척발유가 엄준히 논하며 말하였다.

"법자(法者)는 사사로운 일이 없거늘 세자가 음란하고 도리에 어긋나 벌써 폐위하는 것이 마땅함에도 전하가 오히려 미련이 있어 결단치 못하시고 이제 능성군을 해치고자 하는 죄가 나타났는데도 다스릴 생각을 안 하시니 알지 못하겠나이다. 타일에 종묘를 어느 곳에 두려 하십니까? 능성군은 도량이 넓고 정대하며 후덕하여 민심이 돌아간 지 오래되었으니 청컨대 세자로 책봉하시어 백성의 바람을 저버리지 마소서." (권12)

척발유는 후에 국왕 옹막달을 시해한 옹탈불에 대응해, 옹달태를 보호하기 위해 정인성과 합세하여 옹탈불의 군대를 무찌르고 옹달태를 왕위에 오르게 한다.

한편 정인성은 척발유의 집에 머무르는데, 이때 척발유의 딸 척발보완이 정인성을 보고 음욕을 발하지만 마음대로 되지 않자 오히려 정인성이 자신을 범하려 했다고 모해한다. 이 과정에서 몽골 여성에 대한 시각이 드러나는데, 척발보완을 묘사하는 핵심어는 '음탕'이다.

보완은 올해 열세 살로, 음일 방탕한 마음이 어릴 때부터 있어왔는데 이때를 당해 춘정을 못 이겨했으나, 아버지 척발유가 사위 고르기를 신중히 하고 여자의 음탕함을 차마 바로 보일 수 없어 감히 드러내지 못하고 있었다. 그러던 중 이날 정인성이 누운 아래에 다다라 그 풍채와 기상을 올려다보고는 넋이 나가 바로 온몸이 사라지고 정인성의 일신이 누른 듯 마음이 무르녹아 극도로 음탕한 마음을 먹으니 어찌 탁문군이 벽을 뚫은 것에 그치겠는가? (권12)

척발보완을 거절한 것에 대한 보복으로 정인성은 척발유의 칼에 죽을 위기에 놓이지만, 결국 그가 결백하다는 것을 안 척발유는 칼을 거두고 딸을 위한 교육서를 지어줄 것을 부탁한다. 이에 정인성은 자신의 필적이 음탕한 여자에게 남게 되는 것을 꺼려 척발유에게 대필하게 하여 《여교(女教)》30편을 지어준다.

이후 정인성의 지략으로 몽골의 기틀이 잡힌 후 정인성은 척발유의 도움으로 명나라 사신 행렬에 끼여 귀국길에 오른다.

몽골 체류 경험은 결국 정인성이 얼마나 대단한 인물인가를 보여주는 무용담에 해당하고, 그런 점에서 이후 아버지 정잠과 함께 하는 본격적인 안남 정벌담과 유사한 의미를 지닌다.[40] 그럼에도 본격적인 군담과 달리 표류와 체류라는 다른 경로 속에서 몽골과 몽골인에 대한 정보가 구체적으로 제시되고 있다.[41] 이 또한 몽골과 몽골인에 대한 부정적인 시각과 우월감[42]이 지배적이기는 하지만, 그들에 대한 관심과 그로부터 야기된 상상력을 확인할 수 있는 것도 사실이다.

● ●

40   김도환, 〈고전소설 군담의 확장방식 연구〉, 고려대 박사학위 논문, 2010, 71～73쪽.

41   《완월회맹연》에 몽골에 대한 정확한 역사적 지식이 반영되어 있다는 것은 김수연의 다음 글에 상술되어 있다. 김수연, 〈18세기 국문장편소설 《완월회맹연》의 몽골 인식―포스트 팍스 몽골리카 시기 조선의 몽골에 대한 서사적 기억〉, 《고소설연구》46, 한국고소설학회, 2018.

42   "척발유가 다시 우러러 칭송하며 광패한 뜻과 시험한 마음을 모두 날려버리고 그 큰 가르침을 사례하며 오히려 눈물을 흘려 천리(天理)를 한스러워하는 것은, 정인성을 우러르고 공경하며 부러워하는 마음이 이처럼 간절하지만, 같은 나라에서 같은 임금을 섬기지 못하여 저 사람은 대국(大國)의 문벌가에 나고 자신은 해천몽골에 태어나서 좁은 소매와 깎은 머리로 옹막달을 시위하다가 지금은 지기 관계의 임금을 잃고 임금을 시해한 패륜아 반역자를 죽이지 못하는 분한과 나라 종사의 위태로움을 슬퍼하는 근심이 그 영웅호걸의 기개를 꺾으니 다른 일은 어찌 생각할 수 있겠는가?" (권13)

5. 인간사의 공간적 총체

《완월회맹연》은 조선 임금 헌종이 후궁 경빈 김씨에게 지어준 창덕궁 낙선재에 소장돼 있던 궁중소설, 일명 '낙선재본' 소설의 하나다. 궁중 도서관에 소장되어 있었던 만큼 이 작품을 읽었던 향유층은 일차적으로 궁중 여성들이었을 것으로 추정된다. 폐쇄적인 궁중이라는 공간에서 한정된 생활을 할 수밖에 없던 궁중 여인들에게 《완월회맹연》을 읽는 즐거움 중 하나는 궁을 벗어난 사람들의 다양한 삶의 공간을 엿보는 것이 아니었을까?

이는 역시 주된 향유층으로 추정되는 궁중 밖의 상층 여성들에게도 마찬가지였을 것이다. 조선시대 상층 여성들의 삶도 궁이 집의 안채, 일명 '규방'이라 불리는 공간으로 대체되었을 뿐 한정되기는 마찬가지였다. 따라서 그런 상황에서 소설을 통해서나마 다른 공간을 상상하고 허구적인 체험을 통해 규방이라는 현실을 잠시나마 벗어나고자 하지 않았을까?

《완월회맹연》을 포함한 국문장편소설들은 이처럼 한정된 삶의 공간에 처해 있던 당대 향유층의 다른 공간에 대한 상상적 대리물이라고 할 수 있다. 특히 《완월회맹연》은 180권이라는 방대한 서사 속에서 당대 소설 속 공간을 총망라하는 공간 구성이 이루어지고 있으므로, 다양한 공간을 체험하고자 한 당대 향유층의 욕구를 충족하는 작품이라고 할 수 있다.

한편으로 《완월회맹연》은 상층 가문, 특히 여성들의 삶의 공간인 규방을 주된 서사 공간으로 삼고 있기에 향유층에게 자신의 삶을 투사하는 계기가 되기도 한다. 매일 반복되는 일상의 공간이 상상적 공간으로 그려질 때 무료한 일상도 특별한 일상이 될 수 있으며, 유사한 일상을 보내는 독자들 사이에 공감과 연대가 이루어질 수 있을 것이다.

《완월회맹연》의 향유에서 공간이 지니는 이와 같은 의미는 현대의 드라마와 여성 시청자 간의 관계와 유사하다고 할 수 있다. 조선시대 여성들에 비해 현대 여성들은 공간적 제약을 받지 않는 것이 사실이지만, 그렇다고 다양한 공간 체험 이 누구에게나 허락되는 것은 아니다. 여전히 대부분의 여성은 한정된 공간 속에 서 한정된 체험이 반복되는 삶을 살고 있으며, 바로 이 같은 현실의 허기를 드라 마 속의 다양한 공간과 그 속에서 벌어지는 다양한 인간사를 통해 채우고자 한 다고 볼 수 있다. 재벌가의 화려한 삶을 엿보면서 한순간 재벌가의 일원이 되어 보기도 하고, 이국(異國)에서 낭만적인 로맨스의 주인공이 되어보기도 하며, 먼 과거의 존재와 만나는 판타지의 공간에 들어가 보기도 하다가, 평범한 가정의 저 녁식사 장면에서 자신의 일상을 엿보는 소소한 즐거움을 맛보기도 하는 것이다.

《완월회맹연》은 바로 현대 드라마가 시청자에게 주는 이런 다양한 체험을 180권으로 구성된 하나의 작품 안에 모두 녹여낸 조선판 대하드라마라고 할 수 있다.[43] 그런 점에서 《완월회맹연》의 공간은 단연 인간사의 공간적 총체라고 할 수 있다.

• •

43   탁원정 역시 《완월회맹연》 작품론에서 이 작품을 '조선판 180부작 대하드라마'라고 명명한 바 있다. 탁원정, 〈완월회맹연 — 조선판 180부작 대하드라마〉, 《한국고전문학 작품론2 — 한글소설》, 휴머 니스트, 2017. 또한 정창권은 《완월회맹연》의 이러한 성격을 전제로, 《완월회맹연》을 현대의 역사 가 족드라마로 콘텐츠화하는 기획을 시도한 바 있다. 정창권, 〈대하소설 《완월회맹연》을 활용한 문화 콘 텐츠 개발〉, 《어문논집》 59, 민족어문학회, 2009.

1. 문체의 다방향적 경향성

국문장편소설은 '대장편소설', '대하소설' 등 그 분량에 초점을 맞춘 명명(命名)이 있을 정도로 방대한 분량의 서사 자체가 특징이다. 그중에서도 《완월회맹연》은 180권이라는, 현존하는 최장 길이의 소설로 유명한 작품이다. 하지만 이 작품은 그 양적 특징뿐 아니라 질적 특징에도 주목할 필요가 있다. 《완월회맹연》은 궁중에서까지 향유되었을 뿐 아니라 국문장편소설에 대한 당시의 기록에서도 문아하고 유식한 작품이라는 평가를 받았다. 《완월회맹연》의 작가는 18세기 전반 안겸제의 어머니인 전주 이씨 및 그 주변 인물로 추정되고 있는데,[1] 전주 이씨

1   정병설, 《〈완월회맹연〉 연구》, 태학사, 1998, 215~220쪽.

의 창작설과 함께 나오는 공동창작설은 《완월회맹연》의 긴 서사와 문체의 다양함에서 비롯된 것이다.

《완월회맹연》은 그 초기 연구에서부터 작품 속 어휘에 주목할 정도로 다양한 표현 양상을 확인할 수 있는 작품이다.[2] 《완월회맹연》의 문체에 대한 기존의 연구에서도 방대한 분량만큼이나 다양한 표현을 그 특징으로 보고 있다. 김진세는 낙선재본 소설 중 하나인 《완월회맹연》을 기본적으로 문어체 소설로 구분하면서도 경우에 따라서 구어체적 성격이 나타남을 밝히고 있으며,[3] 본격적인 작품 분석과 더불어 《완월회맹연》의 문체적 특성에 대해 논한 정병설도 《완월회맹연》의 문체를 '어울림'으로 설명하고 있는데 이 또한 작품 속에서 드러나는 언어와 서술에서 보이는 다양한 모습을 가리킨 것이다.[4] 뒤이어 《완월회맹연》의 구어 표현을 중심으로 살펴본 최민지의 연구도 이 작품이 문어체 소설이면서도 동시에 구어체적 성격이 혼재되어 있음을 전제하고 있다.[5] 이들 연구에 따르면 이 작품은 기본적으로 한자어나 전고, 주석 등 문어체적인 속성을 가지고 있으면서도 판소리체 소설의 어투가 나타나거나 순수 고유어로만 이루어진 구어적 표현이 등장한다.[6] 그리고 '야야(爺爺)', '거거(哥哥)' 등과 같이 구어체와 문어체 모두의 속성을 가지고 있는 백화체 호칭이 등장하는 등 언어 면에서도 다양한 양상을 보여준

• •

2　《완월회맹연》의 어휘 및 표현에 주목한 대표적인 초기 연구로는 김진세의 두 연구가 있다. 김진세, 〈이조 후기 대하소설 연구 ― 완월회맹연의 경우〉, 《한국소설문학의 탐구》, 1978; 김진세, 〈고전 장편소설에 나타나는 순수 우리말 용례 ― 완월회맹연의 경우〉, 《한글》 226, 1994.

3　김진세, 〈樂善齋本 小說의 特性〉, 《정신문화연구》 14, 1991, 13~15쪽.

4　정병설(1998), 앞의 책, 51~58쪽.

5　최민지, 《완월회맹연》의 구어표현 연구〉, 울산대 교육대학원 석사학위 논문, 2008.

6　이와 관련해 정병설은 판소리 서사체의 특징으로 지적되어온 자유간접화법, 내적 독백과 유사한 현상이 《완월회맹연》에서 자주 발견됨을 논했다. 이와 관련해서는 정병설(1998), 앞의 책, 63~66쪽 참고.

다.[7] 언어에서뿐 아니라 서술자의 표현 양상이나 서술 방식 등에서도 다양한 양상이 작품 속에서 혼재되어 있는 것이다. 《완월회맹연》은 언어의 규범적 성격과 일상적 성격을 모두 아우르고 있기 때문에, 18~19세기 조선시대 언어생활의 일단을 살펴볼 수 있다는 점에서도 의의가 있다.

《완월회맹연》 속 다양한 언어 표현은 인물의 선/악(긍정/부정), 노/소, 계급, 세계관 등이나 상황을 서술하고 있는 작가의 긍정적/부정적, 객관적/주관적 시각에 따라 일정한 영향을 받고 있음이 지적된다. 그뿐 아니라 사건의 진행 및 교양 지식 제공과 같이 서사의 목적에 따라 서술 방식의 차이를 보이고 있다.[8] 물론 천인이나 아이의 경우에도 문어체를 사용하는 경우가 있으며,[9] 상층 인물 중에서도 구어체적 대화를 주고받는[10] 등의 예외적 경우가 있기 때문에 계급이나 성향, 혹은 시각에 따라 문체의 변화를 일대일로 대응하거나 절대화할 수는 없다. 그럼

••

7   정병설은 《완월회맹연》에서 인물의 호칭 및 개장투어 등에서 중국 백화체 소설에서 볼 수 있는 백화체 어구가 활용되고 있음을 지적하면서 이러한 백화체 어구는 문어체나 구어체 어디에도 포함되기 어려운 제3층위의 문체라고 주장한다. 그리고 중국에서는 구어체이지만 우리에게는 문어체나 다를 바 없는 백화체를 사용한 이유로 ① 중국을 배경으로 하고 있으므로 중국의 이국적 모습 재현 ② 상투적 어구의 차용을 통해 소설 작품으로서의 형식적·장르적 성격을 명료하게 하기 위한 것으로 추정하고 있다. 정병설(1998), 앞의 책, 57~58쪽 참조. 필자는 백화체가 문어체적 성격을 가진 '중국'의 구어체라는 점을 고려했을 때, 백화체 호칭을 사용함으로써 인물 간의 일상적 관계를 드러내면서(구어체적 성격) 동시에 상층의 언어로서의 구분을 강조한 것(문어체적 성격)이 아닐까 생각한다.

8   김진세는 인물의 선/악, 정병설은 인물을 둘러싼 행동의 선/악, 감정의 비/회에 따라 구어체 및 문어체의 사용 경향이 달라진다고 보았으며, 최민지는 긍정적/부정적/개성적 인물을 추가해 삼분하여 설명하는 한편, 긍정적/부정적 가치관에 따라 문체의 차이가 나타난다고 보았다. 세부적인 내용은 다르지만 모두 작중인물 및 그에 따른 서술자의 평가에 따라 구어체/문어체적 성격을 가진 언어 표현에 있어서도 차이가 난다는 것이다. 또한 서사 속 상황의 정/동이나 일상적 서사나 중심 사건의 진행 등 서사의 경/중에 따라 서술 방식이 달라진다고 지적하고 있다. 김진세(1991), 앞의 글; 정병설(1998), 앞의 책; 최민지(2008), 앞의 논문 참조.

9   정병설(1998), 앞의 책, 55~57쪽 참조.

10   위의 책, 52~54쪽 참조.

에도 불구하고 《완월회맹연》에서 드러나는 언어나 서술 방법이 작품의 서사를 이루는 인물의 정보나 서술자의 시각, 서사 진행의 정/동에 따라 영향을 받으며, 무조건적으로 대응되는 것은 아니나 일정한 경향을 보이고 있음은 주지해야 할 사실이다.

따라서 이 글에서는 《완월회맹연》 속 언어의 다양성에 주목한 기존 연구를 바탕으로 작품에서의 언어 표현 양상에 대해 살펴보려고 한다. 먼저 비속어부터 전고(典故) 사용 등의 격식어까지 다양하게 등장하는 어휘들을 살펴보고, 서술 측면에서 《완월회맹연》의 문어체적 성격과 구어체적 성격이 어떤 방식으로 드러나는지에 대해 서술하고자 한다.[11]

2. 일상의 비속어에서 상층의 격식어까지

《완월회맹연》은 방대한 분량만큼이나 다양한 인물들이 등장하여 각각의 비중을 가지고 서사의 구성에 일조하고 있다. 중심인물인 정씨 집안을 중심으로 한 상층/성인 인물들뿐 아니라 시종, 아이, 일반 백성, 오랑캐까지 다양한 계층/나이의 인물들이 사건의 비중 여부와 관련 없이 서사의 일정 분량 내에서 다양한 목소리를 내고 있는 것이다. 그 안에서 사용되는 여러 언어 표현들은 그 인물의 지위 및 성격을 드러내는 중요한 표지로 작용한다. 이러한 특징은 단지 등장인물들의 대화에서뿐 아니라 저자의 직접적 서술에서도 드러나는데, 인물과 사건에 따라 서술자가 언어 사용에 차이를 두고 있다. 그중 비/속어나 전고(典故)는 《완월회

● ●

11　이 글의 논의 대상이 《완월회맹연》의 언어 표현인 만큼 여기에서는 논의 대상에 따라 해당 본문에 대한 현대역 외에 원문도 병기했다.

맹연》속 언어 표현의 차이를 드러내는 대표적인 사례이기에 이를 중심으로 살펴
보도록 하겠다.

1) 비/속어

먼저 볼 표현은 비어(卑語)와 속어(俗語)다. 기본적으로 《완월회맹연》은 상층
사대부 사이에서 향유되는 소설인 만큼 다른 국문장편소설에 비해서 문어체적
성격이 주를 이루는 작품으로 평가받는다. 하지만 작중인물의 성격이나 서사의
상황에 따라 당시 일상에서 주로 사용되었을 법한 저속한 언어들도 등장한다. 특
히 대상에 대한 부정적 평가에서는 비격식적 표현이 주를 이루는 만큼 당시 일상
적으로 사용되었을 구어체적 비유가 등장하기도 한다.

고기 자루와 술 주머니(고기 주머니와 술 부대)

- 여우 갖옷을 입고 가벼운 장신구 차림으로 살찐 말을 타고 고기 자루와 술
  주머니 되어[고기 즈로와 슐 쥼치 되여] 아름다운 여인네 사이에서 일생 명
  예와 작록을 누리는 저 인간 같지 않은 것을 두고… (권16)
- 온몸을 비단으로 꾸미고 맛있는 음식을 입에 넣어서 고기 주머니와 술푸대
  같이[고기 쥬머니와 슐 부듸] 몸을 나날이 살을 찌우고 피부를 윤기 돌게 함
  을 기뻐하였다. (권21)

《완월회맹연》에서는 작중인물이나 서술자가 특정 인물을 평가할 때 그 부정
적 성향을 강조하기 위해 특정 물건에 빗대는 방법이 자주 활용된다. 그중 흥미로
운 표현은 위의 인용문에서 제시했듯이 '고기 자루와 술 주머니(고기 주머니와 술
푸대)'다. 하는 일 없이 술과 고기 등을 즐기며 나날이 살이 찌는 사람의 모습을
고기 주머니와 술 자루에 빗댄 것인데, 당시 자주 사용되던 표현으로 추정된다.

술을 많이 마시는 사람을 두고 술푸대 또는 술고래라고 하는 지금의 표현과도 연관이 있다. 작품에서는 목적 없이 부귀와 향락을 좇는 사람, 특히 우인(愚人) 또는 소인(小人)으로 나오는 장헌 및 그의 아들들을 묘사할 때 주로 등장한다.

동물(쥐, 여우, 올빼미, 부엉이, 여우, 호랑이, 개, 돼지 등)

㉠ 세 사람의 마음에 발하여 자라의 소리를 거북이가 응하며, 솔개 부르매 올빼미 대답하듯이[즈라의 소리를 거북이 응흐며 소로개 부르미 웃밤이 듸답흔 듯] 흉악하고 간사한 계교를 서로 합하여 마음에 어긋남이 없었는데… (권21)

㉡ 그 고운 얼굴과 빼어난 눈썹에 살기등등하고 두 눈에 고집스러움이 드러나며 입이 푸르고 혀가 모질기는 가을바람에 우는 여우의 형상이며 궁벽 진 골짜기의 굶주린 호랑이의 거동으로[츄풍(秋風)의 우난 여이 형상이며 궁곡(窮谷)의 쥬린 범의 거동으로]… (권31)

㉢ 그 사람됨을 말하면 모두 아첨하고 남을 모함하는 소인이 아니면 쥐 장식의 여우 맵시며 사람의 얼굴로 개의 행동을 하는 것들이었다[쥐 장식의 녀호 밉시며 인면 견힝(犬行)의 것들이니]. (권21)

㉣ "내 비록 청춘과부가 되어 다른 일 없이 사람의 허물을 입에 담고 공교로운 언론에 힘쓸지라도 너를 대하여는 내 말을 족히 알음직한 것을 모르겠느냐. 개 창자의 쥐 장식이로다[개 챵즈의 쥐 장식이로다]." (권39)

㉤ "소인(小人)의 태도가 어릴 때부터 나타나며 부엉이의 심술이 날로 올빼미의 성품을 아울렀는데[부헝의 심술이 날노 즈라 웃밤의 셩을 아오랏는듸] 외모가 가장 아름답고 민첩하니 악한 일을 하려고 하는데 무슨 일을 생각지 못하겠습니까." (권41)

㉥ "다른 사람을 찾아보는 것이 좋겠으니 구태여 저 개돼지 같은 놈을[져 돈견(豚犬)으로] 상대할 필요가 없다." (권16)

ⓢ "내가 계원으로 더불어 사귐이 깊고 두텁고 운백 등을 아들이나 조카처럼 여겨왔는데 이 아이를 한 번도 보지 못했다가 이제 보니 <u>못난 내 손자를[나의 돈견(豚犬) 갓튼 손ᄋ를]</u> 세상에 둘도 없는 것처럼 여겼던 게 도리어 우습게 되었네그려." (권1)

위의 표현은 욕설이나 부정적인 평가를 할 때 특정한 '동물'에 빗대어 말한다는 점에서 주목할 만하다. 여기에서 비유 대상이 되는 동물들을 살펴보면 현대의 욕설에서도 자주 언급되는 개, 돼지, 쥐 등도 있지만 자라, 거북이, 부엉이, 올빼미, 솔개처럼 지금은 언급되지 않는 동물들도 등장한다. 이를 통해 언급된 동물들이 당시 부정적 이미지를 가지고 있었으며 지금의 개, 돼지와 같이 욕설에도 종종 등장했으리라 추정할 수 있다. 특히 ㉠에서 고유어 '옷밤이'로 쓰이고 있는 올빼미는 《완월회맹연》에서 자주 등장하는데, 위의 사례 외에 정인중의 음험하고 심술궂은 성격을 비유할 때도 자주 나타난다.[12] ㉢, ㉣에 나오는 '개 창자의 쥐 장식', '쥐 장식의 여우 맵시' 같은 표현은 지금은 생소하지만 당시에는 욕설에 준하는 관용구였을 것으로 보인다. 이 또한 개, 쥐, 여우에 대한 부정적인 이미지에서 나온 표현일 것이다. ㉤, ⓢ의 '개돼지[돈견(豚犬)]'는 지금도 비속어로 사용되는 어휘인데, 《완월회맹연》에서는 ㉤의 사례처럼 '욕설'로 사용되기도 하지만 ⓢ에서처럼 남에게 자기의 아들이나 손자 등을 낮추어 이르는 겸양의 의미로도 사용되었음을 알 수 있다. 동일한 어휘라도 맥락에 따라 다른 의미로 활용되고 있는 것이다.

●●

12　"정인중은 소인의 관상이 푸른 눈썹이 긴 것이 바로 올빼미의 성품이오 부엉이의 마음이니[옷밤의 성(性)이오 부헝의 심술(心術)이니] 너는 모름지기 너무 가까이 사귀지는 마라." (권61); "이 적이 나면서부터 효경(梟獍)【올빼미라】의 마음으로 전갈의 독을 길러[효경{옷밤이라}의 ᄆᆞ음으로 ᄉᆞ갈(蛇蝎)의 독을 길워]…" (권62)

똥오줌 + (행위)

- 과연 이 술고래는 취할수록 끝없이 탐식하여 계속해서 먹고 이미 즌똥같이 취하니[슐고릭 취홀스록 무한이 탐ᄒ여 즛쳐 먹고 임의 즌쫑ᄀᆞ치 취ᄒ미] 뜬소리와 잡스런 말이 끊이지 않으며 날이 저물어도 일어날 줄을 모르나…. (권21)
- "저 부인의 속 없는 거동이 고운 비단에 똥물을 묻히는 것 같아[고은 비단의 분즙(糞汁)을 뿜 ᄀᆞ트여] 얼굴과 기질은 빼어나다고 할지라도 시비들과 아랫사람들 대하는 모양이 어린아이만도 못하니…." (권21)
- "저 인간 같지 않은 것을 두고 복록을 갖춘 분이랍시고 떠받드는 자는 그 더러움이 똥오줌을 덮어쓴 것과 무엇이 다르랴[그 더러오미 분즙(糞汁)을 무릅쓴 ᄃᆞᆺ ᄒ리니…]." (권16)
- "장축의 음식을 내 입에 대는 것은 똥물을 맛보는 것과 같다고 생각했습니다[댱튝의 쥬찬(酒饌)을 ᄂᆡ 입의 다히미 분집(糞汁)을 맛보미라 ᄒ여…]." (권26)

다음으로는 똥오줌과 관련한 비유가 있다. 《완월회맹연》에서는 어떤 대상이나 행동에 대해 부정적인 평가를 할 때 똥오줌과 관련한 행동/속성에 빗대기도 한다. '똥', '오줌'은 그 자체만으로도 '더러움'이라는 비속하고 부정적인 속성을 지닌 어휘로 그 자극적 성격으로 인해 욕설 등에 자주 언급되는 모티프이기도 하다.[13] 본문을 보면 '진똥(묽은 똥)'과 같이 더러움을 극대화한 표현이나, '비단 위에 똥물을 묻히다', '똥오줌을 덮어쓰다', '똥물을 맛보다' 등 그와 관련한 혐오감을 더욱

· ·

13　이와 관련하여 한길연은 국문장편소설에서 똥/오줌 모티프가 인물의 성별이나 선악과 관계없이 종종 등장하고 있음에 주목하며 서사의 진행 속에서나 인물의 농담 속에서 이 모티프가 "악인들을 우스꽝스럽게 만들고, 우인들의 탐욕 혹은 본능을 노출하며, 선인들의 익살스런 행동을 유도함으로써" 독자들에게 웃음과 관심을 유발한다고 지적했다. 위의 사례와 같이 똥오줌이 언급되는 것 또한 이러한 자극성에 기반한 것이라 할 수 있다. 한길연, 〈대하소설의 '똥오줌' 모티프 연구〉, 《국문학연구》 24, 국문학회, 2011. 59쪽 참조.

부각하는 행동들이 같이 언급되는데, 작가는 이 같은 비속한 표현을 통해 대상 인물이나 행동의 우스꽝스러운 면모나 부정적인 시각을 더욱 강조하고 있다.

비속어는 서술자의 직접 서술이나, 작중인물의 발화 모두에서 나타난다. 앞서 서술자가 장헌의 아들들에 대해 '고기 주머니와 술푸대'라는 표현을 사용했던 것처럼 서술자의 직접적 서술에서 비/속어가 등장하는 경우에는 주로 '악인이나 우인/소인형 인물들에 대한 평가'가 대부분이다. 이럴 때 사용되는 저속한 표현은 서술자의 주관적 성격을 드러내는 동시에 대상에 대한 부정적 평가를 부각한다.[14] 작중인물의 발화에서 등장하는 비/속어 또한 서술자의 경우와 같이 대상에 대한 부정적 시각을 부각하는 역할을 하기도 한다. 대표적으로 '고운 비단에 똥물을 묻히는 것 같다'는 해연의 평가는 외모는 아름다우나 내면은 경박한 박씨의 인물됨을 잘 드러낸다. 한편 발화자가 악인형이나 소인형 인물일 때에는 말하는 대상이 아닌 발화자의 부정적 성향을 부각하기도 한다. 악인형 인물인 소교완이 양자 정인성에게 한 '개창자에 쥐장식'이라는 발언이 그것으로, 양아들 인성에 대한 소교완의 악의와 증오를 과격한 어휘로 드러냈다고 볼 수 있다.[15]

작중인물에 대한 호칭에서도 비속한 표현이 등장한다. 《완월회맹연》에는 경

<hr />

14   이에 대해 정병설은 서술자가 소교완의 표리부동한 모습을 묘사하면서 선한 척하는 외면은 문어체로 그리는 한편, 악한 내면은 "피누오는 조 눈활이냐", "아마 동쌀 불녀호로다" 등으로 표현했다는 점을 들어 악인을 구어체로 묘사한다기보다는 악행이나 악한 면을 구어체로 그린다고 보았다. 정병설(1998), 앞의 책, 52~53쪽 참조. 그러나 여기서 언급되는 구절 자체가 묘사라기보다는 해당 인물에 대한 서술자의 주관적 평에 가깝다는 점에서 악한 면의 묘사가 구어체로 표현된다기보다는 인물에 대한 서술자의 '주관적' 평가, 특히 부정적 평가일 때 구어체적 표현이 등장한다고 볼 수 있다. 물론 서술자의 부정적 평가가 모두 '구어체적 표현'으로 나타나는 것은 아니다. 하지만 부정적 평가 가운데 구어체적 성향을 가진 비속어가 나타나기 쉽다는 점을 생각한다면 객관적인 서술보다는 주관적 평가, 특히 부정적인 평가에서 비속어를 비롯한 구어체적 표현이 쓰이는 경향이 많을 수밖에 없다.

15   아래의 각주 16도 이에 해당하는 사례로 볼 수 있다.

칭을 생략하거나 '-부인'이 아닌 '-녀'라고 하는 등 그 호칭을 다소 낮추는 경우가 있다. 이는 각 인물 간의 갈등 여부나 작중인물에 대한 서술자/인물의 선악 간 평가에 따른 것으로, 장헌의 둘째 부인인 박씨가 연적이자 본부인인 연부인에 대해 "연씨 흉물[연가 흉물(凶物)]"이라는 비속한 호칭으로 부르는 경우가 한 예다.[16] 그 중에서도 특정 인물에 대한 부정적 시각이 만들어낸 '별명'이 마치 고유명사처럼 계속해서 등장하기도 하는데, 대표적인 예가 '장축(張畜)'이다.

> "장축[댱축(張畜)]의 행동거지를 보니 지위가 높고 재물이 많아 몹시 뽐내는 것이 사람의 염치로 할 수 있는 일이 아니고 마치 금수와 같습니다. (…) 장축의 재물을 내 몸에 지니는 것은 오랑캐의 옷을 입는 것 같은 부끄러움이고, 장축의 음식을 내 입에 대는 것은 똥물을 맛보는 것과 같다고 생각했습니다[댱튝의 지물을 늬 몸의 진이미 호복(胡服)ᄒᆞᆫ는 붓그러오미오. 댱튝의 쥬찬(酒饌)을 늬 입의 다히미 분집(糞汁)을 맛보미라 ᄒᆞ여]." (권26)

　장축이란 장헌의 성인 장씨(張氏)를 의미하는 '장(張)'과 가축을 가리키는 '축(畜)'을 결합한 단어인데, 말 그대로 '장씨 성을 가진 짐승'이라는 욕이다. 《완월회맹연》에서 장축은 장헌을 가리키는 호칭으로 종종 등장하는데, 그의 사위이자 그와 갈등관계에 있는 정인광이 종종 언급하는 일종의 '별명'이라는 점에서 다소

● ●

16　"몹쓸 자식이 어미의 지극한 정성과 자애를 모르고 연씨 흉물에게 정을 쏟아[못쓸 ᄌᆞ식이 어미 디졍디이를 모로고 연가 흉물의게 졍을 쏟다] 밤낮으로 연씨 돌아오기를 희망해 오히려 나를 죽이고자 하더니 (…) 상원일 불 밝히는 것이 볼 만하니 내 오직 희린 등과 여러 조카들과 함께 채루에 올라 관등놀이를 하며 잠시 나와보라 하니 연씨의 머리를 베어 달아났던가 가장 못 볼 것으로 알아[연녀의 머리를 버혀 다랏던가 ᄀᆞ장 못 볼 거스로 아라] 채루 높은 데 오르지 못할 것이니 보지 않겠다 하고…."(권21)

익살스럽고 해학적인 효과를 준다.[17] 이름이나 성의 일부를 따서 비속한 표현과 함께 부르는 이러한 방식은 지금도 별명을 만들 때 자주 쓰인다. 현실에도 '있을 법한' 별명의 사용은 작중 대화에 현장감을 주는 효과가 있다.

또한 《완월회맹연》에서는 비속어를 적절히 사용함으로써 작중인물의 개성이나 인물 간의 관계 등을 드러내기도 한다. 앞의 인용문은 정인광이 여장 후에 장헌의 첩 행세를 하면서 그의 악행을 보고 난 뒤에 돌아와 비난하는 장면에서 나온 발화다. 《완월회맹연》에서 외향적 인물로 묘사되는 정인광은 어릴 때부터 무예에 능한 반면 언사에 다소 과격한 면을 보여준다. 특히 장인 장헌의 악행을 알게 된 뒤로는 그를 몹시 싫어해서 옹서 갈등을 촉발하기도 한다. 본문에서도 정인광은 나이도 많고 게다가 장인이 될 사람을 '장축(張畜)'이라고 욕하면서, 그를 짐승에 빗대어 말하고 있다. 해당 언사는 집안의 어른인 정염, 정겸뿐 아니라 아버지 정삼도 함께 있는 자리라는 점에서 부적절하다. 더구나 장인을 모욕적인 호칭으로 부르는 것은 보통 상층계급의 교육을 받은 성인 남성에게 어울리는 태도가 아니다. 그럼에도 《완월회맹연》은 이러한 과격한 발화자를 상층계급의 남성이자 선인형 인물인 정인광으로 설정함으로써 그와 장헌의 갈등관계를 강조하는 한편 그의 외향적이면서도 과격한 캐릭터를 보여준다.[18] 이뿐 아니라 정인광은 어린 나이에 도적을 만났을 때에도 그들을 향해 "개 같은 도적"[19]이라는 욕설로 자신의 부정적 속마음을 그대로 드러낸다. 그의 발화 속에서 자주 드러나는 이러한

• •

17   그뿐 아니라 장헌을 못마땅하게 생각하는 의계공 정염 또한 정인광의 '장축'이라는 별명을 함께 받아 사용하는 것을 볼 수 있다.

18   이러한 호칭은 선인형 인물인 정인광에게서 나온 것이라는 점에서 장헌에 대한 비판적 시각을 효과적으로 보여준다. 장헌은 일종의 소인으로, 시속명리를 좇아 정씨 가문의 은혜를 저버리고 그로 인해 사위 정인광과 갈등하는 인물이다. 그는 소교완처럼 악의를 가지고 흉계를 꾸미지는 않지만 소인배적 행위로 정씨 가문과 갈등을 일으키기도 하고 서사 내내 경멸과 조롱의 대상이 된다. 장헌은 정씨 및 그와 함께한 중심인물들 사이에서 '부족하고 어리석은 장인'의 역할을 수행하고 있다.

비속어는 같은 선인형 인물인 정인성, 정인웅 등과는 다른 개성적 면모를 더욱 부각하는 데 사용되기도 한다.

정인광처럼 비속어를 쓰는 인물은 주로 외향적인 인물이다. 이들은 예의나 상황과 상관없이 자신의 속마음을 여과 없이 드러내기 때문에 그가 선인형이든 악인형이든 간에 경계의 대상이 되거나 경멸을 받는 경우가 많다. 이러한 성향의 인물은《완월회맹연》중 선인형의 경우에는 정인광과 같은 영웅호걸형이나 혹은 정염, 정흠, 조세창과 같이 강개한 성격에 직언을 잘하지만 다소 성정이 박한 이가 해당한다. 한편 비어 및 속어를 자주 쓰는 악인형은 주로 장헌 및 장씨 집안 남성들이나 박씨, 여씨와 같이 소인(小人)이나 경박자(輕薄子)가 해당한다.[20, 21] 소교완의 경우 상황에 따라 자신의 악의를 드러내는 표지로 비속어를 사용하기도 한다.

비속어는 작중인물 간의 위계, 특히 신분의 위계를 드러내는 역할을 하기도

· ·

19 "너희는 어떤 흉한 도적이길래 감히 우리의 행차를 범하느냐. 우리가 비록 어린아이지만 너희 개 같은 도적을[너 개갓튼 도적을] 두려워하지 않는다." (권4)

20 이와 관련하여 한길연은 "감정 표출의 정도에 따라 여성 인물을 나누어 본다면, 박씨와 같은 인물은 '발산형(發散型) 인물', 장성완과 같은 인물은 '인내형(忍耐型) 인물'로" 분류하고 있다. 이때 박씨의 언행으로 나타나는 감정 발산(發散)의 특징은 '언행의 양상을 중심으로 보았을 때' 외향적 성격으로 나오는 정인광(특히 장헌에 대한 발화)과 유사한 양상을 보인다고 할 수 있다. 다만 해당 연구에서는 박씨를 악인형으로 분류하는 것에 대해 부정적으로 보고 있으나, 여기에서는 논의의 편의상 서술자의 가치 판단을 기준으로 하여 장헌뿐 아니라 박씨도 악인형으로 분류했다. 박씨의 감정 표출 양상에 대해서는 한길연, 〈대하소설의 발산형(發散型) 여성 인물 연구—《완월회맹연》의 '박씨'를 중심으로〉,《한국고전여성문학연구》32, 한국고전여성문학회, 2016 참조.

21 그 예로 각주 16에서의 박씨의 언행을 들 수 있다. 또한 아래의 본문은 여씨가 박씨의 과거 언사를 언급하며 비난하는 장면이다. 이를 보면 이들의 과격한 어휘 사용을 통해 그녀들의 성격을 어떻게 드러내는지를 알 수 있다. "박부인이 나를 내쫓을 때 말하기를 그 아들의 병이 나를 만나서 마음속 화가 커져 죽을 지경에 이르렀으니 만약 살지 못하면 저의 배를 갈라 간을 내어 회쳐먹어서 원수를 갚겠노라[첩의 복장을 헤처 간을 닉여 회먹어 원슈를 갑흐렷노라] 하더니, 이제 남편이 병을 얻은 연유를 듣자 하니 저 때문에 난 병이 아닙디다. (…) 그리고 방탕한 남자와 요사한 여자가 이른바 명문 재상가 출신으로 풍속을 문란히 하여 스스로 죽을병에 이르렀는데 그 부모가 내 간을 회쳐먹을 것이 뭐 있겠습니까[그 부뫼 나의 간을 회먹을 거시 므어시리오]?"

한다. 아래의 인용문은 하급 관리나 백성들의 발화로, 일상적으로 비속어나 욕설을 쓰는 모습을 보여준다.

ㄱ "안찰사 나으리의 성명은 어떻게 되십니까." 그 사람이 말하길, "자네는 반 귀머거리나 봉사나 다름없네 그려[그딘는 진실노 중청(重聽) 폐목(廢目)이로다]. 예부상서 태학사 집금오 장씨 나으리 아니신가." (권16)

ㄴ "그대들은 어떤 사람이건데 웬 도깨비에게 홀려 갔다가[어딘 독갑이룰 홀녀 갓다가] 남의 집 문에 와서 그렇게 요란스럽게 두드리면서 사람의 단잠을 깨우느냐." (…) "그대는 정말 세상 물정 모르는 사람들이군. 이곳에서는 은 한 냥에 한 말 곡식 주기도 꺼릴 정도로 기근이 심한데 사람이 기운을 차린들 남긴들 아니 하여 방을 덥히랴. 어떻게 뜨신 방을 구하며 불을 담아놓겠는가. 이리 기운 없으니 네가 내 상전이라도 그 심부름은 못하겠다[내 상전이라도 이리 기운 업순딘 그 심바람 못흐게엿다]." (권16)

본문을 보면 '반 귀머거리나 봉사', '도깨비에게 홀려 갔다', '네가 내 상전이라도 그 심부름은 못하겠다' 등의 비규범적이고 속된 표현과, '도둑놈 새끼', '뒈지기 쉬우리' 등의 과격한 욕설 등이 등장한다. 먼저 ㄱ은 질문하고 대답하는 과정에서 나온 발화이며, ㄴ은 늦은 밤에 찾아온 불청객을 대하는 집주인의 발화이다. 갈등관계가 전제되어 있지 않은 상황이지만 이들의 발화에서는 여전히 과격하고 비속한 언사가 등장한다. 이는 상층계급에 비해 예의염치를 차리지 않고 자신의 감정을 표현하는 데 있어서 좀 더 자유로운 이들의 언어생활을 반영한 것이다. 또한 '도깨비[독갑이]'와 같이 상층 격식어에서는 등장하지 않는 구어체적 어휘의 사용과 '네가 내 상전이라도 그렇게는 못하겠다'라는 비아냥은 규범적 언어에서는 보기 어려운 비규범적-세속적 표현이라고 할 수 있다.

㉠ "그만 일러두면 내 의지로 살려주고 싶은 이는 살리고 죽이고 싶은 이는 정상서가 아니라 만승의 군대를 가진 천자라도 날 이길 생각 하지 못할 것이니 조그만 행차를 범하는 것이 무슨 큰일이라 하겠느냐〔늬 의디로 술와주고 시부니는 술오고 죽이고 시부니는 정상셔 아냐 만승 천즈라도 혜지 못하리니 조고만 힝도를 범흐미 그리 딕스랴 흐리오〕." 녹빙이 도리어 근심이 되어 눈썹을 찡그리고 말했다. "성인도 나무꾼〔樵夫〕의 말을 즐겨 들으시고, 여자의 내조가 공이 있음을 일컬으셨는데, 당신은 당신의 아내인 내 말을 듣지 않고 여자를 너무 업신여깁니까?" 장술의가 흔연히 손을 잡으며 크게 웃으며 말했다. "당신 고고한 말은 듣기 싫다. 성인이 뭐냐? 내 아들이냐? 나무꾼〔樵夫〕이 그 남편이냐? 아무리 그대 말을 듣자고 해도 키는 여섯 자만 하고 허리는 한 자밖에 안 되는 작고 가는 몸에 무슨 든 것이 있겠다고 그 생각을 받아들이겠느냐〔그딕 고제한 말을 듯기 슬투. 성인이 무어시요. 늬 ᄋ들이냐. 쵸부가 그 딕ᄋ비냐. ᄋ모리 그딕 말을 듯ᄌᄒᄂ 뉵쳑(六尺) 셰신과 일쳑 ᄂ요(娜褭)의 무산 든 거시 잇시리라 흐고 소견을 취흐리오〕?" (권3)
㉡ "진유사 나으리 명령을 받들고 두 놈과 같이 남의 곡식과 은비녀 도적한 도둑놈 새끼〔은줌(銀簪) 도적흔 도적의 쇼동(小童)〕를 잡으러 왔다. (…) 털끝만 한 일이라도 숨겼다 하는 날에는 뒈지기 쉬우리〔터럭만 흔 일이라도 은복(隱伏)흠곳 이시면 뒤여디기 쉬오리라〕." (권16)

㉠은 소교완의 시비인 녹빙과 그의 남편인 장술위의 대화다. 흥미로운 점은 비록 하층계급의 사람이지만 주인 소교완을 모시는 위치에 있는 '시비' 녹빙은 전고를 활용하고 한자어를 사용하는 문어체적 발화를 보이는 반면, 그 남편 장술위의 발화는 정반대의 양상을 보인다는 것이다. 장술위는 대화할 때 녹빙과 달리 문자를 전혀 쓰지 않는데, 구어체로만 이어지는 그의 언어는 기존 질서에 대한 권

위나 사상을 인정하지 않는 모습으로까지 이어진다. 장술위는 자신이 죽이고자 하면 정상서가 아니라 만승천자라도 자신을 당해낼 수 없다고 허세를 부리며 녹빙의 말을 무시한다. 또한 녹빙의 '성인(聖人)도 나무꾼(樵夫)의 말을 잘 들었다'고 하며 자신을 꾸짖는 말에는 "성인은 내 아들이냐? 나무꾼이 내 지아비냐" 등의 언사를 내뱉으며 녹빙의 규범 지향적 언사를 비꼬고 있다.

ⓒ은 도둑으로 몰린 정인광을 잡으러 온 하급 나졸들의 언사다. 이들은 도둑으로 의심되는 인물에 대한 경고이자 협박을 하고 있는 만큼 훨씬 더 과격하고 직접적인 언사를 사용한다. 특히 "털끝만 한 일이라도 숨겼다 하는 날에는 뒈지기 쉬우리"와 같은 말은 표현만 조금 다를 뿐 오늘날에도 자주 사용된다는 점에서 더욱 일상적 성격을 보인다.

2) 역사 전고(典故)

《완월회맹연》은 인물과 상황에 따른 적절한 구어적 표현을 통해 각 인물 및 상황의 특징을 부각하고 좀 더 생생한 현장감을 느끼게 하는 한편, 상층사대부 소설인 국문장편소설인 만큼 인물이나 상황을 표현하는 데 사용되는 언어에서도 문어체적 성격이 더욱 두드러진다. 그중에서도 전고(典故)의 사용은 해당 언어에 대한 향유자의 지식을 전제하기 때문에 다른 무엇보다도 문어체적 성격을 드러내는 특징이라 할 것이다. 특히 중국 역사에 대한 지식을 바탕으로 한 인물 전고는 인물의 행동이나 성품을 빗대는 언어로 종종 등장한다.

인중이 소교완의 겉과 속이 다름과 마음속 진심을 쏟아내 자신에게 말하지 않는 것을 비로소 밝게 깨닫고는 다행히 영광스럽게도 훗날 자신이 장자의 중임을 맡게 될까 매우 기뻐했다. 그러나 자신 역시 겉으로 드러내지 않고 평온한 모습으로 목소리를 밝게 하여 소교완에게 주무실 것을 청하고는 육포와 과실

로 요기하고 천천히 방을 나왔다. 이 두 모자가 서로의 마음을 감춰 겉과 속이
다른 것이 이임보의 간사한 마음과 왕망의 거짓 겸손을 아울렀으니[이 모자 셔
로 마음을 금초아 구밀복검(口蜜腹劍)이 님보의 심장(心腸)과 왕망의 겸공(謙恭)
을 아오라시티]… (권31)

　　이 인용문은 소교완과 정인중 모자에 대한 서술자의 평가로, 《완월회맹연》
에서는 작중인물의 행동이나 성품에 대해 서술자가 직접 묘사하거나 평가할 때
전고(典故)가 있는 역사 인물을 빗대는 방법을 사용하고 있다. 이러한 방법은 기
본적으로 독자들이 해당 인물에 대한 역사적 지식을 갖고 있음을 전제하기 때문
에 사용된다. 하지만 독자의 수준이 그렇지 않으면 작중인물에 대한 서술자의 평
가가 무엇을 의미하는 것인지를 알 수 없게 된다. 인용문에서도 서술자는 소교완
과 정인중을 가리켜 "님보의 심장(心腸)과 왕망의 겸공(謙恭)을 아오"른다고 설명
하는데 여기서 언급되는 이임보(李林甫)와 왕망(王莽)이 어떠한 사람인지, 이들의
성품과 관련한 고사를 알지 못하면 소교완과 인중에 대한 서술자의 시각이 긍정
적인지 부정적인지조차도 알기가 어렵다. 앞서 '구밀복검(口蜜腹劍)'이라는 부정적
인 단어 뒤에 바로 '겸공(謙恭)'과 같은 긍정적인 단어가 나오기 때문에 이게 칭찬
인지 비난인지 헷갈릴 수 있다. 하지만 이임보가 바로 그 '구밀복검'의 마음을 가
졌다고 알려진 당나라의 간신이라는 점과 왕망이 겉으로 겸손한 척하여 세상을
속인 뒤에 결국 나라를 멸망시킨 전한(前漢) 말의 권신(權臣)이라는 사실을 알게
되면 비로소 "님보의 심장(心腸)"이 '간사한 마음'을 일컫는 것이고, "왕망의 겸공
(謙恭)"이 '거짓 겸손'임을 알 수 있게 된다.

　　㉠ "이제 남편이 병을 얻은 연유를 듣자 하니 저 때문에 난 병이 아닙디다. 고소
대(姑蘇臺)가 멀었으되 팔경(八景)을 대하여 배 앓던 서시가 다시 살아오고, 마

외(馬嵬) 언덕 아래에서 당나라 육군(六軍)의 핍박을 받아 죽었던 양귀비가 다시 돌아와[고소디(姑蘇臺) 샹이 머러시디 팔경을 디ᄒᆞ여 빙 알턴 완ᄉ녜(浣沙女) 다시 살고 마외파하(馬嵬坡下)의 뉵군(六軍)의 핍박을 바든 태진비(太眞妃) 지 곳쳐 도라와]…" (권51)

ⓛ "내가 옛 일들을 두루 생각하니 여자의 투기가 나라를 그릇되게 하고 집안을 엎은 것이 종종 있다 하니 그 사나움은 진실로 사람의 마음이 아니다. 의붓어미와 의붓아들 간을 보아도 순임금의 계모도 순임금 같은 효자를 해하려 했으며 민자건의 계모가 민자건으로 하여금 겨울에 갈대옷을 입혀 추움을 겪게 하니 이러한 악행도 목강의 인자함과 비교하면 진실로 공자와 양호와의 관계 같은데 여희가 갓난아이를 죽인 것과 여후가 조왕을 독살한 것은 더욱 차마 이를 것이 없다[상모(象母)의 은ᄒᆞ미 디슌(大舜) ᄀᆞᆺᄐᆞᆫ 효ᄌᆞ를 히코ᄌ ᄒᆞ며 민모(閔母)의 ᄉ오나미 민ᄌ(閔子) ᄀᆞᆺᄐᆞᆫ 의ᄌ(義子)로 ᄒᆞ여금 식쥬(細紬)를 입혀 치우믈 격게 ᄒᆞ니 목강(木強)의 인ᄌᄒᆞ므로 비홀진디 실노 즁니(仲尼)와 양호(陽虎) ᄀᆞᆺ거늘 여희(呂姬)의 신싱(新生)을 죽임과 녀후(呂后)의 조왕(趙王)을 짐살(鴆殺)ᄒᆞ미 더욱 ᄎᆞ마 일을 빙 아니라]. (권3)

《완월회맹연》에서 전고 사용은 직접 서술뿐 아니라 위의 인용문에서처럼 작중인물 간의 대화에서도 나타난다. ⓖ에서 여씨가 말하는 '완ᄉ녜(浣沙女, 서시)'와 '태진비(太眞妃, 양귀비)', ⓛ에서 소교완이 말하는 '상모(象母)'와 '민모(閔母)', '목강(木強)', '여희(呂姬)', '녀후(呂后)' 등의 인물과 관련한 고사를 알지 못하면 이들이 말하는 의도를 제대로 이해할 수 없게 된다. 이처럼 《완월회맹연》은 역사적 지식이 없으면 이해하기 어려운 전고를 사용함으로써 독자의 교양을 전제하는 문예물로서의 지위를 드러내고 있다.

작중인물의 발화에서 등장하는 전고는 독자뿐 아니라 발화자인 인물 자체의 교양을 드러내는 표지로서, 이를 통해 사건의 중심이 되는 상층계급의 인물과 그렇지 않은 이들 간의 사회적 위계를 드러내기도 한다. 상층계급에 속한, 관례(冠禮)를 마친 성인이라는 것은 가문 안에서 자신의 신분에 맞는 지식과 교양을 완전히 습득한 인물임을 의미한다. 이러한 점은 그 인물이 선인이었을 경우에는 말할 것도 없고 설사 그 인물이 악인 또는 소인일지라도 변하지 않는다. 그들의 발화가 어떤 가치관과 어떤 맥락에서 나오는지와 상관없이, 발화자가 일정 수준의 교육을 받은 상층계급이라는 점에서 그에 걸맞은 '지식'이 발화 중에 나타나게 되는 것이다. 이는 앞서 제시한 전고가 《완월회맹연》의 '악녀', 즉 대표적인 부정적 여성 인물인 여씨(㉠)와 소교완(㉡)의 발화라는 점에서 알 수 있다.

㉠의 발화자인 여씨는 경박할 뿐 아니라 시부모를 무시하고 예법에 맞지 않는 행사를 하는 등 '가정교육을 제대로 받지 못한 인물'로 그려진다. 해당 장면 또한 여씨가 시아버지 장헌에게 패악을 부리며 자신의 남편인 세린과 정성염의 추문에 대해 비꼬며 따지는 부분이다. 인물의 성격이나 상황을 볼 때 과격한 언사가 나올 수밖에 없다. 하지만 이러한 여씨의 발화 속에서도 양귀비나 서시와 관련된 고사(古事)가 인용되는데, 이는 여씨가 역사적 인물인 양귀비나 서시의 고사를 인용해 비아냥거릴 수 있을 정도로 교양을 습득한 상층계급임을 보여준다.

㉡의 발화자는 작중에서 가장 대표적인 악인으로 등장하는 소교완으로, 예문에서와 같이 기본적으로 중국의 역사 인물에 대한 전고를 끌어다 자신과 비교하고 있다. 그녀가 언급하는 순임금과 그의 계모, 민자건과 그의 계모, 여희와 갓난아기, 여후와 조왕은 모두 계모인 자신과 전처의 양자인 정인성의 관계와 대응할 수 있는 역사적 인물들이다. 특히 악인형 인물을 자신에게 대입함으로써 자신의 행동이 잘못된 일임을 인지하고 있음을 드러낸다. 이러한 비유는 해당 인물의 고사에 대한 지식을 전제로 하는 것이다.

이처럼 전고를 바탕으로 한 언사, 문어체적 표현이 주가 된 관용어를 사용한다는 것은 그 인물이 가지고 있는 신분적 배경이 그 인물의 발화에 영향을 미친다는 것을 드러낸다.《완월회맹연》은 그 사람의 선악이나 작중의 성격과 상관없이 신분에 따른 교육수준을 전제한 교양지식을 인용함으로써 상층계급의 언어적 표현을 반영하고 있는데, 이는 다른 국문장편소설과도 공통된다.

《완월회맹연》에서는 하층계급에 속하는 시비, 시종이 보여주는 문어체적 표현[22]에도 주목할 필요가 있다. 시비/시종의 언어 표현은 신분이 구어체적/문어체적 언어의 사용에 영향을 미치는지를 다룬 기존 연구에서 논란이 되었던 부분이다.[23] 그러나 이것은 하층계급에 속하면서도 상층계급의 측근 인물로 등장하는 그들의 특수한 상황과도 관련지어 생각할 필요가 있다.

> "저 계월은 외람되게도 부인과 더불어 젖동무가 된 바이고 이 천한 나이가 다섯 살을 넘지 못해서 부인 은혜를 입어 신임하심이 주인과 노비 간의 존비를 따지지 않으시고 향규 마역으로 이르러서 천한 아랫것의 어두운 마음을 시원하게 꿰뚫어보시니 이는 유비의 신하인 제갈량과 당황제의 신하 위증에게 비하지 못할 것입니다[소렬(昭烈)의 와룡(臥龍)과 당뎨(唐帝)의 위증(魏徵)의 비(比)치 못ᄒ올지라]. 저희들이 평생의 충심에 힘을 써 외람되오나 주공께서 왕실을 위해 애쓰심과 이윤이 태갑을 가르치심을 본받고자 하지만[외롬이 쥬공(周公)의 왕실

•• •
22   최민지(2008), 앞의 논문, 25~27쪽 참고.
23   이와 더불어 상층계급에서 주로 아이나 일상적 담화에서 나오는 구어체적 표현 또한 작중인물의 발화에 사용되는 언어가 과연 그들의 신분과 관련이 있는지에 대한 논란을 일으키기도 한다(위의 논문, 27~29쪽 참조). 하지만 그러한 경우에는 나이에 따른 지식수준의 차이뿐 아니라 해당 인물이 가진 성격적 특징, 즉 정인광처럼 외향적 성격이거나 여씨나 장헌처럼 경박하거나 우인(愚人)으로서의 성향을 강조하기 위해 더욱 구어체적 표현을 사용하는 경우를 함께 고려해야 한다.

을 근노 홈과 이윤(伊尹)의 태갑(太甲) 훈(訓)ᄒᆞ믈 효측고ᄌ ᄒᆞ오디]···" (권3)

위의 인용문은 소교완의 충비(忠婢)인 계월이 주인 소교완에게 하는 말로, 제갈량이나 위증, 주공이나 이윤 등 역사적 인물을 빗대는 말이 상층계급의 인물이 하는 말만큼이나 장황하다. 신분이 낮은 시종이 앞서 상층계급의 경우와 마찬가지로 전고를 사용하고 한자어가 포함된 문어체적 표현을 쓰고 있는 것이다. 이는 시종/시비의 상황이 가진 특수성 때문이다. 이들은 계급이 낮지만 그들이 늘 대하는 대상은 상층의 인물들이다. 그렇기 때문에 시종들은 이들을 '섬기기 위한' 상층계급의 주변부 인물로서 보통의 중·하층계급의 인물들과 달리 상층계급의 언어에도 익숙해질 필요가 있는 것이다. 정병설의 해석에 따르면《완월회맹연》의 시종들이 주인과 함께 공부하거나, 주인으로부터 문자를 배운다는 사실을 상기할 때, 이러한 현상이 전혀 비현실적이거나 어울리지 않는다고는 말할 수 없다.[24]

시종의 발화가 보여주는 이러한 특수성은 주인인 상층계급의 인물을 대할 때와 자신과 같은 계층의 인물을 대할 때 보여주는 발화의 차이를 통해서도 알 수 있다.

㉠ 머리를 두드리며 울며 말했다. "주군께서 큰 재주와 넓은 덕화로 기강 여러 읍을 구휼하고자 하시니 백성들이 갓난아이가 어머니를 만나는 것보다 더욱 기뻐하며 주군을 하늘같이 우러르고 태산같이 믿사옵는데[적ᄌᆞ(赤子) ᄌᆞ모(慈母)ᄅᆞᆯ 만남도곤 더어 흔흔 열열ᄒᆞ여 하날 ᄀᆞᆺ치 우러르고 태손 갓치 밋ᄉᆞᆸ거늘] 어찌 도로 기강의 땅을 겨우 믿으시여 아름다운 소리와 모습, 잔치 등을 생각하

24   정병설(1998), 앞의 책, 57쪽 참조.

셔서 미녀를 구하시는 것이 극한 데 미치시나이까." (권17)

ⓛ "너는 눈과 속 없는 놈이다[그딕는 눈과 쇽 업슨 인간이로다]. 그 아가씨를 볼 때 어디가 남의 첩 얘기를 할 만할까 싶더냐. (…) 모름지기 혓바닥을 너무 가볍게 놀리지 말아라, 자고로 세객질 하는 사람치고 끓는 솥에 삶겨 죽임당하는 일을 피하지 못했으니[모로미 슌셜(脣舌)을 너무 가바야온 체 말나, 즈고로 셰긱(說客)이 졍확(鼎鑊) 슉팽(熟烹)을 면치 못ᄒᆞ나니]…." (권17)

ⓖ과 ⓛ은 모두 위정의 발화다. 위정은 정월염의 구출을 돕는 충비다. 작중에서 위정은 "어진 선비의 풍모가 있고 고사(古事)에 능통하며 예의를 깊이 알고 불의하고 법도에 맞지 않는 일은 차마 듣지 못하는"(권17) 등 백이·숙제의 높은 절개를 지녔다고 평가받는 인물이다. 그녀의 성품과 행동거지는 ⓖ에서 주인인 장헌에게 간할 때도 드러난다. 위정은 정월염을 첩으로 삼으려는 장헌에게 간하면서 "사람들이 명군(明君) 생각하기를 어린아이가 어머니를 사모하듯이 한다",[25] "백성을 어린아이 돌보듯 하라"[26]와 같은 옛글을 인용하고 있다. 이를 통해 장헌의 잘못에 대한 직접적 비난을 피하면서 주군으로서의 역할을 잃지 말기를 호소하고 있다. 하지만 같은 문제로 그녀가 자신의 친구이자 매파인 가월낭과 논쟁할 때는 가월낭을 두고 "눈과 속 없는 인간", "혓바닥을 너무 가볍게 놀리지 말라"고 욕하며 "세객질 하는 사람치고 끓는 솥에 삶겨 죽임당하는 일을 피하지 못했"다는 악담을 서슴지 않는다. 상층계급과 마찬가지로 문어체적 어휘를 사용하는 시비·시종들이지만 상대의 신분에 따라 사용하는 언어도 달라지는 것이다. 상대

●●

25   "人思明君을 猶赤子之慕慈母." 《통감절요(通鑑節要)》. 《후한서(後漢書)》 〈등우전(鄧禹傳)〉에 나온다고 한다.

26   "如保赤子." 《대학장구(大學章句)》. 《서경(書經)》, 〈강고(康誥)〉에 나온다고 한다.

인물에 따라 위계적으로 변모하는 언어 사용의 양상은 작중인물의 기본 정보, 즉 그 신분이나 나이에 따른 교육수준이나 가치관에 차이를 둔 발화 구성을 통해 독자로 하여금 해당 인물에 대한 배경 정보를 더 뚜렷하게 전달한다. 더 나아가 '가문 소설'로서의 면모, 즉 중세 유교적 질서를 바탕으로 한 가문 중심 사회의 질서를 더욱 잘 드러내는 역할을 한다.

3. 핍진한 서술과 관용적 표현

앞서 언급했듯이 《완월회맹연》은 욕설이나 비속어 등의 언어 표현과 전고(典故)가 있는 어휘의 사용 등으로 인물의 성향, 위계 및 서술자의 시각을 드러낸다. 그렇다면 구어체적/문어체적 언어를 바탕으로 한 서술 양식은 《완월회맹연》의 서사와 관련하여 어떤 역할을 하고 있을까.

1) 상황에 대한 구체적인 묘사

《완월회맹연》은 국문장편소설인 만큼 다양한 인물로 구성되는 다채로운 사건을 모두 담고 있는데, 사건 및 배경에 따라 각각 다른 문체를 사용하여 독자들의 흥미를 유발한다. 이는 무엇보다도 고유어 및 한자어를 통해 특정 상황이나 배경, 혹은 인물의 외양과 행동에 대해 핍진한 묘사가 이루어지는 데에서 확인할 수 있다.

① 행위에 대한 묘사

먼저 사건에서 나타나는 인물의 행동에 대한 상세한 묘사를 들 수 있다.

해연이 즉시 발걸음을 급하게 옮겨 화경궁으로 돌아와 화경공주와 공자에게 장소저를 얼핏 본 바를 고하였다. 이때 입이 마르며 혀가 겨를이 없어 그 모습을 다 옮기지 못하니 세 치 혀를 가볍게 나부끼며 여린 부리를 빨리 놀리고 손바닥을 가볍게 두드리며 고개를 철없이 갸웃거리기를 헤아릴 수 없을 정도였다 [닙이 말며 혜 결을 업셔 능히 다 형상치 못ᄒ니 삼촌셜(三寸舌)을 가보야이 나붓기며 여른 부리를 샐니 놀니고 손바닥을 경망(輕妄)이 두다리며 고개를 쳘업시 갸웃거려 니로 측냥치 못홀디라]. (권21)

위의 인용문은 궁인 해연이 장성완의 빼어난 용모에 대해 설명하는 부분이다. "입이 마르며 혀가 겨를이 없다"라는 다소 과장된 표현뿐 아니라, 장성완에 대해 설명할 때 "세 치 혀를 가볍게 나부끼"고 "여린 부리를 빨리 놀리고", "손바닥을 가볍게 두드리"고 "고개를 철없이 갸웃거"리는 등의 다양한 행동거지를 세세하게 보여주면서 독자로 하여금 그녀의 행동을 눈으로 보듯이 상상할 수 있게 한다. 게다가 해연은 박부인의 경박한 모습을 비판하기도 한 진중한 인물로 그려지고 있기에, 이처럼 부산스러운 그녀의 행동은 장성완의 훌륭함을 더욱 강조하는 효과를 준다. 장성완의 인물됨을 보고 감탄하며 그녀를 며느리로 삼고자 하는 해연 및 화경공주 일행의 분위기가 해연의 평소 진중한 모습과 달리 다소 경박스럽게 보이는 예외적 모습을 통해 효과적으로 전달되고 있다.

간신히 좁쌀 한 홉을 구해 끓이고 쓴 소금 한 움큼을 깨어진 질그릇 조각에 놓고 세 사람의 죽을 낡아빠진 상에 올렸다[계오 속미(粟米) 일승(一升)을 어더 끌히고 쓴 소금 흔 우훔을 씌여진 질그릇 조각의 노화 노쥬 삼인의 듁을 흠긔 써러진 평반(平盤)의 노화 올니거늘]. (…) 주인이 들어와 그릇을 보고 좁쌀죽이 남은 것을 천만다행으로 생각하고 경용이 먹던 죽을 자기 아내에게 넘기고, 운학이 먹었던 죽을 제가 들어 마시면서 가끔 혀로 그릇 언저리를 핥았다. 움푹한 그릇이어서 혀가 닿지 못하는 부분에는 개의 발 같은 거친 손으로 훔쳐 조 낱알을 모아 먹는 것이 선단과 영약보다 더 귀하게 여기는 것 같았다(경농의 먹던 거슨 제 계집을 주고 운학의 먹든 바는 제가 드러 마시며 간간이 혀를 둘너 스발 가흘 할트나 그릇시 깁흔 고로 혀 밋지 못흐는 곳의 기불 갓튼 손으로 훔쳐 조알를 거두어 먹기를 션단(仙丹)과 녕약(靈藥)의 더으게 넉이니). (권16)

위의 인용문은 정인광 노주(奴主)가 어떤 추한의 집에서 겨우 추위를 피한 뒤의 모습이다. 당시 추위와 기근으로 인한 비참한 생활을 "좁쌀 한 홉", "쓴 소금", "깨어진 질그릇 조각", "낡아빠진 상" 같은 묘사를 통해 보여준다. 그뿐 아니라 손님들이 먹다 남긴 죽을 마시는 모습을 보여주면서 "가끔 혀로 그릇 언저리를 핥"는다든지 "움푹한 그릇이어서 혀가 닿지 못하는 부분에는 개의 발 같은 거친 손으로 훔쳐 조 낱알을 모아 먹는" 행동을 구체적으로 묘사한다. 자존심이나 부끄러움 없이 손님이 먹던 음식까지도 주워 먹는 백성들의 궁핍함은 독자들에게 충격을 준다. 특히 묘사된 행동이 경험하지 않고는 알 수 없을 정도로 지나치게 세세하고 현실적이어서 생생한 현장감을 주는 동시에 허구의 이야기가 아니라 정말 있을 법한 사건으로 인식된다.

이렇게 굴 때 도적이 들어오며 그중 얼굴이 네모나고 광대를 쓴 자가 소리 질러 말했다. "너희들은 가는 대로 해치지 말고 저 늙은 여자에게 금사보를 뒤집어 쓰고 업힌 여자를 빼앗아 교자에 넣어라!" 춘파가 객점 안에서 소저를 업으려 급히 달려들다가 황망중에 넘어져 무릎을 많이 다쳤으므로 걸음이 온전치 못하는 중 그 말을 듣고 더욱 놀라 두려워하며 서태부인이 가슴을 치며 크게 울며 말했다(츈픽 졈즁(店中)의셔 소져를 업으려 급히 둘녀 드드가 황망즁(慌忙中)

업더져 무릅흘 미이 듯쳐시므로 힝뵈(行步) 온전치 못ᄒᆞ는 즁 츠언을 듯고 더욱 경황 망극ᄒᆞ며 태부인이 통흉(痛胸) 딕곡(大哭) 왈]. "도적이 처음부터 월염을 해하려 함이 심상치 않으니 이를 어찌하나." 시랑이 또한 보채며 말했다. "형님이 오히려 빨리 오르지 않으시고 배에 오르기를 어려워하시니 그 뜻을 알지 못하겠습니다. 이 몇몇 종이 저들을 어찌 당하고 저마다 넋을 잃었는데 일을 장차 어찌하려고 하십니까." (권4)

위의 인용문은 장술위 등의 습격을 받아 아이들을 잃어버리기 직전의 상황이다. 적이 기습하며 소리 지르는 모습과, 춘파가 급히 업으려다가 황망한 채 넘어지는 모습, 놀라서 우는 서태부인, 머뭇거리는 상서와 그를 다그치는 시랑의 모습 등 한 면이 조금 넘는 지면을 할애해 많은 대화와 행동을 보여주고 있다. 같은 시간에 이뤄지는 서로 다른 인물들의 말과 행동이 군더더기 없이 독자들에게 바로 제시되고 있는 것이다. 이는 해당 장면에 대해 어떠한 전고 없이 직접적인 묘사와 짧은 호흡의 문장으로 이루어져 있기에 가능한 것이다. 특히 밑줄 친 문장을 보면 알 수 있듯이 한 문장 안에 춘파의 급박한 행동과 서태부인의 모습이 동시에 나타나는 등 내용에 비해 문장의 호흡이 짧은 편이다. 그리고 갑작스러운 순간에 일어나는 춘파의 행동과 서태부인의 절망을 단 한 줄로 효과적으로 묘사하고 있다. 《완월회맹연》은 이처럼 사건의 진행에 따라 짧고 직접적인 문장을 사용하는 경우가 있는데, 이는 급박한 상황을 보여주어 사건 진행에 속도감을 주는 한편[27] 독자들이 사건 자체에 바로 몰입하게 한다.[28]

··

27   흥미로운 점은 이러한 묘사가 정작 '가장 급박한 분위기여야 할' 군담에서는 보이지 않는다는 것이다. 오히려 군담은 연의소설을 차용한 듯한 내용으로 전투에 대한 묘사보다는 적과 아군 간의 긴 대화가 주를 차지한다. 이는 군담이 주인공의 생사를 위협할 정도로 급박한 전쟁으로 나오는 것이 아니고 주인공의 능력을 과시하는 데 사용되는 서사이기 때문이다(김도환, 〈고전소설 군담의 확장 방식 연

② 공간에 대한 묘사

《완월회맹연》에서 나타나는 공간적 배경의 묘사 양상을 살펴보면 크게 두 가지로 나눌 수 있다. 첫 번째는 공간 묘사를 통해 서사의 진행 과정 및 그에 따른 변화까지도 그려내고 있는 점이다. 《완월회맹연》은 이동하는 과정에서 이루어지는 공간 및 사람들의 환경을 그려냄으로써 시간에 따라 변화하는 주변 공간의 모습을 순차적으로 드러내면서 공간의 변화뿐 아니라 계절의 변화, 그리고 이러한 주변 환경의 변화로 인한 인물의 외양 변화까지도 독자들이 감지할 수 있게 한다.

	채 오륙십 리를 가지 못해서[오륙십니룰 밋쳐 가지 못ᄒᆞ여셰]
㉠	칼바람이 불고 갑자기 퍼붓는 것 같은 눈비가 오니 눈은 쌓이고 빗발은 떨어지는 족족 얼음판이 되니 가뜩이나 좁고 험한 산길에 걷기 어려움이 어떠하였겠는가. 운학의 건장함과 경용의 단단한 체구로도 이쯤에 이르러서는 발도 옮기지 못할 정도가 되어 뒤로 물러나지도 못하고 앞으로 나아가지도 못하는 낭패한 지경은 말로 표현하기 어려울 정도였다[모진 바람과 급헌 우셜(雨雪)이 담아 븟듯 ᄒᆞ여 눈티 ᄡᅥ며 비발이 쎠러지는 바의 어름을 일우니 갓득흔 궁협 험노의 오죽ᄒᆞ리오. 운학의 강장홈과 경농의 견확(堅確)ᄒᆞ므로도 이에 다ᄃᆞ라는 발을 옴기지 못ᄒᆞ여 뒤흐로 므르지 못ᄒᆞ고 압흐로 나오지 못ᄒᆞ니 그 낭픽흔 힝싴을 어이 니를 거시 이시리오]. (권16)
㉡	낙성촌을 삼십 리쯤 앞두고서는 비바람은 그쳤으나 눈이 쌓이는 것은 빠르고 날이 저물어 어두운 빛이 내리니 산골짜기에 발 디딜 곳을 알지 못하고[낙셩촌을 습십여 리를 격ᄒᆞ여 풍위 긋치나 눈이 ᄡᅡ히기를 흔갈ᄀᆞᆺ치 급히 ᄒᆞ고 일식이 져므러 어두운 빗치 창창ᄒᆞ니 산곡을 말미아마 발 드딜 바룰 아지 못ᄒᆞ과….

• •

구〉, 고려대학교 국어국문학과 박사학위 논문, 2010 참조). 그보다는 주요 인물들의 다수를 잃어버리는 등 직접적인 피해로 이어지는 상황에서 이러한 구어체적 표현이 더욱 잘 나타난다고 할 수 있다.

28　이러한 서술 양상과 비슷한 경우로 《현몽쌍룡기》의 '악인들이 와해되는 과정'에 대한 구어체적이고 짧은 호흡의 서술을 들 수 있다. 김문희(2007)에 따르면 《현몽쌍룡기》에서 이 장면의 서사의 심각한 국면을 이완시킨다는 점에서 서사의 주된 갈등을 추동하고 있는 인용문 ㉡의 경우와는 '내용상으로' 반대의 상황이지만 둘 다 가독성을 높이고 흥미를 불어넣어 독자에게 '읽는 재미'를 준다는 점에서는 같은 효과를 내고 있다. 김문희, 〈현몽쌍룡기의 서술 문체론적 연구〉, 《고소설연구》 23, 고소설학회, 2007, 88~89쪽, 93쪽 참조.

	하루 종일 눈비에 옷이 젖어 얼어붙었으니 몸을 구부리며 펴기가 마음대로 되지 않았다. 게다가 추위에 몸 전체가 통째 얼음장이 되었으니 딴딴하여 구부러지는 곳 없을 정도로 굳었으며 마디 없는 것처럼 단단하니 나무로 깎아놓은 사람상이나 옥으로 만들어놓은 사람 조각 같았다. (…) 주인과 노복 세 명이 모두 기운이 다 빠져버리고 얼어버린 입이 뻣뻣해져 말을 잘 하지 못할 정도가 되었다[종일 우셜의 옷시 ᄉ못 져겨 어름을 일워시니 몸을 가져 굽으며 펴기를 임의치 못할 ᄲᅢ 아니라 일신 톄육(體肉)이 다 흔가지로 빙판이 되어시니 강강ᄒᆞ여 조화 업시 구드며 삭삭ᄒᆞ여 그음 업시 단단ᄒᆞ미 남그로 ᄭᅡᆨ가 민든 ᄉᆞ롬과 옥으로 무어 일운 ᄉᆞ롬 갓탄지라 (…) 노쥬 삼인이 흔가지로 긔운이 진ᄒᆞ미 닙이 벗벗ᄒᆞ여 능히 말을 일우지 못ᄒᆞ니]. (권16)
㉢	밤이 반도 지나기 전에[밤이 반의 니ᄅᆞ지 못ᄒᆞ여셔]
	공자가 있는 곳으로부터 낙성촌까지 높이가 한 길 가까이 쌓였던 눈이 순식간에 녹아 물이 되어버리고 또한 날이 따듯하고 고요하고 잔잔한 바람이 부니 눈 녹은 물이 얼지 않았다. 날씨는 완연히 봄기운을 띠어 찬 방에서 얇은 옷을 입고 있어도 추운 줄 모를 정도였다. 입은 옷의 고름을 느슨히 풀어놓고 맨발로 찬 곳을 찾아다닐 정도였다. (…) 정신을 거의 놓았다가 다시 깨어나 보니 젖은 옷이 아직 마르지는 않았으나 얼음은 죄 녹아 간 곳이 없고 온기라고는 없었던 몸이 녹아 전신에 따듯한 기운이 있게 되었다. 걸어온 길 뒤에 쌓였던 눈은 그다지 많이 녹지 않았으나 길의 좌우와 앞에 쌓였던 눈은 이미 봄눈처럼 모두 녹아 눈이라고는 작은 무더기 하나도 없고 단지 흥건한 물이 강물이 넘친 것 같았다. 날씨가 따듯한 것이 추운 줄 모를 정도였다[공ᄌᆞ의 셧는 곳으로부터 낙셩촌의 니ᄅᆞ히 길 ᄀᆞᆺ치 ᄲᅡᆺ혓던 눈이 히음 업시 스러져 물이 되ᄃᆡ 일난(日暖) 잔풍(潺風)ᄒᆞ믈 인ᄒᆞ여 어람이 되지 아니ᄒᆞ고 텬긔 완연이 봄긔운을 두럭헌 닷 훈온ᄒᆞ미 닝실(冷室)과 박의라도 사람의 치우믈 싱각디 못ᄒᆞᆯ지라 도로혀 골홈을 늣추고 발을 버서 춘 구셕을 취할 듯ᄒᆞ미 (…) 이윽이 혼미ᄒᆞ엿다가 스스로 ᄭᆡ미 져근 옷슨 비록 마르지 아냐시나 어름이 녹아 간 곳이 업고 일졈 온긔 업던 몸이 훈화(薰和)ᄒᆞ여 만신의 다ᄉᆞᆫ 긔운이 둘넛ᄂᆞᆫᄃᆡ 후면의 ᄲᅡᆺ힌 눈은 오히려 만히 녹은 비 업ᄉᆞᄃᆡ 좌우 견면은 발셔 츈셜(春雪) 갓치 스러 흔 죠각 뭉친 거시 업스니 물이 셩ᄒᆞ여 여름 댱슈(長水) 갓ᄐᆞᄃᆡ 일긔 훈염(薰炎)ᄒᆞ믈 인ᄒᆞ여 치운 줄을 모를너라]. (권16)

㉠~㉢은 서사 속에서 순차적으로 이어지는 서술인데, 정인광과 그의 두 노비인 운학, 경용이 인가를 찾아가는 와중에 눈보라가 불고 추웠던 날씨가 점점 따뜻해지고, 얼어붙었던 몸이 녹는 모습을 시간의 흐름에 따라 효과적으로 묘사하고 있다. 이들 문단은 위에서 나눈 바와 같이 시공간의 변화를 먼저 드러낸 뒤에 그에 따라 변화하는 자연 공간과 인물들의 모습을 마치 풍경화처럼 그리고 있

다. 먼저 시공간의 변화를 보면 ㉠ "채 오륙십 리를 가지 못해서" → ㉡ "낙성촌을 삼십 리쯤 앞두고서는"처럼 출발지에서 낙성촌까지의 거리를 통해 공간의 이동을 표현하고 있으며, 그 뒤로는 ㉡ "날이 저물어 어두운 빛이 내리니" → ㉢ "밤이 반도 지나기 전에"와 같이 낮에서 밤으로, 밤에서 또 낮으로의 시간 변화에 따라 서사가 이루어지고 있다.

이처럼 시공간의 변화를 드러내는 문장을 앞세운 뒤에는 그에 따라 달라지는 날씨와 정인광 일행의 모습을 이어 표현하고 있다. 먼저 여정의 초반부인 ㉠에서는 "갑자기 퍼붓는 것 같은 눈비", "눈은 쌓이고 빗발은 떨어지는 족족 얼음판이 되"는 자연환경을 그대로 묘사하면서, 이 때문에 "발도 옮기지 못할 정도가 되어 뒤로 물러나지도 못하고 앞으로 나아가지도 못하는" 연약한 인간의 모습을 같이 그려내고 있다.

그보다 시간이 지난 ㉡에서는 "비바람은 그쳤으나"라는 말로 상황이 조금 나아졌음을 보여주면서도 빠르게 쌓이는 눈과 어둠으로 인해 "산골짜기에 발 디딜 곳을 알지 못하"는, 여전히 절망적인 주변 환경을 서술하고 있다. 그러면서 앞서 노정의 결과 몸이 얼어붙은 세 사람의 행색을 "통짜 얼음장", "나무로 깎아놓은 사람상이나 옥으로 만들어놓은 사람 조각" 등에 비유한다. 특히 "몸을 구부리며 펴기가 마음대로 되지 않았다", "얼어버린 입이 뻣뻣해져 말을 잘 하지 못할 정도가 되었다"와 같이 신체적으로 움직일 수조차 없는 상황을 상세하게 묘사하면서 독자가 그 추위의 고통을 짐작하게 한다.

㉢에서는 이후 눈이 녹아 물이 된 상황을 그리는데 "찬 방에서 얇은 옷을 입고 있어도 추운 줄 모를 정도"이며, "입은 옷의 고름을 느슨히 풀어놓고 맨발로 찬 곳을 찾아다닐 정도"라고 설명하면서 어느 정도 따뜻해졌는지 독자가 상상할 수 있게끔 했다. 그러면서 "젖은 옷이 아직 마르지는 않았으나 얼음은 죄 녹아 간 곳이 없고", "길 뒤에 쌓였던 눈은 그다지 많이 녹지 않았으나 길의 좌우와 앞에

쌓였던 눈은 이미 봄눈처럼 모두 녹아 눈이라고는 작은 무더기 하나도 없고 단지 흥건한 물이 강물이 넘친 것 같았다"라는 표현을 통해 이제 막 추위에서 벗어난 풍경을 효과적으로 제시하고 있다. 시공간의 변모에 따른 배경, 인물의 변모 과정을 세세히 서술한 점은 단순히 사건에서는 진전이 없음에도 불구하고 생생한 현장감을 주면서 독자의 흥미를 불러일으킨다.

두 번째로 《완월회맹연》은 사건의 '분위기'를 조성하기 위해 배경 묘사를 활용하는 모습을 보인다. 이는 독자에게 단순히 시공간적 정보만을 제공할 뿐 아니라 그러한 배경을 '눈으로 바라보고 있는' 작중인물의 주된 정조까지도 효과적으로 부각한다.

숲이 창창한 중에 늙은 소나무 빼곡하며 그 뿌리가 땅 밑으로 용처럼 뻗었고 그 가지 허공에 걸려 구름을 길게 가로지르니 저녁 구름이 골짜기 사이에서 일어나며 골짜기마다 자욱하니 봄날의 아지랑이 일어나 푸른 산을 덮고 시름에 잠긴 해가 서쪽 산에 서둘러 떨어지려 하니 근심하는 듯한 하늘이 무겁게 가라앉아 정기를 내지 않았다. 슬픈 바람이 불어 빽빽한 숲을 흔드니 그 소리가 을씨년스러운데 여러 새들이 지저귀니 들짐승 날짐승들이며 검은 원숭이와 하얀 사슴 등 온갖 동물이 피눈물을 흘리며 황가를 울려 세상 사람들의 간장을 태우고 원한과 근심에 한을 더하며 괴이한 돌과 절벽에 폭포 소리 웅웅하며 흐르기를 잔잔히 하니 눈을 들어 보는 곳마다 장이 문드러지고 간이 찢어짐을 면치 못하는 바의[님목(林木)이 충충흔 즁 노송이 울울ᄒ여 그 불회 지하(地下) 침농(沈龍)이 되엿고 그 가지 댱공(長空)의 즁뉴(中流)ᄒ여 빅운을 기리 스믓 춧ᄂᆞᆫ듸 모운(暮雲)이 셕봉(石峰)의 니러나며 만학의 ᄌᆞ옥ᄒ니 연홰(煙花) 양양ᄒ여 청순을 줌갓ᄂᆞᆫ듸 시름ᄒᆞᄂᆞᆫ 날이 셔산의 요몰(天沒)코즈 ᄒ고 근심ᄒᆞᄂᆞᆫ 하날이 침엄(沈淹)ᄒ여 정기를 발치 아니ᄒ니 비풍이 쇼소ᄒ여 님목(林木)을 취요(吹搖)ᄒ미 기

셩(其聲)이 참참녈녈흔딕 일빅 조쉬 디져괴니 즈금(紫禽) 취수(翠獸)와 현원빅녹(玄猿白鹿)이 빅뉴(百類)를 졔혈(啼血)흐며 황가(簧笳)를 우러, 속인(俗人)의 장위(腸胃)를 슬오고 원슈의 한을 더하며 괴셕 층암의 폭푀 웅웅흐여 흐르기를 준준이 흐니 거목촉경(擧目觸景)의 이 문허지고 간이 떡여디믈 면치 못흐는 바의 져져의 시신은 간 곳이 업스니 천쳑고학(千尺高壑)으로 조챳 써려져 골쉬(骨髓) 갈니 되고 피육이 한 조각 셩치 못흔 바로 다시 호복(虎腹)을 치옴 갓튼지라]…. (권16)

위의 인용문은 누이를 잃은 정인광의 눈에 들어온 주변 환경을 묘사한 것이다. 이 장면은 내용상으로는 '주변을 아무리 둘러봐도 누이의 시신을 찾을 수 없었다'는 짧은 사건이다. 하지만 그에 해당하는 본문을 살펴보면 정인광을 둘러싼 숲의 나무와 나뭇가지에 걸린 구름, 구름이 자욱하게 낀 골짜기, 아지랑이가 피는 푸른 산과 해가 떨어지는 서쪽 산, 저물어가는 하늘과 바람과 같이 '시각적 풍경'이 묘사되다가 바람 소리, 새들의 지저귐, 들짐승 날짐승들의 울음소리, 절벽의 폭포 소리 등 '청각적 심상'으로 자연스럽게 옮겨가고 있다. 이때 숲이 "츙츙"하다, 늙은 소나무가 "울울"하다, 아지랑이가 "양양"하다, 슬픈 바람이 "쇼소"하다, 그 소리가 "참참녈녈"하다, 폭포가 "웅웅"하다는 등 반복적인 단어를 사용함으로써 글 전체의 운율을 느끼게 한다. 그뿐 아니라 이들 시청각적 묘사 속에는 밑줄 친 표현과 같이 "시름에 잠긴", "근심하는 듯한", "슬픈", "을씨년스러운데", "피눈물을 흘리며", "간장을 태우고", "원한과 근심에 한을 더하며", "괴이한" 등의 감정적 표현을 덧붙이고 있다. 이를 통해 누이를 잃어버린 정인광의 당황스러움과 두려움, 근심, 슬픔이 더욱 부각되는 효과를 거둔다.

2) 속담 및 문학 어구의 활용

《완월회맹연》은 인물의 행동 및 배경에 대한 핍진한 묘사를 통해 독자들에게 생생한 현장감을 전달하면서 흥미를 유도하는 한편, 인물 간의 대화나 서술 과정에서 구어체적/문어체적 관용어구를 효과적으로 배치함으로써 드러내고자 하는 바를 효과적으로 전달한다. 여기에서는 당시 일상에서 주로 사용되었을 법한 구어체적 속담의 인용과 기타 경전이나 문학 어구를 통해 관용적으로 굳어진 어구를 활용하여 표현하는 방법에 대해 살펴보고자 한다.

① 속담

《완월회맹연》에서는 서술자의 말보다는 보통 인물 간의 대화에서 당대의 속담들이 인용되곤 한다. 일상에서 자주 사용되는 구어체적 관용 표현이라 할 수 있는 속담을 인용함으로써 작중인물 간의 대화가 가지고 있는 일상적 성격을 좀 더 부각하려는 의도로 보인다. 작품 내에서 이들 속담은 보통 '쇽어에 니른바', 혹은 '녯말에' 같은 표현과 함께 등장한다. 그중 일부를 정리해보면 다음과 같다.

〈표〉 《완월회맹연》 속담 목록[29]

㉠	잘 키운 딸 하나가 열 아들보다 낫다.
	십즈(十子) 불회(不孝)면 불여일녀영(不如一女英)이라. (권8)
㉡	굶어 죽기는 정승 하기보다 어렵다.
	아스(餓死)흐믄 즉위(爵位) 일존(一尊)키도곤 어렵다. (권10)
㉢	뱃속을 빌리다.
	복즁(腹中)을 빌미라. (권11)
㉣	아주 오래 살다 보니 시어머니도 죽더라.
	하 오릭 스니 싀어미 죽더라. (권17)
㉤	내리사랑은 있지만 치사랑은 없다.
	유하이이무상이(有下愛而無上愛)라. (권52) 나리스랑은 잇스오나 치스랑은 업다. (권62)

ㅂ	나 부를 노래를 사돈집에서 부른다(我歌查唱 我歌君唱]. 아가(我歌) 스창(査唱)이라. (권57) 아가(我歌) 스창(査唱)이로다. (권64) 아창지가(我唱之歌)를 군(君)이 화(和)ᄒ다. (권69, 권109) 나 브룰 노리를 군(君)이 화(和)ᄒ다. (권140)
ㅅ	밤 잔 원수 없고 날 샌 은혜 없다(經夜無怨 曆日無恩]. 밤 지닌 원슈 업다. (권72)
ㅇ	아비 싫어함을 생각하여 사위에게 진다. (*추정) 부옹(父翁) 혐 혜여 서랑(壻郎)의게 진다. (권78)
ㅈ	죽기는 섧지 않으나 늙기가 섧다. 죽으미 슬프디 아냐 늙으미 슬프다. (권94)
ㅊ	천 길 물속은 알아도 한 길 사람 속은 모른다. 천장(千丈) 슈심(水深)은 아라도 일분 인심(人心)은 아디 못ᄒ다. (권101)
ㅋ	속 쓰린 벙어리다. (*추정) → 벙어리 냉가슴 앓다. (*추정) 쇽 슬거온 벙어리라. (권102)
ㅌ	뱁새가 황새를 따라가다가 다리가 찢어진다. 빗압시 황시 ᄯ로려 ᄒ다가 드리 씨여지더라. (권159)

위의 속담 중에서 ㉠, ㉢, ㉣, ㉤의 경우에는 오늘날에도 자주 사용된다. 나머지 속담들은 아예 사라졌거나 있다고 해도 일상에서는 거의 쓰이지 않으며, 속담이 아닌 일반 관용구로 여겨지는 경우도 있다. 이 글에서는 일상적으로 자주 사용되는 속담들(㉠, ㉢, ㉣, ㉤)을 제외한 나머지 ㉡, ㉢, ㉤, ㉥, ㉦, ㉧, ㉨, ㉩의 경우를 살펴보고자 한다. 이해를 돕기 위해 해당 속담들이 《완월회맹연》에서 나오는 부분을 살펴볼 것이다.

••

29   해당 목록은 ㉠을 제외하고는 모두 '쇽어', '녯말'이라는 단어와 함께 언급된 속담이다.

ⓛ "속담에 '굶어 죽기는 정승하기보다 어렵다'라고 하니 이는 견자지청이라[속어(俗語)의 '아스ᄒᆞᆷ 죽위 일존키도곤 어렵다' ᄒᆞ니 이는 견즈지쳥이라]. 영천관에는 허물어진 구렁뿐이고 초피가 나기 어렵다. 저가 부귀하게 자란 아이로 죽기 전에 굶는 것을 면하기 어려울 것이니 아무렇게나 음식을 주지 말고 그 하는 행동을 엿보아 저가 이기나 내가 이기나 볼 것이다." (권10)

ⓛ의 "아스(餓死)ᄒᆞᆷ 죽위(爵位) 일존(一尊)키도곤 어렵다"라는 속담을 직역하면 굶어 죽는 것은 제일 높은 벼슬에 오르는 것보다 어렵다는 뜻으로 보통 '죽기는 정승 하기보다 어렵다'라는 말로 사용된다. 사람은 결코 쉽게 죽지 않는다는 의미다.

ⓒ "죽은 형이 이 아이를 얻어 후사를 이었으니 진실로 죽어도 죽은 것이 아니군요. 비록 우리 형과 우리 형수가 낳은 바나 전혀 사촌 형님과 화씨 형수를 위하여 난 바니 속담에 이른바 '배를 빌린 것'입니다[망형(亡兄)이 ᄎᆞᄋᆞ를 어더 계후ᄒᆞ시미 진실노 ᄉᆞ이불ᄉᆞ(死而不死)라 비록 오ᄇᆡᆨ(吾伯)과 오슈(吾嫂)의 나ᄒᆞ신 빈나 전혀 종시와 화슈를 위ᄒᆞ여 난 비니 쇽어의 니른 바 복즁을 빌미라]. 제 비록 성신 민첩하고 통달하나 하늘이 시키신 것이 아니면 어찌 사촌 형수 보기를 소씨 형수보다 더하고 사촌 형 찾음을 형보다 더 하겠습니까." (권11)

ⓒ의 속담은 문면에 드러난 말 그대로 복중(腹中), 즉 태를 빌려 낳았다는 뜻으로 현재는 속담으로 쓰이지 않으나 충분히 관용어로 쓰일 수 있는 표현이다. 친부모가 아닌 다른 사람이 마치 친부모의 배를 빌려서 아이를 낳은 것처럼 그 아이와의 관계가 깊거나 비슷한 특징을 가지고 있다는 뜻이다. 본문에서는 아직 아기인 정인웅과 그의 양부모가 된 정흠 부부의 관계가 생부모인 정잠과 소교완보다도 더 친밀하다는 것을 강조하기 위해 인용되었다.

㉣ (최언선의) 술주정이 이어지니 여러 사람들이 웃으며 말했다. "옛말에 '아주
오래 살다 보니 시어머니도 죽더라' 함 같으니 사람이 오래 살다 보니 별 희귀한
것도 보는구나[녯말의 하 오릭 스니 싀어미 죽더라 함 굿타여 사룸이 오릭 슬미
희귀흔 일도 보리로다]. 최씨가 어릴 적에도 저런 일이 없더니 갑자기 어찌 술
주정을 하는가." (권17)

㉣의 속담도 오늘날에는 사용되지 않는다. 본문에서도 설명되어 있듯이 "사
람이 오래 살다 보니 별 희귀한 일도 본다"는 뜻이다. 평소에는 보기 힘든 일을
보았을 때 사용하는 것으로 추정된다. 흥미로운 것은 이를 절대 죽을 것 같지 않
은 시어머니도 언젠가 죽는 상황에 빗대었다는 점이다. 본문에서는 정인광 남매
를 구하고자 하는 최언선이 일부러 술 취한 척하자 평소 그의 모습을 알고 있던
지인들이 놀라면서 쓴 표현이다.

㉥ "어찌 저를 책하십니까. 제가 형님에게 한 가지 유감스러운 뜻이 없지 않은
것은 불초한 여자의 행사를 알고도 저를 속이고 정씨 가문에 시집보낸 것이 한
스러워서입니다. (…) 형님을 보아 제가 깊이 유감스러운 마음을 풀고자 했는데
형이 문득 저에게 은근히 노하셨다고 하니 속담에서 '나 부를 노래를 사돈집에
서 부른다'라는 말과 같지 않겠습니까[쇽어(俗語)의 나 브롤 노리롤 군이 화흔다
흠과 굿지 아니라]." (권140)

㉥의 경우는 《완월회맹연》 권57, 권64, 권69, 권109, 권140에서 반복적으
로 등장한다. 표현 양상에 따라 "아가 스창이라[我歌査唱]"라는 표현(권57, 권64)과
"나 브롤 노리롤 군(君)이 화(和)흔다[我歌君唱]"라는 표현(권69, 권109, 권140)으로
나눌 수 있지만 의미는 동일하다. 내가 화를 내야 할 상황인데 도리어 상대방이

나에게 화를 내는, '적반하장'의 의미가 크다. 이 속담은 현재 속담 목록에서도 찾을 수 있으나 일상생활에서는 거의 사용되지 않는다.

> ㉠ "속담에 밤을 지낸 원한 없다고 했는데[쇽어의 밤 지닌 원슈 업다 ᄒ거늘] 형수께서는 형님에 대해 분노하시고 원망하신 지 오랜 세월이 지났는데도 여전히 형님을 따르지 않으십니다. 형님께서야 먼저 그 도를 잃었기 때문에 형수님의 고집을 원망하지는 못하시겠지만 제가 무안하게 빈손으로 되돌아가서 어머님의 기다리심을 위로하지 못할까 많이 초조합니다." (권72)

㉠은 다른 사람에게 진 신세나 은혜, 혹은 원한이라 할지라도 시간이 지나면 모두 잊게 된다는 의미다. 보통 뒤에 "날 샌 은혜 없다"라는 말과 함께 쓰이며, 밤 잔 원수 없고 날 샌 은혜 없다[經夜無怨 歷日無恩]라는 뜻으로 한문으로도 나타나지만 현재는 잘 사용되지 않는 속담이다. 《완월회맹연》에서는 시가로 돌아오지 않는 형수에 대해 '속담과는 반대로' 남편의 잘못을 오랫동안 잊지 않아서 그런 것으로 추측하는 내용이 나온다.

> ◎ "구태여 제가 정문을 잠글 바가 아니고 존당 부모님께서 이에 계시지 않는데 사촌 형들의 웃음을 위해서 명령을 받듦은 용판입니다. 시녀로 하여금 잠그게 하시지요." 말이 끝나자 엄숙하게 무릎을 바로하고 움직이지 않으니 각노 교한필이 웃으며 말했다. "속담에 '아비 싫어함을 생각하여 사위에게 진다'라고 하니 마땅히 인경의 수고를 대신하여 내가 딸의 정문을 잠그겠다[쇽어의 '부옹(父翁) 혐 혜여 셔랑(壻郎)의게 진다' ᄒ니 맛당이 운보의 수고을 디ᄒ여 녀으의 뎡문를 봉쇄ᄒ리라]." (권78)

◎은 현재는 없어진 속담으로, 그 아버지(사돈)가 싫어할까 봐서 사위에게 져준다는 의미로 쓰이는 듯하다. 《완월회맹연》에서는 교숙란과의 혼인을 앞둔 정인경으로 하여금 짐짓 딸 교숙란의 처소의 문을 잠그게 하려 하지만 인경이 아직 혼인날이 아님을 들어 거절하자 하는 수 없이 장인인 교한필이 대신 처소의 문을 잠그면서 하는 말이다.

> ㉠ 조부인이 잠깐 웃고 나직한 목소리로 장난스레 대답했다. "속담에 '속 슬거운 벙어리라' 아니하엿습니까[쇽어(俗語)의 쇽 슬거온 벙어리라 아니흐엿ᄂ니잇가]. 제가 말 안한 마음의 분하고 울적함은 장부인(장성완)보다 더하기에 밥 먹을 생각이 없어 수박으로 목을 적시는 것입니다." (권102)

㉠도 지금은 없어진 속담으로 문맥상 '벙어리 냉가슴 앓다'와 비슷한 뜻으로 보인다. 《완월회맹연》에서는 소부인이 정인성과 탕녀 양일아의 혼사 얘기를 꺼내자 정인광의 부인 장성완과 정인웅의 부인 조성요가 반대했는데, 이후 이들이 밥 대신 수박을 먹게 되자 그로 인해 고부 간 농담을 하면서 나오는 말이다.

여기에서 자세히 소개하지는 않았지만 권4에서 '가장의 소임은 벽자(귀머거리 혹은 앉은뱅이)와 소경에 비긴다'라는 말이 나오는데, 문맥상 '남편(가장)은 귀머거리/앉은뱅이나 소경처럼 못 들은 척하고/밖에 나가지 않고 못 본척해야 한다'는 의미로 추정된다.

② 문학 어구

《완월회맹연》에는 다른 국문장편소설과 마찬가지로 다양한 문어체적 표현이 나온다. 예를 들어 아름다운 미인을 묘사할 때 "꽃도 부끄러워하고 달도 숨을 정도거나 물 위에서 놀던 물고기가 부끄러워서 물속 깊이 숨고 하늘 높이 날던 기러기가 부끄러워서 땅으로 떨어질 정도로 뛰어난 아름다움(폐월슈화디틱(蔽月羞花之態)와 침어낙안디용(沈魚落雁之容))"(권21)이라고 표현하거나 남들보다 뛰어난 풍채와 재능을 가진 자식을 가리키며 "짐승으로 말하면 기린인 셈이고 새들에 비긴다면 봉황[기린디어쥬슈(麒麟至於走獸)와 봉황디어비됴(鳳凰至於飛鳥)"(권1)이라는 표현을 쓰고 있는데, 이는 기존의 문학 또는 역사적 전고를 가지고 있으나 이미 조선 사회에서 관용적 표현으로 사용되던 구절이라 할 수 있다. 《완월회맹연》에서도 인물의 자질이나 외양을 묘사하거나, 공간 배경을 서술할 때 이러한 문학 어구를 사용한 표현을 종종 볼 수 있다.[30, 31] 이러한 관용구는 인물 및 상황에 대한 이미지를 좀 더 선명하게 전달하기 때문에 텍스트에 대한 이해를 돕는다.[32]

몇몇 문예물의 경우에는 한두 개의 표현이 아니라 해당 문학의 일부분을 거의 그대로 한역(韓譯)하거나 마치 현토를 붙이듯이 변용하여 해당 상황에 대한 묘사/서술을 대신하기도 한다.

여기는 실로 본래 옛 남창 고을도 아니고[이 실노 본디 남창의 녯 고을이 아니오]

••

30   이처럼 인물 묘사 및 배경 서사에서 "한문에 토를 단 것같이 상당한 양의 중국 관용구를 동원하여 문어체로 표현"하는 특징에 대해 최민지는 '한문역어체'라는 명칭으로 살펴보았다. 이에 대해서는 최민지(2008), 앞의 논문, 10~12쪽 참조.

31   인물 외/내면 및 배경에 대한 묘사에서 문학적 전고를 통한 관용적 어구가 사용되는 것은 국문장편소설의 일반적인 특징이다. 이에 대해서는 김문희, 〈국문장편소설의 묘사담론 연구〉, 《서강인문논총》 28, 서강대학교 인문과학연구소, 2010 참조.

32   이와 관련하여 김문희는 국문장편소설 《현몽쌍룡기》의 경우 인물의 성향에 따라 묘사에 사용되는 어휘가 상이함을 지적하며 "이러한 인물의 묘사 양상은 독자가 주인공의 모습을 보다 선명히 기억하게 하고 텍스트에 대한 이해를 보다 용이하게 한다"라고 지적했다. 같은 국문장편소설로서 관용적 어휘를 통한 묘사가 자주 나타나는 《완월회맹연》도 마찬가지라 할 것이다. 김문희(2007), 앞의 글, 77~78쪽 참조.

새로운 홍도 마을도 아니지만[홍도의 시 마을이 아니로디]

별자리가 익(翼)과 진(軫)으로 나뉘었고[별이 익(翼)과 진(軫)의 난호엿고]

땅이 형산(衡山)과 여산(廬山)에 접하며[짜히 형산(衡山)과 녀산(廬山)이 접ᄒᆞ여]

세 강을 옷깃 삼으며 다섯 호수를 띠처럼 둘렀고[삼강(三江)을 옷깃ᄒᆞ여 오호를 디ᄒᆞ엿고]

형만(荊蠻)을 누르고 구월을 끌어당기는 위치였다[만형을 다리여 구월을 인(引)ᄒᆞ여시니].

이곳은 물건과 재화가 하늘이 내린 보배이며[물화텬보(物貨天寶)의]

용천검의 광채가 견우성과 북두성 사이를 쏘았고[농광(龍光)이 우두(牛斗)의 샌 혓고]

인물은 걸출하고 땅은 영기가 있어[인걸디령(人傑地靈)의]

서유는 태수 진번이 걸상을 내려주었으며[셔위딘번의 탑을 타려시니]

웅장한 고을이 안개처럼 버려져 있고[웅량흔 고을이 안개 버둣ᄒᆞ여]

문채가 뛰어난 준걸들이 뭇별처럼 찬란했다[준슈흔 빗치 별이 달니ᄂᆞᆫ듯 흔디라]. (권6)

　위 인용문은 왕발(王勃)의 〈등왕각서(滕王閣序)〉의 전반부를 거의 그대로 인용한 부분으로, 이를 통해 작품에 등장하는 공간적 배경이나 인물의 행동을 효과적으로 묘사하고 있다. 정한이 죽은 뒤에 정씨 부중이 태주로 귀향했을 때 친척들과 친구들 및 여러 고을의 방백들이 나와 그들을 맞이하는 장면이다. 작가는 정씨 부중을 맞이하는 태주의 인물(人物) 전경(全景)을 그리면서 별다른 묘사 없이 〈등왕각서〉의 앞 구절을 거의 일대일로 대응시키고 있다. 〈등왕각서〉의 원문은 "남창고군(南昌故郡) / 홍도신부(洪都新俯) / 성분익진(星分翼軫) / 지접형려(地接衡廬) / 금삼강이대오호(襟三江而帶五湖) / 공만형이인구월(控蠻荊而引甌越) / 물화천보(物華天寶) / 용광사우두지허(龍光射牛斗之墟) / 인걸지영(人傑地靈) / 서유하진번지탑(徐孺下陳蕃之榻) / 옹주무열(雄州霧列) / 준채성지(俊彩星馳)"로, 《완월회맹연》의 표현과 거의 일대일로 대응하고 있다. 해당하는 원문과 비교해보면 "-오", "-로디", "-엿고", "-호여" 등의 종결어미를 사용해 각 절을 나누고 있다. 한편 몇몇 부분에서는 "남창고군(南昌故郡), 홍도신부(洪都新府)"를 대응할 때 "여기는 실로 본래 옛 남창 고을도 아니고, 새로운 홍도 마을도 아니지만[이 실노 본디 남창의 녯 고을이 아니오, 홍도의 시 마을이 아니로디]"과 같이 '-이 아니다'라는 표현을 추가해 문맥에 맞게 변용하고 있다.

> 온화하고 공손하여[은은간간호여]
> 나무에 새 모이듯 하고[여집우목(如集于木)호고]
> 전전긍긍하며 두려워하여[긍긍췌췌호여]
> 엷은 얼음을 밟는 예절과 조심함이[여림박빙호는 녜절과 조심이]
> 도리어 어질고 약함에 가깝고[도로혀 인약기에 갓갑고]… (권6)

위 인용문은 인물의 행동을 묘사한 것으로, 태주로 돌아온 뒤 만난 소부인이 속내를 감춘 채 시부모인 서태부인을 지성으로 대하는 모습이다. 《시경(詩經)》 〈소아(小雅)〉편에 있는 《소완(小宛)》의 후반부인 "온온공인(溫溫恭人) / 여집우목(如集于木) / 췌췌소심(惴惴小心) (…) 전전긍긍(戰戰兢兢) / 여리박빙(如履薄冰)"의 부분을 거의 그대로 인용하고 있다. 그중 "췌췌소심"과 "전전긍긍"을 인용하는 부분에서는 "전전긍긍하며 두려워하여[긍긍췌췌호여]"로 표현에 변화를 주었다. 문학적 배경을 가진 관용어를 사용한 표현은 익숙한 형용을 통한 효과적 표현을 유도하며, 작품의 고급화를 더욱 세련미를 부각할 수 있게 한다.[33] 또한 경전 및 문예물의 일부를 그대로 인용하는 서술은 해당 경전 및 문학의 권위를 빌려 자신의 언사를 좀 더 효과적으로 전달해준다.

4. 다색의 언어로 구현하는 현장성

《완월회맹연》은 규범적 언어와 일상적 언어가 혼재한다는 점에서 그 분량만큼이나 다양한 양상의 언어 및 표현 방식을 접할 수 있는 조선 후기의 텍스트다. 작품 속에서 신분, 성향, 성별, 국가, 선악 등의 차이를 보이는 다양한 인물군은 각자의 위치에 따라 각기 다른 목소리를 내고 있으며, 소설 속 세계를 이루는 그들 각각의 환경에 따라 위계화되어 있으면서도 때로는 그들 주변의 상황에 맞게 변주되기도 한다. 일상을 지향하는 언어와 규범을 지향하는 언어는 때로는 신분에 따라, 때로는 인물의 성향에 따라, 혹은 그들이 처한 사건에 따라 다르게 나타나고 있다. 현실 세계에서의 우리 또한 각자의 사회적 환경에 의해 일정하게 고정된 언어생활을 수행하면서도, 상황에 따라 다른 면모의 언어를 구사한다는 점을 생각할 때, 이는 매우 현실 반영적인 모습이라 할 수 있다. 그렇기 때문에 당대 현실 속 인물이면서도 소설 속 세계를 관장하는 목소리인 서술자도《완월회맹연》이 가지고 있는 기본적으로 문어체적인 속성을 담지하면서도, 서사를 이끌어가는 작중인물이나 사건, 지식에 대한 시각에 따라 때로는 더욱더 규범적 목소리로, 때로는 매우 비속한 일상어로 작품에 참여하게 된다. 또한《완월회맹연》에는

• •

33   이러한 고급화 경향은《완월회맹연》의 모티프 선택에서도 드러난다. 한길연은《완월회맹연》에 나오는 필체 모티프의 경우 단순한 남녀의 필체 구분 등으로만 언급되는 것이 아니라 휘자(諱字)의 사용 유무를 근거로 그것을 판별하는 등 사대부의 고급한 문화를 응용함으로써 이 작품의 격을 한층 더 높이고 있다고 보았다. 한길연,《완월회맹연》의 모티브 활용 양상 연구》,《성심어문논집》26, 성심어문학회, 2004 참조.

향유자가 쓴 것으로 추정되는 주석이 있는데,[34] 각주를 중심으로 한 향유자의 개입도 작품의 다양한 문체를 이루는 데 큰 역할을 했을 것으로 추정된다. 한 마디로 《완월회맹연》은 서사의 진행에 따라 더욱 부각되는 각 인물의 개별적 특성과, 이들을 모두 총괄하여 작품을 서술해가는 서술자, 그리고 필사 및 주석 등으로 직간접적으로 참여하는 향유자들의 목소리가 혼재하는 작품이라고 볼 수 있다. 또한 이 글에서는 자세히 살펴보지 못했지만 '웃밤이(올빼미)', '그으다(맡기다)', '히음업시(별수 없이)' 등 당시에 사용되던 고유어들이 등장한다는 점[35]에서도 180권이라는 분량만큼이나 다양하고 풍부한 언어학의 보고(寶庫)다. 작품의 창작 향유 과정에서 중첩되는 당시 현장의 목소리들을 반영했다는 점에서 조선 후기 상층 사대부(여성) 어문생활의 현장을 생생하게 반영한 기록인 것이다.

《완월회맹연》의 언어가 보여주는 다양한 면모는 이 작품이 조선 후기 사대부(여성)의 언어 및 지식 연구를 위한 의미 있는 텍스트임을 시사한다. 국문장편 소설의 특징으로도 여겨지는 여러 가지 역사 및 문학 전고(典故)를 인용한 문어 체적 언어 표현도 당시 상층 사대부의 언어생활과 관련하여 조망해볼 수 있을 뿐 아니라, 당시 일상에서 사용되었을 법한 저속하고 비규범적인 언어들, 고유어들, 관용적으로 사용되었을 여러 속담들을 살펴보는 것도 의미 있는 작업일 것이다.

●●

34　《완월회맹연》을 보면 정씨 부중의 4대 몽자 항렬 자손들의 관례 장면 중에서 2대인 진공 정잠과 처사 정삼이 손자들의 관례에서 각각 이름과 자를 지어 어머니에게 알려주는 장면이 나오는데, 이에 대해 필사자가 본문에 주석을 달아 작가의 예법이 그릇되었음을 직설적으로 비판하고 있다. 정병설은 이 사례를 들어 《완월회맹연》의 당대 향유자들이 작품 속 예식 절차와 규범에 깊은 관심을 나타낸 증거로 들고 있다. 《완월회맹연》이 단순히 사건의 흥미 전달에만 초점을 맞춘 것이 아니라 일종의 교양서 역할도 했음을 알 수 있다. 정병설(1998), 앞의 책, 50쪽.

35　《완월회맹연》에 나타나는 고유어 표현에 대해서는 김진세가 고유어 용례를 정리한 바 있다. 김진세(1994), 앞의 글.

제3부

문화론

1. 일상의 한 모습, 의례−놀이−치병

소설의 세계에서 일어나는 사건들로는 인물과 인물이 빚는 갈등, 인물 스스로 내면과 빚는 갈등, 인물이 세계와 대립하면서 겪는 갈등 등이 있다. 이 같은 갈등은 곧 이야기를 추동하면서 서사에 굴곡을 만들어내고 한 편의 이야기를 펼쳐내는 데 뼈대가 되어준다. 그런데 이러한 뼈대에 촘촘히 살을 붙여 이야기에 생동감을 주는 또 하나의 축은 다름 아닌 인물들의 일상 속 모습이다. 등장인물들이 겪는 갈등이 실제 현실에서도 일어날 법한 이야기처럼 느껴지도록 일조하는 것 중 하나가 바로 인물들이 아침부터 저녁까지, 태어나서 죽을 때까지 사소하지만 반복적으로 하는 행위나 겪는 경험들이기 때문이다. 이러한 생활 속 모습들이 켜켜이 갈등과 교직돼 소설 세계는 핍진함을 갖추게 된다.

이 같은 행위 가운데 특히《완월회맹연》에서 주목되는 생활 속 모습으로 의례(儀禮), 놀이, 치병(治病)이 있다. 의례란 행사를 치를 때 필요한 일정한 의식을 말하는데, 사람은 일생을 살아가는 동안 혼인이나 상례(喪禮)와 같은 의례를 겪기 마련이다. 또한 슬픔이나 긴장된 사건들도 겪게 되는데 이를 위로하거나 이완하기 위해 놀이나 잔치를 벌이곤 한다는 점에서 이 역시 생활 속 모습의 한 단면을 드러낸다고 할 수 있다. 이와 더불어 사람이 살아가는 동안 반복적으로 경험하는 일 중 하나로 병을 앓고 치료하는 일련의 행위들을 떠올릴 수 있다. 이 같은 의례, 놀이, 치병은 인간이 살아가면서 경험하게 되는 관혼상제, 희로애락, 생로병사 등과 밀접하게 연관된다는 점에서, 이를 섬세히 보여줄 때 소설의 세계는 현실과 동떨어진 것이 아니라 현실의 어딘가에서 있을 법한 일이 되고, 인물들의 행위에 더욱더 실감을 부여하게 된다.

그동안《완월회맹연》에 나타난 생활문화에 대한 연구는 작품의 방대한 분량만큼이나 다양한 측면에서 이루어져왔다. 먼저 이 작품에 나타난 생활문화를 예(禮)와 연관된 측면에서 살펴본 연구가 있다. 정병설은 예의 문제는 조선 후기 사람들의 주요 관심사였던 만큼,《완월회맹연》에서도 이야기 전개, 주제, 서사구조 측면에서 예가 중요하게 다루어지고 있음을 거가잡례(居家雜禮), 예식(禮式), 예론(禮論), 변례(變禮) 등을 통해 밝히면서 특히 관혼상제, 그중에서도 혼례의 비중이 크게 다루어지고 있음을 지적했다.[1]

이후 이 작품의 주요 갈등의 원인이기도 한 종통(宗統) 및 입후(入後)의 측면에서 작품 속에 나타난 양상과 조선 후기 현실의 양상을 비교해 그 의미를 탐색하는 연구들이 있었다. 장시광은 대하소설에 보이는 종통과 입후 서사를 당시의 법 제도와 연관 지어 분석하고 그것을 여성 향유층의 심리 및 현실과 관련해 살

1   정병설,《완월회맹연》연구, 태학사, 1998, 105~119쪽.

피고자 했는데,《완월회맹연》에서 종장인 형이 아우의 장자를 입후하여 종장으로 삼는 것은 법규에 완전히 어긋나는 행위이며, 다만 친생자가 생겼어도 입후자를 파양하지 않는 것은 혈연보다는 의미를 중시하는 종법제의 취지에 부합하는 행위라고 파악하고 이를 통해 법규도 무시할 수 있는 가장의 절대권과 한편으로는 종법제를 준수하려는 의식이 습합되어 있음을 밝혔다.[2] 한편 이현주는《완월회맹연》과 함께《엄씨효문청행록》,《성현공숙렬기》에 나타난 계후 양상을 면밀히 살피고 이를 조선 후기 양상과 비교해, 이들 작품의 창작 순서를 동생의 차자를 양자(養子)로 삼았고 파양 가능성을 언급한《엄씨효문청행록》, 동생의 장자를 양자로 삼았으며 파양 가능성을 언급한《성현공숙렬기》, 동생의 장자를 양자로 삼았으며 파양 가능성이 없는《완월회맹연》으로 보았다.[3]

또한《완월회맹연》에 나타난 의례 가운데 혼인에 대해서 야마다 교코는 일본의《겐지모노가타리》속 결혼 형태와 비교해 두 작품이 '완월대에서의 맹약'과 '야마요노시나사다메'라는 기본 모티프가 뒤에 일어나는 사건 전개의 복선이 되는, 구조적으로 유사한 특징을 가지고 있으며, 기존 남성 작가의 작품과 달리 일부일처의 규범을 고수하고자 하는 의식이 얼마간 엿보인다는 점을 밝혔다.[4] 한편 상기숙은 이 작품에 나타난 민속(民俗)들을 고찰하면서 세시풍속과 박혁, 투호 같은 놀이문화의 양상을 밝혔다.[5]

●●

2   장시광, 〈대하소설의 여성과 법―종통, 입후를 중심으로〉,《한국고전여성문학연구》19, 한국고전여성문학회, 2009, 127~128쪽.

3   이현주, 〈조선 후기 가문소설의 계후갈등 변이양상 연구―《엄씨효문청행록》,《성현공숙렬기》,《완월회맹연》을 중심으로〉,《한민족어문학》62, 한민족어문학회, 2012, 451~474쪽.

4   야마다 교코,《완월회맹연》과《겐지모노가타리》의 구조적 특징과 결혼형태에 관한 비교연구〉,《비교문학》30, 한국비교문학회, 2003, 29~47쪽.

5   상기숙,《玩月會盟宴》의 여성 민속 고찰〉,《한국무속학》5, 2002, 77~109쪽.

아울러《완월회맹연》에 나타난 병의 양상에 대해서도 기존 연구들에서는 육체적·심리적 병의 모습을 살폈다. 장시광은《완월회맹연》에 나타난 여성 수난담을 살피는 가운데 신체 훼손이나 육체적 수난의 모습을 다루면서 여성 인물들의 외상에 대해 밝혔고,[6] 탁원정은 이 작품에 병을 앓는 인물이 다수 등장함을 언급하면서 특히 중심이 되는 여성 인물들이 병을 앓으며, 이는 부부 관계의 타자로서 아내들의 병, 억눌림의 분출로서의 병, 의사(擬似) 죽음과 미완의 치유라는 의미를 띠고 있음을 밝혔다.[7] 한편《완월회맹연》에 나타난 생활문화의 모습을 조선시대의 그것과 비교해 그 의미를 밝힌 연구도 있다. 이지영은《완월회맹연》에 나타난 일상의 모습을 시공간과 남녀 인물의 행위를 통해 살펴보고, 이 작품에 서술된 일상이 여러모로 조선시대 일상과 유사한 면모를 보이면서도 사실적이지 않은 부분들이 있음을 지적했다. 예컨대 집안의 어른을 중심으로 자손들이 한데 모여 사는 모습, 물질적으로 풍요로운 모습, 자식이 부모에게 효를 다하는 모습 등인데, 이를 통해 작가가 자신이 소망하는 이상적인 가족의 모습을 그린 것이라고 파악했다.[8]

이 글에서는 이러한 연구들의 성과를 바탕으로《완월회맹연》에 나타난 의례, 놀이, 치병과 관련된 생활문화의 다채로운 양상을 살펴보고자 한다.

6   장시광, 〈대하소설 여성 수난담의 성격―《완월회맹연》을 중심으로〉,《동양고전연구》47, 동양고전연구학회, 2012, 7~50쪽.

7   탁원정, 〈국문장편소설《완월회맹연》에 나타난 여성 인물의 병과 그 의미―소교완 이자염 장성완을 대상으로〉,《문학치료연구》40, 한국문학치료학회, 2016, 161~193쪽.

8   이지영, 〈조선 후기 대하소설에 나타난 일상―《완월회맹연》을 중심으로〉,《국문학연구》13, 국문학회, 2005, 1~24쪽.

2. 일과와 일생, 혼정신성과 관혼상제

《완월회맹연》에는 무수히 많은 의식과 절차를 갖춘 행사들이 등장한다. 180권이라는 장대한 분량의 서사가 펼쳐지는 이 작품은 1권에서부터 서사를 내내 이끌고 가는 핵심 갈등인 계후 문제와 관련된 양자 입후 의례가 등장할 정도로 인간이 겪는 다종다양한 의례를 망라해 보여준다. 태어나서 죽을 때까지 인간 삶의 시간과 밀접하게 관련되어 있는 이러한 의례들은 개개인의 삶에서도 중요한 행사이지만 동시에 한 가문의 시간을 만들어가는 데 중요한 순간이다. 사람이 일생을 살아가는 동안 경험하게 되는 의례는 매우 다양하다. 이 장에서는 사람의 하루 일과를 채우는 혼정신성(昏定晨省)을 알아보고, 사람의 일생과 함께 진행되는 의례인 관혼상제가《완월회맹연》속에 나타난 모습을 알아보자.

1) 사람의 일과와 혼정신성

사람이 태어나서 죽을 때까지의 시간과 관련된 의례가 관혼상제라면, 그러한 시간을 켜켜이 채우는 하루의 일상 속 반복되는 행위는 다름 아닌 혼정신성이다. 저녁에는 부모님의 잠자리를 보아드리고, 아침에는 안녕히 주무셨는지 물어보며 문안을 드리는 혼정신성의 모습은 국문장편소설에 빈번하게 등장하는 일상 속 행동이다.《완월회맹연》에서도 인물들 대다수가 혼정신성을 당연히 집안의 어른에게 해야 할 인간의 도리로 인식하며 이를 성실히 실천하는 모습이 나타난다.[9]

정잠이 아들과 더불어 조회에서 물러나 운산에 돌아와 어머니를 뵐 때, 경조

9　이지영, 위의 글, 8~18쪽 참조.

정염과 소부 정겸이 한가지로 자리를 따라 나와 있었다. 참정 정잠 부자는 태부인께 전쟁에 나가는 일을 즉시 고하지는 못하였다. 이는 예사 출정이면 승전한 후 즉시 회군할 수 있지만 교지 남월 등의 진유사를 맡아 긴 이별이 아득하여 쉽게는 오륙 년이오 더디면 10년이 걸리기 때문이었다. 태부인께서 반드시 놀라고 슬퍼하실까 생각하여 먼저 말을 잇지 못하더니, 참정 정잠이 어머니를 우러러 위험한 지경의 흉한 일을 당하여 나아감에 긴 이별의 아득함이 오륙 년이 걸리게 될 바를 차마 고하지 못하였다. 이미 저녁을 먹고 잠자리를 보아드리고 형제가 물러나와 서헌에 이르니 경조 정염과 처사 정삼이 여쭈었다. (권41)

이 인용문은 《완월회맹연》 속 인물들의 하루에서 당연한 행위처럼 나타나는 혼정신성의 한 사례다. 정잠 부자는 조정에 들어갔다가 곧 출정하라는 황제의 명령을 받게 된다. 이번 출정은 교지와 남월 지역의 진유사를 겸하여 하는 것이기 때문에 빠르면 5~6년, 길면 10년 정도 타지 생활을 감수해야 하는 상황이다. 따라서 정잠 부자는 많은 고민을 하게 되는데, 정잠의 경우 조회를 마치고 돌아와서 서태부인에게 조회를 잘 마치고 돌아왔음을 아뢰면서도 출정을 떠나야 한다는 말을 차마 하지 못한다. 이 고민은 저녁 시간까지 이어지며, 정잠은 다시 서태부인이 잠자리에 들기 전에 그 잠자리를 보아드리고 물러나와 서헌에서 정염, 정삼과 만나 이에 대해 의논한다. 즉 정잠의 오후 일과는 '조회 참석 → 정씨 부중으로 돌아와 서태부인에게 문안을 드림 → 저녁을 먹음 → 조정에서의 일을 계속 걱정함 → 서태부인의 잠자리를 보아드림 → 정염, 정삼과 고민을 나눔'으로 채워져 있다. 이 같은 장면에서 확인되듯이 《완월회맹연》 속 인물들에게는 하루의 시작과 끝에 부모님께 문안을 드리는 것이 자연스러운 일로 나타난다.

장성완은 머리를 조아려 피가 날 정도로 바른 말을 드렸지만 효험을 얻지 못하자 이는 벌써 자신의 명이 험난한 것임을 깨달았다. 웅설각의 깊은 곳에 머리를 숙이고 집안일에 아는 체함 없이 부모에게 새벽과 저녁에 문안드리는 것 이외에는 침소에 조용히 있으면서 고서를 읽고, 비록 혼자 있는 때라도 풀어지고 게으른 것이 없으며 좋지 않은 기색과 소홀한 거동이 없고 행동을 옥을 받들며 손에 가득한 것을 잡은 듯이 조심스레 하기를 네댓 살부터 지금에 이르기까지 한갓 예를 중시할 뿐만 아니라 약질이 속을 상할 일이 많은 까닭에 이때에 이르러서는 병을 자주 앓아 이불을 떠나지 못하게 되었다. (권21)

《완월회맹연》의 인물들은 혼정신성을 당연한 의무로 여겨 수행할 뿐만 아니라, 어떠한 상황에서도 꼭 챙겨야 하는 하루의 일과로 여기기도 한다. 위의 인용문에 묘사된 것이 대표적인 사례다. 훗날 정인광의 부인이 되는 장성완은 《완월회맹연》 권2에서 장씨 가문과 정씨 가문의 어른들에 의해 정인광과 정혼을 맺는다. 그런데 이 정혼을 주선한 부친 장헌이 정씨 가문의 권세가 몰락하자 정혼을 파기하고 장성완을 황제의 후궁으로 보내려 한다. 이를 알게 된 장성완은 일상생활을 그만두고 머리를 조아려 피가 날 정도로 부모에게 간언을 올리면서도 그러한 상황을 초래한 부모에게 새벽 문안을 드리고 저녁 잠자리를 보아드리는 것만큼은 그만두지 않는다. 기실 《완월회맹연》 속 인물들에게 정혼이란 혼인에 대한 약속이니만큼 어떠한 일이 있더라도 반드시 지켜야 하는 신의라고 할 수 있다. 그런데 장성완은 다른 이도 아닌 그 정혼을 주선한 부친에 의해 신의를 지키지 못할 상황에 처하게 된 것이다. 그러자 장성완은 부모에게 적극적으로 항변하며 식음을 전폐하고 방문 밖을 나오지 않는 극단의 행위를 한다. 그런데 이런 상황에서조차 혼정신성의 도리만큼은 꿋꿋이 지키는 것이다.

2) 사람의 일생과 관혼상제

《완월회맹연》에는 무수히 많은 인물들의 관혼상제가 등장한다. 즉 태어나 자라서 관례(冠禮)를 올리고, 일정 나이가 되어 혼례(婚禮)를 치르고, 삶을 살아가다 죽음을 맞이해 상례(喪禮)를 당하게 되고, 사후 남은 이들로부터 받는 제례(祭禮)까지, 한 사람의 일생과 궤를 같이하는 의례를 볼 수 있다.

국문장편소설에서는 종종 남자아이가 관례를 치르는 모습을 볼 수 있는데, 《완월회맹연》에서도 그와 같은 모습이 발견된다. 비교적 작품의 초반부에 해당하는 권30에서 정인성의 관례를 두고 사람들이 이야기를 나누는 모습이 나오며, 정인웅의 경우 권134에서부터 장장 권136에 이르기까지 관례를 올리는 모습이 그려진다.

선행 연구에서 밝혀진 바와 같이 《완월회맹연》에는 혼례와 관련된 의례가 관혼상제 가운데 상당히 많은 부분을 차지한다.[10] 이는 《완월회맹연》이 정씨 가문의 계후를 누가 잇고, 정씨 가문을 어떻게 벌열가문으로 만들어가느냐는 커다란 물음에 답을 하는 작품이지만, 그 세세한 물음의 결은 정씨 가문의 인물들이 혼인을 해서 가문의 횡적 확장과 안정 또는 영달을 추구해가는 것으로 채우고 있기 때문이다.

특히 《완월회맹연》은 권2에서 정한이 완월대에서 생일잔치를 벌일 때에 모인 지친들과 함께 정명염과 조세창, 정인성과 이빈의 딸, 정자염과 이창현, 장성완과 정인광이 정혼을 맺고 이후 서사에서 이 혼인이 예정대로 잘 이루어지는지, 혼인이 이루어지기까지 겪게 되는 어려움은 무엇인지, 예정대로 이루어지지 못한다면 정혼의 문제를 인물들이 어떻게 받아들이고 해결하려고 하는지 등을 다각도에서 조명한다. 《완월회맹연》은 육례(六禮)라는 절차를 거쳐 이루어지는 혼례

• •

10　정병설(1998), 앞의 책, 105~119쪽.

과정을 세세하게 묘사한다. 마치 인물들이 어떠한 이를 자녀나 손주의 배우자감으로 생각한 후 정혼의 단계를 거쳐 그들의 혼사를 정한 후, 납채(納采)와 문명(問名), 납길(納吉) 등을 하고 친영(親迎)과 현구고례(見舅姑禮)까지 단계별 진행 과정을 보여줌으로써 인물들이 현실공간에서 살아 움직이면서 의례의 시간을 보내는 느낌을 준다.

그런데 《완월회맹연》은 혼례뿐만 아니라 상례와 제례가 상당히 많은 서사에서 지속적으로 반복되고 있어 주목을 요한다. 대부분의 국문장편소설은 중심인물의 죽음을 작품의 후반부나 말미에 배치하는데, 《유씨삼대록》의 경우는 중심인물의 죽음이 중반부에 나오는 작품으로 그동안 밝혀졌었다.[11] 그런데 《완월회맹연》에서는 초반부에서부터 등장인물들의 죽음이 빈번하게 나타나며, 이들이 가문의 중요한 일원이기 때문에 상례를 치르는 모습이 세세히 묘사된다.

《완월회맹연》 권3에서 정씨 가문의 가부장인 정한이 죽음을 맞이하고, 가족과 친지 그리고 문하생들이 모여서 장례를 치른다. 특히 생전에 태자(太子)를 맡아달라는 부탁을 할 정도로 신임하던 정한이 죽자 황제는 옷과 시자(侍者), 내시를 보내 조의를 표하고 직접 정씨 부중을 방문한다. 황제가 몸소 조문할 정도로 정씨 가문의 위상이 높다는 것을 보여주는 장면이다. 정한의 장례는 3개월에 걸쳐 치러지며, 선산이 있는 태주에 도착해서 남은 장례 절차를 마친 후 정잠 형제가 시묘살이를 하는 것으로 나타난다. 《완월회맹연》에서 상주가 시묘살이를 하는 모습은 권111에서도 찾아볼 수 있다. 상서 이운환 역시 부친이 죽자 선산인 도주 벽계촌에서 시묘살이를 하기 때문이다. 한편 정한의 죽음이 그려진 권3에서는 화부인의 부모인 화각로 부부의 죽음과 상례를 치르는 과정도 함께 나타난다.

●●

11   한길연, 《유씨삼대록》의 죽음의 형상화 방식과 의미, 《한국문화》 39, 규장각한국학연구소, 2007.

정한의 죽음과 상례 이후에도 《완월회맹연》은 지속적으로 등장인물들의 장례를 보여준다. 권8과 권9에서는 황제에게 표를 올려 간언을 했던 정흠이 참형(慘刑)을 받고 죽음을 맞이하자, 정잠과 화춘 등이 모여서 이런 경우 장례를 어떻게 치러야 하는지를 의논하는 모습이 나타나며, 동시에 정흠의 발인을 앞두고 정씨 가문과 사이가 나빠진 장헌이 문상을 가긴 가야 하는데 체면이 서지 않아 고민하다가 몰래 문상을 하고 나오다가 정씨 가문 사람들에게 발각되는 대목도 등장한다.

이처럼 《완월회맹연》에서는 상례를 치르는 과정에서 일어날 수 있는 다양한 상황과 그에 대한 인물들의 반응을 함께 제시해 여러 인물들의 상례가 등장하더라도 각각의 변주를 주고 있다. 예컨대 권77에서는 임시방편으로 장례를 치르는 모습이 발견된다. 교한필의 부인 여씨는 자신이 그동안 저지른 악행이 드러나자 요술을 부려 낙수에 투신한 것처럼 꾸며 몸을 감춘다. 이 사실을 모르는 여씨의 부친 여형수는 딸이 죽은 줄 알고 시신을 열심히 찾았으나 끝내 찾지 못하자 딸이 입던 옷으로 시신을 대신해 장례를 치른다. 권82에서는 장례를 치르는 것 자체가 쉽지 않을 수도 있는 상황이 제시된다. 훗날 정인중의 부인이 되는 소명란은 부친 소원철의 장례를 치르려던 중 소화산 도적떼에게 부친의 시신을 빼앗긴다. 다행히 정인성의 도움으로 시신을 되찾은 후에는 장례 치를 땅을 구하기 위해 정인성의 조언을 받아들여 외삼촌 채경환이 있는 경사로 가서 장례를 무사히 마치는 과정이 그려진다.

또한 《완월회맹연》은 상례와 같은 의례가 벌열가문의 지체 높은 이들만의 것이 아니라 인간이라면 보편적으로 정성을 다해 수행하고자 하는 의례라는 점도 서사에서 제시하고 있다. 권67에서는 이민족인 안남 왕이 자결한 딸 해릉공주의 장례를 치르는 모습을 볼 수 있으며, 권87에서는 모친 소교완의 잘못이 드러날 것을 걱정한 정인성이 그 악행을 대신 저지른 왕술위를 죽이는데, 왕술위의 아내

이자 소교완의 시비인 녹빙이 가까스로 주검을 수습하는 모습을 볼 수 있다.

혼례와 상례의 경우, 인물들이 그러한 사건을 경험하고 그 의례를 치르는 과정이 세밀하게 제시되어 있다면, 제례의 경우 제사라는 의식을 통해 고인을 추도하고 그 인물에 대한 기억을 반복적으로 소환하고 있다는 특징을 보여준다. 예를 들면 정잠이나 정흠, 양부인과 같은 주요 인물의 죽음을 두고 《완월회맹연》은 지나치게 자세할 정도로 상례 과정을 보여준 후, 그들의 초기(初忌)나 삼년상에 대한 장면뿐만 아니라 그들이 죽은 시기에 맞춰 지속적으로 제사를 치르는 모습들을 그려낸다.

예컨대 정잠의 첫째 부인인 양부인은 정명염과 정월염을 낳은 후 서른두 살의 나이로 일찍 세상을 떠났다. 양부인에 대한 제례는 《완월회맹연》 서사 내내 지속적으로 나타난다. 권2에서는 정씨 가문의 일원들이 첫 기제(忌祭)를 지내며, 권3에서는 재기(再忌)가 돌아오자 제사를 지내며, 권43에서는 다시 양부인의 기일을 맞이하며 제사를 지내고, 권96에서는 양부인의 기일 전날 정씨 가문 여성들이 모여서 양부인을 추억하며 슬퍼하는 모습을 보이다. 권99에 이르러 양부인의 기일을 맞아 제사를 모시면서 정씨 일가가 슬픔에 잠기는 모습이 나온다. 이 같은 모습은 이후에도 지속되는데, 권118에서 다시 양부인의 기일에 친척들이 정씨 가문에 모여 슬퍼하며, 권135에서도 양부인의 기일을 맞아 문묘에 배알하는 정씨 가문 자손들의 모습이 등장한다. 이처럼 《완월회맹연》에서 정씨 가문 어른들의 제례가 반복적으로 환기되는 모습은 양부인뿐만 아니라 정한과 정흠의 경우에서도 찾아볼 수 있다. 이러한 점은 《완월회맹연》 속 인물들이 현실 속 사람들과 마찬가지로 조상의 죽음을 받아들이고 기억하는 모습을 알 수 있게 한다.

한편 《완월회맹연》에서는 여러 인물들에 대한 다양한 제례의 모습들을 보여준다. 자손들이 모여서 돌아가신 인물의 죽음을 애도하고 그를 추억하며 의례를 치른다는 점은 동일할지라도 마주하게 되는 다양한 상황 속 제례의 모습이 나타나고 있는 것이다. 《완월회맹연》 권6에서는 태부 정염의 소상(小喪)이 그려지는데, 이를 위해 경사에서 정염의 산소가 있는 선산 태주까지 정염, 조세창, 상연이 내려오며, 황제 또한 관리를 보낸다. 여느 평범한 제사와 달리 정씨 가문 구성원들과 태주 원근의 친척과 문생(文生) 그리고 관인이 모두 모여서 함께 소상을 치르는 과정을 보여준다.

3. 기쁨의 절정으로서의 연회와 일상의 놀이

1) 기쁨의 절정으로서의 연회

《완월회맹연》에는 관혼상제와 같은 의례뿐만 아니라 삶의 순간순간마다 즐거움을 찾아 누리는 모습들이 등장한다. 관례나 혼례가 가문 구성원들이 모여서 함께 즐거움을 누리는 축제의 자리라면, 상례나 제례는 슬픔을 위로하고 그리움을 나누는 자리라 할 수 있다. 이처럼 《완월회맹연》에서는 관혼상제를 지낼 때도 일가친척과 주변 인물들이 모여 담소를 나누는 것뿐만 아니라 생일이나 과거 합격과 같이 축하할 일이 있을 때나 잃어버렸던 자손들이 돌아왔을 때 성대한 잔치를 열고 이를 즐기는 모습을 섬세하게 그려낸다.

예부 정잠이 음력 2월 보름에 큰 잔치를 열고 일가친척을 모으고 여러 벗들을 청하여 즐겼다. 태부 정한의 제자 70여 인 중 수십 명은 외직으로 수천 리 밖에 있었지만 남은 제자들은 기쁜 마음으로 즐거워한 것이 아들들에게 버금갔다. 40여 명이 비단 도포에 옥대를 띠고 장수를 비는 정성을 드리고자 왔고, 도학을 닦아 공자 맹자를 따르고자 하는 크고 어진 선비들은 평소에는 높은 벼슬아치들과 마주치는 것을 피했지만 스승의 잔치 자리에는 참석하지 않을 수 없어 베로 지은 도포를 입고 일제히 도착하였다. 예부 정잠은 겸손하고 운계 정삼은 스스로 수행하는 조심스러운 성품이지만 평생 처음으로 부모를 위해 잔치 자리를 마련하였다. 천자가 정한을 네 명의 임금을 섬긴 노신으로 예우하시는 은혜와 영광이 지극하였다. 정한이 소년 시절부터 구주를 평정한 공이 산보다 무겁고 바다보다 깊어, 천자가 비단으로 상을 내리는 것으로는 부족하여 그저 스승과 제자의 도로 공경하실 따름이었다. 천자가 매번 그 공로는 다 갚지 못하심을 탄식하며 안타까워했는데 광양 등이 정씨 부중에 잔치가 있음을 아뢴 까닭으로 사흘 동안 잔치와 음악을 내리셨다. 그러나 태자에게 헌수하는 잔을 올려 드리는 심부름을 보내려는 일은 미리 이르지 않으셨다.

잔칫날에는 외당과 계취전, 문윤각이 통하게 해놓고 수놓인 비단 자리를 가지런히 깔고 안팎으로 태원전과 영일정과 봉일정에 화려한 자리를 마련하였다. 비단 차일이 반공에 이어지니 구름과 안개가 어린 듯 차림새의 풍성하고 화려함을 보니 천자가 내리신 잔치라는 걸 알 만하였다. 이날 상서 청계공 정잠이 아버지 명으로 인성을 후사로 삼았음을 예부에 고하며 대사를 정하였다. 내외 빈객이 모였으니 아름다운 수레의 붉은 바퀴가 골짜기 가운데 가득했고 아침 9시 무렵부터 여러 제후들이 모였으니 금옥이 휘황하고 붉고 화려한 것은 옥같이 아름다웠다. 문청공 정한이 보불 일월포를 입고 자금관을 쓰고 주인 자리에 앉았다. 엄중한 기상은 진나라 조둔이 그랬듯 한여름 해와 같은 위엄이 있었고, 이윤의 풍모와 부열의 도량을 아울러 지니고 있었다. 손님을 대접할 때는 권하고 사양하며 삼가고 조심하는 태도가 있었다. 벼슬은 높았지만 조금도 교만하거나 자신을 중히 여기는 태도가 없으니 비록 어진 이를 투기하고 능한 이를 질투하는 자라 할지라도 문청공 정한에게는 허물이 없다고 할 만하였다.

상서인 청계공 정잠이 아버지를 모시고 여러 손님들에게 인사할 때 자줏빛 도포에 검은 모자를 썼는데, 재상의 관자(貫子)가 흰 피부에 선명하였다. 그 고운 모습은 중국의 미남 주유(周瑜)와 진평(陳平)을 나무랄 정도였으니 봄볕 훈훈한 화기와 겨울 해의 따뜻함을 아울렀고 지극한 정성과 효성은 족히 증자를 따를 만한 것이었다. 처사인 운계공 정삼은 베옷 입은 선비로 그 자리에 함께 하였다. 신선 같은 풍모의 높고 빼어난 격조는 밝고도 높으며 맑은 뜻은 찬 서리처럼 씩씩하니, 그 자리를 가득 메운 손님들은 절로 고개가 숙여져 옷매무새를 바로 하고 얼굴빛을 바로 하였다. 선명한 성리학과 환히 비추는 달 같은 주돈이 선생의 기상이 부자 세 사람에게 있으니 그 자리에 있던 사람들이 탄복하며 칭찬하였다. 문하생 70여 명은 홍문관과 재상 반열에 오른 관리들과 공자(孔子)와 안연(顏淵)의 도학을 본받아 처사로 지내는 이들이었는데, 빛나는 문장 자질이 나타나니 공자의 제자들 같았다. (권1)

정한의 생일잔치 한 대목이다. 완월대에 모여 3박 4일에 걸쳐 열린 이 성대한 잔치는 정한의 생일잔치를 겸해 정한이 정인성을 후계로 세웠음을 조상들에게 알리고, 정잠이 부모를 위하는 자리였다. 이 소식을 접한 황제가 서태부인의 장수를 기원하는 잔치를 내려줌으로 인해 더욱 성대하게 펼쳐진다. 이와 함께 황제는 3박 4일간의 잔치의 흥을 북돋아줄 음악과 태자를 친히 보내 서태부인에게 술을 올리게 함으로써 잔치 자리는 영화롭게 진행된다.

먼저 인원만 보더라도 일가친척뿐만 아니라 정씨 가문과 관계있는 이들이 대거 참석하고 있다. 정잠이 정한의 친구들뿐만 아니라 정한의 제자 40여 명을 초청했기 때문이다. 정한의 문하생들은 평소에는 관직에 진출한 이들과 마주치는 것을 피하고자 하는 성품이지만, 스승의 생일을 맞이해 그의 장수를 빌어드리고자 일제히 참석했다. 잔치가 시작되는 날 아침 9시부터 여러 제후들, 벗들, 문하생들이 정씨 부중에 모이며, 정씨 부중에서는 이들을 맞이하기 위해 외당과 계취전, 문윤각을 다 열어놓고 사람들이 앉을 수 있게 수놓인 비단을 깔아둠으로써 잔치의 성대함을 이끌어낸다.

이 같은 성대한 잔치 장면은 《완월회맹연》 권78에서 주양이 딸 주성염과의 재회를 축하하기 위해 3일간 베푸는 연회와 권137과 권138에 걸쳐 나타나는 정인웅의 과거 합격을 축하하는 연회 등에서도 발견된다.

2) 일상의 놀이

국문장편소설에는 사람들이 여러 가지 놀이와 유희를 즐기는 모습이 나온다. 17세기 국문장편소설의 효시로 꼽히는 《소현성록》에서는 집 안팎에서 벌이는 놀이 가운데 바둑과 투호, 선유(船遊), 그리고 사치품을 수집하고 기르는 취미를 볼 수 있고,[12] 19세기에 향유된 것으로 추정되는 《유선쌍학록》에는 바둑, 산유(山遊), 연회뿐만 아니라 말 타기, 활쏘기, 투계(鬪鷄), 사냥, 기방에서의 유흥 등이 빈번하게 등장한다.[13]

18세기에 향유된 작품으로 알려진 《완월회맹연》에서도 일상에서 소소하지만 자주 즐겼던 놀이들이 발견된다. 정씨 부중이 즐기던 대표적인 놀이는 바둑과 투호다. 바둑의 경우는 서태부인을 중심으로 정씨 부중의 남녀인물이 함께 즐기는 것으로 나타나는 반면, 투호는 여성 인물들 위주로 행해진 것으로 그려진다. 또 《완월회맹연》의 인물들이 놀이를 즐기는 시점은 가문에 닥친 위기로 인해 인물들의 삶이 긴장되거나 고민과 걱정이 많은 상황과 병치되어 나타난다는 특징을 보인다. 이러한 점은 사람이 일상에서 마주하게 되는 다양한 상황과 감정을

••

12   허순우, 〈국문장편소설 《소현성록》을 통해 본 17세기 후반 놀이 문화의 일면〉, 《한국고전연구》 31, 한국고전연구학회, 2015.

13   최수현, 《유선쌍학록》에 나타난 유흥의 양상과 기능〉, 《어문론집》 67, 중앙어문학회, 2016.

효과적이면서 현실적으로 전달한다는 점에서 주목을 요한다.

예컨대《완월회맹연》권59에는 정씨 가문의 여성들이 투호와 바둑을 열심히 즐겨 이를 바라보는 서태부인을 즐겁게 해드리는 장면이 나온다. 이 부분만을 떼어놓고 보면 어느 날 정씨 가문의 여성들이 한 판 놀이를 재미있게 벌인 것으로 읽어낼 수 있다. 그런데 앞의 서사와 연결해보면 장성완으로 인해 근심하던 분위기가 59권 내내 지속되다가 말미에 이르러 이런 분위기를 전환하는 장면으로 놀이가 배치되어 있음을 알 수 있다. 어머니 박씨의 행실로 인해 마음을 쓰던 장성완은 임신 중임에도 불구하고 자신을 죄인으로 칭하면서 추운 날씨에 얇은 옷을 입고 누추한 곳에서 지내다가 병세가 더더욱 악화된다. 그러나 남편 정인광은 이 사실을 알면서도 장성완을 한 번도 보러 오지 않는다. 정씨 부중에 오랜만에 방문한 정월염을 통해 이 사실을 알게 된 서태부인은 걱정을 하게 되며, 정씨 가문에서는 정인광에게 장성완에게 편지를 쓰게 하고 겨울옷을 함께 보내게 된다. 정씨 가문 여성들이 한자리에 모여 바둑과 투호를 벌이는 장면은 임신 7개월의 몸으로 장성완의 아픈 모습과 이에 대한 서태부인의 근심이 이어진 직후 등장하면서 작품의 분위기를 전환하는 역할을 하고 있는 것이다.

바둑이나 투호와 같이 집 안에서 즐기는 놀이뿐만 아니라 남성들이 집 밖에서 벌이는 놀이도 지속적으로 등장한다. 권14에서는 10월 초순을 맞이하여 엄정 일행과 장두가 계행산의 깊은 암벽을 찾아가 겨울 경치를 감상하며 술을 즐기고 시를 짓는다. 권26에서는 늦은 봄을 맞이하여 정천의 권유로 정삼, 정겸, 정염이 함께 산에 오른다. 이처럼《완월회맹연》에서는 계절이 바뀌면 이를 감상하기 위해 남성 인물들이 집 밖 공간으로 나가 유흥을 즐기는 모습을 찾아볼 수 있다.

4. 아픔, 치료와 간호

180권 분량의 《완월회맹연》에는 등장인물들이 아파서 치료받는 모습이 자주 나온다. 그런 만큼 다양한 종류의 병과 약, 구호 방법이 등장한다. 특히 인물들의 발병 원인은 효, 쇠약, 독, 외상, 요약, 상사 등 다양하며, 그에 따른 구호 방법 역시 다양하게 나타난다. 특히 이러한 병의 발병은 인물에 실감을 부여할 뿐만 아니라 인물의 성격을 서사와 밀접하게 연관시켜 드러낸다는 점에서 주목을 요한다. 여기서는 《완월회맹연》에 나타난 치병의 모습을 내상, 외상, 상상의 약, 간호로 나누어 살펴보고자 한다.[14]

1) 내상

《완월회맹연》의 인물들은 다양한 원인과 상황으로 인해 병을 앓는다. 독약을 먹거나 다쳐서 외상으로 인해 아픈 경우도 있지만, 마음의 병에 기인하는 경우가 많다. 부모에 대한 효성으로 아픈 경우, 상사병, 울화병, 심신의 쇠약으로 아픈 경우가 이와 관련된 것들이다.

먼저 마음을 너무 써서 극단에 이르면 통증으로 발현되는 경우가 많은데, 부모에 대한 지극한 효성도 그중 하나다. 부모의 이름을 손상시킬까 봐, 혹은 부모가 저지른 잘못을 알게 되어서, 또는 죽은 부모에 대한 그리움으로 인물들은 슬

14　최수현은 국문장편소설에 나타난 약재를 내상, 외상, 상상의 약으로 나누어 살피면서 《완월회맹연》 속 복령, 삼다, 환혼단, 변성단을 소개했다. 이 책이 주로 약재의 기능을 다룬 것이었다면, 이 글에서는 내상, 외상, 상상의 약을 주로 어떠한 상황에서 입고 치병하는지에 초점을 맞추어 살펴보고자 한다. 최수현, 〈조선 후기 의술과 약재에 대한 상상력—고전문학을 중심으로〉, 《천연물 소재 자원식물 국제심포지엄 및 2017년 한국자원식물학회 추계 학술대회 발표자료집》, 2017, 39~49쪽.

퍼하다가 병이 들게 된다.[15] 권2에서 양부인은 부친의 장례를 마친 후 슬픔으로 인해 아프며, 권3에서 정잠 역시 부친의 죽음을 지나치게 슬퍼하다가 병이 든다. 권6에서 여묘살이를 하던 정삼은 부모를 여읜 시름으로 병을 앓게 되고, 권10에서 정염은 정흠의 부음을 듣고 슬퍼하다가 병이 난다. 권55에서 정인광은 제사 기간 중 너무 무리한 나머지 아프게 된다. 이러한 아픔은 죽은 부모에 대한 그리움이 극도에 이르러 병으로 발현된 것이라 할 수 있는데, 기실 죽은 부모에 대한 그리움으로 인해 마음과 몸이 아픈 현상은 오늘날에도 흔히 겪는 자연스러운 감정에 기인한 것이기에 이러한 모습들은 작중인물들에게 현실감을 더해주는 역할을 한다. 죽은 부모에 대한 그리움이 아니더라도 권12에서 표류하다 몽골국에 가게 된 정인성은 부모에 대한 그리움으로 병이 나며, 권28에서는 부친 정잠이 주검에 가까울 정도로 아픈 것을 보고 혼절하기까지 한다.

또한 《완월회맹연》에서는 심신이 쇠약해져 병이 드는 경우도 빈번히 발견된다. 권4에서 태주로 가던 서태부인은 객관에 머무는 동안 몸이 힘들어져 아프게 되며, 권17에서 극심한 곤란을 겪어 심신이 쇠약해진 상태에서 무리를 한 정인광은 기운을 잃고 일어나지 못한 채 인사불성이 될 정도로 앓는다. 권113에서 본래 기운이 좋았던 조세창은 중한 형벌을 받고 해도(海島)로 유배를 가는 고초를 겪으면서 아프게 되며, 권142에서 화부인은 노년의 나이에 이르러 쇠약해져 아프게 된다. 기실 몸이 피곤해지는 상황이 되었을 때, 쇠약해졌을 때, 혹은 나이 들어서 더 이상 젊은이들처럼 행동하기 어려울 때, 몸이 예전 같지 않을 때 아프게 되는 것은 어찌 보면 당연한 일이다. 그러나 이러한 일은 특정한 사건과 결합되어

●●

15   부모로 인해 자식이 마음의 병을 앓는 상황은 국문장편소설에서 종종 발견된다. 대표적으로 《보은기우록》에서 효자의 심병이 토혈이라는 병증으로 나타나는 것을 들 수 있다. 이지영, 〈조선시대 장편한글소설에 나타난 '못된 아버지'와 '효자 아들'의 갈등〉, 《고소설연구》 40, 한국고소설학회, 2015, 95~97쪽.

서사의 중요한 갈등으로 부각되지 않는다면 인물들 간의 갈등과 그 해결을 중심으로 하는 소설의 세계에서 핵심 요소로 나타나기 어려울 수 있다. 그런데 《완월회맹연》은 이처럼 지나치기 쉬운 그러나 인간의 삶에서 쉽게 발견되는 순간들까지 포착해 서사의 세계에서 그려냄으로써 소설의 세계, 그리고 그 안에 있는 인물들을 마치 독자 곁에서 살아 숨 쉬는 것처럼 만들어내고 있는 것이다.

뿐만 아니라 《완월회맹연》에서는 몸의 피로 이상으로 마음씀씀이가 지나쳐 아픈 상황들이 많이 나온다. 대표적으로 누군가를 너무 좋아한 나머지 상사병에 걸리는 경우와 울화로 인해 화병을 앓는 경우를 들 수 있다. 상사병이나 화병은 다른 국문장편소설에서도 종종 등장하는데, 《완월회맹연》에서는 남성과 여성 모두 상사병에 걸리는 모습이 나타나며, 혼인 전뿐만 아니라 혼인 후에도 좋아하는 이의 관심을 받지 못하는 경우 상사병에 걸리기도 하고, 울화병의 경우 부부 관계에서 불화를 겪는 여성이나 계후 문제를 자신의 의지대로 처리하지 못하는 여성에게서 많이 발견된다.[16]

상사병의 대표적인 경우로는 다음을 들 수 있다. 권27에서는 설릉공주의 딸 낙선군주가 장창린을 보고 반한 나머지 상사병에 걸리며, 권102에서는 정인성을 사모하는 양일아가 상사병에 걸린다. 권27과 권31에서는 낙선군주가 장창린과 혼인에 성공했지만 관심을 받지 못하자 상상병이 더욱 심해지며, 권130에서는 양일아가 정인성과 혼인했음에도 불구하고 냉대를 받자 상사병이 심해지는 모습이

16   장시광은 《완월회맹연》에 나타난 여성 수난담의 성격을 살피면서 여성들이 겪는 정신적 수난으로 자식을 잃어서 고통스러워하는 것과 친정부모의 괴이한 거동으로 슬퍼하는 것을 밝혔다. 장시광(2012), 앞의 글, 35~37쪽. 탁원정은 국문장편소설들을 대상으로 정신적 강박증과 육체의 지병 양상을 살폈는데, 정신적 강박증을 이념의 강박증(효제 강박증, 효열 강박증)과 심리적 강박증(증오 강박증, 불안 강박증)으로 나누어 살펴보았고, 《완월회맹연》의 소교완은 증오 강박증으로, 장성완은 불안 강박증으로 파악했다. 탁원정, 〈정신적 강박증과 육체의 지병 ─국문장편소설을 대상으로〉, 《고소설연구》 41, 한국고소설학회, 2016, 113~144쪽.

나타난다.

울화로 인해 병을 앓는 대표적인 경우는 다음과 같다. 권79에서 소교완은 정인성이 전쟁에서 이기고 돌아온다는 소식을 듣고 울화병을 앓으며, 권100에서는 정인성을 증오하는 마음이 커진 나머지 구토와 토혈을 하고 혼절하기에 이른다. 권114에서는 부부 사이가 좋지 않은 장성완이 남편 정인광의 노여운 기색이 좀처럼 가시지 않자 불안한 나머지 병이 나고 만다.

이 같은 아픔에 대한 관심은 상층 인물뿐만 아니라 하층 인물이 아픈 상황을 묘사하는 대목에서도 발견된다. 권48에는 시비 채월의 아픔이 나타난다. 교숙란이 정인경과 혼인하게 된 것을 알게 된 여씨가 교숙란을 해칠 계교를 꾸미는데, 이를 예상한 화부인에 의해 교숙란은 다른 곳에 감춰지고, 교숙란이 탔어야 할 가마에는 그 시비인 채월이 타게 된다. 결국 채월은 여씨가 보낸 장손탈의 습격을 받자 자결한 척하며 주변에 있던 양의 피를 붓고 쓰러져 있는 모습을 연출해 위기에서 벗어나게 된다. 그러나 이러한 상황을 겪어내는 과정에서 채월은 몸이 아프게 되고, 최파의 도움을 받아 몸조리를 하게 된다. 실상 채월은 교숙란의 시비이기 때문에 《완월회맹연》의 주된 관심은 교숙란이 어떻게 여씨의 모해를 벗어나게 되었는지, 교숙란의 안위가 안전한지 여부이지, 채월의 마음고생은 소홀히 다루어질 여지가 많다. 그런데 《완월회맹연》은 교숙란의 안위를 설명하는 동시에 채월이 교숙란을 대신하게 됨으로써 겪은 일들을 보여줄 뿐만 아니라 그 과정에서 마음고생이 심해 아프게 되는 과정까지 핍진하게 그려내고 있는 것이다.

이처럼 다양한 마음의 불안함, 불편함, 지침, 긴장으로 인해 《완월회맹연》 속 인물들은 아프게 되는데, 대개는 자리에서 일어나지 못하고, 심한 경우 구토와 토혈을 하고, 혼절을 해 인사불성에 이르는 것으로 묘사된다. 이처럼 내상으로 인해 병이 발현하게 된 경우, 주로 가문에서 의약을 다스릴 줄 아는 남성 인물들이 진맥을 하고 처방전을 써서 약재를 달여 환자의 몸을 구호하는 것으로 나타난다.

한편《완월회맹연》에는 마음의 병은 아니지만 독의 복용으로 인해 내상을 입는 경우도 자주 발견된다. 우선 독의 복용으로 인한 아픔의 사례들을 보자. 권37에서 정인웅은 감기에 걸렸는데, 정인웅을 괴롭히는 정인중이 정인웅의 미음에 독을 탄다. 정인웅은 미음을 먹고 목숨이 위태로워진다. 정인웅의 증상을 보고 독을 복용한 것을 눈치챈 정인성이 해독단을 먹여 정인웅을 구호한다. 이 같은 모습은 39권에서 소교완이 정인성에게 독이 든 죽을 먹여 위태로워지자 이자염이 해독단을 먹여 구호하는 모습, 권40에서 소교완이 정인성에게 주려 했던 독이 든 온탕을 정인웅이 대신 마시는 모습, 권45에서 소교완에 의해 이자염이 독을 계속 복용하게 되나 이를 알고 스스로 해독제를 복용하는 모습, 권52와 권53에서 소교완이 정인홍, 정인영의 밥에 독을 타며, 임신 중인 이자염에게 독이 든 미죽을 먹게 하거나, 정인중이 손수 달인 독약을 계월을 시켜 이자염에게 복용하게 하는 것에서 끊임없이 반복된다.

이처럼 독을 복용하는 경우는 그 즉시 토혈을 하며 입술이 하얗게 되고 안색이 차가운 빛으로 변하는 증상이 나타나기 때문에 주변 인물이 알아채고 곧바로 해독제를 쓰는 것으로 나타난다. 물론 이자염이나 정인성, 한난소와 같이 소교완의 거듭된 모해로 인해 독을 장기간 복용하게 되는 경우는 미리 해독약을 지니고 있다가 복용하는 모습을 보여주기도 한다.

기실 독을 복용했을 때 해독제로 치료해야 하는 건 맞지만, 현실세계에서 독을 복용하게 되는 경우는 드물다고 보아야 할 것이다. 독버섯이나 복어와 같이 모르고 독을 먹게 될 가능성도 있긴 하지만《완월회맹연》의 인물들처럼 수시로 독을 복용하고 해독제를 상비하고 있는 경우는 드물기 때문이다. 때문에《완월회맹연》에서 독으로 인해 인물들이 아프고, 이를 해독제로 치료하는 과정은 현실세계 속 사람들의 일상적인 모습을 핍진하게 재현해낸 것이라고 보기는 어렵다.

그럼에도 독약을 복용하는 모습이 소설 세계에서 빈번히 일어나고 있는 점은 그들이 겪는 고난을 극대화해 보여주기 위한 장치로 볼 수 있다.

2) 외상

한편 외상으로 인해 다친 몸을 치료하는 모습도 《완월회맹연》에서 자주 발견된다. 이 작품의 인물들이 외상을 입는 경우는 주로 칼에 찔려 자상(刺傷)을 입거나, 벌로 매질을 당하거나 구타를 당해서다. 이 작품에는 자결을 시도하는 여성들이 적지 않게 등장하는데, 이는 선행 연구를 통해 도적을 피하기 위해 자신의 목 또는 가슴을 찌르거나, 아버지에 대한 원한을 풀기 위해 자결을 시도하는 경우가 대표적임이 밝혀졌다.[17] 여기서는 자결이 아닐지라도 자상을 입게 되는 경우로 옆에서 자결을 말리던 이가 오히려 자상을 입어 치료를 받는 상황을 살펴보기로 하자.

> 말을 마치고 소부인(소교완)이 상서 정인웅이 찬 칼을 빼 자결하고자 하니 정인웅이 놀라고 급해 두 손으로 칼날을 잡아 멈출 때에 정인웅의 열 손가락이 다 베여 붉은 피가 날리고 솟구쳤다. 비록 뼈를 찌르지는 않아 손가락이 끊어지게 된 것은 면하였으나 열 손가락이 모두 상하여 붉은 피가 낭자하였다. 보는 사람이 놀라고 참혹하였는데 정인웅은 아픈 것을 내비치지 않고 다만 지성으로 간절하게 말하며 칼을 놓으시기를 비는 말이 생철도 녹일 듯하였으니 사람이 흙과 나무가 아니라면 어찌 감격하며 마음이 움직이지 않겠는가. (⋯) 정인웅이 천천히 손을 싸매고 팔에 약을 바르고 싸맨 후 어머니의 분해하고 한탄하는 마음을 기쁘게 위로하였다. (권101~102)

17   장시광(2012), 앞의 글, 28~33쪽.

이 인용문이 실린 권101에서 소교완은 여러 차례 정인성을 죽이려고 모략을 꾸미며, 일부러 자결을 시도한다. 집에 분란을 만들어 정인성을 죽이는 게 좀 더 수월하겠다고 생각한 소교완은 이모 주태부인의 부탁으로 그의 외손녀 양일아와 정인성의 혼인을 주선하고자 한다. 양일아의 성품이 좋지 못하므로 그녀가 정인성과 혼인하면 틀림없이 여러 가지 문제를 일으킬 것이라 판단했기 때문이다. 그러나 정인성과 혼인시킬 명분이 없자 필체를 위조해 주태부인에게 양일아를 정인성의 첩으로 맞아들이겠다는 서찰을 써주고 신물까지 건넸다는 것을 알게 되어 억울하다는 유서를 꾸미고 짐독을 마셔 자살을 시도한 것처럼 상황을 만든다. 그러나 정인웅이 곧 소교완의 의중을 알아채고 자신의 팔을 칼로 찔러 생혈(生血)을 먹이는데, 이때 자상을 입게 된 정인웅을 정인성이 급히 지혈해 치료한다. 소교완은 계략이 들통 날 것을 염려해 정인웅의 생혈로 인해 몸이 나은 것처럼 행동하지만, 원래 계획했던 양일아의 혼인이 이루어진 것이 아니기에 자신의 억울함을 계속 토로하던 중 정인성이 찬 칼을 가져가 또다시 자결을 시도하고, 이를 말리던 정인성이 열 손가락이 베이는 큰 상처를 입게 된다.

이와 유사한 모습은 권125에서 정인성의 첩이 되었으나 그의 관심을 받지 못하는 양일아를 두고 그 할머니 주태부인이 정인성의 침소에 정인성의 또 다른 첩인 한난소 대신 보내라고 한제선을 협박하다가 뜻대로 되지 않자 자살을 시도하던 중, 이를 말리던 한제선이 손가락이 베이는 상황이나, 권133에서 이자염과 한난소를 난타하다가 분을 이기지 못해 스스로 죽고자 하던 소교완을 말리던 정인웅이 그 칼에 베여 심한 상처를 입는 것에서도 찾을 수 있다.

한편 《완월회맹연》에서는 잘못을 저질러 매를 맞을 때 피부가 견디지 못하고 병으로 나타나는 경우가 흔하게 발견된다. 권44에서 정인광과 장성완 부부 사이의 불화를 알게 된 정삼이 정인광을 훈계하기 위해 매 40장(丈)을 때리는데 이로 인해 정인광이 많은 양의 피를 흘리게 되는 것이나, 권50에서 여소저를 박대하는 장세린을 그 부친 장헌이 주검에 가까워질 때까지 매질을 해 유혈이 낭자하게 되는 것이 대표적인 경우다. 이와 같이 주로 부친으로 대변되는 가문의 어른에 의해 훈계 차원에서 매질을 당하는 이들은 살갗이 벗겨지거나 터져 피를 흘리며, 이는 주로 형제들에 의해 약을 바르고 구호를 받는 것으로 나타난다. 장세린과 같이 실신을 하고 가문에서 수습할 사람이 없을 경우에는 의원을 불러 치료를 받게 한다.

3) 상상의 약

《완월회맹연》의 인물들은 앞에서 본 것처럼 많이 아프고, 많이 다치며, 많은 간호와 치료를 받는다. 이 같은 일들은 대개 현실에서도 벌어질 수 있는 상황이고 치료법도 실현 가능한 것이지만 《완월회맹연》에는 상상력이 빚어낸 약들과 치료법들도 등장한다. 이들은 대개 요약(妖藥)의 형태를 띤 것으로 도술하는 이들에 의해 만들어진 것으로 소개된다.[18]

예를 들어 권5에서는 정인광의 마음을 돌리려고 할 때 사용되는 약으로 환장변성단이라는 변심단 내지는 미혼단의 일종이 구체적인 이름을 가지고 등장하며, 권17에서는 최언선이 감옥에 갇힌 정인광 일행을 구출하기 위해 옥리들에게 미혼단을 술에 타 먹이기도 한다. 권22에서는 박교랑이 고모 내외인 장헌 부부의 마음을 돌이키고자 변심단을 먹게 하고, 범경화가 장성완을 모해하고자 일을 꾸미면서 시비 해연과 열영에게 개용단과 변용단을 먹여 다른 사람으로 변신하

● ●

18   국문장편소설에 나타난 요약에 대해서는 《소현성록》, 《쌍성봉효록》, 《임씨삼대록》, 《현씨양웅쌍린기》 연작, 《옥난기연》, 《조씨삼대록》, 《명주보월빙》을 대상으로 이 작품 속 개용단과 미혼단을 명칭과 효용, 성분과 제조 과정, 구체적 작용의 측면에서 살펴본 연구가 있다. 이 글에서는 이와 유사한 《완월회맹연》 속 요약들을 소개하고자 한다. 한길연, 〈대하소설의 요약(妖藥) 모티프 연구─미혼단과 개용단을 중심으로〉, 《고소설연구》 25, 한국고소설학회, 2008, 301~330쪽.

게 한다. 또 권93에서는 소운이 소교완을 잡기 위해 그의 시비 녹빙을 납치하고 다른 이에게 변용단을 먹여 가짜 녹빙으로 만든다. 그런데 미혼단, 변심단, 개용단, 변용단과 같이 사람의 마음을 일시적으로 바꾸게 하거나 외형을 다른 사람으로 바꿔주는 요약들은《완월회맹연》뿐만 아니라 상당수의 국문장편소설에서 발견되는 것이기에 이에 대한 상상력은 당대 국문장편소설을 향유하던 이들의 공통적인 요약에 대한 기대라고 볼 수 있다.

이와 함께 대개의 국문장편소설과 비교해볼 때《완월회맹연》에서 더 구체적으로 요약의 이름이나 용도가 나타나는 사례들은 다음과 같다. 권24에서 장성완은 실절했다는 누명을 벗고 부모에 대한 효를 실천하고자 스스로 자신의 얼굴 가죽을 벗기고 귀를 베다가 혼절하게 된다. 이와 같이 일반적으로 현실세계에서 사람들이 접하기 힘든 외상의 경우, 칼에 찔려 입은 자상에 연고를 발라 치료한다고 묘사했던 것에 비해 뛰어난 효능을 보여줄 수 있는 치료법으로 현실에는 존재하지 않는 단약들이 제공된다. 장성완을 치료하기 위해 정인광은 예전에 청허자 두보현으로부터 배운 의술을 발휘해 약재를 처방하고 달일뿐더러, 도인에게 받았다는 진환회소단, 아면복상단, 생형안실단이라는 단약을 건네기 때문이다. 장성완은 이 같은 상상 속의 단약의 힘을 빌려 상한 피부를 재생하게 되고 몸을 회복하게 된다.

4) 치료의 방식, 간호

《완월회맹연》에서는 사람들이 아프게 되는 상황, 그리고 이를 치료하는 모습들이 빈번하게 발견된다. 이 경우 아프게 되는 원인과 아픈 모습은 크게 부각되는 반면, 치료 방법이나 과정에 대해서는 상대적으로 자세하지 않다. 독약을 먹었을 때는 해독제를 사용하고, 매질과 구타를 당해 피를 흘리거나 자상을 입었을 경우에는 연고를 바르며, 마음씀씀이로 인해 몸이 상했을 경우는 약재를 달여서 복용하는 모습이 나오지만 더 자세한 처방전이나 다종다양한 약재의 효능과 복용법에 대한 언급은 두드러지지 않는다.

대신 그 자리를 채우는 것은 아픈 이가 생겼을 때 또 다른 이들이 와서 계속 관심을 가지고 돌보고 간호하는 장면이다. 권25에서 정인광과 선학을 치료하는 손최인과 소수의 구호 모습은 이를 가장 잘 보여준다. 노복 선학과 함께 천태산으로 가던 정인광은 남강 부근에서 추위를 이기지 못하고 객점에서 잠시 머무르기로 하는데, 곧 혼절해 일어나지 못하고 심지어 이를 구호하던 선학마저 천연두에 걸려 4~5일 동안 흉측한 형상을 한 채 신음소리를 내며 앓게 된다. 그런데 이 상황에서 객점 주인 손최인이 이들을 지극정성으로 간호한다. 실상 이 마을에서는 천연두에 걸린 이와 병명도 모른 채 아픈 이가 있다는 말에 이들을 내쫓으라며 손최인을 잡아다가 중장을 가하지만 손최인은 객점과 마을에서 5리쯤 떨어진 곳에 산막(山幕)을 세우고 정인광과 선학을 수레에 실어 옮긴 뒤 지극정성으로 돌보았다. 손최인은 의식을 차리지 못하고 광담(狂談)과 헛소리를 계속 내뱉는 전염병 증세를 보이는 이 두 사람에게 미음을 쒀서 입에 흘려 넣고 곁을 떠나지 않은 채 간호를 했으나 큰 차도가 없었다. 그때 마침 그의 주인 소수가 부친의 제사를 지내러 왔다. 그에게 정인광과 선학의 상황을 이야기하며 선학의 경우 차도를 보이지 않더라도 천연두라는 자신이 아는 질환인 데 반해 정인광의 경우는 어떤 연유로 아픈 것인지조차 파악할 수 없어 난감하다고 말한다. 이후 손최인과 소수가 함께 정인광과 선학의 구호에 힘쓰면서 이들은 차차 기운을 차리고 건강을 회복한다.

이 같은 손최인과 소수의 구호는 전혀 모르는 타인이라 하더라도 아픈 이들을 외면하지 않고 정성을 다해 구하는 모습을 단적으로 보여주는 예다. 기실《완월회맹연》에서 아픈 상황은 가문 내에서도 벌어지지만 가문 밖, 도로 위에 있을 때 벌어지고 있다. 가문 내에서 여러 상황에 의해 아프게 되면, 구성원들의 도움으로 구호를 받으며, 길 위에서 아프게 되었을 경우 뜻하지 않은 도움의 손길을 받는 장면이 여러 차례 등장한다. 그리고 이처럼 아픈 이를 구완하는 모습은 비단 상층 인물에게만 해당하지 않는다. 천연두에 걸린 노복의 신분인 선학을 지극정성을 다해 구완하는 모습도 나타난다. 이와 같은 모습은 권115에서 시비 취련이 병이 들었을 때 또 다른 시비 벽란이 문병을 다녀가는 장면에서도 확인된다. 즉 《완월회맹연》은 아픈 이를 대하는 주위 사람들의 마음, 그리고 그를 구호하는 행동을 핍진하게 그려냄으로써 서사에 현실감과 현장감을 주고 있다고 할 것이다.

5. 소소한 일상의 포착과 인간 삶의 이해

《완월회맹연》에는 수백 명의 인물들이 등장하여 정씨 가문의 번영과 영달에 대해 이야기를 한다. 이때 정씨 가문의 이야기는 정씨 가문 구성원들이 하루, 한 달, 1년, 일생을 살아가면서 만들어가는 일들로 구성되며, 그 가운데에는 가문에서 벌어진 크고 작은 사건들뿐만 아니라 사건이 벌어진 시간을 채우는 일상의 모습들이 동시에 발견된다.

기실 생활문화의 범주는 매우 넓고 다양해서 어느 하나로 포획하기 어렵다. 의식주로 대표되는 생활문화처럼 어떤 음식을 먹고 어떤 옷을 입으며, 어떤 주거 형태에서 살아가고 있는지를 보는 것도 《완월회맹연》에 나타난 생활문화의 한 단면을 보는 방법일 것이며, 이들이 명절이나 절기에 벌이는 의례나 행동양식들 역시 생활문화의 한 측면이기 때문이다. 《완월회맹연》에서도 등장인물들은 술과 차를 마시며 한담을 나누기도 하고, 전쟁에 나가거나 혼례를 올릴 때 다양한 종류와 용도의 옷을 입기도 한다. 이 역시 소설 속에서 종종 찾아볼 수 있는 모습이기는 하나, 무엇보다도 빈번하게 발견되는 점은 이들이 치르는 의례와 놀이 그리고 상처 난 몸과 그 치료에 관한 이야기들이다.

《완월회맹연》의 정씨 가문과 같이 가족 단위로 모여 사는 인물들이 아니라 몇 대에 걸쳐 모든 자손들이 한 공간에 모여 살 때 한 개인에게는 인생에서 몇 번 경험하지 않는 의례가 관혼상제일 수 있으나, 이것들이 모여 정씨 가문이라는 공동체의 관혼상제가 되면 이는 한 달, 1년, 일생에 걸쳐 반복적으로 경험하게 되는 사건이 된다. 때문에 《완월회맹연》의 주요한 서사가 자신이 낳은 아들로 정씨 가문의 후계를 잇고 싶어 하는 소교완이 벌이는 갈등과 정씨 가문 구성원들의 부부 갈등, 그리고 정씨 가문이 다른 이들과 벌이는 정치적 갈등으로 진행된다면, 180권이라는 장대한 서사의 세세한 면들은 이러한 갈등을 경험하는 이들이 일생 동안 만나게 되는 관혼상제, 놀이, 아픔과 상처 그리고 치료에 대한 것들이 자리하고 있다. 이로 인해 드러나는 《완월회맹연》의 생활문화는 인물들 간의 갈등처럼 극적인 이야기를 만들어내는 것은 아니지만, 이러한 행위들을 핍진하게 묘사하는 것을 반복함으로써 인물들에게 생동감을 부여하고 소설 세계에 현실감을 불어넣는다.

이는 《완월회맹연》이 보여주는 관혼상제, 연회, 놀이, 치병이 우리 삶을 관통하는 슬픔과 기쁨, 즉 희로애락(喜怒哀樂)이 함께 묻어나는 것들이라는 점에서 더욱 그러하다. 인물들의 일생을 채우는 이러한 생활문화 가운데 관례나 혼례, 연회, 놀이가 벌어지는 순간은 서사의 주된 갈등과 사건이 벌어지는 시간과 겹치면서 이들에게 즐거움과 기쁨을 배가시킨다면, 반대로 상례와 제례, 아픔과 돌봄이 벌어지는 순간은 소설 속 인물들에게 슬픔과 그리움, 고통을 느끼게 하기 때문이다. 그리고 무엇보다 이 같은 생활문화가 180권이 진행되는 동안 특정한 부분에서만 발견되는 것이 아니라 서사 초반부터 후반까지 지속적으로 교차해 등장하기 때문에 더욱이 이러한 일을 경험하는 인물들을 현실세계 속 인물처럼 생생하게 만들어주고 있는 것이다.

이와 함께《완월회맹연》에서 보여주는 생활문화는 삶을 구성하는 공동체가 함께 경험하는 일이자, 상층 인물뿐만 아니라 하층 인물까지도 포용하는 일이라는 점에서 의미가 있다. 같은 공간에서 함께 살아가면서 그들의 혼례를 보고 기뻐하며 축하를 나누는 이들이 어느 시기에는 아프기도 하는데, 이때 주위 사람들이 함께 돌보고, 더 나아가 죽음을 맞이하면 다 같이 모여 슬퍼하고 시간이 오래 지난 후에도 그 시기가 돌아오면 함께 모여 죽은 이의 생전 모습을 이야기하며 그리워하는 것은 인간이 혼자이기도 하지만 동시에 여러 사람들과 관계를 맺으며 살아가는 존재임을 보여주기 때문이다. 또한《완월회맹연》은 상층 인물에게 뿐만 아니라 하층 인물 역시 상층 인물과 유사하게 남의 아픔을 걱정하고 돌보며, 기쁜 일을 함께 나누는 모습을 묘사함으로써 인간에 대한 이해의 폭이 더 넓어지는 것을 확인하게 한다.

1. 성리학의 비조 정명도 후손의 이야기

《완월회맹연》은 어떤 작품인가? 누군가 이렇게 묻는다면 답하기가 난감할 것이다. 180책이라는 방대한 분량의 작품을 한 마디로 규정하기란 쉽지 않기 때문이다. 그러나 달리 생각하면 복잡하고 난해한 작품이기에 오히려 단순히 있는 그대로 바라보는 데서 시작하는 것도 하나의 방법이 될 수 있다. 그렇게 본다면 《완월회맹연》은 무엇보다 '정씨 집안 사람들'의 이야기라고 말할 수 있겠다. 그들은 바로 성리학의 비조라 불리는 정명도의 후손들이다.

명(明)나라 영종(英宗)황제 시절, 황태부(皇太傅) 수각로(首閣老) 진국공 정한의 자(字)는 계원이고, 호(號)는 문청이니 송나라의 현인 명도(明道) 선생의 후예(後

裔)이다. (권1)

《완월회맹연》은 정명도의 후손 정한을 소개하는 것으로 시작한다. 정명도(程
明道, 1032~1085)는 북송 때의 도학자다. 명도는 그의 호이고, 이름은 호(顥), 즉
정호(程顥)다. 중국 하남성 낙양 출신으로, 동생 정이(程頤, 호는 伊川, 1033~1107)
와 함께 성리학의 기초를 닦아 이정(二程) 선생이라고 불린다. 정명도 사상의 핵
심은 천리(天理)다. 그는 천리가 만물과 인간의 공통된 본질이라고 주장했는데,
그가 강조했던 '천리'가 훗날 주자 성리학의 기초가 되고, 명나라에 와서는 양명
학으로까지 이어진다. 그렇기 때문에 지금까지도 정명도는 성리학과 양명학으로
대표되는 송명(宋明) 이학(理學)의 기초를 구축한 위대한 학자로 평가받는 것이
다.[1]

15세기 명나라를 배경으로 하는 《완월회맹연》의 주인공 가문이 명나라의 학
술 기초를 세운 정명도의 후손이라는 것은 이 작품의 기본적 사상체계가 유교임
을 반영한다.[2] 시작부터 정명도의 후손임을 천명한 것은 중심인물들이 정명도로
상징되는 유교적 이상주의를 체현하는 사람들일 것이라는 암시이자 기대이다. 실
제로 정씨 가문의 세대별 중심인물, 즉 1대의 정한, 2대의 정잠과 정삼, 3대의 정
인성, 정인광, 정인웅 등은 모두가 '천리'를 구현하는 인물로 그려진다. 천리를 구
현한다는 것은 하늘의 이치를 알고, 그것을 지상에 실천하는 삶일 터이다.

그렇다면 《완월회맹연》의 인물들이 삶으로 구현하는 천리란 무엇인가? 작품
은 충효(忠孝)와 인의(仁義)와 예법(禮法)을 천리의 실천 덕목으로 보고 있는 듯하

••

1   허벽, 〈정명도의 천리사상 연구〉, 성균관대학교 박사학위 논문, 2011, 1~5쪽.

2   《완월회맹연》은 명나라 6대 황제인 영종(英宗, 正統: 1436~1449) 연간에서 시작하여 7대
대종(大宗, 景泰: 1450~1457)과 8대 영종(英宗, 天順: 1457~1464)을 거쳐 9대 헌종(憲宗, 成化:
1464~1487) 연간에 이르는 구체적인 역사를 서사의 배경이자 주요한 모티프로 삼고 있다.

다. 정한은 어질고 청렴한 인물로서, 성조(成祖) 영락제(永樂帝, 1360~1424)가 죽기 전 태자의 앞날을 부탁할 만큼 신망이 높다. 그를 따르는 제자 또한 100여 명에 이른다. 집 밖에 마련해둔 구빈관은 정한의 인품을 단적으로 보여주는 상징적 공간이다. 정한의 자손들은 부모에 대한 효(孝)를 최고의 가치로 삼고, 국가 위기 상황에서는 기꺼이 나서서 충의(忠義)를 실천한다. 그들의 삶은 한 걸음 한 걸음 예(禮)에서 벗어나는 것이 없다. 이로 보면 《완월회맹연》은 충효와 인의, 예법을 중심으로 한 유교적 질서를 구현하는 작품이라고 할 수 있다.

그런데 흥미롭게도 《완월회맹연》은 상당히 많은 분량을 도교적 화소와 불교적 화소에 할애하고 있다. 도교와 불교 화소는 분량뿐 아니라 내용 전개상의 서사적 비중도 가볍지 않다. 대표적인 도교 화소로는 '성신(星辰) 조응'과 '요인형 도사'가 있다. 성신은 말 그대로 천상의 별이다. '성신 조응'은 성신과 인간을 조응 관계로 보는 것이다. 이것은 도교의 천인합일(天人合一) 사상과 관련이 있다. 인물이 천상의 별과 조응한다고 기술하는 것은, 도교적 사유체계가 인물의 삶에 개입하고 있음을 예고하는 것이다. 불교 화소의 경우는 악인형 여승과 선인형 승려, 불서(佛書)와 요약(妖藥)이 대표적이다. 도학자 정명도의 후손들의 삶을 이야기하는 《완월회맹연》이 왜 도교적 요소와 불교적 요소를 대폭 수용한 것일까? 이 질문에 답하기 위해서는 작품이 도교와 불교 화소를 다루는 방식을 조금 더 자세히 들여다볼 필요가 있다.

2. 정씨 가문의 신이성을 구현하는 도교적 화소들

《완월회맹연》의 정씨 가문은 다른 가문과 달리 '신이성'을 특징으로 한다. 정씨 가문의 신이성은 구성원의 초월성과 신인성을 통해 구현된다. 정씨 가문의 구성원은 유교적 이상을 실현하는 인물들이지만, 그들의 초월성과 신인성은 많은 경우 도교적 화소를 통해 형상화된다.

1) 정잠, 양부인, 정인성, 정인광의 별자리와 초월성

《완월회맹연》의 중심인물은 기본적으로 초월적 자질을 지니고 있다. 인물의 초월적 자질을 드러내는 표지 중 대표적인 것이 인물과 별자리의 조응이다. 인간과 특정 별자리를 대응시키고, 그 별이 인간의 운명을 관장하는 주성(主星)이라고 믿는 것을 성신(星辰) 조응(照應) 사상이라고 한다. 성신 조응은 천상의 별과 지상의 인간을 존재론적으로 묶는 도교적 사유에서 비롯된 것이다. 성신 조응이 두드러지는 인물은 정잠과 양부인, 그리고 정인성과 정인광이다.

① 정잠과 양부인

정씨 가문의 2세대 가장 정잠은 천상의 문창성이었고, 그의 부인 양씨는 천상에서 옥제의 딸이자 직녀이며 영주부인이었다. 정명도 후손 집안의 적장손과 종부가 천상의 존재인 것이다.

> ㉠ 소교완이 고요히 듣기를 마치고 조용히 머리를 숙여 쉽게 대답지 못하더니, 문득 물었다. "직녀성은 천제(天帝)의 자손이요, 하백(河伯)의 딸이니 예사 평범한 선랑(仙娘)의 무리가 아닌데, 어찌하여 인간 세상에 적강(謫降)하였습니까?" 태부인이 대답했다. "문창성이 옥제 앞에서 직녀를 보고 눈길을 주며 사사로운 감정을 가졌는데, 직녀가 그의 뜻을 거절하지 않고 받아 사사로운 약속을 하였기에 옥제가 문창성을 하계에 적강시키고 10년의 고통과 슬픔으로 그 죗값을 치르게 하셨다. 또 직녀는 양씨 집 딸이 되어 문창과 인연을 잇게 하신 것이다."
> (권164)

ⓛ 인간 세상의 청계공 정잠은 본래 문창성으로 옥제(玉帝) 앞에서 문자를 이룰 때 직녀 천손이 그의 풍채를 흠선하여 눈으로 유의하여 보니 문창성이 엄절하게 물리치지 아니하고 희롱하였다. 이에 옥제가 그 무례함에 화가 나시어 인간에 적하하여 춘추 난세에 내려가 시절을 만나지 못하고 도를 폐하지 못함이 차석하다 하시어 인간 부귀를 누리게 하시나 10년 고해를 겪어 직녀의 희롱한 죄를 씻게 하시고 직녀는 비록 그 죄로 인해 적강하였으나 본래 천제의 자손으로 지극히 존귀하니 진토 중에 오래 두지 못할 것이어서 30일을 기한으로 하여 다시 천궁에 돌아오게 하신 것이다. (권164)

문창성은 북두칠성 앞쪽에 반달 모양으로 성기게 벌려 있는 6성의 별자리다. 북두칠성과 함께 1년 내내 보이는 주극성이기 때문에 예부터 중시되었다. 문창 6성은 하늘의 법도를 계획하고 집성하는 천상의 육부(六府)를 구성한다고 알려져 있다. 육부의 기능을 강조할 때는 문창궁(文昌宮)이라 부르기도 한다. 또한 문창성은 북두칠성의 제4성인 문곡성과 함께 문성(文星)이라고도 불린다.[3]

《삼성훈경(三聖訓經)》과 같은 도교 경전에서 볼 수 있듯,[4] 문창성을 인격화하는 것은 도교 사상이지만, 문창성이 지닌 '문'에 대한 숭배 심리는 성리학자를 주축으로 하는 유학자의 기본 사유와 접목되는 지점이다. 문창성이 선비의 모습으로 현현하여 퇴계의 학문을 시험했다는 이야기가 전해지는 것도 이러한 까닭이다. 《완월회맹연》은 이 점에 착목하여 유학자의 자질을 가진 정잠의 전신을 천상의 문창성으로 설정한 것이다. 정잠이 천상에서 문창성이었다는 것은 그에게 초

---

3   김일권, 《우리 별자리 설화사전》, 한국학중앙연구원, 2017, 183~184쪽.

4   《삼성훈경》은 관성제군(關聖帝君) 관우(關羽)와 문창제군(文昌帝君) 장아(張亞)와 부우제군(孚佑帝君) 여암(呂巖)의 삼성(三聖)에 관한 경문을 모은 것이다.

월적 자질을 제공한다. 그는 학자 겸 관료의 측면에서 최상의 자격을 획득한 것이다.

> 양부인의 전신이 천상 직녀성으로 잠깐 득죄하여 인간 세상에 적강하였지만, 사덕을 겸비하고 덕행이 진숙하니 상천이 아끼어 빨리 돌아오게 하고 옛 벼슬을 봉하여 영주 으뜸 선봉진군을 봉하여 회신명지의 정사를 겸행하게 하시니, 저의 도덕 천행은 여러 신선 중에서도 손에 꼽힐 정도였다. (권164)

정잠의 첫 번째 정실 양부인은 천상의 직녀성이었다. 전생에 직녀였던 양부인과 문창성이었던 정잠은 서로 희롱한 일로 인해 옥제에게 벌을 받아 하계로 내려왔다. 직녀는 천손이라 30일 만에 도로 천궁으로 올라갔으며, 인간 세상에서 그녀가 행한 부덕에 감동한 옥제가 그녀를 영주 선산에 봉하였다. 작품에서는 설명을 바꾸어 양부인이 잠깐 하늘에서 죄를 지어 인간 세상에 적강하였지만 사덕(四德)을 겸비하고 덕행이 진숙하여 빨리 천상으로 되돌아갈 수 있었다고 했는데, 30일을 기한으로 적강한 것은 미리 정해진 것이었다. 천상에 돌아간 양부인은 신령한 영주의 으뜸인 선봉진군에 봉해지고, 회신명지의 정사를 겸행하게 된다. 직녀와 진군은 도교의 여선에 속한다. 영주(瀛洲)는 도교 경전의 하나인 《십주기(十洲記)》에 등장하는 신선 공간이다.[5] 양부인이 지닌 신이성도 도교적 화소를 통해 구현되고 있는 것이다.

사람들이 하늘의 직녀성을 보고 문학적으로 재구성한 역사는 오래되었다. 대표적인 것이 '견우직녀 설화'다. 견우직녀 설화의 기원에 대해서는 한나라 발생설이 존재하나, 우리의 경우는 5세기 고구려 벽화에서 발견된다. 덕흥리 고분에

●●

5   張繼禹 주편, 《중화도장(中華道藏)》, 〈십주기(十洲記)〉, 華夏出版社, 2004.

는 다양한 별자리와 신화적 도상들이 새겨져 있는데, 남쪽 하늘 부분에 푸른 물줄기를 사이에 두고 소를 끌고 가는 남성과 그 뒷모습을 아련히 쳐다보는 여인이 보인다. 남성상 옆에는 견우지상(牽牛之象)이라 적혀 있고, 여인상 옆에는 직녀지상(織女之象)이라 쓰여 있다.

직녀성을 문학적으로 소환할 때 대개는 덕흥리 고분의 견우직녀 설화처럼 남녀 간의 사랑과 이별의 서사와 관련짓는다. 또는 직녀라는 이름과 관련하여 '베짜기'와 '베 짜는 여인'의 이미지와 연결시키기도 한다. 후자의 사례로 박세당은 최창익과 이명세 등이 시냇가에 두 칸 집을 지어 학업을 익히려 한다는 말을 듣고, "문장을 짓는 일 비단 짜는 것과 같으니, 천 가닥 만 가닥 올이 얽히게 하지 말아야 하네[攻詞也不異攻緯, 萬縷千絲未要棼]"라는 시를 지어 격려하고 있다.[6] 그런데 《완월회맹연》의 양부인은 전생이 직녀성이지만 사덕을 갖춘 여신의 이미지를 지닌다. 그렇기 때문에 다시 천상으로 돌아가 삼신산의 하나인 영주를 관장하는 최고의 지위에 오른 것이다.

② 정인성

《완월회맹연》에 나오는 성신과 인간의 조응 모티프에서 주목할 또 다른 인물은 주인공 정인성이다. 그는 천상의 '태을'이었다.

태을(太乙)이 문창과 직녀에게 받은 은혜가 많은 까닭에 자원하여 그 슬하가 되어 은혜 갚기를 원하여 장차 하계로 내려가려 했다. 이전에 태을이 용녀가 문창을 사모했던 일을 조롱하는 글을 지었는데, 이에 용녀가 크게 화가 나서 태을에게 원수를 갚겠다고 다짐했던 것이다. 이에 함께 인간 세상에 내려가게 되

6   박세당, 《서계집》, 고전번역원. 2009.

었다. 용녀는 문창을 원하여 천손의 슬하를 빛내고자 하여, 한 가지로 정씨 가
문에 속하여 모자의 이름을 빌리고 전일 조롱하던 한을 갚겠다고 맹세하였다.
(권164)

정인성과 소교완은 모자관계다. 소교완은 정씨 집안에 들어와 줄곧 정인성
을 괴롭히는 데 몰두했다. 정인성은 소교완을 지극정성으로 모시지만, 정인성이
효성을 다할수록 소교완의 미움은 더욱 깊어졌다. 그것은 이들의 전생 때문이다.
천상에서 용녀였던 소교완은 문창성(정잠)을 보고 반하여 그를 유혹하려다 거절
당한다. 이에 옥제에게 문창성을 참소했고, 그것을 계기로 문창성과 직녀가 죄를
얻어 하계에 내려온 것이다. 그런데 문창성을 잊지 못한 용녀 또한 항아에게 빌어
문창성의 뒤를 따라 인간 세상에 내려온다. 이 과정에서 정인성의 전신인 태을성
이 글을 지어 용녀가 문창성을 사모하여 유혹한 일을 조롱했던 것이다. 이것을
분하게 여긴 용녀는 태을성에게 원수를 갚겠노라 단단히 기약했다. 천상에서 기
인한 용녀의 복수심은 지상에서 정인성에게 고난을 주는 원인이 된다. 그리고 그
고난의 강도가 강할수록 정인성의 초월적 자질은 더욱 부각된다.

여기에서 정인성의 전신이 태을로 정해진 것의 의미를 살펴볼 필요가 있다.
태을(太乙)은 동양 천문의 중심에 놓이는 북극성과 일치하는 신격이다. 태을은 곧
태일(太一)이다. 태일은 중국 한(漢)나라 때부터 하늘의 중심인 북극성으로 인식
되었다.[7] 전한시기의 역사서 《사기》의 〈천관서〉는 북극점 주위의 네 개 별을 천극

<hr>

7   북극성은 고정된 하나의 별자리가 아니고 시대에 따라 변화하는 것이다. 지구의 자전축인 북극
을 천구상으로 연장했을 때 닿는 가상의 점을 북극점이라 하고, 북극점 주변에서 가장 밝은 별을 북극
성이라 하기 때문이다. 자전축이 세차운동으로 이동함에 따라 북극점도 이동한다. 이에 따라 북극점
에서 가장 가까운 별인 북극성도 달라진다. 주나라와 한나라 때는 제성(帝星, 天極星), 수당 때는 천추
성(天樞星, 紐星), 원대 전후에서 지금까지는 구진대성(句陳大星)이 북극성이 된다. 김일권, 《우리 역사
의 하늘과 별자리》, 고즈윈, 2008, 268~285쪽.

성(天極星, 하늘의 극점 별)이라 일컬으며, 천극성 가운데 가장 밝은 별이 태일이 거주하는 곳이라고 기록하고 있다.[8] 또한 《진서》와 《수서》의 〈천문지〉에서는 태일 별자리를 북극대성이라 일컬으며 태양을 주관하는 제왕(帝王)의 별로 묘사했다.[9] 때문에 주나라와 한나라 때는 북극성을 제성(帝星)이라고도 불렀다. 이로 인해 북극성은 인간의 제왕을 비유하는 데에도 전용되었다. 공자가 《논어》 〈위정〉에서 "정사를 덕으로 하는 것은 비유컨대 북신이 그 자리에 있으니 뭇별이 그를 중심으로 도는 것과 같다"[10]라고 한 것이 대표적이다. 이처럼 북극성은 세계의 중심 별자리이고, 북극성에 거하는 신격이 태일이기에 신격 태일과 성좌 북극성은 자주 동일시된다. 태일이 태일성 혹은 태을성이라는 성좌 개념으로 인식되기도 하는 것은 이 때문이다.[11] 이러한 태을 화소는 정인성의 초월성이 지존에 가까움을 암시하는 것이라 하겠다.

《완월회맹연》이 그리는 성신과 인간의 조응은 도덕적으로 뛰어난 인물들을 중심으로 전개된다. 그들은 인간계에서 속인들과 살아가지만, 세속적 존재와는 구별되는 도덕적 고결함을 천상의 성신이라는 신성한 표상을 통해 확보하고 있다. 도덕적 고결함이 그들의 초월성을 구성하는 것이다. 천상의 성신을 지상의 도덕성과 연결하는 것은 《중용》에서 확인할 수 있다. 《중용》은 첫머리에서 도(道)는 "성을 따르는 것[率性之謂道]"이라고 풀이했다. 그런데 도(道)의 근원인 성(性)이란 다름 아닌 "천명을 이르는 것[天命之謂性]"이다. 이것은 삶에서 구현하는 도, 즉 높은 도덕성이 천명(天命)인 성(性)을 따르는 방식이라는 말이 된다.

● ●

8 "天極星, 其一明者, 太一常居也. 旁三星三公, 或曰子屬." 사마천, 《史記》, 〈天官書〉.

9 김일권(2008), 앞의 책, 273쪽.

10 "爲政以德, 譬如北辰居其所而衆星共之." 《論語》, 〈爲政〉.

11 김수연, 〈고소설 천문화소 '태을'의 서사적 수용 양상과 의미〉, 《열상고전연구》 44, 열상고전연구회, 2015, 175~176쪽.

③ 정인광

정명도 후손 중 또 하나의 핵심 인물은 정인광이다. 정인광은 정삼의 아들이고 정인성과는 쌍둥이 형제다. 형 정인성이 여섯 살 때, 완월대에서 열린 정한의 생일잔치에서 큰아버지 정잠의 계후로 정해지면서, 정인광은 자연스럽게 정삼 집안의 장자가 되었다. 정한-정잠·정삼-정인성·정인광으로 이어지는 가계의 핵심 인물인 것이다. 정인성이 성신 중 지존인 태을을 전신으로 삼아 초월성을 드러냈다면, 정인광은 전생에 규성이었다는 점 이외에 천신과 직접 교감하는 방식으로 자신의 초월성을 구현한다. 이것은 천상의 전생을 지닌 다른 인물들, 즉 정잠(문창성), 양부인(직녀), 소교완(용녀), 정인중(규목낭), 정인웅(벽수유) 등과 구별되는 특별한 자질을 드러낸다. 정인광의 초월성이 드러나는 대목을 구체적으로 감상해 보자.

> 채 오륙십 리를 가지 못해서 칼바람이 불고 갑자기 퍼붓는 것 같은 눈비가 오니 눈은 쌓이고 빗발은 떨어지는 족족 얼음판이 되니 가뜩이나 좁고 험한 산길에 걷기 어려움이 어떠하였겠는가. 운학의 건장함과 경용의 단단한 체구로도 이쯤에 이르러서는 발도 옮기지 못할 정도가 되어 뒤로 물러나지도 못하고 앞으로 나아가지도 못하는 낭패한 지경은 말로 표현하기 어려울 정도였다. 정인광은 자기가 죽더라도 누이의 시체나마 찾으려고 마음먹었으므로 용이나 호랑이 같은 기세로 산바람과 눈비를 무릅쓰고 두 노복의 손을 잡고 삼사십 리를 더 갔다.
> 눈비를 무릅쓰고 두 종의 손을 잡아 삼사십 리를 더 나아갔지만 인가가 없고 운학, 경용이 지난밤 도적을 만났을 때에 온힘을 다하여 피곤한 몸에다가 옷까지 벗어 엄부 장확에게 주고 각자는 얇은 옷으로 살만 가리고는 드센 바람에 강추위를 무릅쓰고 있으니, 몸이 이렇게 험한 산기슭 얼음판에서 어떻게 발을

딛고 서 있을 수 있겠느냐만, 지극한 충성심에 하늘이 감동하고 신령이 도우니 정인광을 붙들어 낙성촌을 30리쯤을 앞두고서는 비바람은 그쳤으나 눈이 쌓이는 것은 빠르고 날이 저물어 어두운 빛이 내리니 산골짜기에 발 디딜 곳을 알지 못하고 하루 종일 눈비에 옷이 젖어 얼어붙었으니 몸을 구부리며 펴기가 마음대로 되지 않았다. 게다가 추위에 몸 전체가 통짜 얼음장이 되었으니 딴딴하여 구부러지는 곳 없을 정도로 굳었으며 마디 없는 것처럼 단단하니 나무로 깎아놓은 사람상이나 옥으로 만들어놓은 사람 조각 같았다. 전신에 온기가 없을 때 한 줄기 맥만 끊어지지 않은 것이지 어찌 살기를 바랄 수 있겠는가.

이때에 하늘과 땅이 아득하고 해와 달이 빛을 잃으니 운학의 무리가 풍이의 충성이 있다 한들 무엇을 믿고 움직이며 누구를 믿고 광무제가 받았던 호타하 보리밥과 무루정 콩죽 같은 것을 얻겠으며 또 어떻게 사람 사는 집을 찾아 젖은 옷을 말리고 언 몸을 녹일 따뜻한 곳을 찾을 수 있겠는가. 주인과 노복 세 명이 모두 기운이 다 빠져버리고 얼어버린 입이 뻣뻣해져 말을 잘 하지 못할 정도가 되었다. 정인광은 두 노복의 손을 잡고 간신히 입을 떼었다.

"쌓인 눈이 내 어깨 높이를 넘을 지경이고 너희들의 가슴께까지 차오르고 있으니 더는 움직일 방법이 없겠다. 나는 적벽에서 동남풍을 불러오던 와룡선생의 재주를 가지지 못하였으니 이 눈을 멈추게 할 수는 없구나. 하지만 우리의 운명이 이 쌓인 눈 속에서 끝나지는 않을 터, 너희들은 기운을 모아 인가를 찾는 데 신경을 써라."

두 노복이 입을 뻐끔뻐끔하면서 답을 하지 못하니 이토록 위태로운 모습은 당장이라도 죽을 듯 턱이 제멋대로 떨리며 입을 벌리지 못하였다. 정인광이 탄식하며 말하였다.

"하늘이 나의 덕 없음을 벌하고자 이 노복들도 빼앗아 가시려고 하시는구나."
말을 끊고 슬픔에 겨워 하늘에 대고 폭설이 잠시라도 멈추고 땅 위에 쌓인 눈을 녹여주십사 하고 빌었다. 그가 하늘에 기도하는 소리가 크지 않고 느리고 낮으나 사람은 비록 없어도 신명이 곁에서 보호하였다. 신명은 허공을 향해 부르짖고 땅을 두드려 정인광의 위태함을 아뢰었다. 귀신과 혼령이 급히 하늘 문을 두드려 구름 궁궐에 있는 북을 울려 태평귀를 불러 사정을 고하였다. 옥황상제 교지를 전하기를,

"규성을 별로 가진 정인광은 세상의 모든 복록을 갖추어 태어났다. 수명이 짧지 아니하니 어찌 제 명에 살지 못하고 죽겠느냐?"

하시며 음산북을 울려 폭설을 그치게 하고 북극 풍도신에게 명령하여 찬바람을 그치게 하며 동남 순위신에게는 따듯한 바람을 불어서 정인광을 위험에서 구해내라고 명령하셨다. 하늘의 조화는 무궁무진하여 산같이 쌓인 눈이라도 화로에 한 점 눈송이같이 못 녹이겠으며 추운 날도 따듯한 날로 바꾸지 못하겠는가. 밤이 반도 지나기 전에 공자가 있는 곳으로부터 낙성촌까지 높이가 한 길 가까이 쌓였던 눈이 순식간에 녹아 물이 되어버리고 또한 날이 따듯하고 고요하고 잔잔한 바람이 부니 눈 녹은 물이 얼지 않았다. (권16)

정씨 일가가 있는 태주로 가는 길에 정삼의 아들 정인광과 정잠의 딸 정월염은 도적을 만나 목숨을 잃을 위기에 처한다. 이에 정인광은 정월염을 피신시키고 홀로 도적에 맞서지만, 종국에는 도적들에게 포위되고 정월염도 도적에게 잡힐 상황에 처한다. 정월염은 도적에게서 벗어나고자 낭떠러지에 몸을 던진다. 이때 정씨 집안의 하인 운학과 경용이 나타나 도적을 물리치고 정인광을 구하지만, 이미 정월염은 사라진 후였다.

운학과 경용은 정월염을 잃어버리고 애통해하는 정인광을 위로하며 함께 정월염을 찾아 나선다. 그렇게 하여 세 사람은 정월염이 추락한 낙성촌 봉월곡 병풍암 아래로 향한다. 낙성촌으로 가는 길은 매우 험했다. 거기에 큰 눈과 거센 바

람까지 불어 한 발짝 나아가는 것도 어려운 지경에 이른다. 엎친 데 덮친 격으로 운학과 경용이 정신을 잃게 된다. 이처럼 절망적인 상황에서 정인광은 하늘을 향해 눈이 그치고 땅이 녹게 해달라고 빌었다. 정인광의 초월성은 이 부분에서 부각된다. 크지도 않은 정인광의 기도를 그의 곁에 있던 신명이 듣고 옥황상제에게 전한 것이다. 옥황상제는 명령을 내려 정인광 주위의 큰 눈을 거두고 따뜻한 바람을 내려주도록 했다. 혼절했던 정인광과 운학, 경용이 깨어나 발견한 세상은 어느새 찾아온 봄기운으로 가득했다.

2) 정잠·정인광의 신인성과 요인형 도사

《완월회맹연》이 도교 화소를 활용하는 방식은 양면적이다. 앞서 보았듯 이 작품은 정씨 가문 구성원의 초월성을 드러내기 위해 도교 화소 중 '성신 조응'을 적극적으로 활용했다. '성신 조응'은 도교의 긍정적 이미지를 환기하는 화소다. 반면 이 작품은 도교의 부정적 이미지, 즉 세속화된 요인형 도사 화소를 차용하기도 한다. 요인형 도사 화소는 정씨 집안 인물의 신인성을 구현하는 역할을 한다. 앞부분에서 서술한 초월성이 인물의 타고난 자질을 강조한 것이라면, 여기서 다룰 신인성은 인물이 위기를 극복하는 과정에서 드러내는 능력을 강조한 것이다. 신인성을 구현하는 대표적인 인물은 정잠과 정인광이다.

① 정잠

남궁주가 대답하지 않고 머리를 들어 하늘을 보아 천수를 살피고는 한참을 가만히 있다가 길게 탄식하고 말했다.

"아, 애통하구나. 나의 운수가 다하고 목숨이 경각에 있으니 도술을 행할 수가 없고 힘을 쓸 곳이 없구나. 내가 죽음을 앞에 두고 못할 말이 어디 있겠는가. 여기에 들어와 원수의 목숨을 빼앗으면 천만다행이고, 설사 뜻대로 되지 않더라도 영채를 빼앗고 내 몸이 한 번 솟아올라 안남에 나가면 남만왕의 중한 대접을 받아, 마침내 부귀를 잃지 않게 될 것이다. 그리하여 몸과 마음을 다해 명나라 군사를 멸하고 뜻한 바를 이루고자 했었는데 하늘이 옥청진인(玉淸眞人) 정잠을 위하여 나를 죽게 하는구나. 하늘과 땅에 그물이 사방팔방으로 겹겹이 촘촘하니 육정(六情) 육갑(六甲)이 성황(城隍) 토지(土地)의 여러 신과 더불어 상선(上仙)을 두려워하여 나를 해치는구나. 내가 그물을 벗어난들 이미 그물에 걸린 용이요, 함정에 빠진 범이 되어 천지에 자욱한 밀망(密網)을 벗어나지 못할 것이니, 아, 천명을 어찌하겠는가." (권62)

인용문은 정잠을 죽이러 온 남궁주가 한 말이다. 남궁주는 정잠의 처소 앞에서 곽창석에게 사로잡혔다. 이에 정잠은 제갈공명의 칠종칠금을 본받아 그에게 다시 한 번 겨룰 기회를 주겠다고 말하며, 의향을 묻는다. 그러자 남궁주는 하늘을 우러러보며 천수를 살피고는 죽기 전에 속내를 다 털어놓겠다면서, 하늘이 옥청진인 정잠을 위하여 자신을 죽게 하려고 결정했기에 이곳에서 풀려나도 천지 사방에 촘촘한 그물이 있는 것과 같아 도망할 수 없다고 말한다. 또한 육정과 육갑과 성황과 토지의 여러 신이 함께 상선(上仙), 즉 정잠을 두려워하여 자기를 해친다고 했다. 자신이 정잠에게 죽는 것이 천명이라는 것이다. 남궁주는 도술을 행하고 천수를 읽을 수 있는 도사다. 그러한 그가 정잠에게 해를 끼칠 수 없는 것은 정잠이 하늘이 위하고 신들이 위하는 옥청진인이고 상선이기 때문이다. 옥청진인은 도교에서 최고 경지의 신선이다. 상선 또한 최상 등급의 신선이니 같은 말이다. 정잠을 옥청진인과 상선이라고 부르는 것은 그가 인간이면서 신의 경지에 있는 존재임을 의미한다. 즉 정잠이 신인(神人)으로서의 자질을 지녔음을 말하는 것이다.

② 정인광

문득 한바탕 괴이한 바람이 일어나는 곳에 장사 한 명이 비수를 끼고 곧장 마루 안으로 달려 들어갔다. 홀연 마루 아래에서 어떤 대장이 큰 소리로 호통을 치며 진요절홍검을 들고 적장의 앞으로 달려와 치고자 했다. 적장이 무심결에 놀라고 당황하여 걸음을 움직여 도망가려고 했다. 그 장수는 굵은 팔을 쭉 뻗어 적장을 잡아 넘어뜨리고 허리 아래에서 철삭을 꺼내 단단히 묶었다. 마치 거대한 역사가 어린아이를 쓰러뜨린 것 같았다. 마침내 붉은 붓으로 쓴 부적을 꺼내 적장의 머리 뒤에 붙이니 이는 우선봉(右先鋒) 곽창석이었다. 적장이 하늘을 바라보며 한숨을 쉬고 말했다.

"신이함을 지닌 영웅인 내가 곽창석 같은 아이에게 잡히는 욕을 당하다니, 전혀 생각지도 못한 일이다. 나의 용력으로 말하면 너 같은 무리는 나 혼자서도 백 명은 당해낼 수 있고, 신이한 행적과 기이한 술법으로 말하면 너희들 따위는 한 칼에 열 명을 순식간에 베어낼 수 있다. 이제 몸의 팔다리에 뼈가 없는 것처럼 되어 하늘에서 신병(神兵)을 내려오게 하는 술법과 지상에서 죽이고 화에 걸리게 하는 도술을 행하지 못하게 되니 이것이 어찌 다른 까닭이겠는가? 너의 칼에 서린 정기가 괴이하고 너의 소매에 진양법서가 있기 때문이다. 그래서 내가 너를 능히 죽이지 못하고 내가 오히려 너에게 잡혀 진양법서가 꼭뒤를 누르니 과연 몸을 마음대로 움직이지 못하게 된 것이다. 이러니 오늘 내가 죽을 것을 생각지 아니하겠는가?"

곽창석은 더 이상 말을 하지 않고 적장을 뜰아래로 끌어내렸다. 원수가 비로소 물었다.

"어찌하여 이리 어지러운 것이냐?"

곽창석이 이에 대답했다.

"소장 곽창석이 체찰사 나리의 영지(令指)를 받들어 오늘 밤에 요사한 적이 대원수 나리의 침소에서 변을 지을 것이니 잡으라 하시므로 기다리고 있었는데, 오래지 않아 미친 듯한 바람이 일어나므로 요사한 적을 방비하지 못하였기에 지존(至尊) 계신 앞에서 흉한 적이 난을 지으니 급히 엄습하여 체포하였습니다. 미처 아뢰지 못한 채 소란함을 더하니 황송하기 이를 데 없습니다."

원수가 이 말을 듣고 촛불을 밝히라 했다. 옷과 두건을 갖추어 입고 죽창을 기대앉은 후 자객을 마주하였다. 자객의 흉악한 모습과 포악한 사나움과 넘치는 간교함이 해적 중의 우두머리 같았다. 이 자가 반드시 교지에서 난을 짓고 백성에게 해를 끼친 수적(水賊)임을 알고 명령하려 이름을 물으라 하니, 남궁주라고 아뢰었다. (권62)

이 부분은 앞서 나온 남궁주가 사로잡히는 장면이다. 정인광은 신이한 지략으로 부장 곽창석을 시켜 요적 남궁주를 사로잡는다. 당시 정잠과 정인광은 대원수와 체찰사의 신분으로 서촉과 안남, 교지의 민심을 다스리고 있었다. 특히 서천 지역은 탐관오리 왕촉의 전횡이 심하고 몇 년째 흉년이 이어지다 전염병까지 일어나 거의 죽음의 땅이 되었는데(권60), 이때를 타 요적 장손확이 술법을 사용하여 여러 마을을 노략했다. 이에 조정에서 정잠과 정인광을 보내 혼란을 다스리고 장손확을 물리치라고 했다. 정잠 부자가 글로써 인심을 교화하자, 요적의 무리들도 상당수가 항복했다. 이때 장손확과 같은 남궁주는 또 다른 요적 장손술과 함께 정잠 부자를 죽이려는 계획을 세운다. 그리하여 광풍(狂風)으로 변신을 하고 정잠의 군영 안으로 들어간 것이다. 하지만 이미 곽창석이 잠복해 있었다. 정인광이 남궁주의 침입을 예견하고 곽창석에게 방비하도록 명령한 것이다. 남궁주는 끝내 정잠에 의해 처형당한다.

남궁주는 스스로 말한 바와 같이 곽창석 정도의 사람 백 명을 당해낼 힘이 있고, 한 칼에 열 명을 베어낼 술법도 쓸 줄 알았다. 그는 상당한 수준의 도력을 지닌 도사였던 것이다. 그런데도 "몸의 팔다리에 뼈가 없는 것처럼 되어 하늘에서 신병(神兵)을 내려오게 하는 술법과 지상에서 죽이고 화에 걸리게 하는 도술을 행하지 못하게" 된 것이다. 이것은 다름 아니라 곽창석의 칼에 서린 괴이한 정기 때문이고, 그의 소매에 있는 진양법서 때문이다. 이 모두가 정인광이 지시한 것이다. 남궁주처럼 신병도 부릴 수 있는 요인형 도사의 등장은 궁극적으로 정인광의 신인성을 드러낸다.

　㉠ 장손술이 비수를 끼고 모습을 감추어 체찰사 영채에 와서 멀리 바라보았다. 천지가 온화하게 밝고 진영이 정돈되어 있고 문풍이 가지런하니 일만 가지 삿된 기운이 사라지고 일천 가지 음란한 바람이 사라져 완연히 사수 위에 봄기운이 화평한 것 같았다. 마치 요의 나라요, 순의 세계 같았다. 어찌 영진에 흩뿌린 살기를 두려워하겠는가? (권62)

　㉡ '정인광이 본래 강산의 영기와 일월의 신화로 성덕과 기질이 백 대 이전에서부터 백 대 이후까지 통틀어 홀로 한 사람이다. 어릴 때부터 천신이 호위하고 길신이 좌우에서 붙들어 월천강의 사변과 해외 제국의 허다한 고난을 당하였지만 한결같이 무사 안길하니 진실로 천생 성인이라. 내가 이제 바람을 타며 안개로 변화하여 신이한 행적과 도술로 정인광을 죽이고자 하나 저 사람은 성현이기 때문에 그 당당한 정화가 한없이 영채를 둘러 한 손을 놀리지 않고도 앉아서 나의 술법을 깨뜨릴 것이니 차라리 고요한 가운데 힘으로 저를 해치는 것이 옳겠다.'
즉시 몸을 흔들어 변하여 영중 병사의 복색으로 바꾸고 영채 안으로 달려 들어가는데, 걸음걸이가 신과 같아 흔적이 없으므로 여러 장수와 군졸이 게으르고 무심하게 잠든 것이 아니지만 장손술의 자취를 알아채는 사람이 없었다. 마침 군중이 엄숙히 정제하고, 북소리가 멀리에서 들려오는 것이 시간이 자정임을 알렸다. 사경(四更) 초(初)가 된 것이다. 장손술이 담을 크게 하고 정신을 가다듬어 체찰사 정인광의 침소에 이르러 문을 열고 들어섰다. 붉은 벽에 침상이 가지런한데, 체찰사가 깊게 잠들어 있었다. 주위를 둘러보니 두어 명 서동이 상하에서 멀리 모시고 잠이 들어 있었고, 호위장수와 참군 주부의 무리는 좌우 하실에 있었다. 그러나 침소 가까이에서 모시는 사람은 없었다. 이에 더욱 방자하고 거리낌 없이 칼을 들어 범하고자 했다. 그러나 오히려 당황하여 빨리 손을 쓰지 못하고 숨을 고요히 하여 상 위를 살폈다. 이미 촛불을 치워 빼앗아 방안이 어두워져서 호발을 알아보지 못할 정도였다. 상 위에는 한 줄기 붉은빛이 희미하여 바로 방 벽에 쏘이니 바로 달빛이 대낮 같아 암실이 조요한 듯 커다란 진주 구슬의 빛이 열두 대 이어놓은 수레 뒤까지 비치어 요마를 멀리 물리치는 것 같았다. 우러러 촛불 그림자가 어른거리는 것을 보고 굽혀 침상이 광화함을 살피니 뚜렷한 모습이 바로 옥 같은 달이 떨어진 듯 찬찬한 두 눈썹에 여덟 광채가 요요하여 길게 천창을 떨치며 맑은 두 귀밑머리는 옥을 아름답게 다듬은 듯했다. 솟아난 이마는 굉걸(宏傑)하여 한 번 바라보자 절로 기운이 사그라지고 위축되었다. 이에 칼을 안고 생각했다.

'처음부터 그 비상함을 알았거니와 전일은 단혈(丹穴)의 어린 봉 같고 지금은 창해(滄海)의 풍운을 짓는 용 같으니 정기를 발화함과 웅렬 장위함이 예전에 비할 바가 아니로다. 그러나 이렇듯 어물쩍거리다가 대사를 그르치게 하지 못하리라' 하고 담을 더욱 돌같이 하며 악을 더욱 쇠같이 하여 힘을 다해 칼을 들어 바로 정인광의 가슴과 배를 찔렀다. (권62)

© 분명히 침상을 향해 정인광의 가슴과 배를 찔렀는데 칼이 상 아래로 떨어지고 제 스스로 엎어져 오래도록 일어나지 못했다. 체찰사 정인광이 비로소 몸을

움직여 자리에서 일어나서 관을 들어 머리에 얹고 서동을 깨워 촛불을 밝힌 후 좌우 하실에 있는 참군과 호위장 등을 부르라고 했다. 이윽고 일시에 명령이 전해져 뜰아래 이르니 체찰사가 명령했다.

"내가 본래 광무(光武)처럼 자객에게 항복받는 도량이 없고 또 진황(秦皇)처럼 약낭으로 형가(荊軻)를 거절하는 수단이 없는데도, 스스로 와서 거꾸러지는 것이 있으니 그대들은 여기에 들어와 보라." (권62)

《완월회맹연》에는 남궁주 외에도 다수의 요인형 도사 캐릭터가 등장한다. 여의개용단을 먹고 태주에 있는 정씨 집안의 하인으로 변신하여 혼란을 일으키는 장손설, 교한필 부인 여씨의 유모 비앵의 남편으로 여씨의 흉계를 도와 교숙란과 교한필을 위기에 몰아넣는 장손탈, 앞에서 언급한 기이한 술법을 행하는 장손확, 요술과 신행을 공부하여 만 리 밖의 일도 눈앞에서 보는 듯하고 미래도 점을 치며 천문과 성수를 읽고 요약을 만들어 악한 일에 사용하는 태청관의 도사 장손활 등이다. 이들은 주로 도적의 무리로 그려지기에 요적이라고 한다. 그중 장손술은 장손활의 조카이자 장손설의 형으로, 도적의 우두머리 격이다. 신기한 도술을 부리고 변신에 뛰어나 여러 도적이 신처럼 떠받드는 인물로 그려진다.

위의 인용문은 장손술이 정인광을 죽이기 위해 침소에 침입하는 장면이다. 비수를 끼고 모습을 감추어 정인광의 군영 가까이에 이르렀다. 장손술의 눈에 보이는 정인광의 영채는 삿된 기운이 근접할 수 없는, 말 그대로 요순이 다스리는 곳 같았다. 요순은 태평성대를 이룬 신화시대의 임금이다. 신화시대의 신인(神人)인 것이다. 장손술은 이미 정인광의 기질이 '강산의 영기와 일월의 신화로' 이루어졌으며, 100년 전부터 100년 후까지 통틀어도 독보적인 인물임을 알고 있었다. 그래서 자신이 "바람을 타며 안개로 변화하여 신이한 행적과 도술로 정인광을 죽이고자 하나 저 사람은 성현이기 때문에 그 당당한 정화가 한없이 영채를 둘러한 손을 놀리지 않고도 앉아서 나의 술법을 깨뜨릴 것"을 알았다. 그래서 힘으로 제어하고자 침소 안으로 들어간다.

하지만 침상에서 자고 있는 정인광을 보자 손을 쓰는 것이 주저되었다. 장손술의 눈에 보인 정인광은 감히 범접할 수 없는 존재였기 때문이다. "옥 같은 달이 떨어진 듯 찬찬한 두 눈썹에 여덟 광채가 요요하여 길게 천창을 떨치며 맑은 두 귀밑머리는 옥을 아름답게 다듬은 듯했다. 솟아난 이마는 괭걸(宏傑)하여 한 번 바라보자 절로 기운이 사그라지고 위축되었다." 장손술은 천상의 존재 같은 정인광의 모습에 저절로 기운이 사그라지고 위축되었다. 장손술의 술법이 아무리 뛰어나다고 해도 그가 지닌 기운은 삿된 것이었다. 그렇기 때문에 천상인에 가까운 정인광의 기운 앞에서는 저절로 기를 펴지 못하는 것이다.

장손술은 겨우 힘을 모아 칼로 정인광을 내리친다. 그런데 뜻밖에도 그의 칼은 겨누던 정인광의 가슴과 배에 꽂히지 않고 침상 아래로 떨어졌다. 그러고는 장손술 자신도 저절로 엎어져 한참을 일어날 수 없었다. 정인광은 부하 장졸들을 불러 그 모습을 보이고는, 자신은 가만히 있었는데 장손술이 "스스로 와서 거꾸러지는" 것이라고 설명했다. 이처럼 《완월회맹연》은 요인형 도사를 통해 정인광의 신인성을 부각하고 있는 것이다.

3. 가문의 도덕성을 부각하는 불교적 화소들

앞서 도교적 화소들이 《완월회맹연》에 등장하는 인물들의 신이성을 구현하는 데 기여하고 있음을 살폈다. 《완월회맹연》에는 도교 외에 불교적 화소도 상당수 등장한다. 대체로 악인형 여승과 선인형 승려, 불서 및 요약 모티프의 활용이다. 도교적 화소가 중심인물의 신이성을 강조하는 역할을 했다면, 불교적 화소들은 주로 정씨 집안의 도덕성을 부각하는 역할을 한다. 구체적인 내용을 살펴보도록 하자.

1) 정씨 가문의 군자적 면모와 악인형 여승·불서

정인광은 어려서 장헌의 딸 장성완과 혼약을 맺는다. 그러나 두 사람의 관계는 순탄하지 않았다. 정인광은 다소 융통성이 없다고 할 만큼 군자적 기질이 강한 반면, 장인이 될 장헌은 기회주의적 소인의 기질이 농후한 인물이기 때문이다. 두 사람의 옹서 갈등은 《완월회맹연》의 핵심 갈등 중 하나로 평가될 만큼 주요한 서사 라인이다. 특히나 장헌은 정씨 가문이 위기에 처했을 때, 정씨 가문과의 정혼을 파기하고 딸 장성완을 황제의 후궁으로 들일 것을 도모한다.

뿐만 아니라 장헌은 정월염을 첩으로 삼고자 했다. 앞서 정월염은 도적들을 피하기 위해 낭떠러지 아래로 몸을 던진 바 있었다. 그때 정월염과 시비 춘파, 경파는 장헌의 비자였던 위정의 도움을 받아 목숨을 건진 것이다. 그러나 위정의 집에 숨어 있던 정월염을 위정의 친구인 매파 가월랑이 발견한다. 마침 가월랑은 장헌에게 첩을 구해달라는 부탁을 받은 차였다. 가월랑의 천거로 장헌은 정월염을 첩으로 들이겠다고 하고, 위정은 정월염을 지키려 한다.

이러한 상황에서 정월염은 동생 정인광과 재회한다. 정월염은 정인광에게 여장할 것을 제안한다. 정인광이 여장을 하고 장헌의 첩으로 들어가서 자신들을 도와준 위정과 최언선을 살리라는 것이다. 정월염을 도피시킨 후 정인광은 장헌의 집에 들어가게 된다. 위정의 꾀로 혼인 일을 다음 날로 미루었지만, 정인광의 거처로 찾아간 장헌은 그(녀)의 빼어난 외모에 감탄하여 동침하려 한다.

정인광이 최언선을 살리기 위해 훗날 정씨 집안이 득세할 때를 도모해야 하지 않겠느냐고 하자, 장헌은 최언선을 풀어주어 정씨 집안의 부흥에 대비하는 기회주의적인 모습을 보인다. 그러면서 장헌은 딸 장성완을 황제의 후궁으로 바쳐 부귀를 도모할 것이라는 속내를 털어놓는다. 정인광은 이 말을 듣고 장헌의 인간 됨을 더욱 경멸하면서 자신은 결코 그의 사위가 되지 않겠다고 마음먹는다.

장헌의 소인배 기질로 인해 장성완까지 미워하게 된 정인광은 장성완과 혼인한 후에도 금슬이 좋지 않다. 여기에 두 사람을 더욱 힘들게 한 것은 장헌의 부인이자 장성완의 생모인 박씨다. 장헌의 첫째 부인 연씨는 장창린을 낳았으나 어려서 잃어버렸고, 후처로 들어온 박씨의 소생이 장성완이다. 그런데 사위 정인광이 고난 중에 인연을 맺은 소채강을 첩으로 들인 것을 못마땅하게 여기던 박씨가 딸 장성완을 위해 소채강을 없애고 사위의 마음을 자기 딸에게 돌리고자 사특한 일을 꾸민 것이다. 이러한 사특함 가운데 대표적 불교 화소인 '악인형 여승'이 등장한다.

> 박씨가 절절이 걱정하여 사방으로 요사하고 괴이한 무녀와 간사한 점쟁이를 불러 딸아이 장성완의 적국인 소채강을 없애려 하고 한림 정인광의 마음을 돌리려고 요사한 무리를 찾는다는 것이 동서에 파다하였다. 하루는 박낭중 부인의 시녀 교춘이 주인의 서함을 받들어 왔다가 문득 아뢰었다.
> "소비가 이리로 오는데 길에서 신기한 도승을 한 명 보았습니다."
> 박씨가 그 말을 채 듣기도 전에 기쁨을 이기지 못하여 급히 물었다.
> "어디서 어떤 선승(仙僧)을 만났으며 무슨 신기한 일을 보았느냐. 모름지기 밝게 말하여 나로 하여금 자세히 알게 하고 진실로 기특하면 선승을 불러오너라."
> 교춘의 위인이 간교하고 민첩하여 날랜 혀를 놀려 능히 사람을 혹하게 하는 까닭에 문견(聞見)을 전하면 듣는 사람이 마치 눈앞에서 보는 듯했다. 이르기를 길에서 백의 노승을 만났는데 선풍이골(仙風異骨)이 포단(蒲團) 우에 공부를 닦아 장생불사(長生不死)를 기약할 뿐 아니라 사람을 한 번 보면 얼굴에서 팔자와 길흉을 환하게 잘 알고 소리를 듣고 품은 뜻을 명쾌히 알며 현우(賢愚)와 선악

(善惡)을 깊이 가리고 재액(災厄)을 낱낱이 알아 능히 옅은 복을 두텁게 하며 짧은 수명을 길게 만드는 생불(生佛)이라고 하는 것이다. 박씨가 귀를 기울여 듣고 나서 기이하고 신통함을 이기지 못하여 낯을 가리는 예절만 없다면 목을 빼고 길에 가 맞아오고자 하는 뜻이 불같았다. 그저 발만 구르며 한편으로 교춘의 등을 밀며 말했다.

"그 생불이 벌써 어디로 갔으면 어찌하느냐. 모름지기 빨리 가서 청하여 오라. 만일 순순히 오면 직로로 오지 말고 후원으로 해서 바로 이리 오너라."

교춘이 응낙하며 다시 나와 이고(尼姑)를 청했다. 박씨가 말한 대로 후문으로 휘돌아 바로 박씨 침당으로 들어왔다. 박씨가 자리를 단정히 하고 직접 세수 분향하여 이고를 간절히 기다리다가 교춘이 오는 것을 보고 급히 당에서 내려가 공경으로 맞이했다. 이고는 산간의 한낱 걸승(乞僧)으로 사람의 사주와 길흉을 조금 알지만 팔좌 내자의 존귀한 사람이 땅에 내려와 맞이하는 영화로운 예우를 어찌 받아봤겠는가. 매우 황공하여 합장배례(合掌拜禮)하고 만복(萬福)을 축원하며 천천히 부인과 함께 당에 올랐다. 박씨는 당당한 생불을 만난 것처럼 말마다 사부(師父)라고 부르며 혹 부처라고도 일컬어 존경함을 지극히 하며 먼저 백은(白銀) 열 냥과 두 쌍의 황촉과 한 필의 흰 비단으로 예물을 삼고 장공과 자기의 나이를 말해주어 화복을 점치게 했다. 이고가 은화에 심신이 황홀하여 평생의 재주를 다하며, 대략 과거의 일을 의연히 맞히고 현재의 형세를 보는 것처럼 말하는 것이었다. (권41)

박씨는 친정의 시녀 교춘이 생불, 즉 살아 있는 부처라고 추천한 '신통한 능력을 지닌 늙은 여승'을 불러들인 후 온갖 재물을 주면서 남편 장헌과 자신의 길흉화복을 점쳐본다. 또한 딸 장성완의 운수를 점치며 소채강을 해칠 방법을 묻는다. 이에 여승은 장성완에게 닥칠 재액이 가장 급하다고 부추기며, 재액을 막으려면 자신이 불전에 기도하고 장성완이 불경을 30일 동안 음송(吟誦)해야 한다고 말한다. 박씨는 이 일을 실행하도록 하며 여승에게 상당한 금액을 지불한다. 그러나 사실 이 여승은 교춘과 각별한 사이였다. 두 사람은 박씨에게 받은 돈을 나눠 갖고, 교춘은 몇 권의 불교 경전을 박씨에게 전달한다.

박씨는 딸 장성완에게 불서(佛書)들을 보내면서 30일 동안 음송하라는 내용의 편지를 쓴다. 만약 정씨 집안에서 이 일을 하기 곤란하면 친정으로 와서 하라는 말도 덧붙였다. 이 말은 정씨 가문이 엄격한 유교적 도덕성을 추숭하는 분위기이며, 따라서 불교 서적을 암송하는 것은 비난받을 만한 삿된 행동이라는 것을 나타낸다. 박씨는 이를 알면서도 정인광의 첩 소채강을 없애기 위해 시집간 딸에게 정씨 가문이 용납하지 않을 일을 권하는 것이다. 그러면서 만일 자기 말대로 하지 않으면, 자신이 정씨 집으로 찾아가 사위 정인광을 욕보이는 것을 마다하지 않겠다고 협박한다.

모친 박씨의 성격을 잘 아는 장성완은 일단 알겠다고 답하지만, 정씨 집안에 누를 끼치지 않기 위해 불서가 도착하면 즉시 태울 작정이었다. 그런데 박씨가 시비 소취를 통해 전한 편지와 책이 잘못하여 정씨 집안의 서동에게 전달된다. 서동은 소취가 전한 물건이 장창린이 보낸 건 줄 알고 정씨 집안 남자들이 모여 있던 명광헌으로 가져간다. 정씨 집안 사람들은 그 물건이 허무맹랑한 불서라는 것을 알고 놀란다. 더구나 평소 장헌의 소인배 기질을 경멸하던 정인광이 박씨의 편지를 읽고 만다. 이에 정인광은 박씨의 요구를 거절하지 않고 불서를 받겠다고 한 장성완을 원망하게 된다. 물론 다른 사람들은 장성완이 모친 박씨의 뜻을 차마 거절할 수 없어서 받은 것이며, 받은 후에 분명 없애려 했을 것이라 말한다. 그러나 군자적 도덕성을 중시하는 정인광에게는 그런 말이 들리지 않았던 것이다.

화가 난 정인광은 태부인에게 병으로 앓아누워 있는 장성완을 출거(出去)하자고 청한다. 장성완이 허탄한 불경을 공부한다는 것이 출거의 이유였다. 그러나

태부인은 장성완이 박씨가 보낸 불서를 직접 음송하는 것을 본 것도 아닌데 경솔하게 출거를 말한다고 오히려 정인광을 꾸짖었다. 그러면서 장성완에게 문병을 가라고 명령한다. 하지만 정인광은 장성완을 찾아가지 않고 오히려 그녀의 시비들을 불러 혼쭐을 낸다. 또한 장성완을 구호하던 소채강을 불러 장성완의 잘못을 지적한 후 자신의 말을 장성완에게 전하라고 말한다. 그러고는 장성완의 처소에 발길을 끊는다.

이러한 사달이 났는데도 박씨는 여전히 여승에게 소채강을 없앨 방법을 찾아달라고 부탁한다. 그러나 여승은 소채강이 귀인이기 때문에 자신의 방술로 그녀를 죽일 수 없다는 사실을 분명히 알고 있었다. 그래서 이러저러한 핑계로 박씨를 피하고, 교춘도 여승이 죽었다고 박씨에게 거짓말을 해서 사건은 일단락된다.

이 같은 악인형 여승과 불서 음송 모티프의 활용은 정인광으로 대표되는 정씨 집안이 유교적 도덕 질서를 숭상하는 분위기라는 사실을 잘 드러낸다. 여승과 불서라는 불교적 화소가 악인의 음모와 결부되지만, 궁극적으로는 군자의 도덕성을 훼손하지 못한다. 오히려 불교 화소를 이용한 음모는 정씨 집안의 도덕성은 삿됨이 침범할 수 없는 일종의 성역임을 암시하는 역할을 할 뿐이다.

2) 도덕적 성역으로서의 정씨 가문과 선인형 승려

정명도의 후손답게 정씨 집안은 도덕적으로 신성한 공간으로 이미지화된다. 그곳에 사는 정씨 집안의 구성원도 도덕적으로 뛰어난 자질을 타고났다. 반대로 새로운 구성원이 정씨 가문에 들어가기 위해서는 자신의 도덕적 자질을 입증해야 한다. 이것을 적극 부각하는 것이 혼사장애다. 혼인관계를 통해 정씨 집안의 일원으로 들어가는 과정에서, 인물의 도덕성이 시험되는 것이다. 이것은 일종의 입사식이라 할 수 있다. 대표적인 것이 정인경과 혼인하는 교숙란의 이야기다.

정삼과 화부인 사이에서 태어난 둘째 아들 정인경은 정신이 빼어나고 뛰어나며 맑고 고결한 성품의 인물이다. 그는 어느 날 꿈에서 죽은 큰어머니, 즉 정잠의 부인이었던 양부인을 만난다. 양부인은 정인경에게 교숙란이 그와 삼생의 연분이 있다는 것, 그녀의 원래 이름이 주성염이라는 것, 어려서 부모를 잃고 교씨 집안에 의탁했지만 여러 가지 고초를 겪고 있다는 것, 그리고 곧 친부모를 찾게 되리라는 것, 마지막으로 교숙란의 팔에 '자성'이라는 두 글자가 있으니 그것을 징표로 삼으라는 말을 듣는다. 또 다른 꿈에서는 주상서라는 어른이 나타나 자신의 손녀와 정인경이 부부의 인연이 있으며, 현재 그녀가 위기에 처해 있다고 전한다. 여러 가지 계시를 통해 교숙란과의 연분을 확인한 정인경은 마침내 아버지 정삼과 함께 위험에 처한 교숙란을 구한다. 교숙란이 정씨 가문의 구성원으로 들어오는 과정에서 정씨 집안 어른의 도움과 인정이 먼저이고, 다음은 주씨 집안 어른의 보조가 있었던 것이다.

죽은 조상들까지 나서서 정씨 가문의 새로운 구성원으로 받아들이려 한 교숙란은 어떠한 인물인가? 정씨 가문 사람들이 모두가 신이하고 도덕적인 자질을 갖추었기에 평범한 인물은 그 가문의 구성원이 되기 어려울 것이다. 교숙란은 장렬이라는 호가 나타내듯, 관대하고 인후한 성품을 지녔고 인정도 많은 성품이다. 그러나 타고난 기질만으로는 정씨 가문 사람이 될 만한 도덕성을 지녔는지를 확인하기 어렵다. 그래서 그녀는 어려서부터 온갖 고난에 노출된다.

교숙란은 처사 주양의 딸 주성염으로 태어났지만, 태어난 지 5~6개월 만에 요적 장손탈에게 납치당해 안성공주의 아들인 교한필의 딸 교숙란으로 살아가게 되었다. 사실 교한필이 사랑하는 둘째 부인 호씨의 딸로 산 것이다. 이에 교한필의 첫째 부인 여씨는 갖은 흉계로 교숙란을 괴롭힌다. 종국에는 여씨의 외종질이 되는 윤경주가 강제로 교숙란을 취하려 하고, 이에 강물에 몸을 던졌다가 우연히 친아버지인 주양에게 구조된다. 주양이 친부임을 알고는 주성염으로 살게 된 것이다.

주성염은 여씨가 자신의 양아버지 교한필과 사촌들을 모해하려는 것을 알고 황제에게 혈서를 써서 아뢴다. 이에 황제는 장손탈과 그의 심복 하인 노진주를 국문하고 다시 장손탈과 여씨의 유모 비앵을 대질심문하여 이들의 모든 죄와 더불어 여씨의 죄를 밝힌다. 결국 여씨가 교씨 집안을 풍비박산 내기 위해 교한필의 차비 호부인의 아들을 없애려 했던 일이 모조리 드러난다.[12] 황태후는 교숙란의 계교로 모든 죄상이 밝혀지고 문제가 해결된 것을 알고, 그녀의 지혜와 효의에 감동한다. 그리고 교숙란이 이번 일로 인해 황실에 무례했던 것을 죽음으로써 속죄하려 한다는 사실을 알고 급히 궁으로 불러들여 그녀를 위로하고 정문을 포장한다. 이것으로 그녀의 고난은 끝나고, 도덕적 자질도 공공연하게 증명된다.

　　교숙란의 빼어난 자질과 지략은 정씨 가문 구성원이 될 신이성과 도덕성을 부각한다. 이것만으로도 충분할 터이지만, 《완월회맹연》의 작가는 신이한 승려 캐릭터를 등장시켜, 그의 도움으로 교숙란과 정인경의 인연이 완성되도록 한다. 어느 날 안성공주를 모시는 화상궁은 신이한 승려로부터 옥요패(玉腰佩)를 전해받고 안성공주에게 드린다. 그 승려의 말이 손녀 교숙란의 배필을 정하는 데 이 옥요패를 사용하라고 했다는 것이다. 이에 교한필의 어머니 안성공주는 이것을 교숙란에게 채워주어, 종국에 정인경과 혼인이 이루어지도록 한 것이다.

　　사실 교숙란이 열두 살 되던 때부터 교한필과 안성공주는 가문이 좋고 자질이 빼어난 인물을 골라 교숙란의 배필로 삼고자 했다. 이에 교한필의 부인 여씨는 교숙란이 좋은 가문에 시집가는 것을 막기 위해 시비 녹이를 교숙란으로 꾸미고 유객들이 노는 장소에 자주 드나들게 했다. 그 결과 교숙란에 대한 나쁜 소

━━

12　원래 호씨는 교한필과 정혼한 사이였으나, 호씨의 부친 호규가 죽자 그 집안이 영락해진 것을 꺼린 교한필의 부친 교성이 혼사를 취소했다. 이때 국구 여형수가 청혼하고, 이에 여씨를 교한필과 혼인시킨다. 후일 안성공주가 호씨의 처지를 불쌍히 여겨 교한필의 둘째 부인으로 맞이한다.

문이 돌아 아무도 그녀에게 구혼하지 않게 되었다. 교한필은 정삼의 아들 정인경을 사위로 삼고 싶어 정씨 집안에 청혼했지만 정삼도 허락하지 않았다. 군자인 정삼도 교숙란을 좋지 않게 보았으니, 정인경과 교숙란의 혼인은 가망이 없어 보였다. 이 같은 상황을 타개하는 것이 선인형 승려다.

교숙란과 정인경의 혼사가 불가능하게 여겨지던 어느 날, 안성공주는 화상궁 일선에게 옥요패를 전해 받는다. 어떤 신승(神僧)이 공주께 드려서 교숙란의 배필을 정하는 데 쓰라며 주었다고 했다. 그렇게 해서 교숙란은 옥요패를 갖게 된다. 그런데 여씨는 교숙란의 옥요패를 빼앗아 택선루에서 던져 윤직의 큰아들을 맞힐 계획을 꾸민다. 교숙란과 윤직의 장자가 인연이라는 것을 공공연히 드러내어 이들을 혼인시키기 위해서다. 여씨는 시비 열앵을 시켜 옥요패를 윤직의 큰아들에게 맞히라고 말한다. 그런데 열앵은 사실 호씨의 부탁으로 교숙란을 보호하기 위해 여씨의 시비 일을 하는 중이었다. 열앵은 윤직의 아들이 아닌, 마침 지나가던 훌륭한 소년에게 옥요패를 던져 맞힌다. 이 소년이 다름 아닌 정인경이었다. 옥요패가 정인경을 맞혔다는 소식을 들은 안성공주는 즉시 황제에게 사혼을 청하고, 정삼은 어쩔 수 없이 혼인을 허락하게 된다.

신승의 옥요패는 교숙란이 정씨 가문의 일원이 되는 결정적 계기가 된다. 교숙란은 타고난 성품과 자질뿐 아니라, 어려서부터 10여 년간 겪은 고초를 통해 도덕적으로 우월한 정씨 집안의 일원이 되기에 부족함이 없다는 것을 증명했다. 그런데도 굳이 신이한 승려를 등장시켜 옥요패를 전달하게 한 이유는 무엇일까? 옥요패는 정인경의 꿈에 양부인이 등장하듯, 교숙란의 꿈에 가문의 어른이 나타나 건네주어도 되는 것이었다. 그런데도 신이한 승려를 등장시킨 것은 정씨 가문의 유교적 도덕성을 절대화하기 위해서다. 불교의 화소 중 악인형 여승이나 불서가 부정적 이미지로서 군자적 면모를 대비적으로 부각했다면, 신이한 승려, 즉 선인형 승려는 긍정적 조력자로서 정씨 가문이 도덕적으로 절대적 성역임을 지지

한다. 불교를 제대로 공부한, 도가 높은 고승도 조력자로 나설 만큼 정씨 가문의 도덕성은 탁월하다는 것을 보여주는 것이다.

4. 유교적 도덕성의 세속적 절대화

《완월회맹연》은 성리학의 비조 정명도의 후손 가문을 중심으로, 그들이 지닌 신이성과 도덕성을 구현한 작품이다. 이를 위해 도교적 화소와 불교적 화소까지 다방면으로 동원되었다. 도교적 화소 중 성신 조응과 요인형 도사는 정씨 가문 사람들이 지닌 초월성과 신인성을 부각하여 가문 구성원의 신이성을 구현하는 데 기여했다. 불교적 화소 중 악인형 여승과 불서, 그리고 선인형 승려는 정씨 가문의 군자적 면모와 도덕적 우수함을 드러내어, 가문의 도덕성을 부각하는 데 기여했다. 이로써 정명도의 후손 가문은 유교적 도덕성이라는 측면에서 절대적 위상을 갖게 되었다.

그런데 정씨 가문의 도덕성은 유불도의 철학적 담론의 차원에서 우위를 점하는 데 그치는 것이 아니라, 세속적 부귀공명을 구현하는 수단이 되고 있다는 점에서 아이러니하다. 그들은 분명 신이한 자질과 군자적 태도로써 도덕적으로 뛰어난 집단을 형성했지만, 그 도덕성이 세속의 욕망을 구현하는 가장 효율적인 방편이 되고 있는 것이다. 그렇기 때문에 오히려 그들이 추구하는 유교적 도덕성은 세속적으로도 절대적인 가치가 된다. 도덕성의 구현을 주장하는 것은 정씨 가문 사람들이 다른 가문과 자신들을 차별화하고, 도덕적으로 부족하다고 여기는 사람들을 단죄할 수 있는 권리를 제공한다. 그리고 무엇보다 정씨 가문이 획득하는 부와 귀와 명예를 정당화한다.

에밀 뒤르켐에 따르면 종교적 믿음은 사회적 산물이며, 종교적 표상은 집합적 표상(collective representation)의 성격을 지닌다.[13] 실제로 다수의 종교적 표상은 공동체에 의해 신성함이 부여되었거나, 공동체가 신성함을 인정한 구체적 사물이나 행위로 드러난다. 종교적 믿음이 의례적 상징과 긴밀한 관련을 갖는 것도 의례가 특정 행위와 대상에 신성함을 부여하고, 거룩함을 강화하며, 초월성을 공유하는 성격을 지녔기 때문이다. 공동체는 의례적 상징을 통해 공동의 심리적 상태를 환기하고 유지하는데,[14] 의례적 상징으로 회복되고 강화되는 공동의 심리적 상태란 자기 집단의 결집을 신성시하고 그것의 영속성에 대한 기원(祈願)이다.

종교적 믿음이 모든 세계를 성과 속으로 양분하며 양자를 배타적 관계로 보듯이,[15] 자기 집단의 신성시는 자기 집단 외의 세계를 속(俗)된 것으로 배척하기 때문에 의례적 상징을 통한 집단의 기원은 정당성을 얻는다. 《완월회맹연》은 이러한 성격의 의례적 상징을 정씨 가문의 유교적 도덕성 구현으로 연결했다. 정씨 가문과 관련된 것은 도덕성이라는 측면에서 신성시하고, 가문 외의 집단과 가치는 '속된 것'들로 배척한다. 도덕성을 구현하기 위한 혹은 증명하기 위한 모든 고난과 시험과 초월적 현상과 조력자의 도움 등은 하나의 의례적 상징이 되고, 그것들로 인해 정씨 가문의 영원한 번영이라는 '기원'은 정당성을 얻게 되는 것이다.

정씨 가문의 영원한 번영은 세속적 욕망이다. 이러한 욕망은 작품의 시작에서 확연히 드러난다. 서두에 완월대 잔치 장면이 나오는데, 완월대 잔치는 《완월회맹연》의 중심 집안인 정씨 부중의 최고 가장 정한의 생일잔치다. 그러나 이 잔치의 핵심은 정한의 생일 축하가 아니라 정씨 집안을 중심으로 한 공동체의 신성한 결속을 확인하고 확대하고 강화하는 것이다. 공동체의 신성한 결속은 두 단계

●●

13   에밀 뒤르케임, 노치준 외 옮김, 《종교생활의 원초적 형태》, 민영사, 1992, 21~45쪽.

14   위의 책, 21~45쪽.

15   위의 책, 1권 1장.

로 이루어진다. 첫째는 집안의 적장자에 대한 합의이며, 다른 하나는 혼인 관계에 대한 확정이다. 적장자에 대한 합의는 정씨 가문의 신성함을 종적으로 계승할 자손을 확정하고, 혼인 관계의 확정은 정씨 집안의 결속을 횡적으로 공고히 해줄 세력을 확보하는, '약속과 믿음'의 기원 의례다. 정한은 둘째 아들 정삼의 장남 정인성을 첫째 아들 정잠의 양자로 들임으로써, 가장 뛰어난 자손을 적장자로 삼았다. 또한 그 자리에 모인 모든 사람들, 즉 정한의 자손과 친인척과 동료와 제자들은 정인성의 계후 확정에 동의함으로써 정씨 집안의 신성함을 유지하는 데 합의한다. 이들의 동의는 정인성이 이끌어갈 정씨 가문에 대한 믿음을 전제로 한다. 그렇기 때문에 이들은 기꺼이 정씨 가문의 일원이 되기를 희망하고, 이러한 희망을 아직은 어린 자손들의 혼인 관계를 통해 확정한다.

완월대 잔치에서 이루어진 자손들의 혼인 관계 확정은 이 작품의 전체적 서사 진행을 압축적으로 보여준다. 정씨 집안의 첫째 아들 정잠의 맏딸 정명염은 조겸의 손자 조세창과 혼약하고, 정잠의 양자로 들어간 정인성은 이빈의 딸 이자염과 맺어진다. 정씨 집안의 둘째 아들 정삼의 딸 정자염은 이빈의 아들 이창현과 결연하고, 장헌의 딸 장성완과 정삼의 아들 정인광이 혼약한다.[16] 완월대 잔치에서 이루어지는 혼약과 이후의 전개는 천상에서 옥황상제와 같은 신들에 의해 맺어진 인연이 지상의 삶에서 그대로 구현되는 작품들의 서사와 유사하다. 즉 완월대 잔치는《숙향전》에서 이선과 숙향의 인연이 시작되는 천상(天上)의 반도회(蟠桃會)나,《옥루몽》의 양창곡과 강남홍 등의 결연을 예정하는 백옥루(白玉樓) 낙성연(落成宴)과 같은 성격을 지니는 것이다. 그렇기 때문에 완월대 잔치는 정씨 집안을 중심으로 한 공동체의 신성한 결속을 약속하고 기원하는 의례적 상징이라고 볼 수 있다.

••

16   《완월회맹연》권2.

《완월회맹연》의 서사는 완월대에서 혼인을 약속한 이들이 각각 인연을 맺는 과정을 극적으로 구성하고 있다. 또한 이 자리에서 인연을 맺은 인물들은 긍정적이고 초월적인 인품으로 그려진다. 반대로 완월대 잔치에 참석하지 못한 인물들은 아무리 정씨 집안의 종부(宗婦)여도 부정적이고 비열한 인물로 등장한다. 대표적인 인물이 정잠의 후처로 들어와 실질적 적장자를 낳은 소교완이다. 소교완은 완월대 잔치 이후 죽은 정잠의 첫째 부인 양씨의 뒤를 이어 정씨 집안의 며느리가 된다. 그녀는 외모가 아름다울 뿐 아니라 기본적 자질도 빼어나다. 무엇보다 정씨 집안에 들어온 후 종부로서의 역할을 충실히 하고 귀한 적손(嫡孫) 정인중을 낳았다. 그러나 작품의 말미까지 신성한 정씨 집안의 합당한 구성원으로 인정받지 못한다. 이것은 완월대 잔치를 통해 하나의 공동체로 결속된 집단이 자신들의 도덕성을 위에 두는 한편, 완월대 잔치로 표상되는 집단적 신성화의 의례가 자기 집단 외의 인물을 속된 욕망을 지닌 존재로 폄하하고 있음을 보여준다.

종교적 신앙체계는 성스러운 것들의 본질과 성스러운 것들 사이의 관계 맺음, 그리고 성스러운 것들과 속된 것들 사이의 관계 맺음 양상을 드러내는 표상이고, 성스러움과 속됨을 구분하는 기준은 도덕성과 공동체의 합의다.[17] 이 같은 관점에서 볼 때 완월대 잔치는 스스로 성스럽다고 생각하는 존재들과 그렇지 않다고 배척되는 존재들의 구분과 상호 간의 관계 맺음에 대한 기본적 태도를 드러내는 의례적 상징이라고 볼 수 있다. 이때의 성스러움은 자기 집단이 합의한 도덕성의 유무로 평가되고 확인된다. 완월대 잔치는 정씨 가문을 중심으로 한 도덕적 공동체가 만들어지는 의례이고, 그 안에 통합되지 못한 인물들은 개인적 자질의 우열이나 신분의 고하를 막론하고 속되고 저열한 존재로 그려지는 것이다. 그리고 《완월회맹연》의 긴 편폭은 이들의 관계 맺음 양상에 대한 구체적인 부연이 된

●●
17   에밀 뒤르케임(1992), 앞의 책, 1권 1장.

다. 즉 이들이 참여한 잔치는 정씨 집안의 도덕적 신성함을 지지하는 의례이지만 궁극적으로 그것은 세속적 번영의 영원함을 갈망하고, 그러한 번영의 영역에 속하고자 하는 욕망을 드러낸다는 점에서 이 작품은 유교적 도덕성의 세속적 절대화를 보여주고 있다고 하겠다.

1. 소설과 지식

이야기, 즉 서사는 세계를 이해하는 지식의 한 형태이자, 지식을 형성하는
장이다. 서사의 하나인 소설 역시 마찬가지다. 소설은 그 자체로 세계에 대한 이
해를 보여주는 틀이자 지식을 전달하는 장이다. 서사가 지식의 한 형태라는 점
은 서사, 즉 내러티브(narrative)의 어근이 잘 보여준다. narrative의 어근은 고대
산스크리트어인 'gna'로 이는 '알다'라는 뜻인데, 라틴어로 와서 'gnarus(알다)'와
'narro(말하다)'라는 두 가지 뜻으로 파생했다.[1] 이는 서구의 언어인 narrative를 중
심으로 한 이해이지만 서사의 한 형태인 소설의 성격을 잘 보여준다. 조선시대의

---

1   H. 포터 애벗, 우찬제·이소연·박상익·공상수 옮김,《서사학 강의》, 문학과지성사, 2010, 34쪽.

소설은 지식과 이야기가 결합한 형태를 다양하게 보여준다. 그중 가장 대표적인 형태가 서사와 의론의 결합이다. 의론은 문답 형식으로 이루어지는 토론의 한 형태다. 이 경우 소설 속에 지식이 적극적으로 들어와서 플롯과 주제에까지 영향을 미친다. 이는 지식인이 소설 작가로 등장하면서 소설이 지식과 교양을 펼치는 장이 된 것과 관련이 있다.

서사와 의론이 결합된 대표적인 작품으로는 김시습의 《남염부주지》를 비롯해 몽유록계 소설, 《옥선몽》, 《삼한습유》 같은 한문 장편소설을 들 수 있다.[2] 이 작품들이 보여주는 서사와 의론의 결합 형태는 소설이 기존의 지식을 수용하면서 동시에 새로운 지식을 만들어가는 예를 보여준다. 《삼한습유》가 열녀를 재현하면서 '열'에 대한 지식을 재생산하는 것 같지만 열녀를 다시 결혼하게 하면서 열에 대해 새로운 생각을 만들어내는 것이 기존의 지식을 수용하면서 새로운 지식을 만든 예라고 할 수 있다. 그러나 서사와 의론이 결합된 형태의 소설 이외에도 다양한 지식을 포함하고 있는 경우가 있다. 작가는 인물이나 상황을 구체적으로 묘사하기 위해, 그리고 자신의 생각을 드러내기 위해 지식을 전개한다. 이처럼 소설이 당대의 다양한 지식을 수용하여 새로운 지식을 형성하는 장으로서 일정한 역할을 했지만 소설의 지식 수용 양상이 동일한 형태를 띠지는 않는다. 여기에는 국문장편소설인 《명행정의록》이나 우화소설, 판소리계 소설에 이르기까지 다양한 작품군이 포함되는데 이들 작품에서도 지식은 중요한 역할을 하고 있다.

소설과 지식의 관계를 다룬 연구들을 통해 조선 후기 소설에 전개된 지식의 형태나 성격의 일부가 밝혀졌다. 이들의 연구에 따르면 조선 후기 소설이 전개한 지식은 유가나 도가를 비롯한 제자백가의 사상에 대한 이해에서부터 천문, 지리,

• •

2   김경미는 《19세기 소설사의 새로운 모색─지식, 이념, 섹슈얼리티를 중심으로》, 보고사, 2011에서 소설에 전개된 백과전서적 지식과 의론의 형태를 다루었다.

초목에 관한 과학 지식, 역사적 인물에 대한 지식, 단순한 정보에 이르기까지 다양하게 나타난다. 지식을 전개한 소설의 형태도 한 가지 유형에 그치지 않아서 《두껍전》 같은 우화소설에서부터 판소리계 소설, 《삼한습유》, 《옥선몽》, 《옥수기》, 《옥루몽》 등의 한문 장편소설, 《명행정의록》, 《유한당사씨언행록》 같은 국문장편소설에 이르기까지 다양하며, 지식이 제시되는 양상도 각각 다르다. 《삼한습유》나 《옥선몽》은 의론적 대화가 주를 이루면서 백과전서적 지식을 전개하고 있고,[3] 《명행정의록》은 당시 독자들에게 새로운 교양을 전달하고 있으며,[4] 《유한당사씨언행록》은 문답 형식을 통해 각종 사물의 명칭 유래, 승경, 초목, 풍수, 태교, 육아, 치산에 관한 지식을 전개한다.[5] 그런가 하면 우화소설 《두껍전》은 인물의 우월성을 따지기 위한 도구로 지식을 사용하고 있다.[6]

이상이 소설이 지식을 수용해서 서사를 전개한 경우에 대한 연구라면 소설 자체가 지식이 생성, 변화하는 장이라는 관점에서 소설과 지식의 관계를 다룬 연구도 있다. 소설 장(場)에서 형성되는 소설 지식이 소설 장 외부의 지식을 수용하고 반영하는 데 머물지 않고 서사적 논리를 적용하여 실천적으로 변형·생성되며, 이는 어느 정도는 소설 장 안에서 향유되지만 때로는 소설 장 바깥의 상식으로 전환되기도 한다는 것이다. 그런 점에서 소설 지식은 당대 소설 독자들의 경

• •

3   조혜란, 《삼한습유 연구》, 소명출판, 2011 ; 서신혜, 〈삼한습유의 문헌 수용 양상과 변용 미학 연구〉, 한양대학교 박사학위 논문, 2003 참조 ; 김경미(2011), 앞의 책 ; 서경희, 〈19세기 소설의 정체성과 소설론의 향방〉, 이화여자대학교 박사학위 논문, 2003.

4   서정민, 《명행정의록》 연구》, 서울대학교 박사학위 논문, 2006, 118~120쪽. 주석을 활용해서 전고나 어구를 설명한다. 이는 소설을 설명적으로 만들기도 하지만 당대 대하소설 독자들에게 교양 지식을 전달하는 효과가 있었을 것으로 보인다.

5   이지영, 〈유한당사씨언행록〉을 통해 본 조선시대 여성 지성의 의식과 지향〉, 《한국고전여성문학연구》 28, 한국고전여성문학회, 2014.

6   장예준, 〈19세기 소설의 '지식' 구성의 한 양상과 '지식'의 성격〉, 《한국어문학연구》 55, 한국어문학연구학회, 2010.

험적 지식의 한 부분이면서, 당대 사고와 인식의 한 사례이기도 하다.[7]

《완월회맹연》에서도 지식은 중요한 요소로 주목받아왔다. 우선 작가 전주 이씨의 교양 수준을 가늠하기 위해 어떠한 지식이 구사되고 있는지가 관심의 대상이었다. 정병설은 서사 전반에 걸쳐 《논어》·《맹자》·《주역》·《예기》·《춘추》·《황정경》 등 유가와 도가의 경전, 《사기》·《명사(明史)》 등의 역사서, 한시·사부(詞賦)·문장 등의 각종 시문, 《세설신어》·《전등여화》·《삼국지연의》·《수호지》 등의 소설류, 《효경》·《여교》·《여계》·《내훈》 등의 교훈서까지 각종 서책들이 차용·거론되고 있다[8]고 보았다. 이외에도 《완월회맹연》을 비롯한 국문장편소설에 등장하는 여성 지식과 여성 지식인의 존재에 주목한 최근의 연구[9]는 국문장편소설에서 지식이 중요한 요소임을 다시금 확인하게 해준다.

이 장에서는 180권에 이르는 방대한 분량의 서사가 펼쳐지는 《완월회맹연》의 작가는 어떤 방식으로 지식을 전개하고 있으며, 그 지식의 내용과 성격은 어떠한 것인지를 살핀다. 논의를 시작하기 전에 지식이라는 용어에 대해 잠시 정리하고자 한다. 지식은 자연과 세계, 인간과 사회에 대한 체계화된 앎의 형태라고 할 수 있다. 이는 특수하고 실용적인 정보와는 다르며, 사고 과정을 거쳐 분석 또는 체계화된 것을 가리킨다.[10] 지식은 어느 시대, 어느 사회에나 그 단계에 준해서 형성되고 전수되며 권력이 개입한다. 지식은 문자로만 전수되는 것이 아니라 구전으로도 전수된다. 지식을 생산하고 전수하는 주체도 지식인만이 아니라 교육을

• •

7   주형예, 〈조선 후기 소설 장(場)에서 구성된 지식: 〈창선감의록〉에 나타난 담론의 실천·전유·분산의 한 사례〉, 《한국고전여성문학연구》 27, 한국고전여성문학회, 2013, 33쪽.

8   정병설, 《《완월회맹연》 연구》, 태학사, 1998, 203쪽.

9   탁원정, 〈국문장편소설의 여성 지식, 여성 지식인〉, 《한국고전여성문학연구》 35, 한국고전여성문학회, 2017 참조.

10   피터 버크, 박광식 옮김, 《지식―그 탄생과 유통에 대한 모든 지식》, 현실문화연구, 2006, 28쪽.

받지 않은 사람들에 이르기까지 다양하다. 그러면《완월회맹연》에서는 어떤 지식을 주로 받아들이고 있으며, 지식의 성격은 어떠하며, 어떤 경우에 지식을 동원하고 있는가?

2. 역사와 유교 경전의 문헌 박람

1) 인물, 고사, 문헌의 나열

《완월회맹연》의 작가는 서두에서부터 중국 역사에 대한 구체적인 지식을 드러내며 경전이나 시문을 자유롭게 인용하며 문장을 구사하고 있다. 또한 작가는 학문과 도덕을 겸비하여 경전이나 역사서의 지식과 시문을 자유롭게 구사하는 남성 인물과 높은 교양을 갖춘 여성 인물을 묘사하면서 다양한 지식을 자연스럽게 전개한다. 더 세심한 고찰이 요구되지만《완월회맹연》의 경우 지식은 작가 또는 화자의 서술을 통해, 그리고 인물의 대화를 통해 드러난다.

작품 전반에 걸쳐 인용되거나 언급되는 문헌은《주역》·《예기》·《춘추》·《시경》·《논어》·《맹자》·《황정경》 등의 경전,《사기》·《명사》 등의 역사서, 한시·사부(詞賦)·문장 등의 각종 시문,《세설신어》·《전등여화》·《삼국지연의》·《수호지》·《배항》(당나라 전기) 등의 소설류,《효경》·《여교》·《여계》·《내훈》 등의 여성 교훈서로 그 폭이 다양하다. 또 명나라 역사를 배경으로 하고 있는 만큼 태조, 성조, 선종, 영종, 헌종을 비롯한 명나라의 역사적 인물들이 등장한다. 주인공 정씨 가문의 선조를 성리학의 창시자 정호(程顥)로 설정하고, 그 외 주요 인물들의 선조를 중국의 역사적 인물로 설정하고 있는 것이 그 예다.

《완월회맹연》의 시대적 배경은 명나라 영종 연간(1435~1465)이다. 명나라 역사는《완월회맹연》의 계후 갈등과 긴밀하게 연결되어 있어 단순히 작품 배경으로만 존재하는 것이 아니라 그 자체로서 의미를 갖는다.[11] 먼저 서사의 중심을 이루는 정부(鄭府), 즉 정씨 문중의 가장인 정한을 소개하는 대목을 보자.

> 명나라 영종 때 황태부 수각로 진국공 정한은 자가 계원이고 호는 문청으로, 명도선생이라 불리던 송나라의 도학자 정호의 후예였다. 훌륭한 가문의 유풍은 후대에까지 미쳐 먼 후손들도 남들보다 뛰어나 공부하기를 좋아하여 늘 책을 읽고, 어질고 효성스럽고 우애가 있었다. 도와 덕과 성품과 행동이 흐린 세태에 물들지 않았으니 이름이 널리 알려지는 것을 붙좇지 않았다. 사방에 어지러운 티끌이 스러지고 명 태조황제가 통일하여 너른 세상이 펼쳐졌으나 정한은 깊은 산 궁벽한 땅을 떠나지 않고 부귀를 초개같이 여겼다. 성조 문황제가 즉위하여 훌륭한 신하를 구하실 때였다. 성조는 주나라 문왕이 강태공을 맞이한 것과, 한나라 소열황제 유비가 삼고초려한 것을 본받아 문청공 정한을 일으켜 세우시고 예로 공경하시니 고금에 버금갈 사람이 없었으며, 정한이 임금을 섬기는 충성과 백행의 덕 또한 세상에 독보적이었다. 영종도 돌아가신 황제께서 사랑하시던 뜻을 이으셨는데, 원래 성조 문황제께서 돌아가실 즈음 문청공 정한에게 태자를 도우라고 유언하셨다. 태자가 정한에게 예를 극진히 차리고 문청공 정한도 지극히 보호하여 태자가 천자에 즉위하였다. 문청공 정한은 돌아가신 황제의 유언을 가슴에 새겨, 변치 않는 충성심이 나날이 새로웠다. 이윤이 태갑을 세워 상나라의 훌륭한 왕이 되도록 가르치던 것과, 주공이 왕실을 위해 노력하던 일도 문청공보다 더하지는 못할 것 같았다. (권1)

● ●

11   이현주, 《완월회맹연》의 역사 수용 특징과 그 의미 — 토목지변(土木之變)과 탈문지변(奪門之變)을 중심으로〉, 《어문학》 109, 한국어문학회, 2010, 200~201쪽.

대명 영종 연간에 사는 정한의 가문을 송나라의 성리학자인 정호의 후예로 설정하고 정한이 대대로 황제를 보좌한 뛰어난 인물임을 묘사하기 위해 문왕, 강태공, 유비, 이윤, 태갑 등 중국의 역사적 인물들을 예로 들고 있다. 정한의 아들인 정잠이 문장에 뛰어난 인물임을 이야기하기 위해 작가는 역시 중국의 뛰어난 시인들을 거론한다.

> 문장이 유려하여 조자건의 〈칠보시〉와 이백의 〈청평사〉쯤은 낮춰 보고, 이른바 두보처럼 '붓을 대면 비바람을 놀라게 하고, 시가 완성되면 귀신을 흐느끼게(筆落驚風雨 詩成泣鬼神)' 할 정도였다. (권1)

여기서 작가는 정잠의 문장에 대해 조자건의 〈칠보시〉나 이백의 〈청평사〉보다 낫고 두보와 비슷하다고 서술하고 있다. 고소설에서 인물의 뛰어난 문장을 강조하기 위해 조자건, 이백, 두보의 문장에 빗대는 경우는 흔히 볼 수 있다. 어떻게 보면 상투적 인용이라고 할 수 있다. 그런데 여기서 주목되는 점은 정잠의 문장이 조자건의 〈칠보시〉와 이백의 〈청평사〉보다 낫다고 평가하면서 두보의 문장을 직접 인용하고 있는 것이다. 이는 작가가 조자건, 이백, 두보 등의 시인들에 대한 안목이나 지식이 없다면 불가능한 서술이다. 다음은 정잠의 맏딸인 명염에 대한 서술로 역시 중국의 인물들을 인용해서 묘사하고 있다.

> 이튿날 조부에서 큰 잔치를 베풀고 신부가 시부모를 뵙는 예〔見舅姑之禮〕를 받들었다. 친척과 이웃이 크게 모여 높은 가문의 어진 숙녀를 구경하니 이 진실로 군자의 생훈이요 성문의 교육으로 타고난 자질이 빼어나고 덕성이 그윽하여 반소의 행실과 나부의 절조를 겸하여 아리따운 얼굴빛이 조비연을 천히 여기고 태진〔양귀비〕을 나무라니 충분히 위후 장강의 미색과 덕이 흡족함을 볼 수

있었다. 조태사 부부와 조태우 부부가 만족하여 기뻐하며 손님들의 축하하는 소리를 사양하지 않으니 정부에서도 좋은 사위를 얻어 기뻐하는 것이 한가지였다. 정소저가 이후로 시집에 머물며 아침에 일찍 일어나고 밤에 늦게 자며[夙興夜寐] 효성으로 시부모를 모시고[孝奉舅姑] 군자를 어질게 따르니[仁順君子] 백 가지 행실과 네 가지 덕[百行四德]이 흡족하였다. (권2)

인용문은 정명염과 조겸의 손자 조세창이 혼인해서 명염이 시부모에게 인사하는 장면에 이어 명염이 시집에서 여자의 덕을 행한 것을 묘사한 부분이다. 여기서 명염은 《여계》를 편찬한 반소, 말단 관리의 아내로 왕의 유혹을 거절한 나부, 빼어난 미모의 조비연과 양귀비, 덕과 미모를 갖춘 장강 등 중국 역대 여성과 비교되면서 미모와 덕과 정절을 갖춘 인물로 묘사되고 있으며, 부인으로서의 덕을 갖추어 실천한 것으로 서술된다.

내 고사를 두루 보니 계집의 투기와 악행이 나라를 잘못 만들고 집을 엎은 자가 왕왕 있었다. 그 사나움이 실로 인심이 아니라 의모 의자 사이라 해도 상모의 은함이 대순 같은 효자를 해치고자 하며 민모의 사나움이 민자 같은 의자로 하여금 얇은 명주를 입혀 추위를 겪게 하니 목강의 인자함과 비기면 실로 공자와 양호 같으니 여희가 신생을 죽인 것과 여후가 조왕을 짐약으로 독살함은 더욱 차마 이를 바가 아니었다. (권3)

여자의 행실 가운데 가장 금기시되었던 투기를 경계하는 부분이다. 투기가 나라와 집을 망하게 한다는 것을 말하기 위해 "내 고사를 두루 보니"라고 하고 순임금, 민모, 민자, 목강, 공자, 양호, 여희, 조왕 등 관련된 인물들을 나열하고 있다. 상모는 순임금의 계모로 순임금을 구박한 인물이고, 민모는 민자건의 계모로 겨울에 친아들에겐 솜옷을 입히고 민자건에겐 짚을 넣은 옷을 입히는 등 민자건을 구박한 인물이다. 목강은 전처소생의 아들을 자신이 낳은 아들보다 사랑하고 보살핀 인물이고, 양호는 노나라의 정치가로 공자를 공격한 인물이고, 여희는 자신의 아들을 태자로 만들기 위해 당시 태자였던 신생을 모함해서 자살하게 한 인물이다. 여기에 열거된 인물들과 관련된 고사는 《통감》이나 《소학》, 유향의 《열녀전》 등에 나오는 것으로 역사나 경전에 대한 깊은 지식을 요구하는 것은 아니지만 이처럼 적절하게 인용하기 위해서는 정확한 지식이 필요하다.

《완월회맹연》 전반은 이처럼 중국의 인물과 고사와 문헌에 대한 지식을 펼쳐 놓고 있으며, 이를 모르는 독자를 위해 주석을 달기도 한다. 다음 예는 홍불기와 관련된 고사를 이야기하면서 주석을 통해 홍불기가 누구인지를 설명한다.

> 홍불기〔당나라 때 이정의 첩이다〕가 양소(楊素)의 천리마를 도적한 것은 이위공의 만대 독보할 신풍과 성위를 흠선하고 경위했기 때문이다. (권61)

> 적중의 진유자〔한나라 때 진평〕와 주공근〔삼국 때 주유〕으로 병칭 (권62)

이처럼 인물을 설명하는 외에 "거두 첨건〔천수를 살핀다는 말이라〕하여 한참 동안 생각하니(거두 첨건〔텬슈를 슬피단 말이라〕ᄒ여 냥구 침음이라가)"(권62), "과연 요방순계〔요의 나라요, 순의 땅〕라(과연 요방순계〔요의 나라히오, 슌의 ᄯᅡ〕라)"(권62), "적의 배를 가르고 온몸을 삭절〔깎아 점점이 만든다는 말〕하니(젹의 비를 ᄀᆞ르고 만신을 삭절〔ᄭᅡᆨ가 점졈이 ᄂᆡ단 말〕홀 ᄉᆡ)"(권62)와 같이 뜻을 설명하는 주석을 첨부한 경우도 있다. 미주나 협주를 활용한 소설로는 평비(評批) 소설을 들 수 있다. 평비는 곧 비평이라는 말인데 이 말에서 짐작할 수 있듯이 평비본에는 평비자, 즉 비평하며 다시 쓰는 작가가 작품을 읽으면서 평가한 것이 들어 있다. 그러나 위의 예에서처럼 뜻풀이를 해주는 경우는 그다지 많지 않다. '침음양구', '만신' 등도 한자어인데 '첨건', '요방순계', '삭절' 같은 단어만 뜻을 풀이한 이유는 무엇일까? '침음양구'나 '만신' 등은 쉽게 뜻을 이해할 수 있지만 '첨건' 등은 이해하기 어렵다고 판단한 결과로 보인다. 이는 독자에 대한 배려로 볼 수 있다. 독자들은 이런 주석들을 통해 지식을 습득하기도 했을 것이다.

2) 명사와 주변국의 역사에 대한 지식

《완월회맹연》은 명 영종대를 시대 배경으로 삼고 북송의 성리학자인 정호의 후손을 주인공으로 설정하고 있다. 따라서 작품 전반에 걸쳐 영종대의 정치적 상황이 구체적인 역사 지식을 바탕으로 서술되고 있다. 대표적인 예로 '토목지변(土木之變)'과 '탈문지변(奪門之變)', 주변국 안남에 대한 서술을 들 수 있다.

《완월회맹연》 권9~권10과 권29에는 환관 왕진의 말을 듣고 50만 대군을 이끌고 북로를 치러 나간 명나라 영종이 토목보에서 마선에게 사로잡혀 포로로 있다가 다시 고국으로 돌아와 황제에 복위하는 사건이 등장한다. 정씨 가문의 인물들인 정잠, 정인성, 조세창이 이 사건에 깊이 개입한다. 이 사건은 명나라에서 실제로 있었던 '토목지변'을 가져온 것이다. 토목지변은 1449년(영종 13) 명나라와 몽골의 한 부족인 오이라트와의 싸움에서 명나라 7대 황제 영종이 환관 왕진의 말을 듣고 친정(親征)하다가 토목에서 포로로 잡힌 사건이고, 탈문지변은 오이라트에서 포로생활을 하던 영종이 이듬해(경태 원년, 1450) 석방되어 명나라 조정으로 돌아와서 경태 8년(1457)에 경태제를 폐하고 다시 황제가 된 사건이다.[12] 작가는 《명사》에 대한 구체적인 지식을 바탕으로 역사적 인물과 허구적 인물을 결합하여 서사를 전개하면서 "이야기는 이미 사기(史記)에 갖추어져 있으니 그 대략

••
12   위의 글, 201~204쪽.

을 옮긴다"(권9)라고 하여 역사를 바탕으로 서술하고 있음을 밝히고 있다.

> 이때에 왕진이 나라를 그릇되게 하고 천자를 해침이 날로 더하여 천자의 총명
> 함을 가리고 성정을 병들게 하니 충신과 열사가 모두 죄에 나아가고 요사하고
> 못된 소인이 다 때를 얻어 의기양양하니 조정의 정사가 한심하고 놀라워 천자
> 의 실덕은 날로 쌓여가고 소인의 부도함은 나라를 좀먹어 어지럽힘이 한두 가
> 지가 아니니 (…) 학사 이빈 등이 밤낮으로 충심으로 갈망하여 옥폐에 머리를
> 두드려 유혈이 솟아나고 (…) 이미 충성스러운 신하와 어진 신하의 직간을 배척
> 하시고 왕진의 흉악한 요언(妖言)을 순순히 계책으로 쓰시어 친정(親征)을 결단
> 하였다. 천자가 행차하시니 태감 김영보 등을 거느려 황성을 지키게 하시고 군
> 관과 사졸 60여만을 거느려 기사년 삭 17일의 물밀듯 나가시고 왕진이 천자를
> 믿고 제후들을 평정하니 위엄이 웅장했으나 장졸들이 불복하여 저마다 원망
> 을 품고 장수들이 따르지 않으니 군중의 일이 해이해질 것은 지자(知者)를 기다
> 리지 않아도 알 수 있다. (권9)

위 인용문은 영종이 왕진의 말을 듣고 친정을 결단하여 황성을 떠나고, 그
뒤 군중이 해이해지는 상황을 서술한 부분이다.

> 마선이 과연 그 말대로 다시 조어사를 해치지 않으니 이로부터 조어사가 목숨
> 을 보존하게 되었다. 황제가 친정하여 토목에서 대패하시고 제후와 국공(國公)
> 이 반 너머 전장에서 죽었다고 들으니 능히 형국을 지키고 있지 못해 빨리 몇
> 명 비복을 데리고 걸어서 달아나자 그 밑의 무장한 호한 4, 5인이 천리마와 장
> 검을 가져와 어사를 말에 올리고 따라 죽기를 청하였다. 어사가 대답도 못하고
> 급급히 흉노의 진으로 달려가 황제가 계신 곳을 찾다가 내공의 흉한 병기에 빠

진 것을 보고 어찌할 줄 모르고 다급하여 몸을 버려 오랑캐 군사를 물리쳤다. 적군이 흩어진 뒤 상이 정신이 들어 옥체를 수습하시니 어사가 비로소 머리를 조아려 백 배 사죄를 청하였다. 상이 경황이 없는 중에 용안을 들어 보시니 문득 어렴풋이 전에 보던 사람 같으니 이 다른 사람이 아니라 전일 흉적 왕진을 참하여 군부의 근심을 덜고자 하며 (…) 후암선생 조세창이었다. (권9)

영종이 위기에 처했을 때 왕진을 물리치라고 간하다가 쫓겨난 조세창이 나타나 영종을 구하는 장면이다. 여기서 마선은 몽골의 오이라트 출신 칸인 야선(也先, Esen)을 가리킨다. 정명염의 남편 조세창은 영종에게 왕진을 물리치라는 간언을 하다가 영종의 분노를 사서 옥에 갇히고, 그래도 멈추지 않다가 흉노족이 있는 북쪽 변방으로 귀양을 가 있던 중이었다. 그러나 그는 위기에 처한 영종을 극적으로 구출한다. 마선이 조세창을 신하로 삼으려 했으나 뜻대로 되지 않는다. 이에 마선이 영종을 죽이려 하자 마선의 동생 백안첩목아가 만류해 영종은 목숨을 구하게 된다. 《명사》에도 마선이 영종을 시해하려 했을 때 백안첩목아가 반대했다는 내용이 나온다. 그러나 조세창에 해당하는 인물은 등장하지 않는다.

권29에는 영종이 정잠, 정인성, 조세창과 함께 계속 포로로 붙잡혀 있다가 조건부로 풀려나 환국해서 복위하는 내용이 그려진다. 영종이 친정(親征)을 떠난 뒤 황제가 된 경태제는 돌아온 영종을 남궁에 유폐시킨다. 그러나 영종의 아들을 밀어내고 태자로 삼은 자신의 아들이 병에 걸리고 이어 그도 병에 걸린다. 그 사이 영종은 황제로 추대되어 복위한다. 이는 '탈문지변'을 가져온 것이다. 명나라 역사를 보면 영종은 1449년 토목보에서 마선에게 잡혀 포로로 있다가 1년 뒤인 1450년에 본국으로 돌아와 남궁에 유폐된다. 그러나 경태제의 병세가 악화되자 영종을 복위시키려는 모의가 시작되고 1457년에 복위한다. 영종이 복위한 뒤 경태제는 폐위되어 성왕이 되고 얼마 뒤 병사한다. 그러나 《완월회맹연》에는 영종을 복위시킨 사람이 황태후로 나온다. 이 사건은 권29, 권31에 서술되는데 정잠, 정인성, 조세창 등과 관련한 부분이 함께 전개되고 있다.

허구의 인물이 개입하고 있기는 하지만 '토목지변'과 '탈문지변'에 관한 서술은 역사 기록과 대체로 일치한다. 이는 작가가 명나라 역사에 대한 정확하고 구체적인 지식을 토대로 작품을 창작했음을 보여준다.

《완월회맹연》에는 남월(南越), 안남(安南) 등 주변국들이 언급되는데 이는 현재 베트남 지역이다. 남월과 안남에 대한 서술은 권8, 권9, 권41, 권61~권67 등에 나타난다. 남월왕이 명나라에 조공을 폐하고 마선을 도우려 하자 정겸이 사신으로 가서 왕을 회유하고, 안남이 난을 일으키자 정잠, 정인성 부자가 출정해서 진압하는 사건은 실제 역사와 다르다. 권61 이하 정잠과 정인성이 3만 대군을 이끌고 나가 안남과 전쟁하는 부분은 정잠, 정인성 부자의 영웅성을 드러내는 한편 이국적인 내용으로 독자의 흥미를 끌기 위한 것으로 보인다. 특히 정잠의 군대가 안남 왕을 사로잡았다가 풀어주기를 반복하는 것은 《삼국지연의》에서 제갈량이 남만의 맹획을 일곱 번 사로잡았다가 일곱 번 놓아주었다는 '칠종칠금(七縱七擒)'을 연상시키는데, 작가가 《삼국지연의》의 내용을 의식하고 쓴 것으로 보인다.

이외 권12에서 표류하던 정인성이 구조되는 장면에서도 작가의 몽골에 대한 지식을 엿볼 수 있다. 정인성은 자신들을 구하러 온 사람들을 보고 "한 무리 잡신(雜神)이 아니면 해천몽골임을 묻지 않아도 알 수 있었다"라고 하는데 작가는 이들을 "머리를 깎고 소매 좁은 옷을 입고, 긴 옷을 밑에 입고 짧은 옷을 위에 입어서" 괴이하고 사납다고 하고, "비어져 나온 이마에 송곳니가 튀어나와 하나하나가 험악하다"(권12)라고 묘사한다. 여기에는 오랑캐를 낮추어 보는 조선인들의 시선이 드러나지만, 작가는 몽골을 미개하고 야만적인 것으로만 그리지 않는다. "비록 예의를 알지 못하나 덕으로 신민을 교화하고 법으로 다스리는" 제도를 갖춘 국가로 그리고 있다(권12). 그런데 여기서 주목되는 것은 '해천몽골(히턴몽고)'이다. 정인성은 이들을 보자마자 '해천몽골'임을 알아차렸다고 하는데 '해천몽골'은 《조선왕조실록》이나 연행록, 문집 등에는 등장하지 않는 명칭이다. 해천몽골과 《완월회맹연》의 몽골 인식을 연구한 김수연에 따르면 '해천몽골'은 북원계열 몽골이나 명나라와 여진족 그리고 조선의 국경지인 동북 방면에 사는 몽골 세력인 올량합 위 몽골을 일컫는 것으로, 작가는 이들을 통칭해서 중원 외의 몽골이라는 뜻으로 사용했다.[13] 김수연은 해천몽골에 대한 묘사가 15세기 몽골의 정세를 어느 정도 반영하고 있으며, 그중에서도 명나라와 여진 그리고 조선의 국경 지역에 위치한 올량합 위의 정황을 좀 더 고려한 듯하다고 평가했다. 이미 사라진 몽골국의 역사를 서사적으로 재현한 것을 통해 작가가 당시의 대외 정황과 세계사적 전망에 대해 구체적이고 체계적인 지식을 갖추고 있었음을 짐작할 수 있다.[14]

3) 유가적 인물의 재현을 위한 지식

《완월회맹연》은 인물이나 사건을 묘사하기 위해 역사 인물을 가져오거나 경전의 구절을 인용한다. 정호의 후예로 설정된 정씨 가문의 인물들은 유가의 이념과 도덕을 실천하는 인물들로 그려지는데 작가는 《시경》을 비롯한 유교 경전을 모범으로 삼아 인물들을 묘사한다.

이 집의 어진 배필은 개국 원훈 위국공 서달의 손녀로, 얌전하고 점잖으며 엄숙하고 고요하였다. 그녀의 어질고 온화한 마음은 부도(婦道)에 합당할 뿐 아니라

--

13   김수연, 〈18세기 국문장편소설 《완월회맹연》의 몽골 인식―포스트 팍스 몽골리카 시기 조선의 몽골에 대한 서사적 기억〉, 《고소설연구》 46, 고소설학회, 2018, 229쪽.

14   위의 글, 229~241쪽.

타고나기를 단정하고 정중하면서도 무던하고 공손하고 또 검소하여, 도를 얻은 사람의 깊고 그윽한 분위기를 지니고 있었다. 문청공이 여인을 그리워해 잠 못 이루는 일 없이 하주의 숙녀 같은 훌륭한 부인을 만나니, 《시경》〈관저〉의 노랫 말처럼 부부가 서로 공경하고 소중하게 대하는 것이 산 같고 바다 같았다. 들어 오면 일어나 맞이하고 나갈 때에는 일어나 배웅하니 속됨이 없이 피차 존경하 였다. 즐겁지만 함부로 하지 않았고 사랑하지만 공경하며 중히 여겨 엄숙하고 바르니, 친척, 이웃이며 심지어 종들도 그 부부의 어진 덕과 높은 행실을 감탄 하며 우러르지 않는 이가 없었다. (권1)

위 인용문은 정한의 부인인 서태부인을 묘사한 부분으로, 서태부인의 덕과 정한 부부의 공경하는 모습을 묘사하기 위해 《시경》의 〈관저〉 장 구절과 주해(註 解)의 구절을 가져왔다. 작가는 서태부인의 덕을 문왕의 후비인 태사의 덕에 비유 하고 있는데, 이처럼 경전이나 역사적 인물에 비유해 인물을 묘사하는 방법은 고 소설뿐만 아니라 고전 문장에서 흔히 볼 수 있다. 이는 달리 설명을 더하지 않아 도 즉각적으로 인물의 특성을 전달할 수 있기 때문에 흔히 사용하는 방식이지만 계속 사용되면 상투적이 되어 새로움을 주지 못한다. 고소설에서 가장 흔히 보는 '풍채는 두목지', '문장은 이두(李杜)' 같은 표현이 그런 예다. 위 인용문이 이러한 상투적이고 단순한 묘사와 다른 점은 《시경》〈관저〉에 대한 이해를 바탕으로 구 체적인 지식을 보여주고 있다는 점이다. 〈관저〉는 《시경》 처음에 나오는 시로 "구 욱구욱 물수리는 하주에서 우는데, 군자의 좋은 배필 아리따운 숙녀를 그리네. 올망졸망 마름풀을 이리저리 헤치며 뜯노라니, 아리따운 숙녀, 자나 깨나 그립 네. 그려도 얻지 못해 자나 깨나 생각노니, 그리움은 가이 없어 밤새 이리 뒤척 저 리 뒤척하노라"[15]로 시작한다. 위 인용문의 "그리워 잠 못 이루는 일 없이 하주의 숙녀 같은 훌륭한 부인을 만나니"는 〈관저〉의 첫 부분 중 "군자의 좋은 배필 아리따운 숙녀를 그리네"에서 온 것이다. 이 구절은 굳이 《시경》을 따로 공부하지 않아도 알았을 법한 유명하고도 익숙한 구절이다. 따라서 이 구절을 가져온 것으로 유교 경전에 대한 지식을 이야기하기는 어렵다. 그런데 위의 인용문은 이 구절을 단순히 가져온 것이 아니라 〈관저〉를 후비(后妃)의 덕을 노래한 것으로 보는 《모시》와 《집전》의 해석에 따라 서태부인의 덕과 부부가 서로 공경하는 이상적인 모습을 강조하기 위해 인용하고 있다. 《모시》와 《집전》의 해석을 따랐기 때문이 아니라 이 노래가 나오는 맥락을 이해하고 있다는 점에서 작가가 《시경》에 대해 일정한 지식을 갖고 있음을 알 수 있다. 결과적으로 이러한 묘사는 정씨 집안의 어른인 정한과 서태부인을 유교적 이상에 부합하는 인물로 부각하는 효과를 발휘한다.

소저가 화를 내며 말하기를, "예부터 군자와 철부는 환란을 만나도 곧음을 고치지 않고 절개를 바꾸지 않습니다. 그리하여 증자는 임서에 역책하고 백희는 한밤중에 불이 나도 당 아래로 내려가지 않아서 성현이 어려움에 임하는 도를 어지럽히지 않았습니다. 열부가 도로에 달려 나가 한밤중에 뜰을 밟지 않았는데 이제 제가 여자의 몸으로 남자 옷을 입으니 그 도가 아니요, 또 한밤중에 나가라 하시니 자로의 결영이사와 백희의 소화함을 생각하니 실로 부끄럽습니다. 불의 기세를 보아 피하고 지레 움직이지 않는 것이 옳을 것 같습니다." 부인이 다급하게 말하기를, "너의 말이 예의와 사리에 당연하나 공자가 미복으로 송을 지나갔으니 성인의 도에도 권도가 없지 않다. 공자 말씀하시기를 유행경권이라 하셨으니 성인도 위기를 당해서 권도를 쓰셨다. 이제 화재가 심상치 않은데 어

15　"關關雎鳩, 在河之洲, 窈窕淑女, 君子好逑, 參差荇菜, 左右流之, 窈窕淑女, 寤寐求之, 求之不得, 寤寐思服, 悠哉悠哉, 輾轉反側." 《시경》, 〈관저〉.

찌 성인이 미복으로 송을 지나가신 것을 본받지 않으리오" 하고 한편으로 이르
며 한편으로는 춘파에게 인가의 노비 복색으로 소저를 업고 피하라고 하니⋯.
(권4)

인용문은 화재를 만나 화부인이 정월염이 입던 옷을 벗기고 정인성의 옷으
로 갈아입힌 뒤 잠깐 남장(男裝)하고 유모 춘파를 데리고 피하라고 하자 정월염이
이를 좋은 말로 거부하며 하는 말이다. 정월염은 군자나 현명한 여자가 위기를
만났을 때 어떻게 처신해야 하는지를 증자와 백희의 고사를 들어 말하며 나가지
않으려 한다. 증자의 예는 증자가 병환 중에 대부(大夫)의 신분에 걸맞은 화려한
깔개를 깔고 있었는데, 임종할 당시 자신의 분수에 맞지 않는다고 하여 제자들
로 하여금 깔개를 바꾸게 하고 죽은 일을 말한다. 이는 《예기》〈단궁〉에 나온다.
백희의 예는 과부로 지내던 백희가 밤중에 불이 나서 위급하게 되었는데도 보모
(保姆)나 부모(傅母) 없이는 밖으로 나갈 수 없다고 하면서 불에 타 죽었다는 고사
를 말한다. 백희의 고사는 유향의 《열녀전》〈송공백희〉에 나오는데 유향은 백희
에 대해 법도를 잃지 않아서 《춘추》에서도 현명하게 여겼다고 평했다.[16] 정월염의
말을 들은 화부인은 군자는 정도만 행하는 것이 아니라 권도(權道)도 행한다고
하면서 공자가 송(宋)을 지나가려 할 때 환사마(桓司馬)가 길목을 지키고 있다가
죽이려 하자 변복(變服)을 하고 송 땅을 지나갔다는 고사를 들어 설득한다. 이는
《맹자》〈만장〉편에 나온다. 이처럼 남장을 하고 불을 피하는 것이 옳은지를 따지
기 위해 《예기》, 《맹자》, 《열녀전》의 고사들이 언급되는데, 이 고사들은 위기에 처
했을 때 부인이 어떻게 해야 하는지에 대한 유교 지식을 제시한다. 이는 불이 났
을 때 여자는 어떻게 해야 하는가에 대한 지식을 구성하는 역할을 한다. 이러한

• •

16   유향, 이숙인 옮김, 《열녀전》, 예문서원, 1996, 216쪽.

고사를 인용하는 것이 특별한 경우는 아니다. 백희 고사는 조선시대 상층 양반 부인들의 삶을 기록한 행장이나 묘지명에도 종종 등장한다. 이의현(李宜顯)이 쓴 〈정경부인에 추증된 망실어씨행장(贈貞敬夫人亡室魚氏行狀)〉이나 이민보(李敏輔)가 쓴 〈유인연안이씨묘지명(孺人延安李氏墓誌銘)〉에서는 집에 불이 났을 때 방에서 나오지 않았거나 신중하게 움직였다는 일화를 기록하고 있고, 이재(李縡)가 쓴 〈큰 외숙모 정경부인연안이씨행장(伯舅母貞敬夫人延安李氏行狀)〉에는 이씨 부인이 평소에 백희 고사를 외우며 감탄했다는 내용을 전하고 있다. 《완월회맹연》은 인물들의 대화를 통해 다양하고 정확한 사례를 제시하고 있다는 점에서 위의 예들과 차이를 보인다. 이는 여공(女工)에 대해 이야기하는 부분(권4)이나 정기염이 효녀 제영의 고사를 가져와서 상언하는 부분에서도 유사하게 드러난다.

정흠이 황제의 친정 문제와 왕진의 죄에 대해 간언하다가 사사되자 딸 정기염이 등문고를 울려 아버지의 시신을 찾겠다고 하며 글을 상언하는데 여기서도 중국의 역사적 인물로 고사에 자주 등장하는 제영과 목란의 고사를 가져온다.

> 신첩(臣妾)이 불초무상하여 아비가 칼에 베여 죽기에 이름을 오히려 알지 못하여 제영이 궐에 나아감과 목란이 군대에 나간 효를 배우지 못하고 오늘날에 비로소 아비가 원통하게 죽음을 듣고 시신이나 찾고자 옥폐에 더러운 사정을 아뢰었는데 뜻밖에 시킨 자를 물으시니 그 누구라고 대답하겠습니까? (권4)

인용문에서 보듯 정기염은 자신의 행동을 효녀 제영과 목란에 비유한다. 제영은 한 문제 때 제나라 태창령을 지낸 순우의(淳于意)의 막내딸이다. 순우의가 죄를 지어 형을 당하게 되자 제영이 글을 올려 관비가 되겠다고 자청하면서 부친의 육형(肉刑)을 용서해달라고 간청한다. 한 문제는 제영의 효성에 감동해서 육형을 없앴다. 제영의 이야기는 사마천의 《사기》, 반고의 《한서》에 실린 이래 효녀를 이야기할 때 빠지지 않고 등장하게 되었다. 목란은 악부 〈목란시〉의 주인공이다. 목란은 전쟁터에 나가게 된 아버지를 대신해서 남장을 하고 전쟁터에 나가 12년 동안 종군하면서 전공(戰功)을 세운 효녀다. 제영이나 목란은 효녀의 상징으로 조선시대 문인들의 시에 종종 등장할 뿐만 아니라 여성들도 모범으로 삼은 인물이다. 여기서는 '제영이 궐에 나아감[詣闕]', '목란이 군대에 나감[從軍]'이라는 말로 두 인물의 고사를 함축하고 있다.

《완월회맹연》의 작가는 역사와 경전에 근거한 지식들을 단순한 정보나 단편적인 지식의 수준을 넘어서 관련된 고사가 나오게 된 맥락을 이해하면서 언급하고 있다. 또한 지식을 교과서적으로 나열하는 것이 아니라 작품의 배경으로 인물의 대화나 행동을 구체화하기 위해 사용한다. 장례나 혼례를 치를 때도 예에 의거하는 인물임을 묘사하기 위해 관련된 지식을 활용해서 묘사한다. 이로써《완월회맹연》자체가 일종의 예법 실현 매뉴얼이라 할 수 있으며 유교적 삶의 방식을 보여주는 하나의 지식 체계를 이룬다.

3. 지식의 성격

1) 사건과 인물 묘사의 전형성 확보

《완월회맹연》에는 인물이나 사건을 묘사하기 위해 중국의 역사적 사건뿐만 아니라 수많은 역사적 인물이 등장한다. 경전과 역사서를 기반으로 한 전고를 많이 활용하는 것은 한문 글쓰기에서 흔히 볼 수 있는 글쓰기의 관습이다. 경전이나 역사서를 기반으로 한 전고를 활용해서 글을 쓰기 위해서는 경전이나 역사서에 대한 기본적인 지식을 갖추어야 한다. 글을 읽는 독자도 마찬가지로 이를 이해할 수 있는 기본적인 지식을 갖추고 있어야 한다. 물론 계속해서 사용하는 경우 상투적인 표현이 되어 특별한 지식이 없어도 이해할 수 있게 된다. 양귀비가 미인을 뜻하거나 이태백이 뛰어난 문장가를 의미하는 것 등이 그 예다. 전고의 활용은 길게 설명하거나 구체적으로 묘사하지 않더라도 역사적으로 가장 뛰어난 인물에 비유함으로써 그 의미를 효과적으로 전달하는 이점이 있다. 그러나 구체성이 결여되고 참신함이 떨어지는 단점도 있다.

《완월회맹연》을 포함한 조선시대에 창작된 한문소설은 말할 것도 없고 한글소설도 이러한 글쓰기의 관습을 공유한다. 민중적 연원을 가지고 있고 민중이 즐긴 판소리계 소설에도 수많은 고사나 역사적 인물, 경전의 구절들이 등장한다. 《춘향전》을 비롯한 판소리계 소설들은 이러한 지식들을 나열하고 민중의 생생한 어휘를 섞어 다성적(多聲的)인 목소리를 낸다. 작가나 독자의 측면에서 판소리계 소설과 대비되는 입장에 있다고 할 수 있는 《완월회맹연》에도 유교 경전을 비롯해서 역사서, 여성 교훈서에서 나오는 사건이나 인물들을 바탕으로 한 서술과 이를 벗어난 서술들이 공존한다. 《완월회맹연》의 작가는 관습적 글쓰기를 공유하면서도 벗어나려는 경향을 보여주며 이를 통해 다성적인 목소리가 드러나지만 그 양상은 판소리계 소설들과 물론 다르다. 예를 들어 《춘향전》에서 춘향을 묘사할 때도 중국의 아름다운 여자와 현숙한 여자들을 나열하지만 춘향의 발화와 성격은 그러한 묘사와 어긋나며 그 차이에서 오는 재미도 있다. 《완월회맹연》에서 인물을 묘사할 때는 전고나 역사적 인물들을 인용해서 비유하고 있으며 인물의 발화나 성격, 행동도 인용한 고사나 역사적 인물들과 비슷한 경우가 많다. 앞서의 예들에서 보았듯이 《완월회맹연》의 인물들은 효자, 효녀, 어진 부인, 투기하는 부인, 어진 군주, 현명한 신하, 어리석은 군주, 간신, 뛰어난 장군, 어진 선비의 전형과 비슷하게 혹은 대조되는 방식으로 언급된다. 이처럼 전범을 제시해서 인물을 묘사하는 방식은 인물의 성격을 쉽게 전달한다는 이점이 있다. 《완월회맹연》은 역사 인물과 사건, 유교에 대한 풍부한 지식을 바탕으로 전형적인 인물들을 그려내는 데 그치지 않고 이들이 맺는 인간 관계 안에서 전형적인 인물에서 기대하기 어려운 깊은 내면의 역동과 예상 밖의 선택을 하는 인물들을 그려내기도 한다.

2) 생활철학으로 수용된 유가 지식

《완월회맹연》에는 중국 역사 지식과 유교 지식을 나열하는 데 그치지 않고 그 지식을 체계적으로 수용해서 생활 속에서 유교 지식이 구체적으로 실천되는 양상을 보여주고 있다. 혼례나 상례 등의 의례뿐만 아니라 일상의 예의범절을 생활 속에서 실천하는 모습을 보여준다. 예를 들어 작가는 정잠, 정삼 형제가 어머니를 모시는 모습, 정인성이 어머니 소교완을 모시는 모습을 통해 효를 생활 속에서 어떻게 실천하는지를 제시한다. 또한 유교 경전과 역사서에서 여성 인물의 모범적인 행동을 끊임없이 인용하면서 생활 속에서 구체적으로 실현하는 양상을 보여준다. 유향의 《열녀전》에 나오는 인물들, 역사서에 나오는 여성들이 따르거나 경계하거나 또는 본받아야 할 대상으로 언급된 예는 앞에서 보았다.

이외에 유교적 교화가 이루어지지 않은 변방에 가서 유교적 지식을 전파하는 예를 보여주기도 한다. 적들의 모함으로 정인성이 위기에 빠진 사건을 그러한 예시로 들 수 있다. 정인성은 몽골왕의 신하가 타고 있던 배에 구조되었으나 자신을 구해준 척발유의 딸로 인해 다시 어려움에 처한다(권12). 그러나 척발유가 딸의 잘못임을 깨닫고 딸을 죽이려 하자 정인성은 죽이지 말고 대신 여자의 도(道)로 딸을 교화시킬 것을 권한다. 이 말을 들은 척발유가 정인성에게 여성 교육서를 써달라고 하자 정인성은 자기의 필적이 음녀(淫女)에게 머무는 것을 괴로이 여겨 척발유에게 붓을 들어 쓰게 해서 여교(女敎) 30편을 지어준다(권13). 척발유의 딸은 여교 30편을 읽고 개과천선한다. 정인성은 비록 자신의 필적이 음녀에게 들어가는 것을 꺼려했지만 유교의 도로 음란한 여자도 교화시킬 수 있다고 생각했고, 척발유의 딸은 여교를 통해 개과천선한 것이다.

《완월회맹연》에서는 유가 지식을 기계적으로 수용하지 않고 상황에 따라 달리 적용해야 하는 예까지 보여준다.

> 태부인이 말했다.
> "민자건과 복자하는 성문(聖門)의 학자였으나 부모의 삼년상을 마치니 원금 이가하여 절절히 슬퍼하고 간간이 즐겨 선왕의 예를 '불감불이애(不敢不已愛)'라 하니 부자께서 가라사대 군자로다 하시고 자공이 6년간 상을 지낸 데 대해서는 부자께서 '취하지 않는다' 하시니 무릇 슬퍼함은 절도가 있고 상을 치르는 데에는 도가 있느니라. 너희가 이제 돌아가신 아버지의 삼년상을 마치고 상복을 벗으니 지극한 슬픔의 새로움이 어찌 처음 상을 당했을 때와 다르리오마는 오늘 육즙을 먹는 것을 공맹께 여쭈어도 그르다 하지 않으실 것이다. 모름지기 고집하지 말라. 너희는 상제의 예를 지켜 초막에 지내면서 슬퍼하되 목숨을 상할 정도로는 하지 않는다는 것을 깨닫지 못했구나." (권11)

정잠 형제가 삼년상을 마친 뒤에도 육즙을 먹지 않으려 하자 어머니 태부인이 민자건과 복자하, 자공의 고사를 들어 상을 치르는 도에 대해 언급하는 장면이다. 태부인은 상제의 예를 지키는 것이 중요하지만 목숨을 상할 정도로 하지 않는다는 것을 역시 고사를 들어 설득한다.

이상에서 볼 수 있듯 《완월회맹연》은 유가적 이상세계를 그리고, 인물들도 그 전범에 가깝게 재현하되 일상생활 속에서 어떻게 실천해야 하는지를 다양한 상황을 통해 설득력 있게 제시하고 있다.

4. 지식의 수준과 전개

1) 지식의 수준과 성격

앞서 살펴보았듯이 역사적 인물이나 사건은 이름만 언급되는 것이 아니라 구체적인 지식과 함께 서술된다. 이는 작가가 역사와 경전에 해박하다는 증거이기도 하다. 그런데 이처럼 지식이 소설에 등장하는 예는 한문 장편소설에서도 볼 수 있다. 《완월회맹연》을 비롯한 국문장편소설과 《삼한습유》를 비롯한 한문 장편소설은 작가층과 독자층에서 분명한 차이가 있다. 물론 이 두 유형을 분명하게 나누기는 어렵다. 《옥수기》처럼 한문과 국문이 함께 존재하면서 국문장편소설과 비슷한 작품 세계를 보이는 경우도 있기 때문이다. 또 《완월회맹연》과 《삼한습유》는 배경이나 주인공의 설정 양상에서도 매우 다른 면모를 보인다. 《완월회맹연》이 중국 역사를 배경으로 상류층 가문과 인물들을 다루고 있다면, 《삼한습유》는 신라를 배경으로 하층 여성 인물을 주인공으로 설정하고 있다. 그럼에도 이 두 소설은 중국의 역사와 경서에 대한 풍부한 이해를 바탕으로 구체적인 지식을 전개한다. 그러나 지식을 전개하는 방식은 두 작품이 사뭇 다르다. 《삼한습유》의 경우 역사서를 비롯해서 유향의 《열녀전》에 등장하는 여성 인물들이 집단적으로 등장한다. 또 《삼한습유》에서는 이 인물들을 직접 등장시켜 자신의 억울함을 하소연하게 하기도 하고, 자리를 놓고 겨루게도 한다. 《완월회맹연》의 경우 역사적 인물이 직접 등장하지 않고 이를 모범으로 삼는 여성들이 등장해서 역사 속 여성 인물들과 비견되는 위치에 놓인다. 《삼한습유》에서는 인물들이 자신의 입장을 놓고 서로 따지고 토론하는 방식이 강하고, 유가적 지식이 중심에 있지도 않다. 오히려 유교와 도교와 불교를 상대적으로 바라보고 있다. 이에 비해 《완월회맹연》의 경우는 유가적 지식이 중심에 있으며 유가적 인물, 유가적 삶의 전범을 충실하게 재현하고 있다.

지식수준을 따진다면《삼한습유》의 경우 백과전서적 지식을 문답이나 의론을 통해 전개하고 있다면,《완월회맹연》에서는 경전이나 역사서에서 전고나 인물을 가져와서 이를 인물이나 상황에 적용하는 수준이다.《완월회맹연》은 문답이나 의론을 본격적으로 전개하지 않는 대신 경전이나 역사에 대한 풍부한 교양을 바탕으로 전범적 인물이나 사건과, 거기에서 벗어나는 인물이나 사건을 효과적으로 전달하고 있다.

2) 여성 지식의 수준

《완월회맹연》은 전주 이씨로 알려진 여성 작가의 작품이다.《완월회맹연》의 독자를 여성에 한정할 수는 없지만 여성이 주된 독자였음에는 틀림없다. 그런데 《완월회맹연》의 작가가 여성이라는 것을 여전히 부인하는 견해들이 있다. 그 중요한 근거는 작품의 길이가 무려 180권에 이르고, 작품에 등장하는 지식이 조선시대 여성이 구사하기 어려운 것이라는 점이다. 작품의 길이가 길다는 점이 여성 작가설을 부인하는 근거가 되기는 어렵다. 현재 남아 있는 국문장편소설의 편폭으로 볼 때 긴 작품들을 읽어오던 독자들은 장편을 쓰는 것이 특별한 상황이라고 생각하지 않았을 가능성이 높다. 작품에 전개되는 지식이 당시 여성들의 교육 수준으로는 갖기 어려운 것이라는 주장도 설득력이 없다. 앞서 보았듯이《완월회맹연》에는 경전, 역사서, 교훈서 등에서 인물이나 사건을 비롯한 다양한 지식을 가져오고 있다. 그러나 여기서 사용되고 있는 전고나 시문, 역사, 인물은 조선시대 상층 양반 여성들 가운데 교육을 받은 여성이라면 충분히 구사할 수 있는 것들이다. 상층 양반 여성뿐만 아니라 그 이하 가문의 양반 여성이 쓴 글 가운데서도 지식이 풍부하게 구사되는 사례를 찾을 수 있다. 서울 무반 가문의 딸인 풍양 조씨가 쓴《자기록》에는 한유의《제십이랑문(祭十二郞文)》,《시경》〈소아〉,《맹자》,《열녀전》,《예기》의 구절들이 익숙하게 사용되고 있다. 그렇다면 풍양 조씨는 이들 문헌들을 체계적으로 공부했던 것일까? 반드시 그렇다고 볼 수는 없다. 이 말은 풍양 조씨의 글쓰기가 특별한 교육을 받은 결과가 아닐 것이라는 의미다.

조선시대 여성들이 지식을 습득할 수 있었던 대표적인 경로로 가문에서 행해진 교육과 소설을 비롯한 독서를 생각해볼 수 있다. 가문에서 행해진 여성 교육의 텍스트는 주로 《소학》, 《여사서》, 《열녀전》 등과 집안 자체에서 제작한 교훈서가 중심이었고, 여성들이 주로 읽은 책은 이상의 교훈서를 비롯해 소설, 《통감》 등의 역사서였다. 따라서 유교 경전이나 역사를 체계적으로 배우지 않더라도 《소학》을 비롯해서 여성들의 교육을 위해 만들어진 책들에는 유교 경전이나 역사서에서 발췌한 지식들이 풍부하게 들어 있어 여성들이 충분히 구사할 수 있었다. 《완월회맹연》에서 전개되는 지식과 교양은 임윤지당이나 빙허각 이씨처럼 평생 학문을 갈고닦은 지식인 여성들이 아니더라도 구사할 수 있는 것들이다. 따라서 경전과 역사, 고사와 시문에 대한 지식으로 미루어 여성 작가의 작품임을 의심하기보다는 조건 후기 여성들의 지식수준에 대한 이해를 달리할 필요가 있다.

제4부

비 교 론

1. 《홍루몽》, 《겐지모노가타리》와 《완월회맹연》

20세기 이전 동아시아 문학은 크게 중국 문학의 자장 안에서 이루어졌기에[1] 한국 문학이 중국으로부터 받은 영향과 상호 간의 교섭은 20세기 이전 동아시아 문학 작품 연구에서 빼놓을 수 없는 과제다.[2] 이에 중국과 일본의 장편 작품

· ·

1　동아시아의 문화권에 속한 나라에서 이 연구는 한국, 중국, 일본에 한정을 두었다. 동아시아 소설에 대한 논의는 앤드류 플락, 〈중국 고전소설에서 자아의 유교적 개념〉, 《대동문화연구》 40, 성균관대학교 대동문화연구원, 2002, 25～43쪽 참조. 아시아 문명의 기반인 문자에 주목한 연구는 임형택, 《한국학의 동아시아적 지평》, 창비, 2014, 134～137쪽 참조.

2　임형택, 〈동아시아 서사학 시론: 구운몽과 홍루몽을 중심으로〉, 《대동문화연구》 40, 성균관대학교 대동문화연구원, 2002. 1～24쪽.

과 비교하여《완월회맹연》의 동아시적 위상을 알아보고자 한다.

  20세기 이전 중국의 문학으로 잘 알려진 작품은《삼국지연의》(14세기),《수호지》(16세기),《서유기》(16세기),《홍루몽》(18세기)을 일컫는 사대명저(四大名著)다.[3] 그중 18세기 중엽 청나라를 공간적 배경으로 하는《홍루몽》은 중국 고전소설의 최고봉으로 일컬어진다. 창작 시기는 대표 작가로 알려진 조설근(1715~1763)[4]이 살았던 18세기로 추정되며, 작품의 시작은 다음과 같다. 옛날 하늘에 구멍이 뚫려 홍수가 나자 여와가 돌을 사용해 하늘에 난 구멍을 막았는데, 쓰이지 않고 남은 돌이 하나 있다. 이 돌이《홍루몽》의 주인공 가보옥(賈寶玉)의 전신(前身)이다.《홍루몽》은 가보옥을 중심으로 하여 부귀영화를 누리는 아름다운 소녀들과 가씨 가족 구성원이 살아가는 모습을 120회에 걸쳐 그린 장편소설로서 당시 중국 문화와 사회생활 전반을 다루고 있어 중국인들의 생활을 폭넓게 이해할 수 있게 해주는 자료다.[5]《홍루몽》에는 문학, 회화, 건축 등 문화 전반에 관한 내용이 광범위하게 포함되어 있어 작가가 당대 중국 문화에 심도 있는 지식을 가지고 있음을 짐작하게 한다.

  예를 들어 크고 작은 연회의 사전 준비 및 연회 장면을 통해 당시 사교 문화를, 남성 등장인물의 과거 시험 응시와 급제 과정을 통해 당시 중국의 과거제도

..

3 《홍루몽》대신《금병매》가 들어간 작품군을 사대기서(四大奇書)로 부르기도 한다.

4 "홍루몽은 1754년《석두기(石頭記)》라는 이름의 필사본으로 북경 지식인들 사이에서 처음 유통되었다. 필사본은 원래 80회로 되어 있었는데, 이 작품이 워낙 인기를 끌었기 때문에 1792년에는 목판으로 인쇄한 책이 출판되었다. 이 목판본은 원래의 80회에 40회를 더해서 총 120회로 만들었고, 제목도 바꾸었다. 소설은 이런 과정을 통해, 오랜 세월에 걸쳐 서서히 완성된 작품이다. 홍루몽의 판본은 80회본과 120회본의 두 가지 버전이 있는데 1791년 정위원(程偉元)이 기존의 80회본에 고악(高鶚)이 쓴 40회본을 결합해서 120회본으로 간행한 것이 '정갑본'이고, 이듬해에 이 120회본을 개정한 것이 '정을본'이라 한다." (안의운, 김광렬 옮김,《홍루몽》, 청계출판사, 2007, 5쪽)

5 한혜경,〈홍루몽과 중국문화〉,《중어중문학》26, 한국중어중문학회, 2000, 217~252쪽.

를, 가문 구성원이 다니는 일종의 서당인 가숙(家塾) 생활을 통해 귀족 자제들이 받았던 교육을, 궁중 귀비가 된 인물이 친정을 방문하는 대목을 통해 궁중의 법도를, 대관원의 축성 과정과 경관을 통해 건축 양식을 알 수 있다.

한편 일본 미의식(美意識)의 대표작으로 권위를 인정받는[6] 장편소설《겐지모노가타리(源氏物語)》는 일본 헤이안 시대(794~1185) 무라사키 시키부(紫式部)라는 문인 가문 출신의 여성 작가가 창작한 것으로 알려져 있다.[7]《겐지모노가타리》에서 '모노가타리'는 모노(추상적인 어떤 것)와 가타리(이야기)의 복합어로 '일관된 줄거리를 갖춘 이야기' 정도로 해석되는데, 작가가 자신이 경험했거나 상상할 수 있는 인물이나 사건 등에 대해 이야기하는 방법을 의미한다.[8]《겐지모노가타리》에는 일본의 전통시인 와카(和歌) 759수가 들어 있으며 작품이 폭발적인 인기를 얻으면서 중요한 장면은 그림으로도 그려졌다.[9]《겐지모노가타리》는 천황의 황자로 태어난 히카루 겐지와 그의 아들 세대까지의 이야기를 다루고 있다. 이는 천황 4대에 걸친 75년간의 이야기로 등장인물은 총 430명이며, 내용은 3부로 나뉜다. 1부는 히카루 겐지의 영화(榮華), 2부는 히카루 겐지의 고뇌와 갈등, 3부는 히카루 겐지의 아들인 가오루의 사랑을 묘사한다.[10]

• •

6   김병숙, 〈여성 이야기로서의 겐지모노가타리 읽음〉,《인문논총》72(3), 서울대학교 인문학연구원, 2015, 435쪽.《겐지모노가타리》에 대한 이러한 평가가 시대 흐름에 따라 동일한 것은 아니었다. 2차 세계대전 이전에《겐지모노가타리》는 불경하고 천황에 모욕적인 문학이라고 하여 탄압의 대상이 되기도 했다. 패전 이후 일본에서 왕조문화와 귀족문화에 대한 동경이 일어나면서 겐지에 관한 대중의 관심이 집중되었다. 권연수, 〈문학의 콘텐츠화 전략 연구—일본의 고전문학 겐지모노가타리의 문화콘텐츠 양상을 중심으로〉,《일본연구》13, 고려대학교 글로벌일본연구원, 2010, 345쪽.

7   김병숙(2015), 앞의 글, 435쪽.

8   정순분,《일본고전문학비평》, 제이앤씨, 2006, 98쪽.

9   겐지에(源氏繪).

이제 중국과 일본의 작품 중에서도 고금에 걸쳐 활발한 독서와 연구의 대상이었으며 콘텐츠 제작도 활발한 《홍루몽》 및 《겐지모노가타리》를 《완월회맹연》과 비교해보자. 《홍루몽》, 《겐지모노가타리》와 《완월회맹연》은 모두 장편소설이지만 주제와 서사의 방향이 달라 하나의 잣대로 평가하기는 쉽지 않다. 한편 이세 편의 장편소설은 한·중·일 전(前)근대 사회의 문화와 사회를 이해하는 실마리를 제공하기 때문에 국내외 다양한 시각의 후속 연구와 콘텐츠화가 가능한 자료다. 《홍루몽》과 《완월회맹연》은 상류층 가문을 중심으로 구성원들의 이야기를 다루고 있다는 점에서, 《겐지모노가타리》와 《완월회맹연》은 여성 작가라는 점에 주목하여 논의를 시작하고자 한다.

1) 상류층 가문의 이야기: 《홍루몽》과 《완월회맹연》

홍루몽은 '붉은 누각의 꿈'이라는 뜻이다. 누(樓) 혹은 누각(樓閣)은 부잣집 후원에 지어진 아름다운 전통 건축물인데, 자세히 풀이하자면 누(樓)는 문과 벽이 없이 바깥 경치를 볼 수 있도록 높게 지은 다락 건물을 말하며, 각(閣)은 석축이나 단상 위에 지어진 양식을 말한다.[11] 화려한 붉은 누각에는 귀한 집안의 아들딸들이 살고 있다. 인간의 인생이란 화려한 누각에서 꾸는 한바탕 꿈이라는 은유를 보여준다. 19세기에 그려진 아래 《홍루몽》의 삽화에는 호화로운 누각과 가구, 장식품의 모습이 담겨 있다.

'홍루몽'이라는 제목은 주인공 가보옥이 꿈에서 들은 노래인 '홍루몽십이지곡(紅樓夢十二之曲)'에서 나왔다. 작가는 인생의 허무를 이야기하기 위해 이 작품

••

10   정순분(2006), 앞의 책, 114쪽.

11   https://hanja.dict.naver.com/word?q=%EF%A5%8C%E9%96% A3&cp_code=0&sound_id=0.

손온(孫溫, 1818~1904)이 그린 《홍루몽》 삽화

을 썼음을 밝힌다.

> 이곳에서 몽은 환이니 여러 말이 나오고 있는데 이는 실로 독자의 눈을 깨우치
> 고자 하는 것이며 또한 이 책의 주된 의미라고도 하겠다. (…) 속세 중에도 즐
> 거운 일이 있기는 하나 영원히 지속되는 것은 아니다. 게다가 '미중부족 호사다
> 마(美中不足 好事多魔, 옥에도 티가 있고 좋은 일에는 탈도 많다)'라는 여덟 글자는
> 이어져 있으니 순식간에 즐거움이 다하면 슬픔이 생기는 법이다. 사람은 변하
> 고 사물도 바뀌니 결국은 허망한 꿈인 것이며 모든 것은 공으로 돌아간다.[12]

《홍루몽》 서두에는 '흥한 것은 쇠하기 마련'이라는 문구가 작가와 등장인물
의 입을 통해 여러 차례 언급된다. 작품에 등장하는 명문거족인 가(賈), 사(史),

12   최용철 외, 《붉은 누각의 꿈》, 나남출판사, 2009, 99쪽.

왕(王), 설(薛) 가문의 세도가들은 살인을 저지르거나 불의한 폭력을 휘둘러도 집안의 권력을 입어 무마시키거나 약한 처벌을 받는다. 그러나 이렇게 웅장한 가씨(賈氏) 집안의 부귀영화도 정점에 이르러 세상 이치에 따라 내리막길로 치닫게 된다. 이러한 몰락은 가문 구성원들의 특성에서 기인한다. 절대적으로 선한 사람이나 악한 사람으로 치부할 수 있는 인물은 찾아보기 어려우며 상황과 처지에 따라 복합적이고 모순되는 내면을 보여준다.[13] 가보옥의 아버지이자 청렴한 관리로 묘사되는 가정(賈政)도 가까운 친인척이 살인 사건에 연루되자 가해자에게 유리하게 서류를 조작하거나 친인척이 관리를 매수하는 것을 알고서도 모른 체한다. 등장인물들은 그 누구도 완전히 행복하거나 평온하지 못하다. 흘러가는 젊음, 사랑, 돈과 정욕, 뜻대로 되지 않는 자녀, 권위와 명예에 침식하고 고난에 빠져 시름하고 일부는 죽거나 속세를 떠난다. 《홍루몽》은 중심인물의 성격 특성과 사건이 어우러져 인물은 무너지고 가문은 쇠락한다.

《완월회맹연》은 명나라를 배경으로 임금에게 총애받던 신하 정한과 그의 가족을 소개하는 것으로 이야기를 시작한다. 정한의 2남 1녀를 시작으로 계후 문제, 정한의 죽음, 오랑캐 침입 등의 사건에서 빚어지는 부모와 자식 간의 갈등, 형제 갈등 등 다양한 가족 갈등이 등장한다. 《완월회맹연》에서 질서정연한 정씨 가문에 위기를 가져오는 것은 주인공 가문 내 구성원들의 인격적 결함이나 욕망에 있지 않다. 《완월회맹연》의 등장인물, 특히 정한 본인과 직계가족들은 외모, 성격, 능력, 도덕성에서 완벽한 인물로 묘사되어 있다. 세 살, 여섯 살인 어린아이조차도 어른과 유사한 도덕성의 소유자들이다.[14]

● ●

13   위의 책, 120쪽.

14   《홍루몽》에서는 왕희봉(王熙鳳)의 딸 교저가 나오나 어렸을 때는 등장 비중이 적으며 성장한 이후에 중요 사건에 연루된다.

정삼과 화부인이 자식을 낳고 기르니 불세출의 기린아로, 아름다운 나무의 꽃 같은 존재로 자랐다. 세 아들과 한 딸이 아직 젖을 떼지 못할 정도로 어렸지만 모두 배우지 않아도 저절로 깨달아 아는 성인이었고, 태어나면서 자기 이름을 말할 수 있었던 제곡(帝嚳)처럼 명석함을 아울러 지녔다. (권1)

《완월회맹연》에서는 어린아이가 비중은 매우 작지만 성숙한 인격을 가진 존재로 그려진다. 뛰어난 외모와 재능, 덕을 겸비한 인물들로 구성된 정한의 직계가족들은 개인적으로 흠 잡을 곳이 없으나 정씨 가문은 "만물이 성하면 쇠하는 이치"[15]에 따라 혼란에 빠진다. 《홍루몽》의 경우 인물의 성격이 사건을 일으키고 사건은 인물을 따라 유기적으로 전개되어간다면, 《완월회맹연》에서 가문의 혼란은 절대적으로 새로운 인물의 유입과 외부 사건에 의존한다. 서술자는 가문 내부의 결함을 부정하고 가능성도 인정하지 않는다. 혼란을 가져오는 요소가 외부에서 출현한 독립적인 것이기에 이러한 혼란의 요소만 제거하면 가문이 이전의 질서를 찾을 가능성이 높다. 또한 부귀영화를 누리던 주인공이 인생의 허무를 깨닫고 출가하는 것으로 마무리된 《홍루몽》과 달리, 《완월회맹연》은 정씨 가문이 어려움을 극복하고 더욱 견고해진 질서로 돌아간다. 상류층 가문의 이야기를 다루면서 《홍루몽》은 부귀영화와 고난을 통해 염세적 세계관과 불교적 깨우침을 중시한 반면, 《완월회맹연》은 가문의 유지와 영달에 서사의 중심을 두었다.

2) 여성 작가의 이야기: 《겐지모노가타리》와 《완월회맹연》

《겐지모노가타리》는 주요 인물의 삶에 대해 잘 아는 고급 여관(女官)[16]이 독

15 　"사물이 성하면 쇠해지는 이치를 밤낮으로 두려워하며, 위로는 어머니의 가르침을 받들어 효도하는 일과 아래로는 수족의 정을 이을 곳이 없는 박명한 인생입니다." 《완월회맹연》(권1).

자에게 이야기하는 형식으로 서술된다. 한 가지 이야기가 시작되거나 끝나는 부분에 이야기하는 사람의 직접적인 감상을 토로하는 부분이 들어 있어 여성 작가인 무라사키 시키부의 창작 의도와 작품 세계를 알 수 있는 단서가 된다. 예를 들어 작가는 겐지의 이야기를 하는 자신에 대해 다음과 같이 이야기한다.

> 히카루 겐지, 히카루 겐지라 많은 사람들의 입에 오르내리며 그 이름만은 거창하고 화려하지만, 실은 겐지가 세상 사람들로부터 비난을 받는 실수도 적지 않게 하였던 모양입니다. 더구나 본인은 그런 행적이 훗날까지 전해져 바람둥이라 가볍게 여겨지는 것은 아닐까 걱정하며 은밀하게 나누었던 정사까지 낱낱이 떠벌리고 다닌 사람들이 있었으니 사람의 입이란 얼마나 요사스러운 것인지 모르겠습니다.[17]

겐지와 가까이 있었던 사람이 직접 독자에게 이야기를 들려주는 것 같은 생동감과 신빙성을 주는 동시에 작품 속 인물과 사건에 대한 작가의 의견을 들을 수 있는 서술 방식이다.

《겐지모노가타리》는 여성을 주된 독자로 겨냥한 작품이기에 현대의 독자는 작품의 시대 배경인 헤이안 시대(794~1185) 여성들의 삶과 갈등, 그리고 고민을 엿볼 수 있다. 헤이안 시대는 일본 문학사에서 여성 문학의 전성기로 일컬어질 정도로 산문 문학의 주된 담당층이 여성이었다. 주로 여성들이 모노가타리를 생산하

● ●

16   후궁에서 후비를 보좌하는 여성.

17   세토우치 자쿠초, 김난주 옮김, 《겐지 이야기》, 한길사, 2007, 59쪽.

18   Copy of 17th-century portrait of Murasaki Shikibu, wearing the jūnihitoe, by Tosa Mitsuoki (1617 –1691).

작품을 집필하는 무라사키 시키부를 그린
그림[18]

고 수용하기에 자연스럽게 이야기의 내용도 여성들의 삶과 밀착된 부분이 많다.[19]

헤이안 시대는 후궁 문학이라고 불리는 궁중 여성을 중심으로 한 문예집단의 전성기였다. 일본에서 후궁은 천황의 후비(后妃) 집단을 가리키는 말로, 한국에서 후궁이라고 하면 왕의 정비(正妃)인 중전을 제외한 후실을 가리키지만 일본에서는 천황의 정비인 중궁(中宮)을 포함한 집단 일체를 가리킨다.[20] 권문세가에서는 딸을 천황의 후비로 보내면 천황가와 친인척 관계를 맺어 세력을 잡을 수 있었다. 후궁에서 후비를 보좌하는 고급 궁녀인 여관(女官)을 뇨보(女房)라고 하는데, 그들은 대부분 지방에 파견된 수령의 딸이었다. 이들이 헤이안 시대 여성 문학의 중심적인 존재였다. 당시 수령은 문학에 뛰어난 재능을 가진 사람이 많아

19　이미숙, 《겐지모노가타리》, 서울대학교 출판문화원, 2014, 17∼65쪽.

20　정순분(2006), 앞의 책, 108쪽.

딸들도 그러한 교양을 접할 수 있었으며, 수령이 도읍지와 지방을 번갈아 다닐 때마다 딸들도 따라 다니며 아버지나 오빠의 영화나 몰락에 수반되는 희비를 알았다고 한다. 많은 귀공자들이 출입하는 궁정 사교의 장에서 뇨보들은 친정에서 쌓은 교양과 더불어 귀족들을 만나면서 필요한 교양을 갖추기에 힘썼으니 이러한 점들이 여성 문학을 형성하는 바탕이 되었다.[21] 《겐지모노가타리》의 작가인 무라사키 시키부는 뇨보였다. 무라사키 시키부는 유년 시절 한학자인 아버지 밑에서 중국의 《사기(史記)》와 백거이(白居易, 772~846)의 시집 《백씨문집(白氏文集)》을 공부했다.[22]

외부로부터 완전히 격리된 지배 집단의 내부에서 생활했던 뇨보들 중 일부는 궁중 생활에 관련한 와카, 모노가타리, 일기 등을 창작했다.[23] 《금석화도속백귀(今昔畵圖續百鬼)》에 나오는 아오뇨보(青女房/青女坊)는 한평생 궁 안에서만 살면서 기약 없이 누군가를 기다리는 뇨보의 삶을 짐작케 한다. 일본 귀신과 요괴에 대한 정보를 담은 《금석화도속백귀》에서는 누군가의 방문을 기다리며 화장을 하는 섬뜩하면서도 애처로운 요괴가 등장한다. 이런 요괴는 당시 궁중에 살고 있던 여성들의 기약 없는 간절한 기다림과 자유스럽지 못한 삶에서 탄생한 것이다.

《겐지모노가타리》는 시대의 변화와 더불어 다양하게 향유돼왔지만, 창작 직후부터 여성들의 애독서였다.[24] 허구의 이야기에 빠져드는 여성 독자의 모습은 조

••

21   위의 책, 108~109쪽.

22   위의 책, 114쪽.

23   위의 책, 121쪽.

24   《사라시나 일기》(級日記, 11세기 중엽)에 나타난 정보가 그것을 뒷받침한다. 이미숙(2014), 앞의 책, 17~65쪽.

25   조산석연(鳥山石燕), 《금석화도속백귀(今昔畵圖續百鬼)》, Leiden, 1982. Aonyōbō (青女房, a female ghost who lurks in an abandoned imperial palace) from the Konjaku Gazu Zoku Hyakki (今昔畵圖續百鬼).

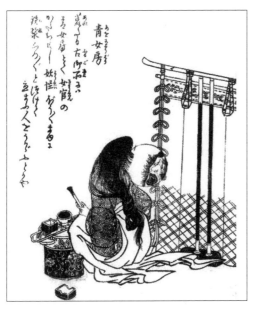

《금석화도속백귀》에 나오는 아오뇨보[25]

선과 일본의 여성들이 처한 당시 사회적 배경을 짐작케 한다.[26] 헤이안 시대의 결
혼풍습은 남성이 여성의 집을 방문하는 형태였다. 남성은 여러 여성의 집을 방문
할 수 있었으며 남성이 어떤 이유로든 방문을 그만두면 결혼 관계는 사라졌다.[27]
한 남자가 여러 명의 아내나 애인을 자유로이 둘 수 있는 헤이안 시대의 여성은
남성의 선택을 기다릴 수밖에 없었고 결혼생활도 불안할 수밖에 없었다. 여성 등
장인물들은 각각 신분 문제, 후견 문제, 용모 문제 등으로 인해 고민한다. 여성 작
가는 개인적으로는 흠결 없는 여성이라도 남자를 잘못 만나면 평생 기다림과 고
통 속에 살아야 하는 상황에 대해 남성 인물의 입을 빌려 이야기한다.

●●

26   위의 책, 17~65쪽.

27   김병숙(2015), 앞의 글, 444쪽.

현재 아름답고 어여뻐 사랑하는 상대가 성실하지 못하게 바람을 피우고 있다는 의심이 가면, 그야 큰일이겠지. 자기[여성] 쪽에는 아무런 잘못도 없으니, 상대방의 잘못을 너그럽게 봐주면 상대방도 잘못을 뉘우치고 마음을 바로잡을 것이라고 생각하지만, 반드시 그렇게 된다는 보장이 없으니 말이네. 아무튼 상대방이 용서할 수 없는 일을 저지르면 긴 안목으로 지켜보면서 인내하는 도리밖에 없겠지.[28]

수많은 여자들이 등장하는 《겐지모노가타리》에서 주인공 겐지가 가장 사랑하는 여자조차 기다림과 불안에서 벗어나지는 못한다. 일부다처제에서 남성의 의미는 여성의 인생을 좌우할 만큼 커서 여성들은 이러한 회오리 속에서 자살하기도 하고 병을 앓다 죽기도 한다.[29] 남성 인물은 여성의 불안정한 삶에 대해 인지하고 있으며 타인의 연애에 등장하는 여성 인물의 불행한 삶에 유감을 표시하기도 하지만 실제 자신의 연애에서는 철저히 자기중심적으로 행동한다. 몇몇의 귀족 남성 인물은 어느 날 한자리에 모여 각자가 겪은 연애 사건과 이상적인 여성상을 이야기하는데, 그중 한 명은 자신의 방문을 참을성 있게 기다리지 못하고 질투를 보이는 여성에 대한 혐오를 드러낸다.

(내가 쌀쌀맞은 태도를 보이니) 그 여자는 질투심에 이성을 잃고 화를 내며 나를 원망하였어요. 그래서 (나는 그 여성에게) 이렇게 말해보았습니다. "자네가 이렇듯 질투심이 많고 고집이 세니 아무리 인연이 깊은 부부라도 두 번 다시

● ●

28   세토우치 자쿠초(2007), 앞의 책, 74쪽.

29   김현정, 〈헤이안시대 일본의 일부다처제와 여성의 삶에 대해: 겐지모노가타리에 나타난 기다리는 삶을 산 여성들과 기다리는 삶을 거부한 여성을 중심으로〉, 《아시아여성연구》 54, 숙명여자대학교 아시아여성연구원, 2015, 186~188쪽.

보고 싶지 않겠네. 이게 우리 인연의 끝이다 싶으면 자네 마음대로 무슨 생각을 해도 상관없네. 그러나 만약 앞으로도 오래도록 인연을 다하고 싶다면 내가 하는 일에 괴로움이 따라도 인내하고, 적당히 포기하는 것이 좋을 걸세. 질투심 많은 버릇만 고치면 내 자네를 한없이 어여삐할 터인데." (…) 여자는 생글생글 웃으며 정말이지 얄밉게 말하더군요. "당신은 만사 보잘것없고 초라하고 아직 관직도 높지 않지만 죽 참고 지내면서 언젠가 출세하기를 기다리는 일이라면 얼마든지 기다려도 좋아요. 하지만 당신의 쌀쌀한 마음을 견디면서, 바람기가 잠들기를 바라는 헛된 희망을 품고 긴 세월을 이제나 저제나 하고 기다릴 수는 없어요. 그런 괴로움을 참고 견디느니 지금 헤어지는 것이 좋겠어요." 이 말에 저도 화가 나서 질세라 욕설을 퍼부었습니다.[30]

한 여성은 상대 남자를 사랑하면서도 오늘은 이 여자 내일은 저 여자에게 마음을 주는 그의 바람둥이 기질에 불만을 표시한다. 이에 남자는 자신과 헤어지지 않으려거든 자신의 모든 행실을 묵묵히 참고 기다리며 언젠가 돌아올 것만을 기다려야 한다고 대답한다. 이런 자신의 생각에 여성이 동의하지 않자 그녀에게 욕설을 퍼붓기도 한다. 남자는 끝내 결별을 선언하고 떠나버린다. 결별을 당한 여자는 그 남자를 그리워하고, 남자는 그녀의 마음을 알면서도 일부러 그녀를 찾아가지 않고 애를 태운다. 그러는 사이에 여자는 괴로움에 못 견뎌 죽게 된다. 이에 남자는 자신의 행실이 다소 과했음을 후회하지만 곧 다른 새로운 여자에게 발걸음을 돌린다. 남성들은 여성이 처한 삶의 질곡을 피상적인 수준에서 이해할 뿐이다. 《겐지모노가타리》 속 여성들은 신분과 환경은 다르지만 모두 불안에 시달린다. 언제든 떠날 수 있는 남편, 후견인의 부재, 좁은 귀족 사회의 틀 속에서

30   세토우치 자쿠초(2007), 앞의 책, 78쪽.

세상의 비웃음거리가 될까 봐 극도로 불안해한다.[31]

여성과 문자 역시 동아시아 소설 발달을 설명하는 데 빼놓을 수 없는 중요한 요소다. 헤이안 시대는 중국 대륙에서 전래된 귀족문화를 모방하면서 귀족 중심의 왕조문화가 발달한 시기였다. 일본은 수당(隋唐) 문화를 적극 섭취하고 한자를 습득함으로써 일본어 표기법을 개발하고 일본 문학을 발전시켰다.[32] 9세기 말 가나(仮名)[33]문자의 발달은 한자를 배우지 못한 여성들의 글쓰기를 북돋았다. 가나는 한자 초서체를 간략화해서 만든 문자다. 가나는 처음에 여성이 주로 사용했기 때문에 '여자문자'라고 했다. 당시 지성인인 남자가 한자, 곧 '남자문자' 사용을 명예로운 것으로 여기고 가나를 경시했기 때문에 초기의 가나 문자는 상류 귀족보다는 중하류 귀족이나 궁중 뇨보들이 사용했다.[34] 헤이안 시대에는 가나로 표기된 일본 고유의 시가인 와카와 《겐지모노가타리》를 포함한 모노가타리 및 일기 같은 산문 문학이 융성한다.

《겐지모노가타리》가 9세기 일본의 외국 문화 수용, 새로운 문자의 발달과 여성에 힘입어 출연했듯이 18세기 조선에서도 여성과 문자는 《완월회맹연》이라는 장편소설을 탄생시킬 수 있는 모태로 작용했다. 조선 후기 학자 조재삼(趙在三, 1808~1866)의 저서 《송남잡지(宋南雜誌)》에 "완월은 안겸제의 어머니가 지은 것이다"라는 기록이 있다. 이로써 영조 시기 문신인 안겸제의 어머니 전주 이씨를 작가로 추정하기도 한다. 조재삼의 기록을 신뢰한다면 《완월회맹연》은 18세기 초반에 창작된 것으로 볼 수 있다.[35] 180권이나 되는 소설이 반드시 한 명의 작가

••
31   이미숙(2014), 앞의 책, 17~65쪽.
32   정순분(2006), 앞의 책, 80쪽.
33   임시 문자라는 뜻.
34   정순분(2006), 앞의 책, 80쪽.

에 의해 서술된 것은 아닐지라도 해당 가문의 여성들이 창작에 큰 역할을 했다는 것이 일반적인 시각이다. 여성의 저술이며 궁중 여인들을 비롯한 조선시대 최상층의 여인들이 주로 읽은 이 작품은 조선 문학 작품을 이해하는 데 여성의 역할을 빼놓을 수 없음을 알려준다. 비록 여성을 위한 공식적인 교육은 아니었으나 조선 후기 양반 가문 여성 중에서는 지식인 문화에 노출되면서 글을 짓고 문집으로 간행하여 외부에 노출시켰다.[36] 양반 가문의 여성들 및 서녀 출신의 첩들은 소설, 한시, 기행문, 자기서사 등 다양한 장르를 창작했으며, 특히 저자 개인의 삶이 반영된 《한중록》, 《자기록》은 한글로 기록된 작품이다. 새로운 문자의 출현은 국경을 넘어 여성의 자기표현과 소설의 발전에 크게 기여한 것이다.[37]

《겐지모노가타리》의 여성 작가가 가나를 이용하여 작품을 창작했듯이 《완월회맹연》은 한글과 여성의 지식 체계가 갖는 밀접한 관련성을 보여준다. 작품에서는 유향(劉向)의 《열녀전》, 《시경》, 사마천(司馬遷)의 《사기》, 반고(班固)의 《한서》 등 유가 경전과 역사, 문학에서 유래한 지식들이 등장하여 여성 작가가 광범위한 교양을 가지고 있었음을 시사한다.[38] 또한 그러한 지식이 등장인물의 대화나 행동으로 구체화된다는 점은 여성 작가의 저력, 곧 서사를 전개해나가는 능력을 독자들에게 짐작할 수 있게 한다.

여성이 창작에 주도적인 역할을 한 《완월회맹연》을 통해 조선 후기 여성들의

●●

35   한국학중앙연구원 장서각, 《한글―소통과 배려의 문자》, 한국학중앙연구원 출판부, 2016, 256쪽; 정창권, 〈대하소설 《완월회맹연》을 활용한 문화 콘텐츠 개발〉, 《어문논집》 49, 민족어문학회, 2009, 89쪽.

36   여성의 문학 창작과 향유자로서의 여성에 관한 내용은 정병설, 〈조선 후기 한글소설의 성장과 유통〉, 《진단학보》 100, 진단학회, 2005, 271~272쪽. 1부 총론에서 자세한 내용이 서술되었다.

37   이 부분은 1부 총론에서 설명한다.

38   이 부분은 3부 문화론 '《완월회맹연》의 지식: 역사 지식과 유가 지식의 결합'에서 설명한다.

고민과 자기인식을 살펴볼 수 있다. 《완월회맹연》에서 다양한 갈등을 일으키고 휘말리는 주요 대상은 여성이다. 예를 들어 정잠의 후처인 소교완은 아들을 낳았어도 이미 결정된 계후자 때문에 자신의 아들이 대를 이을 수 없다. 그러자 소교완은 전실 자식 정월염에게 물리적·심리적 폭력을 자행한다. 또한 시어머니의 사랑을 독점하려는 정처 사이의 갈등과 처와 첩 간의 불화 및 첩과 첩 사이의 갈등도 존재한다. 이러한 갈등의 동인은 여성이 가문에서 처한 불리한 위치에서 기인하는 바가 크다.[39] 예를 들어 정염은 자신의 딸이 외간남자와 정을 통한다는 소문이 돌자 사실 여부를 밝히기보다는 자기 딸을 죽이려고 하는데, 이는 여성이 당시 사회에서 처한 부당한 현실을 보여준다.[40] 조선시대 여성들은 가정 안에서 역할에 따라 자아(自我)정체성이 규정되었고 일상생활에서 어머니, 며느리, 아내로서 촘촘한 의무가 주어졌다. 《완월회맹연》에 등장하는 많은 여성 인물은 고유의 개성을 숨기며 가부장 사회가 요구하는 여성 덕목에 스스로를 맞추고 가족 구성원과의 원활한 관계를 위해 노력한다. 그러나 갈등은 피할 수 없고 여성 인물의 불안은 그치지 않는다. 그렇다면 《완월회맹연》은 어떻게 여성 독자에게 당신의 삶은 가치 있으며 이 가문은 유지할 가치가 있음을 설명하는가?

··

39 　한정미, 〈《완월회맹연》 여성 인물 간 폭력의 양상과 서술 시각〉, 《한국고전연구》 25, 한국고전연구학회, 2012, 345쪽.

40 　한길연, 〈《완월회맹연》의 여성 관련 희담(戱談) 연구〉, 《한국고전여성문학연구》 25, 한국고전여성문학회, 2012, 274쪽.

2. 동아시아 맥락에서 본 《완월회맹연》의 특징과 지향

1) 현세적 가치관과 상층 인물 중심의 구성

《홍루몽》은 유가적 가정과 사회 안에서 인간의 정욕 문제를 다루면서 주인공 가보옥이 가씨 집안을 떠나 출가하는 것으로 마무리된다. 가보옥과 혼인한 설보채가 가보옥의 아이를 가지고 있어 가씨 집안은 유지가 되는 것으로 짐작되나, 가보옥이 가문을 떠남으로써 주인공과 가씨 집안의 관계는 끊어진다. 《겐지모노가타리》에서도 히카루 겐지는 새어머니와의 사이에서 아들을 낳게 되는데, 이 아들로 인해 벌어지는 사건들은 겐지로 하여금 운명의 인과응보에 깊이 상심하여 출가하게 만든다. 《겐지모노가타리》와 《홍루몽》은 공통적으로 주인공의 출가로 이야기를 끝내면서 염세적 인생관, 불교적 세계관에서 비롯한 인과응보와 인생의 무상함을 표현했다. 이러한 인생관은 《완월회맹연》에는 적용되지 않는다. 가문과 가족으로 인한 짐이 아무리 버겁고 어려워도 가문과 가족을 떠난 자에게 안식처는 없다. 《완월회맹연》은 염세적·불교적 세계관 및 허무주의를 배제하고 현세에서 모든 가치를 찾고 있다는 점에서 현세적 가치관을 지녔다.

현세적 가치관은 주요 등장인물의 운명에서 드러난다. 주인공 가보옥 외에도 《홍루몽》에 등장하는 주요 여성 인물은 높은 신분과 미모에도 불구하고 임신을 한 상태에서 남편에게 버림받거나, 병으로 일찍 죽거나, 남편에게 학대를 받아 죽거나, 괴한들에게 강간당하고 납치되거나, 목을 매어 죽거나, 불가에 입문한다. 이야기 초반에 젊음과 아름다움, 부귀영화로 둘러싸였던 중요 인물들은 거의 대부분이 비극적인 처지에 놓인다. 《겐지모노가타리》는 애정 서사이지만 많은 등장인물의 삶은 비애로 가득하여 인물의 내면 심리나 상황을 묘사할 때 '가련히 여김', '사물의 비애감', '애달픔'의 정조가 많이 등장한다.[41] 겐지의 어머니는 천황의 사랑을 흠뻑 받지만 주변의 질투 때문에 병을 얻어 죽고, 겐지의 사랑을 받지 못한 여성은 생령(生靈)이 되어 겐지가 관계하는 다른 여성을 괴롭혀 죽음에 이르게 한다. 겐지의 지극한 사랑을 받았던 여성조차도 그의 사랑이 떠날까 하는 불안에 사로잡혀 평화롭지 못하며 출가를 하거나 병에 걸리거나 자살하거나 사망하기도 한다. 겐지 역시 자신의 아내가 다른 남자와 간통하여 아이를 낳자 충격을 받고 허무에 빠져 출가하게 된다. 이에 반해 《완월회맹연》의 인물은 어디까지나 현실에 충실하다. 주요 등장인물은 몸을 바르게 세워 가정을 다스리고 나라를 보필하는 수신제가(修身齊家)를 인생의 과업으로 삼는다. 봉건가족의 공고했던 질서가 무너졌어도 다시 회복할 수 있음을 믿는 것과 마찬가지로 가문에서 중추적인 역할을 담당하는 중심인물은 수없는 악행을 저질러도 개과천선의 가능성이 있다.[42] 따라서 가문의 핵심 구성원들은 악한 인물이라도 돌이킬 수 없는 처벌을 받지 않는다. 징벌의 의미가 강한 죽음이나 탈속(脫俗)은 높은 가문의 일원에게 적용되지 않는다. 서사적으로 죽음이 자연스러운 심각한 위기 상황에서도 그들은 죽지 않는다. 예를 들어 정월염은 까마득한 낭떠러지에서 떨어졌지만 타고난 귀한 운명과 천신의 가호로 죽지 않고 마침 근처에 있던 사람에게 구조되어 살아난다.[43] 그리고 신이한 약으로 몹쓸 정도로 망가진 장기와 피부가 금세 회복된다. 이에 반해 죽음을 맞이하거나 치명상을 입는 존재는 간악한 주인을 따른 시종들이다. 작품에서 시종들은 충성스러운 인물로서 주인의 선악과 상관없이 주인을 따르고 간악한 주인이 받았어야 하는 벌을 대신 받고 이야기에서 사라진다. 이런 점에서 《완월회맹연》은 조선 사회가 가진 계급 차별을 반영한 작품

• •

41   등정정화, 〈일본 서사학의 전통과 근대: 모노가타리와 역사 서술〉, 《대동문화연구》 40, 성균관대학교 대동문화연구원, 2002, 158쪽.

42   개과천선이 불가능한 극소수의 인물들은 처벌받고 완전히 제거되는 경우도 있다.

43   이에 반해 《홍루몽》이나 《겐지모노가타리》에 등장하는 처벌로서의 죽음은 신분의 고하와 상관없이 발생한다.

이다. 상층 인물 중심으로 이야기가 구성되며 그 밖의 인물은 서사의 부속품으로만 기능한다.

2) 기혼자 중심의 이야기와 가문 중심

《홍루몽》은 여성, 그중에서도 아직 혼인하지 않은 소녀의 아름다움과 뛰어난 재주를 보여주는 작품이다.[44] 《겐지모노가타리》의 중심인물인 겐지는 기혼자이지만 당시 일본 혼인 제도의 특성상 결혼 후에도 자유롭게 연애를 할 수 있다. 겐지의 상대 여성도 기혼자, 미혼자, 소녀 등으로 다양하다. 이에 비해 《완월회맹연》에서 핵심 인물들은 기혼자들이며 가족 내에서 벌어지는 다양한 갈등 상황 속에서 구성원으로 어떻게 역할을 수행하는가가 서사의 중심을 이룬다. 결혼을 하지 않은 인물은 가문의 구성원이더라도 주요 서사에 등장하지 않으며 나이에 상관없이 이야기에서 차지하는 비중이 가볍다. 혼인을 통해 가문에서 가능한 가족관계를 최대한 확장해 부자 관계, 부부 관계, 고부 관계, 옹서 관계, 처첩 관계 등 한 사람을 둘러싼 다양한 갈등을 중첩시킨다. 중첩된 갈등관계를 오래 이어가기 위해서는 미혼자보다는 기혼자가 서사 지속에 유리하다.

《홍루몽》은 청나라 귀족 가씨 부중의 자제인 가보옥이 임대옥과 주고받는 애정을 중심으로 이야기가 전개되며, 《겐지모노가타리》 역시 주인공 히카루 겐지의 다양한 애정 서사와 운명의 인과응보가 이야기의 중심이 된다. 이에 반해 《완월회맹연》을 관통하는 키워드는 애정이 아니라 가문의 영속을 위한 유가적 가족 윤리와 의무의 수행이다. 주인공들은 그들 가문을 유가(儒家)라고 일컬으며 가문의 질서를 찾고 이상적인 가족상을 구현하는 것을 궁극의 목표로 삼으며, 그 목

· ·

44　《홍루몽》의 주인공 가보옥은 결혼하기 전의 소녀는 보배로운 구슬이지만 시집을 가면 광채를 잃어버린 구슬이 되며, 늙어지면 썩은 고기 눈깔로 변한다고 탄식한다.

표에는 누구도 근본적인 질문을 던지지 않는다. 가문의 유지, 가족 구성원의 결속, 구성원 사이의 질서 유지는 절대 과제이며, 이를 공고히 하는 행위와 인물은 선(善)이며 가문의 질서를 어그러뜨리거나 이탈하는 행위와 인물은 악(惡)이다. 또한 갈등이란 일시적인 것이며 구성원의 희생과 노력을 통해 가문은 본래 질서를 되찾을 수 있다. 중국과 일본의 작품에서 나타나는 계모와 자녀 사이의 성적 관계와 자녀 출산, 시아버지와 며느리 사이의 성적 관계 등 지워질 수 없으며 대를 이어가는 죄는 《완월회맹연》에 등장하지 않는다. 인간의 갖가지 유형을 균일화하고 갈등을 좋은 방향으로 해결, 무마, 혹은 유희적 수단으로 미봉한다.[45] 해결되지 못할 수 있는 삶의 문제를 조금도 남겨두지 않았다는 점에서는 현실을 외면, 왜곡했다고도 볼 수 있다. 작품 전체 서사의 틀에서는 가부장적 질서가 이끄는 이상적인 유교 사회의 가문이 혼란을 겪고 더 한층 탄탄해지는 순환을 형상화하고 있다. 《홍루몽》 및 《겐지모노가타리》에서는 한 번 어그러진 질서는 완전히 회복될 수 없으며 모든 것은 처음과 달리 바뀌거나 몰락하는 전개 방식을 보여준다. 《홍루몽》은 서사 초기에서 주인공 가보옥의 가문이 겉으로는 웅장해 보이나 속으로는 모든 것이 곪아 있는 상태라는 것을 드러내어 가문이 멸망으로 갈 것을 시사한다. 그리고 주인공 가보옥이 과거 급제 이후 종적을 감추고, 가씨 집안은 가보옥의 아내 설보채가 낳은 아이가 이어가는 것으로 마무리된다. 가문 계승은 이야기 마지막에서 짧게 언급될 뿐, 《홍루몽》의 서사는 가보옥을 중심으로 가씨 집안의 몰락에 집중되어 있다. 《겐지모노가타리》 역시 겐지의 어머니가 겐지를 낳는 것에서 시작하여 겐지가 출가하고 자식의 이야기로 옮겨가는 구성을 통해 개인의 인생무상을 보여주는 작품으로, 《완월회맹연》처럼 가문의 유

••

45   《구운몽》에서 성진이 겪는 애첩 사이의 갈등 해소가 이런 측면을 보인다. 임형택(2002), 위의 논문, 18쪽.

지와 질서에 집중하지 않는다. 《완월회맹연》은 가족관계 속에서 발생하는 다양한 갈등 및 가문 구성원의 어려움과 고달픔을 극단적인 상황으로 몰아 표현한다. 그리고 갈등의 해소를 통해 개인의 삶은 의미를 찾고 가문은 수호할 가치가 있는 대상임을 증명한다. 《완월회맹연》에서는 임금과 신하의 관계인 충(忠) 이데올로기도 드러나지만 가족 윤리만큼 서사에 구체적이거나 강력하게 작용하지는 못한다. 《완월회맹연》은 이렇듯 한 사람이 가문 안에서 아버지로, 어머니로, 시누이로, 형제자매로, 올케로, 정처로, 첩으로서 맡은 역할을 잘 수행하는 것이 얼마나 어려운지를 보여주며, 이러한 역할 수행을 위해서는 모가 깎인 두루뭉술한 사람이 이상적임을 암시한다. 불합리한 상황이 초래하는 개인적 고통에도 불구하고 순응하여 살아남는 사람이 승자다. 중요 인물 중 실존적 공허나 허무에 빠지는 자는 아무도 없다. 등장인물은 제각각 가정과 사회가 자신에게 요구하는 역할을 잘 인식하고 있고, 그것을 긍정적이든 부정적이든 충실히 해내는 데 힘쓰는 현실적인 인물이다. 이러한 현세적 가치의 추구, 가문의 영달에 관한 관심은 《완월회맹연》이 《홍루몽》 및 《겐지모노가타리》와 비교하여 두드러지는 점이다.

1. 독자층 확대를 위한 번역

1) 현대어역

《완월회맹연》의 독자층을 확대하기 위해서는 작품의 현대어역 및 번역을 통한 소개가 우선되어야 한다. 일본 최고의 고전으로 꼽히는《겐지모노가타리》에 대한 높은 평가는 작품이 소개되자마자 한순간에 얻어진 것이 아니며, 지속적이고 다종다양한 현대어 및 외국어 번역, 학회와 연구, 대중문화로서의 다양한 변용을 통해 얻어낸 결과다.

《겐지모노가타리》는 전문가들이 중심이 된 원전 연구와 함께 일반 독자를 위한 현대어역이 꾸준히 이루어진다는 점에서 현대 독자들에게 열린 텍스트다. 《겐지모노가타리》의 현대어역 중에서 가장 많이 팔린 작품은 다나베 세이코(田

辺聖子)의 《신 겐지모노가타리》다. 현대어역의 선구적 작품으로 2000년 문고본 기준 누적 판매 250만 부를 기록했다. 《신 겐지모노가타리》에 관한 이미령의 연구에 따르면 다나베 세이코는 원전에서 표현이 부족한 부분 혹은 현대 독자들이 이해하기 어려운 부분을 작가 자신의 언어로 '메우는 작업'을 통해 고전작품을 현대 독자에게 전달했다.[1] 역자인 다나베 세이코는 아쿠타카와상을 포함한 일본의 문학상을 다수 수상했으며 일본 문단을 대표하는 국민 작가로 불리는 필력 있는 작가이기도 하다. 한국에서도 《조제, 호랑이와 물고기들(ジョゼと虎と魚たち)》(1984) 및 《도톤보리에 비 내리는 날 헤어지고 처음(道頓堀の雨に別れて以来なり)》(1998)의 작가로 알려져 있다. 《신 겐지모노가타리》의 현대어역 방식은 《완월회맹연》의 현대어역에 참고할 사항을 알려준다. 《신 겐지모노가타리》는 작품에 다수 등장하는 일본 전통 정형시인 와카(和歌)를 직역하지 않고 의역(意譯)했으며, 삭제하거나 의미가 함축되어 현대 독자가 파악하기 어려운 부분은 구체적으로 대화로 풀거나 설명했다.[2]

현대인이 가지는 고전에 대한 거부감을 최소화한 《겐지모노가타리》 번역도 있다. 일본 중학생의 독서 능력을 기준으로 삼은 세토우치 자쿠초의 현대어역 《겐지모노가타리》가 그러한 예다. 이 현대어역은 한국에서는 《겐지 이야기》(한길사, 2007)로 번역되었는데 읽기 용이한 언어를 사용했다는 점을 즉각적으로 알 수 있다. 아래 인용은 겐지가 유부녀와 하룻밤을 보내고 새벽에 이별하는 장면이다. 겐지는 이별의 아쉬움에 시를 읊고, 여자는 그 시를 듣고 부끄러워하면서도 남편에게 발각될까 봐 두려워한다.

● ●

1 　이미령, 〈겐지모노가타리〉의 현대적 변용 양상 고찰—다나베 세이코의 《신 겐지모노가타리》를 중심으로〉, 《외국문학연구》 60, 한국외국어대학교 외국문학연구소, 2015.

2 　위의 글, 239~240쪽.

새벽닭이 몇 차례이고 우는지라 급한 마음으로 시를 읊었습니다.

그대의 박정한 대접에
원망스런 마음을 채 말하지도 못하였는데
이리도 빨리 동녘 하늘은 밝아오고
새벽닭이 부지런히 울어대니
어찌 이 몸을 일으킬 수 있으랴

여자는 자신의 처지와 용모, 나이를 생각하니 너무도 어울리지 않는 일이라 수치스럽고, 분에 넘치도록 고마운 집착과 하룻밤의 부드러운 애무에도 마음이 동하지 않으니, 오히려 평소에는 세련되지 못하여 싫다고 가벼이 여겼던 늙은 남편이 자꾸 떠올랐습니다. 혹 어젯밤 일을 남편이 꿈에라도 보지 않았을까 생각하자 두려움에 몸이 오그라들 것 같았습니다.[3]

세토우치 자쿠초의 현대어역은 독자의 공감을 끌어내어 현재까지 230만 부 넘게 팔렸으며, 이를 바탕으로 영화, 낭독회, 강연회, 전시회 등으로 이어지고 있다.[4] 이러한 유연성은 일본의 번역 문화, 대중 문학에서는 폭넓은 의역을 허용하는 문화적 관습에 기인한 것이다.[5] 한편 일본 고전문학을 널리 알리고자 《겐지모노가타리》를 연구하는 학자들이 중심이 되어 1932년에 조직된 무라사키 시키부 학회(紫式部學會)는 작품을 재현하는 영화나 연극을 지원하고 강좌와 강연회를

••

3   세토우치 자쿠초, 김난주 옮김, 《겐지 이야기》, 한길사, 2007, 111쪽.
4   김수희, 《겐지모노가타리 문화론》, 문, 2008, 70~71쪽.
5   이희재, 《번역의 탄생》, 교양인, 2009, 24쪽.

정기적으로 개최하여 연구자와 대중의 고리 역할을 했다.

　연구자가 아닌 일반 독자를 대상으로 한 현대어역은 독자층 확대를 위해 우선되어야 할 과제다.[6] 고전은 시대의 흐름에 따라 본문을 이해하는 데 필요한 주석 및 다시 쓰기가 필요한데, 이는 종종 원문과 어긋난다는 비판을 받기도 한다. 그러나 다이제스트 판이 독자층 확대에 기여하는 것은 어느 정도 사실로 보인다. 200여 장의 중요 장면 삽화가 들어간 《겐지모노가타리》 다이제스트 판은 이해하기 쉬운 내용과 형식으로 독자층을 확대하는 데 기여했다.[7] 이러한 다양한 판본은 고전에 익숙하지 않은 현대 독자들에게 접근이 용이한 교육 자료가 될 뿐만 아니라 해당 콘텐츠를 접근하고 개발할 수 있는 밑거름이 되어준다. 《완월회맹연》 역시 다양한 현대어역과 시각적 요소를 가미한 다이제스트 판을 통해 현대 독자의 감성에 호소할 수 있어야 할 것이다.

2) 외국어 번역

　서양에서 바라본 동아시아 문학의 특징이란 대체로 중국과 일본의 서사 작품을 바탕으로 내린 결론이었다. 20세기 초반부터 자국의 전통 문화를 경쟁적으로 소개하기 시작한 일본이나 중국과 달리 한국은 근대 초기 이러한 경쟁에 참여할 기회를 가지지 못했다. 그 결과 한국의 작품, 특히 고전문학 작품은 거의 알려져 있지 않았고 지금도 중국과 일본에 비하면 소개된 작가나 작품이 극히 제한적이다. 이러한 점은 북미 온라인 구매 사이트 아마존에서 검색되는 한국/중국/일본의 문학 관련 서적의 양을 비교하면 뚜렷하다. 2018년 상반기, 한국의 경우 고

●　●

6　현대역의 중요성은 기존 연구에서 공통적으로 지적하는 부분이다. 조혜란, 〈고전소설과 문화 콘텐츠〉, 《어문연구》 50, 한국어문교육연구회, 2006, 111쪽.

7　권연수, 〈문학의 콘텐츠화 전략 연구—일본의 고전문학 겐지모노가타리의 문화 콘텐츠 양상을 중심으로〉, 《일본연구》 13, 고려대학교 글로벌일본연구원, 2010, 318쪽.

전과 관련된 출판물은 중국이나 일본의 출판물의 3분의 1 정도에 불과하다.[8] 뒤늦게나마 《구운몽》과 《춘향전》 등이 소개되기 시작하여 역사 및 문화적 실체로서의 중국 및 일본과 비교 대조되는 한국의 정체성을 탐구하는 데 기여했다.[9]

중국의 고전이자 문화백과사전으로 알려진 《홍루몽》의 국제적 명성도 하루아침에 얻어진 것은 아니다. 1816년 영어로 일부가 번역된 것을 시작으로 데이비드 혹스(David Hawkes), H. 벤크래프트 졸리(H. Bencraft Joly), 캐서린 드 코트니(Kathrine de Courtenay) 등이 꾸준히 번역서를 발간하고 있다. 일본어 번역은 1892년에 시작하여 1940년대에 완역이 이루어졌다. 한국에서 《홍루몽》 120회 완역본은 1884년에 나왔다.[10] 《홍루몽》은 시가를 많이 삽입하고 500명이 넘는 등장인물 개개인의 성격과 개성을 드러낸 작품인 만큼 원전의 글맛을 살려 번역하는 것은 엄청난 공을 요구한다. 이러한 방대한 작업의 바탕에는 다양한 형태의 축약본이 있었다. 1958년에 나온 홍루몽 축약본에서는 주요 사건과 주요 인물의 내면 심리를 중심으로 줄거리를 전달하는 데 집중하고 대부분의 시가는 생략했다. 예를 들어 여주인공 대옥(인용에서는 Black Jade)이 어머니를 여의고 외할머니댁 영국부로 처음 들어가는 장면이 나오는데, 영국부 가문과 일상생활에 대한 묘사는 과감히 생략한 반면 중심 등장인물의 성격, 즉 지나칠 정도로 조심스러운 대옥의 성격을 드러내는 데 필요한 부분은 생략 없이 삽입했다.

● ●

8   김유미, 〈한국고전문학 영어 번역서의 방향 제안〉, 《한국고전연구》 42, 한국고전연구학회, 2018, 48~49쪽.

9   국외에서 연구가 활발히 진행된 전근대 시기 한국 장편소설로는 《구운몽》이 있다. James S. Gale 의 번역서 *Kuunmong: The Cloud Dream of the Nine*을 시작으로 《구운몽》의 구조적 특성 및 불교 사상을 다룬 논문과 저서가 이어지고 있다.

10   1830년대 이규경이 쓴 《오주연문장전산고》에 《홍루몽》과 《속홍루몽》에 대한 언급이 나오는 것으로 보아 《홍루몽》은 1800년대 초기에 조선에 들어온 것으로 추정된다. 최용철 외, 《붉은 누각의 꿈》, 나남출판사, 2009, 183쪽.

그 사이 대옥은 영국부에서 온 몇몇 하인을 더 만났다. 그녀는 외조모 집의 부유함과 화려함에 대해서 익숙히 들어왔으며 그녀를 데려오라고 영국부에서 보낸 시녀들—기껏해야 두 번째나 세 번째 등급의 시녀들일 그들의 옷매무새에도 깊은 인상을 받았다. 품위 있고 총명한 사람이 되기 위해 대옥은 그녀의 모든 말과 행동거지를 조심하여 남에게 웃음거리가 되는 것을 삼가자고 다짐했다.[11]

외국(한국) 독자들은 중국의 문화적 배경에 대한 이해가 부족하기 때문에 《홍루몽》에 등장하는 지극히 평범한 일상의 세부적인 묘사는 자칫 지루하거나 재미없게 다가갈 수 있다.[12] 따라서 이해를 돕는 보조 자료들이 필수적이다. 《겐지모노가타리》와 마찬가지로 《홍루몽》의 세계적 전파에는 연구자들이 기여한 바가 크다. 대만과 홍콩뿐 아니라 일본과 미국, 영국, 프랑스, 러시아에서도 《홍루몽》의 외국어 번역과 연구가 진행되었고 국제학술회의도 수차례 개최되었다.[13] 《홍루몽》에 대한 연구는 1900년대부터 시작되어 사상, 정치, 문화 등 다각도로 탐색이 계속되고 있다. 이 작품에 관한 연구에 많은 학자들이 매달려 있으며, 전 세계적으로 수천 명에 달하는 전문가 집단이 '홍학(紅學, Redology)'이라는 독립적

● ●

11   "In the meantime, Black Jade was met by more servants from the Yongkuofu. She had heard a great deal of the wealth and luxury of her grandmother's family and was much impressed by the costumes of the maidservants who had been sent to escort her to the Capital, though they were ordinary servants of the second or third rank. Being a proud and sensitive child, she told herself that she must watch every step and weigh every word so as not to make any mistakes and be laughed at." Hsueh-chin Tsao and Kao Ngo, *Dream of the Red Chamber*, Translated by Chi-chen Wang, New York: Doubleday, 1958, p. 27.

12   최용철 외(2009), 앞의 책, 6쪽.

13   위의 책, 182쪽.

이고도 전문적인 분야를 형성하고 있을 정도다.[14] 중국을 포함한 다양한 국가의 연구자들은《홍루몽》의 새로운 번역과 작품 해석에 영향을 주는 요소를 작가, 텍스트, 독자라는 세 가지 부분으로 나누어 제시하는 등 다각도로 학술 연구를 진행하고 있다.[15] 연구자들은 또한 등장인물, 주제, 시대 배경에 대한 다양한 시각을 제공하여 콘텐츠 제작에 기여하고 있으며 강연회, 전시회를 통해 대중과의 소통에도 노력을 기울이고 있다.

《겐지모노가타리》가 국제적인 명성을 얻은 것은 아서 웨일리(Arthur Waley)의 영문 번역본《The Tale of Genji》[16]의 공이 컸다. 영국과 미국의 비평지는 이 번역을 두고 일본 왕조 미학 특유의 우아하고 균형 잡힌 고전적 구성미, 회화 표현의 탁월함, 사실적 표현의 달성, 인물 성격의 묘사나 그 심리적 통찰의 근대성에 주목하며 작가로서 무라사키 시키부가 창조해낸 예술의 위대함을 칭찬했다.[17] 중국 문학의 모방으로 치부되었던 일본 문학이 그러한 편견에서 벗어나게 된 것도 이 번역의 유명세가 기여한 바 크다. 웨일리 번역이 성공한 비결은 무엇일까. 앞서 《겐지모노가타리》현대어역 부분에서 인용했던 겐지와 유부녀의 만남과 헤어짐 부분에 대한 웨일리 번역[18]의 경우 겐지가 이별의 안타까움을 읊은 와카와 우는

● ●

14 조설근, 고악 지음, 안의운, 김광렬 옮김,《홍루몽》, 청계출판사, 2007.

15 홍상훈 옮김,《홍루몽》, 솔출판사, 2012.

16 Arthur Waley, *The Tale of Genji*, New York: The Modern Library, 1960.

17 김수희(2008), 앞의 책, 166쪽.

18 "Genji was wondering whether such an opportunity would ever occur again. How would he be able even to send her letters? And, thinking of all the difficulties that awaited him, he became very despondent. Chujo arrived to fetch her mistress. For a long while he would not let her go, and when at last he handed her over, he drew her back to him saying 'How can I send news to you? For, Madam' he said, raising his voice that the maid Chujo might hear' such love as mine, and such pitiless cruelty as yours have never been seen in the world before.' Already the birds were singing in good earnest. She could not forget that she was no one and he a Prince. And even now, while he was

장면은 삭제되었다. 대신에 "여자의 하녀가 들으라는 듯 목소리를 높여 연락할 방법을 묻는" 모습을 삽입하여 다급한 상황에서도 자신의 사랑에 대한 여성의 답을 원하는 겐지의 갈급함을 표현했다. 아서 웨일리는 원문을 확대, 축소, 일부 삭제했을 뿐 아니라 등장인물의 행동에 대한 역자의 분석까지 첨가하는 등 원문을 능동적으로 대담하게 해체했다.[19] 이는 《완월회맹연》을 외국어로 번역할 경우 의역의 범위를 확장할 필요가 있음을 암시한다. 비(非)한국어권 독자들을 대상으로 하는 번역은 우선 일반 독자를 위한 번역이 되어야 하며, 번역이 행해지는 나라의 전문가에 의한 뛰어난 의역이 필요하다. 외국어 번역 시에는 전달하고자 하는 국가의 번역 문화 풍토에도 유념할 필요가 있다. 영어 번역을 예로 든다면, 영국과 미국은 원문에 충실한 것보다 자연스러운 영어로 번역하는 것을 높게 평가하는 전통이 있다.

영국과 미국은 번역서를 읽는 독자가 '이 책은 저자가 영어를 모국어로 쓰는 독자를 위해서 직접 썼구나' 하고 착각을 할 만큼 번역문이라는 느낌이 전혀 들지 않게 매끄러운 영어로 번역할 것을 번역가에게 요구하는 풍토가 있습니다. 영미권에서 활동하는 번역자는 저자의 메시지를 투명하게 전달해주어야 합니다. 마치 저자가 직접 쓴 것처럼 매끄럽게 번역을 해주어야 훌륭한 번역자로 평가받습니다. (…) 영미권의 서평지는 대체로 번역서에 대해서 그 번역문이 원문에 얼마나 충실한가는 따지지 않고 얼마나 세련되고 깔끔한 영문인가만을 따지는

●●

tenderly entreating her, there came unbidden to her mind the image of her husband Iyo no Suke, about whom she generally thought either not at all or with disdain. To think that even in a dream he might see her now, filled her with shame and terror." Arthur Waley(1960), 앞의 책, 42쪽.

19   김수희(2008), 앞의 책, 166쪽.

경향이 강합니다.[20]

한국의 번역 문화는 원문에 충실한 직역을 추구한다.[21] 이 때문에 의역은 때때로 원전의 미학과 권위, 혹은 통일성을 해친다는 논란을 불러일으키기도 한다. 물론 원전에 충실한 전문(全文) 번역은 깊이 있는 작품 연구에서 필수적이다. 그러나 외국어로서의 고전문학 번역의 높은 질과 수준이 반드시 해당 나라에서 심도 있는 연구를 담보로 이루어져야 하는 것은 아니다. 다른 나라에 소개하기 위한 외국어 번역은 해당 나라의 다양한 독자층 및 요구를 수용할 수 있는 포용력이 필요하다. 방대한 분량의 생소한 원문을 외국 독자에게 들이밀고는 읽지 않는다고 비난하는 태도는 한국 문화의 세계적 지평을 넓히려는 목표에 도움이 되지 않는다. 유연한 사고방식의 수용은 실제 교육 현장에서 사용을 촉진할 수 있으며, 이는 더 정확한 번역, 넓은 유형의 작품 번역으로 나아갈 수 있는 계기가 될 것이다.

또한 번역서에서 간과할 수 없는 것이 작품 이해를 돕는 문화 설명이다. 한국에는 한국 연구자들에 의한 《홍루몽》 및 《겐지모노가타리》의 문화 분석 책이 다수 있다. 전자의 경우 청나라 말의 시대적 배경과 언어, 전통문화 등을 소개하며, 후자의 경우 헤이안 시대의 결혼, 건축, 놀이, 와카, 관직 등의 정보를 추가해 독자의 이해를 돕고 있다. 이렇게 성공적인 번역 뒤에는 번역의 이해를 돕는 정보가 필요하다.

••

20   이희재(2009), 앞의 책, 17쪽.

21   위의 책, 23쪽.

2. 대중문화 콘텐츠로서의 활용

현대는 대중문화의 시대라고 부를 만하다. 소프트파워를 다루는 국제 보고서에 따르면 2016년 한국의 소프트파워 순위는 22위다.[22] 국제 보고서에 따르면 문화 부문에서 두각을 나타내는 나라는 미국, 영국, 프랑스에 이어 중국 9위, 일본 10위이며 한국은 16위다.[23] 보고서 안에서 한국 문화에 대한 분석은 모두 대중문화에 집중되어 있다. 실제 아시아에서 온 유학생들 중 상당수가 영화, 드라마, K-팝 같은 대중문화에 흥미를 보이며, 이에 따라 대중문화 관련 수업을 개설하거나 콘텐츠를 적극적으로 활용하고 있다. 그러나 한국 문화의 대중적 인기는 현대 미디어물에 집중되어 있으며 전통시대 문화는 음식과 같은 생활문화 일부로 제한된다.[24] 이러한 고전 기피 현상은 출판계에도 그대로 반영되어 아마존(Amazon)을 기준으로 한 북미권의 한국 고전문학 출판물은 현대문학과 비교해서 25퍼센트 정도다.[25] 이러한 고전작품에 대한 기피는 현대의 일반적인 문화 수용 현상이라고도 볼 수 있다. 그러나 한국 정부가 지원하는 국가 산업으로서 콘텐츠화 산업이 활발히 진행되면서 고전문학의 현대적 콘텐츠화를 위한 연구와 기초 작업이 있었다.[26] 연구에서는 조선시대 대하소설이 문화 콘텐츠 창작에 적합한

● ●

22   www. softpower30.com에서는 산업, 문화, 디지털, 정부, 국제협력, 교육의 여섯 가지 부문으로 나누어 30개국의 소프트파워 순위를 보여주는 연차 보고서를 발표한다. http://softpower30.portland-communications.com/.

23   문화 분야는 문화적 산물의 규모와 산물이 외국에서 가지는 파급력을 측정하며, 외국 관광객의 수, 음악산업의 성공도, 스포츠에서의 성과를 포함한다.

24   배재원의 연구는 중국인 학습자들이 그다지 공부하고 싶지 않은 영역으로 '한국의 양반 문화, 한국 역사상의 유명 인물, 한국의 고궁이나 유적지, 한국 근·현대 문학작품 등'을 꼽았다고 한다. 배재원, 〈한국어 학습자를 위한 한국문화 교육연구〉, 이화여자대학교 박사학위 논문, 2011, 90쪽.

25   김유미(2018), 앞의 글, 49～50쪽.

자료임을 아래와 같은 이유를 들어 설명한다.

> (조선의) 대하소설은 중국의 삼국지에 필적하는 방대한 분량과 심오한 의미를 지니고 있을뿐더러 세계적 원형 스토리를 능가하는 흥미로움으로 가득하다. (…) 그 무대와 인물 설정은 조선에 국한되지 않고 드넓은 중국 대륙으로 확대되고 있으며, 그 광대한 배경 속에서 자유분방한 동아시아 공통의 상상력을 펼치고 있다. (…) 대하소설은 우리 문화 풍속사의 진실과 구체적인 장면에 대한 생생한 재구가 가능하며 현대 장편소설이 따라오지 못할 정도의 핍진성과 구체성을 확보하고 있다. 또한 가부장제와 여성의 삶의 질곡에 대한 문제를 예리하게 조명하므로 조선시대의 여성상의 재구가 가능하다.[27]

조선의 대하소설 전개 방식이 현대의 TV 사극과 유사한 재미있고 다양한 스토리를 제공한다는 점을 들어 문화 콘텐츠로의 발전 가능성을 높게 평가하고 있다. 또한《명주보월빙》을 포함한 조선시대 소설 17개의 작품을 대상으로 한 개별 작품의 줄거리(시놉시스), 단위담, 특징적 에피소드 및 시각 자료를 포함한 콘텐츠 자료를 갖춘 홈페이지가 있다.[28] 이는 180권이라는 방대한 원전 분량에 접근하기 힘들었던 콘텐츠 개발자를 위한 자료로 보인다. 읽기 편한 번역서나 각색본 혹은 전문가를 대상으로 하는 역주본 부족을 보충하려는 노력의 결과물이다.[29] 에피소드가 50개가량 실려 있어 문화 창작물을 제작할 수 있는 토대가 된다.

••

26 이 논문에서 문화 콘텐츠는 문화산업에서 소비되는 상품의 의미로 사용하며 만화, 애니메이션, 영화, 드라마, 건축물을 포함한다. 문화 콘텐츠의 용어와 의미에 대해서는 조혜란, 〈고전소설과 문화 콘텐츠〉,《어문연구》50, 한국어문교육연구회, 2006, 95~97쪽에서 참고.

27 구본기·송성욱, 〈신문명 사회에 있어서 국문학과의 제도적 개혁과 학문적 쇄신 문제: 고전문학과 문화 콘텐츠 연계방안 사례발표〉,《한국고전문학회》24, 한국고전문학회, 2004, 55쪽.

한편 문화 콘텐츠 제작에 관한 연구자들의 제안을 살펴보면 어디까지나 원전에 충실한 쪽으로 국한하려는 태도 및 지나친 상업주의를 경계하는 태도가 감지된다. 《완월회맹연》의 정체성 유지와 콘텐츠화를 통한 인기 추구는 동시에 잡을 수 없는 두 마리 뛰는 토끼인지, 혹은 맞물려 가치를 높이는 금과 보석의 관계인지 향후가 주목된다. 2019년에 발간된 김탁환의 소설 《대소설의 시대》는 이런 점에서 주목할 만한 고전문학 콘텐츠화의 예시다.[30] 《대소설의 시대》는 《완월회맹연》을 포함한 《조씨삼대록》, 《명주기봉》 등 조선 후기 대하소설을 섭렵한 작가가 조선 후기 장편소설의 작가와 독자에 대한 지식을 바탕으로 창작한 소설이다. 소설가 임두와 그의 작품 《산해인연록》을 중심으로 벌어지는 사건은 여성 작가 및 독자의 활약이 두드러졌던 조선 후기 사회상을 짐작할 수 있게 하며, 일반 독자들에게 장편소설의 창작 및 향유에 대한 정보를 제공한다.

《홍루몽》과 《겐지모노가타리》는 《완월회맹연》의 다양한 콘텐츠화의 방향을 암시하는 작품이라고 할 수 있다. 《홍루몽》은 1927년 흑백영화에 이어 1944년, 1961년, 1962년, 1977년, 1987년, 1989년, 2004년에 걸쳐 영화로 제작되었다. 《홍루몽》을 드라마나 연극, 영화로 만들 때마다 각 기획사에서는 홍루몽 연구자

● ●

28   한국콘텐츠진흥원. http://culturing.kr/main.do#.
      고전문학의 콘텐츠화를 다루고 있는 이찬욱의 연구는 서사 작품에 관해 작품 속 등장인물의 갈등 상황, 시공간적 배경, 중심 플롯, 주제, 의상 및 풍속도를 발굴하여 그것을 현재 문화에 알맞게 재구성하는 형식을 제안하면서 대하소설의 경우 시나리오 창작에 바탕이 될 단위담, 에피소드, 인물/배경에 관한 현대적 재구성과 시각 자료의 디지털화를 제안한다. 이찬욱, 〈고전문학과 문화 콘텐츠의 연계방안 연구〉, 《우리문학연구》 18, 우리문학회, 2005, 243~249쪽.

29   구본기·송성욱(2004), 앞의 글, 55쪽. 비슷한 맥락에서 정창권의 연구는 《완월회맹연》을 중심으로 가족드라마로서의 가능성을 짚어보고 이를 위한 기초 작업으로 단행본의 필요성을 강조한다. 정창권, 〈대하소설 《완월회맹연》을 활용한 문화 콘텐츠 개발〉, 《어문논집》 49, 민족어문학회, 2009, 85~110쪽.

30   김탁환, 《대소설의 시대》, 민음사, 2019.

를 초빙하여 당시의 생활상을 고증하여 정확하게 재현하려는 노력을 기울인다.[31] 또한 《홍루몽》은 콘텐츠 자체가 건축, 회화, 음식, 공연문화의 풍부한 자료로 이용되고 있다. 《홍루몽》의 주요 인물이 거주하는 거대한 정원인 대관원(大觀園)은 북경과 상해 등지에서 재현되고 있으며 이를 학문적으로 고증하려는 움직임도 부산하다. 《홍루몽》의 음식 문화를 재현한 홍루연(紅樓宴)도 개최되고 있다.[32]

일본에서 《겐지모노가타리》는 문학 작품에 기초한 콘텐츠물(物)로는 규모와 범위가 가장 커서 영화, 드라마, 만화, 애니메이션, 전통의상, 식품, 공예, 놀이가 포함된다.[33] 대중문화로서의 《겐지모노가타리》는 근대에 들어와 다양한 현대어역이 등장하면서 생산되었다. 《겐지모노가타리》와 관련된 콘텐츠는 1980년부터 1993년까지 연재된 《아사키유메미시(あさきゆめみし)》를 들 수 있다. 현대인이 이해하기 어려운 당시 시대 자료를 그림으로 재현해놓은 작가 야마토 와키(大和和紀)의 노력 덕분에 《아사키유메미시》는 일본에서만 1700만 부 이상이 팔렸으며 고전 입문서, 수험서로서도 인기를 누리고 있다고 한다.[34] 일본에서 《겐지모노가타리》의 독자층 확대에 크게 기여한 《아사키유메미시》는 한국어로도 번역 출간되었다.

작가 야마토 와키는 해당 작품을 그리기 위해 원전의 정밀한 독서는 물론이요 헤이안 시대의 생활상을 그리기 위한 고증에 고심했으며, 만화로 적합하게 작품을 해석하는 방식에 유의했다.[35] 《아사키유메미시》에 대한 비판도 있다. 대

●●

31   최용철 외(2009), 앞의 책, 6쪽.

32   위의 책, 182쪽.

33   권연수(2010), 앞의 글, 313쪽.

34   경향게임즈, "헤이안 시대의 완벽한 재현," 2008년 12월 1일(검색일 2018년 10월 19일), http://www.khgames.co.kr/news/articleView.html?idxno=8530.

35   《겐지모노가타리》 출판사 리뷰, http://www.yes24.com/Product/goods/3140705.

중화된 정보와 전문적인 정보의 혼동, 현대어역과 고전 원문의 괴리, 고전 교육을 위해 감성의 몰입을 유도하고자 흥미 유발에 집중되는 콘텐츠[36] 등에 대한 우려의 목소리가 있으나 한국의 입장에서는 그러한 인기가 부러울 뿐이다. 영화로 만들어진 《겐지모노가타리》로는 1951년 흑백영화 〈겐지모노가타리〉가 있으며, 1957년에 〈겐지모노가타리 우키후네〉, 1987년에 개봉된 〈무라사키 시키부 겐지모노가타리〉가 있고, 2001년 〈천년의 사랑 겐지〉가 있다.

《겐지모노가타리》 및 《홍루몽》의 적극적인 콘텐츠화로 자국의 문화를 세계적 문화로 승화시켜 향유하는 것은 《완월회맹연》의 대중문화 콘텐츠화를 시작하는 현 시점에서 시사하는 바가 크다. 문학 작품의 성공적인 콘텐츠화에는 학자, 예술가, 미디어 산업 종사자 및 출판업의 역할이 매우 중요하다. 다양한 분야의 전문가들이 상호 교류하고 학문과 예술의 경계를 넘나드는 시도는 일부 학자나 지식인층의 전유물이었던 작품을 일반 독자층으로 과감히 확대시킬 수 있으며 이는 비즈니스의 성공과도 연결된다. 《완월회맹연》 역시 성공적인 콘텐츠화를 위해서는 예술가 및 미디어 산업 종사자의 관심을 끌 수 있는 콘텐츠로서 모습을 갖추어야 할 것이다.

● ●

36   김수희(2008), 앞의 책, 112쪽.

자료

《완월회맹연》, 한국학중앙연구원 장서각본 180권 180책.

김진세, 《완월회맹연》 1~12권.

《논어(論語)》.

《삼성훈경(三聖訓經)》.

권섭, 《옥소고(玉所稿)》.

김탁환, 《대소설의 시대》 1·2, 민음사, 2019.

무라사키 시키부, 이미숙 주해, 《겐지모노가타리》, 서울대학교 출판문화원, 2014.

박세당, 《서계집(西溪集)》.

사마천, 《사기(史記)》.

세토우치 자쿠초, 김난주 옮김, 《겐지 이야기》, 한길사, 2007.

조설근·고악, 안의운·김광렬 옮김, 《홍루몽》, 청계, 2007.

이덕무, 《청장관전서(靑莊館全書)》.

조명리, 《도천집(道川集)》.

조설근, 최용철 옮김, 《홍루몽》, 나남, 2009.

조설근, 홍상훈 옮김, 《홍루몽》, 솔, 2012.

조성기, 《졸수재집(拙修齋集)》.

채제공, 《번암집(樊巖集)》.

홍희복 옮김, 박재연·정규복 교주, 《제일기언》, 국학자료원, 2001.

張繼禹 주편, 《중화도장(中華道藏)》, 北京: 華夏出版社, 2004.

Tsao, Hsuch-chin and Kao Ngo, *Dream of the Red Chamber*, translated by Chi-chen Wang, New York: Doubleday, 1958.

Waley, Arthur, *The Tale of Genji*, New York: The Modern Library, 1960.

단행본

김경미, 《家와 여성—18세기 여성생활과 문화》, 여이연, 2012.

김경미, 《임윤지당 평전》, 한겨레출판, 2019.

김수희, 《겐지모노가타리 문화론》, 문, 2008.

김일권, 《우리 역사의 하늘과 별자리》, 고즈윈, 2008.

김일권, 《우리 별자리 설화사전》, 한국학중앙연구원, 2017.

서영채, 《인문학 개념정원》, 문학동네, 2013.

에밀 뒤르케임, 노치준 외 옮김, 《종교생활의 원초적 형태》, 민영사, 1992.

이혜순, 《조선조 후기 여성지성사》, 이화여자대학교 출판부, 2007.

임형택, 《한국학의 동아시아적 지평》, 창비, 2014.

정병설, 《《완월회맹연》 연구》, 태학사, 1998.

정순분, 《일본고전문학비평》, 제이앤씨, 2006.

정창권, 《한국 고전여성소설의 재발견》, 지식산업사, 2002.

정창권, 《조선의 세계명작, 《완월회맹연》》, 월인, 2013.

정하영 외, 《고전 서사문학에 나타난 가족》, 보고사, 2017.

최시한, 《스토리텔링, 어떻게 할 것인가》, 문학과지성사, 2015.

최용철, 《홍루몽의 전파와 번역》, 신서원, 2007.

최용철 외, 《붉은 누각의 꿈》, 나남, 2009.

한국학중앙연구원 장서각, 《한글—소통과 배려의 문자》, 한국학중앙연구원 출판부, 2016.

한길연, 《조선 후기 대하소설의 다층적 세계》, 소명출판, 2009.

한용환, 《소설학 사전》, 문예출판사, 1999.

H. 포터 애벗, 우찬제·이소연·박상익·공성수 옮김, 《서사학 강의》, 문학과지성사, 2010.

논문

구본기·송성욱, 〈신문명 사회에 있어서 국문학과의 제도적 개혁과 학문적 쇄신 문제: 고전문학과 문화
　　　콘텐츠 연계방안 사례발표〉, 《한국고전문학회》 24, 한국고전문학회, 2004.

구선정, 〈종남산(終南山) 취미궁(翠微宮)'의 체험 양상과 그 의미: 〈구운몽〉과 〈취미삼선록〉의 비교를 중
　　　심으로〉, 《이화어문논집》 24, 이화여자대학교 한국어문학연구소, 2007.

구선정, 〈조선 후기 여성의 윤리적 지향과 좌절을 통해 본 가문의 정의—국문장편소설 《완월회맹연》
　　　의 소교완을 중심으로〉, 《고소설 연구》 47, 한국고소설학회, 2019.

권연수, 〈문학의 콘텐츠화 전략 연구—일본의 고전문학 겐지모노가타리의 문화 콘텐츠 양상을 중심
　　　으로〉, 《일본연구》 13, 고려대학교 글로벌일본연구원, 2010.

김경미, 〈윤씨부인의 교양과 자녀교육〉, 《독서당고전교육》 2, 독서당고전교육원, 2018.

김기동, 《《완월회맹연》고〉, 《국어국문학》 79·80, 국어국문학회, 1979.

김도환, 〈고전소설 군담의 확장방식 연구〉, 고려대학교 박사학위 논문, 2010.

김동욱, 《완월회맹연》의 도술에 대하여〉, 《열상고전연구》 56, 열상고전연구회, 2017.

김문희, 〈현몽쌍룡기의 서술 문체론적 연구〉, 《고소설연구》 23, 고소설학회, 2007.

김문희, 〈국문장편소설의 묘사담론 연구〉, 《서강인문논총》 28, 서강대학교 인문과학연구소, 2010.

김문희, 〈삼대록계 국문장편소설의 공간 묘사와 공간 인식―《소현성록》, 《조씨삼대록》, 《임씨삼대록》을 중심으로〉, 《동악어문학》 62, 동악어문학회, 2014.

김병숙, 〈여성 이야기로서의 겐지 모노가타리 읽음〉, 《인문논총》 72, 서울대학교 인문학연구원, 2015.

김서윤, 《완월회맹연》에 나타난 천상계의 특성과 의미―모자관계 형상화를 중심으로〉, 《한민족어문학》 68, 한민족어문학회, 2014.

김수경, 〈'여행'에 대한 여성적 글쓰기 방식의 탐색〉, 《한국고전여성문학연구》 17, 한국고전여성문학회, 2008.

김수연, 〈고소설 천문화소 '태을'의 서사적 수용 양상과 의미〉, 《열상고전연구》 44, 열상고전연구회, 2015.

김수연, 〈18세기 국문장편소설 《완월회맹연》의 몽골 인식〉, 《고소설연구》 46, 한국고소설학회, 2018.

김수희, 〈일본 고전문학의 스토리텔링과 관광산업〉, 《일본학보》 90, 한국일본학회, 2012.

김유미, 〈한국 고전문학 영어 번역서의 방향 제안〉, 《한국고전연구》 42, 한국고전연구학회, 2018.

김진세, 《완월회맹연》 연구(1)〉, 《관악어문연구》 2, 서울대학교 국어국문학과, 1977.

김진세, 〈이조후기 대하소설 연구―《완월회맹연》의 경우〉, 《한국소설문학의 탐구》, 한국고전문학회, 1978.

김진세, 《완월회맹연》 연구(2)〉, 《관악어문연구》 4, 서울대학교 국어국문학과, 1979.

김진세, 《완월회맹연》 연구(3)〉, 《관악어문연구》 5, 서울대학교 국어국문학과, 1980.

김진세, 〈조선조 후기소설에 나타난 세계관의 변이양상―《완월회맹연》을 중심으로〉, 《한국문화》 10, 서울대학교 한국문화연구소, 1989.

김진세, 〈樂善齋本 小說의 特性〉, 《정신문화연구》 14, 한국정신문화연구원, 1991.

김진세, 〈고전 장편소설에 나타나는 순수 우리말 용례―《완월회맹연》의 경우〉, 《한글》 226, 한글학회, 1994.

김진세, 〈조선시대 창작 소설의 걸작 《완월회맹연》〉, 《한국인》 14, 사회발전연구소, 1995.

김탁환, 《완월회맹연》의 창작방법연구(1)―약속과 운명의 변증법〉, 조동일 외, 《한국 고전소설과 서사문학上》, 집문당, 1998.

김현정, 〈헤이안시대 일본의 일부다처제와 여성의 삶에 대해: 겐지모노가타리에 나타난 기다리는 삶을 산 여성들과 기다리는 삶을 거부한 여성을 중심으로〉, 《아시아여성연구》 54, 숙명여자대학교 아시아여성연구원, 2015.

김홍균, 〈복수주인공 고전 장편소설의 창작방법 연구〉, 한국정신문화연구원 한국학대학원 박사학위 논문, 1991.

등정정화, 〈일본 서사학의 전통과 근대: 모노가타리와 역사 서술〉, 《대동문화연구》 40, 성균관대학교 대동문화연구원, 2002.

류준경, 《의유당관북유람일기》의 텍스트 성격과 여성문학사적 가치〉, 《한국문학논총》 45, 2007.

박무영, 《호연지유고》와 18세기 여성문학〉, 《열상고전연구》 16, 열상고전연구학회, 2002.

박무영, 〈조선 후기 한·중 교유와 젠더 담론의 변화〉, 《고전문학연구》 45, 한국고전문학회, 2014.

박영민, 〈빙허각 이씨의 고증학적 태도와 유서 저술―《청규박물지》〈화목부〉를 대상으로〉, 《한국고전여성문학연구》 36, 한국고전여성문학회, 2018.

박영희, 《소현성록》 연작 연구〉, 이화여자대학교 박사학위 논문, 1994.

박은정, 《취미삼선록》에 나타난 여성 공간의 기능과 의의〉, 《한민족어문학》 60, 한민족어문학회, 2012.

박혜숙·최병희·박희병, 〈한국 여성의 자기서사 (1)〉, 《여성문학연구》 7, 한국여성문학학회, 2002.

박혜숙·최병희·박희병, 〈한국 여성의 자기서사 (2)〉, 《여성문학연구》 8, 한국여성문학학회, 2002.

배재원, 〈한국어 학습자를 위한 한국문화 교육연구〉, 이화여자대학교 박사학위 논문, 2011.

상기숙, 《玩月會盟宴》의 여성민속 고찰〉, 《한국무속학》 5, 한국무속학회, 2002.

서은선, 《완월회맹연》에 나타난 가족갈등 양상―계후갈등과 옹서갈등을 중심으로〉, 《문명연지》 14, 한국문명학회, 2013.

서정민, 〈가권 승계로 본 《소현성록》 가문의식 지향〉, 《국문학연구》 30, 국문학회, 2014.

서정현, 〈17, 8세기 고전소설에 나타난 '안남국(安南國)'의 형상과 그 의미―《창선감의록》, 《소현성록》, 《완월회맹연》, 《몽옥쌍봉연록》을 중심으로〉, 《한민족어문학》 83, 한민족어문학회, 2019.

성영희, 《완월회맹연》의 서사구조와 의미〉, 부산대학교 석사학위 논문, 2002.

앤드류 플락, 〈중국 고전소설에서 자아의 유교적 개념〉, 《대동문화연구》 40, 성균관대학교 대동문화연구원, 2002.

야마다 교코, 《완월회맹연(玩月會盟宴)》과 《겐지모노가타리(源氏物語)》의 구조적 특징과 결혼형태에 관한 비교연구〉, 《비교문학》 30, 한국비교문학회, 2003.

양민정, 〈대하 장편 가문소설에 나타난 여성인식과 의의〉, 《연민학지》 8, 연민학회, 2000.

윤세순, 〈문학과 일상, 혹은 비일상: 유만주의 일상과 玩月〉, 《한문학논집》 35, 근역한문학회, 2012.

이경하, 〈15세기 최고의 여성 지식인, 인수대비〉, 《한국고전여성문학연구》 12, 한국고전여성문학회, 2006.

이명희, 〈조선 후기 공동체 윤리규범의 생존윤리적 특성〉, 《한국사상과 문화》 8, 한국사상문화학회, 2000.

이미령, 《겐지모노가타리》의 현대적 변용 양상 고찰―다나베 세이코의 《신 겐지모노가타리》를 중심으로〉, 《외국문학연구》 60, 한국외국어대학교 외국문학연구소, 2015.

이상택, 《창란호연 연작》의 텍스트 교감학〉, 《한국고전연구》 15, 한국고전문학연구회, 1999.

이애숙, 〈내셔널리즘과 고전문학연구―겐지모노가타리 연구를 중심으로〉, 《일본학보》 62, 한국일본학회, 2005.

이원주, 〈고전소설 독자의 성향〉, 《한국학논집》 3, 계명대학교 한국학연구원, 1980.

이은경, 《완월회맹연》에 나타난 어머니의 양상과 의미〉, 《개신어문연구》 21, 개신어문학회, 2004.

이은경, 《완월회맹연》의 인물 연구〉, 충북대학교 박사학위 논문, 2004.

이지영, 〈조선 후기 대하소설에 나타난 일상―《완월회맹연》을 중심으로〉, 《국문학연구》 13, 국문학회, 2005.

이지영, 〈중국 배경 대하소설에 나타난 금강산의 의미: 《유이양문록》을 중심으로〉, 《어문논총》 49, 한국문학언어학회, 2008.

이지영, 〈조선시대 장편 한글소설에 나타난 '못된 아버지'와 '효자 아들'의 갈등〉, 《고소설연구》 40, 한국고소설학회, 2015.

이찬욱, 〈고전문학과 문화 콘텐츠의 연계방안 연구〉, 《우리문학연구》 18, 우리문학회, 2005.

이현주, 《완월회맹연》의 역사 수용 특징과 그 의미〉, 《어문학》 109, 한국어문학회, 2010.

이현주, 《완월회맹연》의 이본현황과 서지적 특징〉, 《어문학》 111, 한국어문학회, 2011.

이현주, 《완월회맹연》 연구〉, 영남대학교 박사학위 논문, 2011.

이현주, 〈조선 후기 가문소설의 계후갈등 변이양상 연구―《엄씨효문청행록》, 《성현공숙렬기》, 《완월회맹연》을 중심으로〉, 《한민족어문학》 62, 한민족어문학회, 2012.

이혜경, 〈일상서사―가족과 관련하여〉, 《한국문학이론과 비평》 27, 한국문학이론과 비평학회, 2005.

임형택, 〈17세기 규방소설의 성립과 《창선감의록》〉, 《동방학지》 57, 연세대학교 국학연구원, 1988.

임형택, 〈동아시아 서사학 시론: 구운몽과 홍루몽을 중심으로〉, 《대동문화연구》 40, 성균관대학교 대동문화연구원, 2002.

장시광, 〈대하소설 여성수난담의 성격―《완월회맹연》을 중심으로〉, 《동양고전연구》 47, 동양고전학회, 2012.

장시광, 〈대하소설의 여성과 법―종통, 입후를 중심으로〉, 《한국고전여성문학연구》 19, 한국고전여성문학회, 2009.

정병설, 〈조선 후기 정치현실과 장편소설에 나타난 소인의 형상―《완월회맹연》과 《옥원재합기연》을 중심으로〉, 《국문학연구》 4, 국문학회, 2000.

정병설, 〈조선 후기 한글소설의 성장과 유통〉, 《진단학보》 100, 진단학회, 2005.

정창권, 《완월회맹연》의 여성주의적 상상력〉, 《고소설연구》 5, 한국고소설학회, 1998.

정창권, 〈대하소설 《완월회맹연》을 활용한 문화 콘텐츠 개발〉, 《어문논집》 49, 민족어문학회, 2009.

정혜경, 〈조선 후기 장편소설의 감정의 미학―《창선감의록》, 《소현성록》, 《유효공선행록》, 《현씨양웅쌍린기》를 중심으로〉, 고려대학교 박사학위 논문, 2013.

조세형, 〈가사를 통해 본 여성적 글쓰기, 그 반성과 전망〉, 《한국고전여성문학연구》 12, 한국고전여성문학회, 2006.

조혜란, 〈조선시대 여성의 글에 나타난 여성인식〉, 《문헌과 해석》 8, 태학사, 1998.

조혜란, 〈고전 여성 산문의 서술방식--《규한록》을 중심으로〉, 《이화어문논집》 17, 이화어문학회, 1999.

조혜란, 〈조선시대 여성 독서의 지형도〉, 《한국문화연구》 8, 이화여자대학교 한국문화연구원, 2005.

조혜란, 〈고전소설과 문화 콘텐츠〉, 《어문연구》 50, 한국어문교육연구회, 2006.

지연숙, 《《소현성록》의 공간 구성과 역사 인식〉, 《한국고전연구》 13, 한국고전연구학회, 2006.

최민지, 《《완월회맹연》의 구어표현 연구〉, 울산대학교 교육대학원 석사학위 논문, 2008.

최수현, 〈국문장편소설 공간 구성 고찰--《임씨삼대록》을 중심으로〉, 《고소설연구》 33, 한국고소설학회, 2012.

최수현, 《《유선쌍학록》에 나타난 유흥의 양상과 기능〉, 《어문론집》 67, 중앙어문학회, 2016.

최수현, 〈조선 후기 의술과 약재에 대한 상상력--고전문학을 중심으로〉, 《천연물 소재 자원식물 국제 심포지엄 및 2017년 한국자원식물학회 추계 학술대회 발표자료집》, 2017.

탁원정, 〈17세기 가정소설의 공간 연구: 《사씨남정기》, 《창선감의록》을 대상으로〉, 이화여자대학교 박사학위 논문, 2006.

탁원정, 〈정신적 강박증과 육체의 지병--국문장편소설을 대상으로〉, 《고소설연구》 41, 한국고소설학회, 2016.

탁원정, 〈국문장편소설 《완월회맹연》에 나타난 여성 인물의 병과 그 의미: 소교완, 이자염, 장성완을 대상으로〉, 《문학치료연구》 40, 한국문학치료학회, 2016.

탁원정 〈완월회맹연--조선판 180부작 대하드라마〉, 《한국고전문학 작품론2—한글소설》, 휴머니스트, 2017.

탁원정, 〈국문장편소설 《완월회맹연》에 나타난 여성 감금〉, 《여성문학연구》 44, 한국여성문학학회, 2018.

탁원정, 〈가문 내 '불우한 탕자'의 계보와 그 변주--《완월회맹연》의 정인중을 중심으로〉, 《고전문학연구》 54, 한국고전문학회, 2018.

탁원정, 〈국문장편소설 《완월회맹연》 속 아버지 형상과 그 의미—자식의 혼사 과정에서 보이는 성향을 중심으로〉, 《한국고전연구》 45, 한국고전연구학회, 2019.

한길연, 《《창란호연》과 《완월회맹연》 비교 연구—가정 내적 갈등을 중심으로〉, 《관악어문연구》 28, 서울대학교 국어국문학과, 2003.

한길연, 《《옥원재합기연》과 《완월회맹연》의 비교 연구—정치적 갈등양상을 중심으로〉, 《국문학연구》 11, 국문학회, 2004.

한길연, 《《완월회맹연》의 모티브 활용 양상 연구〉, 《성심어문논집》 26, 성심어문학회, 2004.

한길연, 《《완월회맹연》의 서사문법과 독서역학〉, 《한국문화》 36, 서울대학교 규장각한국학연구원, 2005.

한길연, 《《벽계양문선행록》의 작가와 그 주변—전주이씨 가문 여성의 대하소설 창작 가능성을 중심으로〉, 《한국고전문학연구》 27, 한국고전문학회, 2005.

한길연, 〈대하소설의 의식 성향과 향유층위에 관한 연구: 《창란호연록》·《옥원재합기연》·《완월회맹연》을 중심으로〉, 서울대학교 박사학위 논문, 2005.

한길연, 〈대하소설의 '일상서사'의 미학―일상과 탈일상의 줄타기〉, 《국문학연구》 14, 국문학회, 2006.

한길연, 《유씨삼대록》의 죽음의 형상화 방식과 의미〉, 《한국문화》 39, 규장각한국학연구소, 2007.

한길연, 〈장편고전소설에 나타나는 어머니의 존재방식과 모성〉, 《한국고전여성문학연구》 14, 한국고전여성문학회, 2007.

한길연, 〈대하소설의 요약(妖藥) 모티프 연구―미혼단과 개용단을 중심으로〉, 《고소설연구》 25, 한국고소설학회, 2008.

한길연, 《취미삼선록》과 《화정선행록》의 여주인공의 탈속적 자기공간 추구에 대한 비교 연구〉, 《여성문학연구》 22, 한국여성문학학회, 2009.

한길연, 〈대하소설의 '똥오줌' 모티프 연구〉, 《국문학연구》 24, 국문학회, 2011.

한길연, 《완월회맹연》의 여성 관련 회담 연구―남성 회담꾼 "정염"과 여성 회담꾼 "상부인" 간의 회담을 중심으로〉, 《한국고전여성문학연구》 25, 한국고전여성문학회, 2012.

한길연, 《완월회맹연》의 정인광: 폭력적 가부장의 "가면"과 그 "이면"〉, 《고소설연구》 35, 한국고소설학회, 2013.

한길연, 〈대하소설의 발산형(發散型) 여성 인물 연구―《완월회맹연》의 '박씨'를 중심으로〉, 《한국고전여성문학연구》 32, 한국고전여성문학회, 2016.

한정미, 《완월회맹연》 여성 인물 간 폭력의 양상과 서술 시각〉, 《한국고전연구》 25, 한국고전연구학회, 2012.

한정미, 〈어리석은 장인의 사위 바라기와 고집불통 사위의 장인 밀어내기, 《완월회맹연》의 옹서〉, 《고전 서사문학에 나타난 가족》, 보고사, 2017.

한혜경, 〈홍루몽과 중국문화〉, 《중어중문학》 26, 한국중어중문학회, 2000.

한혜경, 〈홍루몽 연구의 다의성에 관한 고찰〉, 《중국소설논총》 20, 한국중국소설학회, 2004.

허벽, 〈정명도의 천리사상 연구〉, 성균관대학교 박사학위 논문, 2011.

허순우, 〈국문장편소설 《소현성록》을 통해 본 17세기 후반 놀이 문화의 일면〉, 《한국고전연구》 31, 한국고전연구학회, 2015.

인터넷 자료

《겐지모노가타리》 출판사 리뷰: http://www.yes24.com/Product/goods/3140705 (검색일 2019년 6월 14일).

경향게임즈, "헤이안 시대의 완벽한 재현," 2008년 12월 1일 작성, http://www.khgames.co.kr/news/articleView.html?idxno=8530 (검색일 2018년 10월 19일).

국립중앙박물관 《겐지모노가타리》 화첩 소개: http://www.museum.go.kr/site/korm/relic/recommend/view?relicRecommendId=140601 (검색일 2018년 10월 1일).

무라사키 시키부 삽화(313쪽): https://commons.wikimedia.org/wiki/File:Tosa_Mitsuoki%
    E2%80%94 (검색일 2019년 6월 14일).

소프트파워 리포트: http://softpower30.portland-communications.com (검색일 2019년 6월 14일).

아오뇨보 삽화(315쪽): https://commons.wikimedia.org/wiki/File:SekienAo-nyobo.jpg (검색일
    2019년 6월 14일).

한국민족문화대백과사전 《완월회맹연》 소개: http://encykorea.aks.ac.kr/Contents/Index?contents_
    id=E0038991 (검색일 2018년 10월 1일).

한국콘텐츠진흥원: http://culturing.kr/main.do#.

홍루몽 삽화(309쪽): https://commons.wikimedia.org/wiki/File:Sun_Wen_Red_Chamber_15.jpg (검
    색일 2019년 6월 14일).

부록

권1~10

명나라 영종 때 태운산 취연항에서 살고 있던 정한과 서태부인은 2남 1녀를 두었다. 장자 정잠은 문연각 태학사의 직책으로 두 딸 명염, 월염을 두었고, 차자 정삼은 처사로서 인성, 인광, 자염을 두었으며, 딸 정태요는 상연과 혼인하여 3남 3녀를 두었다. 정한이 지은 구빈관에 장합 부부가 기거하다가 장헌을 낳고 죽자 정한 부부는 장헌을 친자식처럼 길렀다. 정한의 생일잔치에서 정잠은 조카 인성을 양자로 들인다(권1). 잔치가 끝나고 달이 뜨자 친지들은 자리를 완월대로 옮겨 즐기다가 그 자리에서 자손들의 혼약을 맺는다. 정잠의 처 양부인은 부친의 장례를 치르고 돌아온 후 병이 악화되어 죽고 만다(권2). 정잠은 부모의 권유를 받아들여 소교완과 혼인했으나 죽은 양부인과 두 딸에게만 신경 쓴다. 정한은 병으로 죽고, 쌍둥이 형제를 낳은 소부인은 인성을 죽일 마음을 먹는다(권3). 선산이 있는 태주로 귀향하던 정잠 일행은 소부인의 사주를 받은 맹추 일행의 습격을 받지만 월염과 인성은 위기를 모면한다. 정부 일가가 객점에 머무르는 동안 맹추 일당이 다시 공격하고, 정부 일가는 월천강 가로 향한다(권4). 정씨 일행은 악인 장손술, 장손설 형제의 습격을 당해 정인성은 물에 던져지고, 정인광과 정월염은 계행산 도관에 갇힌다(권5). 아이들을 잃어버린 정씨 일가는 슬픔에 잠기는데, 소부인은 계획대로 되었다고 여겨 내심 기뻤지만 겉으로는 슬퍼하며 부덕을 다한다. 노복 운학과 경용은 인광과 월염을 찾고자 길을 떠난다(권6). 조세창은 천자의 총애를 받는 환관 왕진을 비판하다가 귀양을 가게 되고, 부인 정명염에게 부모 봉양과 집안일을 부탁한다(권7). 왕진은 황제에게 북로를 친히 정벌하라고 권하고, 이를 강력하게 비판하던 정흠은 처형을 당한다. 정흠의 딸 정기염은 아버지의 억울함을 풀기 위해 피로 상소를 쓰고 등문고를 울린 후 자결을 시도했으나 황제가 어의를 동원해 살려준다(권8).

많은 이들이 태운산 정부에 정흠의 문상을 왔는데, 왕진의 위세가 두려웠던 장헌은 담 넘어 몰래 문상을 왔다가 봉변을 당한다. 황제는 마선의 부대에 포위되어 죽을 위기에 처하는데, 이때 북쪽으로 귀양 갔던 조세창이 나타나 황제를 구한다(권9). 마선은 황제를 풀어주면서 조세창을 회유하려 하지만 실패한다. 황제의 패전 소식으로 민심이 흔들리자 태황태후는 우겸의 의견에 따라 경왕을 황제로 삼는다(권10).

권11~20

정잠은 인성, 인광, 월염 등을 잃게 된 배후로 소부인을 의심하고, 서태부인과 정삼 역시 미심쩍어 한다. 정잠이 부친 정한의 유언장을 꺼내본 후 자신은 황제를 구하러 떠나고, 정삼에게는 식구들을 거느리고 천태산 은청동 벽한정으로 가라고 한다(권11). 정인성은 표류하다가 마선과의 화친 문서를 가지고 돌아가던 척발유 일행의 배에 구조되어 몽골로 가게 된다. 척발유의 딸 척발보완이 정인성에게 반해 음모를 꾸몄으나 정인성의 결백이 밝혀지자 척발유가 사죄한다(권12). 정인성은 척발보완의 교화를 위해 여교 30편을 지어주고, 척발유는 정인성의 지휘대로 전투를 준비한다. 몽골국이 안정되자 척발유는 명나라로 갈 사신 행차를 꾸리고 정인성도 함께 출발한다. 하지만 풍랑을 만나 금국 해안가에 닿는다(권13). 정인성은 병이 들어 홀로 금국에 남았고, 그 후 중국으로 가는 금국 사신을 따라 나섰지만 또 풍랑을 만나 표류하다가 노영의 황제가 있는 곳으로 향한다. 정인광은 엄정 일행의 도움으로 계행산 석굴을 탈출한다(권14). 엄정 일행과 정인광은 청선관 소굴을 소탕하고 정월염을 구한다. 정인광과 정월염이 배를 타고 가다 강도들을 만나 위기에 처하자 정월염과 두 시비는 낭떠러지에서 투신하고, 홀로 싸우던 정인광은 때마침 나타난 노비 운학과 경용의 도움으로 강도들을 물리친다(권15). 정인광 일행은 월염을 찾으러 가던 길에 송사에 연루되는데 그곳 안찰사는 장헌이었다. 정씨 부중의 삼족을 멸하려는 경태황제가 두려웠던 장헌은 고민하다가 두 노비를 옥에 가둔다(권16). 맹추는 정인광과 정삼까지 공금 횡령으로 엮으려 하고, 결국 정인광도 하옥된다. 투신했던 정월염 일행은 위정이라는 사람의 도움으로 목숨을 구하고, 정인광도 최언선의 도움으로 탈옥한 후 역시 위정의 집에 의탁한다(권17). 정인광은 월염의 말대로 여장을 하고 장헌의 첩으로 들어가 법도에 맞는 혼례를 하겠다는 핑계로 시간을 벌면서 최언선의 목숨을 구할 방도를 찾는 사이, 월염은 외숙모를 따라 경사로 떠나려 한다(권18). 장헌은 완월대에서의 혼약을 깨고 딸 장성완을 황제의 후궁으로 바칠 계획이라고 이야기하고, 정인광 역시 결코 장헌의 사위가 되지 않겠다고 결심한다. 월염 일행은 정잠을 만나 그간의 회포를 풀고, 정잠은 완월대에서의 혼인 약속을 지키겠노라고 확인한다(권19). 정월염은 정잠과 정인성의 무사귀환을 간절하게 기원하다 몸이 상할 지경이 된다. 장헌이 천자의 명으로 경사에 가게 되자 아직 장헌의 첩인 척하던 정인광 역시 따라서 태운산의 옛집에 가게 되고, 자신이 후궁으로 들어가게 되었다는 사실을 알게 된 장성완은 매우 놀란다(권20).

권21~30

자신을 경태제의 후궁으로 보내려는 부모의 계획을 알게 된 장성완은 죽기로 결심하고 식음을 전폐한다. 화경공주의 아들 범경화가 장성완이 경태제의 후궁으로 들어간다는 소식을 듣고 장성완을 빼돌릴 계교를 꾸민다(권21). 화경공주 모자의 계교로 딸이 실절했다고 오해한 장헌 부부에게 화경공주가 장성완이 죽었다고 하고 집 밖으로 내보내면 성씨를 바꿔 범경화와 혼인시키겠다고 한다(권22). 장성완이 살아서 열을 지키기 위해 죽지 않는 대신 자신의 낯가죽을 벗기고 귀를 베다가 혼절하자, 정인광이 두보현에게 배운 의술로 약을 지어 치료한다(권23). 장헌이 마침 정인광을 찾아온 두보현과의 관계를 의심하여 정인광을 죽이려 하자 정인광이 달아난다. 박교랑이 첩의 정체가 정인광임을 알게 된다(권24). 범경화가 장성완을 납치하자 장성완은 강물에 몸을 던진다. 마침 소수와 함께 배를 타고 나간 정인광이 장성완을 구하고 소수가 장성완을 데리고 떠난다(권25). 정인광이 마침내 집으로 돌아가자 모두 기뻐하지만 소교완만은 싫어한다(권26). 장창린이 정월염과 혼인하겠다고 하자 장헌이 반대한다. 박교랑이 장창린의 부실이 되고, 황제의 명으로 낙선군주와 장창린이 혼인한다(권27). 영종이 북적(北狄)의 욕을 당하는 것에 분노한 정잠은 옥에 갇혀 병이 든다. 정인성은 천문을 점치다가 정잠이 위급한 것을 알고 옥에 가서 거의 죽게 된 부친을 보고는 추위를 무릅쓰고 기도하여 부친을 구한다(권28). 영종이 정잠 일행을 남겨두고 고국에 돌아와 경태제를 유폐하고 황제가 된다. 정잠 부자와 조세창도 고국으로 돌아온다(권29). 정잠 일행이 집으로 돌아오고 정인성과 장창린은 과거에 급제한다(권30).

권31~40

정잠이 딸 정월염을 보러 갔다가 처참한 몰골과 거처를 보고 애통해한다. 정인성이 중서사인 동궁직학사, 장창린이 한림학사 벼슬을 받는다. 경태제가 죽고 장성완과 정월염의 고초가 밝혀진다(권31). 앞서 장헌은 연부인에게 지난 잘못을 사과하며 집으로 돌아오라고 설득하고, 소씨 부중으로 가서 장성완을 만나 통곡한다(권32). 그동안 장성완은 소수의 집에서 그의 딸 소채강과 각별한 우애를 맺고 지내고 있었다. 장헌은 경사로 가서 박교랑의 죄상을 듣고 장성완과 정월염에게 한 잘못을 뉘우친다(권33). 정부 일가가 태운산 고택에 다시 모여 감격을 나누고 조세창도 가족과 재회한다. 이창현이 숲에서 자결한 여자를 구하는데 이는 한학사의 딸이 된 상여교였다. 정인성과 이자염이 혼인한다(권34). 정인광과 장성완이 혼인하나 정인광은 장헌의 사위가 된 것을 분하게 여겨 장성완을 가까이하지 않는다(권35). 정인광이 과거에 급제하고, 소채강과 혼인하지만 냉랭하게 대한다(권36). 소교완이 정인성 부부를 해치려고 골몰하던 중 정인중으로부터 정잠 형제가 정인중 형제의 글재주가 형편없다고 하면서 간악한 여자의 소생이라서 그렇다는 말을 듣는다. 이에 더욱 앙심을 품고 정인성을 해치려 한다(권37). 소채강이 정인광의 소실이 된 것을 안 박씨가 정씨 일가에게 발악하자 친정에 온 장성완이 시부모에게 욕을 끼쳤으니 죽겠다고 하고 이어 박씨를 설득한다. 정인중이 이자염에게 정인웅이 먹을 죽을 준비하게 하고 몰래 독을 넣는다. 정인성이 이자염의 시비들을 문초하려 하자 정잠이 소교완을 지목하며 소교완의 시비를 문초하겠다고 한다. 한난소와 정인성이 사통하는 사이라고 하는 등 정인중의 모해가 계속되자 정잠은 정인중이 꾸민 일임을 알고 죽이려 한다(권38). 정잠이 서태부인의 만류로 정인중을 죽이는 대신 태형 스무 대를 치고 벽서정에 가둔다. 한난소가 정인성의 일에 연루된 것을 알고 우물에 뛰어든다. 정잠 형제가 한난소를 구하다가 팔에 새겨진 붉은 글씨를 보고 한제선을 떠올린다. 소교완이 정인성에게 독이 든 죽을 먹으라고 하는 등 계속 해악을 끼치고 이자염을 괴롭히지만 정인성 부부는 효성을 다한다(권39). 정인웅은 소교완에게 정인성 부부를 괴롭히지 말라고 간청한다. 정잠이 한제선을 찾아가 한난소가 한제선의 딸임을 확

인한다. 정잠이 정인성과 한난소를 남매로 맺을 것을 청하자 한제선이 정인성의 첩이
되게 해달라고 하여 마지못해 허락한다(권40).

권41~50

영종황제가 복위한 후 안남, 교지 등에서 난이 일어나자 정잠이 자원해 정인성과 함께
출정한다(권41). 박씨는 여승으로부터 장성완이 불경을 음송해야 재액을 막을 수 있다
는 말을 듣고 장성완에게 불경을 보낸다. 이를 알게 된 정인광의 냉대로 장성완은 토혈
하는 등 병이 심해진다(권42). 정씨 부중을 찾은 박씨는 그 집 사람들을 대놓고 욕하
고, 이를 본 정인광은 박씨를 쫓아낸 후 장성완에게 자결할 것을 재촉한다(권43). 박씨
의 간청으로 장성완은 친정에 돌아가고, 정삼은 정인광의 지나친 처사를 들어 정씨 공
자들을 모아놓고 정인광에게 40여 대의 매를 때린다(권44). 교한필이 여씨를 아내로 맞
이한 후 호씨를 후처로 들이자, 여씨는 호씨의 맏아들을 강에 버리고 둘째 아들은 장
손탈이 납치해온 주성염과 바꿔치기한다. 교숙란으로 자라던 주성염은 시비를 통해 생
모의 존재를 알게 된다(권45). 교숙란(주성염)이 생모 호씨와 상봉한다. 여씨는 교숙란
이 정인경과 혼인하게 되자 교숙란을 모함하고 황제에게 고해 교한필과 교숙란은 처벌
을 받게 된다(권46). 여씨가 교숙란을 해칠 계교를 짜고 봉산으로 보내는데, 이를 감지
한 화부인이 교숙란을 빼돌려 취봉산에 머물게 한다(권47). 정인광은 장성완의 주성이
위태로운 것을 보고 장성완의 처지를 안타깝게 여긴다. 여원홍의 딸 여씨와 혼인하게
된 장세린은 여씨의 흉한 외모를 보고 놀란다(권48). 장세린은 첫날밤도 치르지 않고
여씨를 냉대하고, 우연히 얻게 된 미인도 속 정성염을 보고 상사병을 앓게 된다(권49).
장헌과 박씨는 여씨를 박대하는 장세린을 심하게 때리고 여씨는 친정에 보낸다. 장세린
의 상사병이 깊어지자 연부인은 정월염에게 도움을 청한다(권50).

권51~60

이자염의 출산이 임박해오자 소교완은 태어날 아이를 다른 아이로 바꿔치기할 계획
을 세운다(권51). 서씨 부중에 가 있던 서태부인이 병이 나자 정씨 부중 사람들이 모두
서씨 부중으로 가게 된다. 이를 틈타 소교완은 이자염을 독살하려 하고, 이를 짐작한

이자염은 시비에게 당부의 편지를 전한다(권52). 소교완은 출산 직후의 이자염을 독살하려 하고 갓 태어난 아이를 바꿔치기하려 했으나 일이 뜻대로 되지 않자 그녀를 죽도록 때린다. 서씨 부중에서 돌아오는 길에 이자염이 위태한 지경에 처했음을 알게 된 정인웅은 곧장 집으로 가서 이자염을 구해낸다(권53). 중태에 빠진 이자염을 두고 집안 식구들의 추궁이 이어지자 소교완은 낙상한 것이라고 변명하지만 모두들 소교완을 의심한다(권54). 정인흥 등이 정인광에게 장성완, 소채강과 화락하게 지내라고 권유하지만 정인광은 받아들이지 않는다. 제사 기간 동안 무리했던 정인광의 병세가 심해지자 소채강이 정성을 다해 간호하고 정인광은 자신의 행동을 뉘우친다(권55). 정잠 부자의 승전 소식이 정씨 부중에 알려지자 소교완과 정인중은 분해한다. 정인중의 흉계에 넘어간 여원홍은 장헌으로 하여금 장세린과 정성염이 사통했다고 정염에게 알리도록 한다(권56). 정염은 장헌의 말을 듣고 분노하여 정성염에게 자결하라고 명령하지만, 결국은 흉계에 의한 모함임을 알게 된다(권57). 장헌은 자신이 여원홍의 계략에 넘어갔음을 깨닫고 정씨 부중으로 가서 관과 띠를 풀고 울면서 사죄한다. 장헌이 진심으로 사죄하는 모습을 본 정삼은 장헌을 위로하고 정인광에게 억지로라도 장헌에게 공경하는 태도를 취하게 한다(권58). 정월염이 정씨 부중에 와서 장성완이 추운 날씨에 아픈 몸으로 여름옷을 입고 근신하고 있음을 알린다. 정삼 등은 정인광과 소채강에게 근신을 그만두라는 내용의 편지와 겨울옷을 보내도록 한다(권59). 정인광은 장성완의 수명이 얼마 남지 않았음을 알게 되고 근심한다. 조주에 요적 장손확이 나타나 여러 고을을 침략하자 영종황제는 정인광에게 출정하라는 명을 내린다. 임신한 장성완의 병세가 갈수록 악화되자 소수는 방술을 써서 장성완을 소생시키기로 한다(권60).

권61~70

장헌의 아들 장창린이 관서 지방을 안찰하고 돌아온다. 정잠과 정인성 부자가 교지로 출정하고, 양주자사 만안의 장녀 만초란이 정인성을 흠모하여 따르고자 가출한다(권61). 정잠과 정인성은 도적을 토벌한다. 석순영은 정인성을 흠모해 고백하나 거절당하고, 이것을 본 만초란은 정인성에 대한 마음을 접는다(권62). 석순영은 정인성의 교화에 의해 자책하고, 만초란은 불도에 귀의한다. 정잠과 정인성은 다시 안남으로 출정하고 명군과 안남군이 전쟁을 벌인다(권63). 정잠은 안남 왕을 물리치고 정인성은 안남 국의 세자를 생포한다(권64). 안남 왕 철목신으로부터 정인성을 죽이라는 명령을 받은 자객 곽재화는 정인성의 인품에 감화되어 개과천선하고 안남 왕은 운남과 동월의 지원 으로 명나라와 싸우지만 패한다(권65). 안남 왕은 자신의 딸 해룡공주를 이용하여 정 인성을 해치려 하지만 실패한다(권66). 안남 왕의 항복을 받고 회군하던 정인성은 자결 하려는 소명란을 구한다. 정겸 부부의 손자 정몽권이 태어나고 장성완이 쌍둥이 남매 를 낳는다(권67). 정삼은 장성완의 쌍둥이 남매 정몽현과 정혜주의 이름을 짓고 소교 완은 이자염을 매질하여 기절하게 한다. 정인중은 소교완에게 자신의 악행을 실토한다 (권68). 여씨의 흉계로 교숙란은 취봉산 설원정 벽실에 유폐되고, 여씨는 외종질 윤경주 가 교숙란을 취하도록 함께 계책을 짠다. 윤경주의 군사가 시비 채월을 교숙란으로 착 각해 납치하던 중 설원정 벽실에 불을 놓아 교숙란이 위급한 상황에 놓인다(권69). 정 삼과 정인경 부자가 불 속의 교숙란을 구하고, 시비 채월은 윤경주에게 미혼단을 먹여 노파와 동침하게 만든 후 등문고를 울려 황제에게 교숙란의 억울함을 고한다(권70).

권71~80

여씨와 윤경주의 악행이 드러나고, 교숙란은 누명을 벗는다. 교숙란을 극진히 간호하 는 정인경을 보고 교한필은 그를 우대한다(권71). 교한필은 교숙란과 안성궁으로 돌아 오고, 교숙란의 표를 본 태후는 처주의 호부인을 안성궁으로 데려오라고 명령한다. 어 느 날 군병들이 교한필의 사형제를 잡아간다(권72). 장손탈은 거짓으로 교한필 형제가 최귀비의 아들을 태자로 봉하기 위해 여황후를 폐위하려 한다는 편지를 썼기 때문이 다. 조세창은 이 사건의 진범이 장손탈과 여씨임을 밝힌다(권73). 비게와 오강은 교한 필 형제 역모 사건의 진범이 진탐임을 고하고, 진탐 대신 잡혀온 그의 형 진습을 벌주 려는 황제에게 조세창이 진습의 결백함을 들어 풀어줄 것을 청한다(권74). 교숙란의 지 혜로 장손탈과 노진주가 잡히고, 이들과 여씨의 죄가 밝혀진다. 정인성은 안남을 평정 하고 돌아온다(권75). 비앵의 자백으로 교숙란이 주양의 딸 주성염이라는 것이 밝혀지 고, 등위공은 양자 등자현이 교한필의 아들임을 밝힌다. 교한필과 등자현은 합혈로 부 자관계를 확인한다(권76). 주성염은 친부모 주양, 유부인을 만난다(권77). 주양 집안에서 주성염을 위한 잔치를 열고, 정인경은 주씨 집안을 방문하여 하루를 묵는다. 장원 급제한 정인경이 주성염과 함께 정씨 부중으로 돌아온다(권78). 정인성이 돌아온다는 소식에 정씨 집안 형제들이 마중을 나가고, 소교완과 정인중은 정잠과 정인성 부자의 개선 소식에 분노한다(권79). 정인성은 안남에서 형양으로 돌아오던 중 물에 떠내려가는 여인을 구하는데, 이때 형양의 도적떼가 소원전의 시신을 훔친 후 소원전에게 역모의 누명을 씌운다(권80).

권81~90

정인성은 왕세술의 자손들이 소씨 집안에 앙심을 품어 죽은 소원철을 역적으로 몰아 누명을 쓰게 한 뒤 그 시신을 빼앗은 것을 밝혀낸다. 소원철의 딸 소명란이 남장을 하고 곽현의에게 도움을 받아 아버지 시신을 되찾는다(권81). 소명란은 갑자기 들이닥친 관원들을 피해 물에 몸을 던지고, 정인성은 강가를 지나다 그녀를 구한다. 이를 계기로 정인성과 소명란은 의남매를 맺는다(권82). 정인성이 전쟁에서 승리하여 경사로 귀환한다. 부마도위 한제선의 딸 양일아는 군대가 경사로 돌아오는 것을 구경하러 갔다가 정인성을 보고 한눈에 반한다(권83). 집에 돌아온 정인성은 정성염과 장세린에 대한 이야기를 듣고는 장세린을 사위로 들이는 것이 사리에 맞다고 하면서 정염을 설득한다. 박씨는 장성완이 쌍둥이 낳은 것을 보고 기뻐하면서 자신의 과오를 반성한다(권84). 시댁에 돌아온 장성완은 극진한 환대를 받으며 아픈 몸으로 쌍둥이 남매를 낳아 기른 고생에 대해 위로받는다(권85). 소교완은 이자염이 자신에게 독약을 먹이려 한 것처럼 일을 꾸민다. 이 과정에서 손자 정몽창이 대신 먹으면서 의식을 잃지만 정인성이 약을 먹여 살린다(권86). 정인성은 소교완과 정인중의 죄악을 숨기기 위해 왕술위를 죽인다. 이때 정인중은 소교완을 모해하려는 내용이 담긴 이자염의 편지를 내놓는데, 정인성은 가짜 편지임을 알면서도 이자염을 벽실에 가둔다(권87). 이자염은 후정의 벽실에서 지내고, 어머니와 떨어지게 된 정몽창은 떼를 쓰며 운다(권88). 정인성은 소교완에게 찾아가 죄를 청하며 스스로 피범벅이 될 정도로 태장한다(권89). 정인중이 주성염을 해치려던 장형로와 친했다는 것을 안 정삼은 정인중을 단속한다. 정인중은 산책하던 정인성을 보고 화살을 날리지만 정인성이 손으로 가볍게 막는다. 소교완은 이자염에게 짧은 기간 동안 많은 양의 베를 짜라고 명한다(권90).

권91~100

소교완은 이자염의 벽실에 땔감을 쌓고 불을 피워서 그를 연기와 화기에 못 견뎌 죽게 하려고 한다. 그러나 이자염은 정신력으로 버틴 채 베 짜는 일을 열심히 한다. 소교완은 시비들을 시켜 이자염을 철편으로 혹독하게 때리고 단도로 얼굴 가죽을 벗기고 입에다 독약을 부운 뒤 그 시신을 동여맨 다음에 후원의 연못에 버린다. 이자염은 상제의 보호를 받아 목숨을 구한다. 정인웅은 이자염의 시신을 구호하는 한편 소교완을 찾아가 울부짖는다(권91). 상부인이 소교완의 부모인 소희량과 주태부인에게 그동안 자신이 들은 소교완의 악행에 대해 세세히 고한다(권92). 소씨 부중 사람들은 소교완의 간악한 행실을 저지하기 위해 회의를 연다. 주태부인은 시비를 시켜 소교완의 일거수일투족을 감시하게 한다(권93). 녹빙과 계월을 통해 소교완과 정인중의 악행이 드러나자, 소씨 부중에서는 이들을 죽이는 것을 의논하는 글을 정잠에게 보낸다(권94). 정인웅은 소교완의 악행에 애통해하며 자기 몸을 학대한다. 정인성은 소교완이 이자염에게 행한 일들이 드러날까 봐 이자염을 친정으로 보낸다(권95). 소씨 부중에서는 주태부인의 병을 핑계로 소교완을 불러들인다(권96). 소교완의 부모는 소교완과 정인중을 후당에 가두고 출입을 금한다. 그리고 소교완을 죽이려 하자 정인중이 발악하다가 매를 맞고 도망간다. 이자염이 소교완을 용서해달라는 혈서를 보내자, 소희량은 그 효성에 죽이려던 마음을 돌린다(권97). 소교완이 계속 발악하자 소희량은 딸을 누옥에 가둔다. 이에 소교완은 칼로 자신의 몸을 찔러 위급한 지경에 이른다. 정인성의 지극한 구호로 소교완은 의식을 회복한다(권98). 주태부인은 소교완의 죄악이 담긴 초사를 서태부인에게 보낸다. 서태부인은 소교완을 용서하고 정씨 부중으로 돌려보내주길 바라는 편지를 주태부인에게 보낸다(권99). 주태부인은 딸들 앞에서 가슴에 난 상처를 보여주며, 소교완을 죽인 후 자결하려고 결심하면서 자신도 모르게 손으로 가슴을 잡아 뜯어 생긴 것이라 말한다. 소희량 부부는 소교완을 타이르고 다시 정씨 가문으로 돌려보낸다. 집으로 돌아온 소교완은 다시 정인성 부부와 정몽창을 죽일 계획을 세운다(권100).

권101~110

소교완은 이모 주태부인의 요청으로 주태부인의 외손녀 양일아를 정인성의 첩으로 삼고자 거짓 자결을 시도한다. 그러고는 그 이유를 자신의 필체를 위조해 양일아를 첩으로 삼겠다는 내용을 적은 편지가 주태부인에게 보내져 그 누명을 벗으려 한 것이라 설명한다(권101). 정인성이 결국 양일아를 첩으로 삼으려 하자, 소교완은 주태부인을 통해 한제선이 정삼에게 청혼하게 한다(권102). 이에 정삼은 한난소와 양일아를 같은 날 정인성과 혼인시키되, 지위에 차이를 두겠다고 한다. 이때 소교완은 오빠 소태우에게 양일아를 들이려는 이유를 질책당하고 자신의 행동을 친정에 전달하는 이가 있음을 짐작한다. 이자염이 정씨 부중으로 돌아온다(권103). 정인성이 한난소, 양일아와 혼례를 마치고 바로 정씨 부중으로 돌아온다(권104). 정인성은 두 명의 첩을 맞게 된 이자염을 위로해주라는 서태부인의 명을 받아 그 처소로 간다. 다음 날 정인성은 혼인 사실을 알리는 서찰을 부친 정잠이 있는 교지로 보낸다. 한난소가 현구고례를 올린다(권105). 소교완은 정인성에게 한난소와 합방하지 말 것을 명하려 하는데, 정삼의 뜻에 따라 다음 날 한난소와 합방한다. 소교완은 양일아를 빨리 데려오라 하던 중, 정인성에게 독약이 든 술을 먹인다(권106). 이자염의 구호로 정인성이 깨어난다. 정인성을 시기해 독약을 먹였던 소교완은 한난소의 앵혈이 사라진 것을 보고 더욱 분해한다. 한편 정인경은 주성염과 혼례를 올리나, 주성염의 거부로 합방하지 못한다. 정잠의 답신이 오고, 정씨 부중에서는 정인성과 정인웅을 교지로 보내고자 한다(권107). 정인성이 휴가를 받아 정인웅과 교지로 출발한다. 한편 서천 총병순무어사가 된 정인광은 서도를 순행하며 선정을 베푼 후, 조주로 가서 요도를 진압하려 한다(권108). 정인광은 요도가 10년 전에 자신이 소탕했던 태허자의 제자 운화선임을 알게 된다. 그 직전에 운화선은 조주자사 채경환의 딸, 손녀, 조카를 끌고 가고 이를 막던 채경환은 독화살을 맞았는데, 이를 정인광이 치료한다. 운화선이 정인광에게 복수하고자 한다(권109). 정인광은 채경환의 딸, 손녀, 조카와 상서 이운환의 딸 이숙임을 구출한다(권110).

권111~120

정인광은 태행산에 가서 엄도사, 두보현을 만난다. 한편 납치당했던 딸을 되찾은 이상서는 정인광에게 고마워하고, 정인광은 이숙임과 남매의 예를 맺는다(권111). 정씨 부중에 돌아온 정인광은 장성완과 장헌을 계속 냉대하며, 자신의 아들을 알아보지 못하고 조카라 믿는다(권112). 조세창은 정씨 부중을 방문했다가 장모 소교완이 보낸 미음에 독약이 든 것을 알고 이 일을 비밀에 부치기로 한다(권113). 한편 정인광의 냉대로 인해 장성완은 병이 나고, 서태부인은 정인광이 장성완뿐 아니라 소채강과도 화락하지 못할 것을 걱정해 우선 소채강의 침소에 가게 한다(권114). 장헌의 청으로 몸이 조금 회복된 장성완이 친정으로 간다. 유모들의 대화로 정인광이 계속 장성완을 냉대한다는 사실을 안 박씨가 사위 정인광을 욕하고, 이 사실이 시녀들을 통해 정씨 부중 여자들과 정겸의 귀에 들어간다(권115). 이에 정인광이 분노하며 부친이 있는 교지에 간다. 정잠, 정인성, 정인웅과 교지에서 지내던 정인광은 정몽천 남매가 자신의 자식들임을 알게 된다(권116). 정한의 기일이 다가오자 정인성, 정인광, 정인웅은 경사로 출발한다. 이때 정씨 부중으로부터 이자염과 한난소의 출산 소식과 양일아를 들일 것을 허락해 달라는 편지가 도착하고 정잠이 답서를 써준다(권117). 경사로 가던 중 정인성은 정인중이 보낸 자객 소전보의 공격을 받으나 물리친다. 한편 정씨 부중에서는 양부인의 제사를 모시고, 이후 정명염은 양부인에 대한 그리움과 소교완에 대한 걱정으로 병이 난다(권118). 한편 소교완에게 핍박받아 아픈 정월염을 장창린이 구호한다. 이때 이자염이 낳은 아들을 소교완이 시녀를 시켜 강에 띄워 없애고 길가에 버려진 아이를 데려와 바꿔치기한다. 한편 한난소가 아기를 잃어버리자 정씨 일가는 경악한다(권119). 정인성과 정인웅은 이 일을 꾸민 사람이 누구인지 짐작하지만 내색하지 않는다(권120).

권121~130

한난소가 아들 몽현을 낳자 주태부인과 양일아는 아이를 없애려 한다. 소교완도 몽현을 없애려 한다(권121). 소교완의 시녀 열섬은 석대랑의 아이를 데려와 소교완에게는 한난소의 아이를 데려왔다고 한다. 이자염이 아이를 낳자 소교완은 석대랑의 아이를 이자염의 아들과 바꿔치기한다. 소교완은 이자염의 아들도 죽이려고 하지만 열섬의 지혜로 아이는 살아난다(권122). 이자염의 아기는 소경유의 부인이 기른다. 열섬은 이자염의 아기를 강물에 버렸다고 주태부인에게 보고한다. 주태부인은 몽현을 없애려고 시녀를 시켜 아이를 빼내어 강물에 띄워 보낸다(권123). 정인성은 한난소를 돌보면서 두 아이의 생사와 한난소의 병을 걱정한다(권124). 주태부인은 아들 한제선을 시켜 양일아와 정인성이 가까워지게 만들라고 재촉한다. 처음에 한제선이 승낙하지 않자 주태부인과 양일아는 자살을 기도하고 이에 한제선은 정인성을 술에 취하게 만든다(권125). 정인성은 양일아와 동침한다. 나중에 한제선이 연유를 설명하자 정인성은 딸을 사랑하는 한제선의 마음을 알게 된다(권126). 한난소의 병이 조금씩 낫는다. 양일아와 정인성은 혼례를 치르지만 정인성은 그녀를 냉대한다(권127). 정인성과 소교완은 모자 간 정을 나눈다(권128). 정인성은 잃어버린 아들이 소씨 가문에서 자라고 있다는 사실을 알게 된다(권 129). 양일아는 냉담한 정인성 때문에 상사병을 앓는다. 정인웅은 소교완이 정인성을 죽이려고 독약을 건네는 모습을 본다. 이에 정인웅은 자신이 독약을 먹는다. 정인성은 소교완의 명에 따라 양일아와 동침한다(권130).

권131~140

양일아가 정몽창을 시기하여 부상을 입히고 한난소를 철편으로 때려 부상을 입힌다(권131). 정인성이 양일아에게 거처에서 근신할 것을 명하자, 이에 화가 난 양일아는 사실 소교완이 정몽창 모자와 한난소를 죽이라고 시켰음을 밝힌다. 정인성은 분노하지만 소교완의 명에 따라 양일아를 거처로 돌려보낸다. 소교완이 이자염을 죽이려고 한다(권132). 정인웅은 소교완이 이자염을 죽이려는 것을 막다가 부상을 당한다. 정인성은 소교완에게 이자염과 한난소의 죄를 자신이 다스리겠노라고 한다(권133). 정인웅은 소교완의 행실에 속을 끓인다. 정인웅의 양어머니인 대화부인은 정인웅을 자신의 거처로 옮겨 간호한다. 소교완은 정인성, 이자염, 한난소를 괴롭히지만 그들은 인내한다(권134). 정씨 가문에 온 정명염, 정월염은 소교완의 일을 알고 슬퍼한다. 정인웅은 관례(冠禮)를 치른다(권135). 장헌은 정인광에 대한 자신의 불만을 밝히고 정인광은 지난 일에 대해 사과한다(권136). 소씨 가문의 소채강이 아들 정몽희를 낳는다. 정인경과 정인웅이 과거에 급제한다(권137). 정인웅과 정인성은 과거 합격 잔치를 벌인다. 소교완은 정인성에게 독을 먹여 죽이고자 하나 실패한다. 정인성과 정인웅이 대리 답안을 써주어 합격하게 된 상관빈, 유자선, 유자유는 정인웅에게 인사하러 온다(권138). 정인웅은 황제의 총애를 받는다. 정인성 일행은 양주에서 양주자사를 만난다. 양순은 자신의 딸 양일아의 잘못을 정인성에게 대신 사죄한다. 정잠은 홍윤을 왕대고의 집으로 보낸다 (권139). 홍윤은 왕대고의 집에서 갓난아기가 들어 있는 궤를 발견한다. 정잠은 궤 속의 아이가 정인성의 아이임을 알아보고 왕대고에게 맡긴다. 딸 양일아의 행실에 화가 난 아버지 양순은 딸을 죽이려고 하나 실패한다(140권).

권141~150

양순이 딸 양일아를 양주 지방으로 데려가 부덕을 함양하도록 교육한다. 서융의 야율개와 동월의 합탈탈개가 연합해 반란을 일으키자 정잠, 정인성, 정인웅, 정염 등이 출정하여 서융과 동월의 오랑캐를 진압한다(권141). 서융에 이어 동월의 합탈탈유도 항복하나 합탈탈화는 항복한 형(합탈탈유)을 원망하며 종적을 감춘다. 정인웅과 정인성은 동서 양진의 진유사로 남고, 정잠은 정씨 부중으로 복귀한다. 화부인이 병에 걸려 위독해진다(권142). 장성완의 효성스러운 간호로 화부인이 소생한다. 정잠이 귀국하자 정씨 부중 사람들은 기뻐하나 소교완 홀로 불안해한다(권143). 정몽현이 정인성의 아들이 아님을 밝히려 하는 정잠을 서태부인과 주변 식구들이 저지한다. 정잠은 소교완의 악행을 징치하려는 뜻을 은연중에 내비친다(권144). 정잠이 홍화방 소씨 부중을 방문하자 소희량은 그간 소교완의 악행을 기록한 서장과 초사 등을 보여주며 딸을 친정으로 보내달라고 간청한다. 정잠은 이자염의 아들 정몽환이 소씨 부중에서 잘 지내고 있음을 알게 된다(권145). 정잠은 이자염의 아들(정몽환)과 한난소의 아들(정몽현)을 정씨 부중으로 오게 하고, 그동안 소교완이 저지른 악행을 서태부인에게 고한 뒤 소교완을 소씨 부중으로 보낸다. 소교완은 친정으로 가는 가마 안에서 자살을 시도한다(권146). 소교완은 죽을 각오로 식음을 전폐한다. 정인성, 정인광 형제가 융국의 야율왕을 복위시키고 경사로 향한다(권147). 정인광은 장성완의 지극 정성으로 모친 화부인이 쾌차한 사실을 알고 그녀와 화해한다. 장세린과 정성염이 혼례를 치른다(권148). 동경 진유사 정인웅과 서경 진유사 정인성이 각자의 임무를 마친 후 귀환한다(권149). 반란을 도모한 합탈탈화를 처형한 후 경사로 올라오던 정인웅이 정인성과 만난다(권150).

권151~160

정인성, 정인웅 형제가 소교완을 걱정하자 정잠이 엄하게 꾸짖는다. 소교완은 누실(陋室)에 갇혀서도 반성하지 않고 오히려 악독한 모습을 보인다(권151). 소교완은 정인성, 정인웅의 극진한 간호로 정신을 차리나 먹기를 거부한다. 정잠은 정인성, 정인웅의 간청에 마지못해 소교완을 집으로 불러들인다(권152). 정잠이 양희를 첩으로 맞아들인다. 소씨 부중, 정씨 부중, 조씨 부중 사람들이 함께 완월대에 올라 예전 정한의 생일잔치 열던 때를 떠올리며 추억에 잠긴다(권153). 소씨 부중에서 도망친 정인중은 화약을 구해 이자염의 침소에 불을 지르다 잡히나 정몽창의 도움으로 빠져나간다(권154). 정인중이 가출하여 주모(酒母)의 집에 불을 지르고 잡히자 최창윤이 구출해준다. 정인중은 최언선의 딸 최월혜를 비롯해 채씨 부중의 채혜순, 소명란의 침소에 잠입했다가 붙잡히지만 용케 도망친다(권155). 형양에서 주색잡기를 하던 정인중은 운기의 충심으로 죽을 고비를 넘긴다. 정인중은 정인성과 정인웅이 교지로 갔다는 소식을 듣고 이들을 죽이고자 소천보를 매수하여 교지로 보낸다. 촉지에 가게 된 정인중은 무후묘에 절하다가 무후의 꾸지람을 듣고 철벽에 갇히게 된다(권156). 정인중은 최언선과 운기의 도움으로 무후묘에서 풀려나 정씨 부중에 돌아오고, 정잠의 호된 매질에 지난날의 과오를 반성한다. 정잠은 정인성과 정인광을 채씨 부중으로 보내 정인중이 벌인 일에 대해 사과를 전하라고 명한다(권157). 채씨 부중에 도착한 정인성, 정인광은 정인중의 회과 소식을 전한다. 정인광이 정인중과 채혜순, 소명란의 혼인을 청하자 채경환은 기뻐하며 정잠에게 가서 이들의 혼인을 의논한다(권158). 정잠이 정인중과 정인웅 형제의 혼사를 결정하고 택일한다. 정인웅은 황제의 배려로 성대한 혼례를 치른다. 개과천선한 정인중은 만인의 칭송을 받으며 신부를 맞으러 가지만 소명란이 혼인을 거부한다(권159). 정인중과 소명란, 정인웅과 조성요가 혼례를 치른다. 정인중은 그동안 저질렀던 행동을 부끄러워하며 신방에서 날을 새운다(권160).

권161~170

정인중이 새사람으로 거듭난다. 정희염이 양언광과 혼례를 치르고, 상여교는 이창현의 첩이 된다. 개과한 양일아가 정씨 부중으로 돌아온다(권161). 이혜순과 정몽천이 혼인을 맺게 되고, 장성완은 정몽연, 정몽양을 낳는다. 장세린이 장원급제하자 여씨가 장씨 부중에 돌아와 패악을 부리다가 갇힌다. 병이 위독해진 주태부인이 소교완의 부덕함을 사죄하고 죽는다(권162). 정잠은 주태부인의 장례를 극진히 지낸다. 소교완이 병에 걸려 온몸에 종기가 난다. 정잠과 정인성 등이 소교완을 극진히 보살피고 조세창이 종기를 치료한다(권163). 소교완이 꿈에서 주태부인과 양부인을 만나 자신과 정잠, 양부인, 인성 형제, 인중 형제의 전생을 알게 된다. 소교완이 정인성의 효심을 깨달아 뉘우치고 꿈에서 깬다(권164). 소교완이 깨어 자신의 죄를 고백하고 꿈에서 받은 명사일기를 보인다(165권). 정인성 형제가 조정에 돌아오자 황제가 새로 벼슬을 내린다. 소교완이 서태부인에게 죄를 청하나 정씨 부중에 남게 된다. 인성 남매가 소교완에게 양부인의 편지를 받아 보고 애통해하자 정잠이 위로한 후 편지를 태운다(권166). 정성염이 장씨 부중에서 사랑을 받자 여씨가 갇힌 곳에서 나와 성염을 구타한다. 여씨가 후당에 갇혀 몸이 위독해지자 여원홍이 분개한다. 여씨가 한을 품고 죽자 여원홍이 황제에게 상소를 한다(권167). 장창린이 여씨 부중에 가서 애곡한다. 장세린이 조강지처 살인죄로 잡혀가고, 정씨 부중의 도움과 조세창의 조사로 무죄가 밝혀지지만 장사로 귀양 가게 된다(권168). 장세린이 귀양을 떠나고 장창린은 여씨의 장례를 치르기 위해 합주로 간다. 이한이 딸 이숙인을 첩으로 들이려는 뜻을 거절당하자 윤부인을 통해 황제의 사혼을 받게 한다(권169). 황제의 명으로 정인웅이 이숙인을 첩으로 들인다. 여씨의 영구가 기이한 일로 소란을 일으키나 장창린이 진정시킨다. 애곡 중 귀졸을 만난 여원홍은 개과하여 황제에게 자신의 죄를 고백하고 장세린의 사면을 청한다(권170).

권171~180

정인웅과 이숙임이 혼인한다. 여씨의 원귀가 장헌과 박부인을 괴롭혀 위독하게 하자 정잠이 치료한다. 장헌이 다시 위태해지자 장씨 부중에서는 발상을 준비한다(권171). 정인광이 장헌을 구호한다. 장헌은 꿈에서 장합을 만나 회과한다. 장창린이 꿈에서 장합 등을 만난 사연을 말하고 선인의 약을 받아 장헌을 고친다. 장헌은 여씨를 감화시키지 못함을 후회한다(권172). 적소에서 장세린이 여씨의 원귀에게 공격을 받지만 모면하고, 꿈에서 노옹을 만나 책을 받고 수행한 뒤 환가한다. 황제의 국장으로 소희량이 경사에

오자 소교완과 정인중이 죄를 청한다(권173). 소씨 부중에 원한을 품은 자가 무덤을 훼손하려 하자 소운 형제가 정인중 형제와 더불어 일당을 붙잡는다. 채경환은 정인중이 장원급제하자 채혜순과 혼인시킨다(권174). 장창린의 딸과 정몽창이 정혼한다. 남월의 탈달불목이 반란을 일으키나 정인웅 등이 진압한다(권175). 서옥화, 이섬옥이 정인웅의 첩이 된다. 장창린이 북쪽 오랑캐를 진압하고 노국왕이 된다. 정몽창이 관례를 치르고 혼인을 한다. 이혜순은 윤경환이 겁칙하려는 것을 피해 자결을 시도하고, 이창한은 딸을 숨긴다(권176). 정잠의 손자들이 모두 급제하고 황후는 정준현을 문창공주의 배필로 점찍는다. 정씨 부중 손자들의 침소에서 이혜순을 무고하는 종이가 발견된다. 황제가 문창공주와 정준현의 혼사를 이루고 첫째 부인인 정소저는 창릉공주가 되어 좌우부인이 된다(권177). 이혜순이 납치당하자 다시 자결하고 윤문숙은 일이 실패하자 이씨 집안을 역모로 엮으려 하나 죄가 드러나 죽는다. 범태우가 이혜순을 발견해 살려 양녀로 삼고, 친부 이창현을 다시 찾는다. 소희량, 황후, 조겸 부부가 죽고 양일아도 이른 나이에 죽는다. 황제 앞에 정인웅과 정씨 부중을 비방하는 종이가 떨어진다(권178). 간신 진경의 참소로 정인웅과 정겸이 잡혀가나 정잠이 그 심복을 잡아 해결한다. 서태부인이 갑자기 위독하여 숨이 끊어지자 소교완이 기도하여 자신의 수명 10년으로 대신하게 한다(권179). 정천흥과 한명염이 혼인한다. 장창린에 대한 이야기는 《장씨별록》, 정태요에 대한 이야기는 《상문쌍성충행록》에 있다. 서태부인이 100여 세에 죽고, 정잠도 이후 100여 세를 살다 죽는다(권180).

1) 정한 집안

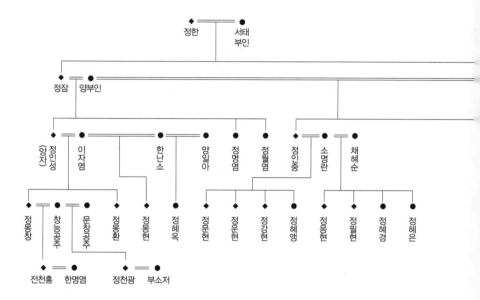

2) 장헌 집안

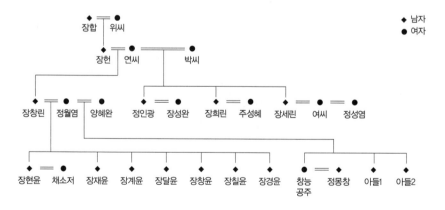

◆ 남자
● 여자

◆ 남자
● 여자

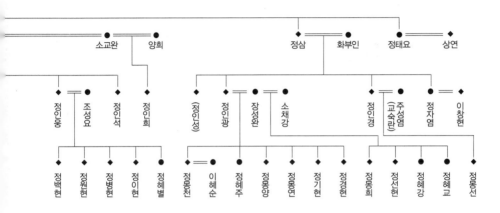

소교완 ― 양희　　　　정삼 ― 화부인　　정태요 ― 상연

정인웅 ― 조성요　정인석　정인희　　(정인성)　정인광 ― 장성완　소채강　　정인경 ― 주성염(교숙란)　정자염 ― 이창현

정백현　정원현　정병현　정이현　정혜별　　정몽천 ― 이혜순　정혜주　정몽양　정몽연　정기현　정경현　　정몽희　정선현　정혜강　정혜교　정몽선

3) 조세창 집안

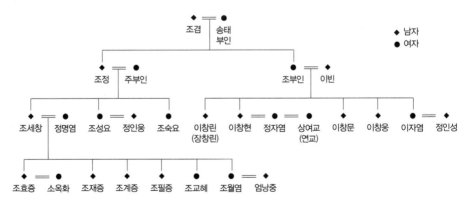

조겸 ― 송태부인

조정 ― 주부인　　　　　　조부인 ― 이빈

조세창 ― 정명염　조성요 ― 정인웅　조숙요　　이창린(장창린)　이창현 ― 정자염 ― 상여교(연교)　이창문　이창웅　이자염 ― 정인성

조효증 ― 소옥화　조재증　조계증　조필증　조교혜　조월염 ― 엄낭중

4) 소교완 집안

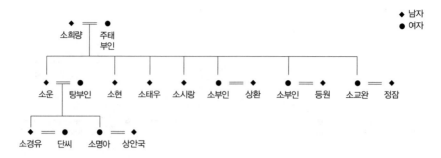

3. 《완월회맹연》 연구 목록

남혜경, 정유진

연구 목록은 서지 형태 및 주제의 두 가지 항목으로 구성했다.

서지 형태

1. 자료

《완월회맹연》 180권 93책, 서울대 규장각 소장본.

《완월회맹연》 180권 180책, 한국학중앙연구원 장서각 소장본.

《완월회맹연》 6권 5책, 연세대 도서관 소장본.

《완월회맹연》 1-18, 고려서림, 1986.

김진세 편저, 《완월회맹연》 1-12, 서울대출판부, 1994.

2. 단행본

김기동, 《한국고전소설연구》, 교학연구사, 1983.

김명호 외, 《한국의 고전을 읽는다 2 : 옛 소설, 옛 노래》, 휴머니스트, 2006.

사재동 편, 《한국 서사문학사의 연구》, 중앙문화사, 1995.

성산 장덕순 선생 정년퇴임기념논총간행위원회 편, 《한국문학사의 쟁점》, 집문당, 1990.

省吾 蘇在英 敎授 還曆記念論叢刊行委員會 編, 《고소설사의 제문제》, 집문당, 1993.

완암 김진세선생 회갑기념논문집간행위원회 편, 《한국고전소설작품론--완암 김진세선생 회갑기념논
   문집》, 집문당, 1990.

일위 우쾌제 박사 회갑기념논문집간행위원회 편, 《고소설연구사》, 월인, 2002.

정병설, 《《완월회맹연》 연구》, 태학사, 1998.

정창권, 《한국고전여성소설의 재발견》, 지식산업사, 2002.

정창권, 《조선의 세계명작, 완월회맹연》, 월인, 2013.

정하영 외, 《고전 서사문학에 나타난 가족》, 보고사, 2017.

조동일 외, 《한국고전소설과 서사문학》 (上), 집문당, 1998.

조동일, 《한국문학통사》 3, 지식산업사, 1994.

한국고소설연구회 편,《고소설의 저작과 전파》, 아세아문화사, 1994.

한국고전문학회 편,《한국소설문학의 탐구》, 일조각, 1978.

한국정신문화연구원 편,《한국민족문화대백과사전》16, 한국정신문화연구원, 1990.

한길연,《조선 후기 대하소설의 다층적 세계》, 소명출판, 2009.

화경고전문학연구회 편,《고전소설연구》, 일지사, 1993.

3. 학위 논문

김도환,〈고전소설 군담의 확장방식 연구〉, 고려대 박사학위 논문, 2010.

김수연,《화씨충효록》의 문학적 성격과 연작 양상〉, 이화여대 박사학위 논문, 2008.

성영희,《玩月會盟宴》의 서사구조와 의미〉, 부산대 석사학위 논문, 2002.

이은경,《완월회맹연》의 인물 연구〉, 충북대 박사학위 논문, 2004.

이현주,〈완월회맹연 연구〉, 영남대 박사학위 논문, 2011.

정병설,〈玩月會盟宴 硏究〉, 서울대 박사학위 논문, 1997.

정창권,〈조선 후기 장편 여성소설 연구: 〈완월회맹연〉을 중심으로〉, 고려대 박사학위 논문, 1999.

최민지,《완월회맹연》의 구어 표현 연구〉, 울산대 교육대학원 석사학위 논문, 2008.

한길연,〈대하소설의 의식 성향과 향유 층위에 관한 연구: 《창란호연록》·《옥원재합기연》·《완월회맹연》을 중심으로〉, 서울대 박사학위 논문, 2005.

4. 학술지 논문

구선정,〈조선 후기 여성의 윤리적 지향과 좌절을 통해 본 가문의 정의─국문장편소설《완월회맹연》의 소교완을 중심으로〉,《고소설연구》47, 한국고소설학회, 2019.

김기동,《완월회맹연》의 해제〉,《월간문학》11, 월간문학사, 1978.

김기동,《완월회맹연》의 해제 下〉,《월간문학》11, 월간문학사, 1978.

김기동,《완월회맹연》고〉,《국어국문학》79·80, 국어국문학회, 1979.

김동욱,《완월회맹연》의 도술에 대하여〉,《열상고전연구》56, 열상고전연구회, 2017.

김서윤,《완월회맹연》에 나타난 천상계의 특성과 의미─모자 관계 형상화를 중심으로〉,《한민족어문학》68, 한민족어문학회, 2014.

김서윤,《엄씨효문청행록》의 모자 관계 형상화 양상과 그 의미〉,《고소설연구》41, 한국고소설학회, 2016.

김서윤,〈고소설 "개과(改過)" 서사의 전개 양상과 의미─《창선감의록》,《완월회맹연》,《옥루몽》,《하진양문록》을 중심으로〉,《국어교육》152, 한국어교육학회, 2016.

김수연,〈18세기 국문장편소설《완월회맹연》의 몽골 인식〉,《고소설연구》46, 한국고소설학회, 2018.

김은일,《명주보월빙》에 나타난 부끄러움의 양상과 의미〉,《한국고전연구》43, 한국고전연구학회, 2018.

김진세, 《완월회맹연》 연구1, 《관악어문연구》 2, 서울대 국어국문학과, 1977.

김진세, 《완월회맹연》 해제, 《국학자료》 27, 문화재관리국 장서각, 1978.

김진세, 《완월회맹연》 연구2, 《관악어문연구》 4, 서울대 국어국문학과, 1979.

김진세, 《완월회맹연》 연구3, 《관악어문연구》 5, 서울대 국어국문학과, 1980.

김진세, 《완월회맹연》 해제, 고려서림, 1986.

김진세, 〈朝鮮朝 後期小說에 나타난 世界觀의 變異樣相: 〈玩月會盟宴〉을 중심으로〉, 《한국문화》 10, 서울 대학교 한국문화연구소, 1989.

김진세, 〈낙선재본 소설의 특징〉, 정신문화연구 편집위원회, 《정신문화연구》 44, 한국정신문화연구원, 1991.

김진세, 〈고전 장편소설에 나타나는 순수 우리말 용례─《완월회맹연》의 경우〉, 《한글》 226, 한글학회, 1994.

김진세, 〈조선시대 창작 소설의 걸작 완월회맹연〉, 《한국인》 14, 사회발전연구소, 1995.

박연정, 〈한일 고전 여성소설 비교연구 가능성에 대하여: 여성적 글쓰기를 중심으로〉, 《일본학보》 70, 한국일본학회, 2007.

박연정, 〈한일 고전 여성소설의 여성적 글쓰기 비교연구〉, 《일본연구》 14, 고려대 일본연구센터, 2010.

상기숙, 《玩月會盟宴》에 나타난 占卜信仰 硏究〉, 《한국무속학》 2, 한국무속학회, 2000.

상기숙, 〈소설과 민속연구: 《홍루몽》, 《완월회맹연》, 《家》의 가족생활에 보이는〉, 《방일 학술연구자 논 문집─역사》 5, 일한문화교류기금, 2001.

상기숙, 《玩月會盟宴》의 여성 민속 고찰〉, 《한국무속학》 5, 한국무속학회, 2002.

상기숙, 《紅樓夢》과 《玩月會盟宴》에 나타난 女性像〉, 《동방학》 8, 한서대학교 동양고전연구소, 2002.

상기숙, 《홍루몽》과 《완월회맹연》의 점복신앙 비교〉, 《동방학》 10, 한서대 동양고전연구소, 2004.

상기숙, 《玩月會盟宴》所見의 韓國傳統家庭敎育〉, 《한국비교정부학보》 9, 한국비교정부학회, 2005.

서은선, 《완월회맹연》에 나타난 가족갈등 양상─계후갈등(繼後葛藤)과 옹서갈등(翁壻葛藤)을 중심으 로〉, 《문명연지》 14, 한국문명학회, 2013.

서정현, 〈17, 8세기 고전소설에 나타난 '안남국(安南國)'의 형상과 그 의미─《창선감의록》, 《소현성록》, 《완월회맹연》, 《몽옥쌍봉연록》을 중심으로〉, 《한민족어문학》 83, 한민족어문학회, 2019.

양민정, 〈대하 장편가문소설에 나타난 여성인식과 의의〉, 《연민학지》 8, 연민학회, 2000.

이병기, 〈조선어문학명저해제〉, 《문장》 19, 문장사, 1940.

이은경, 《완월회맹연》에 나타난 작중인물의 성격과 기능〉, 《인문논총》 22, 호서대 인문학연구소, 2003.

이은경, 《완월회맹연》에 나타난 어머니의 양상과 의미〉, 《개신어문연구》 21, 개신어문학회, 2004.

이지영, 〈조선 후기 대하소설에 나타난 일상─《완월회맹연》을 중심으로〉, 《국문학연구》 13, 국문학회, 2005.

이지하, 〈대하소설의 문화 콘텐츠화에 대한 전망〉, 《어문학》 103, 한국어문학회, 2009.

이현주, 《완월회맹연》의 역사수용 특징과 그 의미: 토목지변(土木之變)과 탈문지변(奪門之變)을 중심으로〉, 《어문학》 109, 한국어문학회, 2010.

이현주, 《완월회맹연》의 이본현황과 서지적 특징〉, 《어문학》 111, 한국어문학회, 2010.

이현주, 〈조선 후기 가문 소설의 계후갈등 변이양상 연구—《엄씨효문청행록》, 《성현공숙렬기》, 《완월회맹연》을 중심으로〉, 《한민족어문학》 62, 한민족어문학회, 2012.

임형택, 〈17세기 규방소설의 성립과 창선감의록〉, 《동방학지》 57, 연세대학교 국학연구원, 1988.

장시광, 〈대하소설의 여성과 법—종통, 입후를 중심으로〉, 《한국고전여성문학연구》 19, 한국고전여성문학회, 2009.

장시광, 〈대하소설 여성 수난담의 성격: 《완월회맹연》을 중심으로〉, 《동양고전연구》 47, 동양고전학회, 2012.

장적, 《玩月會盟宴》硏究及與中國小說之比較〉, 《동방학》 12, 한서대 동양고전연구소, 2006.

정길수, 〈한국 고전소설에 나타난 中華主義〉, 《국문학연구》 15, 국문학회, 2007.

정병설, 《완월회맹연》 읽기: 이념의 질곡과 여성의 삶〉, 《문헌과 해석》 3, 태학사, 1998.

정병설, 〈조선 후기 정치현실과 장편소설에 나타난 소인(小人)의 형상—《완월회맹연》과 《옥원재합기연》을 중심으로〉, 《국문학연구》 4, 국문학회, 2000.

정병설, 〈고소설과 텔레비전 드라마의 비교〉, 《고소설연구》 18, 한국고소설학회, 2004.

정선희, 〈장편 고전소설에서 여성 보조인물의 추이와 그 의미—여성 독자층, 서사 전략과 관련하여〉, 《고소설연구》 40, 한국고소설학회, 2015.

정창권, 《완월회맹연》의 여성주의적 상상력〉, 《고소설연구》 5, 한국고소설학회, 1998.

정창권, 〈대하소설 《완월회맹연》을 활용한 문화 콘텐츠 개발〉, 《어문논집》 59, 민족어문학회, 2009.

최호석, 〈옥원재합기연에 나타난 윤리적 갈등—종법과 관련하여〉, 《고소설연구》 15, 한국고소설학회, 2007.

탁원정, 〈국문장편소설 〈완월회맹연〉에 나타난 여성 인물의 병과 그 의미〉, 《문학치료연구》 40, 한국문학치료학회, 2016.

탁원정, 〈정신적 강박증과 육체의 지병—국문장편소설을 대상으로〉, 《고소설연구》 41, 한국고소설학회, 2016.

탁원정, 〈국문장편소설 《완월회맹연》에 나타난 여성 감금〉, 《여성문학연구》 44, 한국여성문학학회, 2018.

탁원정, 〈가문 내 '불우한 탕자'의 계보와 그 변주—《완월회맹연》의 정인중을 중심으로〉, 《고전문학연구》 54, 한국고전문학회, 2018.

탁원정, 〈국문장편소설 《완월회맹연》 속 아버지 형상과 그 의미—자식의 혼사 과정에서 보이는 성향을 중심으로〉, 《한국고전연구》 45, 한국고전연구학회, 2019.

한길연, 《창란호연》과 《완월회맹연》 비교 연구—가정 내적 갈등을 중심으로〉, 《관악어문연구》 28, 서울대 국어국문학과, 2002.

한길연, 《옥원재합기연》과 《완월회맹연》의 비교 연구―정치적 갈등 양상을 중심으로〉, 《국문학연구》 11, 국문학회, 2004.

한길연, 《완월회맹연》의 모티브 활용 양상 연구〉, 《성심어문논집》 26, 성심어문학회, 2004.

한길연, 《완월회맹연》의 서사문법과 독서역학〉, 《한국문화》 36, 서울대 규장각한국학연구원, 2005.

한길연, 〈대하소설의 '일상서사'의 미학―일상과 탈일상의 줄타기〉, 《국문학연구》 14, 국문학회, 2006.

한길연, 〈장편 고전소설에 나타나는 어머니의 존재방식과 모성〉, 《한국고전여성문학연구》 14, 한국고전여성문학회, 2007.

한길연, 《완월회맹연》의 여성 관련 희담(戲談) 연구: 남성 희담꾼 '정염'과 여성 희담꾼 '상부인' 간의 희담을 중심으로〉, 《한국고전여성문학연구》 25, 한국고전여성문학회, 2012.

한길연, 《완월회맹연》의 정인광: 폭력적 가부장의 "가면"과 그 "이면"〉, 《고소설연구》 35, 한국고소설학회, 2013.

한길연, 〈대하소설의 발산형 여성 인물 연구―《완월회맹연》의 박씨를 중심으로〉, 《한국고전여성문학연구》 32, 한국고전여성문학회, 2016.

한정미, 《완월회맹연》 여성 인물 간 폭력의 양상과 서술 시각〉, 《한국고전연구》 25, 한국고전연구학회, 2012.

山田恭子, 《玩月會盟宴》における繼母の葛藤：繼子虐待の原因と懺悔の場面を中心に〉, 《大谷森繁博士古稀記念論文集―歷史》 5, 日韓文化交流基金, 2001.

山田恭子, 《완월회맹연(玩月會盟宴)》과 《겐지모노가타리(源氏物語)》의 구조적 특징과 결혼형태에 관한 비교연구〉, 《비교문학》 30, 한국비교문학회, 2003.

주제

1. 총론

김기동, 《완월회맹연》의 해제〉, 《월간문학》 11, 월간문학사, 1978.

김기동, 《완월회맹연》의 해제 下〉, 《월간문학》 11, 월간문학사, 1978.

김기동, 《완월회맹연》고〉, 《국어국문학》 79·80, 국어국문학회, 1979.

김기동, 〈가문소설: 《완월회맹연》〉, 《한국고전소설연구》, 교학연구사, 1983.

김도환, 〈고전소설 군담의 확장방식 연구〉, 고려대 박사학위 논문, 2010.

김수연, 《화씨충효록》의 문학적 성격과 연작 양상〉, 이화여대 박사학위 논문, 2008.

김종철, 〈장편소설의 독자층과 그 성격〉, 한국고소설연구회 편, 《고소설의 저작과 전파》, 아세아문화사, 1994.

김진세, 《완월회맹연》 연구 1〉, 《관악어문연구》 2, 서울대 국어국문학과, 1977.

김진세, 〈이조(李朝)후기 대하소설 연구―완월회맹연(玩月會盟宴)의 경우〉, 한국고전문학회 편, 《한국소설문학의 탐구》, 일조각, 1978.

김진세, 《완월회맹연》 해제》, 《국학자료》 27, 문화재관리국 장서각, 1978.

김진세, 《완월회맹연》 연구 2》, 《관악어문연구》 4, 서울대 국어국문학과 1979.

김진세, 《완월회맹연》 연구 3》, 《관악어문연구》 5, 서울대 국어국문학과, 1980.

김진세, 《완월회맹연》 해제》, 고려서림, 1986.

김진세, 〈朝鮮朝 後期小說에 나타난 世界觀의 變異樣相: 〈玩月會盟宴〉을 중심으로〉, 《한국문화》 10, 서울대학교 한국문화연구소, 1989.

김진세, 〈낙선재본소설의 국적문제〉, 성산 장덕순선생 정년퇴임기념논총간행위원회 편, 《한국문학사의 쟁점》, 집문당, 1990.

김진세, 《완월회맹연》, 한국민족문화대백과사전편찬부, 한국정신문화연구원 편, 《한국민족문화대백과사전》 16, 한국정신문화연구원, 1990.

김진세, 《완월회맹연》, 《한국고전소설작품론―완암 김진세선생 회갑기념논문집》, 집문당, 1990.

김진세, 〈낙선재본 소설의 특징〉, 정신문화연구편집위원회, 《정신문화연구》 44, 한국정신문화연구원, 1991.

김진세, 《완월회맹연》, 화경고전문학연구회 편, 《고전소설연구》, 일지사, 1993.

김진세, 〈조선조 중기 소설 전개(一)〉, 사재동 편, 《한국 서사문학사의 연구》, 중앙문화사, 1995.

김진세, 〈조선시대 창작 소설의 걸작 완월회맹연〉, 《한국인》 14, 사회발전연구소, 1995.

김탁환, 《완월회맹연》의 창작방법연구(1)―약속과 운명의 변증법〉, 조동일 외, 《한국고전소설과 서사문학》 上, 집문당, 1998.

이병기, 〈조선어문학명저해제〉, 《문장》 19, 문장사, 1940.

이현주, 《완월회맹연》의 이본현황과 서지적 특징〉, 《어문학》 111, 한국어문학회, 2010.

이현주, 〈완월회맹연 연구〉, 영남대 박사학위 논문, 2011.

임형택, 〈17세기 규방소설의 성립과 창선감의록〉, 《동방학지》 57, 연세대학교 국학연구원, 1988.

정병설, 〈玩月會盟宴 硏究〉, 서울대 박사학위 논문, 1997.

정병설, 《《완월회맹연》 연구》, 태학사, 1998.

정병설, 《완월회맹연》, 일위 우쾌제 박사 회갑기념논문집간행위원회 편, 《고소설연구사》, 월인, 2002.

정창권, 《완월회맹연》의 여성주의적 상상력〉, 《고소설연구》 5, 한국고소설학회, 1998.

정창권, 〈조선 후기 장편 여성소설 연구: 〈완월회맹연〉을 중심으로〉, 고려대 박사학위 논문, 1999.

정창권, 《한국 고전여성소설의 재발견》, 지식산업사, 2002.

정창권, 《조선의 세계명작, 완월회맹연》, 월인, 2013.

조동일, 《한국문학통사》 3, 지식산업사, 1994.

조동일 외, 《한국고전소설과 서사문학》(上), 집문당, 1998.

한국고소설연구회, 《고소설의 저작과 전파》, 아세아문화사, 1994.

한길연, 〈대하소설의 의식성향과 향유층위에 관한 연구: 《창란호연록》·《옥원재합기연》·《완월회맹연》

을 중심으로〉, 서울대 박사학위 논문, 2005.

한길연, 〈대하소설의 원류를 찾아서:《완월회맹연》〉,《한국의 고전을 읽는다 2: 옛 소설, 옛 노래》, 휴머니스트, 2006.

한길연,《조선 후기 대하소설의 다층적 세계》, 소명출판, 2009.

2. 작품 연구

1) 인물

구선정, 〈조선 후기 여성의 윤리적 지향과 좌절을 통해 본 가문의 정의―국문장편소설《완월회맹연》의 소교완을 중심으로〉,《고소설연구》47, 한국고소설학회, 2019.

김서윤,《엄씨효문청행록》의 모자 관계 형상화 양상과 그 의미〉,《고소설연구》41, 한국고소설학회, 2016.

김은일,《명주보월빙》에 나타난 부끄러움의 양상과 의미〉,《한국고전연구》43, 한국고전연구학회, 2018.

양민정, 〈대하 장편가문소설에 나타난 여성인식과 의의〉,《연민학지》8, 연민학회, 2000.

이은경,《완월회맹연》에 나타난 작중인물의 성격과 기능〉,《인문논총》22, 호서대 인문학연구소, 2003.

이은경,《완월회맹연》의 인물연구〉, 충북대 박사학위 논문, 2004.

이은경,《완월회맹연》에 나타난 어머니의 양상과 의미〉,《개신어문연구》21, 개신어문학회, 2004.

정병설,《완월회맹연》읽기: 이념의 질곡과 여성의 삶〉,《문헌과 해석》3, 태학사, 1998.

정병설, 〈조선 후기 정치현실과 장편소설에 나타난 소인(小人)의 형상―《완월회맹연》과《옥원재합기연》을 중심으로〉,《국문학연구》4, 국문학회, 2000.

정선희, 〈장편 고전소설에서 여성 보조인물의 추이와 그 의미―여성 독자층, 서사 전략과 관련하여〉,《고소설연구》40, 한국고소설학회, 2015.

탁원정, 〈가문 내 '불우한 탕자'의 계보와 그 변주―《완월회맹연》의 정인중을 중심으로〉,《고전문학연구》54, 한국고전문학회, 2018.

탁원정, 〈국문장편소설《완월회맹연》속 아버지 형상과 그 의미―자식의 혼사 과정에서 보이는 성향을 중심으로〉,《한국고전연구》45, 한국고전연구학회, 2019.

한길연, 〈장편 고전소설에 나타나는 어머니의 존재방식과 모성〉,《한국고전여성문학연구》14, 한국고전여성문학회, 2007.

한길연,《완월회맹연》의 정인광: 폭력적 가부장의 "가면"과 그 "이면"〉,《고소설연구》35, 한국고소설학회, 2013.

한길연, 〈대하소설의 발산형 여성 인물 연구―《완월회맹연》의 박씨를 중심으로〉,《한국고전여성문학연구》32, 한국고전여성문학회, 2016.

한정미,《완월회맹연》여성 인물 간 폭력의 양상과 서술 시각〉,《한국고전연구》25, 한국고전연구학회,

2012.

한정미, 〈어리석은 장인의 사위 바라기와 고집불통 사위의 장인 밀어내기, 《완월회맹연》의 옹서〉, 《고전 서사문학에 나타난 가족》, 보고사, 2017.

2) 사건

김서윤, 〈고소설 "개과(改過)" 서사의 전개 양상과 의미 — 《창선감의록》, 《완월회맹연》, 《옥루몽》, 《하진양문록》을 중심으로〉, 《국어교육》 152, 한국어교육학회, 2016.

서은선, 《완월회맹연》에 나타난 가족갈등 양상 — 계후갈등(繼後葛藤)과 옹서갈등(翁壻葛藤)을 중심으로〉, 《문명연지》 14, 한국문명학회, 2013.

성영희, 《玩月會盟宴》의 서사구조와 의미〉, 부산대 석사학위 논문, 2002.

이현주, 〈조선 후기 가문 소설의 계후갈등 변이양상 연구 — 《엄씨효문청행록》, 《성현공숙렬기》, 《완월회맹연》을 중심으로〉, 《한민족어문학》 62, 한민족어문학회, 2012.

장시광, 〈대하소설의 여성과 법 — 종통, 입후를 중심으로〉, 《한국고전여성문학연구》 19, 한국고전여성문학회, 2009.

장시광, 〈대하소설 여성 수난담의 성격: 《완월회맹연》을 중심으로〉, 《동양고전연구》 47, 동양고전학회, 2012.

최호석, 〈옥원재합기연에 나타난 윤리적 갈등 — 종법과 관련하여〉, 《고소설연구》 15, 한국고소설학회, 2007.

한길연, 《창란호연》과 《완월회맹연》 비교 연구 — 가정 내적 갈등을 중심으로〉, 《관악어문연구》 28, 서울대 국어국문학과, 2002.

한길연, 《옥원재합기연》과 《완월회맹연》의 비교 연구 — 정치적 갈등 양상을 중심으로〉, 《국문학연구》 11, 국문학회, 2004.

한길연, 《완월회맹연》의 모티브 활용 양상 연구〉, 《성심어문논집》 26, 성심어문학회, 2004.

한길연, 《완월회맹연》의 서사문법과 독서역학〉, 《한국문화》 36, 서울대 규장각한국학연구원, 2005.

한길연, 《완월회맹연》의 여성 관련 희담(戲談) 연구: 남성 희담꾼 '정염'과 여성 희담꾼 '상부인' 간의 희담을 중심으로〉, 《한국고전여성문학연구》 25, 한국고전여성문학회, 2012.

3) 공간

김서윤, 《완월회맹연》에 나타난 천상계의 특성과 의미 — 모자 관계 형상화를 중심으로〉, 《한민족어문학》 68, 한민족어문학회, 2014.

서정현, 〈17, 8세기 고전소설에 나타난 '안남국(安南國)'의 형상과 그 의미 — 《창선감의록》, 《소현성록》, 《완월회맹연》, 《몽옥쌍봉연록》을 중심으로〉, 《한민족어문학》 83, 한민족어문학회, 2019.

탁원정, 〈국문장편소설 《완월회맹연》에 나타난 여성 감금〉, 《여성문학연구》 44, 한국여성문학학회, 2018.

4) 언어 표현

김진세, 〈고전 장편소설에 나타나는 순수 우리말 용례─《완월회맹연》의 경우〉, 《한글》 226, 한글학회,
    1994.

최민지, 《완월회맹연》의 구어 표현 연구〉, 울산대 교육대학원 석사학위 논문, 2008.

5) 생활문화

상기숙, 《玩月會盟宴》에 나타난 占卜信仰 硏究〉, 《한국무속학》 2, 한국무속학회, 2000.

상기숙, 〈소설과 민속연구: 《홍루몽》, 《완월회맹연》, 《家》의 가족생활에 보이는〉, 《방일 학술연구자 논
    문집─역사》 5, 일한문화교류기금, 2001.

상기숙, 《玩月會盟宴》의 여성 민속 고찰〉, 《한국무속학》 5, 한국무속학회, 2002.

야마다 교교, 《완월회맹연》과 《겐지모노가타리》의 구조적 특징과 결혼형태에 관한 비교연구〉, 《비교
    문학》 30, 한국비교문학회, 2003.

이지영, 〈조선 후기 대하소설에 나타난 일상─《완월회맹연》을 중심으로〉, 《국문학연구》 13, 국문학회,
    2005.

이지영, 〈조선시대 장편한글소설에 나타난 '못된 아버지'와 '효자 아들'의 갈등〉, 《고소설연구》 40, 한국
    고소설학회, 2015.

이현주, 〈조선 후기 가문소설의 계후갈등 변이양상 연구─《엄씨효문청행록》, 《성현공숙렬기》, 《완월회
    맹연》을 중심으로〉, 《한민족어문학》 62, 한민족어문학회, 2012.

장시광, 〈대하소설의 여성과 법─종통, 입후를 중심으로〉, 《한국고전여성문학연구》 19, 한국고전여성
    문학회, 2009.

장시광, 〈대하소설 여성 수난담의 성격─《완월회맹연》을 중심으로〉, 《동양고전연구》 47, 동양고전연구
    학회, 2012.

최수현, 《유선쌍학록》에 나타난 유흥의 양상과 기능〉, 《어문론집》 67, 중앙어문학회, 2016.

탁원정, 〈국문 장편소설 〈완월회맹연〉에 나타난 여성 인물의 병과 그 의미〉, 《문학치료연구》 40, 한국
    문학치료학회, 2016.

탁원정, 〈정신적 강박증과 육체의 지병─국문 장편소설을 대상으로〉, 《고소설연구》 41, 한국고소설학
    회, 2016.

한길연, 〈대하소설의 '일상서사'의 미학─일상과 탈일상의 줄타기〉, 《국문학연구》 14, 국문학회, 2006.

한길연, 《유씨삼대록》의 죽음의 형상화 방식과 의미〉, 《한국문화》 39, 규장각한국학연구소, 2007.

한길연, 〈대하소설의 요약 모티프 연구-미혼단과 개용단을 중심으로〉, 《고소설연구》 25, 한국고소설학
    회, 2008.

허순우, 〈국문장편소설 《소현성록》을 통해 본 17세기 후반 놀이 문화의 일면〉, 《한국고전연구》 31, 한
    국고전연구학회, 2015.

6) 종교사상

김동욱, 《완월회맹연》의 도술에 대하여〉, 《열상고전연구》 56, 열상고전연구회, 2017.

정길수, 〈한국 고전소설에 나타난 中華主義〉, 《국문학연구》 15, 국문학회, 2007.

7) 지식 연구

김수연, 〈18세기 국문장편소설 《완월회맹연》의 몽골 인식〉, 《고소설연구》 46, 한국고소설학회, 2018.

이현주, 《완월회맹연》의 역사수용 특징과 그 의미: 토목지변(土木之變)과 탈문지변(奪門之變)을 중심으로〉, 《어문학》 109, 한국어문학회, 2010.

8) 비교론

박연정, 〈한일 고전 여성소설 비교연구 가능성에 대하여: 여성적 글쓰기를 중심으로〉, 《일본학보》 70, 한국일본학회, 2007.

박연정, 〈한일 고전 여성소설의 여성적 글쓰기 비교연구〉, 《일본연구》 14, 고려대 일본연구센터, 2010.

상기숙, 〈紅樓夢》과 《玩月會盟宴》에 나타난 女性像〉, 《동방학》 8, 한서대학교 동양고전연구소, 2002.

상기숙, 《홍루몽》과 《완월회맹연》의 점복신앙비교〉, 《동방학》 10, 한서대 동양고전연구소, 2004.

상기숙, 《玩月會盟宴》所見的韓國傳統家庭敎育〉, 《한국비교정부학보》 9, 한국비교정부학회, 2005.

장적, 《玩月會盟宴》硏究及與中國小說之比較〉, 《동방학》 12, 한서대 동양고전연구소, 2006.

山田恭子, 《玩月會盟宴》における繼母の葛藤: 繼子虐待の原因と懺悔の場面を中心に〉, 《大谷森繁博士古稀記念論文集─歷史》 5, 日韓文化交流基金, 2001.

山田恭子, 《완월회맹연(玩月會盟宴)》과 《겐지모노가타리(源氏物語)》의 구조적 특징과 결혼형태에 관한 비교연구〉, 《비교문학》 30, 한국비교문학회, 2003.

9) 문화 콘텐츠

이지하, 〈대하소설의 문화 콘텐츠화에 대한 전망〉, 《어문학》 103, 한국어문학회, 2009.

정병설, 〈고소설과 텔레비전 드라마의 비교〉, 《고소설연구》 18, 한국고소설학회, 2004.

정창권, 〈대하소설 《완월회맹연》을 활용한 문화 콘텐츠 개발〉, 《어문논집》 59, 민족어문학회, 2009.

ㄱ

가문 106~132
갈등 105~110, 113, 114, 117~120, 124, 125, 129~132
감정 64, 93, 94, 99
강정일당 24, 29~31
개과천선 92, 101, 131, 159, 301, 302, 326
《겐지모노가타리(源氏物語)》 219, 309, 311, 312, 315, 316, 318, 320~323, 325, 327~329, 331, 332, 334, 337, 339, 342~344
《겐지 이야기》 332
격식어 176, 185
견우지상(牽牛之象) 253
경강지역 66
경기도 파주 45
경박자 184
경빈 김씨 171
경전 203, 211
경태제(경태황제) 86, 108, 109, 112, 119, 124~127, 131, 146, 147, 152, 290, 292
경화연 44
계층 163, 166, 176, 192
계행산 77, 81, 147, 232
계후자 56, 65, 66, 84, 134, 155, 324

고유어 174, 179, 194, 213
관용어 191, 203, 205, 211
관용적 194, 203, 209, 213
교양 18~21, 23~25, 29, 31, 32, 41, 42, 47, 175, 189~191, 213, 282~285, 304, 305, 318, 323
교지 100, 101, 128, 150, 161, 222, 262
구빈관 59, 163, 164, 249
구수(口授) 31
구어체 174~177, 181, 185, 187, 191, 194, 198, 203
궁중소설 171
궁체 43, 49
권섭 39~41
귀녕 158
귀신 149, 150, 258, 287, 318
규목낭 256
규방 31, 32, 42, 77, 78, 92, 171
규방소설 42
규범과 욕망의 절충형 64, 76, 79, 95
규범과 욕망의 충돌형 64, 83, 95
규범적 175, 185, 212
규범 충실형 64, 95
《규한록》 28
《규합총서》 19, 27, 28, 30

규훈서 21
금국 66, 81, 147, 355
《금석화도속백귀(今昔畵圖續百鬼)》 318, 319
기강 태원령 78
김운 21, 23
김창협 21~23
김호연재 41

ㄴ

낙선재 11, 43, 50, 171, 174
낙선재본 소설 11, 43, 171, 174
낙선재본《완월회맹연》 50
낙성촌 86, 102, 126, 147~150, 164, 198~200,
　　257, 258
남염부주지 282
납치 59, 70, 79
내당 31, 140, 166
내력 101
내외법 25, 41
내적 속성 103
《내훈》 21, 284, 285
노동 36
《논어》 22, 23, 255, 284, 285

ㄷ

《대소설의 시대》 342
대하드라마 172
《The Tale of Genji》 337
덕흥리 고분 252, 253
도교적 화소 249, 250, 252, 266, 275
《도톤보리에 비 내리는 날 헤어지고 처음》 332
동남 순위신 149, 150, 258
동물 178, 179, 201
《두껍전》 283
〈등왕각서〉 210
똥오줌 180

ㄹ

록계 42

ㅁ

마선 109, 112, 124~127, 132, 147, 166, 167,
　　290~293
《맹자》 284, 285, 297, 304
명나라 12, 13, 124, 127, 147, 170, 248, 285,
　　286, 290, 292~294, 314
《명사(明史)》 284, 285, 290, 292
《명행정의록》 282, 283
몽골 66, 81, 96, 109, 124, 126, 147, 167~170,
　　234, 290, 292~294, 301
몽골왕 168, 301
묘사 194~202
무라사키 시키부(紫式部) 311, 316~318, 333,
　　337, 344
무후 159
문어체 174, 175, 177, 187, 191~194, 203, 208,
　　212
문예물 209
문창궁(文昌宮) 251
문창성 250~252, 254
문체 173~176
문학 어구 202~211

ㅂ

박세당 253
《박씨전》 61
반고(班固) 298, 323
반도회(蟠桃會) 277
발산형 93
배항 285
백과전서적 기술 30
백옥루(白玉樓) 277
번역 40, 41, 44, 49, 50
벽수유 256

벽한정 140, 142
별명 182, 183
복수의 주인공 56
본성 88
부용시선 27
북극성 254, 255
북극 풍도신 149, 150, 258
북두칠성 251
북로 125, 127~129, 132, 290
불교적 화소 266, 271, 275
비규범적 185, 213
비속어 176, 179, 181, 183~185, 194
비어 177, 184
비일상 146, 147, 150, 152, 153, 155
빙허각 이씨 27, 30, 305

ㅅ

《사기》 254, 284, 285, 290, 298, 318, 323
사마천(司馬遷) 298, 323
《사소절》 37, 38
《사씨남정기》 12, 42, 44
《삼국지연의》 284, 285, 293, 310
《삼성훈경》 251
《삼의당고》 27
《삼한습유》 282, 283, 303, 304
상례 218, 224~228, 244, 301
상선 260
상층 171, 175~177, 183, 185, 192, 213, 236, 243, 245
서사 추동 63
《서유기》 310
《서주연의》 40, 46
선계 154, 155
선궁 154
선봉진군 252
선악 구도 62, 63, 94, 103
성별화된 지식 29

성스러움 278
성신(星辰) 조응(照應) 249, 250, 253, 255, 259, 275
성욕 92
성조(成祖) 영락제(永樂帝) 249
세거지 136, 140
〈소아〉 211, 304
《소완》 211
소외 156, 157
소인 71, 87, 131, 132, 178, 184, 190, 267
소인형 59, 80, 85, 86, 181
소주 88
《소현성록》 10, 12, 39, 40, 42, 136, 231
속담 202~208, 213
속됨 295
속어 176, 177, 181, 184
〈송공백희〉 297
《송남잡지》 44, 322
《수서》 255
《수호지》 284, 285
《숙향전》 277
《시경》 211, 294~296, 304, 323
《신 겐지모노가타리》 332
신사임당 29
신승(神僧) 274
신이성 249, 252, 266, 273, 275
신인성 249, 259, 260, 266, 275
심적 동요 95, 96
《십주기》 252

ㅇ

《아사키유메미시(あさきゆめみし)》 343
아서 웨일리(Arthur Waley) 337, 338
악녀 79, 84, 110, 190
악인형 59, 60, 84, 89, 181, 184, 190, 249, 266~268, 271, 274, 275
악인형 여승 266~268, 271, 274, 275

안개(安鍇) 45, 46

안겸제 17, 46

안겸제 모친 전주 이씨 17, 27, 44~46, 173, 322

안남 114, 128, 150, 151, 170, 226, 260, 262, 290, 293

안동 장씨 19, 23

양명학(陽明學) 248

양주 지방 100

어구 202, 203, 208, 209

어문생활 13, 18, 32, 213

어휘 174, 176, 179~181, 184, 185, 193, 194

《언행실록》 27, 28

《여계》 284, 285, 288

《여교》 284, 285

여사(女士) 21, 23, 45, 46

《여사서》 21, 37, 38, 305

여성상 76

역사 전고 187

연회 228, 231, 244, 310

열 73

열녀 76, 121, 282

《열녀전》 21, 289, 297, 301, 303~305, 323

《영수합고》 27

영웅 61, 63, 79, 81

영종(영종황제) 109, 124~129, 131, 132, 140, 144, 147, 247, 285, 286, 290~292

영주부인 250

영주 선산 252

《예기》 162, 284, 285, 297, 304

예리 166, 168

오줌 180

《옥루몽》 277, 283

《옥선몽》 282, 283

《옥수기》 283, 303

옥요패(玉腰佩) 273, 274

옥제 250~252, 254

와카(和歌) 311, 318, 322, 332, 337, 339

완월대 74, 119, 120, 133~137, 139, 144, 219, 224, 230, 256, 276~278

완월대 잔치 276~278

왕망 188

왕발 210

왕진 86, 108, 109, 118, 124, 125, 131, 290~292, 298

외당 140, 161, 229, 230

요순 265

요인형 도사 249, 259, 263, 265, 266, 275

욕망 종속형 64, 89, 95

욕설 179, 180, 183, 185, 194

용녀 253, 254, 256

용인 이씨 39, 40

원심적 구조 56

월천강 146, 147, 166, 167, 263, 354

유교적 이데올로기 104, 132

유교적 이상주의 248

《유한당사씨언행록》 283

《유한당시고》 28

윤광연 24

《윤지당유고》 27

은청동 140, 142, 152

음사(音寫) 32

《음식디미방》 19

《의유당관북유람일기》 27, 28, 32

《의유당유고》 27

이광사 43

이덕무 37~39

이덕수 23

이명세 253

이분법 59

이유원 43

이임보 188

이합집산 146

이현일 22, 23

인의(仁義) 248, 249
일상 137~140, 142~144, 146, 147, 150~155, 160, 162, 171, 172
일상어 212
임윤지당 24, 27, 29~31, 305
《임하필기》 43

ㅈ

《자기록》 28, 304, 323
자운산 136
장서각본 13, 49, 50
장축 180, 182, 183
장편화 원리 56
전 계열 10, 11
전고 19, 174, 176, 187~192, 194, 197, 209, 213, 299, 300, 304
정명도 56, 247~250, 256, 271, 275
정이(程頤) 248
《정일당유고》 28
《정일헌시집》 28
정점 공간 133, 137
정치적 부침(浮沈) 27, 107, 110, 124, 129
정호(程顥) 248~286, 290, 294
제례 224, 225, 227, 228, 244
《제십이랑문》 304
《제일기언》 44
조력자 77, 102, 103
조설근 310
조성기 35, 36
《조씨삼대록》 136, 342
조재삼 44~46, 322
《조제, 호랑이와 물고기들》 332
조주 77, 81, 147
조태억 40, 46
종기 129~131, 158
주령 21
주변 인물 103, 173, 228, 237

주석 174, 213, 289, 290
주성(主星) 124, 250
주역 284, 285
주요 인물 55, 58, 64, 95, 103, 198, 227, 285, 315, 335, 343
《죽서시집》 28
《중용》 255
직녀 250~254, 256
직녀성 250, 252, 253
직녀지상(織女之象) 253
《진서》 255
질투 68, 99, 100
집합적 표상 275

ㅊ

《창선감의록》 36, 42
채제공 37, 38
〈천관서〉 254
천리(天理) 248
〈천문지〉 255
천상계 155
천인합일(天人合一) 249
천태산 140, 142, 152, 242
《청규박물지》 27, 30
《청취당집》 27
청평사 287
초월성 249, 250, 255, 256, 259, 275, 276
최창익 253
《춘추》 284, 285, 297
출생 61, 62, 79
충효 248, 249
취미궁 136
취현령 163
취현항(취연항) 133, 139
치병 217, 218, 220, 233, 244
칠등 153
칠보시 287

ㅋ

캐릭터 55, 56, 62, 99, 101, 104

ㅌ

탈문지변(奪門之變) 124, 290, 292, 293
탐욕 71, 83, 88, 106~120, 124, 129
탕녀 95, 96, 99~101, 103, 208
《태교신기》 19, 27
태운산 74, 93, 119, 120, 133, 139, 140, 142,
　　144, 147, 153, 163, 164
태을 253~256
태을성 254, 255
태을 화소 255
태일(太一) 254, 255
태주 65, 77, 81, 96, 140, 146, 147, 166, 210,
　　211, 225, 228, 234, 258, 265
토목지변(土木之變) 124, 132, 290, 293
《통감》 289, 305

ㅍ

팔문금쇄진 151
평비 289
폭력 83, 112, 116, 156, 314, 324
표기 수단 20, 25, 31, 33, 41
표류 65, 66, 81, 96, 97, 127, 147, 166, 170,
　　234, 293
표리부동 89
필사 39~41, 43, 50, 213

ㅎ

하층 165, 236, 245, 303
한글 17~21, 25~28, 30, 32, 33, 36, 38, 40, 41,
　　43
한서 298, 323
한자어 174, 186, 192, 194
《한중록》 27, 28, 323

항아 254
해천몽골 167, 168, 293, 294
허난설헌 24, 29
헌종 124, 171, 248, 285
현장 173, 213
현장감 183, 187, 196, 203, 243
현장성 212
혈서 78, 80, 273
혐오 111, 112, 180, 320
《호동서락기》 28
《호연재유고》 32, 41
호칭 174, 175, 181~183
혼정신성 146, 221~223
《홍루몽》 49, 309, 310, 312~315, 325,
　　327~329, 335~337, 339, 342~344
황실 109, 124, 125, 129, 131, 132
《황정경》 142, 284, 285
황진이 29
효 71, 73, 74
《효경》 284, 285
후계자 108, 110, 112, 117
훼손 74, 75, 220

세상 많은 일이 마음먹기에 달렸다고 했던가? 이 일을 하면서 감히 행복했다고 말해본다. 이 책을 쓰기 위해 우리는 모여서 함께 작품을 읽고 감상을 나누고 각자의 특장에 따라 주제를 잡았다. 조선시대 창덕궁 어딘가에서 읽혔을 것 같은 소설 원전을 읽으며 안 풀리는 부분 번역하느라, 논문 쓰느라 혼자서는 힘들었지만, 모이면 안 풀리던 곳이 풀리고 논문 아이디어가 생각나기도 했으며 끝난 후 함께 먹는 밥은 천상의 식탁, 꿀 같은 여유였다. 우리는 열심히 모였다.

사람 입이 여럿 모여 마음을 모으면 바닷속으로 사라져버린 수로부인을 찾아내기도 하고, 얽혀 잘 안 보이던 문맥이 드러나기도 하며, 존재들 사이의 거리를 녹여내기도 한다. 문제는 마음을 먹는 일이었다. 우리는 각자 한문으로 창작된 한국 고전소설 작품들을 여럿 번역하기도 했고, 함께 힘을 모아서는 삼대록계 국문장편소설을 오늘날의 한국어로 처음 풀어냈으며, 작품의 범주를 넓혀 국문장편고전소설 감상사전을 만들기도 했다. 물론 그사이 각자 국문장편소설 관련 논문들을 써냈음은 물론이다. 그러면서 언젠가부터 21세기의 우리가 남겨받은, 이 우아하고도 섬세한 그러면서 강처럼 유장하게 흐르는 이야기의 세계를, 조선 시대 이삼백여 년을 풍미했던 문화유산을, 이제는 전공자만 알고 있다는 사실이 무척 안타까웠다. 그중에서도 최장편인 180권이나 되는 거질에, 여성 작가의 작품으로 거론되는 《완월회맹연》은 특히 관심의 대상이 되었다. 《완월회맹연》은 인간 심성에 대한 깊은 통찰과 풍부한 교양까지 갖춰 더욱 흥미로웠다. 이 작품이라면 일본의 《겐지모노가타리》나 중국의 《홍루몽》에 비견할 만하리라는 생각이 드는데, 문제는 마음먹는 일이었다. 우리는 이따금씩 그런 안타까움을 이야기하곤 했다.

《완월회맹연》으로 작업을 하고 싶긴 한데 분량이 워낙 방대하다 보니 엄두를 내기 어려웠다. 그러던 차에 아모레퍼시픽재단의 출판 지원을 받게 되면서 오랫동안의 소망이 구체화되기 시작했다. 이런 엄청난 작업을 마음먹고 할 수 있게 마중물 역할을 해준 아모레퍼시픽재단의 지원에 감사의 마음을 전한다. 이화여자대학교 고전소설 전공자들은 지난 2년 남짓한 시간 동안 모여서 작품을 강독, 번역했으며 논문을 썼다. 지금은 괴산에 계시는 정하영 선생님께서도 번역에 함께해주셨고, 보조 연구원으로 참여했던 석사과정 학생들도 강독에 늘 함께했으며 주제에 따른 연구사 목록과 참고문헌을 정리하는 작업을 맡아주었다. 《달밤의 약속, 《완월회맹연》 읽기》는 학술적 연구를 바탕으로 하면서 일반 독서 대중에게 잘 읽힐 수 있도록 노력을 기울인 책이다. 정확성을 기하기 위해 우리의 원고를 꼼꼼하게 검토, 교정해주신 도서출판 책과함께에도 감사를 전한다.

우리는 이 작업을 하면서 서로에게 감사했고 즐거웠다. 우리가 지금, 모여 무엇인가를 할 수 있다는 것에 감사한다. 여전히 부족한 부분도 보이고 갈 길은 아직 멀며 마음먹어야 할 또 다른 일들도 있지만, 비슷한 마음들이 모이면 그 일들도 하나둘씩 이루어낼 수 있을 것이다. 행복하게도—

흰 구름 둥실 아름다웠던 2019년 가을 어느 날,
이화여대 한구석, 우묵한 인문관 공간에서

집필진(게재순)

조혜란
이화여자대학교 인문과학대학 국어국문학과 교수
저서:《삼한습유 : 19세기 서얼 지식인의 대안적 글쓰기》,《옛여인에 빠지다》외 다수

한정미
한신대학교 평화교양대학 강사
저서:《고전 서사문학에 나타난 가족》(공저)
논문:〈완월회맹연 여성 인물 간 폭력의 양상과 서술 시각〉

구선정
이화여자대학교 인문과학대학 국어국문학과 강사
논문:《한후룡전》·〈유화기연〉·〈영이록〉에 나타난 '장애인'의 양상과 그 소설사적 의미〉,〈조선 후기 여성의 윤리적 지향과 좌절을 통해 본 가문의 정의〉외 다수

탁원정
평택대학교 국어국문학과 초빙교수
저서:《조선후기 고전소설의 공간미학》
논문:〈가문 내 '불우한 탕자'의 계보와 그 변주 -〈완월회맹연〉의 정인중을 중심으로-〉외 다수

박혜인
한신대학교 평화교양대학 강사
논문:《왕회전》의 군담소설적 성격 연구 : 장편화 양상을 중심으로〉,《용문전》속 귀화인 인식 연구 - '이민족 영웅'의 형상화를 중심으로-〉외 다수

최수현
세명대학교 교양대학 부교수
논문:《임씨삼대록》여성인물 연구〉,〈국문장편소설의 전고(典故) 운용 전략과 향유층의 독서문화 연구〉외 다수

김수연

이화여자대학교 인문과학대학 국어국문학과 강사

저서: 《유의 미학, 금오신화》, 《치유적 고전, 서사의 발견》 외 다수

김경미

이화여자대학교 이화인문과학원 부교수

저서: 《임윤지당 평전》, 《家와 여성》 외 다수

김유미

연세대학교 글로벌인재대학 조교수

논문: 〈한국고전문학 영어번역서의 방향 제안〉, 〈The Impact of Korean Ambassadors' Encounters with Qing Entertainments〉 외 다수

달밤의 약속, 《완월회맹연》 읽기
여성이 쓴 조선 최장(最長)의 대하소설

1판 1쇄 2019년 12월 10일

지은이 | 조혜란, 한정미, 구선정, 탁원정, 박혜인, 최수현, 김수연, 김경미, 김유미

펴낸이 | 류종필
편집 | 이정우, 정큰별
마케팅 | 김연일, 김유리
표지 · 본문 디자인 | 박미정
본문 조판 | 김성인
교정교열 | 오효순

펴낸곳 | (주) 도서출판 책과함께
주소 (04022) 서울시 마포구 동교로 70 소와소빌딩 2층
전화 (02) 335-1982
팩스 (02) 335-1316
전자우편 prpub@hanmail.net
블로그 blog.naver.com/prpub
등록 2003년 4월 3일 제25100-2003-392호

ISBN 979-11-88990-52-8   93810

이 도서의 국립중앙도서관 출판시도서목록(CIP)은
서지정보유통지원시스템 홈페이지(http://seoji.nl.go.kr)와
국가자료종합목록 구축시스템(http://kolis-net.nl.go.kr)에서 이용하실 수 있습니다.
(CIP제어번호 : CIP2019047482)

* 이 책은 아모레퍼시픽재단의 지원을 받아 저술 · 출판되었습니다.